हिन्द पॉकेट बुक

जहं जहं चरन परे गौतम के

तिक न्यात हन्ह वियतनाम के मशहूर बौद्ध विचारक, आध्यात्मिक गुरु और कवि हैं, जिन्हें दुनिया भर में पढ़ा और सराहा गया है। इन्होंने अनेक पुस्तकें लिखी हैं, जो जीवन को एक नई प्रेरणा प्रदान करती हैं। हिन्दी में इनके बड़ी संख्या में पाठक हैं और ये भारत में भी काफी लोकप्रिय लेखक माने जाते हैं।

जहं जहं चरन परे गौतम के

बुद्ध के चरण–चिह्नों पर तीर्थ–यात्रा

तिक न्यात हन्ह

हिन्द पॉकेट बुक्स
पेंगुइन रैंडम हाउस इम्प्रिंट

हिन्द पॉकेट बुक्स

यूएसए | कनाडा | यूके | आयरलैंड | ऑस्ट्रेलिया | सिंगापुर
न्यू ज़ीलैंड | भारत | दक्षिण अफ्रीका | चीन

हिन्द पॉकेट बुक्स, पेंगुइन रैंडम हाउस ग्रुप ऑफ़ कम्पनीज़ का हिस्सा है,
जिसका पता global.penguinrandomhouse.com पर मिलेगा

पेंगुइन रैंडम हाउस इंडिया प्रा. लि.,
चौथी मंजिल, कैपिटल टावर -1, एम जी रोड,
गुड़गांव 122 002, हरियाणा, भारत

पेंगुइन
रैंडम हाउस
इंडिया

प्रथम हिन्दी संस्करण हिन्द पॉकेट बुक्स द्वारा 2016 में प्रकाशित
यह हिन्दी संस्करण हिन्द पॉकेट बुक्स में पेंगुइन रैंडम हाउस द्वारा 2021 में प्रकाशित

10 9 8 7 6 5 4 3 2

इस पुस्तक में व्यक्त विचार लेखक के अपने हैं, जिनका यथासंभव तथ्यात्मक सत्यापन किया गया है, और इस संबंध में प्रकाशक एवं सहयोगी प्रकाशक किसी भी रूप में उत्तरदायी नहीं हैं।

ISBN 9789353492724

मुद्रक : मणिपाल टेक्नॉलजीस् लिमिटेड, भारत

www.penguin.co.in

This is a legitimate digitally printed version of the book and therefore might not have certain extra finishing on the cover.

लेखक का वक्तव्य

इस पुस्तक के लिए सामग्री-संकलन और इसके लेखन में मैंने 'हीनयान' के ग्रंथों को आधार बनाया है और 'महायान' सम्प्रदाय के धर्म-ग्रंथों का जान-बूझकर न्यूनतम प्रयोग किया है, जिससे यह प्रकट हो सके कि महायान सम्प्रदाय के समस्त विचार और सिद्धांत पूर्ववर्ती पालि 'निकायों' और चीनी 'आगमों' में सुलभ हैं। इन सूत्रों का उदारमना होकर अध्ययन किया जाए, तो स्पष्टतया समझा जा सकता है कि सभी सूत्र तो बौद्ध धर्म के हैं, फिर चाहे वे उत्तरी परम्परा के हों या दक्षिणी परंपरा के।

बुद्ध की मूल देशना के ज्ञान और गहन अध्ययन की दृष्टि से महायान सूत्रों में अधिक उदार एवं व्यापक दृष्टि अपनायी गयी है, जिससे मूल देशना की उन पुनर्व्याख्याओं को रोका जा सके, जो देशना के अध्ययन और साधना-अभ्यास के संकीर्ण एवं कठोर दृष्टिकोण अपनाने से संभव होती हैं। महायान के सूत्रों से निकायों या आगमों के पाठ की गहनता समझने में सहायता मिलती है। ये सूत्र दूरवीक्षण यंत्र के दृष्ट पदार्थों को दीप्त करने वाले प्रकाश के समान हैं, जो भ्रामक रूप से संरक्षित किये जाने के कारण धुंधला गये हैं। वस्तुतः 'निकाय' और 'आगम' बुद्ध की देशना के मूल स्वरूप के अधिक निकट हैं, किन्तु कालांतर में ज्ञान और साधना को पीढ़ी-दर-पीढ़ी प्रसारित किये जाने की प्रक्रिया में परिवर्तित हो गये। आधुनिक विद्वानों को दक्षिणी और उत्तरी दोनों परम्पराओं के सूत्रों के पाठ सुलभ पाकर बौद्ध धर्म के मूल स्वरूप को पुनः संजोना संभव हो सकेगा। हमें दोनों परम्पराओं के सूत्रों के पाठों से अवगत होना आवश्यक है।

बुद्ध के जीवन को लोकोत्तरता प्रदान करने वाले ऐसे सूत्रों को इस पुस्तक में सम्मिलित नहीं किया गया है, जिनमें बुद्ध के चमत्कारों का वर्णन है। बुद्ध ने स्वयं अपने शिष्यों को समझाया था कि वे लोकोत्तर शक्तियां प्राप्त करने या उनका प्रदर्शन करने में समय और शक्ति का अपव्यय न करें। इस पुस्तक में उन विषम स्थितियों का समावेश अवश्य किया गया है, जो तात्कालिक सामाजिक स्थितियों अथवा उनके अपने शिष्यों के कारण उनके समक्ष उपस्थित हुई थीं। इस पुस्तक में बुद्ध हमारे और आपके सरीखे साधारण मानव प्रतीत होते हैं, तो इसका श्रेय इस तथ्य को है कि उन्होंने उन स्थितियों का किस प्रकार सामना किया।

स्थानों एवं व्यक्तियों के नाम और बौद्ध धर्म की तकनीकी शब्दावली के लिए पालि भाषा का ही प्रयोग किया गया है, किन्तु उन नामों और शब्दावली के संस्कृत रूप प्रयोग किये गये हैं, जो सभी के लिए सुपरिचित हैं, जैसे सिद्धार्थ, गौतम, धर्म, सूत्र, निर्वाण, कर्म, आत्मन्, बोधिसत्व आदि।

प्रकाशकीय

श्रेष्ठ, सुन्दर और सुरुचिपूर्ण पुस्तकों को आम पाठकों तक पहुंचाने के लिए सन् 1958 में 'हिन्द पॉकेट बुक्स' की स्थापना की गई थी। तब इस प्रकाशन संस्थान ने साहित्य और साहित्येतर विषयों की उच्चकोटि की दस पुस्तकों का पहला सेट देश-भर के बुक स्टालों पर पहुंचाया। भारत के प्रकाशन जगत में यह एक क्रान्तिकारी पहलक़दमी थी। तब से अब तक साढ़े चार हज़ार से अधिक पुस्तकें प्रकाशित की जा चुकी हैं। अपने प्रकाशन अभियान में इसने अनेक कीर्तिमान स्थापित किए तथा कई पुस्तक-मालाओं ने अपार लोकप्रियता पाई।

इस प्रकाशन संस्थान के संचालकों के बीच प्रायः प्रश्न उठता रहा कि कुछ ऐसा नया काम किया जाए कि जिससे मानव का समग्र कल्याण हो। वह स्थूल जगत में रहते हुए सूक्ष्म जगत का साक्षात्कार कर सके। यद्यपि धर्म, दर्शन, अध्यात्म और संस्कृति की पुस्तकें समय-समय पर प्रकाशित की जाती रही हैं, परन्तु इसे और भी समृद्ध बनाया जाए और इस पर अधिक ध्यान केंद्रित हो, अतः 'फुल सर्किल' नाम से अलग ही प्रकाशन योजना बनी, जिसमें हिन्दी और अंग्रेजी में पुस्तकें प्रकाशित करने का सिलसिला शुरू हो गया। पहले 'The Joy of Reiki' का प्रकाशन हुआ, फिर ओशो की चिंतनपरक पांच पुस्तकों का सेट लोकार्पित किया गया। आज यह क्रम निरंतर जारी है। हम सब इसमें अंतर-ऊर्जा के साथ जुटे हैं।

अब 'हिन्द पॉकेट बुक्स' का अगला महत्त्वपूर्ण कदम है विश्व के प्रख्यात विद्वान बौद्ध भिक्षु तिक न्यात हन्ह के अंग्रेज़ी और हिन्दी में पांच ग्रन्थ। ये ग्रंथ 'Old Path White Clouds', 'The Stone Boy', 'Cultivating the Mind of Love', 'Our Appointment with Life' और 'जहं जहं चरन परे गौतम के' हैं। हम अपने पाठकों को यह विश्वास दिलाते हैं कि आगे भी हम प्रकाशन की इस महती योजना की निरंतरता को बनाए रखेंगे।

विषय-सूची

परिशिष्ट

भाग एक

अध्याय एक

विचरते-विचरते यात्रा

हरित बांस वृक्ष के नीचे युवा भिक्खु स्वास्ति पालथी मारे बैठा था और अपनी श्वसन-क्रिया पर ध्यान केन्द्रित कर रहा था। वह वेणुवन विहार में एक घंटे से अधिक समयसे ध्यान-साधना कर रहा था जबकि अन्य सैकड़ों भिक्खु बांस के वृक्षों के नीचे अपनी फूस की कुटियाओं में बैठे साधना कर रहे थे।

महान गुरु गौतम जिन्हें लोग प्रेम एवं श्रद्धावश 'बुद्ध' कहते हैं, इस विहार में चार सौ भिक्खु शिष्यों के साथ निवास करते थे। यद्यपि यहां निवासियों की संख्या अधिक थी किन्तु वातावरण बहुत शान्त था। विहार का क्षेत्रफल चालीस एकड़ था और यहां बांस की नाना जाति-प्रजातियों के वृक्ष लगे थे जो मगध राज्य में जगह-जगह से लाकर यहां लगाए गए थे। यह विहार मगध की राजधानी राजगृह से इतनी सी दूर था कि यहां तीस मिनट में पहुंचा जा सकता था। सात वर्ष पहले राजा बिम्बिसार ने यह विहार बुद्ध एवं संघ को दान में दिया था।

स्वास्ति ने अपनी आंखें मलीं और मुस्कराया। उसकी टांगें अब भी मुड़ी थीं जिन्हें उसने धीरे-धीरे खोला। इस इक्कीस वर्षीय युवा को मान्य सारिपुत्त ने जो बुद्ध के वरिष्ठ शिष्य थे, तीन दिन पहले ही प्रवृज्या दी थी। प्रवृज्या-समारोह के समय स्वास्ति के सघन सुनहरे बाल उस्तरे से मूंड़ दिए गए थे।

बुद्ध के भिक्खु समुदाय (संघ) का अंग बनकर स्वास्ति अत्यधिक प्रसन्न था। बहुत से भिक्खु उच्च घरानों में जन्मे हुए व्यक्ति थे यथा बुद्ध के भाई नंद, देवदत्त, अनिरुद्ध और आनंद। यद्यपि अभी स्वास्ति का इनके साथ परिचय

नहीं कराया गया था, स्वास्ति ने इन्हें दूर से ही देखा भर था। अधिक प्रयोग से बदरंग हुए चीवर धारण किए हुए होने पर भी इनका आभिजात्य निश्चित रूप से झलकता था।

ऐसे ऊंचे घरानों के लोगों का मित्र बनने में तो मुझे अभी पर्याप्त समय लगेगा, ऐसा स्वास्ति ने सोचा। लेकिन राजा के पुत्र होने के बावजूद उसे स्वयं बुद्ध और अपने बीच कभी दूरी का अनुभव नहीं हुआ था। स्वास्ति 'अस्पृश्य' था जो उस समय भारत की जनता में प्रचलित वर्ण-व्यवस्था के अनुसार सबसे नीचे वर्ण के लोगों से भी नीच जाति समझी जाती थी। पिछले दस सालों से वह भैंसों का चरवाहा था और भैंसों की देख-भाल करता था; किन्तु अब दो सप्ताह से वह सभी वर्गों के भिक्खुओं के साथ रह रहा था और ध्यान-साधना कर रहा था। हर कोई उसके प्रति कृपा-भाव प्रदर्शित करता, उसको नमन करता किन्तु वह स्वयं अभी तक सहज नहीं हो पा रहा था। उसे आशंका थी कि उसे पूर्णतया सहज होने में अभी वर्षों लग जाएंगे।

जैसे ही उसके मन में राहुल का विचार आया, आंतरिक उल्लास से परिपूर्ण मुस्कान उसके चेहरे पर फैल गई। बुद्ध के पुत्र राहुल की आयु अभी अठारह वर्ष की ही थी और वह दस वर्ष की आयु से ही श्रामणेर के रूप में संघ में रह रहा था। दो सप्ताहों में ही राहुल और स्वास्ति में गहरी मित्रता हो गई थी। राहुल ने ही स्वास्ति को सिखाया था कि ध्यान के समय प्राणायाम कैसे करना है। राहुल यद्यपि अभी प्रवृज्जित भिक्खु नहीं बना था किन्तु उसे बुद्ध की शिक्षाओं का पर्याप्त ज्ञान हो चुका था। प्रवृज्या प्राप्त करने के लिए अभी उसे तब तक प्रतीक्षा करनी थी, जब तक उसकी आयु बीस वर्ष की नहीं हो जाती।

स्वास्ति को दो सप्ताह पूर्व के दिनों का स्मरण हो आया जब गया के समीप स्थित उसके वेलाग्राम में बुद्ध पहुंचे थे और उसे भिक्खु बनने के लिए बुलाया था। जब बुद्ध उसके घर पर पहुंचे तो स्वास्ति अपने छोटे भाई रूपक के साथ भैंसों को चराने के लिए गया हुआ था। उसकी दो बहनें सोलह वर्षीया बाला और बारह वर्षीया भीमा घर में थीं। बुद्ध को देखते ही, बाला उन्हें तुरन्त पहचान गई। वह स्वास्ति को ढूंढ़ने के लिए बाहर की ओर झपटी ही थी कि बुद्ध ने उससे कहा कि इसकी आवश्यकता नहीं है। उन्होंने कहा कि मैं, और मेरे साथ चल रहे भिक्खु, जिनमें राहुल भी

था, नदी तट तक चले जाएंगे और उसके भाई को खोज लेंगे। तीसरे पहर वे लोग नैरंजना नदी के तट पर आए जहां स्वास्ति और रूपक भैंसों को रगड़-रगड़ कर नहला रहा था। बुद्ध को देखते ही दोनों युवक पानी में से निकलकर दौड़ते हुए नदी-तट तक आए और करबद्ध प्रणाम करके उनके समक्ष प्रणत हुए।

स्वास्ति और उसके भाई को देखकर बुद्ध ने सस्नेह मुस्कान के साथ कहा, "अरे, तुम इतने बड़े हो गए।" स्वास्ति अवाक् था। बुद्ध का शान्त मुख-मंडल, उनकी स्नेहपूर्ण उदार मुस्कान और उनकी मर्मभेदिनी तेजोमय दृष्टि देखकर स्वास्ति की आंखें छलछला आईं। बुद्ध गैरिक चीवर धारण किए हुए थे, जिस पर धान के खेत की डिजाइन बनाते हुए कपड़े सिले हुए थे। वह अब भी नंगे पैर ही थे जैसे कि आज से दस बरस पहले जब वह उसे इसी स्थान के आस-पास मिले थे। दस वर्ष पहले इसी नैरंजना नदी और बोधिवृक्ष के नीचे उसने घंटों बुद्ध के साथ बिताए थे। बोधिवृक्ष (पीपल) वहां से बस इतनी ही दूर था कि नदी तट से वहां तक दस मिनट में पहुंचा जा सकता था।

बुद्ध के पीछे खड़े बीस भिक्खु भी नंगे पैर थे और धान के खेतों की डिजाइन वाले गैरिक चीवर पहने हुए थे। अधिक ध्यान से देखने पर स्वास्ति ने पाया कि बुद्ध का चीवर अन्य भिक्खुओं के चीवरों से एक हाथ अधिक लम्बा था। बुद्ध के साथ ही स्वास्ति की ही आयु का एक श्रामणेर खड़ा था जो सीधे उसी की ओर देखता हुआ मुस्करा रहा था। बुद्ध ने अपने स्नेहपूर्ण हाथ स्वास्ति और रूपक के सिर पर रखे और बताया कि वह राजगृह जाते हुए यहां जान-बूझ कर रुके हैं। उन्होंने कहा कि तुम भैंसों को नहला लो। इसके बाद हम सब स्वास्ति की झोंपड़ी तक साथ-साथ ही चलेंगे।

वापस आते समय बुद्ध ने स्वास्ति और रूपक का परिचय अपने पुत्र राहुल से कराया जो अभी तक स्वास्ति की ओर मोहक मुस्कान के साथ देख रहा था। राहुल स्वास्ति से आयु में तीन वर्ष छोटा था किन्तु दोनों का कद एक बराबर था। श्रामणेर होते हुए भी राहुल के वस्त्र भिक्खुओं के जैसे ही थे। राहुल ने अपना भिक्षा-पात्र रूपक को पकड़ा दिया था और स्वास्ति एवं रूपक के बीच में, दोनों नए मित्रों के कंधों पर प्रेमपूर्वक हाथ रखे हुए चल रहा था। उसने अपने पिता के श्रीमुख से स्वास्ति और उसके परिवार जनों के विषय में इतना कुछ सुन रखा

था कि उसे प्रतीत हो रहा था कि वह उनसे पूर्ण परिचित है। दोनों भाई राहुल के इस प्रेमपूर्ण व्यवहार से स्नेहसिक्त हो उठे।

स्वास्ति के घर पहुंचने पर बुद्ध ने स्वास्ति को भिक्खु समुदाय में सम्मिलित होने और अपने साथ धर्म-साधना करने के लिए आमंत्रित किया। दस वर्ष पूर्व जब वह बुद्ध से पहली बार मिला था तो उसने बुद्ध के श्री-चरणों में बैठकर धर्म-साधना करने का अनुरोध किया था और बुद्ध उसे शिष्य रूप में स्वीकार करने पर सहमत हो गए थे। अब स्वास्ति इक्कीस बरस का हो गया था और बुद्ध उसे लेने आ पहुंचे थे। बुद्ध उसे दिया हुआ अपना वचन भूले नहीं थे।

रूपक भैंसों को उनके मालिक रामभूल के घर छोड़ने गया था। बुद्ध स्वास्ति की झोंपड़ी के बाहर एक छोटी-सी पीढ़ी पर बैठ गए और अन्य भिक्खु उनके पीछे खड़े हो गए। मिट्टी की दीवारों और फूस की छत से बनी स्वास्ति की झोंपड़ी इतनी छोटी थी कि उसके भीतर सभी लोग बैठ नहीं सकते थे। बाला ने स्वास्ति से कहा, "भैया, तुम बद्ध के साथ जाओ। आज रूपक आप से भी अधिक तगड़ा है, जब आपने भैंसों की देख-रेख करनी आरंभ की थी। और मैं भी अब घर-गृहस्थी का काम बखूबी संभाल सकती हूं। आपने हमारा दस वर्षों से लालन-पालन किया है और अब हम अपने पैरों पर खड़े होने की अवस्था में आ गए हैं।"

वर्षा का पानी जमा करने के लिए रखी पत्थर की कोठारी के पास बैठी भीमा अपनी बड़ी बहन की ओर बिना कुछ बोले देख रही थी। स्वास्ति ने भीमा की ओर देखा। वह प्यारी-सी छोटी लड़की थी। जब स्वास्ति बुद्ध से पहली बार मिला था तो बाला की आयु छः वर्ष की, रूपक तीन वर्ष का था और भीमा तो बस बच्ची ही थी। बाला भाई-बहन का खाना बना लेती थी और रूपक मिट्टी में खेला करता था।

उनके पिता की मृत्यु के छः महीने बाद ही उनकी माता की भी मृत्यु हो गई थी। ग्यारह वर्ष की आयु में ही स्वास्ति परिवार का मुखिया बन गया था। स्वास्ति को भैंसों की देख-भाल करने और चराने का काम मिल गया था। स्वास्ति बहुत परिश्रमी था, इसलिए इतना कमा लेता था, जिससे परिवार का पालन कर सके। वह छोटी बहन भीमा के लिए भैंस का दूध भी ले आया करता था।

उसकी ओर देखकर शायद स्वास्ति उसकी भावनाओं को जानना चाह रहा है, यह समझते ही भीमा मुस्करा दी। वह एक क्षण के लिए तो हिचकिचाई किन्तु

स्वास्ति के घर आगे पीढ़े पर बैठे बुद्ध

फिर धीरे से बोली, "भैया, आप बुद्ध के साथ जाओ।" यह कहकर उसने अपना मुंह मोड़ लिया जिससे वह अपने आंसू छिपा सके। भीमा ने स्वास्ति को यह कहते हुए अनेक बार सुना था कि वह बुद्ध के श्री- चरणों में बैठकर साधना करना चाहता है और उसकी हार्दिक इच्छा थी कि वह अपनी इच्छा-पूर्ति के लिए जाए। किन्तु जब वह क्षण वास्तव में आ उपस्थित हुआ तो वह अपने दुःख को छिपा नहीं पाई।

उसी समय रूपक गांव से लौट आया और उसने भीमा को यह कहते सुना, "बुद्ध के साथ चले जाओ।" वह समझ गया कि विदाई का क्षण आ गया है। उसने स्वास्ति की ओर देखकर कहा, "हां, भैया, आप बुद्ध के साथ चले जाइए।" सारा परिवार एकदम मौन हो गया। रूपक ने बुद्ध की ओर देखकर कहा, "परम आदरणीय, मुझे आशा है कि आप अपने श्री-चरणों में अध्ययन करने की अनुमति मेरे भाई को प्रदान करेंगे। मैं भी अब इतना बड़ा तो हो गया हूं कि परिवार का पालन कर सकूं।" स्वास्ति की ओर मुड़कर उसने आंसू रोककर कहा, "किन्तु भैया, कृपा करके बुद्ध से पूछिए कि क्या आप घर आ सकेंगे और समय-समय पर हमसे मिलते रहेंगे।"

बुद्ध उठ खड़े हुए और स्नेहपूर्वक भीमा के सिर के बाल सहलाए, "बच्चो, अब खाना खाओ। कल मैं आकर स्वास्ति को साथ ले जाऊंगा ताकि सभी साथ-साथ राजगृह जा सकें। मैं और सभी भिक्खुगण बोधि-वृक्ष के नीचे आज रात विश्राम करेंगे।"

बुद्ध ने द्वार पर पहुंचकर मुड़कर स्वास्ति की ओर देखा और कहा, "कल सबेरे तुम्हें कुछ भी साथ लाने की आवश्यकता नहीं है। जो कपड़े तुमने पहन रखे हैं, वे ही पर्याप्त हैं।"

उस रात सभी बच्चे बड़ी देर तक जागते रहे। विदा लेते हुए पिता की भांति स्वास्ति ने उनको अन्तिम परामर्श देते हुए कहा कि तुम लोग एक-दूसरे की और घर की देख-भाल मिल-जुलकर करना। वह हर एक को बड़ी देर तक अपनी छाती से चिपकाए रहा। आंसू रोकने में असमर्थ रहने पर भीमा जब अपने बड़े भाई की गोद में थी तो सीने से सिर लगाकर सुबक उठी। किन्तु उसके बाद उसने अपना सिर उठाया, दीर्घ निश्वास लिया और भाई की ओर देखकर मुस्करा दी। वह नहीं चाहती थी कि स्वास्ति उसके आंसुओं से दुखी हो। तेल के दीये को धुंधला प्रकाश झोंपड़ी में हो रहा था किन्तु इतना प्रकाश तो था कि स्वास्ति उसे मुस्कराता देख सके। स्वास्ति को उसका मुस्कराना अच्छा लगा।

अगले दिन सबेरे स्वास्ति की मित्र सुजाता उसे विदा करने आई। पिछली शाम को जब वह नदी तट की ओर जा रही थी, तो उसने बुद्ध को देखा था और बुद्ध ने कहा था कि स्वास्ति अब भिक्खु संघ में सम्मिलित होगा। ग्राम-प्रधान की पुत्री सुजाता स्वास्ति से आयु में दो वर्ष बड़ी थी और वह भी गौतम से संबोधि-प्राप्ति से पहले मिल चुकी थी। सुजाता ने स्वास्ति को जड़ी-बूटियों की औषधि बनाकर साथ ले जाने के लिए दी। उनकी संक्षिप्त बातचीत ही हो पाई थी, तभी उनके शिष्य आ गए।

स्वास्ति का भाई और उसकी बहनें पहले ही जाग चुके थे और अपने भाई को विदा देने के लिए तैयार थे। राहुल ने प्रेमपूर्वक प्रत्येक भाई-बहन से बातचीत की और उन्हें मनोबल पक्का रखने और एक-दूसरे की देखभाल करते रहने की प्रेरणा दी। उसने वचन दिया कि हम जब भी उरुबेला के आस-पास तक भी आएंगे तो तुम लोगों से मिलने अवश्य आएंगे। स्वास्ति के परिवारजन और सुजाता बुद्ध और भिक्खुओं के साथ नदी के तट तक गए और उन्होंने बुद्ध, भिक्खुओं, राहुल तथा स्वास्ति को हाथ जोड़कर विदा किया।

स्वास्ति के मन में हर्ष और भय की भावनाएं भरी हुई थीं। यह पहला अवसर था, जब वह उरुबेला गांव छोड़कर जा रहा था। बुद्ध ने कहा कि राजगृह पहुंचने में दस दिन लगेंगे। अधिकांश व्यक्ति तेजी से चलते हैं किन्तु बुद्ध और उनके भिक्खु धीरे-धीरे और परम सहजता से चलते थे। जब स्वास्ति ने अपने कदम धीमे किए तो उसका हृदय शान्त हो गया। उसने स्वयं को बुद्ध, धर्म और संघ के प्रति पूर्ण हार्दिकता के साथ समर्पित कर दिया। अब उसका यही मार्ग था। उसने उस भूमि और उन लोगों को, जो उसके लिए पूर्णतः परिचित थे, अंतिम बार मुड़कर देखा और पाया कि सुजाता और उसके परिवारजन वन के वृक्षों की छाया में मिले हुए छोटे-छोटे काष्ठ-खंड मात्र दिख रहे हैं।

स्वास्ति को प्रतीत हुआ कि बुद्ध विचरण का आनंद लेने के लिए ही चलते हैं और इस बात की चिन्ता ही नहीं करते कि वह कहां तक पहुंचेंगे। यही स्थिति सभी भिक्खुओं की थी। कोई भी अपने गन्तव्य स्थान तक पहुंचने के लिए न तो चिन्तित था और न अधीर। सभी के पग मंद, संतुलित और शांतिमय थे। ऐसा लगता था मानो सभी सामूहिक रूप से टहल रहे हों। कोई भी क्लांति का अनुभव नहीं करता। फिर भी, वे प्रतिदिन खासा लम्बा मार्ग तय कर लेते थे।

प्रतिदिन वे समीपस्थ गांव में रुकते और भिक्षाटन करते। वे मार्गों पर बुद्ध के पीछे एक पंक्ति बनाकर चलते। उनकी चाल गरिमामय होती और श्वसन-क्रिया तथा पग-संचलन पर ध्यान केन्द्रित रखते। यदि ग्रामवासी उनके भिक्षा-पात्र में कुछ भोजन डालते तो वे रुक जाते। कुछ ग्रामीण तो मार्ग के दूसरे ओर खड़े होकर ही उनका सम्मानपूर्वक नमन करते। भोजन मिलने पर भिक्खु सभी लोगों के कल्याणार्थ प्रार्थना करते।

भिक्षाटन समाप्त कर लेने पर वे धीरे-धीरे गांव छोड़कर कुछ वृक्षों या घास वाले स्थान को खोजते। वे घेरा बनाकर बैठ जाते और भिक्षाटन में मिले खाद्य पदार्थों को समान रूप से बांट लेते और ध्यान रखते कि यदि किसी भिक्खु का भिक्षा-पात्र खाली है तो उसे भी भोजन दे दिया जाए। राहुल पास के झरने से एक घड़ा पानी भर लाता और सम्मानपूर्वक बुद्ध के सामने रख देता। बुद्ध जब अपने हाथों की अंजुलि फैलाते तो राहुल उनके हाथों पर जल डालकर साफ करता। ऐसा ही प्रत्येक भिक्खु के लिए करता हुआ वह अंत में स्वास्ति के पास आया। स्वास्ति के पास तब तक कोई भिक्षा-पात्र नहीं था तो राहुल ने अपने भिक्षा-पात्र का आधा भोजन केले के ताजे पत्ते पर रखकर अपने नए मित्र स्वास्ति को दे दिया। भोजन आरंभ करने से पूर्व भिक्खुओं ने हाथ जोड़े और सामूहिक रूप से मंत्रोच्चार किया। उसके बाद उन्होंने मौन रहकर सचेत भाव से प्रत्येक कौर को ग्रहण किया।

भोजन के उपरान्त, कुछ भिक्खुओं ने चलित ध्यान किया तो कुछ ने बैठकर ध्यान-साधना की और कुछ ने थोड़ी-सी झपकी ली। जब दिन का सर्वाधिक गरम भाग बीत गया तो वे फिर मार्ग पर चल पड़े और तब तक चलते रहे, जब तक कि अंधेरा नहीं हो गया। रात्रि विश्राम के लिए सर्वोत्तम स्थान शांत उल्लासमय वन ही होता है। प्रत्येक भिक्खु का अपना आसन होता था और बहुत से भिक्खु उसपर पद्मासन लगाकर बैठ कर आधी रात तक साधना करते रहते। फिर, अपना चीवर बिछाकर सो जाते। प्रत्येक भिक्खु के पास दो चीवर होते थे। एक वह शरीर पर धारण किए होता और दूसरा वर्षा या शीत से रक्षा के लिए रखते। अन्य लोगों की भांति स्वास्ति भी ध्यान-साधना करता रहा और वृक्ष की जड़ को तकिया बनाकर धरती पर ही सो गया।

अगले दिन प्रातः जब स्वास्ति जागा तो उसने देखा कि बुद्ध और अन्य भिक्खु शांत भाव से साधना कर रहे हैं और उनके मुख मंडल से अत्यन्त शांति और तेज विकीर्ण हो रहा है। जैसे ही सूर्य क्षितिज पर उभरा, प्रत्येक भिक्खु

ने अपना अतिरिक्त चीवर तह किया, भिक्षा-पात्र हाथ में लिया और दिन की यात्रा आरंभ कर दी।

दिन में चलते और रात में विश्राम करते हुए वे लोग दस दिनों में मगध की राजधानी राजगृह पहुंचे। स्वास्ति ने पहली बार नगर देखा था। सड़कों के किनारे पर घरों में निवासी बड़ी संख्या में रहते थे और सड़कों पर अश्वचालित वाहन चल रहे थे। हर ओर ऊंची-ऊंची आवाजें और ठहाकों के स्वर गूंज रहे थे। किन्तु भिक्खुओं का मौन जुलूस उसी प्रकार चल रहा था जैसे वे मौन भाव से वन-प्रान्तर अथवा धान के खेतों से विचरण करते चल रहे हों। कुछ नागरिक उन्हें देखने के लिए तनिक-सा रुकते तो कुछ बुद्ध को पहचान कर उसके सम्मान में श्रद्धापूर्वक नमन करते। भिक्खु वर्ग उसी प्रकार शांत भाव से तब तक चलता रहा जब तक वे नगर के उस पार वेणुवन विहार नहीं पहुंच गए।

समस्त विहार में त्वरित गति से यह समाचार फैल गया कि बुद्ध लौट आए हैं और कुछ क्षणों में ही चार सौ भिक्खु बुद्ध का स्वागत करने के लिए एकत्र हो गए। बुद्ध ने अधिक कुछ नहीं कहा; केवल सभी की कुशल-क्षेम और साधना-अभ्यास के विषय में जानकारी प्राप्त की। उन्होंने स्वास्ति को सारिपुत्त को सौंप दिया जो राहुल के भी आध्यात्मिक गुरु थे। सारिपुत्त वेणुवन विहार के श्रामणेरों के गुरु थे और वह लगभग पचास युवक श्रामणेरों के साधना-अभ्यास का मार्ग-निर्देशन करते थे। ये श्रामणेर विहार में तीन सालों से कम समय से आए हुए थे। विहार के प्रबंधाचार्य कौन्डन्न नामक एक भिक्खु थे।

राहुल से कहा गया कि वह विहार-जीवन के आचरणों की जानकारी स्वास्ति को दे यथा—कैसे चलना है, किस प्रकार बैठना है, किस प्रकार खड़े होना है और कैसे अन्य लोगों को नमन करना है; किस प्रकार चलित ध्यान करना है, कैसे बैठकर धारणा-ध्यान करना है और कैसे श्वसन-क्रिया (प्राणायाम) पर ध्यान देना है। उसने स्वास्ति को यह भी बताया कि भिक्खु को चीवर कैसे धारण करना है, कैसे भिक्षा-पात्र पकड़ना है, कैसे प्रार्थना करनी है और कैसे अपना भिक्षा-पात्र साफ करना है। तीन दिनों तक स्वास्ति लगातार राहुल के साथ ही साथ रहा जिससे वह इन सब बातों को भली प्रकार सीख सके। राहुल ने स्वास्ति को पूरे मनोयोग से सभी आचरण-निर्देश बताए-समझाए किन्तु स्वास्ति समझता था कि ये सब कार्य सहज-स्वाभाविक रूप से करने लगने के लिए उसे अभी वर्षों अभ्यास करना होगा। इन आधारभूत

मार्ग-निर्देशों के बाद सारिपुत्त ने स्वास्ति को अपनी कुटिया में बुलाया और भिक्खु द्वारा अपनाए जाने वाले शीलों की शिक्षा दी।

भिक्खु वह होता है जो गृह त्याग कर बुद्ध को गुरु, धर्म को आत्म-जागृति का मार्ग और संघ को ऐसे समुदाय के रूप में स्वीकार करता है जो सद्धर्म मार्ग पर चलने में एक-दूसरे को सहायता देता है। भिक्खु का जीवन सादगी और विनम्रता से परिपूर्ण होता है। भोजन के लिए भिक्षाटन करने से अहंकारशून्यता आती है। भिक्षाटन अन्य लोगों के साथ संपर्क साधने का एक माध्यम भी होता है जिससे उन्हें यह समझने में सहायता की जा सके कि प्रेम और सौहार्द्र (प्रज्ञा) का मार्ग क्या है, जिसकी शिक्षा बुद्धदेव सबको देते है।

दस वर्ष पूर्व स्वास्ति और उसके मित्रों ने बोधिवृक्ष के नीचे बुद्ध को यह देशना करते सुना था कि आत्म-जागृति का मार्ग ही प्रेम और प्रज्ञा का मार्ग है। इसलिए सारिपुत्त ने स्वास्ति को जो कुछ कहा, उसे वह अच्छी तरह हृदयंगम कर सका। यद्यपि सारिपुत्त का मुखमंडल गंभीर था किन्तु उनकी आंखों और मुस्कान में अपार प्रेम और करुणा का तेज भी था। उन्होंने स्वास्ति से कहा कि शीघ्र ही एक दीक्षा समारोह होगा जिसमें उसे भिक्खु संघ में सम्मिलित करने के लिए प्रवृज्या दी जाएगी। उन्होंने यह भी बताया कि उस अवसर पर क्या-क्या शब्द उच्चारण करने हैं।

सारिपुत्त ने स्वयं ही दीक्षा-समारोह की अध्यक्षता की जिसमें बीस भिक्खुओं ने भाग लिया। उस अवसर पर बुद्ध और राहुल भी उपस्थित थे जिससे स्वास्ति को विशेष प्रसन्नता हुई। सारिपुत्त ने मौन भाव से एक गाथा मन ही मन पढ़ी और स्वास्ति के सिर के बालों के कुछ गुच्छे काटे। फिर उन्होंने वह उस्तरा राहुल को दे दिया जिसने स्वास्तिं के सिर का पूर्णतः मुंडन किया। सारिपुत्त ने स्वास्ति को तीन चीवर, एक भिक्षा-पात्र और एक घड़ा दिया। राहुल ने उसे सिखा ही दिया था कि चीवर कैसे धारण करना है, इसलिए स्वास्ति ने बिना कठिनाई के चीवर धारण कर लिया। वह बुद्ध तथा उपस्थित अन्य भिक्खुओं के समक्ष अपना आभार व्यक्त करने के लिए प्रणत हुआ।

बाद में उस दिन प्रातः उसने पहली बार प्रवृज्जित भिक्खु के रूप में भिक्षाटन किया। वेणुवन विहार के भिक्खु कई दलों में विभक्त होकर राजगृह में भिक्षाटन करते थे। स्वास्ति जिस दल में था, उसके नेता सारिपुत्त थे। विहार से भिक्षाटन के लिए निकलते समय कुछ पग चलकर स्वास्ति ने स्वयं को स्मरण दिलाया कि भिक्षाटन सद्धर्म के मार्ग की साधना का एक अंग है।

उसने अपनी श्वसन-क्रिया पर ध्यान केन्द्रित किया और प्रत्येक पग शांतिपूर्वक सचेतावस्था में उठाया। राहुल उसके पीछे-पीछे चल रहा था। यद्यपि स्वास्ति अब प्रवृज्जित भिक्खु था, किन्तु वह समझता था कि उसका अनुभव राहुल के अनुभव की तुलना में बहुत कम है। उसने मन में संकल्प किया कि वह विनम्रता और सौम्यता के भावों को पूर्ण मन से अपनाने में कुछ भी उठा नहीं रखेगा।

अध्याय दो

भैंसों की देख-भाल

उस दिन वातावरण ठंडा था। सजगता सहित दोपहर का भोजन कर लेने के बाद प्रत्येक भिक्खु ने अपना पात्र धोकर साफ किया और अपना-अपना आसन ज़मीन पर बिछाकर बुद्ध की ओर मुख करके बैठ गए। वेणुवन की गौरैया चिड़िया निडर होकर भिक्खुओं के बीच आ जातीं और कुछ बांसों की सबसे ऊंची टहनी पर जा बैठी थीं। स्वास्ति ने देखा कि राहुल बुद्ध के ठीक सामने बैठा है। वह पंजों के बल चलता हुआ वहां तक गया और राहुल के बराबर ही आसन डालकर बैठ गया। सभी पद्मासन पर बैठे हुए थे। शान्त और गरिमापूर्ण वातावरण में सभी मौन थे। स्वास्ति जानता था कि सभी सजगता से श्वसन-क्रिया पर ध्यान केन्द्रित कर रहे थे और बुद्ध की देशना आरंभ होने की प्रतीक्षा कर रहे थे।

बांसों से बना मंच बस इतना ही ऊंचा था कि हर कोई बुद्ध को भलीभांति देख सके। बुद्ध एकदम सहज थे किन्तु समूचा वातावरण गरिमापूर्ण था। जब उन्होंने एकत्र भिक्खुओं को देखा तो उनकी आंखों से प्रेममय करुणा की वर्षा हो रही थी। उनकी आंखें जब स्वास्ति और राहुल पर टिकीं तो वह मन्द-मन्द मुस्काए और अपनी देशना आरंभ की :

'आज मैं आपसे भैंसों की देख-भाल की चर्चा करूंगा। अच्छे चरवाहे को क्या-क्या आना चाहिए और उसे क्या कुछ करना चाहिए। जो भैंसों की ठीक से देख-भाल करता है, वह अपने भैंसों को आसानी से पहचानता भी है। वह हर एक भैंसे की प्रकृति और प्रवृत्तियों को जानता है। वह जानता है कि कैसे रगड़कर उन्हें नहलाना है, उनके घावों को कैसे ठीक करना है, धुएं के माध्यम से मच्छरों को कैसे भगाना है, उनके चलने के लिए सुरक्षित रास्ता खोजना है, कैसे उनसे प्रेम करना है, नदी पार करने के लिए सुरक्षित एवं

"जैसे चरवाहा अपनी भैंसों के लिए ताजा घास तलाश कर के रखता है, उसी प्रकार भिक्खु जानता है कि सचेतनता के चार चरणों से मुक्ति प्राप्त होती है।"

उथला स्थान देखना है, उनके लिए ताजी घास और पानी ढूंढ़ना है, चरागाहों को सुरक्षित कैसे रखना है और कैसे अधिक उम्र के भैंसों को छोटे भैंसों के लिए आदर्श बनाना है।

'सुनो भिक्खुओ ! जैसे चरवाहा अपने हर भैंसे को पहचानता है, उसी प्रकार भिक्खु को अपने शरीर के प्रत्येक अनिवार्य तत्त्व को जानना चाहिए। जैसे चरवाहा हर भैंसे की प्रकृति और प्रवृत्तियों को जानता है, उसी प्रकार भिक्खु को जानना चाहिए कि शरीर, वाणी और चित्त के कौन-कौन से कार्य अच्छे हैं और कौन-से बुरे। जैसे चरवाहा अपनी भैंसों को रगड़-रगड़कर नहलाता है, भिक्खु को अपने मन और शरीर को इच्छाओं, राग, क्रोध और वितृष्णा के मैल से कैसे शुद्ध रखना चाहिए।'

जब बुद्ध देशना दे रहे थे तो उन्होंने स्वास्ति पर से दृष्टि नहीं हटाई। स्वास्ति ने अनुभव किया कि बुद्ध की देशना का स्रोत वह ही है। उसे याद आया कि वर्षों पहले वह जब बुद्ध के पास बैठता था तो बुद्ध पूछते थे कि तुम भैंसों की देख-भाल कैसे करते हो, सभी कामों को विस्तार से बताओ। अगर वह ये सब बातें उन्हें नहीं बताता तो राजमहलों में पला-बढ़ा राजकुमार भली भैंसों की देख-भाल की इतनी बातें कैसे जान सकता था।

यद्यपि बुद्ध सामान्य स्वर में ही देशना कर रहे थे, किन्तु उनका स्वर और हर शब्द एकदम स्पष्ट था। उनका एक-एक शब्द हर कोई समझ रहा था; 'जिस प्रकार चरवाहा भैसों के घावों की देख-भाल करता है, भिक्खु को अपनी छहों इंद्रियों–आंख, कान, नाक, जिह्वा, शरीर और चित्त—पर नजर रखनी चाहिए जिससे वे आसक्तियों में भ्रमित न हो जाएं। जैसे चरवाहा आग जलाकर धुएं के द्वारा भैसों की मच्छरों से रक्षा करता है, उसी प्रकार भिक्खु को भी उपदेशों का प्रयोग करके जाग्रत् रहना चाहिए जिससे वह अपने आस-पास के लोगों को दिखा सके कि शरीर एवं चित्त को अभीप्साओं का शिकार होने से कैसे बचाया जा सकता है। जैसे चरवाहा भैसों के आवागमन के लिए सुरक्षित रास्ते तलाश करके रखता है, भिक्खु को उन मार्गों से बचना चाहिए जो ख्याति, धन एवं इंद्रिय-सुख की कामना जगाते हैं जैसे होटल या थियेटर में जाना। जिस प्रकार चरवाहा अपनी भैसों से प्रेम करता है, भिक्खु को ध्यान के आनंद और शांति की चाह रखनी चाहिए। जैसे चरवाहा भैसों को नदी पार ले जाने के लिए सुरक्षित और उथले पानी वाली जगह की खोज करता है, उसी प्रकार भिक्खु को अपना जीवन व्यतीत करने के लिए चार आर्य सत्यों पर निर्भर रहना चाहिए। जिस प्रकार चरवाहा भैसों के लिए ताजी

घास और पानी की खोज करता रहता है, भिक्खुओं को 'सम्यक् जागरूकता (प्राणायाम) के चार चरणों' को जानना चाहिए जो निर्वाण की दिशा में बढ़ने के संबल होते हैं। जिस प्रकार चरवाहा खेतों को भैसों द्वारा जरूरत से ज़्यादा चरने से बचाता है, उसी प्रकार भिक्खु को अपने निकट के उस समाज से संपर्क बनाए रखना चाहिए जिससे वह भिक्षा प्राप्त करता है। जिस प्रकार चरवाहा बड़े भैसों को छोटी आयु की भैसों के लिए आदर्श के रूप में प्रयोग करता है, भिक्खु को, वैसे ही, वयोवृद्धों के ज्ञान और अनुभव पर निर्भर करना चाहिए। ओ भिक्खुओ, जो भी इन ग्यारह बातों पर आचरण करता है, वह छः वर्षों के अभ्यास द्वारा 'अर्हत्' बन सकता है।"

स्वास्ति आश्चर्यपूर्वक सब कुछ सुनता रहा। बुद्ध को वह हर बात याद थी, जो दस वर्ष पहले उसने उनसे कही थीं और उसकी हर बात को बुद्ध ने भिक्खुओं द्वारा तपस्या के मार्ग पर चलने का साधन बनाने के लिए प्रयोग किया था। यद्यपि स्वास्ति जानता था कि बुद्ध समस्त भिक्खु-समुदाय को संबोधित कर रहे थे, उसके मन पर इस बात की स्पष्ट छाप थी कि मानो बुद्ध सीधे उसे ही संबोधित कर रहे हों। उसकी आंखें एक पल के लिए भी बुद्ध के चेहरे पर से नहीं हटी थीं।

उनके वचन ऐसे थे जो सीधे हृदय को छूने वाले थे, हालांकि 'छ: इंद्रियां', 'चार आर्य सत्यों' और 'सम्यक जागरूकता के चार चरण' सरीखी गूढ़ शब्दावली को स्वास्ति समझ नहीं सका था। वह राहुल से पूछकर इनके अर्थ को बाद में भली प्रकार जान लेगा किन्तु बुद्ध की देशना का मूल भाव वह समझ गया था।

बुद्ध की देशना चल रही थी। वह उपस्थित भिक्खुओं को भैसों के चलने के लिए सुरक्षित मार्ग चुनने के विषय में बता रहे थे। अगर उस मार्ग में बहुत से कांटे होंगे तो वे भैसों को चुभ जाएंगे जिनसे उन्हें घाव लगेंगे। घाव पक सकते हैं और यदि चरवाहे को पता नहीं हो कि घावों को कैसे ठीक करना है तो भैंसे को बुखार हो सकता है और वह मर भी सकता है। सम्यक् धर्म-मार्ग का आचरण करना भी वैसा ही है। यदि भिक्खु सम्यक् धर्म-मार्ग नहीं जान लेता तो उसका मन तथा शरीर घायल हो सकते हैं। लोभ और क्रोध उसके घावों को और भी विषाक्त बना सकते हैं और स्थिति इस सीमा तक पहुंच सकती है कि निर्वाण का मार्ग ही अवरुद्ध हो जाए।

बुद्ध बोलते-बोलते थोड़ा रुके। उन्होंने स्वास्ति को संकेत से अपने पास आने को कहा। स्वास्ति हाथ जोड़कर खड़ा हो गया। बुद्ध मुस्करा रहे थे। उन्होंने

स्वास्ति का उपस्थित भिक्खुओं से परिचय कराते हुए कहा :

"दस वर्ष पहले मेरी भेंट स्वास्ति से गया के समीप एक वन में हुई थी जब मुझे संबोधि की प्राप्ति नहीं हुई थी। उस समय यह ग्यारह वर्ष का था। स्वास्ति की लाई हुई कुशा से मैंने आसन बनाया था जिस पर मैं बोधि-वृक्ष के नीचे बैठा था। भैसों की देख-भाल की जो भी बातें मैंने अभी बताई हैं, वे सब मैंने इसी से सीखी थीं। मैं जानता था कि यह बहुत अच्छा चरवाहा है; और आज मैं जानता हूं कि यह एक श्रेष्ठ भिक्खु भी बनेगा।"

सभी की आंखें स्वास्ति पर लगी थीं। उसके कान और गाल एकदम लाल हो उठे। सभी लोगों ने हाथ जोड़कर उसको नमन किया और उसने भी सभी को नमन किया। सचेत श्वसन-क्रिया (प्राणायाम) की सोलह विधियां बताने की राहुल को आज्ञा देते हुए बुद्ध ने अपनी देशना समाप्त की। राहुल ने खड़े होकर हाथ जोड़े और घंटा-ध्वनि के समान स्पष्ट स्वर में प्रत्येक विधि का वर्णन किया और भिक्खु समुदाय को नमन किया। बुद्ध उठ खड़े हुए और मंद गति से अपनी कुटिया में चले गए। उनके बाद सभा में आए सभी भिक्खुओं ने अपने-अपने आसन उठाए और धीरे-धीरे वन में अपने-अपने स्थानों पर चले गए। कुछ भिक्खु कुटियों में रहते थे। बहुत से भिक्खु बांस के (वृक्षों) के नीचे ही खुले में सोते और ध्यान-साधना किया करते थे। जब बहुत तेज वर्षा होती तो वे लोग अपने आसन उठाकर कुटियों में या प्रार्थना-कक्षों में शरण ले लेते थे।

स्वास्ति के आचार्य, सारिपुत्त ने राहुल के पास ही खुले में उसके रहने का स्थान नियत किया था। जब राहल छोटा ही था, तो वह आचार्य की कुटिया में रहता। वही उसके मार्ग-दर्शक थे। अब उसे बांस-वृक्षों के नीचे रहने का स्थान दिया गया था। राहुल के साथ रहने का स्थान पाकर स्वास्ति बहुत प्रसन्न था।

उसी दिन तीसरे पहर बैठकर ध्यान-साधना करने के पश्चात् स्वास्ति ने अकेले ही चलित ध्यान का अभ्यास शुरू किया। उसने एकान्त मार्ग चुना, जिस पर किसी से मिलना न हो किन्तु उसने पाया कि श्वसन-क्रिया पर ध्यान करते रहना कठिन कार्य है। उसका ध्यान अपने भाई-बहनों और घर की ओर चला गया। नैरंजना नदी की ओर जाता हुआ मार्ग उसकी स्मृति में कौंध गया। उसने देखा कि छोटी-सी भीमा ने अपने आंसू छिपाने के लिए मुंह नीचा कर लिया है और रूपक अकेले ही रामभूल की भैसों की देख-भाल

कर रहा है। उसने इन विचारों को चित्त से हटा देने और अपना ध्यान अपने पद-संचलन और श्वसन-क्रिया पर केन्द्रित करने का प्रयास किया। उसे इस बात पर शर्म आई कि वह अपने अभ्यास में नहीं जुट पाया। वह बुद्ध के विश्वास के योग्य नहीं है। चलित ध्यान करने की इस चेष्टा के बाद उसने सोचा कि इस विषय में वह राहुल से सहायता मांगेगा। इसके अलावा और भी बातें थीं जो बुद्ध ने अपनी देशना के समय आज प्रातः कही थीं जिन्हें वह पूरी तरह से समझ नहीं पाया था। उसे विश्वास था कि उन बातों को राहुल समझा देगा। राहुल के विषय में सोचते ही वह उत्साहित और शांत हो गया। इससे उसे अपने श्वसन-क्रिया एवं पग-संचलन पर ध्यान लगाना आसान हो गया।

स्वास्ति को राहुल की खोज नहीं करनी पड़ी क्योंकि वह स्वयं ही उसे ढूंढ़ता हुआ आ गया। वह स्वास्ति को लेकर बांस के वृक्ष के नीचे अपने स्थान पर आ गया और कहा :

'आज अपराह्न में मैं मान्य आनंद से मिला था। वह तुमसे उस समय की सभी बातें जानने के बहुत इच्छुक हैं, जब तुम पहली बार बुद्ध से मिले थे।'

'राहल ये मान्य आनंद कौन हैं ?'

'वह शाक्यवंश के एक राजकुमार हैं और बुद्ध के चचेरे भाई हैं। वह सात वर्ष पूर्व ही भिक्खु बने हैं और आज श्रेष्ठतम शिष्यों में उनकी गणना होती है। वही महान गुरु के स्वास्थ्य का ख्याल रखते हैं। मान्य आनंद ने हम लोगों को कल शाम अपनी कुटिया में आने के लिए कहा है। बुद्ध जब गया वन में तपस्या कर रहे थे, उस समय के विषय में तो मैं भी सब कुछ जानना चाहूंगा।'

'क्या बोधिसत्व ने आपको अभी तक वह सब नहीं बताया ?'

'बताया तो है किन्तु विस्तार से नहीं। मुझे विश्वास है कि उस समय की बहुत-सी बातें तुम बता सकोगे।'

'बातें तो बहुत अधिक नहीं हैं लेकिन मुझे जो भी याद है, अवश्य बताऊंगा। राहुल, मान्य आनंद कैसे व्यक्ति हैं ? मुझे उनसे मिलने में कुछ घबराहट हो रही है।'

'चिन्ता बिल्कुल भी मत करो। वे बहुत दयालु एवं मैत्रीपूर्ण हैं। मैंने उन्हें जब तुम्हारे परिवार के विषय में बताया तो वह बहुत हर्षित हुए।'

राहुल जब उठकर चलने को हुआ तो स्वास्ति ने उसका चीवर पकड़ लिया

और कहा- 'आप कुछ देर और नहीं रुक सकते ? मैं आपसे कुछ बातें पूछना चाहता हूं। आज सबेरे देशना में बुद्ध ने ग्यारह बातों की चर्चा की थी, जिनका पालन भिक्खु को करना चाहिए। लेकिन मुझे वे सभी बातें याद नहीं रहीं। क्या आप मुझे वे बातें दोबारा बता सकेंगे ?'

"मैं स्वयं उनमें से नौ बातें ही याद रख पाया हूं। चिन्ता मत करो। कल वे सब बातें मान्य आनंद से पूछ लेना।'

"क्या आपको विश्वास है कि मान्य आनंद को वे सभी बातें याद होंगी ?'

'निश्चय ही। यदि वे एक सौ ग्यारह होतीं, तो भी वे मान्य आनंद को याद होतीं। तुम अभी उनको जानते नहीं। किन्तु यहां सभी उनकी प्रखर स्मरण-शक्ति के प्रशंसक हैं। बुद्ध जो कुछ भी कहते हैं, उसकी छोटी से छोटी बात तक को पूर्ण शुद्धता के साथ वे दोहरा सकते हैं। यहां सभी उनको बुद्ध का सर्वाधिक ज्ञान-सम्पन्न शिष्य मानते हैं। जब भी कोई बुद्ध की देशना की कोई बात भूल जाता है, तो वह मान्य आनंद से पूछ लेता है। कभी-कभी श्रमण वर्ग अध्ययन सत्रों का आयोजन करता है तो मान्य आनंद बुद्ध की आधारभूत शिक्षाओं को सुनाते हैं।'

'तब तो हम बहुत ही भाग्यवान हैं। हम प्रतीक्षा करेंगे और कल उनसे पूछ लेंगे। लेकिन मैं आपसे कुछ और भी पूछना चाहता हूं कि चलित ध्यान करते समय आप मन को कैसे शान्त करते हैं ?'

'क्या तुम यह कहना चाहते हो कि चलित ध्यान के समय तुम्हारे मन में अन्य विचार आ जाते हैं ? जैसे कि अपने परिवार की याद आना।'

स्वास्ति ने अपने मित्र का हाथ पकड़ लिया, 'आपको कैसे यह सब ज्ञात हुआ ? मेरे साथ, ठीक यही बीती है। पता नहीं क्यों आज शाम मुझे अपने परिवारजनों की बहुत जोर से याद आई। मुझे बड़ा खराब लगा। शायद मुझमें सद्धर्म-पालन का संकल्प दृढ़ नहीं है। मैं आपके और बुद्ध के समक्ष शर्मिन्दा अनुभव करता हूं।'

राहुल ने कहा–'इसमें शर्मिन्दा होने की क्या बात है। जब मैं पहले बुद्ध के संघ में आया था तो मुझे अपनी माता, अपने दादा और अपनी दादी की बहुत याद आई। कई रातों तक मैं आसन में मुंह छिपाए, अकेला रोता रहा। मुझे पता है कि मेरी मां, दादाजी और दादी जी को भी मेरी बहुत याद आई होगी। लेकिन कुछ दिनों के बाद सब सामान्य हो गया।'

राहुल ने स्वास्ति को हाथ पकड़कर खड़ा किया और मित्र भाव से उसको गले लगा लिया।

तुम्हारी भाई-बहनें बड़ी प्यारी हैं। यह सर्वथा स्वाभाविक है कि तुम्हें उनकी याद आए। लेकिन तुम शीघ्र ही अपने इस नए जीवन के अभ्यस्त हो जाओगे। हमें यहां बहुत सारे काम करने हैं। हमें निरन्तर साधना-अभ्यास और अध्ययन करना चाहिए। लेकिन सुनो, जब भी मुझे अवसर मिलेगा, मैं तुम्हें अपने परिवार के विषय में बताऊंगा। ठीक है न ?'

स्वास्ति ने राहुल का हाथ अपने दोनों हाथों में थाम लिया और स्वीकृति में सिर हिला दिया। इसके बाद राहुल अपने कपड़े धोने चला गया और स्वास्ति झाड़ू लेकर रास्ते में पड़ी बांस की पत्तियां साफ करने लगा।

अध्याय तीन

घास का उपहार

सोने से पहले स्वास्ति बांस-वृक्ष के नीचे बैठा उन महीनों की याद करने लगा जब पहली बार उसकी बुद्ध से भेंट हुई थी। उस समय उसकी आयु सिर्फ ग्यारह वर्ष की थी। उसकी मां का देहान्त हाल ही में हु आ था। तीन सगे भाई-बहनों को पालने का भार उसके कंधों पर आ पड़ा था। उसकी सबसे छोटी बहिन तो शिशु ही थी जिसके पीने के लिए दूध भी नहीं था। सौभाग्य से, गांव के रामभूल नामक व्यक्ति ने स्वास्ति को अपने चार बड़े भैंसों और एक भैंस की देख-भाल के लिए रख लिया था। चराते समय वह भैंस को दुह लिया करता था और इस प्रकार वह अपनी छोटी बहिन को दूध पिला पाता था। उसने भैंसों की देख-भाल पूरी सावधानी से करना शुरू कर दिया था क्योंकि वह जानता था कि कैसे भी हो, उसे यह नौकरी बनाए रखनी है, वरना उसके भाई-बहिन भूखों मर जाएंगे। पिता की मृत्यु के बाद उसकी झोंपड़ी की छत पर नया फूस भी नहीं डाला जा सका था। इससे, जब भी वर्षा होती थी, रूपक छत के छेदों के नीचे पत्थर की कोठारी रखता फिरता था ताकि वर्षा का पानी उसी में जमा हो सके (और सारी झोंपड़ी गीली न हो)। बाला केवल छः वर्ष की थी लेकिन उसे खाना बनाना, छोटी बहन की देख-रेख करना और जंगल से, जलाने के लिए लकड़ियां लाना भी सीखना पड़ा था। हालांकि वह बहुत ही छोटी थी; फिर भी आटे को गूंध कर भाई-बहिनों के लिए रोटियां सेंक ही लेती थी। शाक-सब्जी या दाल तो उन्हें शायद ही कभी नसीब होती हो। जब स्वास्ति भैंसों को, दिन भर चराने के बाद, रामभूल के घर छोड़ने जाता था तो सब्जी-मसाले की जो सुगंध उसके रसोईघर से उठती थी, उससे स्वास्ति के मुंह में पानी भर आता था। जब से उसके पिता की मृत्यु हुई थी, मांस या सब्जी

की मसालेदार तरी में चपाती डुबोकर खाना तो उसके लिए अजानी रईसी बन गई थी। बच्चों के कपड़े फट कर चीथड़े हो गए थे। स्वास्ति के पास बस एक पुरानी धोती ही थी। जब कड़ाके की सर्दी होती तो वह पुराना मटमैला कपड़ा अपने कंधों पर डाल लेता था। हालांकि उस कपड़े का रंग गायब हो गया था और तार-तार हो चुका था; फिर भी, उसके लिए वह बहुत ही कीमती था।

स्वास्ति को भैंसों को चराने के लिए अच्छी घास वाली जगहें खोजकर रखनी पड़ती थीं क्योंकि अगर वह भैसों को भूखा ही बाड़े में लौटा लाएगा तो रामभूल उसकी अच्छी पिटाई करेगा। इसके अलावा उसको भैंसों के रात में खाने हेतु एक गठरी घास भी काटकर लानी पड़ती थी। शाम को जब मच्छर अधिक होते तो स्वास्ति आग जलाकर उसके धुएं से मच्छरों को भगाने का इन्तजाम भी करता था। इसके बदले में रामभूल उसे हर तीसरे दिन चावल, आटा और नमक दिया करता था। कभी-कभी स्वास्ति नैरंजना नदी के किनारे से कुछ मछलियां पकड़ लाता था।

एक दिन दोपहर में, जब वह भैंसों को नहला चुका और घास भी काट ली तो स्वास्ति ने सोचा कि ठंडे वन में कहीं एकान्त में कुछ क्षणों के लिए विश्राम कर ले। भैंसों को जंगल में नदी के किनारे चरते छोड़कर, स्वास्ति ऐसे बड़े वृक्ष की खोज करने लगा जिसके तने से पीठ लगाकर आराम किया जा सके। अचानक वह रुक गया। उससे बीस फुट की दूरी पर पीपल के वृक्ष के नीचे एक व्यक्ति चुपचाप बैठा था। स्वास्ति ने उसकी ओर आश्चर्य से देखा। उसने आज तक किसी को इतने सीधे तने हुए ढंग से बैठे हुए नहीं देखा था। उसकी पीठ सीधी थी और उसने पांव जंघाओं पर रखे हुए थे। वह एकदम स्थिर एवं संयत भाव से बैठा था। उसकी आंखें अधखुली लग रही थीं और उसके हाथ गोदी में सहजता से एक-दूसरे के ऊपर रखे हुए थे। वह ईंटिया रंग का वस्त्र इस प्रकार धारण किए हुए था कि उसका एक कंधा खुला हुआ था। उसके शरीर का शांत, गंभीर और गरिमामय ओज सब ओर फैल रहा था। केवल उसकी ओर एक बार देख लेने से उसे आश्चर्यजनक ताजगी महसूस हुई। उसका हृदय धड़कने लगा। वह समझ ही नहीं पा रहा था कि जिस व्यक्ति से वह मिला तक नहीं है, उसके लिए मन में यह विशिष्ट भाव क्यों जाग रहा है। फिर भी, वह उसके प्रति आदर-भाव से भरा बड़ी देर तक अविचल खड़ा देखता रहा।

तब उस व्यक्ति ने आंखें खोलीं। पहले उसने स्वास्ति को नहीं देखा क्योंकि

उसने अपना पद्मासन खोलकर धीरे-धीरे अपनी टांगें अलग कीं और टखनों और तलवों को मलने लगा। धीरे से वह उठ खड़ा हुआ और चलने लगा। वह विपरीत दिशा में चल रहा था, इसलिए उसने तब तक भी स्वास्ति को देखा नहीं। किसी प्रकार की आहट किए बिना, स्वास्ति उसे वन-भूमि पर धीमे-धीमे ध्यानपूर्वक कदम रखकर चलते देखता रहा। सात-आठ पग चलकर व्यक्ति पीछे की ओर मुड़ा और तभी स्वास्ति पर उसकी दृष्टि पड़ी।

वह बालक की ओर देखकर मुस्कराया। स्वास्ति की ओर आज तक किसी ने ऐसी मृदुल एवं संतोषदायी मुस्कान से नहीं देखा था। किसी अज्ञात शक्ति से खिंचा स्वास्ति उसकी तरफ दौड़ पड़ा लेकिन जब वह उससे कुछ ही फुट की दूरी पर था तो अकस्मात् रुक गया। उसे याद आ गया कि उसे किसी उच्च वर्ण के व्यक्ति के समीप जाने का अधिकार नहीं है।

स्वास्ति एक अछूत था। वह समाज में प्रचलित चार वर्षों में से किसी वर्ण का नहीं था। उसके पिता ने बताया था कि ब्राह्मण सबसे उच्च वर्ण के होते हैं। इस वर्ण में जन्मे लोग आचार्य तथा अध्यापक होते हैं जो वेदों तथा अन्य धर्म-ग्रंथों का अध्ययन और देवताओं की अर्चना करते हैं। जब ब्रह्मा ने सृष्टि की रचना की तो 'ब्राह्मण' उनके मुख से प्रकट हुए थे। ब्राह्मणों के बाद सर्वोच्च वर्ण के लोग 'क्षत्रिय' होते हैं। वे राजनेता और योद्धा हो सकते हैं क्योंकि उनका जन्म ब्रह्मा की दोनों भुजाओं से हुआ था। 'वैश्य' वर्ण के लोग व्यापारी, कृषक और दस्तकार होते हैं और उनका जन्म ब्रह्मा की जंघाओं से हुआ था। शूद्रों का जन्म ब्रह्मा के चरणों से हुआ था और चातुर्वर्ण-व्यवस्था में उनका स्थान सबसे नीचा था। किन्तु स्वास्ति के परिवारजन तो अछूत थे जो किसी भी वर्ण के नहीं थे। इन लोगों को गांव की सीमा के बाहर घर बनाकर रहना होता था और ये सबसे नीच किस्म के काम करते थे जैसे कूड़ा-कर्कट उठाना, खेतों में खाद डालना, सड़कें बनाना, सूअर पालना और भैसों को चराना या उनकी देख-भाल करना। जो व्यक्ति जिस वर्ण में जन्मा हो, उससे वही वर्ण मानकर चलने की अपेक्षा की जाती थी। पवित्र धर्म-ग्रंथों ने बताया है कि अपनी स्थिति को स्वीकार कर लेना ही श्रेयस का मार्ग है।

यदि स्वास्ति सरीखा अछूत उच्च वर्ण के किसी व्यक्ति को छू लेगा तो उसकी पिटाई की जाएगी। उरुबेला गांव में एक अछूत की इसीलिए जमकर पिटाई की गई थी क्योंकि उसने ब्राह्मण को अपने हाथ से छू लिया था। यदि किसी ब्राह्मण या क्षत्रिय को कोई अछुत स्पर्श कर ले तो वह अपवित्र हो जाता

है और अपनी शुद्धि के लिए उसे घर जाकर कई सप्ताहों तक उपवास और प्रायश्चित करना पड़ता है। जब भी स्वास्ति भैंसों को वापस ले जाता तो इस बात की बेहद सावधानी बरतता था कि रामभूल के घर के बाहर या रास्ते में किसी उच्च वर्ण के व्यक्ति के पास से भी न गुजरे। स्वास्ति को लगता था कि मुझसे तो ये भैंसें ही अधिक भाग्यवान हैं क्योंकि इन्हें छूकर ब्राह्मण अपवित्र नहीं होता। भले ही अछूत का कोई दोष न हो; फिर भी, यदि उच्चवर्ण का कोई व्यक्ति अकस्मात् उससे छू जाता तो, अछूत की ही बेरहमी से पिटाई होती।

यहां स्वास्ति के सामने, अत्यधिक आकर्षक एवं तेजस्वी व्यक्ति खड़ा था और उसे देखकर स्पष्ट था कि वह उसके सामाजिक स्तर का नहीं है। जिसकी इतनी कृपालु एवं संतोषपूर्ण मुस्कान हो, वह निश्चय ही स्वास्ति द्वारा छू लेने पर उसे पीटेगा तो नहीं। किन्तु वह किसी विशिष्ट व्यक्ति को अपवित्र करने का कारण नहीं बनना चाहता था, इसीलिए वह उस समय ठिठक गया जब उस व्यक्ति से कुछ ही कदम दूर था। स्वास्ति की हिचकिचाहट देखकर वह व्यक्ति स्वयं ही आगे बढ़ आया। उस व्यक्ति से वह छू न जाए, इसके लिए स्वास्ति कुछ कदम पीछे हट गया। किन्तु वह व्यक्ति स्वास्ति से अधिक फुर्तीला निकला। उसने क्षणभर में अपने बाएं हाथ से स्वास्ति का कंधा पकड़ लिया। अपने दाहिने हाथ से उसने स्वास्ति के सिर पर प्यार भरी धौल जमा दी। स्वास्ति अवाक् खड़ा को खड़ा रह गया। आज तक किसी ने उसके सिर पर इतने स्नेह से कृपापूर्ण हाथ नहीं रखा था। फिर भी, स्वास्ति एक भय के भाव से सिहर उठा।

'डरो मत बच्चे।' उस व्यक्ति ने शांत और आश्वसनपूर्ण स्वर में कहा।

उसका स्वर सुनते ही स्वास्ति की भय-भावना गायब हो गई। उसने अपना सिर उठाया और उसकी कृपा एवं संतोषदायी मुस्कान को निहारता रहा। एक क्षण की हिचक के बाद उसने लड़खड़ाती आवाज में कहा–'श्रीमन्, आप मुझे बहुत अच्छे लगे।'

उस व्यक्ति ने स्वास्ति की ठोढ़ी अपने हाथ से ऊपर करके उसकी आंखों से आंखें मिलाकर कहा–'मुझे भी तुम अच्छे लगे। क्या पास ही कहीं रहते हो ?'

स्वास्ति ने कोई उत्तर नहीं दिया। उसने उस व्यक्ति का बायां हाथ अपने दोनों हाथों में ले लिया और उसके मन को उलझन में डालने वाला प्रश्न कर ही डाला–'जब मैं आपका इस प्रकार स्पर्श कर रहा हूं तो क्या आप अपवित्र नहीं हो गए।'

सिद्धार्थ को आसन बनाने हेतु स्वास्ति ने घास की पूली उपहार में दी

वह व्यक्ति हंस पड़ा और सिर हिलाते हुए बोला–'बिलकुल नहीं, बच्चे। तुम एक इंसान हो और मैं भी एक इंसान हूं। तुम मुझे अपवित्र कर ही नहीं सकते। लोग तुमसे जो कुछ कहते हैं, उसकी चिन्ता मत करो।'

उसने स्वास्ति का हाथ पकड़ा और उसके साथ वन के छोर तक साथ-साथ गया। भैंसे अब भी आराम से चर रहे थे। उस व्यक्ति ने स्वास्ति की ओर देखा और पूछा–'क्या तुम इन भैंसों को चराते हो ? यह घास तुमने भैंसों के रात में खाने के लिए काटी होगी। तुम्हारा नाम क्या है ? क्या तुम्हारा घर कहीं आस-पास ही है ?'

स्वास्ति ने नम्रता से उत्तर दिया–'जी हां, मैं इन चार भैंसों और एक भैंस को चराता हूं। मैं नदी के उस पार उरुबेला गांव से जरा-सा आगे रहता हूं। क्या आप कृपा करके अपना नाम बताएंगे ? और क्या यह भी बताने की कृपा करेंगे कि आप रहते कहां हैं ?'

उस व्यक्ति ने स्नेहपूर्वक उत्तर दिया–'जरूर-जरूर। मेरा नाम सिद्धार्थ है। मेरा घर यहां से बहुत दूर है लेकिन इन दिनों मैं इस वन में ही रहता हूं ?'

'क्या आप संन्यासी हैं।'

सिद्धार्थ ने सिर हिलाकर हामी भरी। स्वास्ति जानता था कि साधु-संन्यासी सामान्यतः पहाड़ों पर रहते हैं और वहीं तपस्या करते हैं।

हालांकि वे अभी-अभी मिले थे और उनके बीच थोड़े से शब्दों का ही आदान-प्रदान हुआ था; फिर भी, स्वास्ति को अपने इस नए मित्र के प्रति गहरे लगाव का अनुभव हुआ। उरुवेला में किसी ने कभी उसके साथ ऐसा मैत्रीपूर्ण व्यवहार नहीं किया था और न उससे इतने स्नेहपूर्वक बातचीत की थी। उसे प्रचुर आनंद की अनुभूति हो रही थी और वह अपनी प्रसन्नता प्रकट करना चाहता था। काश ! उसके पास देने के लिए कोई उपहार होता जो वह सिद्धार्थ को भेंट कर पाता। उसकी जेब में तो धेला भी नहीं था, न गन्ने का टुकड़ा था और न गुड़। तब वह क्या भेंट करे ? उसके पास कुछ नहीं था, फिर भी वह साहस करके बोला :

'श्रीमन् मेरी इच्छा थी कि मैं आपको कुछ उपहार दे पाता, लेकिन मेरे पास तो कुछ भी नहीं है।'

सिद्धार्थ ने स्वास्ति की ओर मुस्करा कर कहा, 'लेकिन तुम्हारे पास देने के लिए है। तुम्हारे पास वह है, जो मुझे बहुत अच्छा लगेगा।'

'मेरे पास है ?'

सिद्धार्थ ने कुश घास के ढेर की ओर संकेत किया। 'भैंसों के लिए तुमने जो घास काटी है, वह नरम है और महकती है। अगर तुम इसमें से कुछ घास दे सको तो मैं वृक्ष के नीचे ध्यान करने के लिए बैठने का आसन बना लूंगा। इससे मुझे बहुत प्रसन्नता होगी।'

स्वास्ति की आंखें चमक उठीं। वह घास के ढेर की ओर लपका और उसकी पतली बाहों में जितनी घास आ सकी, उतनी सिद्धार्थ को समर्पित कर दी।

'मैं यह घास नदी के किनारे से काटता हूं। कृपया इसे स्वीकार करें। मैं भैंसों के लिए और घास आसानी से काट लूंगा।'

सिद्धार्थ ने अपने दोनों हाथ पसार कर कुश घास का उपहार स्वीकार कर लिया। उन्होंने कहा–'तुम बहुत ही दया भाव वाले बच्चे हो। धन्यवाद। जाओ, अपनी भैंसों के लिए, देर होने से पहले ही, कुछ और घास काट लो। अगर मौका मिले तो कल दोपहर को जंगल में आकर मुझसे मिल जाना।'

किशोर स्वास्ति ने उनको विदा करते हुए सिर झुकाकर अभिवादन किया और तब तक खड़ा-खड़ा देखता रहा, जब तक कि सिद्धार्थ जंगल में जाते हुए दिखते रहे। उसके बाद उसने हंसिया उठाया और नदी किनारे की ओर चल दिया। उसका हृदय बेहद उमंग भरा था।

स्वास्ति नैरंजना नदी के उथले पानी वाले मार्ग से भैंसों को हांकता हुआ वापस रामभूल के घर की ओर ले चला। भैंसे मीठी नरम घास चरना छोड़कर जाने को तैयार ही नहीं थे इसलिए स्वास्ति को उन्हें धकेल कर ले जाना पड़ा। उसके कंधे पर रखा घास गट्ठर भी भारी नहीं था और स्वास्ति भैंसों के साथ-साथ नदी पार कर आया।

अध्याय चार

घायल हंस

अगले दिन सबेरे ही स्वास्ति भैंसों को चराने के लिए ले गया। दोपहर तक उसने दो डलिया घास भी काट ली थी। स्वास्ति चाहता था कि भैंसे जंगल से लगी नदी के इस पार ही चरते रहें। इस प्रकार, जब वह घास काट लेगा तो वह थोड़ी देर आराम कर लेगा और भैंसों द्वारा धान के खेतों में घुसकर नुकसान करने की चिन्ता नहीं करनी पड़ेगी। उसके पास हंसिया ही था, जिससे वह अपनी रोजी कमाता था। स्वास्ति ने चावल की वह पोटली खोली जिसमें बाला ने केले के पत्ते में पके हुए चावल दोपहर में खाने के लिए रख दिए थे। जैसे ही वह खाने के लिए तैयार हुआ, वैसे ही उसे सिद्धार्थ का ध्यान आ गया।

उसने सोचा कि मैं यह चावल संन्यासी सिद्धार्थ के लिए ले जाऊंगा। निश्चय ही वह मेरे चावलों को तुच्छ नहीं समझेंगे। स्वास्ति ने चावल को केले के पत्ते में फिर लपेटा और भैसों को जंगल के किनारे चरता छोड़ उस रास्ते चल दिया, जहां से जाकर वह कल सिद्धार्थ से मिला था।

दूर से ही उसने देखा कि उसका नया मित्र उस पीपल वृक्ष के नीचे बैठा है। लेकिन सिद्धार्थ अकेले नहीं थे। उनके सामने स्वास्ति की ही आयु की एक लड़की बढ़िया सफेद साड़ी पहने बैठी थी। उनके सामने भोजन रखा हुआ था। इसे देखकर स्वास्ति अचानक ठहर गया। लेकिन सिद्धार्थ ने उसे देख लिया था और उसे 'स्वास्ति' कहकर आवाज़ दी और उसे भी अपने पास ही आकर बैठने का संकेत किया।

सफेद साड़ी वाली लड़की ने उसकी ओर देखा। स्वास्ति पहचान गया कि गांव के रास्ते पर गुजरते समय उसने उसे देखा है। स्वास्ति के आने पर वह अपनी बाईं ओर थोड़ी सरक गई ताकि स्वास्ति के लिए जगह हो जाए।

सिद्धार्थ ने उसे बैठने का संकेत किया। सिद्धार्थ के सामने केले का पत्ता बिछा हुआ था जिस पर मुट्ठी भर चावल और थोड़ा-सा तैलचूर्ण युक्त नमक रखा था। सिद्धार्थ ने चावल को दो भागों में बांट कर रखा हुआ था।

'बच्चे, क्या तुमने खाना खा लिया ?'

'नहीं, श्रीमन्, अभी नहीं खाया।'

'तब ठीक है। हमें यही भोजन मिल-बांटकर खाना है।'

सिद्धार्थ ने आधा चावल स्वास्ति को दिया। स्वास्ति ने धन्यवाद में हाथ जोड़े किन्तु चावल लेना स्वीकार नहीं किया। उसने अपनी चावल की छोटी-सी पोटली निकालते हुए कहा कि 'मैं भी थोड़ा-सा खाना लाया हूं।'

उसने अपना केले का पत्ता खोला जिसमें भूरे रंग के मोटे चावल थे। सिद्धार्थ की पत्तल पर नरम सफेद चावल थे। उसके चावलों में नमक भी नहीं था। सिद्धार्थ दोनों बच्चों को देखकर मुस्कराए और कहा कि 'क्यों न हम सभी भोजन मिलाकर आपस में बांटकर खाएं ?'

उन्होंने आधा सफेद चावल तैलचूर्ण युक्त नमक से लगाकर स्वास्ति को दिया। फिर उन्होंने स्वास्ति के चावल के गोले के दो हिस्से किए और उसे खुशी-खुशी खाने लगे। स्वास्ति को अजीब-सा लग रहा था लेकिन सिद्धार्थ की स्वाभाविकता देखकर, उसने भी खाना शुरू कर दिया।

'आपका चावल बहुत ही स्वादिष्ट था।'

'इसे सुजाता लाई थी।' सिद्धार्थ ने कहा।

'तो इस लड़की का नाम सुजाता है,' स्वास्ति ने सोचा वह उम्र में स्वास्ति से एक-दो साल बड़ी लग रही थी। उसकी बड़ी-बड़ी काली-काली आंखों में खूब चमक थी। स्वास्ति ने बीच में खाना रोककर कहा–'मैंने पहले भी तुम्हें गांव के रास्ते पर देखा था किन्तु यह नहीं जानता था कि तुम्हारा नाम सुजाता है।'

'हां, मैं सुजाता हूं और उरुबेला गांव के प्रधान की बेटी हूं। तुम्हारा नाम स्वास्ति ही है न ? गुरु सिद्धार्थ मुझे अभी-अभी तुम्हारे विषय में ही बता रहे थे।' फिर कोमलतापूर्वक कहा कि 'संन्यासी को श्रीमन् कहने की अपेक्षा गुरुदेव कहना अधिक ठीक होगा।'

स्वास्ति ने स्वीकृति में सिर हिला दिया।

सिद्धार्थ मुस्कराये। 'तब ठीक है, मुझे तुम दोनों को परस्पर परिचित कराने की जरूरत ही नहीं रही। बच्चो, तुम जानते हो कि मैं भोजन करते समय मौन

सिद्धार्थ, स्वास्ति और सुजाता सचेतावस्था में भोजन करते हुए

क्यों रहता हूं ? यह चावल और तैलचूर्ण युक्त नमक बहुत ही मूल्यवान हैं। मैं इन्हें चुपचाप खाना पसंद करता हूं ताकि मैं इनका पूरा स्वाद आत्मसात् कर सकूं। सुजाता क्या कभी तुमने ये भूरे मोटे चावल खाए हैं ? अगर तुमने पहले खाए भी हों तो स्वास्ति के इन चावलों को भी थोड़ा चखो। ये बड़े स्वादिष्ट हैं। अब हम एक साथ मिलकर मौन साधे भोजन करेंगे। जब हम भोजन समाप्त कर लेंगे तो मैं तुमको एक कहानी सुनाऊंगा।'

सिद्धार्थ ने भूरे चावलों का एक भाग तोड़ा और सुजाता को दे दिया। उसने दोनों हाथ फैलाकर चावल सादर स्वीकार कर लिए। तीनों ने जंगल में व्याप्त शांति के बीच चुपचाप भोजन किया।

भोजन समाप्त हो जाने के बाद सुजाता ने केले के पत्ते उठा लिए। सुजाता ने अपने साथ लाए और पास रखे ताजे पानी का जग उठाया और एक मात्र प्याले में पानी डाला। उसने वह प्याला उठाकर सिद्धार्थ को दिया, उन्होंने वह प्याला अपने दोनों हाथों में लेकर स्वास्ति को दिया। वह अचकचा गया और घबराहट में बोला, 'श्रीमन्, मेरा मतलब गुरुदेव, कृपया आप पहले जल ग्रहण कीजिए।'

सिद्धार्थ ने कोमल वाणी में कहा–'मेरे बच्चे, पहले तुम पानी पिओ। मैं चाहता हूं कि पहले तुम ही जल ग्रहण करो।' उन्होंने दुबारा प्याला उठाकर स्वास्ति की ओर बढ़ा दिया।

स्वास्ति को बड़ी उलझन लग रही थी किन्तु वह यह नहीं जानता था कि वह इस अस्वाभाविक सम्मान को कैसे नकारे। उसने धन्यवाद सहित दोनों हाथों से प्याला ले लिया। उसने एक ही घूंट में सारा पानी पी लिया और खाली प्याला सिद्धार्थ की ओर बढ़ा दिया। सिद्धार्थ ने प्याले में फिर पानी भरने के लिए सुजाता से कहा। प्याला भर जाने पर उन्होंने उसे उठाकर अपने होठों से लगा लिया और धीरे-धीरे प्रेमपूर्वक आनंद ले-लेकर पानी पीने लगे। जल के इस आदान-प्रदान में सुजाता की आंखें सिद्धार्थ और स्वास्ति पर से हटी नहीं। सिद्धार्थ ने पानी पी लेने के बाद, प्याले में तीसरी बार पानी भरने को कहा। अबकी बार उन्होंने प्याला सुजाता की ओर बढ़ाया। उसने जग नीचे रख दिया और दोनों हाथों से पानी का प्याला ले लिया और धीरे-धीरे छोटे घूंटों से, सिद्धार्थ की ही तरह पानी पिया। उसे पता था कि पहली बार उसने उसी प्याले से पानी पिया है जिससे एक अछूत ने पानी पिया था। लेकिन सिद्धार्थ उसके गुरुदेव हैं और जब उन्होंने अछूत के जूठे प्याले से पानी पी लिया, तब वह क्यों न पीती ? साथ ही उसने यह

भी देखा कि उनके मन में अपवित्र होने की कोई भावना नहीं थी। आत्म-स्फूर्त भाव से उसने बढ़कर उस चरवाहे के सिर पर हाथ रख दिया। सब कुछ इतने आकस्मिक ढंग से हुआ कि स्वास्ति को दूर हट जाने का मौका ही न मिला। तब तक सुजाता ने पानी पीना समाप्त कर लिया था। उसने खाली प्याला जमीन पर रख दिया और साथ बैठे दोनों व्यक्तियों की ओर देखकर मुस्करा दी।

सिद्धार्थ ने सिर हिलाया। 'तो बच्चो तुमने मेरा आशय समझ लिया। व्यक्ति जन्म से किसी जाति का नहीं होता। हर व्यक्ति के आंसू खारे होते हैं और हर एक के रक्त का रंग लाल। लोगों को जाति-भेद के आधार पर बांटना, उनको विभाजित रखना तथा ऊंच-नीच का भेद-भाव करना गलत है। अपनी साधना के दौरान यह बात मुझे स्पष्ट रूप से समझ में आ गई है।'

सुजाता गंभीर हो गई और उसने कहा–'हम आपके शिष्य हैं और हमें आपके उपदेशों पर विश्वास है। लेकिन संसार में आप जैसा एक भी व्यक्ति दिखाई नहीं देता। अन्य प्रत्येक व्यक्ति यह मानता है कि शूद्रों और अछूतों का जन्म ब्रह्मा के पैरों से हुआ है। वेद-शास्त्रों में भी यही कहा गया है। कोई उनके मत से भिन्न सोचने की हिम्मत भी नहीं कर सकता।'

'हां, यह बात मैं जानता हूं। किन्तु सत्य तो सत्य है, चाहे कोई उस पर विश्वास करे, या न करे। भले ही लाखों-करोड़ों लोग किसी भी झूठ पर विश्वास करें किन्तु झूठ-झूठ ही रहेगा। सत्य-पथ पर चलकर जीवन-निर्वाह करने के लिए बहुत अधिक साहस की आवश्यकता होती है। इस सिलसिले में मैं अपने बचपन की एक घटना तुम लोगों को सुनाता हूं।

'जब मैं नौ वर्ष का था और एक दिन अपने उद्यान में सैर कर रहा था तो अचानक मेरे सामने एक हंस आकाश से जमीन पर गिरा जो भीषण कष्ट से तड़फड़ा रहा था। मैंने दौड़कर उसे उठाया तो देखा कि उसके एक पंख में एक तीर गहरा घुसा हुआ है। जहां तीर लगा था, उस जगह को कसकर पकड़कर मैंने जोर लगाकर तीर खींचा और बाहर निकाला। हंस दर्द से फड़फड़ा उठा। उसके घाव से रक्त की धारा बहने लगी। मैंने घाव पर उंगली रखकर दबा दी जिससे खून अधिक न निकले। मैं हंस को महल में ले गया और राजकुमारी सुंदरी की ओर देखा। वह मेरा आशय समझ थोड़ी-सी औषधीय पत्तियां तोड़ लाई और उसकी पुलटिस बनाकर हंस के घाव पर बांध दी। हंस कांप रहा था। मैंने अपनी जैकेट उतारी और उसके चारों ओर लपेट दी। उसके बाद मैंने हंस को राजकीय अंगीठी के पास बैठा दिया।'

सिद्धार्थ ने थोड़ा रुककर स्वास्ति की ओर देखा। 'मैंने अभी तक तुम्हें यह नहीं बताया कि बचपन में मैं एक राजकुमार था–राजा शुद्धोधन का पुत्र जिनकी राजधानी कपिलवस्तु थी। सुजाता इस बात को जानती है। जब मैं हंस के लिए कुछ चावल लाने हेतु चलने को हुआ, तो मेरा आठ वर्षीय चचेरा भाई देवदत्त धड़धड़ाता हुआ कमरे में घुसा। वह अपना धनुष और तीर पकड़े हुए था। उसने उत्तेजनापूर्ण स्वर में पूछा, 'क्या तुमने सफेद हंस को यहां आस-पास गिरते देखा है ?'

"जब तक मैं कुछ उत्तर देता, देवदत्त ने हंस को अंगीठी के पास बैठे देख लिया। वह उसकी ओर झपटा, लेकिन मैंने उसे रोक दिया।"

"तुम इस पक्षी को नहीं ले जा सकते।"

"मेरे चचेरे भाई ने विरोध किया। यह पक्षी मेरा है। इसका मैंने स्वयं शिकार किया है।"

"मैं पक्षी को नहीं ले जाने दूंगा, इस पक्के इरादे से मैं देवदत्त और हंस के बीच खड़ा हो गया। मैंने उससे कहा–'यह पक्षी घायल है। मैं इसकी रक्षा कर रहा हूं। अभी इसे यहीं रखने की आवश्यकता है।'

देवदत्त अड़ा हुआ था और अपनी जिद छोड़ने को तैयार नहीं था। उसने तर्क दिया, "सुनो भाई, जब तक यह पक्षी आकाश में उड़ रहा था तब तक किसी का नहीं था। जब मैंने इसका आकाश में उड़ते समय शिकार कर लिया तो न्याय के अनुसार यह अब मेरा हो गया।"

"उसका कथन तर्कपूर्ण लग रहा था लेकिन इसे सुनकर मुझे क्रोध आ गया। मुझे लग रहा था कि उसके तर्कों में कुछ असंगति है लेकिन उस असंगति को मैं पकड़ नहीं पा रहा था। इसलिए मैं बिना उत्तर दिए, खड़ा रहा और मन में और अधिक परेशान हो उठा। मुझे इतना ताव आ रहा था कि मैं देवदत्त को थप्पड़ जड़ दूं। लेकिन मैंने उसे, पता नहीं क्यों, थप्पड़ मारा नहीं। फिर मुझे उसका उत्तर देने का आधार मिल गया।

"सुनो भाई," मैंने उससे कहा–"जो एक-दूसरे को प्रेम करते हैं, वे साथ-साथ रहते हैं और जो विरोधी भाव रखते हैं, वे अलग-अलग रहते हैं। तुमने हंस को मारने की चेष्टा की तो तुम दोनों एक-दूसरे के शत्रु हुए। यह पक्षी तुम्हारे पास नहीं रह सकता। मैंने इसे बचाया है, इसके घाव पर पट्टी बांधी है, इसे शीत से बचाकर गरमी पहुंचाई है और जब तुम आए थे तो मैं इसके लिए खाना लेने जा रहा था। यह पक्षी और मैं एक-दूसरे को प्यार करते हैं और साथ-साथ रह

सकते हैं। पक्षी को मेरी जरूरत है, तुम्हारी नहीं।"

सुजाता ने जोर से तालियां बजाईं। "बिलकुल ठीक, आप एकदम सही थे।"

सिद्धार्थ ने स्वास्ति की ओर देखा। "और बच्चे, तुम मेरे इस कथन के विषय में क्या सोचते हो।"

स्वास्ति ने एक क्षण के लिए सोचा और फिर धीरे से कहा–"मैं समझता हूं कि आपने ठीक ही कहा। लेकिन बहुत से लोग इससे सहमत नहीं होंगे। अधिकांश लोग देवदत्त का ही पक्ष लेंगे।"

सिद्धार्थ ने सिर हिला कर कहा–"तुम ठीक ही कहते हो स्वास्ति। अधिकांश लोग देवदत्त की ही बात का पक्ष लेंगे।"

"अब मैं बताता हूं कि उसके बाद क्या हुआ। जब हम दोनों आपस में सहमत नहीं हुए तो झगड़ा बड़ों के पास पहुंचा। उस दिन महल में दरबार लगा हुआ था; इसलिए, हम न्यायालय कक्ष में जा पहुंचे जहां सब विशिष्ट लोग मौजूद थे। मैं हंस को गोद में लिए था और देवदत्त धनुष और बाण लिए हुए था। हमने अपनी समस्या मंत्रिपरिषद् के समक्ष रखी और उनका निर्णय जानना चाहा। राज-काज रुक गया था क्योंकि वे हमारी उक्तियां सुन रहे थे। पहले देवदत्त ने अपना पक्ष प्रस्तुत किया और बाद में मैंने। उन्होंने विस्तार से इस पर विचार-विमर्श किया किन्तु किसी निर्णय पर नहीं पहुंचे। बहुमत देवदत्त के पक्ष में झुकता दिख रहा था तो मेरे पिता, राजा ने कई बार खांसा। सभी मंत्रियों ने एकदम बोलना बंद कर दिया। मंत्रियों ने मेरी उक्ति का समर्थन किया और निर्णय दिया कि पक्षी मुझे दे दिया जाए। देवदत्त गुस्से में तिलमिला रहा था लेकिन इस निर्णय के आगे, वह कुछ नहीं कर सकता था।

"पक्षी मुझे मिल गया किन्तु मैं वास्तव में प्रसन्न नहीं हुआ। मैं उस समय छोटा ही था, किन्तु मुझे लगता था कि मेरी विजय सम्मानजनक नहीं थी। यह पक्षी मुझे इसलिए दे दिया गया था क्योंकि मंत्रिगण मेरे पिता को प्रसन्न करना चाहते थे, न कि इसलिए कि उन्हें मेरा कथन सत्य लगा था।"

"बड़े खेद की बात है।" सुजाता ने कहा और अप्रसन्न दिख पड़ी।

"हां, खेद की ही बात थी। मैंने पक्षी की ओर अपना ध्यान मोड़ा और इस बात से राहत मिली कि हंस की जान बच गई थी। वरना निश्चय ही इसे मारकर पका-खा लिया गया होता।

"इस संसार में चंद लोग ही ऐसे हैं जो मन में करुणा का भाव रखते हैं;

अन्यथा हम एक-दुसरे के प्रति क्रूर और निर्दयी ही हैं। शक्तिशाली सदैव ही दुर्बल को सताते हैं। मैं अब भी मानता हूं कि उस दिन का मेरा तर्क सही था क्योंकि वह तर्क प्रेम और समत्वभाव पर आधारित था। प्रेम और समझदारी से समस्त प्राणियों के कष्ट दूर हो सकते हैं। सत्य तो सत्य है, चाहे बहुसंख्यक लोग उसे स्वीकार करें या न करें। इसलिए, बच्चो ! मैं तुमसे कहता हूं कि जो ठीक है, उसकी खातिर उठ खड़े होने और उसकी रक्षा करने की खातिर बहुत ही साहस की आवश्यकता होती है।"

"गुरुदेव, उस हंस का क्या हुआ ?" सुजाता ने जिज्ञासा की।

"चार दिनों तक, मैंने उसकी सेवा की। जब मैंने देखा कि उसके घाव भर गए हैं तो मैंने उसे छोड़ दिया और उसे चेतावनी दी कि वह उड़कर बहुत दूर चला जाए ताकि वह फिर किसी का शिकार न होने पाये।"

सिद्धार्थ ने दोनों बच्चों की ओर देखा। उनके चेहरे शान्त और गंभीर थे। "सुजाता अब तुम घर जाओ। तुम्हें समय रहते घर लौट जाना चाहिए, वरना तुम्हारी मां चिन्ता करने लगेंगी। स्वास्ति क्या अब समय नहीं हो गया कि तुम अपने भैसों को देखो और अधिक घास काटो ? कल तुम जो कुशा घास मुझे दे गए थे, उससे ध्यान करने के लिए बढ़िया आसन बन गया था। कल रात और आज सबेरे मैं उस पर बैठा था और मेरा ध्यान बहुत ही शांतिपूर्ण रहा। बहुत-सी बातें मेरे समक्ष स्पष्ट हुईं। स्वास्ति तुमने मेरी बहुत मदद की। जैसे-जैसे मेरी दृष्टि स्पष्ट होती जाएगी, मैं तुम दोनों के समक्ष अपनी साधना के अनुभव बताता जाऊंगा। अब मैं बैठकर ध्यान करूंगा।"

स्वास्ति ने उस घास को देखा जिससे सिद्धार्थ ने आसन बनाया था। हालांकि घास को कसकर बांधा गया था, किन्तु स्वास्ति को लगा कि वह अभी सूखी नहीं है और उसकी अपनी सुगंध आ रही है। वह अपने गुरुदेव के लिए हर तीसरे दिन कुश घास ले आया करेगा ताकि वे उससे नया आसन बना लिया करें। स्वास्ति सुजाता के साथ ही उठ खड़ा हुआ और हाथ जोड़कर सिद्धार्थ को नमन किया। सुजाता अपने घर की ओर रवाना हो गई और स्वास्ति ने भैसों को थोड़ा आगे हांककर नदी के किनारे-किनारे चरने के लिए छोड़ दिया।

अध्याय पांच

एक कटोरी दूध

प्रतिदिन स्वास्ति जंगल में सिद्धार्थ से मिलने जाता। जब वह दोपहर तक दो गट्ठे घास काट लेता तो दोपहर का भोजन उन्हीं के साथ करता। लेकिन गर्मियां आ जाने के कारण ताजी घास मिलना दिनों-दिन कठिन हो गया तो वह तीसरे पहर अपने मित्र और गुरु के पास पहुंच पाता। कभी-कभी तो ऐसा होता जब स्वास्ति पहुंचता तो सिद्धार्थ बैठे ध्यान कर रहे होते तो वह बालक थोड़ी देर तक शांतिपूर्वक बैठता और जंगल वापस आ जाता क्योंकि वह अपने गुरु की ध्यान-साधना में विघ्न नहीं डालना चाहता था। लेकिन जब वह देखता कि सिद्धार्थ जंगल के रास्ते पर टहल रहे हैं तो वह भी उनके साथ हो लेता। कभी-कभार साधारण-सी बातचीत भी हो जाती थी। स्वास्ति की जंगल में अक्सर सुजाता से भेंट हो जाती। वह प्रतिदिन सिद्धार्थ के लिए एक कटोरी चावल और उसके साथ कोई चीज और लाती जैसे–तैलचूर्ण युक्त नमक, मटर की सब्जी या थोड़ी-सी कढ़ी। वह उनके लिए दूध या खीर या गुड़ भी लाती थी। इन बच्चों को जंगल के किनारे बैठकर थोड़ी देर बातें करने का भी अवसर मिल जाता जब कि भैंसे चर रहे होते थे। कभी-कभी सुजाता अपनी सहेली सुप्रिया को भी साथ ले आती थी जो स्वास्ति की उम्र की थी। स्वास्ति भी अपने भाई-बहिनों को लाकर सिद्धार्थ से मिलवाना चाहता था। उसे भरोसा था कि उसके भाई-बहिन उस जगह से विना कठिनाई के नदी पार कर पाएंगे जहां पानी सबसे उथला था।

सुजाता ने बताया कि कई महीने पहले उसकी सिद्धार्थ से पहली बार कैसे भेंट हुई और तभी से वह प्रतिदिन दोपहर को उनके लिए खाना लाने लगी। उस दिन पूर्णिमा थी। अपनी मां के कहने पर उसने नयी गुलाबी साड़ी पहनी हुई थी और एक

"बच्चे, मुझे थोड़ा और दूध दो"

थाली में भोजन रखकर वन-देवताओं को समर्पित करने वन में आयी थी। भोजन में चपातियां, दूध, खीर, शहद आदि सभी कुछ था। दोपहरी तप रही थी। ज्यों ही वह नदी के किनारे आयी, उसने रास्ते पर एक व्यक्ति को बेहोशी की हालत में पड़े देखा। उसने थाली नीचे रख दी और उसकी तरफ दौड़ी। वह मरी-मरी सी सांस ले रहा था और उसकी आंखें एकदम बंद थीं। उसके गाल भीतर को बैठे थे, जैसे उसे न जाने कितने समय से खाना न मिला हो। उसके लम्बे-लम्बे बाल, उलझी हुई दाढ़ी और फटे-पुराने कपड़ों से लग रहा था कि वह पहाड़ों में रहकर तप करने वाला कोई संन्यासी होगा जो भूख के मारे बेहोश हो गया है। सुजाता ने बेहिचक प्याली में दूध डाला और उसे उस व्यक्ति के पास ले जाकर उसके होठों पर थोड़ा गिरा दिया। पहले तो उसमें कोई हरकत नहीं हुई। फिर उसके होंठ थोड़े-थोड़े हिले और मुंह थोड़ा-सा खुल गया। सुजाता ने धीरे-धीरे उसके मुंह में दूध डाला। उसने धीरे-धीरे दूध पीना शुरू किया और थोड़ी ही देर में कटोरी खाली हो गई।

सुजाता वहीं नदी के किनारे बैठकर देखने लगी कि इस व्यक्ति को होश आता भी है या नहीं। धीरे-धीरे वह उठकर बैठ गया और अपनी आंखें खोल दीं। सुजाता को देखकर वह हल्का-सा मुस्कराया। उसने अपने उत्तरीय का कोना अपनी पीठ पर डाला और पद्मासन पर बैठ गया। पहले उसकी श्वास-प्रश्वास धीमी ही रही। बाद में वह गहरी सांस लेने लगा उसकी बैठने की मुद्रा स्थिर और सुंदर थी। उसे कोई पर्वतीय शरीर-पीड़न-तप करने वाला संन्यासी समझकर सुजाता ने हाथ जोड़े और उसे नमन किया। किन्तु उस व्यक्ति ने उसे इशारे से ऐसा करने से रोक दिया। सुजाता बैठ गई और उस व्यक्ति ने मीठी आवाज में कहा–'बच्ची ! मुझे थोड़ा दूध और दो।'

उसे बोलते हुए देखकर प्रसन्न सुजाता ने प्याली में दूध डाल दिया जिसे उसने सारा का सारा पी लिया। उसने अनुभव किया कि इस दूध ने उसे कितनी शक्ति दी। एक घंटे पहले उसे लगा था कि वह अंतिम सांसें ले रहा है। अब उसकी आंखों में चमक आ गई थी और होंठों पर मृदु मुस्कान। सुजाता ने उससे पूछा कि 'आप मार्ग पर कैसे अचेत हो गए थे ?'

"मैं पहाड़ों में शरीर-पीड़न-तप कर रहा था। इस तप के कठोर अनुशासन और नियमों के पालन के कारण मेरा शरीर बेहद कमजोर हो गया था। इसलिए आज मैंने निश्चय किया कि मैं पहाड़ से उतरकर नीचे गांव में जाऊंगा और भिक्षा के द्वारा कुछ भोजन प्राप्त करूंगा। लेकिन यहां आते-आते मेरी शरीर-शक्ति

ने जवाब दे दिया। तुमको धन्यवाद है कि तुम्हारी कृपा से मेरी जीवन-रक्षा हो सकी।"

वे नदी के किनारे बैठ गए और उस व्यक्ति ने सुजाता को अपने विषय में बताया। वह शाक्य वंश के राजा शुद्धोधन के पुत्र सिद्धार्थ थे। सिद्धार्थ जो कुछ कह रहे थे, उसे सुजाता ध्यान से सुनती रही, "मैंने देख-समझ लिया है कि शरीर के साथ अन्याय करके शांति और ज्ञान प्राप्त नहीं किया जा सकता। शरीर कोई यंत्र-मात्र नहीं है। यह तो आत्मा का मंदिर है। यह वह नाव है, जिसके माध्यम से नदी पार करके दूसरे किनारे तक पहुंचा जा सकता है। मैं आत्म-हनन की सीमा तक तपस्या नहीं करूंगा। मैं प्रतिदिन सबेरे गांव में जाकर भिक्षा मांग कर लाया करूंगा।"

सुजाता ने हाथ जोड़कर कहा—"मान्य संन्यासी, यदि आप आज्ञा दें तो मैं प्रतिदिन आपके लिए भोजन ले आया करूं। इसके लिए आपको अपनी ध्यान-साधना में विघ्न डालने की आवश्यकता नहीं। मेरा घर यहां से दूर नहीं है और मैं जानती हूं कि मेरे माता-पिता आपके लिए भोजन लाने पर प्रसन्न ही होंगे।"

सिद्धार्थ एक क्षण के लिए चुप रहे, फिर कहा, "मैं प्रसन्नता के साथ तुम्हारा प्रस्ताव स्वीकार करता हूं। लेकिन समय-समय पर मैं गांव में भिक्षाटन करने अवश्य आऊंगा ताकि मैं गांव वालों से भी मिल सकूं। मैं तुम्हारे माता-पिता और गांव के अन्य बच्चों से भी मिलना चाहूंगा।"

सुजाता बहुत प्रसन्न हुई। उसने हाथ जोड़े और कृतज्ञता प्रकट करते हुए नमन किया। सिद्धार्थ उसके घर आएंगे और उसके माता-पिता से मिलेंगे, यह विचार एकदम अद्भुत था। वह यह भी जानती थी कि प्रतिदिन उनके लिए खाना ले जाने में कोई दिक्कत नहीं होगी क्योंकि उसका परिवार गांव में सबसे धनी था। उसने यह बात सिद्धार्थ को नहीं बताई थी। वह केवल इतना ही समझ सकी थी कि वह संन्यासी असाधारण हैं और इनको भोजन कराना दर्जनों वन देवताओं को अन्न-अर्पण करने से भी अधिक लाभप्रद है। उसने सोचा कि यदि सिद्धार्थ की ध्यान-साधना गहन होती गई तो इनका प्रेम और ज्ञान संसार को कष्टों से मुक्त करने में सहायक हो सकेगा।

सिद्धार्थ ने दंगश्री पर्वत की ओर संकेत किया जहां की गुफाओं में वह रहते थे। "आज के बाद मैं वहां वापस नहीं जाऊंगा। यह वन शीतल और आनंददायी है। यहां श्रेष्ठ पीपल का वृक्ष है। उसी को मैं अपनी तपस्या का स्थान बनाऊंगा। कल जब आओ तो भोजन लेकर वहीं आना। आओ मैं तुम्हें वह स्थान दिखा दूं।"

सिद्धार्थ सुजाता को नदी के उस पार शीतल वन में ले गए जो नैरंजना नदी के उस पार था। उन्होंने उसे वह वृक्ष दिखाया, जिसके नीचे बैठकर वह ध्यान-साधना करेंगे। सुजाता ने पीपल वृक्ष के मोटे तने को देखा और पाया कि उसकी शाखा-प्रशाखाओं के पत्तों से जैसे चारों ओर छप्पर-सा बन गया हो। पीपल वृक्ष की शाखाओं में उसे चहचहाती चिड़ियों का गान सुनाई दिया। यह स्थान वास्तव में शांत और स्फूर्तिदायक है। वह इस वृक्ष तक पहले भी अपने माता-पिता के साथ आ चुकी थी जब उसने वन-देवों को भोजन अर्पित किया था।

"तो गुरुदेव, यह आपका नया निवास है।" सुजाता ने अपनी काली-काली गोल आंखों से सिद्धार्थ की ओर देखा। "मैं यहां आपके पास प्रतिदिन आया करूंगी।"

सिद्धार्थ ने स्वीकृति सूचक सिर हिलाया। वह सुजाता को जंगल के बाहर तक छोड़ने आए और नदी के किनारे आकर उसको विदा किया। इसके बाद वह अकेले पीपल के वृक्ष की ओर वापस आ गए।

उस दिन के बाद, सुजाता सूरज के चढ़ने पर संन्यासी के लिए रोज चावल अथवा चपातियां लेकर आती थी। कभी-कभी वह उनके लिए दूध और खीर भी ले आती। कभी-कभार सिद्धार्थ अपना भिक्षा-पात्र लेकर गांव में भिक्षा मांगने भी जाते। उस दौरान वह सुजाता के पिता (जो गांव के प्रधान थे) और उसकी माता से भी मिले। सुजाता ने उनको गांव के बच्चों से मिलवाया और नाई के पास भी ले गई ताकि वह अपने सिर के बाल और दाढ़ी मुंड़वा सकें। सिद्धार्थ का स्वास्थ्य तेजी से सुधर रहा था और उन्होंने सुजाता को यह भी बताया कि उनकी ध्यान-साधना फलदायी हो रही है। उसके बाद वह दिन भी आया जब सुजाता स्वास्ति से मिली।

उस दिन सुजाता कुछ जल्दी आ गई थी। वह सिद्धार्थ से, एक दिन पहले हुई स्वास्ति से मुलाकात की बात सुन रही थी। उसने यह कहा ही था कि वह स्वयं ही स्वास्ति से मिलना चाहती है कि तभी स्वास्ति आ उपस्थित हुआ। उसके बाद, जब भी उसका स्वास्ति से मिलना हुआ, वह कभी उसके भाई-बहिनों का हाल-चाल पूछना नहीं भूली। वह और उसका नौकर पूर्ण स्वास्ति की झोंपड़ी तक भी गए थे। नौकरानी राधा जब मोतीझारा से मर गई थी तो पूर्णा को नौकर रख लिया गया था। जब सुजाता स्वास्ति के घर गई तो कुछ पुराने कपड़े भी साथ ले गई जो स्वास्ति के परिवारजनों के पहनने लायक थे। पूर्णा को उस समय

बड़ा ही आश्चर्य हुआ जब सुजाता ने बच्ची भीमा को गोद में ले लिया। इस पर सुजाता ने पूर्णा को हिदायत की कि वह उसके माता-पिता को यह न बताए कि उसने अछूत बच्चे को गोद में लिया था।

एक दिन बहुत से बच्चों ने मिलकर सिद्धार्थ के पास जाने का निश्चय किया। स्वास्ति का तो सारा परिवार उनमें शामिल था। सुजाता अपनी सहेलियों बालागुप्ता, विजयसेना, उल्लुविल्लिके और जतीलिका को भी ले गई। उसने अपनी चचेरी बहन, सोलह वर्षीया नंदबाला को भी आमंत्रित किया। वह अपने चौदह वर्षीय भाई नलक और नौ वर्षीय सुभाष को भी साथ ले आई। उस दिन ग्यारह बच्चे सिद्धार्थ के चारों ओर घेरा बनाकर बैठ गए और उन्होंने अपना दोपहर का भोजन खामोशी के साथ वहीं किया। स्वास्ति ने बाला और रूपक को भी समझा दिया था कि खाना किस प्रकार मौन रहकर खाना है। यहां तक कि स्वास्ति की गोदी में बैठी भीमा ने भी बिना कोई आवाज किए खाना खाया किन्तु वह देख टुकुर-टुकुर रही थी।

स्वास्ति सिद्धार्थ के लिए, कौली भरकर ताजी घास लाया। उसने अपने चरवाहे मित्र गवमपति से कहा कि रामभूल के भैसों की देख-भाल करते रहना ताकि वह सिद्धार्थ के साथ भोजन करके आ सके। खेतों में सूरज तप रहा था किन्तु वन में सिद्धार्थ और बच्चे पीपल वृक्ष की छांह और शीतल वायु का आनंद ले रहे थे। वृक्ष की छतनार शाखाएं इतनी दूर-दूर तक फैली थीं जिनके नीचे दस घर आ सकते हैं। बच्चे एक-दूसरे के खाने में से हिस्सा बांट कर खा रहे थे। रूपक और बाला को मटर की सब्जी की तरी और तैलचूर्ण युक्त नमक मिलाकर सुगंधित सफेद चावल और कढ़ी के साथ चपातियां खाने में बड़ा मजा आया। सुजाता और बालागुप्ता इतना पानी साथ लाई थी जो सबके पीने के लिए पर्याप्त हो। स्वास्ति आनंद से फूला नहीं समा रहा था। यद्यपि वातावरण मौन एवं शांत था; फिर भी, उसमें आनंद की चरम सीमा ध्वनित हो रही थी। उस दिन सुजाता के अनुरोध पर सिद्धार्थ ने अपनी जीवन-कथा उन लोगों को सुनाई। सारे बच्चे एकदम चुप रहकर ध्यान पूर्वक उस कथा को आदि से अन्त तक सुनते रहे।

अध्याय छः

जम्बू वृक्ष के नीचे

सिद्धार्थ जब नौ वर्ष के थे तो उन्हें बताया गया कि उनके जन्म के पहले उनकी माताजी को क्या स्वप्न आया था। स्वप्न में छः दांतों वाला एक अति सुंदर सफेद हाथी आकाश से आशीर्वचनों की गूंज के साथ नीचे उतरा। बर्फ-सा सफेद हाथी उनके पास आया। वह अपनी सूंड़ में मनमोहक गुलाबी कमल लिए हुए था। उसने वह कमल रानी के शरीर में स्थापित कर दिया। उसके बाद वह हाथी भी बिना प्रयास के उनके शरीर में समा गया। इसके साथ ही रानी एकदम कष्टमुक्त होकर आनंद से भर गई। उन्हें प्रतीत हुआ कि जैसे उन्हें कभी कोई कष्ट, कोई चिन्ता या पीड़ा थी ही नहीं। वह जब जगी तो अपार ईश्वर कृपा की उमंग से भरी हुई थीं। जब बिस्तर से उठीं तो स्वर्गिक संगीत उनके कानों में उस समय तक गूंज रहा था। उन्होंने अपने पति अर्थात् राजा को अपना स्वप्न सुनाया तो वह भी उसे सुनकर चमकृत रह गए। उस दिन उन्होंने राजधानी में सभी साधु-सन्तों को बुलवाया और रानी के स्वप्न का रहस्य जानने की जिज्ञासा की।

स्वप्न की सारी बातें विस्तार से सुनने के बाद उन्होंने कहा, "महामहिम, रानी ऐसे पुत्ररत्न को जन्म देंगी जो महान नेता बनेगा। वह या तो चक्रवर्ती सम्राट बनेगा जिसका चारों दिशाओं में साम्राज्य होगा अथवा वह ऐसा महान गुरु बनेगा जो स्वर्गलोक और भू-लोक के सभी प्राणियों को सद्धर्म का मार्ग दिखाएगा। हमारी धरती ऐसे महापुरुषों के अवतरण की, न जाने कब से, प्रतीक्षा कर रही है।"

यह सुनकर शुद्धोधन का मुखमंडल चमक उठा। रानी से परामर्श करके उन्होंने सरकारी खजाने से देशभर में रोगियों और दुर्भाग्यग्रस्त लोगों को दान

दिए जाने का आदेश दिया। इस प्रकार शाक्य साम्राज्य के प्रजाजन राजा-रानी के भावी पुत्र की महानता के हर्षोल्लास में सहभागी बने।

सिद्धार्थ की माताजी का नाम महामाया था। वह महान गुणों से संपन्न महिला थीं जिनके हृदय में सभी प्राणियों, पशुओं और वृक्षों तक के लिए प्रेम था। उस समय वह परंपरा थी कि महिला अपने मायके में ही जाकर सन्तान को जन्म देती थी। महामाया कौलिय गणराज्य की राजपुत्री थीं, इसलिए वह सन्तान को जन्म देने के लिए कौलिय राज्य की राजधानी रामग्राम के लिए रवाना हुई। मार्ग में वह लुम्बिनी के उद्यान में विश्राम करने के लिए रुकीं। वहां के वन में नाना भांति के सुन्दर फूल थे, चिड़ियां वृक्षों पर अपना राग अलाप रही थीं और प्रभाती शीतल वायु में मोर नाच रहे थे। लहलहाते अशोक वृक्ष का अवलोकन करने रानी उसकी ओर बढ़ी और अचानक जब पग लड़खड़ाए तो उन्होंने अशोक वृक्ष की शाखा पकड़ ली। उसके कुछ क्षण बाद ही अशोक वृक्ष की शाखा पकड़े-पकड़े ही रानी महामाया ने दिव्य आलोक से जगमगाते हुए पुत्र-रत्न को जन्म दिया।

महामाया की परिचारिकाओं ने नवजात युवराज को साफ पानी से नहलाया और पीले रेशमी वस्त्र में लपेट लिया। अब रामग्राम जाने की आवश्यकता ही नहीं रह गई थी, इसलिए रानी और नवजात युवराज को चार घोड़ों वाले रथ में अपने घर लाया गया। अपने महल में पहुंच जाने के उपरान्त युवराज को फिर गरम पानी में नहलाया गया और रानी की बगल में लिटा दिया गया।

पुत्र-जन्म का समाचार सुनते ही राजा शुद्धोधन अपनी पत्नी और पुत्र को देखने आए। उनकी प्रसन्नता की तो कोई सीमा ही नहीं थी। उनकी आंखों से खुशी छलकी पड़ रही थी। उन्होंने अपने युवराज का नाम 'सिद्धार्थ' रखा। राज्य में सभी बहुत हर्षित हुए और एक-एक करके रानी को बधाई देने आने लगे। शुद्धोधन ने सिद्धार्थ का भविष्य जानने के उद्देश्य से तुरन्त ही ज्योतिषियों को बुलवाया। बच्चे के नयन-नक्श को देखकर सभी ने एक स्वर में कहा कि बच्चे के सभी लक्षण तो महापुरुष के हैं और इसमें तनिक भी संदेह नहीं कि वह ऐसे शक्तिशाली साम्राज्य पर राज करेगा जो चारों दिशाओं में फैला होगा।

एक सप्ताह बाद, एक सन्त पुरुष असित कालदेवल राजमहल में पधारे। दीर्घ आयु के कारण उनकी कमर झुक गई थी और जिस पर्वत पर वह निवास करते थे, उससे नीचे आने के लिए उन्हें लाठी का सहारा लेना पड़ता था। जब

राजा शुद्धोधन शीघ्रता से अपनी पत्नी और नवजात शिशु को देखने आये तो उनके हर्ष का वारापार न था

राजमहल के द्वारपालों ने बताया कि आचार्य असित पधारे हैं तो राजा शुद्धोधन स्वयं ही उनका स्वागत करने द्वार तक आए। राजा उन्हें नवजात युवराज को दिखाने ले गए। आचार्यवर बड़ी देर तक युवराज को देखते रहे लेकिन बोले एक भी शब्द नहीं। इसके बाद वह रोने लगे और उनके कांपते शरीर को लाठी का सहारा लेना पड़ा। उनकी आंखों से आंसुओं की अविरल धारा बह रही थी।

राजा शुद्धोधन को बड़ी चिन्ता हुई और कहा–"क्या हुआ ऋषिवर ? क्या आप बालक का कोई अनिष्ट होने की संभावना देखते हैं ?"

आचार्य असित ने अपने हाथों से आंसू पोंछे और नकार में सिर हिलाकर कहा–"महामहिम, मैं बच्चे के लिए किसी अनिष्ट की संभावना नहीं देखता। मैं तो अपने लिए रोया था कि इस बालक में सच्ची महानता के गुण हैं। बालक समस्त ब्रह्मांड के रहस्यों का भेदन करने में समर्थ होगा। महामहिम, आपका पुत्र राजनीतिज्ञ नहीं होगा वरन् यह तो सद्धर्म का महान आचार्य होगा। भू-लोक और स्वर्ग-लोक इसके निवास होंगे। समस्त प्राणी इसके संबंधी जन होंगे। मैं इसलिए रोया कि शाश्वत सत्यों का साक्षात्कार करके जब यह उनकी उद्घोषणा करेगा तो उस वाणी को सुन पाने से पहले ही मैं इस संसार से विदा ले चुका होऊंगा। महामान्य, आपको और आपके देश को ऐसे महान बालक को जन्म देने का सौभाग्य प्राप्त हुआ है।"

असित जाने के लिए मुड़ पड़े। राजा ने थोड़ा रुकने का उनसे अनुरोध भी किया लेकिन व्यर्थ रहा। वृद्ध आचार्य पहाड़ चढ़ने लगे। आचार्य असित के आने से राजा उद्विग्नता से पागल हो उठे। वह नहीं चाहते थे कि उनका पुत्र संन्यासी बने। वह चाहते थे कि उनका पुत्र सिंहासन पर बैठे और अपने राज्य की सीमाओं का विस्तार करे। राजा ने सोचा, 'असित हजारों-लाखों संतों में से एक हैं। हो सकता है उनकी भविष्यवाणी भ्रमपूर्ण हो। जिन संतों ने कहा है कि सिद्धार्थ महान सम्राट बनेगा, उनका कथन निश्चय ही सत्य है।' आशा की इस डोरी को पकड़ने से राजा की उद्विग्नता कुछ कम हुई।

सिद्धार्थ को जन्म देने की लोकोत्तर प्रसन्नता का गौरव पाने के बाद महामाया का आठ दिन के बाद ही देहान्त हो गया। समस्त राज्य में इस पर शोक छा गया। राजा शुद्धोधन ने रानी महामाया की बहिन महाप्रजापति को बुलवाया और अनुरोध किया कि वह नई रानी बन जाएं। महाप्रजापति जिसे गौतमी भी कहते थे, इस पर सहमत हो गईं। उन्होंने सिद्धार्थ का लालन-पालन अपने पुत्र

के समान किया। बालक सिद्धार्थ जब बड़ा हुआ तो उसे यह जानने की जिज्ञासा हुई कि उसकी वास्तविक मां कौन है तो उन्हें पता चल पाया कि गौतमी अपनी बहिन को कितना चाहती थी और वह संसार में सबसे अधिक प्यार सिद्धार्थ को करती थीं, जितना उसकी अपनी सगी मां कर सकती थी। गौतमी के लालन-पालन से सिद्धार्थ स्वस्थ और सुदृढ़ होने लगे।

एक दिन सिद्धार्थ को उद्यान में खेलते देख गौतमी ने अनुभव किया कि वह अब इतना बड़ा हो गया है कि उसे स्वर्ण और रत्नजटित आभूषण पहनाए जा सकें। उसने अपने अनुचरों को आदेश दिया कि वह मूल्यवान रत्नजटित आभूषण लाएं जिन्हें वह सिद्धार्थ को पहनाकर देख सकें। किन्तु उसे यह देखकर आश्चर्य हुआ कि कोई भी आभूषण पहनकर वह उतना सुन्दर नहीं लग रहा था जितना बिना आभूषणों के लगता था। ऐसे आभूषण पहनने पर सिद्धार्थ ने भी असुविधा प्रकट की तो गौतमी ने वे आभूषण वापस ले जाने को कहा।

जब सिद्धार्थ की आयु विद्या अर्जित करने की हुई तो वह अन्य शाक्य कुमारों के साथ साहित्य, उत्तम लेखन, संगीत और खेल-कूद की शिक्षा प्राप्त करने लगे। उसके सहपाठियों में उसका चचेरा भाई देवदत्त और किम्बला तथा राजमहल के विशिष्ट प्रतिष्ठित व्यक्ति का पुत्र कालुदयी भी था। स्वभाव से कुशाग्र बुद्धि होने के कारण, सिद्धार्थ अपने पाठ बहुत शीघ्रता से पढ़-समझ लेते। उनके गुरुवर विश्वामित्र ने पाया कि देवदत्त बहुत तेज विद्यार्थी है किन्तु उन्होंने अपने अब तक के अध्यापन काल में सिद्धार्थ सरीखा प्रतिभाशाली विद्यार्थी नहीं देखा था।

नौ वर्ष की आयु में एक दिन सिद्धार्थ और उसके सहयोगी छात्रों को भूमि-कर्षण (प्रथम हल चलाने का) उत्सव देखने की अनुमति दी गई। गौतमी ने स्वयं ही सिद्धार्थ को अवसर के उपयुक्त वस्त्र और जूते तक पहनाए। सर्वोत्तम राजकीय वेशभूषा में राजा शुद्धोधन ने समारोह की अध्यक्षता की। शीर्षस्थ सन्त और ब्राह्मण आचार्य तरह-तरह के रंगों के वस्त्र धारण किए समारोह में पधारे थे। यह समारोह राज्य के सर्वोत्तम खेतों में आयोजित किया गया था जो राजमहल के समीप ही थे। प्रत्येक द्वार पर तथा समारोह स्थल तक ध्वज और रंग-बिरंगी झंडियों से सजावट की गई थी। मार्ग पर दोनों ओर मंचों पर नाना प्रकार के खाद्य और पेय पदार्थ रखे हुए थे। राज कर्मचारी और संगीतकार समारोह में आई भीड़ की व्यवस्था और मनोरंजन कर रहे थे जिससे हर्षोल्लास

का वातावरण आनंदपूर्ण हो उठा था। सिद्धार्थ के पिता तथा अन्य गण्यमान्य व्यक्ति जब समारोह के कर्मकांड के लिए उठकर खड़े हुए तो आचार्यों एवं पंडितों ने पूर्ण निष्ठा के साथ मंत्रोच्चार आरंभ किया। सिद्धार्थ पीछे खड़े थे और उनके दोनों ओर देवदत्त और कालुदयी खड़े थे। बच्चे बहुत ही उत्साहित हो रहे थे क्योंकि उन्हें बताया गया था कि समारोह की समाप्ति पर घास के मैदान पर सभी को दावत खाने को मिलेगी। सिद्धार्थ प्रायः आमोद-प्रमोद के लिए घूमने नहीं जाता था, इसलिए यहां आकर प्रसन्न था। आचार्यों का मंत्रोच्चार चलता ही जा रहा था जैसे वह कभी रुकेगा ही नहीं। इससे नौजवान वर्ग में बेचैनी होने लगी। अधिक विलम्ब सहन न कर पाने के कारण वे वहां से खिसक लिये। कालुदयी सिद्धार्थ का हाथ पकड़े था और वह उस दिशा में चल दिए जिस ओर संगीतकार और नर्तक अपनी कला का प्रदर्शन कर रहे थे। तपता सूरज, तीखी धूप और नृत्य में अंग-संचालन के कारण उनके वस्त्र पसीने से तर-ब-तर हो उठे थे। सिद्धार्थ को भी गरमी लगी और वह अपने मित्रों को छोड़कर सड़क पर लगे जम्बू वृक्ष की छाया में आ खड़ा हुआ। वृक्ष की छाया में सिद्धार्थ को चैन मिला। उसी क्षण गौतमी उसे देखती हुई वहां आईं और कहने लगी "अरे तुम कहां थे। मैं तुम्हें खोजती घूम रही हूं। अब तुम्हें समारोह की समाप्ति में भाग लेने के लिए चलना चाहिए। इससे तुम्हारे पिता जी प्रसन्न होंगे।'

"मां समारोह बहुत लम्बा चला। पंडित लोग इतनी देर तक क्या मंत्रोच्चार कर रहे थे।"

"मेरे बच्चे, वे वेद मंत्रों का सस्वर पाठ कर रहे थे। वेद मंत्रों के अर्थ बहुत गूढ़ होते हैं। अगणित पीढ़ियों पहले, सृष्टि कर्त्ता ब्रह्मा ने स्वयं इनकी शिक्षा ब्राह्मणों को दी थी। तुम भी शीघ्र ही इनका अध्ययन करोगे।"

"ब्राह्मणों की बजाय इन मंत्रों का पाठ पिताजी स्वयं क्यों नहीं करते?"

"मेरे बच्चे, वेद मंत्रोच्चार की अनुमति केवल ब्राह्मण वर्ण के लोगों को ही प्राप्त है। शक्तिशाली राजा को भी पूजा-पाठ का यह कर्म पंडितों से ही कराना होता है।"

सिद्धार्थ ने गौतमी के शब्दों पर गौर से विचार किया। बहुत देर के बाद हाथ जोड़कर गौतमी से अनुरोध किया कि "मां कृपा करके पिताजी से मुझे यहीं रहने देने की अनुमति ले लीजिए। इस जम्बू वृक्ष के नीचे बैठकर मुझे बहुत आनंद आ रहा है।"

अपने बच्चे की इस सद्वृत्ति पर गौतमी मुस्करा दी और स्वीकृति दे दी। उसने सिद्धार्थ के सिर पर हाथ फेरा और वापस चली गई।

आखिरकार ब्राह्मणों का मंत्रोच्चार समाप्त हुआ। राजा शुद्धोधन उतरकर खेतों में आ गए और दो सेनाधिकारियों के साथ, हल से खेत में पहला कूंड़ जोता। राजा के द्वारा जुताई-बुवाई का शुभारंभ करने पर उपस्थित भीड़ ने तीव्र हर्ष-ध्वनि की। इसके बाद किसानों ने राजा का अनुकरण करते हुए अपने खेतों की जुताई आरंभ की। लोगों की हर्ष-ध्वनि सुनकर सिद्धार्थ खेतों को देखने गए तो उन्होंने देखा कि भैंसे भारी हल को खींचने के लिए जोर लगा रहे हैं और एक तगड़ा किसान, जिसका, धूप में रहने के कारण रंग तांबे जैसा हो गया था, उनके पीछे-पीछे चल रहा था। वह बाएं हाथ से हल को सीधा रख रहा था और दाएं हाथ के चाबुक से भैंसों को हांक रहा था। सूरज की तेज धूप से उसके शरीर पर से पसीने की धारें चल रही थीं। हल चलने से खेत की जो मिट्टी ऊपर आ रही थी, उसमें कीड़े-मकोड़े और केंचुए, साबुत या कटकर, ऊपर आ रहे थे। इन कीड़ों को देखते ही चिड़ियां उड़कर वहां पहुंच जातीं और कीड़ों को अपनी चोंच में दबाकर ले उड़तीं। तभी सिद्धार्थ ने देखा कि एक बाज नीचे आया और एक छोटी चिड़िया को पंजों में दबाकर ले गया।

इन घटनाओं को देखने में खोए सिद्धार्थ भी चिलचिलाती धूप में खड़े होने के कारण पसीने से तर हो गए। वह वापस जम्बू वृक्ष के नीचे आ गए। उसने अभी अपनी आंखों के सामने बहुत-सी अद्भुत बातें देखी थीं जिनका उसे पहले ज्ञान तक न था। वह सहजासन पर बैठ गए और जो कुछ देखा था, उस पर मनन करने लगे। वह सीधी पीठ किए बड़ी देर तक उसी तरह बैठे रहे। खेत में जो कुछ देखा और बहुत से प्राणियों पर जो बीती, उसके चित्र उनकी आंखों के सामने तैरते रहे। उनके आस-पास जो संगीत, नृत्य और मनोरंजन के कार्यक्रम चल रहे थे, उनकी तरफ उनका ध्यान बिलकुल नहीं था। कुछ देर बाद जब राजा तथा रानी उधर से गुजरे तो उन्होंने देखा कि सिद्धार्थ अब भी मनन-चिंतन करते बैठे हैं। सिद्धार्थ छोटी-सी स्थिर मूर्ति सा दिखता कितना भला लग रहा था, इसे देखकर गौतमी की आंखें भर आईं; किन्तु यह देखकर राजा शुद्धोधन एक आकस्मिक भय से भर उठे। यदि सिद्धार्थ इस छोटी आयु में इस प्रकार निष्ठापूर्वक बैठ सकता है, तब क्या आचार्य असित की भविष्यवाणी सत्य सिद्ध होने वाली है ? इस विचार से राजा इतने उद्विग्न हो उठे कि समारोह में और नहीं रुके तथा अपने राजकीय वाहन से अकेले ही महल को लौट आए।

देहात के कुछ गरीब बच्चे जोर-जोर से बातें करते और हंसते हुए उस वृक्ष के पास से गुज़रे। गौतमी ने उन्हें चुप रहने का इशारा किया और दिखाया कि सिद्धार्थ जम्बू वृक्ष के नीचे बैठे हैं। उत्सुकतावश, बच्चे उन्हें घूर-घूरकर देखने लगे। अकस्मात् सिद्धार्थ ने आंखें खोली और रानी को सामने देखकर मुस्कराने लगे।

उन्होंने कहा–"माताजी, वेद मंत्रों के उच्चार ने उन कीड़ों और उस चिड़िया को बचाने की खातिर तो कुछ नहीं किया।"

सिद्धार्थ उठ खड़े हुए और दौड़कर गौतमी का हाथ थाम लिया। उसने देखा कि बच्चे उनकी ओर गौर से देख रहे हैं। वे सब उन्हीं की उम्र के थे। उनके वस्त्र फटे हुए थे, चेहरे धूल भरे थे और उनके हाथ-पांव बहुत ही पतले थे। राजकुमार की वेशभूषा पहने हुए सिद्धार्थ को अपने सामने खड़ा देख उन्हें अपने वस्त्र बड़े अटपटे से लगे। लेकिन वह उनके साथ खेलने के लिए बहुत इच्छुक था। वह मुस्कराए और उनकी ओर देखकर हाथ हिलाया। एक बच्चे ने मुस्करा कर सिद्धार्थ की मुस्कान का प्रत्युत्तर दिया। इतना ही प्रोत्साहन सिद्धार्थ के लिए पर्याप्त था। उसने बच्चों को उत्सव की दावत में निमंत्रित करने की माताश्री से अनुमति मांगी। पहले तो वह थोड़ी हिचकीं, किन्तु बाद में उन्होंने सहमति दे दी।

अध्याय सात

सफेद हाथी का पुरस्कार

जब सिद्धार्थ चौदह वर्ष के थे तो रानी गौतमी ने एक पुत्र को जन्म दिया जिसका नाम नंद था। सारे महल में खुशी छा गई। सिद्धार्थ भी प्रसन्न था क्योंकि उसे एक छोटा भाई मिल गया। प्रतिदिन पढ़ने के बाद वह नंद को देखने चला जाता। हालांकि सिद्धार्थ की आयु इतनी हो गई थी कि उसे अन्य बातों की ओर आकृष्ट होना चाहिए किन्तु वह अक्सर देवदत्त के साथ नंद को चलाता हुआ ले जाता।

सिद्धार्थ के रिश्ते में लगने वाले भाइयों में तीन–महानाम, भद्दिय और किम्बिल—को वह बहुत पसंद करते थे। वह प्रायः इन लोगों को, महल के पीछे बने पुष्पोद्यान में खेलने के लिए बुला लिया करते थे। रानी गौतमी कमल सरोवर के पास बैंच पर बैठकर इन लोगों को खेलते देखकर प्रसन्न होती थीं। उसके कर्मचारी इन बच्चों के लिए नाश्ता-पानी लाने के लिए सदैव आस-पास रहते।

प्रतिदिन सिद्धार्थ अपनी शिक्षा में अधिकाधिक प्रगति करते गए और देवदत्त को अपनी ईर्ष्या दबाना कठिन हो गया। सिद्धार्थ सभी विषयों में यहां तक कि युद्ध-विद्या में भी पारंगत होते गए। देवदत्त शारीरिक दृष्टि से बलशाली था, तो सिद्धार्थ अधिक फुर्ती-चुस्ती वाले थे। गणित में अन्य विद्यार्थी भी सिद्धार्थ का लोहा मान गए। सिद्धार्थ के प्रश्नों का उत्तर देने के लिए अध्यापक अर्जुन तक को घंटों मगजपच्ची करनी पड़ती थी।

संगीत तो सिद्धार्थ को दिया प्रकृति का वरदान था। संगीत अध्यापक ने उन्हें दुर्लभ एवं मूल्यवान वंशी दे दी थी और सिद्धार्थ अकेले ही संध्याकाल में बांसुरी-वादन करते थे। कभी-कभी उनके गीत मधुर और कोमल होते तो कभी उनका संगीत ऐसा होता कि श्रोताओं को प्रतीत होता कि वे ऊपर उठते हुए आकाश

में विचरण कर रहे हैं। गौतमी प्रायः शाम को बाहर बैठ जाती जिससे वह अपने पुत्र का संगीत सुन सकें। जब वह अपना हृदय सिद्धार्थ के संगीत के साथ बहने देतीं तो उन्हें बहुत संतोष प्राप्त होता।

अपनी आयु के अनुरूप सिद्धार्थ अपने धार्मिक और दार्शनिक अध्ययन में अधिकाधिक गहनता लाते गए। उन्हें सभी वेदों की शिक्षा दी गई और वे वेदों में वर्णित विचारों तथा विश्वासों के गूढ़ अर्थों का गहन मनन करते। उन्होंने ऋग्वेद और अथर्ववेद का विशेष रूप से अध्ययन किया। बालपन से ही सिद्धार्थ ने ब्राह्मणों को मंत्रोच्चार करते और कर्मकांड करते देखा था। अब वह स्वयं इन पवित्र ग्रंथों की शिक्षाओं के विषयों में प्रवेश करने लगे थे। ब्राह्मणों द्वारा इन पुनीत ग्रंथों को अत्यधिक महत्त्व दिया जाता। इन मंत्रों के शब्दों और ध्वनियों में बड़ी शक्ति समाहित मानी जाती थी जिनसे व्यक्तियों और प्रकृति को भी प्रभावित एवं परिवर्तित किया जा सकता था। ग्रहों की स्थिति और प्राकृतिक ऋतुओं का प्रार्थनाओं और यज्ञादि से घनिष्ठ संबंध था। आकाश और पृथ्वी के गोपनीय रहस्यों को समझने की क्षमता ब्राह्मणों में ही निहित समझी जाती थी। वे ही मानवीय एवं प्रकृति-जगत में समुचित समन्वय रखने के लिए प्रार्थना करने और यज्ञ करने के अधिकारी माने जाते थे।

सिद्धार्थ को बताया गया था कि सृष्टि का निर्माण पुरुष अथवा ब्रह्म से हुआ है। समाज में सभी वर्गों के व्यक्ति ब्रह्मा के शरीर के विभिन्न भागों से सृजित हुए हैं। प्रत्येक व्यक्ति में उस परम ब्रह्म का अंश आत्मा के रूप में विद्यमान रहता है।

सिद्धार्थ ने 'ब्राह्मणों' और 'उपनिषदों' सहित अन्य धर्म-ग्रंथों का भी गहन अध्ययन किया। उनके अध्यापकगण परम्परागत विश्वासों से ही शिष्यों को परिचित कराना चाहते थे किन्तु सिद्धार्थ और उनके साथी उनसे ऐसे प्रश्न करते जिससे अध्यापकों को सम-सामयिक परिस्थितियों के अनुसार उनकी व्याख्या करनी पड़ती जो सदैव परम्पराओं के अनुरूप नहीं होती।

जब विद्यार्थियों की विद्यालय से छुट्टी होती तो सिद्धार्थ उन्हें समझा-बुझाकर राजधानी के जाने-माने पंडित-पुजारियों और ब्राह्मणों के पास ले जाते और इन विषयों पर विचार-विमर्श करते। इसके फलस्वरूप सिद्धार्थ को ज्ञात हुआ कि देश में ऐसे अनेक आंदोलन हो चुके हैं, जिनमें ब्राह्मणों के इस एकछत्र अधिकार को चुनौतियां दी गईं थीं। इन आंदोलनों को उन असंतुष्ट निम्न वर्ग वालों ने ही नहीं चलाया था जो ब्राह्मणों की विशिष्ट सत्ता में भागीदारी के इच्छुक

थे, बल्कि इनमें सुधारवादी ब्राह्मण भी सम्मिलित थे।

जब से देहात के गरीब बच्चों को राजसी पिकनिक में बुलाने की अनुमति सिद्धार्थ को मिली, तभी से उन्हें यह भी अनुमति मिल गई कि वे राजधानी के आस-पास के छोटे गांवों में भी घूम आया करें। इन अवसरों पर वह एकदम सादी वेशभूषा में जाते। इन लोगों से सीधी बातचीत करने पर सिद्धार्थ को ऐसी बहुत-सी बातों की जानकारी हो सकी, जिन्हें महल में रहकर वह कभी भी न जान पाते। उन्हें पता था कि लोग ब्रह्मा, विष्णु और शिव की भक्ति और पूजा करते हैं। लेकिन उन्हें यह भी ज्ञात हुआ कि ब्राह्मण पुजारी भक्त लोगों का शोषण भी करते हैं। जन्म, विवाह और शव-संस्कार के समय इन लोगों को भोजन, धन और बेगार के रूप में कुछ न कुछ देने को बाध्य होना पड़ता है, भले ही वे लोग स्वयं चाहे कितने ही गरीब क्यों न हों।

एक दिन सिद्धार्थ फूस की झोपड़ी के पास से गुजरे तो भीतर से शोकपूर्ण रुदन की आवाजें सुनाई दीं। उन्होंने देवदत्त से भीतर जाकर वास्तविकता का पता करने को कहा तो ज्ञात हुआ कि परिवार के मुखिया की मृत्यु हो गई है। परिवार बेहद गरीब था। पत्नी और बच्चे बेहद दुबले थे। उनका घर गिरने की अवस्था तक जर्जर था। परिवार का मुखिया रसोई बनवाने के लिए ब्राह्मण द्वारा भूमि-पूजन कराना चाहता था। भूमि-शुद्धि के लिए ब्राह्मण ने उससे बेगार करने को कहा। कई दिनों तक ब्राह्मण ने बड़े-बड़े पत्थर ढोकर लाने तथा लकड़ियां चीरने का काम उससे कराया। मेहनत करते-करते वह व्यक्ति बीमार पड़ गया तो ब्राह्मण ने उसे घर जाने की छुट्टी दे दी लेकिन घर पहुंचने से पहले ही वह राह पर गिरकर मर गया।

अपने मनन के आधार पर सिद्धार्थ ब्राह्मणवाद के इन मूलभूत सिद्धान्तों पर प्रश्न उठाने लगे कि वेदाध्ययन का एकमात्र अधिकार ब्राह्मणों को ही है, ब्रह्मांड की सर्वोच्च संचालक शक्ति ब्रह्म है और उसकी प्रार्थना एवं पूजा करने से, उनको सबसे अधिक शक्ति प्राप्त होती है। इन अंधी मान्यताओं को सीधी चुनौती देने वाले पुजारियों और पंडितों के प्रति उनकी सहानुभूति जागने लगी। इस संदर्भ में उनकी रुचि कभी कम नहीं हुई और वेदाध्ययन संबंधी शिक्षा की कोई कक्षा उन्होंने नहीं छोड़ी।

साधु-संन्यासियों से मिलना और उनसे धर्म-चर्चा करना सिद्धार्थ को पसंद था, किन्तु उनके पिताजी इसे नापसंद करते थे, इसलिए सिद्धार्थ भ्रमण की ऐसी योजनाएं बनाते जिनसे उन्हें संत ज्ञानी जनों से मिल पाने का अवसर मिल सके। इन संन्यासियों को भौतिक पदार्थों या उच्च सामाजिक प्रतिष्ठा की चिन्ता ही नहीं

होती थी जबकि ब्राह्मण खुल्लमखुल्ला पद-लोलुपता प्रदर्शित करते। ये संन्यासी आत्मा की मुक्ति के लिए–संसार के समस्त सुख-दुःखों से छुटकारा पाने के लिए–सब कुछ त्याग देते थे। ये वे लोग थे जिन्होंने वेदों और उपनिषदों के गूढ़ तत्त्वों का अध्ययन मनन किया था। सिद्धार्थ को पता था कि ऐसे संन्यासी कौशल में (जो शाक्य राज्य का पश्चिमी पड़ोसी राज्य था) और उनके राज्य के दक्षिणी पड़ोसी राज्य मगध में रहते हैं। सिद्धार्थ को विश्वास था कि एक न एक दिन उन्हें इन क्षेत्रों में जाने और ऐसे संन्यासियों के पास अध्ययन करने का अवसर मिलेगा।

राजा शुद्धोधन सिद्धार्थ की इन आकांक्षाओं से अवगत थे। उनको भय था कि किसी न किसी दिन उनका पुत्र राजमहल छोड़कर संन्यासी बन जाएगा। उन्होंने अपने छोटे भाई दृढ़धनराज से (जो देवदत्त और आनंद के पिता थे) अपनी चिन्ता की चर्चा की : "कौशल के लोगों की निगाहें हमारे देश के क्षेत्र पर लगी हैं। अपने देश की भविष्य-रक्षा के लिए हमें सिद्धार्थ और देवदत्त सरीखे युवकों की बड़ी आवश्यकता है। किंतु मुझे भय है कि आचार्य असित कालदेवल की भविष्यवाणी के अनुसार सिद्धार्थ कहीं संन्यासी न बन जाए। यदि ऐसा हुआ तो देवदत्त भी उसका अनुकरण करेगा। तुम्हें पता है कि इन लोगों को बाहर जाकर साधु-संन्यासियों से मिलना कितना प्रिय है।"

राजा के ये शब्द सुनकर दृढ़धनराज आश्चर्य में पड़ गए। एक क्षण तक विचार करने के बाद उन्होंने राजा के कान में कहा कि—"यदि आप मुझसे पूछते हैं तो आप सिद्धार्थ का विवाह कर दीजिए। एक बार गृहस्थी के चक्कर में फंसते ही वह संन्यासी बनने का विचार भूल जाएगा।" राजा शुद्धोधन ने इस पर स्वीकृति सूचक सिर हिलाया।

उस रात राजा ने अपनी चिन्ता गौतमी को भी बताई। उन्होंने निकट भविष्य में ही सिद्धार्थ का विवाह करने का वचन दिया। यद्यपि उन्होंने हाल ही में सुन्दरी नंदा नामक राजकुमारी को जन्म दिया था। किन्तु उसके बाद भी वह राज्य में युवकों के सम्मेलन करने लगीं। सिद्धार्थ संगीत, खेलकूद और धावक प्रतियोगिताओं में उत्साह से भाग लेने लगे। इस दौरान बहुत से युवक एवं युवतियां उनके संपर्क में आए।

राजा शुद्धोधन की छोटी बहिन पामिता थी जिनके पति कोलिय के राजा दण्डपाणि थे। ये लोग कोलिय के राजधानी रामग्राम और कपिलवस्तु दोनों ही स्थानों पर रहते थे। शाक्य और कोलिय राज्यों की सीमा का विभाजन रोहिणी नदी करती थी और कई पीढ़ियों से इनकी प्रजा आपस में सद्भावपूर्वक रहती

चली आ रही थी। दोनों की राजधानियों के बीच इतनी ही दूरी थी जिसे एक दिन में तय किया जा सकता था। गौतमी के अनुरोध पर कुनाऊ झील के किनारे बड़े मैदान में युद्ध-विद्या की प्रतियोगिता आयोजित करने के लिए कोलिय के राजा और रानी सहमत हो गए। राजा शुद्धोधन ने इस समारोह की अध्यक्षता करना स्वीकार कर लिया जिससे अपने राज्य के युवकों की शक्ति बढ़े और युद्ध-विद्या में प्रवीणता प्राप्त हो सके। राजधानी के सभी युवक-युवतियों को इसमें आमंत्रित किया गया था। युवतियों को खेल-कूद प्रतियोगिताओं में भाग तो नहीं लेना था किन्तु युवकों को, प्रशंसा करके और तालियां बजाकर प्रोत्साहित करना था। रानी पामिता और राजा दण्डपाणि की पुत्री यशोधरा को सभी अतिथियों का स्वागत करने का दायित्व सौंपा गया था। प्राकृतिक सौंदर्य और चेहरे की ताजगी के कारण वह बहुत प्यारी तथा आकर्षक लग रही थी।

सभी प्रतियोगिताओं, जैसे—धनुर्विद्या, खड्ग प्रयोग, घुड़दौड़ और भारोत्तोलन आदि में सिद्धार्थ सर्वप्रथम आए थे। यशोधरा ने उनको पुरस्कार स्वरूप सफेद हाथी भेंट किया। दोनों हाथ जोड़ थोड़ा सिर झुकाए हुए संयत और गरिमापूर्ण स्वर में यशोधरा ने कहा–"राजकुमार सिद्धार्थ, अपनी कौशलपूर्ण विजय पर कृपया इस हाथी को स्वीकार कीजिए। इसके साथ ही मेरी हार्दिक बधाई भी अंगीकार कीजिए।"

राजकुमारी की गतिविधियां शालीन और अनासक्त भाव वाली थीं। उसकी वेशभूषा भी गौरवमयी और सुरुचिपूर्ण थी। उसकी मुस्कान अधखिले कमल के समान आकर्षक थी। सिद्धार्थ ने झुकते हुए उसकी आंखों में देखते हुए शान्त स्वर में कहा–"धन्यवाद, राजकुमारी जी।"

देवदत्त सिद्धार्थ के पीछे खड़ा था और प्रतियोगिता में द्वितीय स्थान ही पा सकने के कारण अप्रसन्न था। वह इस बात से भी उखड़ा हुआ था कि यशोधरा ने उसकी ओर देखा तक नहीं। उसने झपटकर हाथी की सूंड पकड़ी जोर से उसके मर्म भाग पर मुष्टि-प्रहार किया। कष्ट के मारे हाथी घुटनों के बल बैठ गया।

सिद्धार्थ ने क्रोधपूर्ण दृष्टि से देखते हुए देवदत्त से कहा–"भाई यह तो दुराचार पूर्ण कार्य है।"

सिद्धार्थ ने हाथी की सूंड़ के मर्म-स्थल को स्नेहपूर्वक सहलाया और उससे सान्त्वना के स्वर में धीरे से कुछ कहा। धीरे-धीरे हाथी उठकर खड़ा हो गया और राजकुमार को सिर झुकाया। दर्शकों ने प्रशंसा में तुमुल हर्षध्वनि की।

सभी प्रतिस्पर्द्धाओं में सिद्धार्थ सर्वप्रथम आए, तो यशोधरा द्वारा पुरस्कार स्वरूप सफ़ेद हाथी भेंट

सिद्धार्थ हाथी की पीठ पर बैठ गए और विजय-यात्रा निकली। अपने महावत के हांकने पर सफेद हाथी ने सिद्धार्थ को राजधानी कपिलवस्तु में घुमाया। मार्ग में लोगों ने तालियां बजाकर उनका स्वागत किया। यशोधरा शालीनतापूर्वक पग रखती हुई, उनके पीछे-पीछे चल रही थी।

अध्याय आठ

रत्नजटित हार

युवा होने पर सिद्धार्थ को राजमहल का जीवन बंधा-बंधा-सा लगने लगा इसलिए उन्होंने नगर के बाहर जाकर घूमना शुरू कर दिया ताकि वह बाहर के जीवन का परिचय प्राप्त कर सकें। निष्ठावान सेवक चन्ना सदैव उनके साथ रहता। कभी-कभी उनके भाई और मित्र भी साथ होते। चन्ना सिद्धार्थ के रथ का सारथी भी था। वह और सिद्धार्थ, घोड़ों की रासें बारी-बारी से संभालते। सिद्धार्थ घोड़ों को कभी चाबुक नहीं मारते थे, इसीलिए चन्ना भी चाबुक का प्रयोग नहीं करता।

इन यात्राओं में सिद्धार्थ ने शाक्य राज्य भर में भ्रमण कर लिया था। वह उत्तर में स्थित हिमालय की तराई के ऊबड़-खाबड़ भागों से लेकर दक्षिणी मैदानों तक, सभी जगह गए। राजधानी कपिलवस्तु निचाई वाले भाग में थी जहां आबादी सबसे अधिक सघन थी और यह भाग बहुत धन-धान्यपूर्ण था। पड़ोस के कौशल और मगध राज्यों की तुलना में शाक्य राज्य बहुत छोटा था। पहाड़ों से निकलकर रोहिणी और बाण गंगा नदियां इसके उर्वर खेतों की सिंचाई के लिए जल सुलभ करतीं। ये दोनों नदियां हिरण्यमयी नदी से मिलतीं जो और भी आगे जाकर गंगा में मिल जाती। सिद्धार्थ को बाण गंगा नदी के किनारे बैठकर नदी का अविरल प्रवाह देखना बहुत प्रिय था।

स्थानीय जनता का विश्वास था कि बाण गंगा के जल में स्नान करने से इस जन्म और पूर्व जन्म के पापों से मुक्ति प्राप्त हो जाती है। इसलिए बेहद ठंडे जल में लोग डुबकियां लगा-लगाकर स्नान करते। एक दिन जब सिद्धार्थ नदी तट पर बैठे हुए थे तो उन्होंने अनुचर चन्ना से पूछा–"क्या तुम भी विश्वास करते हो कि इस नदी में स्नान करने से पाप-कर्म धुल जाते हैं ?"

"श्रीमन्, अवश्य धुलते होंगे वरना इतने लोग इसमें स्नान करने क्यों आते ?"

सिद्धार्थ मुस्कराए। "तब तो इसके जल में सदा रहने वाली मछलियां, केकड़े और घोंघे तो सर्वाधिक शुद्ध और पुण्यवान प्राणी होने चाहिए।"

चन्ना ने उत्तर दिया–"कम से कम मैं इतना तो अवश्य कह सकता हूं कि इस नदी में स्नान करने से शरीर की मैल-मिट्टी धुल ही जाती है।"

सिद्धार्थ यह सुनकर हंसे और चन्ना की पीठ थपथपाकर बोले–"तुम्हारे इस कथन से मैं निश्चय ही सहमत हूं।"

एक दिन जब सिद्धार्थ राजमहल लौट रहे थे तो यशोधरा को एक छोटे गरीब गांव में अपनी नौकरानी के साथ देखकर आश्चर्य से भर उठे क्योंकि वह गांव के उन बच्चों की तीमारदारी कर रही थी जिनकी आंखों में कष्ट था या जिन्हें फ्लू, चर्म रोग या अन्य रोग थे। यशोधरा सादे कपड़े ही पहने थी लेकिन वह गरीबों के बीच अवतरित देवी सी लग रही थी। सिद्धार्थ इस बात से अत्यधिक प्रभावित हुए कि एक राजकुमारी अपनी सुख-सुविधाओं को बिसरा कर असहाय लोगों की देख-भाल कर रही थी। वह रोगी बच्चों की आंखें और शरीर धो-साफ कर दवा लगा रही थी और उनके गंदे कपड़े धो रही थी।

"राजकुमारी आप यह सेवा-कार्य कब से कर रही हैं", सिद्धार्थ ने पूछा, "आपको यहां देखकर बहुत अच्छा लगा।"

यशोधरा ने एक छोटी-सी लड़की की बांह धोते हुए ही ऊपर की ओर देखकर कहा, "राजकुमार जी, करीब दो सालों से। लेकिन इस गांव में मैं दूसरी ही बार आई हूं।"

"मैं यहां प्रायः आया करता हूं।" यहाँ के बच्चे मुझे जानते हैं। राजकुमारी जी, आपको यह काम करके बहुत संतोष मिलता होगा ?"

यशोधरा ने कोई उत्तर न देकर केवल मुस्करा दिया और वह बच्ची की बांह धोने में जुट गई।

उस दिन सिद्धार्थ को यशोधरा से कुछ क्षण बात करने का अवसर मिला था। उन्हें यह जानकर आश्चर्य हुआ कि उसके विचार उनके अपने विचारों से कितने मिलते थे। यशोधरा आंख मूंदकर परम्पराओं का पालन करते हुए महल में ही बंद रहने से संतुष्ट नहीं थी। उसने भी वेदों का अध्ययन किया था और वह भी समाज के अन्याय की परोक्ष रूप से विरोधी थी। सिद्धार्थ के समान ही वह भी धनी एवं राजपरिवार की सुविधाभोगी सदस्या बनकर प्रसन्न नहीं थी।

यशोधरा को अनाथ बच्चे की तीमारदारी करते देख
सिद्धार्थ अत्यधिक प्रभावित हुए

राजदरबारियों और ब्राह्मणों के बीच होने वाले सत्ता-संघर्ष को भी वह पसंद नहीं करती थी। वह समझती थी कि एक नारी होने के कारण वह बड़ा सामाजिक परिवर्तन तो ला नहीं सकती, इसलिए सेवा-कार्य आरंभ करके उसने अपनी मान्यताओं को व्यक्त किया है। उसे आशा थी कि उसका मित्र-वर्ग उसके अपने उदाहरण से, इस बात का महत्त्व समझेगा।

सिद्धार्थ को, पहली बार देखने के बाद से ही मन में यशोधरा के प्रति एक विशेष आकर्षण का अनुभव होता था। अब उन्होंने पाया कि वह यशोधरा के बोले हुए प्रत्येक शब्द में डूब ही गए हैं। उनके पिता की इच्छा थी कि वह शीघ्र ही विवाह कर लें। इसके लिए यशोधरा उपयुक्त नारी है। संगीत और खेल-कूद प्रतियोगिताओं में सिद्धार्थ ने बहुत-सी सुन्दर युवतियां देखी थीं, किन्तु यशोधरा सबसे सुन्दर ही नहीं थी, वरन् उसके साथ उन्हें अपनापन और संतुष्टि का भी अनुभव हो रहा था।

एक बार, रानी गौतमी ने राजधानी की सभी युवतियों का मिलन समारोह आयोजित किया। उन्होंने यशोधरा की मां पामिता से, तैयारियों में सहायता करने को कहा। कपिलवस्तु की हर युवती को आमंत्रित किया गया जिसमें प्रत्येक को एक अच्छा-सा आभूषण उपहारस्वरूप दिया जाना था। रानी पामिता ने सुझाव दिया कि सिद्धार्थ आभूषणों का वितरण उसी प्रकार अपने हाथों से करें, जिस प्रकार युद्ध-विद्या की प्रतियोगिता में सभी मेहमानों का स्वागत यशोधरा ने किया था। राजा शुद्धोधन और राज-परिवार के सभी सदस्य भी इस अवसर पर उपस्थित रहेंगे।

एक सुखद शीतल संध्या को इस मिलन समारोह का आयोजन किया गया। प्रासाद के कक्षों में खाद्य एवं पेय पदार्थ लगा दिए गए थे और संगीतकार अभ्यागतों के मनोरंजन के लिए अपनी कला का प्रदर्शन कर रहे थे। नीचे फूलों से सजे दीपाधारों के उज्ज्वल प्रकाश में सजी-धजी युवतियां पधारीं जो सोने की तारकशी से युक्त रंग-बिरंगी साड़ियां पहने थीं। प्रत्येक युवती को राजकीय मेहमानों तथा राजा-रानी के सामने से गुजरना था। राजकुमार की वेशभूषा में सिद्धार्थ एक मेज की बाईं ओर खड़े थे। मेज पर मोतियों के हार, स्वर्ण तथा रत्नजटित नाना प्रकार के आभूषण रखे हुए थे जो आई हुई करीब एक हजार युवतियों को भेंट किए जाने थे।

पहले तो सिद्धार्थ ने यह उपहार वितरित करने से मना कर दिया किन्तु गौतमी तथा पामिता ने अनुरोध किया कि "तुम्हारे हाथों से उपहार पाकर कोई भी व्यक्ति गौरव और हर्ष का अनुभव करेगा। तुमको यह समझना चाहिए।"

यह कहकर पामिता विश्वासपूर्वक मुस्करा दीं। दूसरों को प्रसन्न करने की बात को सिद्धार्थ टाल नहीं सके। हजारों अभ्यागतों के सामने खड़े हुए सिद्धार्थ यह समझ नहीं पा रहे थे कि प्रत्येक युवती की पात्रता के अनुसार आभूषण का चयन कैसे करें। जिस पहली युवती को आभूषण-उपहार देना था, वह एक राजकुमार की पुत्री सोमा थी। पामिता के अनुदेश के अनुसार उसे राजकीय सीढ़ियों पर चढ़कर राजा-रानी तथा मान्य अतिथियों को नमन करके धीरे-धीरे चलते हुए सिद्धार्थ के पास आना था। जब वह सिद्धार्थ के सामने पहुंची तो झुककर प्रणाम किया। प्रत्युत्तर में सिद्धार्थ भी झुके और उसे मोतियों का तोड़ा भेंट किया। सभी अतिथियों ने तालियां बजाईं। सोमा ने नमन किया। उसने इतने मंदस्वर में सिद्धार्थ को धन्यवाद दिया कि वह उसके शब्द भी नहीं सुन-समझ सके।

दूसरी युवती रोहिणी आई। सिद्धार्थ ने पात्र की गरिमा एवं सौंदर्य के अनुसार आभूषण का चयन करना बंद कर दिया और जो भी आभूषण सामने पड़ता गया, उपहार में देते गए। हालांकि युवतियों की संख्या काफी थी, किन्तु सिद्धार्थ के इस व्यवहार से उपहार-वितरण शीघ्र समाप्त हो गया। रात के दस बजे के करीब अधिकांश आभूषण दिए जा चुके थे। सभी समझते थे कि आभूषण का उपहार पाने वाली अंतिम युवती शैला है। जब सिद्धार्थ समझ रहे थे कि उनका काम समाप्त हो गया, तभी दर्शकों के बीच से उठकर एक अन्य युवती धीरे-धीरे मंच की ओर बढ़ी। यह यशोधरा थी जो सफेद साड़ी पहने हुए प्रभाती शीतल मंद पवन की भांति आई। राजा-रानी को उसने नमन किया और शालीनता के साथ सिद्धार्थ के पास पहुंची, मुस्कराई और पूछा–"मान्यवर क्या मेरे लिए कुछ बचा है ?"

सिद्धार्थ ने यशोधरा को देखा और मेज पर बचे हुए आभूषणों पर उलझन भरी दृष्टि डाली। उन्हें यह देखकर बड़ी निराशा हुई कि यशोधरा को उपहार में देने योग्य कुछ बचा ही नहीं था। अकस्मात् उन्होंने अपना कंठहार उतारा और यशोधरा की ओर बढ़ाते हुए कहा–"राजकुमारी जी, आपके लिए मेरा यह उपहार है।"

यशोधरा ने इनकार में सिर हिलाते हुए कहा, "यहां मैं आपके प्रति आदर व्यक्त करने आई थी। मैं भला आपका कंठहार कैसे ले सकती हूं।"

सिद्धार्थ ने उत्तर में कहा कि "मेरी माताश्री गौतमी प्रायः कहा करती हैं कि मैं आभूषण के बिना ही अच्छा लगता हूं। राजकुमारी जी, कृपया यह उपहार स्वीकार करें।"

उन्होंने यशोधरा को थोड़ा निकट आने का संकेत किया ताकि वह चमचमाता रत्नजटित हार उसके गले में पहना सकें। अतिथियों ने इस पर जो तालियां बजाना आरंभ किया तो प्रतीत होता था कि वे कभी थमेंगी ही नहीं। सभी लोग अपनी प्रसन्नता व्यक्त करने के लिए उठकर खड़े हो गए थे।

अध्याय नौ

सदयता का पथ

अगली शरद् ऋतु में सिद्धार्थ और यशोधरा का विवाह हो गया। समस्त राज्य में यह प्रसन्नता और समारोह का दिन था। राजधानी कपिलवस्तु झंडों, दीपाधारों और पुष्पों से सजाई गई। सभी जगह संगीत के स्वर गुंजित हो रहे थे। अपने रथ में बैठकर सिद्धार्थ और यशोधरा जहां-जहां गए, सभी जगह तुमुल हर्ष-ध्वनि से उनका स्वागत किया गया। उन्होंने ग्रामों तथा नगलों (छोटे गांवों) की भी यात्रा की और बहुत से निर्धन परिवारों के लिए भोजन-वस्त्र लेकर गए।

राजा शुद्धोधन ने नव विवाहित युगल के लिए तीन ऋतुओं के अनुरूप तीन प्रासादों का निर्माण अपनी देख-रेख में कराया। ग्रीष्मकालीन प्रासाद का निर्माण पहाड़ की ऊंचाई पर एक रमणीक स्थान पर कराया गया। किन्तु वर्षा और शरद ऋतु के प्रासाद राजधानी में ही बनवाए गए। प्रत्येक प्रासाद के समीप कमल सरोवर बने थे जिनमें से किसी में नील कमल, किसी में पद्म (लाल कमल) तो किसी में पुंडरीक (श्वेत कमल) लगे हुए थे। नव विवाहित युगल के सुरुचिपूर्ण वस्त्र एवं पादत्राण और प्रतिदिन जलाने के लिए चंदन चूर्ण दक्षिण पश्चिम में स्थित काशी राज्य की राजधानी वाराणसी से विशेष रूप से मंगवाया गया था।

राजा शुद्धोधन का चित्त शांत था क्योंकि अब सिद्धार्थ उस मार्ग पर चलने लगे थे, जिस पर चलने की वह अपने पुत्र से आशा करते थे। अपने पुत्र और नव परिणीता वधू के सतत सुखद मनोरंजन के लिए उन्होंने स्वयं सर्वोत्तम संगीतकारों एवं नर्तकियों का चयन किया था।

किन्तु सिद्धार्थ और यशोधरा की प्रसन्नता को धन और पद-गरिमा से अर्जित नहीं किया जा सकता था। उनकी प्रसन्नता हृदय की उन्मुक्तता और

सिद्धार्थ और यशोधरा का विवाह पूरे राज्य में महान् हर्ष और उल्लास का कारण बना

एक-दूसरे के आंतरिक मनोभावों को समझकर चलने में निहित थी। वे विशिष्ट पकवानों या सुस्वादु भोजन और बढ़िया-बढ़िया रेशमी वस्त्रों से प्रभावित नहीं होते थे। वे संगीतज्ञों और नर्तक-नर्तकियों की कला की सराहना तो कर सकते थे किन्तु वे उनके द्वारा दिए जाने वाले वासनात्मक सुखों में डूबने को तैयार नहीं थे। उनके अपने ही सपने थे—आध्यात्मिक प्रश्नों के उत्तर पाना और समाज में नई व्यवस्था की स्थापना करना।

अगली ग्रीष्म ऋतु में जब सिद्धार्थ निष्ठावान बाल-साथी चन्ना के साथ ग्रीष्मकालीन प्रासाद में गए तो उन्होंने राज्यभर के वे स्थान यशोधरा को दिखाए जो उसने अब तक नहीं देखे थे। वे प्रत्येक स्थान पर कई-कई दिन ठहरे और कभी-कभी तो ग्राम-वासियों के घरों में भी ठहरे; उनका सादा भोजन किया और बान की बुनी हुई चारपाइयों पर सोये। वे जहां-जहां गए, वहां की जीवन-चर्या और परम्पराओं के विषय में भी बहुत कुछ ज्ञान प्राप्त किया।

कभी-कभी तो उन्होंने बहुत ही कष्टपूर्ण स्थितियां भी देखीं। वे ऐसे परिवारों से भी मिले जिनके नौ-दस बच्चे थे और प्रत्येक बच्चा बीमार था। उनके माता-पिता चाहे जितना परिश्रम करें; फिर भी, वे इतना नहीं कमा पाते थे कि इतने बच्चों का लालन-पालन कर सकें। किसानों का जीवन तो कठिनाइयों का पर्याय ही था। सिद्धार्थ ने ऐसे बच्चे देखे जिनके हाथ-पांव सूखी लकड़ियों से पतले थे और कीड़ों तथा कुपोषण के कारण उनके पेट निकले हुए थे। उन्होंने देखा कि विकलांग और लूले-लंगड़े गलियों में भिक्षा मांगते फिर रहे थे। इन सब दृश्यों को देखकर उनकी सारी खुशियां काफूर हो गईं। उन्होंने देखा कि लोग ऐसी विषम स्थितियों में फंसे हुए हैं, जिनसे उन्हें कभी मुक्ति नहीं मिल सकती। निर्धनता और रोगों के अतिरिक्त ब्राह्मण उनको और भी कष्ट देते थे। और, उनके अत्याचारों के विरुद्ध किसी से शिकायत भी नहीं की जा सकती थी। राज्य की राजधानी वहां से बहुत दूरी पर अवस्थित थी। यदि वे वहां पहुंच भी जाएं, तो उनकी सुनेगा कौन ? वह जानते थे कि राजा को भी इस स्थिति में परिवर्तन लाने का कोई अधिकार नहीं है।

राज दरबार भीतरखाने कैसे चलता है, इसे सिद्धार्थ एक अरसे से समझ चुके थे। प्रत्येक अधिकारी जरूरतमंदों की तकलीफें दूर करने की अपेक्षा अपनी सत्ता को सुरक्षित रखने तथा उसे सुदृढ़ करने में लगा रहता था। उन्होंने देखा कि वे एक-दूसरे के विरुद्ध भीषण षड्यंत्र रचते रहते और और इसी कारण, उनको

राजनीति से वितृष्णा हो गई थी। वह जानते थे कि स्वयं उनके पिता की सत्ता भी बड़ी नाज़ुक और सीमित है। एक राजा को भी किसी प्रकार की स्वतंत्रता नहीं है और वह अब अपनी स्थिति की कैद में फंसा हुआ है। उनके पिता जानते थे कि बहुत से अधिकारी अत्यन्त लालची और भ्रष्टाचारी हैं किन्तु अपने शासन के स्थायित्व के लिए राजा को उन्हीं व्यक्तियों पर निर्भर रहना पड़ता है। सिद्धार्थ ने अनुभव किया कि यदि अपने पिता के स्थान पर वह स्वयं भी राजा होंगे तो उन्हें भी यही कुछ करना पड़ेगा। उन्होंने यह बात भली प्रकार से समझ ली थी कि यदि लोगों के हृदयों से लोभ और ईर्ष्या की दुष्ट भावनाएं निकाल दी जाएं तभी स्थिति में कुछ सुधार हो सकता है। इसी कारण आध्यात्मिक मुक्ति के मार्ग पर चलने की उनकी इच्छा और भी बलवती हो जाती थी।

यशोधरा चतुर और दूर की बात भांपने में कुशल थी। वह सिद्धार्थ की दृढ़ मनोवांछा को समझती थी। उसे यह भी विश्वास था कि यदि सिद्धार्थ ने आत्म-मुक्ति के पथ पर कदम बढ़ाने का संकल्प कर लिया तो वह उसमें सफल भी अवश्य होंगे। लेकिन वह पूर्णतया व्यवहार- कुशल महिला थी। इस खोज में उन्हें महीनों, यहां तक कि वर्षों भी, लग सकते हैं। इस बीच लोगों के कष्ट तो बने ही रहेंगे, बल्कि बढ़ेंगे भी। इसलिए उसकी यह मान्यता थी कि इन कष्टों को दूर करने के लिए जो भी करना है, तुरन्त किया जाना चाहिए। समाज के सबसे निर्धन वर्ग के कष्टों को दूर किया जा सकता है, इस विषय पर उसने सिद्धार्थ से गहन विचार-विमर्श भी किया था। समाज-सेवा के काम वह पिछले कुछ वर्षों से करती आ रही थी। उसके प्रयासों से कुछ लोगों के कष्ट कम भी हुए थे और उसे स्वयं भी यह सब करके संतोष की अनुभूति हुई थी। उसे विश्वास था कि सिद्धार्थ के समर्थन से वह समाज-सेवा का कार्य लम्बे समय तक करती रह सकती है।

नवविवाहित युगल की ग्रीष्मकालीन आवश्यकताओं की पूर्ति हेतु कपिलवस्तु से सभी प्रकार की वस्तुएं और नौकर-चाकर भी आते रहते थे। सिद्धार्थ और यशोधरा ने अधिकांश नौकरों को वापस भेज दिया और उद्यान की देख-भाल करने, रसोई बनाने तथा महल के काम-काज के लिए कुछ ही कर्मचारियों को अपने पास रखा। चन्ना तो सदा साथ ही रहता था। यशोधरा ने राजमहल में भी सादगी-भरे जीवन की व्यवस्था कर ली थी। वह स्वयं रसोईघर में जाकर सादगीपूर्ण वैसा ही भोजन तैयार करवाती जो सिद्धार्थ को पसंद था।

सिद्धार्थ के वस्त्रों की देख-भाल वह स्वयं ही करती थी।

जब ये लोग राजधानी वापस आए तो यशोधरा ने अपने समाज-सेवा के कार्य में सिद्धार्थ का मार्ग-दर्शन प्राप्त करना चाहा। समाज-सेवा करके स्वयं को व्यस्त रखने की उसकी आवश्यकता को सिद्धार्थ बखूबी समझते थे और कभी भी उसका समर्थन करने में कोताही नहीं बरती। इसके कारण यशोधरा को अपने पति पर अगाध विश्वास हो गया था।

यद्यपि सिद्धार्थ यशोधरा के समाज-सेवा कार्य का महत्त्व समझते थे, तथापि उन्हें लगा कि उसके मार्ग से ही सच्ची शांति नहीं लाई जा सकती। लोग रोगों और अन्यायपूर्ण सामाजिक स्थितियों से ही कष्ट में नहीं है, बल्कि उन दुःखों और लालसाओं से पीड़ित हैं जो उनके अपने हृदय और मन में उठती हैं। और, यदि यशोधरा किसी समय भय, क्रोध, कड़ुआहट या निराशा की शिकार हो गई तो उसे अपना समाज-सेवा का कार्य आगे करते रहने की शक्ति कहां से प्राप्त होगी ? राजमहल तथा समाज में कैसी-कैसी घटनाएं होती हैं, उनको देखकर सिद्धार्थ ने स्वयं आशंका, निराशा और कष्ट की अनुभूति की है। उन्हें ज्ञात था कि सच्चे सामाजिक कार्य का एकमात्र आधार आंतरिक शांति है। उन्होंने इन विचारों के विषय में यशोधरा से कुछ विचार-विमर्श नहीं किया था क्योंकि उन्हें भय था कि यदि उससे ऐसी बातें कीं तो उसके मन में अनिश्चय और चिन्ता की भावनाएं आ जाएंगी।

जब नवदम्पति अपने शीतकालीन महल लौटे तो उन्हें ढेर सारे अभ्यागतों का स्वागत करना पड़ा। यशोधरा परिवार के सदस्यों और मित्रों का स्वागत उत्साह और आदर के साथ करती; किन्तु जब सिद्धार्थ उन लोगों के साथ दार्शनिक या धार्मिक विषयों पर बातचीत करते और उन विषयों के राजनीति एवं समाज के साथ संबंधों पर चर्चा चलती तो सारी बातें यशोधरा बहुत ध्यानपूर्वक सुनती। नौकरों को आदेश देने के लिए भी जब उसे इधर-उधर जाना पड़ता तब भी यशोधरा के कान उनकी हर बात की ओर लगे रहते। उसे आशा थी कि उनके मित्रों में से कुछ लोगों को खोज निकाला जा सकता है जिन्हें सामाजिक कार्यों या गरीबों की मदद के कामों में रुचि हो। लेकिन चंद लोगों में ही इस दिशा में काम करने की इच्छा दिखी। अधिकांश लोग तो दावत खाने तथा मौज-मस्ती करने ही आए थे फिर भी, सिद्धार्थ और यशोधरा ने धैर्यपूर्वक सबकी खातिर की।

सिद्धार्थ के अलावा यशोधरा के कार्यों को हृदय से स्वागत करने वाला कोई था तो वह थीं गौतमी-रानी महाप्रजापति। रानी अपनी कुलवधू की प्रसन्नता का

सबसे अधिक ध्यान रखती थीं क्योंकि वह जानती थीं कि यदि यशोधरा प्रसन्न रहेगी तो सिद्धार्थ भी प्रसन्न रहेगा। यशोधरा के सद्कार्यों का समर्थन करने के लिए उसके सामने एकमात्र यही कारण नहीं था। गौतमी करुणामयी स्वभाव की थीं और जब वह पहली बार यशोधरा के साथ गरीबों के गांव में गई थीं, तो उसी क्षण उन्होंने यशोधरा के कार्य का सच्चा मूल्य समझ लिया था। गरीबों को चावल, दाल, कपड़े या दवाइयों सरीखी भौतिक वस्तुएं देना ही महत्त्वपूर्ण बात नहीं थी, अपितु कष्टग्रस्त लोगों के प्रति ममत्वपूर्ण दृष्टि, सहायता और स्नेहपूर्ण हृदय के भाव उनको अधिक संबल प्रदान करते थे।

रानी महाप्रजापति राजमहल की अन्य महिलाओं जैसी न थीं। वह प्रायः यशोधरा से कहतीं कि महिलाओं में भी पुरुषों के समान बुद्धि और शक्ति होती है और उन्हें भी समाज के दायित्व वहन करने चाहिए। महिलाओं के अंदर अपने परिवार में प्रेम तथा प्रसन्नता बनाए रखने के विशेष गुण होते हैं। तब कोई कारण नहीं कि वे रसोईघर अथवा महल तक ही सीमित रहें। पुत्र-वधू के रूप में गौतमी को ऐसी महिला मिल गई थी जो उसकी जैसी ही थी क्योंकि यशोधरा विवेक-सम्पन्न और स्वतंत्र विचारों वाली थी। रानी, यशोधरा के कार्यों के प्रति सहमति ही व्यक्त नहीं करती थीं, वरन् यशोधरा के साथ जाकर सामाजिक कार्यों में भाग भी लेती थीं।

अध्याय दस

अजन्मा बालक

इसी दौरान राजा शुद्धोधन ने यह इच्छा व्यक्त की कि सिद्धार्थ अब उनके साथ अधिक समय तक रहा करें जिससे वे उनसे राजनीति और राज-काज के विषय में बात कर सकें। राजकुमार को अनेक राजकीय सभाओं में भाग लेने के लिए बुलाया गया। कभी इनमें राजा तथा राजकुमार ही होते तो कभी राजा के दरबारी भी उपस्थित होते। सिद्धार्थ उपस्थित प्रश्नों की ओर पूरा ध्यान देते थे। वह समझ गए थे कि किसी राज्य की राजनीतिक, आर्थिक और सैनिक समस्याओं की जड़ें राजनीति से संबंधित लोगों की स्वार्थपूर्ण आकांक्षाओं में ही निहित होती हैं। वे लोग अपनी सत्ता की रक्षा के लिए ही चिन्तित होते हैं और जन-साधारण की भलाई करने वाली प्रगतिशील नीतियां अपनाना असंभव सी बात है। जब सिद्धार्थ देखते कि भ्रष्ट अधिकारी नैतिकता और सदाचार की लम्बी-चौड़ी बातें कर रहे हैं, तो सिद्धार्थ का हृदय भीतर से क्रोध से खदबदा उठता। लेकिन वह अपने क्रोध को दबा जाते क्योंकि उनके सामने उन बातों का कोई विकल्प नहीं था जिसे वे सभा के समक्ष प्रस्तुत कर सकते।

अनेक अधिकारियों के साथ हुई लम्बी बातचीत के बाद, एक दिन राजा शुद्धोधन ने सिद्धार्थ से पूछा कि "राजदरबार में तुम चुपचाप बैठे रहते हो, तुम वहां अपने विचार व्यक्त क्यों नहीं करते ?"

सिद्धार्थ ने अपने पिता की ओर देखकर कहा, "ऐसी बात नहीं कि मेरे मन में विचार नहीं होते, किन्तु उन्हें व्यक्त करना व्यर्थ होगा। मेरे विचार केवल रोग की ओर ही संकेत कर सकेंगे। राजदरबार के मंत्रियों की स्वार्थपूर्ण महत्त्वाकांक्षाओं का मैं अभी कोई इलाज नहीं निकाल पाया हूं। उदाहरण के लिए विस्सामित्त को ही लीजिए। दरबार में वह महत्त्वपूर्ण शक्ति-सम्पन्न मंत्री है। आप जानते भी

हैं कि वह महा भ्रष्ट है। कई बार तो उसने आपके अधिकार-क्षेत्र में भी घुसने का प्रयत्न किया लेकिन आप अब भी उसकी सेवाओं पर निर्भर रहने के लिए बाध्य हैं। आखिर क्यों ? क्योंकि आप जानते हैं कि यदि ऐसा नहीं करेंगे तो अराजकता फैल जाएगी।"

राजा शुद्धोधन बड़ी देर तक अपने पुत्र को चुपचाप देखते रहने के बाद बोले, "सिद्धार्थ, तुम भलीभांति जानते हो कि अपने परिवार और राज्य में शांति बनाए रखने के लिए व्यक्ति को कुछ चीजें सहन करनी पड़ती हैं। मेरी अपनी सत्ता भी सीमित है। लेकिन मुझे विश्वास है कि यदि तुम स्वयं को राजा बनने के लिए तैयार कर सको तो तुम मुझसे अच्छा शासन कर सकते हो। तुम में इतनी प्रतिभा है कि भ्रष्टाचार को समाप्त कर सको और अपने देश में अराजकता भी न फैलने दो।"

सिद्धार्थ ने दुःख भरे स्वर में कहा–"पिताजी, मैं नहीं समझता कि इसमें किसी प्रकार की प्रतिभा की आवश्यकता है। मेरा विश्वास है कि मूलभूत समस्या यह है कि व्यक्ति अपने चित्त और हृदय को मुक्त करे। मैं स्वयं भी क्रोध, ईर्ष्या, भय और इच्छाओं की भावनाओं से ग्रसित हूं।"

पिता-पुत्र में इस प्रकार की जो बातें होती थीं, उनसे राजा शुद्धोधन और अधिक चिन्तित हो उठते। वह यह भलीभांति समझते थे कि सिद्धार्थ के विचारों और चिन्तन में असाधारण गहराई है और वे यह भी देख रहे थे कि संसार को देखने की उनकी और उनके पुत्र की दृष्टि में कितना अन्तर है। फिर वह मन में यह आशा लगाए बैठे थे कि समय बीतने पर सिद्धार्थ उनकी भूमिका को स्वीकार कर लेगा और अधिक योग्यता के साथ राज-काज संभाल लेगा।

राजदरबार में उपस्थित होने और यशोधरा के कार्यों में सहायता करने के अलावा सिद्धार्थ विख्यात ब्राह्मण विद्वानों और संन्यासियों से भी मिलते रहते और अध्ययन करते रहते। वह समझते थे कि धर्माचरण केवल पवित्र ग्रंथों के अध्ययन तक ही सीमित नहीं है बल्कि हृदय और चित्त की मुक्ति के लिए ध्यान-साधना भी आवश्यक है। वह तत्त्व ज्ञानियों से ध्यान-साधना के विषय में अधिकाधिक सीखने का प्रयत्न करते। इन अध्ययनों से वे जो कुछ सीखते, उसे महल में रहते हुए भी अपने जीवन में उतारने का प्रयास करते। इन प्रयासों के परिणामों की चर्चा वह यशोधरा से भी किया करते।

सिद्धार्थ यशोधरा को प्यार से 'गोपा' कहते थे। उन्होंने गोपा से कहा– "संभवतः तुम्हें भी ध्यान-साधना का अभ्यास करना चाहिए। इससे तुम्हें

साधनारत मौन पति-पत्नी

आंतरिक शांति मिलेगी और तुम समाज-सेवा का कार्य अधिक समय तक करती रह सकोगी।"

यशोधरा ने उनके परामर्श के अनुसार आचरण करना आरंभ कर दिया। उसकी काम की व्यस्तता चाहे जितनी होती, वह ध्यान-साधना के लिए समय निकाल ही लेती। पति और पत्नी प्रायः साथ-साथ ही मौन बैठकर ध्यान करते। उस समय उनके परिचर उन्हें अकेला छोड़ देते और संगीतकारों तथा नर्तकों को अपनी कला का कौशल अन्यत्र दिखाने के लिए कह दिया जाता।

बचपन से ही सिद्धार्थ को बताया गया था कि ब्राह्मण के जीवन के चार आश्रम होते हैं। प्रथम, ब्रह्मचर्य आश्रम—इसमें ब्राह्मण वेदों का अध्ययन करता है। दूसरे, गृहस्थ आश्रम—इसमें ब्राह्मण विवाह करके परिवार-पालन करता है और समाज-सेवा करता है। तीसरे, वानप्रस्थ आश्रम में बच्चे बड़े हो जाते हैं और ब्राह्मण जीवन-चर्याओं से उपराम होकर धार्मिक अध्ययन करता है। चौथे आश्रम में सभी बंधनों और दायित्वों से मुक्त होकर ब्राह्मण संन्यासी का जीवन व्यतीत करता है। सिद्धार्थ ने इस वर्णाश्रम व्यवस्था पर चिन्तन किया और यह निष्कर्ष निकाला कि जब तक व्यक्ति वृद्ध होकर संन्यास ग्रहण करता है, तब तक बहुत विलम्ब हो चुकता है और सद्धर्म का परिपूर्ण अध्ययन हो ही नहीं पाता। वह इतनी देर तक प्रतीक्षा करने के लिए तैयार नहीं थे।

"व्यक्ति चारों आश्रमों को एक साथ क्यों नहीं जीता ? कोई भी व्यक्ति पारिवारिक जीवन व्यतीत करते हुए भी धार्मिक जीवन क्यों नहीं अपना सकता ?"

सिद्धार्थ अपने वर्तमान पारिवारिक जीवन में ही सद्धर्म का अध्ययन और अभ्यास करना चाहते थे। इसके साथ ही वह यह विचार करने से अपने को रोक नहीं सके कि श्रावस्ती और राजगृह के दूरस्थ स्थानों में भी अध्ययन किया जाए। उन्हें विश्वास था कि यदि ऐसे महान् आचार्यों से शिक्षा प्राप्त करने का अवसर प्राप्त हो सके तो वह बहुत अधिक प्रगति कर सकेंगे। जिन संन्यासियों और विद्वानों से वह प्रायः मिलते रहते थे, उन सभी ने आलार कालाम और उद्दक रामपुत्त सरीखे महान आचार्यों के नामों की चर्चा अवश्य की थी। हर कोई ऐसे महान आचार्यों से शिक्षा प्राप्त करने की आकांक्षा करता है। जो भी दिन बीतता, उसके साथ ही सिद्धार्थ के मन में इन आचार्यों से शिक्षा प्राप्त करने की इच्छा और भी बलवती होती जाती थी।

एक दिन जब दोपहर में यशोधरा घर लौटी तो उसका चेहरा उतरा हुआ

एवं दुख से भरा था। वह आकर किसी से कुछ न बोली। जिस बच्चे की वह एक सप्ताह से सेवा कर रही थी, वह अभी-अभी चल बसा था। अपने सभी प्रयासों के बाद भी वह उस बच्चे को मृत्यु के मुख से बचा नहीं पाई थी। गहन दुख के उन क्षणों में वह ध्यान करने बैठ गई जबकि आंसू ढलक-ढलक कर उसके गालों को भिगो रहे थे। भावनाओं पर नियंत्रण करना असंभव हो रहा था। सिद्धार्थ राजदरबार से एक बैठक में भाग लेकर जब लौटे तो वह फफक-फफक कर रोने लगी। सिद्धार्थ उसे सीने से लगाकर धीरज बंधाने लगे।

"गोपा, कल मैं उसकी अन्त्येष्टि में तुम्हारे साथ चलूंगा। अभी रो लो। इससे तुम्हारे हृदय का कष्ट कुछ कम हो जाएगा। जन्म, वृद्धावस्था, बीमारी और मृत्यु के भारी बोझ को हममें से प्रत्येक इस जीवन में ढोता है। उस बच्चे के साथ जो कुछ घटित हुआ, वह हममें से किसी के साथ किसी भी क्षण घटित हो सकता है।"

सुबकते-सुबकते यशोधरा ने कहा– "प्रतिदिन मैं अनुभव कर रही हूं कि आप जो कुछ कहते हैं, वह कितना सत्य होता है। लोगों के कष्टों की तुलना में मेरे ये दो हाथ कितने छोटे हैं। मेरा हृदय निरन्तर चिन्ता और दुख से भरा रहता है। मेरे पतिदेव, कृपा करके मुझे यह मार्ग बताओ, जिससे मैं अपने हृदय की वेदना से पार पा सकूं।"

सिद्धार्थ ने यशोधरा को अपनी बाहों में कस लिया। "प्रिये, मैं स्वयं अपने हृदय के कष्टों और चिन्ताओं से मुक्त होने का मार्ग खोज रहा हूं। मैंने समाज और मानवों की विविध स्थितियां देखी हैं लेकिन समस्त प्रयासों के बाद भी मैं अभी तक मुक्ति का मार्ग नहीं खोज पाया हूं। लेकिन इतना मुझे विश्वास है कि एक न एक दिन मैं सभी प्राणियों के कल्याणार्थ मुक्ति का मार्ग खोज लूंगा। गोपा, मुझ पर विश्वास रखो।"

"प्रियतम, मुझे आप पर सदैव आस्था रही है। मैं जानती हूं कि जब एक बार आप कुछ करने की ठान लेते हैं तो उस कार्य में तब तक जुटे ही रहते हैं, जब तक कि सफल न हो जाएं। मैं यह भी जानती हूं कि एक दिन आप सद्धर्म की खोज के लिए अपनी समस्त सम्पदा और सुख-सुविधाओं को लात मार कर निकल ही पड़ेंगे। लेकिन प्रियतम कृपा करके मुझे अभी मत छोड़ना। मुझे अभी आपकी बहुत जरूरत है।"

सिद्धार्थ ने यशोधरा की ठोढ़ी पकड़कर मुंह ऊंचा किया और उसकी आंखों में आंखें डालकर कहा, "नहीं-नहीं, मैं अभी छोड़कर नहीं जाऊंगा। जाऊंगा तभी जब, जब ...."

यशोधरा ने सिद्धार्थ के मुंह पर हाथ रख दिया–"सिद्धार्थ कृपया अब आगे कुछ मत कहिए। मैं आपसे कुछ पूछना चाहती हूं। यदि मुझसे आपको बच्चा प्राप्त होना हो तो आप पत्र चाहेंगे या पुत्री ?"

सिद्धार्थ यह सुनकर स्तंभित रह गए। उन्होंने यशोधरा को गौर से देखा। "गोपा, यह तुम क्या कह रही हो ? क्या तुम्हारा अर्थ है कि तुम ...."

यशोधरा ने स्वीकृति में सिर हिला दिया। उसने अपने पेट की ओर संकेत किया और कहा–"मैं इस बात से बड़ी प्रसन्न हूं कि हमारे प्रेम का फल मेरी कोख में पल रहा है। मैं चाहती हूं कि वह पुत्र हो जो हू-ब-हू तुम्हारे जैसा हो। तुम्हारे समान बुद्धिमान और दयावान।"

सिद्धार्थ ने यशोधरा को बाहों में भरकर अपने से सटा लिया। परम आनंददायक इस स्थिति में उन्हें चिन्ता के बीज विद्यमान होने की आशंका हुई। फिर भी, वह मुस्कराए और कहा–"चाहे वह सन्तान पुत्र हो या पुत्री, मैं प्रसन्न ही होऊंगा बशर्ते कि बच्चा तुम्हारे समान दयाभाव रखे और प्रखर बुद्धि हो। गोपा! तुमने यह बात माता जी को बताई या नहीं ?"

"अभी तो यह मैंने केवल आपको ही बताई है। आज शाम को मैं मुख्य राजमहल में जाऊंगी और रानी गौतमी को इस संबंध में बताऊंगी। साथ ही मैं उनसे यह भी पूछूंगी कि इस अजन्मे बालक की देखभाल कैसे करनी होगी। कल मैं जाकर अपनी माताजी रानी पामिता को भी यह बताऊंगी। मुझे विश्वास है, यह खबर सुनकर सभी बहुत प्रसन्न होंगे।"

सिद्धार्थ ने सिर हिलाया। उन्हें पता था कि माताजी यह खबर पाते ही इसकी सूचना पिताजी को भी दे देंगी। राजा प्रसन्नता से फूले न समाएंगे, और निश्चय ही इस अवसर पर आनंदोल्लास व्यक्त करने के लिए समारोह आयोजित करेंगे। सिद्धार्थ ने अनुभव किया कि राजमहल में रहने के बंधन अब और कसते जा रहे हैं।

अध्याय ग्यारह

धवल चंद्रिका में बांसुरी-वादन

सिद्धार्थ के मित्र उदयन, देवदत्त, किम्बिल, भद्दिय, महानाम, कालुदयी और अनिरुद्ध अक्सर आकर सिद्धार्थ से राजनीति और नैतिकता पर चर्चा किया करते थे। जब सिद्धार्थ राजा बनेंगे तो आनंद और नंद के अलावा, ये ही लोग सिद्धार्थ के निकटस्थ परामर्शदाता बनेंगे। ये लोग विचार-विमर्श आरंभ करने से पूर्व कई चषक मद्य पीते थे। अपने मित्रों का अनुरोध मानकर सिद्धार्थ प्रायः राजकीय संगीतकारों और नर्तकों को काफी देर रात तक अपनी कला का प्रदर्शन करने का अवसर देते।

देवदत्त राजनीतिक विषयों पर अंतहीन बहस कर सकता था और देवदत्त जो भी मुद्दे उठाता था, उदयन और महानाम बिना थके उनके प्रत्युत्तर देते रहते। सिद्धार्थ इस चर्चा में बहुत ही कम बोलते। नृत्य और संगीत के बीच कभी-कभी अनिरुद्ध अधनींदे झोंके लेने लगते। प्रकटतः वह सायंकालीन गतिविधियों के कारण थका होता। सिद्धार्थ अनिरुद्ध को झकझोर कर जगाते, दोनों चुपचाप बाहर खिसक जाते और चन्द्रमा को देखते तथा निकटस्थ नदी की धारा की कल कल ध्वनि सुनते। अनिरुद्ध महानाम का छोटा भाई था। उनके पिता राजकुमार अमृतोधन सिद्धार्थ के चाचा थे। अनिरुद्ध मिलनसार और सुंदर-सजीला युवक था और राजदरबार में अनेक युवतियां इसको पसंद करती थीं किन्तु वह स्वयं किसी भी प्रेम-प्रसंग में पड़ना नहीं चाहता था। कभी-कभी तो सिद्धार्थ और अनिरुद्ध उद्यान में आधी रात तक बैठे रहते। उस समय उनके अन्य मित्र नशे में इतने चूर हो जाते या वाद-विवाद करके इतने थक जाते कि वे अतिथिशालाओं में चले जाते। तब, सिद्धार्थ अपनी बंशी. निकालते और शान्त चन्द्रिका में बांसुरी की तान छेड़ देते। गोपा चट्टान पर चंदन की अगरु धूम का पात्र रख लेती और उसके पास

बैठी हुई चुपचाप बंशी के संगीत स्वर के उतार-चढ़ाव को रात की गरम-गरम हवा में सुनती रहती।

इसी प्रकार समय बीतता गया और यशोधरा के प्रसव का समय आ पहुंचा। रानी पामिता ने कहा कि प्रसव कराने के लिए उसे मायके जाने की आवश्यकता नहीं है क्योंकि उन दिनों वह स्वयं ही कपिलवस्तु में रह रही थीं। रानी महाप्रजापति और पामिता ने राजधानी की सर्वोत्तम दाइयों को प्रसव के समय यशोधरा के पास रखने के लिए चुन रखा था। एक दिन जब यशोधरा को प्रसव-पीड़ा होने लगी तो रानी महाप्रजापति और रानी पामिता भी वहीं थीं। समूचे महल में आशापूर्ण वातावरण था। यद्यपि राजा शुद्धोधन वहां स्वयं नहीं आए किन्तु सिद्धार्थ जानते थे कि राजा अपने पौत्र के जन्म का समाचार पाने के लिए कितने बेचैन हैं।

जब यशोधरा को प्रसव-पीड़ा तेजी से होने लगी तो परिचारिकाएं उसे भीतरी कक्ष में ले गईं। उस समय दोपहर थी किन्तु आकाश में अंधेरा छा गया मानो किसी देवता के हाथ ने सूर्य को बादलों में छिपा दिया हो। सिद्धार्थ बाहर ही बैठे हुए थे। यद्यपि उनके तथा उनकी पत्नी के बीच दो दीवारें थीं किन्त बाहर बैठे वह यशोधरा की चीखें साफ-साफ सन पा रहे थे। हर बीतते क्षण के साथ उनकी चिन्ता भी बढ़ती जाती थी। उधर यशोधरा की चीखें बढ़ती ही जा रही थीं, तो इधर सिद्धार्थ निपट अकेले थे। उसकी चीखें उनके हृदय पर आघात करती थीं और एक क्षण ऐसा आया कि उनका वहां बैठ पाना भी कठिन हो गया। वह उठ खड़े हुए और प्रांगण में टहलने लगे। कभी-कभी तो यशोधरा की चीखें इतनी तेज होतीं कि वह अपने मन में व्याप्त आतंक को छिपा नहीं पाते। उनकी माता महामाया उन्हें जन्म देने के कारण ही चल बसीं थीं जिसका दुख वह कभी नहीं भुला सके। अब यशोधरा उनके अपने बच्चे को जन्म दे रही थी। बच्चे को जन्म देने के कष्ट का अनुभव हर महिला को करना होता हे जिसमें बहुत खतरा होता है और जान जाने तक की नौबत आ जाती है। कभी-कभी तो मां और बच्चा दोनों ही मृत्यु के ग्रास हो जाते हैं।

एक संन्यासी से जो सीखा था, उसे याद करके सिद्धार्थ पद्मासन लगाकर बैठ गए और अपने हृदय और चित्त को स्थिर करने का प्रयास करने लगे। यह समय गुजारना उनकी सच्ची परीक्षा थी। यशोधरा की चीखें सुनते हुए भी उन्हें अपने हृदय को शांत रखना था। अकस्मात् एक नवजात शिशु का चित्र उनकी आंखों के समक्ष तैरने लगा। हर किसी को आशा थी कि पुत्र होगा और पुत्र

धवल चंद्रिका में बैठे अनिरुद्ध के समक्ष सिद्धार्थ द्वारा बांसुरी-वादन

पाकर वह प्रसन्न होंगे। वह स्वयं भी बच्चे की कामना करते थे। लेकिन अब जब शिशु का वस्तुतः जन्म हो रहा था तो वह समझ पाए कि बच्चे का जन्म होना कितना अधिक महत्त्वपूर्ण होता है। उन्हें अभी सद्मार्ग की प्राप्ति नहीं हुई थी, उन्हें पता भी नहीं था कि वह कहां जा रहे हैं। फिर भी, उनके बच्चे का जन्म हो रहा था। तब क्या वह बच्चा दया का पात्र नहीं था ?

यशोधरा की चीखें अचानक बंद हो गईं। वह उठकर खड़े हो गए। क्या हो गया ? उस समय उनका हृदय इतनी तेजी से धड़क रहा था कि वे उसकी धड़कनें स्वयं सुन सकते थे। चित्त को शांत करने के लिए उन्होंने श्वसन-क्रिया पर ध्यान करना शुरू किया। उसी क्षण बच्चे के रोने की आवाज आई। बच्चे का जन्म हो गया ! सिद्धार्थ ने अपने माथे को पसीना पोंछा।

रानी गौतमी ने कमरे का दरवाजा खोला और उनकी ओर देखकर मुस्कराईं सिद्धार्थ समझ गए कि यशोधरा सुरक्षित है। रानी ने उनके सामने बैठकर कहा–'गोपा ने पुत्र को जन्म दिया है।'

सिद्धार्थ मुस्कराए और अपनी माता की ओर कृतज्ञतापूर्ण दृष्टि से देखा।

"उसका नाम राहुल रखा जाएगा।"

उसी दिन अपराह्न में सिद्धार्थ अपने पत्नी और पुत्र को देखने उस कक्ष में गए। यशोधरा ने उनकी ओर गौर से देखा। उसकी आंखें प्रेम से भरी चमक रही थीं। उनका बच्चा यशोधरा की बगल में रेशमी वस्त्रों में लिपटा लेटा हुआ था। सिद्धार्थ उसका गुदगुदा चेहरा मात्र देख पाए। सिद्धार्थ ने यशोधरा की ओर देखा मानो कुछ कहना चाह रहे हों। उनके भाव को समझते हुए यशोधरा ने सहमति जताते हुए संकेत किया कि सिद्धार्थ स्वयं ही राहुल को उठा लें। सिद्धार्थ ने नवजात शिशु को अपने हाथों में उठा लिया और यशोधरा पिता-पुत्र की ओर देखने लगी। सिद्धार्थ को प्रतीत हो रहा था मानो वे हवा में तैर रहे हों किन्तु उनको हृदय चिन्ता से भारी हो रहा था।

यशोधरा ने कई दिनों तक विश्राम किया। रानी गौतमी ने उनकी हर प्रकार से देख-भाल की। वह उसके लिए विशेष खाद्य पदार्थ बनाने से लेकर माता और पुत्र को गरमी पहुंचाने के लिए राजकीय अंगीठी को गर्म रखने तक का परा ध्यान रखतीं। एक दिन सिद्धार्थ जब राहुल को गोद में उठाए हुए थे तो सोचने लगे कि मानव-जीवन कितना मूल्यवान और नाजुक होता है। उन्हें वह दिन स्मरण हो आया जब वह और यशोधरा चार साल के एक गरीब बालक

की अंत्येष्टि में गए थे। वे दोनों वहां पहुंचे तो बच्चा मृत्यु-शैया पर ही लेटा था। जीवन के सभी लक्षण लुप्त हो चुके थे और बच्चे की त्वचा पीली पड़ गई थी। उसका शरीर ऐसा था मानो हड्डियों पर खाल चिपकी हुई हो। बच्चे की मां खाट के पास बैठी रो रही थी। वह आंसू पोंछ लेती और फिर रोने लगती। कुछ क्षण पश्चात् एक ब्राह्मण उसका अंतिम संस्कार करने आया। उसके पड़ोसी रात भर जागते रहे थे। वे बांस की अर्थी लाए थे। उस पर लिटाकर बच्चे को नदी तट पर ले गए। सिद्धार्थ और यशोधरा गरीब गांव वालों की शव-यात्रा में पीछे-पीछे चल रहे थे। नदी के किनारे सामान्य-सी चिता बना दी गई थी। ब्राह्मण के आदेश पर लोग अर्थी को नदी के पानी में ले गए और उसमें शव को डुबकी लगवाई। वे अर्थी को बाहर निकालकर लाए और किनारे पर रख दिया जिससे पानी निचुड़ सके। यह शव का शुद्धिकरण था क्योंकि लोगों को विश्वास था कि बाण गंगा का जल बुरे कर्मों से मुक्ति दिला सकता है। एक व्यक्ति ने चिता पर सुगंधित पदार्थ डाला और तब चिता पर बच्चे का शव रखा गया। ब्राह्मण ने हाथ में मशाल पकड़ी और मंत्रोच्चार करते हुए चिता की परिक्रमा की। सिद्धार्थ समझ गए कि वे मंत्र वेदों के थे। ब्राह्मण ने चिता की तीन बार परिक्रमा की और चिता को अग्नि लगा दी। चिता धू-धू करके जल उठी। बच्चे की माता, भाई और बहनें बिलख उठीं। थोड़ी ही देर में छोटे से बच्चे के शव को अग्नि लील गई। सिद्धार्थ ने यशोधरा की ओर देखा तो पाया कि उसकी आंखों में आंसू भरे थे। भीतर से सिद्धार्थ का हृदय भी रोने को हो रहा था। 'बच्चे, ओ शिशु, अब यहां से तुम कहां जाओगे।' सिद्धार्थ इस विषय पर सोचने लगे।

सिद्धार्थ ने राहुल को यशोधरा की गोद में दे दिया। वह बाहर चले गए और अकेले ही उद्यान में सायंकाल तक बैठे रहे। एक नौकर उन्हें खोजते हुए वहां आया। "राजकुमार जी, रानी मां ने मुझे आपको ढूंढ़ने भेजा है। आपके पिताश्री महाराज आए हुए हैं।"

सिद्धार्थ उद्यान से लौटकर भीतर चले गए। महल में जगह-जगह मशालें जल रही थीं जिनसे सर्वत्र प्रकाश फैला हुआ था।

अध्याय बारह

महाभिनिष्क्रमण

यशोधरा ने शीघ्र ही स्वास्थ्य-लाभ कर लिया और जल्दी ही अपना समाज-सेवा का कार्य आरंभ कर दिया, हालांकि उसे बालक राहुल की खातिर भी पर्याप्त समय देना होता था। वसन्त ऋतु में एक दिन रानी गौतमी के अनुरोध पर चन्ना सिद्धार्थ और यशोधरा को देहात में घुमा लाने को ले गया। वे साथ में राहुल को भी ले गए। बच्चे को संभालने के लिए रत्ना नामक परिचारिका भी साथ थी।

सूर्य की सुखद धूप नरम-नरम हरे पत्तों पर पड़ रही थी। अशोक और जम्बू वृक्षों की डालों पर पक्षियों का कलगान चल रहा था। चन्ना भी घोड़ों को आराम-आराम से चलने दे रहा था। देहात के लोग सिद्धार्थ और यशोधरा को देखकर पहचान गए, उठकर खड़े हो गए और हाथ हिलाकर उनका अभिवादन करने लगे। जब वे लोग बाण गंगा के किनारे पहुंचे तो चन्ना ने घोड़ों की रासे खींच लीं जिससे रथ अचानक रुक गया। उनके सामने एक आदमी सड़क पर बेहोश पड़ा था। उसके हाथ और पांव सिकुड़े हुए छाती से लगे थे और उसका पूरा शरीर थर-थरा रहा था। उसके अधखुले मुंह से कराहने की आवाजें निकल रही थीं। सिद्धार्थ रथ से कूदकर नीचे आए। उनके पीछे चन्ना भी था। सड़क पर पड़ा व्यक्ति बीस साल से भी कम उम्र का लग रहा था। सिद्धार्थ ने उसका हाथ पकड़ा और चन्ना से बोले–"लगता है, यह फ्लू बिगड़ने से गिर गया है। आओ इसकी हथेलियों और तलवों को मलें, और देखें कि इससे उसे कुछ लाभ होता है।"

चन्ना ने नकार में सिर हिलाते हुए कहा–"मान्यवर, ये फ्लू बिगड़ने के लक्षण नहीं हैं। मुझे तो लगता है कि यह ऐसे रोग से ग्रस्त है, जिसका इलाज आज तक किसी को ज्ञात नहीं है।"

"क्या तुम्हें पक्का यकीन है ?" सिद्धार्थ उस व्यक्ति को एकटक देखते हुए बोले–"क्या हम इसको राज-वैद्य के पास नहीं ले जा सकते ?"

"मान्यवर, राजवैद्य भी इस बीमारी का इलाज नहीं कर सकते। मैंने सुना है कि यह बहुत ही संक्रामक रोग है। अगर हम इसे अपने रथ में ले जाएंगे तो यह रोग आपकी पत्नी, आपके बच्चे और स्वयं आपको हो सकता है। कृपया अपने स्वास्थ्य की खातिर इसका हाथ छोड़ दीजिए।"

किन्तु सिद्धार्थ ने उसका हाथ नहीं छोड़ा और कभी उसके हाथ को देखते तो कभी अपने हाथ को। सिद्धार्थ का स्वास्थ्य सदैव अच्छा रहा था लेकिन अब उस मरते व्यक्ति को जो उनकी आयु से अधिक का न होगा, देखकर, अपने स्वस्थ होने की भावना उनके मन से एकदम गायब हो गई। नदी के किनारे से शोकपूर्ण आवाजें आ रही थीं। उन्होंने देखा कि वहां चिता बन रही थी। दुखपूर्ण रुदन के बीच से मंत्रोच्चार के स्वर गूंज रहे थे और चिता को जब आग लगाई गई तो अग्नि की चटचटाहट सुनाई दे रही थी।

मुड़कर जब सिद्धार्थ ने उस व्यक्ति को देखा तो उसका श्वास लेना भी बंद हो चुका था। उसकी आंखें ऊपर की ओर देखती हुई खुली थीं। सिद्धार्थ ने उसका हाथ छोड़ दिया और चुपचाप उसकी आंखें बंद कर दीं। जब सिद्धार्थ उठे तो उन्होंने पाया कि यशोधरा उनके पीछे पास ही खड़ी थी। वह वहां कब से खड़ी थी, इसका उनको पता भी नहीं चला।

उसने मंद स्वर में कहा कि—"प्रियतम, कृपया जाकर नदी में हाथ धो लीजिए। चन्ना तुम भी ऐसा ही करो। इसके बाद हम अगले गांव में चलेंगे और वहां के अधिकारियों से कहेंगे कि इस मृतक के संस्कार की व्यवस्था करें।"

इसके बाद किसी का मन भ्रमण में नहीं लग सका। सिद्धार्थ ने चन्ना से वापस चलने के लिए कहा। रास्ते भर किसी ने एक शब्द भी नहीं बोला।

उस रात तीन विचित्र स्वप्नों के कारण यशोधरा की नींद खराब हो गई। उसने पहले स्वप्न में देखा कि एक सफेद गाय है जिसके माथे पर लगा हीरा ध्रुव तारे के समान चमचमा रहा है। गाय कपिलवस्तु में बाहर जाने का रास्ता खोजती हुई घूम रही है। इन्द्र के सिंहासन से गंभीर घोष हुआ कि 'यदि तुम इस गाय को रोक नहीं पाए तो राजधानी में प्रकाश ही नहीं रह जाएगा।' हर कोई उस गाय के पीछे दौड़ रहा था किन्तु कोई भी उसे रोक नहीं पाया। गाय

नगर द्वार तक गई और अदृश्य हो गई।

दूसरे स्वप्न में उसने सुमेरु पर्वत पर स्वर्ग के चार देवताओं को देखा जो कपिलवस्तु पर प्रकाश फैला रहे थे। अकस्मात् इन्द्रासन का झंडा बड़ी जोर से फड़फड़ाया और जमीन पर गिर पड़ा। सभी रंगों के पुष्पों की आकाश से वर्षा होने लगी और लोकोत्तर संगीत की ध्वनि राजधानी में भर गई। तीसरे स्वप्न में तीव्र घोष करती हुई आकाशवाणी हुई–'वह समय आ गया है।' 'वह समय आ गया है।' भयभीत यशोधरा सिद्धार्थ के आसन की ओर देखती है तो पाती है कि वह जा चुके हैं। उसके जूड़े में खोंसा हुआ चमेली का फूल धरती पर गिरा पड़ा है। आसंदी पर सिद्धार्थ जो वस्त्र आभूषण छोड़ गए थे, वे एक सर्प में परिणत हो गए और वह सर्प दरवाजे के बाहर रेंग गया। यशोधरा भयाक्रांत हो गई। उसी समय उसे नगर द्वार के बाहर से गाय के रंभाने की आवाज सुनाई दी, इन्द्रासन का ध्वज फड़फड़ा उठा और आकाशवाणी होने लगी–'वह समय आ पहुंचा है।' 'वह समय आ पहुंचा है।'

स्वप्न देखकर यशोधरा जाग गई। उसकी मस्तक पसीने-पसीने हो रहा था। वह सिद्धार्थ की ओर मुड़ी और उन्हें हिलाकर कहा–"सिद्धार्थ, सिद्धार्थ, कृपा करके जागो।"

सिद्धार्थ जाग ही रहे थे। उन्होंने यशोधरा के सिर पर हाथ फेरा और उसे सान्त्वना देते हुए पूछा–"गोपा, तुमने स्वप्न में क्या देखा, मुझे भी बताओ।"

उसने तीनों स्वप्न उन्हें सुना दिए और पूछा कि "क्या ये स्वप्न इस बात का संकेत हैं कि तुम मुझे छोड़ जाओगे ताकि सद्धर्म का मार्ग खोज सको ?"

सिद्धार्थ मौन रहे। फिर उसे सांत्वना देते हुए बोले–'गोपा, तुम चिन्ता मत करो। तुम गहन गंभीर प्रकृति की नारी हो, मेरी जीवन-संगिनी हो जो मेरी आकांक्षा को भली प्रकार समझ सकती है। यदि निकट भविष्य में मुझे तुझसे दूर जाना ही पड़ा, तो भी मैं जानता हूं कि तुममें अपना कार्य जारी रखने का साहस है। भले ही मैं चला जाऊं और शरीर से तुमसे बहुत दूर भी होऊ, फिर भी मेरा प्रेम पूर्ववत् रहेगा। गोपा! मैं तुम्हें प्रेम करना नहीं छोड़ सकता। यह जान लेने पर तुम हम लोगों के विरह को सहन कर सकोगी। और, जब मुझे सद्धर्म का मार्ग मिल जाएगा, मैं तुम्हारे और तुम्हारे पुत्र के पास चला आऊंगा। अब तुम कृपया थोड़ा-सा आराम करने का प्रयास करो।'

सिद्धार्थ के ये शब्द इतने प्रेम से सने थे कि यशोधरा के हृदय में घर करते चले गए। उसे चैन मिला, उसने आंखें बंद कर लीं और सो गई।

अगले दिन प्रातः सिद्धार्थ अपने पिताजी से बात करने गए और बोले, "पिताजी, महाराज, मैं आपसे घर छोड़कर संन्यास-ग्रहण करने की आज्ञा लेने आया हूं जिससे मैं सद्धर्म का ज्योतिर्मय मार्ग खोज सकूं।"

यह सुनकर राजा शुद्धोधन बहुत ही चिन्तित हो गए। हालांकि वह बहुत समय से जानते थे कि एक न एक दिन यह क्षण अवश्य आएगा लेकिन निश्चय ही वह यह नहीं जानते थे कि वह दिन इतनी जल्दी यों अकस्मात् आ जाएगा। वह बड़ी देर तक अपने पुत्र की ओर देखते रहे और फिर बोले–"हमारे परिवार के इतिहास में कुछ पूर्वज संन्यासी बने हैं लेकिन किसी ने तुम्हारी आयु में संन्यास धारण नहीं किया। सभी ने पचास वर्ष तक की आयु होने की प्रतीक्षा की थी। क्यों न तुम भी उस आयु तक प्रतीक्षा करते ? तुम्हारा पुत्र अभी छोटा है और समूचा देश तुम पर आशाएं लगाए हुए है।"

"पिताजी, सिंहासन पर एक दिन के लिए भी बैठना मेरे लिए दहकते अंगारों पर बैठने के समान है। यदि मेरा हृदय ही शान्त नहीं होगा तो मैं आपके या जनता के विश्वास की रक्षा कैसे कर सकता हूं ? मैंने देखा है कि समय कितनी तेजी से गुजरता है। मुझे पता है कि मेरा यह यौवन भी ऐसा ही नहीं रहेगा। कृपया मुझे जाने की आज्ञा प्रदान करें।"

राजा ने अपने पुत्र को हतोत्साहित करते हुए कहा–"तुम अपनी मातृ-भूमि के विषय में, अपने माता-पिता, यशोधरा और अपने उस बच्चे के विषय में सोचो जो अभी शिशु ही है।"

"आप सब लोगों के विषय में खूब सोच-समझकर ही, मैं आपसे जाने की अनुमति प्राप्त करने आया हूं। ऐसा नहीं है कि मैं अपने उत्तरदायित्वों से मुंह चुरा रहा हूं। पिताजी आप जानते हैं कि आप लोग मेरे हृदय के कष्ट को दूर नहीं कर सकते। आप स्वयं भी अपने हृदय के कष्टों से मुक्त कहाँ हैं ?"

राजा उठ खड़े हुए और अपने पुत्र का हाथ थाम लिया। "सिद्धार्थ, तुम जानते हो कि मुझे तुम्हारी कितनी आवश्यकता है। मैंने तुम पर अपनी सारी आशाएं केन्द्रित कर रखी थीं। मुझे यों छोड़कर मत जाओ।"

"मैं आपको कभी त्याग नहीं सकता। मैं आपसे कुछ समय के लिए चले जाने देने का अनुरोध करने आया हूं। जब मैं सद्धर्म का मार्ग प्राप्त कर लूंगा तो

मैं लौट आऊंगा।"

राजा शुद्धोधन के चेहरे पर कष्ट के भाव उभर आए। उन्होंने कहा कुछ भी नहीं और चुपचाप अपने कक्ष की ओर चले गए।

बाद में, गौतमी यशोधरा के पास पूरा दिन बिताने आईं। शाम को सिद्धार्थ का एक मित्र उदयन; देवदत्त, आनंद, भद्दिय, अनिरुद्ध और किम्बल के साथ उनसे मिलने आ पहुंचा। उदयन ने उद्यान-भोज का आयोजन किया था जिसमें राजधानी की सर्वोत्तम नर्तकियों के दल को नृत्य करने के लिए बुलाया गया था। महल में समारोह की मशालें जल रही थीं।

गौतमी ने यशोधरा को बताया कि राजा ने उदयन को बुलवाया था और जो भी ठीक समझे, वह सब कुछ करने को उससे कहा था जिससे सिद्धार्थ महल में ही फंसे रहें। उदयन की पहली योजना के अनुरूप यह समारोह हो रहा था।

यशोधरा ने गौतमी के साथ अपने कक्ष में विश्राम के लिए जाने से पहले अपने परिचरों को निर्देश दिए कि आने वाले मेहमानों के खाने-पीने की ठीक-ठाक व्यवस्था की जाए। सिद्धार्थ स्वयं मेहमानों की अगवानी करने बाहर आए। उस दिन उत्तराषाढ़ की पूर्णमासी थी।

गौतमी देर रात गए तक यशोधरा से बातें करती रही और उसके बाद वह अपने कक्ष में चली आई। यशोधरा उसके साथ बाहर आई तो उसने देखा कि आकाश में पूर्ण चन्द्रमा चांदनी फैला रहा है। संगीत, वार्तालाप और ठहाकों की आवाजें अंदर तक आ रही हैं। द्वार तक आई यशोधरा स्वयं ही चन्ना को खोजने निकल पड़ी। वह सो चुका था; अतः यशोधरा ने उसे जगाते हुए फुसफुसाकर कहा–"संभव है कि राजकुमार को आज ही रात तुम्हारी आवश्यकता पड़े। इसलिए 'कंतक' अश्व को सवारी के लिए तैयार रखना। दूसरा घोड़ा अपने लिए भी तैयार रखना।"

"राजकुमारी जी, राजकुमार जा कहां रहे हैं ?"

"कृपया, यह सब मत पूछो। जैसा मैंने कहा है, वैसा करो क्योंकि राजकुमार को आज रात ही घोड़े पर सवार होकर जाना पड़ सकता है।"

चन्ना ने स्वीकृति में सिर हिलाया और घुड़साल में घुस गया। यशोधरा महल में वापस चली आई। उसने यात्रा के लिए उपयुक्त वस्त्र निकालकर सिद्धार्थ की कुर्सी पर रख दिए। उसने हल्का कंबल लेकर राहुल को ओढ़ाया और स्वयं भी बिस्तर पर लेट गई। वह लेटी-लेटी संगीत, वार्तालाप तथा हंसी-ठट्टे की आवाजें सुनती रही। बहुत देर बाद वे आवाजें कम हुईं और अंततः समाप्त हो गईं। वह समझ गई कि

मेहमान अपने-अपने कक्षों में जा चुके हैं। महल में शांति छा गई और यशोधरा चुपचाप लेटी हुई थी। वह बहुत देर तक प्रतीक्षा करती रही किन्तु सिद्धार्थ अपने कक्ष में लौटकर नहीं आए।

सिद्धार्थ बाहर अकेले बैठे हुए आकाश में चन्द्रमा और चमकते हजारों तारकों को देखते रहे। उन्होंने निश्चय कर लिया था कि वे आज रात को ही महल छोड़ देंगे। आखिरकार, वह अपने कक्ष में आए और कुर्सी पर रखे यात्रा के वस्त्र पहने। पर्दा हटाकर वे बिस्तर की ओर निहारते रहे। गोपा लेटी हुई सो रही थी। राहुल उसकी बगल में लेटा हुआ था। सिद्धार्थ के मन में आया कि वह भीतर जाएं और यशोधरा से विदा लें किन्तु ठिठक गए। उन्हें इस संदर्भ में जो कुछ भी यशोधरा से कहना था, कह ही चुके थे। यदि अब वह उसे जगाते हैं तो विदा के क्षण और भी बोझिल हो उठेंगे। उन्होंने पद गिरा दिया और निकलने को तैयार होकर मुड़े। उन्हें फिर हिचकिचाहट हुई। उन्होंने एक बार फिर पर्दा उठाया जिससे अपनी पत्नी और पुत्र को आखिरी बार देख सकें। वे टकटकी लगाए उन्हें निहारते रहे जिससे उस प्रेमपूर्ण दृश्य को अपने हृदय-पटल पर चिर स्थायी रूप से अंकित कर सकें। फिर उन्होंने पर्दा छोड़ दिया और बाहर निकल आए।

जब वे अतिथिशाला के पास से गुजर रहे थे तो उन्होंने देखा, कि गहरी नींद में सोई नर्तकियां वहां बिछे कालीनों पर पसरी हैं। उनकी सजी हुई केश-राशि बिखरी हुई है। उनके मुंह ऐसे खुले हुए थे मानो मरी हुई मछलियों के मुंह हों। उनकी बाहें जो नृत्य के समय बड़ी कोमल तथा आकर्षक थीं, अब अकड़कर लकड़ी बनी हुई पड़ी थीं। उनके पैर एक-दूसरों के शरीरों से उलझे हुए ऐसे पड़े थे जैसे युद्ध-भूमि में शहीद हुए वीरों के शरीर हों। सिद्धार्थ को अनुभव हुआ जैसे वे किसी कब्रिस्तान से गुजर रहे हों।

वह सीधे अश्वशाली पहुंचे और देखा कि चन्ना अब भी जागा हुआ है।

"चन्ना, कृपा करके 'कंतक' की पीठ पर साज कसो और मेरे पास लाओ।"

चन्ना ने सिर हिलाकर "हां" कही। उसने सारी तैयारी पूरी की। 'कंतक' को लगाम लगाई और जीन कसी। चन्ना ने पूछा–"राजकुमार, क्या मैं भी आपके साथ चल सकता हूं।"

सिद्धार्थ की सिर हिलाकर की गई 'हां' के बाद चन्ना अपने घोड़े को तैयार करने अश्वशाला में घुसा। इसके बाद दोनों ने राजमहल के प्रांगण को पार किया। यहां सिद्धार्थ जरा रुके और कंतक की गर्दन के बालों को थपथपाया और

कंतक को लम्बी यात्रा के लिए तैयार करके चन्ना ने सिद्धार्थ से पूछा,
'क्या मैं आपके साथ चल सकता हूं'

कहा, "कंतक, आज की रात बहुत महत्त्वपूर्ण है। तुम इस यात्रा के लिए अपनी सारी शक्ति लगा देना।"

सिद्धार्थ 'कंतक' पर सवार हुए और चन्ना अपने अश्व पर। वे अपने-अपने घोड़ों को बिना कोई तेज आवाज किए चला रहे थे। पहरेदार प्रगाढ़ निद्रा में सोए हुए थे और वे सुगमता से नगर द्वार के बाहर आ गए। नगर द्वार से बाहर निकलने के बाद कुछ दूर आ जाने पर सिद्धार्थ ने राजधानी पर अंतिम दृष्टि डाली जो चंद्रमा की शीतल चांदनी में शांत सो रही थी। यह वही नगर था, जहां सिद्धार्थ जन्मे और जहां उनका लालन-पालन हुआ। यहीं उन्होंने न जाने कितने आनंदों, दु:खों, चिन्ताओं और आकांक्षाओं का अनुभव किया था। इसी नगर में उनके अपने सगे-संबंधी–उनके पिता, गौतमी, यशोधरा, राहुल और अन्य सभी इस समय गहरी नींद में सो रहे हैं। उन्होंने अपने मन में कहा–"यदि मैं सद्धर्म का मार्ग खोजने में विफल रहा तो मैं कपिलवस्तु कभी भी नहीं आऊंगा।"

उन्होंने अपना अश्व दक्षिण की ओर मोड़ दिया और 'कंतक' तेजी से सरपट आगे बढ़ चला।

अध्याय तेरह

तपश्चर्या का श्रीगणेश

पूरी तेजी से घोड़ा दौड़ाते लाने पर भी वे लोग शाक्य राज्य की सीमा को पौ फटने से पहले पार नहीं कर सके। उनके सामने अनोमा नदी बह रही थी। वे उसके किनारे-किनारे बहाव की दिशा में तब तक चलते गए जब तक उन्हें ऐसा उथला स्थल नहीं मिल गया, जहां से वे नदी के पार जा सकते। वहां से उन्होंने अपने अश्वों पर एक लम्बी यात्रा और की। तब कहीं वे जंगल के किनारे पहुंच पाए। वहां एक हिरन पेड़ की आड़ से बाहर झांकता और फिर भीतर घुस जाता। चिड़ियां उन मानवों की उपस्थिति से बिना डरे, उनके पास से उड़ती फिर रही थीं। सिद्धार्थ अपने अश्व से उतरे और मुस्कराते हुए उसकी गर्दन के बालों को थपथपाया।

"कंतक तुम अद्भुत अश्व हो। तुमने यहां तक पहुंचाया है। इसके लिए धन्यवाद।"

अश्व ने सिर उठाया और अपने मालिक की ओर प्रेम भरी दृष्टि से देखा। घोड़े की काठी में लगी तलवार सिद्धार्थ ने निकाल ली और अपने सिर के बालों की लम्बी-लम्बी लटें बाएं हाथ से पकड़कर दाहिने हाथ से काट दीं। चन्ना भी अपने अश्व की पीठ पर से उतर पड़ा था। सिद्धार्थ ने अपने कटे बाल और तलवार चन्ना को सौंपी। इसके बाद उन्होंने अपना रत्नजटित कंठहार उतार लिया।

"चन्ना, मेरा यह कंठहार, तलवार और मेरे बाल ले जाकर मेरे पिताजी को सौंप देना। कृपा करके उनसे यह भी कहना कि वह मुझ पर भरोसा रखें। मैंने केवल अपने स्वार्थ के कारण उत्तरदायित्वों से भागने के लिए घर नहीं छोड़ा है। मैं अब आप सब और प्राणिमात्र की ओर से आगे बढ़ रहा हूं। कृपया पिताजी

और माताजी को मेरी ओर से सांत्वना देना। यशोधरा को भी धीरज बंधाना, यह काम मैं तुम्हें सौंप रहा हूं।"

जब चन्ना ने वह रत्नजटित कंठहार अपने हाथों में लिया तो उसकी आंखें बरस पड़ीं। "राजकुमार जी, सभी को बहुत ही कष्ट होगा। मुझे नहीं ज्ञात कि मैं महाराज और महारानी अथवा आपकी पत्नी यशोधरा को किन शब्दों में सब बता पाऊंगा। राजकुमार आप किस प्रकार पेड़ों के नीचे संन्यासी की भांति सो पाओगे क्योंकि अब तक तो आप गरम बिस्तरों और कंबलों का ही प्रयोग करते रहे हैं।"

सिद्धार्थ हंस दिए। "चन्ना तुम चिन्ता मत करो। मैं उसी प्रकार रह लूंगा जिस प्रकार अन्य लोग रहते हैं। तुम शीघ्र वापस पहुंची और सभी लोगों को मेरा निर्णय बता दो वरना वे मुझे घर में न पाकर अनेक प्रकार की चिन्ताएं करने लगेंगे। अब मुझे अकेला छोड़ दो।"

चन्ना ने अपने आंसू पोंछते हुए कहा, "राजकुमार, आप कृपया मुझे अपनी सेवा के लिए साथ ही रहने की अनुमति दे दें। मुझ पर दया कीजिए और जिन्हें मैं श्रद्धा की दृष्टि से देखता हूं, उन्हें यह कष्टपूर्ण समाचार देने का कठोर कर्म मुझसे मत कराइए।"

सिद्धार्थ ने अपने सेवक की पीठ थपथपाई। उनका स्वर गंभीर हो गया, "चन्ना, मेरी खातिर तुम लौट जाओ। मेरे परिवार वालों को यह समाचार जाकर बताओ। यदि तुम्हें मेरे प्रति सच्चा प्रेम है, तो जो मैं कह रहा हूं, वह करो। चन्ना, मझे यहां तम्हारी आवश्यकता नहीं है। किसी संन्यासी को अपने साथ अपना निजी अनुचर रखने की आवश्यकता नहीं होती। तुम अब कृपा करके घर लौट जाओ।"

चन्ना ने अनमने भाव से राजकुमार की आज्ञा का पालन किया। उसने राजकुमार के बाल और रत्नजटित कंठहार सावधानी के साथ रख लिए और तलवार को कंतक की कोठी में ही लटका दिया। उसने सिद्धार्थ की बांह अपने दोनों हाथों से पकड़ ली और विनम्रता से प्रार्थना की–"जैसी आप आज्ञा कर रहे हैं, मैं वैसा ही करूंगा; किन्तु राजकुमार मुझे याद रखिएगा, हम सबको स्मरण रखिएगा और जब आप सद्धर्म के मार्ग की खोज पूरी कर लें तो कृपया वापस लौटना न भूलें।"

सिद्धार्थ ने सिर हिलाकर हामी भरी और चन्ना की ओर आश्वस्तिपूर्वक मुस्कराए। उन्होंने कंतक के सिर पर हाथ फेरा। "मेरे मित्र कंतक अब घर लौट जाओ।"

चन्ना ने कंतक की लगाम पकड़ी और अपने अश्व पर सवार हो गया। कंतक ने मुड़कर सिद्धार्थ की ओर आखिरी बार देखा। उसकी आंखों से भी उसी प्रकार आंसू गिर रहे थे, जिस प्रकार चन्ना की आंखों से।

सिद्धार्थ तब तक खड़े चन्ना और दोनों अश्वों को देखते रहे जब तक कि वे दृष्टि से ओझल नहीं हो गए। इसके बाद वह वन की ओर, अपना नया जीवन आरंभ करने के लिए मुड़े। उनके अंदर राहत और संतोष की भावना भर गई। उसी क्षण एक व्यक्ति वन से निकलता दिखा। देखने से सिद्धार्थ को लगा कि वह कोई संन्यासी होगा क्योंकि वह वैसे ही वस्त्र धारण किए हुए था। लेकिन ध्यान से देखने पर सिद्धार्थ ने देखा कि उसके हाथ में धनुष था और उसकी पीठ पर तरकस बंधा हुआ था।

"क्या तुम कोई शिकारी हो ?" सिद्धार्थ ने उससे पूछा।

"आपने ठीक जाना।" उस व्यक्ति ने उत्तर दिया।

"यदि तुम एक शिकारी हो तो संन्यासी के वस्त्र क्यों पहने हैं ?" शिकारी मुस्कराया और बोला–"मेरी इस वेशभूषा से पशु मुझसे भय नहीं खाते। इस प्रकार मैं उनका आसानी से शिकार कर पाता हूं।"

सिद्धार्थ ने अपना सिर हिलाया, "तब तो तुम उन लोगों के दया-भाव का दुरुपयोग करते हो जो अध्यात्म साधना के पथ पर चलते हैं। क्या तुम मेरी वेश-भूषा के बदले अपने वस्त्र मुझे दोगे ?"

शिकारी ने सिद्धार्थ की ओर देखा तो पाया कि वह राजकीय वेशभूषा पहने है जिसके मूल्य का तो वह अनुमान भी नहीं लगा सकता।

"क्या आप वास्तव में वस्त्रों का आदान-प्रदान करना चाहते हैं ?" उसने पूछा।

"मैं सर्वथा तैयार हूं।" सिद्धार्थ ने कहा। "तुम इन वस्त्रों को बेचकर पर्याप्त धन प्राप्त कर सकते हो। तुम पशुओं का शिकार करना बंद करके कोई धंधा आरंभ कर सकते हो। रही मेरी बात, सो मैं संन्यासी बनना चाहता हूं और मुझे तुम्हारे जैसे वस्त्रों की आवश्यकता है।"

शिकारी खुशी से फूला न समाया और वह अपने वस्त्रों के बदले सिद्धार्थ के मूल्यवान कपड़े प्राप्त करके झपटकर चला गया। अब सिद्धार्थ वास्तव में एक संन्यासी दिखते थे। वह वन में गए और नीचे बैठने के लिए एक वृक्ष खोज लिया। पहली बार गृहहीन संन्यासी की भांति वह ध्यान करने बैठे। राजमहल में अंतिम दिन की हलचलों और घोड़े की पीठ पर बैठकर रात भर यात्रा करने के बाद भी अब सिद्धार्थ को बेहद ताजगी का अनुभव हुआ। वन

में प्रवेश करते ही उन्होंने राहत और स्वतंत्रता की भावना का अनुभव किया था, उसी को चित्त में रखकर वह ध्यान करने बैठ गए।

वृक्षों के बीच से छनकर आती सूर्य की किरणें सिद्धार्थ की आंखों पर पड़ रही थी। उन्होंने अपनी आंखें खोली तो एक साधु को सामने खड़ा पाया। उसका चेहरा और शरीर दुबला था और वह शरीर-पीड़न तपस्या की कठोरता से क्षीणकाय हो गया था। सिद्धार्थ उसके स्वागत हेतु उठ खड़े हुए और दोनों हाथ जोड़कर प्रणाम किया। उन्होंने संन्यासी से कहा कि मैंने अभी-अभी गृह-त्याग किया है और अभी तक किसी गुरु से दीक्षा लेने का अवसर नहीं मिला। उन्होंने अपनी यह इच्छा भी व्यक्त की कि मैं आचार्य आलार कालाम के आश्रम में जाकर उनका शिष्य बनना चाहता हूं।

उस संन्यासी ने सिद्धार्थ को बताया कि मैंने स्वयं आचार्य आलार कालाम से शिक्षा प्राप्त की है और इस समय आचार्य जी ने वैशाली के उत्तर में अपना एक विद्या केन्द्र आरंभ किया है। वहां उनसे शिक्षा प्राप्त करने चार सौ विद्यार्थी आ चुके हैं। संन्यासी को ज्ञात था कि वहां कैसे पहुंचना है। और उसने कहा कि मैं आपको वहां प्रसन्नतापूर्वक पहुंचा दूंगा।

सिद्धार्थ वन में उसके पीछे चल दिए। पहाड़ पार करके वह दूसरे वन में प्रविष्ट हुए। दोपहर तक वे चलते रहे तो संन्यासी ने बताया कि किस प्रकार जंगली फलादि खाने के लिए प्राप्त करने हैं। जब खाने के लिए फल या खाद्य फलियां आदि भी न मिलें तो मूल (जड़ें) खोदकर खाई जा सकती हैं। सिद्धार्थ समझते थे कि उन्हें दीर्घकाल तक वन में रहना होगा, इसलिए उन्होंने खाद्य फलों के नाम पूछे और संन्यासी ने जो कुछ बताया, उसे ध्यान से स्मरण कर लिया। उन्हें ज्ञात हुआ कि वह संन्यासी ऐसे थे जो जंगली फल और कंद-मूल का ही आहार करके साधनारत थे। उनका नाम भार्गव था। उन्होंने सिद्धार्थ को बताया कि आचार्य आलार कालाम केवल वन्य फलों या कंदमूल के खाद्य पर निर्भर नहीं रहते। फलों के अतिरिक्त उनके शिष्य भिक्षा मांग लाते हैं अथवा पड़ोस के गांवों से जो कुछ भी अन्नादि उपहार में आता है, उसे स्वीकार कर लेते हैं।

नौ दिन की यात्रा करके वे लोग अनुप्रिया के समीप बने आचार्य आलार कालाम के, वन में स्थित विद्या केन्द्र पहुंच गए। ये लोग उस समय पहुंचे जब आचार्य चार सौ शिष्यों के समक्ष प्रवचन कर रहे थे। उनकी आयु सत्तर वर्ष के लगभग दिख रही थी। यद्यपि वे दुबले-पतले दिख रहे थे; किन्तु उनकी आंखें दमक रही थीं और उनकी वाणी गूंज रही थी। सिद्धार्थ और उनका साथी शिष्यों

के वृत्त के बाहर खड़े होकर आचार्य का प्रवचन सुनते रहे। जब उन्होंने अपना प्रवचन समाप्त किया तो उनके शिष्य वन में अपना साधना-अभ्यास करने के लिए इधर-उधर चले गए। सिद्धार्थ आगे बढ़कर उनके पास तक गए और अपना परिचय देने के उपरान्त बोले–"श्रद्धेय आचार्य, मेरा निवेदन है कि आप मुझे अपना शिष्य बनाना स्वीकार कर लें। मैं आपके निर्देशन में रहना और ज्ञानार्जन करना चाहता हूं।"

आचार्य ने उनकी बात सुनकर ध्यान से सिद्धार्थ को देखा और अपनी अनुमति दे दी। "सिद्धार्थ, तुम्हें शिष्य रूप में स्वीकार करके मुझे प्रसन्नता होगी। तुम यहां रह सकते हो। यदि तुमने मेरी शिक्षाओं और साधना-पद्धतियों के अनुसार अभ्यास किया तो तुम अल्प समय में ही मेरी शिक्षा का फल प्राप्त करने में सक्षम होगे।"

अपनी प्रसन्नता व्यक्त करने के लिए सिद्धार्थ ने उनको साष्टांग प्रणाम किया।

आचार्य आलार कालाम अपने शिष्यों द्वारा निर्मित फूस की कुटिया में निवास करते थे। वन में यत्र-तत्र उनके शिष्यों की घास-फूस की कुटियां बनी हुई थीं। उस रात सिद्धार्थ एक समतल भूमि पर वृक्ष की जड़ को तकिया बनाकर लेट गए। लम्बी यात्रा की थकान के कारण, सवेरे तक वह गहरी नींद में सोते रहे। जब वह जगे तो सूर्योदय हो चुका था और पक्षियों के संगीत से वन गूंज रहा था। वह उठकर बैठ गए। अन्य साधु अपनी प्रातःकालीन ध्यान-साधना कर रहे थे और नगर में भिक्षाटन के लिए जाने की तैयारी कर रहे थे। सिद्धार्थ को भी एक भिक्षा-पात्र दे दिया गया और बताया गया कि किस प्रकार भिक्षा मांगनी है।

अन्य साधुओं के पीछे चलते हुए, उन्होंने भिक्षा-पात्र हाथ में लिए वैशाली नगर में प्रवेश किया। जीवन में पहली बार भिक्षा-पात्र पकड़े हुए सिद्धार्थ को ज्ञात हुआ कि एक भिक्खु के जीवन और अकर्मण्य व्यक्ति के जीवन में कितना साम्य है। भिक्खु भी जन-समुदाय पर अपने भोजन के लिए निर्भर रहता है। इस भिक्षाटन में उन्होंने सीखा कि किस प्रकार भिक्षा-पात्र पकड़ना है, किस प्रकार चलना और खड़े होना है। जो खाद्य पदार्थ भिक्षा में दिया जाए, उसे किस प्रकार स्वीकार करना है, और जो भिक्षा-दान करते हैं, उन्हें धन्यवाद करते समय किस प्रकार प्रार्थना करनी है। उस दिन सिद्धार्थ को कुछ चावल और कढ़ी-भिक्षा में प्राप्त हुई थी।

वह अपने नए साथियों के साथ वापस वन लौट आए और सब बैठकर

भोजन करने लगे। भोजन समाप्त करके वह आचार्य आलार के पास आध्यात्मिक शिक्षा प्राप्त करने गए। जब सिद्धार्थ वहां पहुंचे तो आचार्य गहरी समाधि की अवस्था में थे। अतः वह वहीं आचार्य के सम्मुख चुपचाप बैठकर अपने चित्त को एकाग्र करने लगे। बहुत देर के बाद आचार्य आलार ने अपनी आंखें खोलीं। सिद्धार्थ ने उनको दंडवत प्रणाम किया और आचार्य से शिक्षा देने की प्रार्थना की।

आचार्य आलार कालाम ने नए संन्यासियों को श्रद्धा-विश्वास रखने और परिश्रम करने के विषय में बताया और उन्हें प्राणायाम करके दिखाया कि किस प्रकार चित्त की चंचलता का निरोध करना होता है। उन्होंने स्पष्ट किया कि मेरी शिक्षा मात्र सैद्धान्तिक नहीं होती। प्रत्यक्ष अनुभव और स्वयं की साधना करके ही ज्ञान की प्राप्ति होती है न कि मानसिक तर्क-वितर्क के द्वारा। ध्यान-साधना के उच्चतर स्तरों तक पहुंचने के लिए यह आवश्यक है कि स्वयं को अतीत के राग-द्वेषों से और भविष्य की कामना-आकांक्षा के भावों से मुक्त रखो। तुमको केवल आत्म-मुक्ति के लिए ही समस्त चेतना केन्द्रित करनी चाहिए।

सिद्धार्थ ने पूछा कि शरीर और आवेगों को किस प्रकार नियंत्रण में करना होगा। यह जान लेने के बाद उन्होंने गुरु को सादर धन्यवाद दिया और धीरे-धीरे वन में जाकर ऐसा स्थान खोजने लगे, जहां वह साधना कर सकें। उन्होंने साल वृक्ष के नीचे, छोटी-सी पर्णकुटी बना ली जहां उनकी ध्यान-साधना पुष्ट हो सके। उन्होंने बहुत ही परिश्रम के साथ साधना करना आरंभ कर दिया। वह हर पांच-छः दिनों के बाद आचार्य के पास जाकर साधनाकाल में आई कठिनाइयों का निवारण करने के हेतु उनसे मार्ग-दर्शन प्राप्त करते। इस प्रकार अल्प-काल में ही सिद्धार्थ ने साधना के क्षेत्र में पर्याप्त गति प्राप्त कर ली थी।

ध्यान-साधना में बैठने के समय वह अपने मन में विचारों और अतीत के राग-द्वेषों एवं भविष्य संबंधी कामनाओं को आने नहीं देते थे। इससे उन्हें आश्चर्यजनक शांतिमय निर्मलता और आंतरिक आनंद की अनुभूति हुई हालांकि वह समझते थे कि नाना विचारों एवं रागों के बीज अभी भी उनके हृदय से नष्ट नहीं हुए हैं। कुछ सप्ताहों तक आगे साधना करने पर वह तपश्चर्या के उच्चतर स्तर तक पहुंच गए और उनका चित्त निर्विचार तथा वीतराग हो गया। राग-द्वेष समूल नष्ट हो गए। उसके बाद तो वह ऐसे स्तर पर पहुंच गए कि आनंद अथवा पीड़ा की अवस्थाएं भी समाप्त हो गईं। उन्हें

अनुभूति हुई कि इन्द्रियों के पांचों कार्य-व्यापार भी समाप्त हो चुके हैं और उनका चित्त वायुविहीन सरोवर के जल के समान स्थिर हो गया है।

जब सिद्धार्थ ने अपनी साधना की अनुभूतियां आचार्य आलार कालाम को बताईं तो वह बहुत प्रभावित हुए। उन्होंने सिद्धार्थ से कहा कि तुमने तो अल्पकाल में ही अत्यन्त उल्लेखनीय प्रगति कर ली है। उन्होंने साधना के अगले चरण का ज्ञान दिया जिससे वह चित्त को असीम आकाश में तिरोहित कर सकते हैं। इस चरण में मन 'अनन्त' के साथ तदाकार हो जाता है और सभी भौतिक पदार्थों और दृश्य जगत के अस्तित्व का भान ही नहीं रहता और आकाश ही समस्त पदार्थों का अजस्र-अनन्त स्रोत दिखाई देता है।

सिद्धार्थ ने अपने गुरुदेव के निर्देशों के अनुसार उस स्थिति की प्राप्ति के लिए ध्यान करना आरंभ किया और तीन दिन से भी कम समय में उस अवस्था को प्राप्त करने में सफल हो गए। सिद्धार्थ को अब भी लग रहा था कि अनंत आकाश की अनुभूति करने के बाद भी वह अपनी प्रगाढ़ चिन्ताओं और दुःखों से मुक्त नहीं हुए हैं। चेतना की इस अवस्था के बाद भी वह बाधाओं का अनुभव करते थे। अतः वह आचार्य आलार के समीप मार्ग-दर्शन हेतु पुनः जा पहुंचे। आचार्य ने उनसे कहा–'अब तुमको अगले चरण की ओर बढ़ना होगा।' 'अनंत आकाश का क्षेत्र' सारभूत रूप में वही है जो चित्त के विचरण का क्षेत्र है। यह तुम्हारी जागृति का उद्देश्य नहीं है वरन् तुम्हें आत्मा-जागृति ही को प्राप्त करना है। अब तुम्हें 'असीम आत्म-जागृति के क्षेत्र' की अनुभूति प्राप्त करनी है।

सिद्धार्थ वन में वापस अपनी साधना के स्थल पर आ गए और मात्र दो दिनों के अंदर ही 'असीम आत्म-जागृति के क्षेत्र' की अनुभूति भी प्राप्त कर ली। उन्होंने देखा कि सृष्टि के समस्त कार्य-व्यापार में उनका मन द्रष्टा-भाव से विद्यमान है। किन्तु इस सफलता के बाद भी वह गहन पीड़ा और चिन्ताओं से दुःख का अनुभव कर रहे थे। इसलिए सिद्धार्थ आचार्य आलार के श्रीचरणों में जा पहुंचे और अपनी कठिनाई उनके समक्ष रखी। आचार्य ने आदरपूर्वक उनकी आंखों को गहराई से निहारा और कहा कि 'तुम अंतिम लक्ष्य के बहुत समीप पहुंच गए हो और समस्त जगत को माया रूप जानकर साधना करो। सृष्टि में सभी कुछ इस चित्त से ही सृजित होता है। हमारा चित्त ही इस दृश्य जगत के प्रसार का सृजक है। रूपाकार, ध्वनि, गंध, स्वाद और

गरम-ठंडे या कठोर-कोमल की भावना का जन्म भी मन से ही होता है। ये सब बातें ठीक वैसी नहीं होतीं जैसी कि हम उन्हें समझते हैं। हमारी चेतना तो चितेरे की भांति है जो प्रत्येक प्रपंच को एक आकार प्रदान कर देती है। एक बार जब तुम 'अपदार्थता की अवस्था' में पहुंच जाओगे तो तुम सफल हो जाओगे। 'अपदार्थता की अवस्था' ऐसी स्थिति है जिसमें कोई प्रपंच तुम्हारे चित्त से बाहर विद्यमान नहीं होता।

युवा संन्यासी ने अपने गुरुदेव के प्रति आदर भाव व्यक्त करने के लिए हाथ जोड़े और वन में अपनी कुटिया में वापस आ गया।

जब सिद्धार्थ आचार्य आलार कालाम से शिक्षा प्राप्त कर रहे थे तो उनका अन्य अनेक संन्यासियों से परिचय हुआ। प्रत्येक संन्यासी सिद्धार्थ के दयालु एवं प्रसन्नतादायक व्यवहार के कारण उनकी ओर आकर्षित था। पहले तो सिद्धार्थ को अपने भोज्य पदार्थों की व्यवस्था स्वयं करनी होती थी लेकिन अब देखा कि खाद्य-सामग्री उनकी कुटिया में ही रखी होती है। जब वे समाधि से उठते तो पाते कि कोई अन्य संन्यासी चुपचाप कुछ केले अथवा चावल का कटोरी भरा गोला वहां छोड़ जाता है। बहुत से संन्यासी सिद्धार्थ से मित्रता बढ़ाना चाहते थे ताकि वे उनसे शिक्षा प्राप्त कर सकें क्योंकि उन्होंने गुरुदेव से सिद्धार्थ की प्रगति की प्रशंसा सुनी थी।

आचार्य आलार कालाम ने भी जब एक बार जानना चाहा कि सिद्धार्थ किस परिवार के हैं तो उन्हें ज्ञात हुआ कि सिद्धार्थ तो एक राजकुमार हैं। किन्तु जब अन्य संन्यासियों ने उनके राजकीय अतीत के विषय में जिज्ञासा व्यक्त की तो सिद्धार्थ मात्र हंसकर रह गए। उन्होंने विनम्रतापूर्वक उत्तर दिया कि "वह कुछ महत्त्वपूर्ण बात नहीं है। सर्वोत्तम बात तो यह होगी कि हम सद्धर्म की प्राप्ति के मार्ग की प्रगतिजन्य अनुभूतियों ही की चर्चा करें।"

एक महीने से भी कम समय के अंदर ही सिद्धार्थ ने 'अपदार्थता' के जगत् में प्रवेश करने का चरण भी पूरा कर लिया। चेतना के इस चरण तक पहुंचने पर प्रसन्न होकर उन्होंने, बाद के कुछ सप्ताहों तक, उस स्थिति को अपने मन और हृदय की गहनतम बाधाओं का अवसान करने में प्रयोग करने की चेष्टा की। यद्यपि 'अपदार्थता की स्थिति' ध्यान-साधना की उच्चतर अवस्था थी किन्तु इससे भी उन्हें अपने उद्देश्य में सफलता नहीं मिली। अंततः वह आचार्य आलार कालाम के समक्ष आगामी दिशा-निर्देश पाने के लिए जा पहुंचे।

सिद्धार्थ ने जो कुछ कहा, उसे आचार्य ने बहुत ध्यान से सुना। सब कुछ

सुनकर उनकी आंखें चमक उठीं। सिद्धार्थ की प्रगति पर परम आदर और प्रशंसा व्यक्त करते हुए उन्होंने कहा–"संन्यासी सिद्धार्थ, तुम अत्यधिक प्रतिभाशाली हो। जितनी शिक्षा देने की क्षमता मुझमें थी, उस स्तर तक तुम पहुंच चुके हो। साधना की जिस अवस्था तक मैं पहुंच सका हूं, उस सीमा तक तुम भी पहुंच चुके हो। अब क्यों न हम मिलकर इस भिक्खु समुदाय को शिक्षा दें और उनका मार्ग-दर्शन करें।"

आचार्य आलार के आमंत्रण पर विचार करते हुए सिद्धार्थ मौन ही रहे। यद्यपि 'अपदार्थता की स्थिति' तक पहुंचना ध्यान-साधना का मूल्यवान परिणाम है किन्तु यह अवस्था भी जन्म और मरण की मूलभूत समस्या के समाधान में सहायक नहीं है और न इससे समस्त दुःखों और चिन्ताओं से मुक्ति ही प्राप्त होती है। इससे व्यक्ति को पूर्ण मुक्ति का आनंद प्राप्त नहीं होता। सिद्धार्थ का लक्ष्य किसी संप्रदाय का नेता बनना नहीं था, बल्कि सच्ची मुक्ति का मार्ग खोजना था।

सिद्धार्थ ने गुरु को करबद्ध प्रणाम करते हुए उत्तर दिया, "आदरणीय आचार्य, 'अपदार्थता की स्थिति' तक पहुंचना ही वह अंतिम लक्ष्य नहीं, जिसकी खोज में मैं निकला हूं। आपने मुझे अपने पास रखकर जो शिक्षा दी, कृपया उसके लिए मेरा धन्यवाद स्वीकार कीजिए। किन्तु अब मैं आपसे भिक्खु समुदाय छोड़कर जाने की आज्ञा चाहता हूं जिससे मैं अन्यत्र जाकर सद्धर्म की खोज कर सकूं। इतने महीनों तक आपने मन लगाकर मुझे शिक्षा प्रदान की है, इसके लिए मैं आपका सदैव कृतज्ञ रहूंगा।"

आचार्य आलार कालाम निराशाग्रस्त हो गए किन्तु सिद्धार्थ ने तो अपना निर्णय कर लिया था। अगले दिन सिद्धार्थ फिर अगली मंजिल पाने के लिए निकल पड़े थे।

अध्याय चौदह

गंगा के उस पार

वहां से चलकर सिद्धार्थ ने गंगा नदी पार की और मगध साम्राज्य में भीतर तक चलते गए। मगध राज्य सिद्धि-प्राप्त आध्यात्मिक गुरुओं के लिए प्रसिद्ध था। सिद्धार्थ ऐसे गुरु की खोज के लिए कृत-संकल्प थे। जो उन्हें यह शिक्षा दे सके कि जन्म-मरण से मुक्ति कैसे प्राप्त की जा सकती है। अधिकांश आध्यात्मिक गुरु दूरस्थ पहाड़ों या वनों में निवास करते थे। बिना थके सिद्धार्थ इन गुरुओं के आश्रम पूछते फिरते और उन तक पहुंचते; भले ही इसके लिए उन्हें कितने ही पहाड़ों या घाटियों को क्यों न पार करना पड़े। चाहे वर्षा हो या कड़ी धूप, वह उन्हें लगातार खोजते रहे और महीने-दर-महीने बीत गए।

सिद्धार्थ ऐसे साधुओं से भी मिले जो दिगंबर रहते तो अन्य साधु ऐसे थे जो अन्न ग्रहण न करके वन के फलों और कंद-मूल पर ही जीवन निर्वाह करते। ये लोग पंच प्रकृत तत्त्वों से अपने शरीर को तपाते। इन साधुओं का विश्वास था कि इस प्रकार की घोर तपश्चर्या से वे मृत्यु के उपरान्त स्वर्ग में जन्म लेंगे।

एक दिन सिद्धार्थ ने उनसे कहा–"भले ही आपका जन्म स्वर्ग में हो, किंतु पृथ्वीवासियों की पीड़ाएं तो ज्यों की त्यों रहेंगी। सद्धर्म की खोज का अर्थ है जीवन की पीड़ाओं का समाधान निकालना, न कि जीवन से पलायन। यह सच है कि यदि हम अपने शरीरों को विषयासक्त लोगों के समान थुलथुल बना लें तो भी समस्या हल नहीं होगी लेकिन शरीर-पीड़नतप से भी तो कुछ लाभ नहीं।"

कुछ आध्यात्मिक आश्रमों में तीन महीने, तो कुछ में छः महीने रहकर भी सिद्धार्थ की खोज जारी थी। उनकी ध्यान-साधना और चित्त-केन्द्रीकरण की

उनकी शक्ति लगातार बढ़ रही थी किन्तु वह जन्म और मरण के दुःख से मुक्ति पाने के सद्धर्म का सच्चा मार्ग प्राप्त करने में सफल नहीं हुए थे। महीने तेजी से बीत रहे थे और सिद्धार्थ को अपना घर छोड़े हुए तीन वर्ष बीत चुके थे। कभी-कभी जब वन में वह ध्यान लगाए बैठे होते थे। तो सिद्धार्थ के मन में पिताजी शुद्धोधन, यशोधरा और राहुल की आकृतियां अथवा अपने बचपन तथा यौवनावस्था के चित्र विचारों में कौंध जाते। हालांकि अधीरता और हताशा की भावनाओं से मुक्ति पाना कठिन होता, किन्तु उनका यह दृढ़ विश्वास कि एक न एक दिन वह सद्धर्म का मार्ग खोज ही लेंगे, उनको अपनी खोज जारी रखने में सहायक होता।

एक बार वह मगध की राजधानी राजगृह के पास पांडव पर्वत पर अकेले ही निवास कर रहे थे। एक दिन वह पहाड़ पर से उतरकर भिक्षा-पात्र लेकर भिक्षाटन के लिए राजधानी में आए। उनकी मंद गरिमामय चाल तथा उनके सौम्य एवं आभायुक्त मुखमंडल को देखकर मार्ग के दोनों ओर लोग रुककर इस संन्यासी को देखने लगते जो ऐसी शालीनता के साथ चल रहा था जैसे शेर पहाड़ी जंगल में चलता हो। संयोग से उसी समय मगध के राजा बिम्बिसार भी अपने रथ में सवार उधर से गुजरे। राजा ने अपने सारथी को रथ रोकने के लिए कहा जिससे वह सिद्धार्थ को भली भांति देख सकें। उन्होंने अपने सेवक से कहा कि इस संन्यासी को भोजन दे दिया जाए और इसके पीछे-पीछे जाकर देखकर आओ कि इसका निवास कहां है।

अगले दिन दोपहर को राजा बिम्बिसार अपने रथ पर सवार होकर वहां गए, जहां सिद्धार्थ निवास कर रहे थे। अपने वाहन को पहाड़ के नीचे ही छोड़कर वह पहाड़ चढ़कर अपने एक सेवक के साथ सिद्धार्थ के निवास-स्थान पर जा पहुंचे। जब उन्होंने सिद्धार्थ को एक वृक्ष के नीचे बैठे देखा तो वह उनका अभिवादन करने उनके समीप गये।

सिद्धार्थ उठकर खड़े हो गए। आगन्तुक की वेशभूषा देखकर वह समझ गए कि आने वाला व्यक्ति मगध का राजा है। सिद्धार्थ ने हाथ जोड़े और उनको पास की एक बड़ी शिला पर बैठने का संकेत किया। सिद्धार्थ राजा के सामने की शिला पर बैठ गए।

राजा बिम्बिसार संन्यासी के कुलीन आचार और उत्कृष्ट व्यवहार से स्पष्टतः ही प्रभावित प्रतीत हुए। उन्होंने कहा–"मैं मगध का राजा हूं। मैं आपको अपने साथ अपनी राजधानी चलने के लिए आमंत्रित करने की इच्छा से आया हूं। मेरी अभिलाषा है कि आप कुछ समय मेरे साथ बिताएं और मुझे

संन्यासी की कुलीनता तथा आभिजात्य से राजा बिम्बिसार स्पष्टतः प्रभावित

अपनी शिक्षाओं तथा कृपा से लाभान्वित करें। जब आप मेरे साथ होंगे तो मुझे विश्वास है कि मगध राज्य शांति और समृद्धि का अनुभव करेगा।

सिद्धार्थ ने मुस्कराकर कहा–"सम्राट, मैं वनों में ही रहने का अधिक अभ्यस्त हूं।"

"यह तो बड़ा ही कठोर जीवन है। यहां न बिस्तर है, ने चारपाई है। और आपको सहायता करने वाला कोई सेवक भी नहीं है। यदि आप मेरे साथ चलना स्वीकार करें तो मैं आपको अपने महल में ही ठहराऊंगा। कृपा करके मुझे शिक्षा देने के लिए मेरे साथ वापस राजधानी चलिए।"

"सम्राट, महल का जीवन मुझे उपयुक्त नहीं लगता। मैं अपने और अन्य सभी प्राणियों के जीवन को दु:खों से मुक्ति दिलाने का मार्ग खोजने में जुटा हुआ हूं। मुझ संन्यासी के हृदय की इस खोज की दृष्टि से महल का जीवन सारहीन है।"

"तुम मेरे समान ही युवा हो। मुझे ऐसे मित्र की आवश्यकता है, जिससे मैं अपने मन के विचारों का खुलकर आदान-प्रदान कर सकूं। जब से मैंने तुम्हें देखा है, तभी से मैं तुम्हारे साथ एक प्रकृत अपनापन अनुभव कर रहा हूं। मेरे साथ चलो। यदि तुम्हें स्वीकार हो तो मैं तुम्हें अपना आधा राज्य देने को प्रस्तुत हूं। जब तुम वयोवृद्ध हो जाओ तो पुनः संन्यासी बन जाना। तब संन्यासी बनना विलम्बकारी न होगा।"

"आपकी उदार हृदयता और संरक्षण के लिए धन्यवाद! किन्तु सत्य तो यह है कि मेरी एक ही इच्छा है कि ऐसा मार्ग खोज सकूं, जिससे समस्त प्राणियों को दुख से छुटकारा मिल सके। सम्राट समय बहुत शीघ्रता से बीतता है। युवावस्था की शक्ति और ऊर्जा का मैं अभी प्रयोग नहीं करूंगा तो वृद्धावस्था के शीघ्र आने पर मुझे अत्यधिक खेद होगा। जीवन इतना अनिश्चित है कि रोग और मृत्यु कभी भी दबोच सकते हैं। लोभ, क्रोध, घृणा विषयासक्ति, ईर्ष्या और अहंकार की लपटों के कारण मेरे हृदय में आंतरिक अशांति व्याप्त है। जब सद्धर्म का मार्ग मुझे मिल जाएगा तो समस्त प्राणियों के कष्ट समाप्त होना संभव होगा। यदि आपके मन में मेरे प्रति सच्चे प्रेम की भावना है तो मुझे उस मार्ग पर चलने दें जिस पर मैं इतने समय से चलता आया हूं।"

सिद्धार्थ के इन वचनों से राजा बिम्बिसार और भी अधिक प्रभावित हुए। उन्होंने कहा–"आपकी दृढ़ निश्चयपूर्ण बातें सुनकर मुझे बहुत प्रसन्नता हुई। प्रिय संन्यासी, अब क्या मैं यह पूछ सकता हूं कि आप कहां से पधारे हैं। और आपका वंश नाम क्या है।"

"सम्राट, मैं शाक्य राज्य से आया हूं। कपिलवस्तु में राज कर रहे राजा शुद्धोधन मेरे पिता जी हैं और मेरी माता रानी महामाया थीं। मैं वहां का राजकुमार था और सिंहासन का उत्तराधिकारी भी। किन्तु सद्धर्म का मार्ग खोजने के लिए मैं संन्यासी बनना चाहता था, इसीलिए मैं अपने माता-पिता, पत्नी और पुत्र को तीन वर्ष पूर्व त्यागकर चला आया हूं।"

राजा बिम्बिसार आश्चर्यचकित रह गए। "तब तो तम स्वयं ही राजवंश के हो।" दयालु संन्यासी, आपसे मिलकर मैं गौरवान्वित हुआ हूं। शाक्य और मगध के राजघरानों में दीर्घकाल से घनिष्ठ संबंध चले आ रहे हैं। मैं कितना मूर्ख था कि आपको अपनी राजसत्ता और संपदा की बातें करके अपने साथ लौट चलने के लिए कह रहा था। कृपया मुझे क्षमा करें। मैं आपसे यही जानना चाहता हूं कि क्या आप समय-समय पर मेरे महल में आते रहेंगे और मुझे भोजन समर्पित करने की अनुमति देंगे। और, जब आपको सद्धर्म का मार्ग मिल जाए तो आप दया करके वापस आकर अपने शिष्य के रूप में मुझे शिक्षा दें। क्या आप यह वचन देंगे ?"

सिद्धार्थ ने हाथ जोड़े और उत्तर दिया–"मैं वचन देता हूं कि जब मैं सधर्म का मार्ग-खोज लूंगा तो वापस आकर आपको उसके संबंध में अवश्य बताऊंगा।"

राजा बिम्बिसार ने सिद्धार्थ के समक्ष नमन किया और अपने सेवक के साथ पहाड़ से नीचे उतर गए।

बाद में उसी दिन संन्यासी ने अपना निवास-स्थान बदल दिया क्योंकि उन्हें भय था कि युवा राजा अपनी भेंट भेज-भेजकर उनकी साधना में व्यवधान उत्पन्न करेगा। दक्षिण की ओर चलकर उन्होंने दूसरा ऐसा स्थान खोज लिया जो उनकी साधना के लिए उपयुक्त था। उन्हें एक महान आचार्य उद्रक रामपुत्त के आश्रम का पता चला जो ज्ञान-समुद्र में बहुत गहराइयों तक उतरे हुए थे। उनका आश्रम राजगृह से अधिक दूर नहीं था। उनके आश्रम में तीन सौ साधु रहते थे और चार सौ साधु आस-पास रहकर तपस्या करते थे। सिद्धार्थ उन्हीं के आश्रम की ओर बढ़ चले।

अध्याय पन्द्रह

शरीर-पीड़न-तप

आचार्य उद्रक की आयु पचहत्तर वर्ष की थी और सर्वत्र साक्षात् देव की भांति पूज्य थे। आचार्य उद्रक सभी नए शिष्यों को ध्यान अभ्यास एकदम प्रारंभिक स्तरों से आरंभ कराते थे। इसलिए सिद्धार्थ को साधारणतम ध्यान-साधना से प्रारंभ करना पड़ा किन्तु चंद सप्ताहों में ही उन्होंने अपने नए आचार्य को दिखा दिया कि वह 'अपदार्थता के चरण' तक ध्यान- साधना कर चुके हैं। इससे वह बहुत प्रभावित हुए। उन्होंने इस सौम्य युवा संन्यासी में अपना उत्तराधिकारी बनने की संभावनाएं देखीं और उन्होंने सिद्धार्थ को अत्यधिक सावधानी और ध्यान से शिक्षा देनी आरंभ कर दी।

"संन्यासी सिद्धार्थ गौतम 'अपदार्थता की अवस्था' में रिक्तता वैसी ही नहीं होती जैसी आकाश की रिक्तता होती है और न इसे चेतना की जागृति कहा जा सकता है। जो शेष रहता है, वह भाव-बोध और भाव-बोध को कारक तत्त्व होता है। अतः मुक्ति का मार्ग सभी भाव-बोधों से अतीत होने के बीच से जाता है।"

सिद्धार्थ ने आदरपूर्वक जिज्ञासा की कि "आचार्य जी, यदि भाव-बोध को ही कोई समाप्त कर लेना है तो शेष क्या रहता है ? यदि भाव-बोध ही न होगा तो हम किसी प्रस्तर खंड अथवा काष्ट खंड से कितने भिन्न रह जाएंगे ?"

"प्रस्तर खंड या काष्ट खंड भी भाव-बोध रहित नहीं होते। जड़ पदार्थ स्वयं में ही भाव-बोध है। तुम्हें चेतना के उस स्तर तक पहुंचना है जहां भाव-बोध तथा भाव-बोध हीनता दोनों ही अवस्थाएं तिरोहित हो जाती हैं। यह विचार से निर्विचार की ओर जाने का चरण है। युवा संन्यासी अब तुम्हें अकिंचन पायतन नाम की अरूप समाधि की अवस्था प्राप्त करनी है।"

सिद्धार्थ ध्यान-साधना करने के लिए वापस आ गए और पंद्रह दिनों के बाद वह गुरु द्वारा निर्देशित 'विचार से निर्विचार' की अवस्था अथवा अकिंचन पायतन समाधि की अवस्था में पहुंच गए। सिद्धार्थ ने पाया कि इस अवस्था में साधक चेतना के समस्त सामान्य चरणों को पार कर जाता है। लेकिन जब भी वह समाधि की अवस्था से बाहर आता है तो समाधि की असाधारणता के बाद भी, इससे जीवन और मृत्यु के चक्र की समाप्ति के प्रश्न का कोई समाधान नहीं होता। यह आनंद की परम शांतिपूर्ण अवस्था तो होती है, किन्तु यह जगत की चरम वास्तविकता की कुंजी नहीं है।

जब वह आचार्य उद्रक रामपुत्त के समक्ष उपस्थित हुए तो आचार्य ने उनकी भूरि-भूरि प्रशंसा की और कहा– "संन्यासी सिद्धार्थ, तुम मेरे सर्वोत्तम शिष्य हो। मुझे तुम-सा उत्तम शिष्य अब तक नहीं मिला। इतने अल्पकाल में तुमने असाधारण प्रगति की है। जो उच्चतम अवस्था में प्राप्त कर सका हूं, वह तुमने प्राप्त कर ली है। मैं वृद्ध हो गया हूं और इस जगत में अब और रहना नहीं चाहता। यदि तुम यहां रहते हो तो हम आश्रमवासियों का संयुक्त रूप से मार्ग-निर्देशन कर सकते हो और जब मैं मृत्यु को वरण कर लूं, तो तुम मेरे स्थान पर आचार्य पद को संभाल सकते हो।"

एक बार फिर सिद्धार्थ ने नम्रता से यह प्रस्ताव स्वीकार करने में असमर्थता व्यक्त कर दी। वह समझते थे कि 'न भाव-बोध और न भाव-बोध हीनता' की यह अवस्था (अकिंचन पायतन नाम की अरूप समाधि) भी जन्म एवं मृत्यु के बंधनों से मुक्ति दिलाने का साधन नहीं है और उन्हें इससे भी आगे बढ़ना है। उन्होंने आचार्य जी तथा संन्यासी समुदाय के प्रति अपना हार्दिक आभार व्यक्त किया और विदा मांगी। प्रत्येक व्यक्ति सिद्धार्थ को स्नेह करने लगा था और सिद्धार्थ को जाते देख सभी को दुःख हो रहा था।

आचार्य उद्रक रामपुत्त के आश्रम में रहते हुए उनकी एक युवा संन्यासी कौंडन्न (कौण्डन्य) से मित्रता हो गई थी। कौंडन्न को सिद्धार्थ बहुत प्रिय लगते थे और वह उनको अपना गुरु और एक अच्छा मित्र मानता था। समस्त संन्यासी वर्ग में किसी ने भी 'अपदार्थता की अवस्था' तक प्राप्त नहीं कर पाई थी, 'विचार से निर्विचार' की स्थिति तक जाने का तो प्रश्न ही नहीं था। कौंडन्न जानते थे कि आचार्य जी सिद्धार्थ को अपना आध्यात्मिक उत्तराधिकारी बनाने की सोच रहे थे। सिद्धार्थ के दर्शन मात्र से कौंडन्न को अपनी ध्यान-साधना पर विश्वास होने लगता था। वह प्रायः सिद्धार्थ के पास साधना सीखने चला जाता इसलिए उनके बीच विशेष मैत्री-

भाव उत्पन्न हो गया था। अपने मित्र के जाने का कौंडन्न को सबसे अधिक खेद था। वह सिद्धार्थ के साथ पहाड़ के नीचे तक गया और तब तक वहां खड़ा रहा, जब तक वह आंखों से ओझल नहीं हो गए। इसके बाद ही वह पर्वत पर लौटा।

देश में ध्यान-साधना के दो सर्वोच्च तथा मान्य आचार्यों से शिक्षा पाकर सिद्धार्थ ने अध्यात्म के क्षेत्र में बहुत कुछ प्राप्त कर लिया था किन्तु व्यक्ति को भव-पीड़ाओं से मुक्ति दिलाने का मूलभूत प्रश्न अब भी अनुत्तरित था जो उनके हृदय को दग्ध करता रहता। उन्होंने अनुभव किया कि देशभर में कोई भी साधु-संन्यासी या आचार्य संभवतः इससे अधिक शिक्षा नहीं दे सकता: इसलिए, बोधिसत्व की प्राप्ति के लिए उन्हें स्वयं ही साधना करनी होगी।

पश्चिम की ओर धान के खेतों और कीचड़ भरी जल-धाराओं तथा नदियों को पार करते हुए, सिद्धार्थ नैरंजना नदी के तट पर पहुंचे। वह उस नदी को भी पार करके तब तक चलते रहे, जब तक वह दंगश्री पर्वत तक नहीं पहुंच गए। उस पर्वत से उरुबेला ग्राम तक आधे दिन में पैदल चलकर पहुंचा जा सकता था। सिद्धार्थ ने निश्चय किया कि जब तक मुक्ति का सद्मार्ग नहीं खोज लेते, तब तक वह यहीं साधनारत रहेंगे। उन्हें वहां ऐसी गुफा भी मिल गई, जहां वह लम्बे समय तक साधना-अभ्यास कर सकते थे। इस गुफा में बैठकर उन्होंने अपनी साधना के उन चरणों पर नए सिरे से दृष्टिपात किया जिनकी उन्होंने पिछले पांच वर्षों से अधिक समय तक महामान्य आचार्यों से शिक्षा प्राप्त की थी। उन्हें स्मरण आया कि किस प्रकार उन्होंने संन्यासियों को समझाया था कि अपने शरीर के साथ अत्याचार मत करो। इससे तो दुःख में डूबे जगत के दुःख और बढ़ेंगे। अब उन्होंने उनके मार्ग पर और गंभीरता से मनन किया और सोचा कि "अग्नि-प्राप्ति की कामना करने वाला व्यक्ति जल में खड़ा होकर या भूमि पर स्थिर होकर गीली अराणियों के घर्षण से अग्नि प्रज्वलित नहीं कर सकता। यही बात शरीर के लिए सत्य है। यदि व्यक्ति मन को तो भोगों से दूर रखता है किन्तु शारीरिक रूप से उसमें लिप्त रहता है तो वह धर्म-संप्राप्ति का अधिकारी नहीं बन सकता। अतः मैं मुक्ति-लाभ के लिए आत्म-साधना और रागातीत अवस्था प्राप्त करने के लिए घोर शरीर-पीड़न तप करूंगा।"

इस प्रकार संन्यासी गौतम ने घोर शरीर-पीडन तप आरंभ कर दिया। वह घुप्प अंधेरी रातों में घने भयानक जंगलों में घुस जाते जहां जाने के विचार मात्र

से ही व्यक्ति के, भय के मारे, रोंगटे खड़े हो जाएं। उन स्थानों में वे सारी-सारी रात रहते। भले ही, उनका मन और शरीर भय और आतंक से भरा होता, किन्तु वे वहां बिना हिले-डुले बैठे रहते। जब कोई हिरण सूखे पत्तों से गुजरता तो पत्तों की खड़खड़ाहट से उनको लगता जैसे राक्षस उन्हें मार डालने के लिए आ रहे हों। किन्तु वे इस भय से विचलित नहीं होते। जब कोई मोर किसी सूखी-डाली को तोड़ता तो उन्हें लगता जैसे कोई अजगर पेड़ पर से उतर रहा है। भले ही वह भय से भीतर तक कांप जाते, किन्तु वह फिर भी हिलते नहीं थे।

इस प्रकार उन्होंने सभी भौतिक भयों पर विजय प्राप्त कर ली थी। वह मानते थे कि यदि उनका मन भय-भाव की गुलामी से मुक्त हो गया तो पीड़ा की जंजीरें भी तोड़ फेंकना संभव होगा। कभी-कभी वह अपने जबड़े भींचकर जिह्वा को पलट कर तालू से लगा लेते ताकि इच्छा-शक्ति के द्वारा संमस्त भयों और आतंकों का दमन कर डालें। शरीर पसीने-पसीने हो जाने पर भी वह तनिक हिलते-डुलते नहीं थे। कभी-कभी कुंभक प्राणायाम द्वारा अपनी श्वास अवरुद्ध कर लेते। इस अवस्था में बहुत देर तक रहने पर उन्हें लगता जैसे कानों में भीषण गर्जना हो रही है या जलती भट्टी उनके कानों में समा गई है। कभी लगता कि किसी ने परसु से उनके सिर के दो भाग कर दिए हों। कभी-कभी उन्हें प्रतीत होता कि लौह-पट्टिका से बांधकर उनके सिर को निचोड़ा जा रहा हो या उनका पेट इस प्रकार फाड़ा जा रहा हो, जैसे कसाई बकरे का पेट फाड़ता है। कभी-कभी लगता कि उनके शरीर को आग में भूना जा रहा है। हठयोग की इन क्रियाओं के द्वारा वह अपने साहस और आत्म-अनुशासन को सुदृढ़, बनाना चाहते थे। इस सबसे उनका शरीर तो अकथनीय पीड़ाएं सहने में सक्षम हो गया किन्तु उनके हृदय को अब भी शांति प्राप्त नहीं हुई थी।

संन्यासी गौतम ने इस प्रकार आत्म-शोधन तथा रागातीत होने के लिए शरीर-पीड़न तप छः महीने तक किया। शुरू के तीन महीनों तक वह अकेले ही पर्वत पर निवास करते रहे थे किन्तु चौथे महीने में आचार्य उद्रक रामपुत्त के पांच शिष्यों ने कौंडन्न के नेतृत्व में उनको खोज निकाला। सिद्धार्थ अपने मित्र कौंडन्न से फिर से मिलने पर बड़े प्रसन्न हुए। उन्हें ज्ञात हुआ कि सिद्धार्थ के आश्रम छोड़ने के एक महीने बाद ही कौंडन्न ने भी 'न भावबोध, न भावबोध हीनता' (चित्त की निर्विचार) अवस्था अपनी साधना द्वारा प्राप्त कर ली थी। जब यह देखा कि आचार्य उद्रक से कौंडन्न को और कुछ सीखना शेष नहीं रह

गया है तो उन्होंने सिद्धार्थ की खोज करने के लिए चार अन्य साथियों को भी सहमत कर लिया। अनेक सप्ताहों के बाद, उन्हें सिद्धार्थ को खोज पाने का सौभाग्य प्राप्त हुआ। उन्होंने अपनी यह इच्छा व्यक्त की कि वे उनके साथ ही रहेंगे और साधना-अभ्यास करेंगे। सिद्धार्थ ने उन्हें बताया कि मैं आत्म-अनुसंधान के मार्ग पर क्यों चल रहा हूं। और, पांचों युवा संन्यासियों–कौंडन्न, वप्प, भद्दिय, अस्सजि और महानाम ने भी उनके साथ तपस्या करने का संकल्प लिया। प्रत्येक भिक्खु ने अपने-अपने लिए एक गुफा खोज ली थी जो पास ही पास थीं और प्रतिदिन एक भिक्खु बारी-बारी से भिक्षाटन करने नगर में जाता। वह जब भिक्षा लेकर लौटता, तो उसकी लाई भिक्षा छः भागों में बांट ली जाती। इससे प्रत्येक के हिस्से मुट्ठी भर से अधिक खाद्य पदार्थ नहीं आता था।

इस प्रकार दिन और महीने गुजरते गए और छहों संन्यासी दुबले और कृशकाय हो गए। उन्होंने वह पहाड़ छोड़ दिया और पूर्व में उरुवेला गांव की ओर नैरंजना नदी के तट पर चले गए और उसी प्रकार तपस्या करना आरंभ कर दिया। किन्तु सिद्धार्थ की आत्म-अनुसंधान की कठोर तपस्या देखकर उन लोगों को लगने लगा कि सिद्धार्थ के समान कठोर तपस्या कर पाना उनके लिए संभव नहीं है। सिद्धार्थ ने नदी में स्नान करना और भोजन करना भी छोड़ दिया था। किसी-किसी दिन तो वह पेड़ से गिरे किसी अमरूद को ही खाकर रह जाते अथवा जंगल में सूखे गोबर के टुकड़े को ही खा लेते। उनका शरीर एकदम क्षीण हो गया था और हड्डियां-हड्डियां निकल आई थीं जिनसे चिपकी त्वचा लटकने लगी थी। पिछले छः महीनों से उन्होंने न तो अपनी दाढ़ी बनाई थी और न बाल काटे थे। जब भी वह अपने सिर पर हाथ फेरते थे तो ढेर सारे बाल उखड़ जाते मानो खोपड़ी की त्वचा में इतनी भी शक्ति नहीं रह गई हो जो उन बालों को जमाए रखती।

और, तभी एक दिन, जब श्मशान में बैठकर वह साधना कर रहे थे तो सिद्धार्थ को जैसे झटका लगा कि आत्म-ज्ञान प्राप्ति की दृष्टि से घोर शरीर-पीड़न तप का यह मार्ग कितना भ्रांतिपूर्ण है। सूर्य ढल चुका था और मंद पवन उनकी त्वचा को सहला रहा था। पूरे दिन तपती धूप में बैठे रहने के बाद, शीतल पवन सुखद एवं सुहाना लग रहा था। सिद्धार्थ ने अपने चित्त में एक आनंद की अनुभूति की, जो उन्हें दिन में कभी नहीं हुई थी। उन्होंने समझ लिया कि शरीर और चित्त एक ही अस्तित्व के अंग हैं और इन्हें अलग-अलग करके देखा नहीं जा सकता। शरीर की भांति ही सुखद स्थिति का, मन की

शांति और शीतलता से सीधा संबंध जुड़ा हुआ है। शरीर से अत्याचार करना चित्त के साथ भी अत्याचार करना है।

उन्हें याद आया कि जब वह नौ वर्ष के ही थे तो वर्ष के प्रथम भूमि-कर्षण समारोह के दिन जब वह जम्बू वृक्ष की शीतल छाया में बैठकर उन्होंने पहली बार ध्यान-साधना की थी तो सुखद सहजता के साथ ध्यान करने से उनकी चित्त-वृत्ति कितनी शांत और स्पष्ट हुई थी। चन्ना के चले जाने के बाद वन में साधना करने की अनुभूति का भी उन्हें स्मरण आया। आचार्य आलार कालाम के आश्रम में आरंभिक ध्यान-साधना के दौरान किस प्रकार उनके शरीर और मन का पोषण हुआ था जिससे उनमें चित्त को एकाग्र करने और ध्यान-साधना की सक्षमता आई थी। किन्तु उसके बाद आचार्य आलार कालाम ने भौतिक जगत से परे के साधना-चरणों में प्रवेश करने के लिए कहा था जैसे 'असीम आकाश और असीम चेतना' के क्षेत्र में प्रवेश करना और 'अपदार्थता की अवस्था' प्राप्त करना। बाद में 'न भाव-बोध और न भाव-बोध हीनता' (निर्विचार) की अवस्था भी प्राप्त की। सभी चरणों में लक्ष्य यही था कि भाव-जगत, विचारों, सांसारिक उद्वेगों और भाव-बोध से पलायन के साधन खोजे जाएं। उन्होंने स्वयं से ही प्रश्न किया कि वेद-शास्त्रों द्वारा निर्धारित परम्पराओं का ही क्यों पालन किया जाए ? ध्यान-साधना से जो आनंद प्राप्त होता है, उससे डरा क्यों जाए ? इस आनंद का चेतना का आवरण बनाने वाले पांचों इन्द्रियजन्य सुखों से क्या लेना-देना। इससे तो केवल चित्त निर्विषय होता है। ध्यान-साधना की अवस्था में प्राप्त आनंद से तो शरीर और चित्त दोनों को बल मिलता है और इससे तो वह शक्ति मिलती है, जिससे मुक्ति के मार्ग पर आगे बढ़ा जा सके।

संन्यासी गौतम ने संकल्प किया कि वह अपना स्वास्थ्य संभालेंगे और अपनी ध्यान-साधना के द्वारा तन-मन दोनों का पोषण करेंगे। वह अगले दिन सबेरे से भिक्षाटन करना फिर से आरंभ करेंगे। वह अपने गुरु स्वयं बनेंगे और किसी अन्य व्यक्ति से शिक्षा ग्रहण नहीं करेंगे। इस निर्णय से प्रसन्न होकर वह पृथ्वी पर ही लेट गए और शांतिपूर्वक निद्रा देवी की गोद में विश्राम करने लगे। निरभ्र आकाश में पूर्णिमा का चन्द्रमा अपनी चंद्रिका बिखेर रहा था और अंतरिक्ष में आकाश गंगा बहुत स्पष्ट एवं जगमगाती हुई दिख रही थी।

अगले दिन सबेरे संन्यासी गौतम चिड़ियों की चहचहाहट सुनकर जागे। वह उठ खड़े हुए और पिछली रात का किया निश्चय स्मरण हो आया। वह धूल-मिट्टी

में सने हुए थे। उनके वस्त्र फटकर तार-तार हो चुके थे जिनसे शरीर ढकना भी कठिन हो रहा था। उन्हें याद आया कि श्मशान में परसों एक शव देखा था। उन्होंने अनुमान लगाया कि आज या कल लोग उसे उठाकर नीचे नदी में ले जाएंगे और वहां उसका अंतिम संस्कार कर देंगे। उस लाश पर ईंट के रंग का जो कफन पड़ा है, उसकी उन्हें आवश्यकता नहीं रहेगी। वह शव के पास पहुंचे और जीवन-मृत्यु के प्रश्न पर मन ही मन विचार करते हुए आदर सहित उस शव को कफन उतार लिया। वह शव किसी युवा महिला का था जो फूल गया था और बदरंग हो गया था। सिद्धार्थ उस ललछौंहे कपड़े को अपना नया अंग-वस्त्र बना लेंगे।

वह चलकर नदी तक गए जिससे स्वयं भी नही डालें और उस वस्त्र को भी धो लें। नदी का जल शीतल था और सिद्धार्थ को उसमें स्नान करने से बेहद ताजगी का अनुभव हुआ। उन्होंने अपनी प्रवाहित जल-धारा के स्पर्श की त्वचा द्वारा सुखद अनुभूति की और नयी मानसिकता से उस मनमोहक अनुभव का स्वागत किया। उन्होंने बहुत देर तक नदी में स्नान किया और अपने नए अंग-वस्त्र को फचीटा तथा निचोड़ा। लेकिन ज्योंही नदी जल से निकलकर वह किनारे पर चढ़ने लगे, उनकी शरीर-शक्ति जवाब दे गई। उनमें इतनी शक्ति शेष नहीं थी कि किसी प्रकार स्वयं को कढ़ेरते हुए किनारे पर पहुंच जाएं। वह धीरे-धीरे खड़े हुए और शांतिपूर्वक श्वसन-क्रिया करने लगे। इस दौरान उन्होंने देखा कि उधर एक वृक्ष की शाखा जल की ओर झुक़ी हुई है और उसके पत्ते पानी को छू रहे हैं। वह उसकी ओर धीरे-धीरे बढ़े और उसे पकड़कर, उसका सहारा लेकर, नदी के जल से बाहर आ गए।

वह नदी के किनारे थोड़ा आराम करने की दृष्टि से बैठ गए। उधर सूर्य आकाश में चढ़ आया था। उन्होंने उस कपड़े को धूप में सुखाने के लिए फैला दिया। जब वह कपड़ा सूख गया तो उसे उन्होंने अपने बदन के चारों ओर लपेट लिया और उरुबेला गांव की ओर चलने लगे। अभी वह आधी ही दूर पहुंचे थे कि उनकी शरीर-शक्ति एक बार फिर जवाब दे गई, उनकी सांस उखड़ गई थी और वे बेहोश हो गए।

कुछ समय तक वह उसी बेहोशी में पड़े रहे। तभी गांव की एक लड़की वहां आई। तेरह वर्षीया सुजाता को उसकी मां ने दूध, चावल, रोटियां और कमल गट्टे लेकर भेजा था कि वह इस खाद्य सामग्री को वन देवताओं को समर्पित

सिद्धार्थ ने जब नदी में से निकलने का प्रयास किया
तो शरीर-शक्ति जवाब दे गयी

कर आए। उसने एक संन्यासी को मार्ग पर बेहोश पड़ा देखा जिसकी सांस भी मुश्किल से आ-जा रही थी। वह उसे देखकर झुकी और दूध की कटोरी उसके होठों पर रख दी। वह समझ गई थी कि यह कोई शरीर-पीड़न तप करने वाला संन्यासी है जो दुर्बलता के कारण बेहोश हो गया है।

जब दूध की बूंदों से जीभ और गला कुछ नम हुए तो सिद्धार्थ के शरीर में तुरंत उसकी प्रतिक्रिया हुई। उन्हें स्वाद आया कि दूध कैसी ताजगी लाने वाला था और उन्होंने धीरे-धीरे पूरी कटोरी दुध पी लिया। दस-बीस सांसें लेने के बाद उनमें इतनी शक्ति आ गई थी कि वह उठकर बैठ गए। उन्होंने सुजाता को संकेत किया कि एक कटोरी दूध और पिलाओ। दूध से कितनी शीघ्रता से उनमें शक्ति आ गई थी ? उसी दिन उन्होंने निश्चय किया कि साधना काल में वह शरीर-पीड़न तप की विधि त्याग देंगे और नदी के उस पार वन में ही किसी शीतल स्थान पर बैठ कर तपस्या करेंगे।

बाद के दिनों में वह धीरे-धीरे सामान्य रूप से खाने-पीने लगे। कभी सुजाता उनके लिए भोजन ले आती और कभी वह स्वयं गांव में जाकर भिक्षा मांग लाते। प्रतिदिन वह नदी के किनारे चलित ध्यान करते और शेष समय वह बैठकर ध्यान-साधना करते। प्रतिदिन संध्याकाल को वह नैरंजना नदी में स्नान करते। स्वयं ही सद्धर्म का मार्ग खोजने के लिए उन्होंने परम्पराओं और वेद-शास्त्र की शिक्षाओं पर निर्भर रहना छोड़ दिया था। वह अपनी ही सफलता और विफलताओं से अपने आप शिक्षा प्राप्त करने लगे। यदि ध्यान-साधना से उनके शरीर एवं चित्त को पोषण मिलता था तो इससे उन्हें किसी प्रकार की हिचक नहीं थी। उनके अंतर में इससे शांति और आनंद के भाव जागृत होते गए। वह स्वयं अपने से भागते नहीं थे या अपनी भावनाओं या संकल्प-विकल्पों से पलायन नहीं करते थे किन्तु चित्त को द्दष्टा बनाकर मन के विचारों का आना-जाना देखते रहते।

आत्म-बोध के भाव में स्वयं को लौटा लाने पर जागतिक प्रपंचों से पलायन की इच्छा भी वह त्याग चुके थे। आत्म-बोध की अवस्था में वह जागतिक प्रपंचों में स्वयं को पूर्णतया उपस्थित पाते। एक श्वास, पक्षी के एक गान, एक पत्ते या सूर्य की किरण में से किसी एक पर वह ध्यान लगा सकते थे। उन्होंने यह समझना आरंभ कर दिया था कि प्रत्येक श्वास, प्रत्येक पग और मार्ग का एक-एक रोड़ा भी मुक्ति के मार्ग की कुंजी बन सकता है।

संन्यासी गौतम अपने शरीर पर केन्द्रीभूत ध्यान करने के अनंतर अपनी

भावनाओं और संकल्प-विकल्पों (अवधारणाओं) पर ध्यान करते चले गए। यहां तक कि जो विचार उनके चित्त में आते-जाते थे, उनपर भी ध्यान लगाया करते। इससे उन्होंने शरीर और चित्त के ऐक्य का अनुभव किया और पाया कि शरीर के प्रत्येक अणु-परमाणु तक में ब्रह्माण्ड का समस्त ज्ञान समाया हुआ है। उन्होंने पाया कि धूल के उस पार से उन्हें गहरे देखने की आवश्यकता है और उसी से समस्त सृष्टि का दर्शन संभव है। वह धूल ही सृष्टि है और यदि उसकी विद्यमानता न स्वीकारें तो सृष्टि की विद्यमानता भी नहीं रहती। संन्यासी गौतम प्रत्येक प्राणी में एक आत्मन् होने के भाव से भी आगे बढ़ गए। उन्होंने अनुभव किया कि वेदों में प्राणि मात्र में एक आत्मा का जो भाव प्रतिपादित किया गया है, वह भ्रमपूर्ण है। वास्तव में सभी वस्तुएं या प्राणी पृथक आत्माओं से रहित होते हैं। समस्त जागतिक प्रपंचों की मूल प्रकृति आत्म रहित अथवा अनात्म की है। आत्मा का कोई पृथक् अस्तित्व ही नहीं होता। वह तो एक तड़ित के समान है जो सभी भ्रामक विचारों को नष्ट कर देती है। अनात्म भाव पकड़ने के बाद सिद्धार्थ एक ऐसे सेनापति हो गए जो ध्यान-साधना के युद्धक्षेत्र में अपनी अन्तर्दृष्टि की तलवार उठाए हुए हों। दिन-रात वह पीपल वृक्ष के नीचे बैठे रहते और चेतना के नए-नए परत उनके सामने, बिजली की कौंध के समान, खुलते जाते।

इस दौरान उनके मित्रों का उन पर से विश्वास उठ गया। उन्होंने देखा कि वह नदी के किनारे बैठे रहते हैं और भोजन भी ग्रहण करते हैं। उन्होंने देखा कि वह एक नवयुवती से बातें करते हैं, मुस्कराते हैं, दूध और चावल खाते हैं और गांव से भिक्षा भी मांग लाते हैं। कौंडन्न ने अन्य साथियों से कहा–"अब सिद्धार्थ विश्वास करने योग्य नहीं रह गए। उन्होंने सद्धर्म का मार्ग बीच में ही छोड़ दिया है। अब उनकी चिन्ता अपने शरीर को समुचित आहार जुटाने तक ही सीमित रह गई है। हमें उनका परित्याग कर देना चाहिए और कोई अन्य स्थान अपनी साधना के लिए खोज लेना चाहिए। मैं अब यहां ठहरे रहने का कोई कारण नहीं देखता।"

जब उनके वे पांचों मित्र चले गए तो सिद्धार्थ का ध्यान उनकी अनुपस्थिति की ओर गया। जो नई अन्तर्दृष्टि उन्हें प्राप्त हो रही थी, उससे उत्साहित हो, सिद्धार्थ अपना सारा समय ध्यान-साधना में लगाने लगे और वे अपने मित्रों को अपनी नई अनुभूतियों के विषय में बताने का भी समय नहीं निकाल सके। उन्होंने सोचा कि 'मेरे मित्रों ने मुझे गलत समझा है लेकिन मैं उन्हें समझा-बुझाकर नए मत की ओर प्रवृत्त करने की दिशा में अभी ध्यान भी नहीं दे

सकता। मुझे तो सद्धर्म का सच्चा मार्ग खोजने में ही अपनी समस्त शक्तियां लगानी हैं। एक बार वह सद्धर्म-मार्ग मुझे मिल जाए तो मैं उनसे अपने विचारों का आदान-प्रदान करूंगा।' इसके बाद वह अपनी नित्य नैमित्तिक ध्यान-साधना करने लौट आए।

सद्धर्म की खोज के मार्ग पर जब वह पर्याप्त प्रगति कर चुके तो उन्हीं दिनों भैंसों का चरवाहा वह ग्यारह वर्षीय किशोर मिला। उस किशोर ने जो कौली भर ताजी कुशा उनको उपहार में दी, उसे सिद्धार्थ ने प्रसन्नतापूर्वक स्वीकार कर लिया। यद्यपि सुजाता, स्वास्ति और उनके मित्र अभी बालक ही थे; फिर भी, सिद्धार्थ ने अपनी नई अनुभूतियों में से कुछ की चर्चा उनसे की। उन्हें यह देखकर प्रसन्नता हुई कि देहात के उन अशिक्षित बच्चों ने नई खोजों को कितनी सहजता से स्वीकार कर लिया था। इससे उनको बहुत तसल्ली मिली क्योंकि वह जानते थे कि पूर्ण संबोधि (नए प्रकाश) का द्वार उन्मुक्त होने ही वाला है। उन्हें पता था कि नवचेतना की कुंजी उनके हाथ में आ गई है। और यह कुंजी है सभी जागतिक प्रपंचों का परस्परावलम्बन और उनकी अनात्म प्रकृति होना।

अध्याय सोलह

क्या यशोधरा सो रही थी ?

निर्धन परिवार का होने के कारण स्वास्ति कभी भी विद्यालय नहीं गया था। सुजाता ने उसे शिक्षा की मोटी-मोटी आरंभिक बातें बताईं। उसके पास अब भी पर्याप्त शब्द-भंडार नहीं था और बुद्ध के सम्बन्ध में अपनी कहानी सुनाते समय वह जगह-जगह अटकता था क्योंकि वह मन के भाव व्यक्त करने के लिए उचित शब्द नहीं खोज पाता था। उसके श्रोतागण इसमें उसकी सहायता करते। आनंद और राहुल के अलावा दो अन्य व्यक्ति भी उसकी कहानी सुनने आ गए थे। इनमें से एक तो वयोवृद्ध भिक्खुनी महाप्रजापति थीं और दूसरे भिक्खु का नाम अस्सजि था।

राहुल ने दोनों का स्वास्ति से परिचय कराया। स्वास्ति इस बात से बहुत ही अभिभूत हो गया कि महा प्रजापति स्वयं ही रानी गौतमी थीं जो बुद्ध की मौसी मां थीं और उन्होंने ही शिशु सिद्धार्थ को पाल-पोस कर बड़ा किया था। वह पहली महिला थीं जिन्हें बौद्ध संघ में भिक्खुनी के रूप में प्रवेश मिला था। और अब वह सात सौ से अधिक भिक्खुनियों की नेतृ थी। वह बुद्ध से मिलने उत्तर से यहां तक यात्रा करती हुई आई थीं जिससे बौद्ध संघ में भिक्खुनियों के प्रवेश विषयक विचार बुद्ध से जान सकें। स्वास्ति को ज्ञात हुआ कि वह पिछली संध्या को ही वहां आई थीं। उनका पौत्र राहुल जानता था कि बुद्ध द्वारा उरुवेला के वन में बिताए दिनों के विषय में सारी बातें स्वास्ति से स्वयं सुनकर वह कितनी प्रसन्न होंगी। इसीलिए वह उन्हें अपने साथ आने के लिए बुला लाया था। स्वास्ति ने हाथ जोड़कर भिक्खुनी नेतृ महाप्रजापति को नमन किया। बुद्ध ने उनके विषय में जो कुछ कहा था, उसका स्मरण करके उसका हृदय उनके प्रति प्रेम और श्रद्धा-भाव से छलछला उठा। महाप्रजापति ने भी स्वास्ति की ओर उसी प्रेम भरी दृष्टि से देखा, जिससे वह राहुल को देखती थीं।

राहुल ने अस्सजि का भी स्वास्ति से परिचय कराया और जब उसने जाना कि अस्सजि उन पांच मित्रों में से एक थे, जिन्होंने बुद्ध के साथ आत्म-संयम तथा वीतराग होने के लिए स्वास्ति के घर के निकट ही शरीर-पीड़न तप किया था तो उसकी आंखें हर्ष से चमकने लगीं। उन दिनों बुद्ध ने बताया था कि जब उनके मित्रों ने उन्हें दूध पीते और भोजन करते देखा तो वे यह मानकर कि बुद्ध ने शरीर-पीड़न का मार्ग त्याग दिया है, अपनी साधना करने अन्यत्र चले गए थे। स्वास्ति को आश्चर्य हो रहा था कि अब वही अस्सजि कैसे बुद्ध के शिष्य के रूप में यहां वेणुवन विहार में रह रहे हैं। वह बाद में इस संबंध में राहुल से पूछकर अपनी जिज्ञासा शांत कर लेगा।

अपनी कहानी सुनाने के प्रयासों में स्वास्ति को भिक्खुनी गौतमी ने सर्वाधिक सहायता की। विस्तार की जो बातें स्वास्ति को महत्त्वपूर्ण नहीं लगी थीं और उसने छोड़ दी थीं, उनके विषय में गौतमी ने प्रश्न पूछे क्योंकि वे स्पष्टतः उनके विषय में जानना चाहती थीं। उन्होंने पूछा कि बुद्ध की ध्यान-साधना के लिए जो कुशा तुमने उपहार में दी थी, वह कहां से काटी थी और वह कितने दिनों बाद बुद्ध को ताजी कुशा देकर आता था। उन्होंने यह भी जानना चाहा कि बुद्ध को कुशा दे देने के बाद क्या उसके पास भैंसों को रात के खाने के लिए पर्याप्त घास रह जाती थी ? क्या भैंसों के मालिक ने कभी उसकी पिटाई भी की थी ?

अभी बहुत कुछ बताना शेष था कि स्वास्ति ने आज शाम बातें यहीं समाप्त करने की अनुमति मांगी और वचन दिया कि वह अगले दिन शेष बातें बताएगा। किन्तु जाने से पूर्व वह भिक्खुनी गौतमी से कुछ बातें जानना चाहता था जो विगत दस वर्षों से उसके हृदय को मथ रही थीं। वह उसे देखकर मुस्कराईं और कहा–"अच्छा पूछो। यदि मैं तुम्हारे प्रश्नों का उत्तर दे सकी तो मुझे अत्यधिक प्रसन्नता होगी।"

सबसे पहले स्वास्ति यह जानना चाहता था कि जब सिद्धार्थ ने, रवाना होने से पूर्व यशोधरा के कमरे का पर्दा उठाया था, उस समय क्या यशोधरा वास्तव में सो रही थी या सोने का अभिनय कर रही थी ? स्वास्ति यह भी जानना चाहता था कि जब चन्ना सिद्धार्थ की तलवार, रत्नजटित कंठहार और बालों के गुच्छे लेकर पहुंचा तो राजा, रानी और यशोधरा ने क्या-क्या सोचा। छः वर्षों की उनकी अनुपस्थिति के दौरान बुद्ध के परिवारजनों का जीवन कैसे-कैसे बीता ? सबसे पहले किसने यह समाचार सुना कि बुद्ध को संबोधि

प्राप्त हो गई है या सद्धर्म का मार्ग मिल गया है ? बुद्ध जब लौटे तो उनका स्वागत सबसे पहले किसने किया ? जब वह कपिलवस्तु पहुंचे तो क्या नगर के सभी निवासी उनके स्वागत में उमड़ पड़े थे ?

"तो तुम्हारे मन में भी बहुत से प्रश्न हैं !" भिक्खुनी गौतमी ने कहा। वह कृपापूर्ण दृष्टि से स्वास्ति की ओर देखकर और मुस्करा कर बताने लगीं, "तुम्हारे प्रश्नों का मैं संक्षेप में ही उत्तर दे रही हूं। तुम्हारा पहला प्रश्न है कि उस समय यशोधरा वास्तव में सो रही थी अथवा नहीं ? यदि तुम एकदम सही-सही जानना चाहते हो तो यह प्रश्न यशोधरा से करो। यदि तुम मुझसे पूछते हो तो मैं विश्वास नहीं करती कि वह सो रही थी। यशोधरा ने स्वयं ही सिद्धार्थ के वस्त्र, शिरस्त्राण और पदत्राण तैयार करके कुर्सी पर रखे थे। उसने ही चन्ना से साज कसकर कंतक को तैयार करने को कहा था। उसे ज्ञात था कि राजकुमार आज रात को निकल जाने वाले हैं। ऐसी रात में वह कैसे सो सकती थी ? मैं समझती हूं कि उस रात वह सोने का अभिनय ही कर रही थी। विदा की बेला में वह राजकुमार और स्वयं को विरह की पीड़ा में डुबाना नहीं चाहती थी। स्वास्ति तुम अभी तक यशोधरा को जानते नहीं। राहुल की मां अत्यधिक दृढ़ संकल्प वाली महिला है। वह सिद्धार्थ की आंतरिक इच्छा को समझती थी और अप्रत्यक्ष रूप से ही सही, उनको हार्दिक समर्थन प्रदान करती थी। यह बात मैं औरों की अपेक्षा कहीं अधिक अच्छी तरह जानती हूं। सिद्धार्थ के बाद, यदि वह हृदय से किसी के निकट थी तो मेरे ही निकट थी।"

भिक्खुनी गौतमी ने स्वास्ति को बताया कि अगले दिन सबेरे जब यह ज्ञात हुआ कि सिद्धार्थ चले गए हैं तो यशोधरा को छोड़कर सभी को गहरा धक्का लगा। राजा शुद्धोधन तो गुस्से से पागल हो गए। जो भी सामने पड़ता, उसी पर उबल पड़ते थे कि उन्होंने राजकुमार को जाने से रोका क्यों नहीं। रानी गौतमी तुरन्त दौड़ी हुई यशोधरा के पास पहुंची तो उन्होंने पाया कि वह चुपचाप शान्त बैठी हुई रो रही थी। चारों दिशाओं में अश्वारोही दौड़ाए गए। उन्हें आदेश दिए गए कि यदि राजकुमार उन्हें मिल जाएं तो उनको लेकर आएं। दक्षिण की ओर गए अश्वारोही दल को चन्ना मिला जो सवार रहित (कोतल) कंतक को लिए चला आ रहा था। चन्ना ने उन्हें आगे जाने से मना किया और कहा कि– "अध्यात्म मार्ग अपनाने गए राजकुमार को उस मार्ग पर शांति से जाने दो। मैं उनके सामने रोया-गिड़गिड़ाया और उनसे लौट चलने का हर संभव अनुरोध किया। किन्तु वह सद्धर्म का मार्ग

खोजने के लिए कृत संकल्प थे। जो भी है, वह उन घने जंगलों में प्रवेश कर गए हैं जो दूसरे राज्य में पड़ते हैं। तुम उन्हें वहां खोजने जा ही नहीं सकते।"

जब चन्ना वापस राजमहल पहुंचा तो अपना हार्दिक खेद व्यक्त करने के लिए तीन बार झुककर प्रणाम किया और सिद्धार्थ की तलवार उनकी कंठमाला और बालों की लटें राजा की ओर देने के लिए बढ़ाईं। उस क्षण रानी गौतमी और यशोधरा भी राजा के साथ ही बैठी हुई थीं। चन्ना के बहते आंसू देखकर राजा ने चन्ना को भला-बुरा नहीं कहा लेकिन यह अवश्य पूछा कि सब कुछ कैसे घटित हुआ। राजा ने चन्ना से कहा कि सिद्धार्थ की तलवार, कंठ- माला और बालों की लटें यशोधरा को दे दो। राजमहल का वातावरण शोकपूर्ण हो उठा। राजकुमार के चले जाने से जैसे दिन में अंधकार हो गया था। राजा अपने कक्ष में चले गए और बहुत दिनों तक बाहर नहीं निकले। राजा की ओर से उनके मंत्री विस्सामित्त राजकाज संभालते रहे।

अश्वशाला में आने के बाद कंतक ने न कुछ खाया, न कुछ पिया और कुछ दिनों के बाद मर गया। अश्व की मृत्यु के दुख से मर्माहत चन्ना ने यशोधरा से आज्ञा मांगी कि राजकुमार के अश्व की अंत्येष्टि विधान-पूर्वक सम्पन्न करने दी जाए।

भिक्खुनी गौतमी उस दिन यहीं तक अतीत का घटना क्रम बता पाई थीं कि ध्यान-साधना करने के समय का सूचक घंटा बजा। हर कोई बहुत ही निराश दिख रहा था, किन्तु आनंद ने कहा कि चाहे यह कथा कितनी ही प्रिय क्यों न हो, हमें ध्यान-साधना का क्रम नहीं तोड़ना चाहिए। उन्होंने सभी को अगले दिन अपनी कुटिया में आने का निमंत्रण दिया। स्वास्ति और राहुल ने भिक्खुनी गौतमी, आनंद तथा अस्सजि को हाथ जोड़कर नमन किया और इसके बाद वे आचार्य सारिपुत्त की कुटिया में वापस आए। दोनों युवा मित्र साथ-साथ बिना बोले ही चलते आए थे। घंटे की ध्वनि तरंगें इस प्रकार प्रसरित हो रही थीं जिस प्रकार सागर में एक लहर के बाद दूसरी लहर आती चली जाती है। स्वास्ति ने अपनी श्वसन-क्रिया पर ध्यान दिया और मौन रूप से ही, घण्टा-ध्वनि सुनने के लिए 'गाथा' का पाठ करने लगा। "सुनो-सुनो, यह अद्भुत घंटा-ध्वनि मुझे अपने सच्चे आत्म-भाव में पहुंचा रही है।"

अध्याय सत्रह

पीपल के पत्ते में ब्रह्माण्ड-दर्शन

पीपल वृक्ष के नीचे बैठकर संन्यासी गौतम ने ध्यान-साधना द्वारा अर्जित समस्त मन:शक्तियां अपने शरीर पर केन्द्रित कर दीं। उन्होंने देखा कि उनके शरीर का प्रत्येक अणु-परमाणु जन्म, अस्तित्व और मृत्यु की अनंत प्रवाहमयी सरिता के जल की एक बूंद के समान है और शरीर का कोई भी परमाणु ऐसा नहीं लगा जो अपरिवर्तित रहता हो या जिसका कोई स्वतंत्र अस्तित्व हो। इस शरीर-सरिता के साथ ही, भावनाओं की सरिता मिल रही थी जिसमें प्रत्येक भावना उस सरिता की बूंद के समान है। ये बूंदें भी जन्म, अस्तित्व और मृत्यु की प्रक्रिया-महाकाल की सरिता–से परस्पर टकरा रही थीं। कुछ भावनाएं सुखद थीं तो कुछ भावनाएं दुखद और कुछ इन दोनों से ही भिन्न। किन्तु ये सभी भावनाएं अनित्य एवं अस्थायी थीं और उनके शरीर के परमाणुओं के समान विलुप्त हो जाती थीं।

इसके बाद, और दृढ़ ध्यान-साधना से गौतम ने यह भी पाया कि शरीर और भावना-सरिताओं के साथ ही साथ, भाव-बोध की भी एक सरिता-प्रवाहित हो रही है जिसकी बूंदें एक-दूसरे से मिश्रित होती हुई जन्म, अस्तित्व और मृत्यु की प्रक्रिया पर भी परस्पर प्रभाव छोड़ रही हैं। यदि व्यक्ति का भाव-बोध निष्कलुष है तो परम तत्त्व सहज ही अनुभूति सुलभ हो जाता है। यदि यह भाव-बोध भ्रमपूर्ण है तो वह चेतन-तत्त्व माया के आवरण में आच्छादित रहता है। लोग अनंत कष्ट मात्र इसीलिए भोगते हैं क्योंकि उनका भावबोध तिमिराच्छन्न होता है। वह अनित्य को नित्य, अनात्म को आत्मयुक्त, जो मरणधर्मा है उसे अजर-अमर समझते हैं और जो अविभाज्य है उसे खंडों में विभक्त मानकर चलते हैं।

तदनंतर गौतम ने अतल गहराई में जाकर मानसिक अवस्थाओं को

समझने का प्रयास किया। ये अवस्थाएं ही सभी कष्टों का स्रोत हैं। भय, क्रोध, घृणा, अहंकार, द्वेष, लोभ और अज्ञान विविध मानसिक अवस्थाएं हैं। उनके समक्ष चेतना का प्रकाश सूर्य के समान जगमगा उठा। सभी विरोधी मानसिक अवस्थाओं को प्रकाशित करने के लिए उन्होंने उस चेतना-सूर्य का प्रयोग किया और पाया कि सभी मानसिक अवस्थाएं अज्ञान के कारण जनमती हैं। ये सभी अवस्थाएं चेतन-ज्ञान की विरोधी हैं, एक अंधकार हैं–प्रकाश के अभाव से उत्पन्न। अतः मुक्ति की कुंजी यही होगी कि इस अज्ञान-अंधकार का भेदन किया जाए, परम तत्त्व में प्रवेश किया जाए और उसका प्रत्यक्ष अनुभव किया जाए। यह ज्ञान बुद्धि के माध्यम से अर्जित ज्ञान नहीं होगा, अपितु प्रत्यक्ष अनुभूति से प्राप्त ज्ञान होगा।

अब तक, सिद्धार्थ भय, क्रोध और लोभ को समाप्त करने के मार्ग खोजते रहे किन्तु इस लक्ष्य की प्राप्ति के लिए उन्होंने जो पद्धतियां अपनाईं, उनमें उन्हें सफलता नहीं मिली क्योंकि वे सब विचारों और भावनाओं का मात्र दमन करती थीं। अब सिद्धार्थ समझ पाए थे कि उनका आदि जनक तो अज्ञान है और जब व्यक्ति अज्ञान से मुक्त हो जाता है तो मानसिक संकल्प-विकल्प अपने आप ही समाप्त हो जाते हैं जैसे सूर्योदय होने से अंधकार। सिद्धार्थ को प्राप्त यह अन्तर्दृष्टि उनकी गहन ध्यान-साधना का ही फल थी।

वह मुस्कराए और उन्होंने आसमान में लहरा रहे पीपल के पत्ते की ओर देखा। पत्ते की पूंछ आगे-पीछे हिलकर जैसे उनको आमंत्रित कर रही हो। उस पत्ते की ओर त्राटक दृष्टि से देखने पर उन्होंने स्पष्ट देखा कि उसमें सूर्य और तारागण सभी विद्यमान हैं क्योंकि बिना सूर्य, बिना प्रकाश तथा बिना अग्नि-तत्त्व के पत्ते का अस्तित्व ही संभव नहीं। यह पत्ता ऐसा इसीलिए है कि वे सभी तत्त्व उस प्रकार कार्यरत हैं। उन्होंने उस पत्ते में बादलों की (जल तत्त्व की) उपस्थिति देखी–बिना बादलों के वर्षा संभव नहीं और बिना वर्षा के पत्ते का अस्तित्व संभव नहीं। उन्होंने देखा कि पृथ्वी, काल, आकाश और मनस् तत्त्व सभी उस पत्ते में विद्यमान हैं। वास्तव में उस पत्ते में ही समस्त ब्रह्माण्ड अवस्थित है। उस पत्ते के अस्तित्व की सार्थकता का ज्ञान एक अद्भुत आश्चर्य से युक्त था।

यद्यपि हम सामान्यतः मानते हैं कि पत्ते का जन्म वसन्त ऋतु में होता है किन्तु गौतम देख पा रहे थे कि उसका अस्तित्व तो अनंतकाल से सूर्य के प्रकाश में, मेघों में, वृक्ष में और स्वयं उनमें विद्यमान है। यह देखकर कि पत्ता कभी

जन्म नहीं लेता, वह भी कभी जन्म नहीं लेते। पत्ता और वह तो मात्र एक सत्ता की अभिव्यक्ति है – उनका न तो कभी जन्म हुआ और न कभी मृत्यु को प्राप्त होंगे। यह अन्तर्दृष्टि प्राप्त होते ही जन्म-मरण और अस्तित्व एवं अनस्तित्व के विचार तिरोहित हो गए; पत्ते की सच्ची आकृति और अपना सच्चा रूपाकार उनके समक्ष प्रकाशित हो उठा। वह यह देख पा रहे थे कि एक सृजन की उपस्थिति में ही अन्य समग्र सृष्टि की विद्यमानता संभव होती है। एकत्व में ही बहुत्व और बहुत्व में एकत्व समाहित है।

वह पत्ता और उनका शरीर एक ही सरीखे हैं। इनमें से किसी का न तो पृथक् अस्तित्व है और न वह अस्तित्व स्थायी है। समस्त जागतिक प्रपंचों का परस्परावलंबन देखकर सिद्धार्थ ने समस्त प्राणियों की खोखली प्रकृति को समझ लिया था कि वे सब पृथक् और स्वतंत्र अस्तित्व से रहित हैं। उनको इस सत्य का साक्षात्कार हुआ कि मुक्ति की कुंजी परस्पर अवलंबन तथा अनात्म के सिद्धान्तों में ही निहित है। आकाश में पीपल वृक्ष के ऊपर मेघ तैर रहे थे जो पीपल वक्ष की श्वेत पृष्ठभूमि बन रहे थे। संभव है कि उस शाम बादलों का शीतलता से संपर्क हो जाए वे जल बनकर बरस पड़ें। एक ही तत्त्व (जल) की मेघ एक प्रकार की अभिव्यक्ति है तो वर्षा दूसरे प्रकार की। मेघों का भी जन्म नहीं हुआ था और न ही उनका मरण होगा। गौतम ने सोचा कि यदि मेघों को यह तथ्य ज्ञात हो जाए तो जब वे पर्वतों, वनों और चावल के खेतों में बरसते हैं तो निश्चय ही हर्ष से उन्मत्त होकर गा उठें।

अपने शरीर, भावनाओं, अवधारणाओं, मानसिक भाव-बोध और चेतना की नदियों के प्रकाश की अनुभूति से सिद्धार्थ समझ गए थे कि जीवन के परम आवश्यक तत्त्व हैं—अनित्यता तथा अनात्मता। यदि ये न हों तो न तो कुछ अस्तित्ववान हो और न उसका विकास हो। यदि धान अनित्य एवं अनात्म न हों, तो वह चावल के पौधे के रूप में कैसे बढ़ सकता है। यदि मेघ अस्तित्व और आत्मवत्ता भाव से रहित न हों तो वे वर्षा में कैसे परिणत हो सकते हैं। स्थायित्वहीनता और आत्मसत्ता रहित हुए बिना बच्चा कभी वयस्क नहीं बन सकता। उन्होंने समझा कि–"इस प्रकार जीवन को स्वीकार करने का अर्थ है अनित्यता और अनात्म होना। सभी कष्टों का स्रोत इस भ्रामक भाव-बोध में निहित है कि हम अपने अस्तित्व को स्थायी और स्वयं को पृथक् सत्ता मानते हैं। यदि लोग इस सत्य (प्रतीत्यसमुत्पाद) को समझ लें तो न तो जन्म का भाव रहे,

न मरण का; न उत्पत्ति और विनाश का; न एकत्व और बहुतत्व का; न अंतर और बाह्य का; न अशुचिता और शुचिता का। प्रतीति परक से समस्त भ्रांत अवधारणाएं तो बुद्धि की उपज हैं। यदि व्यक्ति सभी वस्तुओं की असारता को समझ ले तो वह समस्त मानसिक संकल्प-विकल्पों को पार कर लेगा और कष्टों के दुष्चक्र से मुक्ति प्राप्त कर लेगा।"

एक रात से दूसरी-तीसरी रातों तक गौतम पीपल वृक्ष के नीचे बैठकर अपने शरीर, अपने चित्त और निखिल ब्रह्माण्ड की चेतना के प्रकाश से जगमगाते रहे। उनके पांच सहयोगी तो बहुत पहले ही उनको छोड़कर चले गए थे और अब उनके साथ साधना करने वाले थे वन, नदी, पक्षीगण, पृथ्वी और वृक्षों पर रहने वाले हजारों कीट-पतंग। इस ध्यान-साधना में महान पीपल वृक्ष उनके ज्येष्ठ सहोदर के समान था। प्रत्येक रात जब वे साधना के लिए बैठते थे तो आकाश में उदित सांध्य तारक भी ध्यान-साधना में उनका भ्राता था। वह देर रात गए तक साधना-रत रहा करते।

गांव के बच्चे उनसे मिलने दोपहर के आस-पास ही आते। एक दिन सुजाता दूध, चावल और शहद की खीर बनाकर लाई और स्वास्ति ताजी कुश घास का पूला। जब स्वास्ति अपने भैंसों को वापस घर ले जाने के लिए रवाना हो गया तो गौतम को आंतरिक पूर्वाभास हुआ कि आज रात को उन्हें सम्यक् संबोधि—महान बोधितत्त्व—की प्राप्ति हो जाएगी।

उससे पिछली रात उन्हें बहुत ही असाधारण स्वप्न दिखे थे। प्रथम स्वप्न में उन्होंने पृथ्वी को अपने शयनासन के रूप में देखा। सुमेरु पर्वत उनका शिरोधार्य है। उनका वामहस्त महा समुद्र और दक्षिण हस्त पश्चिम के मरुस्थल में टिका हुआ है तथा उनके दोनों चरण दक्षिणी समुद्र के जल से प्रक्षालित हैं। द्वितीय स्वप्न में उन्होंने देखा कि क्षीरिका नामक घास उनकी नाभि से निकलकर आकाश की ओर उन्नतिशील है और रथ के पहिए के आकार का कमल खिला हुआ है। तीसरे स्वप्न में उन्होंने देखा कि नाना रंगों के अगणित पक्षी समस्त दिशाओं से उड़कर उनके पास आ रहे हैं। ये सभी स्वप्न इस बात का आभास देते प्रतीत हो रहे थे कि उन्हें महान संबोधि की प्राप्ति होने ही वाली है।

उस संध्या वह कुछ जल्दी ही नदी के तट पर चलित-ध्यान करते घूम रहे थे। वे नदी के जल में घुस गए और खूब स्नान किया। गोधूलि वेला में वे अपने सुपरिचित पीपल वृक्ष के नीचे साधना में बैठने के लिए आ गए। वृक्ष के तने के

नीचे फैली ताजी हरी घास की ओर देखकर मुस्कराए। इसी वृक्ष के नीचे उन्हें अपने ध्यान-साधना-काल में अनेक प्रकार की नवीन महत्त्वपूर्ण अनुभूतियां प्राप्त हुई थीं। जिस क्षण की वह अब तक प्रतीक्षा करते रहे थे, वह समीप आ गया था। संबोधि—दिव्य ज्ञान—(चेतना का परम आनंद) के द्वार खुलने ही वाले थे।

धीरे-धीरे सिद्धार्थ पद्मासन लगाकर बैठ गए। उन्होंने उस नदी की ओर निहारा जो कुछ दूर शांत प्रवाहित हो रही थी और शीतल मंद पवन से नदी किनारे की कुश घास हिल रही थी। रात्रि में वन-प्रांतर शांत किन्तु जागरित था। उनके आस-पास हजारों झिल्लियां झंकार कर रही थीं। उन्होंने प्राणायाम किया और धीरे से आंखें मूंद लीं। तब तक सांध्य तारा आकाश में उदित हो चुका था।

अध्याय अठारह

संबोधि की प्राप्ति

चेतना-जागृति के कारण, सिद्धार्थ का चित्त, शरीर और श्वसन-क्रिया पूर्णतया एकाकार हो गई थी। सजग चेतना के अभ्यास के कारण उनको चित्त के केन्द्रीकरण की महानशक्ति उपलब्ध हो गई थी जिसे वह चित्त और शरीर को जगाने-निखारने में प्रयोग कर सकते थे। गहन समाधि की अवस्था में वह अपने शरीर में तत्क्षण असंख्य प्राणियों की विद्यमानता अनुभव कर सकते थे। जीवधारी और अन्य प्राणी खनिज, सेवार, घास, कीट-पतंग, पशु और मानव सभी उनके अंदर समाए लगते थे। उन्होंने अपने सभी विगत जीवनों, जन्मों और मृत्युओं को देखा। उन्होंने हजारों सृष्टियों तथा ग्रह-नक्षत्रों की रचना एवं विनाश को देखा। उन्होंने प्रत्येक जीवित प्राणियों जो मां के गर्भ से जन्मे या अंडज एवं उद्भिज थे, के समस्त हर्षों और विषादों को अनुभव किया और उन्हें नया जीवन धारण करते देखा। उन्होंने अपने शरीर के प्रत्येक अणु-परमाणु में पृथ्वी एवं स्वर्ग की उपस्थिति और भूत, वर्तमान एवं भविष्यत काल के तीनों आयामों—देश-काल की सभी अवस्थाएं देखीं। यह उनके सृष्टि-दर्शन का प्रथम चरण था।

गौतम और भी गहन समाधि की गहराइयों में उतरे तो उन्होंने देखा कि किस प्रकार अगणित जगतों का उत्थान और पतन होता है, उनकी कैसे रचना होती है और विनाश होता है। उन्होंने जाना कि किस प्रकार असंख्य प्राणी असंख्य जन्मों और मृत्युओं के बीच से गुजरते हैं। उन्होंने देखा कि ये जन्म और मृत्युएं तो बाह्य दृश्य मात्र हैं; सच्ची वास्तविकता नहीं है। यह सब ठीक उसी प्रकार होता है, जैसे करोड़ों लहरें समुद्र की सतह पर लगातार उठती और गिरती हैं जबकि स्वयं समुद्र का न तो जन्म होता है और न मृत्यु। यदि लहरें यह समझ लें कि वे स्वयं भी जल ही हैं तो जन्म-मरण के भ्रमजाल के पार चली जाएं और

सभी भयों को आधारहीन समझ शांति प्राप्त कर सकें। इस अनुभूति ने गौतम को जन्म-मरण के जाल से पार जाने का मार्ग दिखाया। इससे वे मुस्करा उठे। उनकी मुस्कान रजनीगंधा पुष्प की भांति थी जिससे प्रभापूर्ण आभा निकल रही थी। उनकी यह मुस्कान अद्भुत ज्ञान पाने, और समस्त मलिनताओं को नष्ट करने की अन्तर्दृष्टि पाने की मुस्कान थी। समाधि के दूसरे चरण में उनको यह सब ज्ञान हुआ था।

ठीक उसी क्षण भीषण झंझा-झकोर गर्जन हुआ और आकाश में अपार शक्ति से विद्युत कौंधी मानो वह आकाश के दो भाग कर देगी। काले-काले घने बादलों ने चन्द्रमा और तारों को पूरी तरह ढंक दिया। घनघोर वर्षा होने लगी। गौतम तर-ब-तर हो गए लेकिन वह अपने आसन से तनिक भी हिले-डुले नहीं। उनकी समाधि इससे भी विचलित नहीं हुई थी।

उन्होंने अडिग रहकर अपनी चेतना को चित्त पर केन्द्रित किया। उन्होंने देखा कि जीवित प्राणी इसलिए कष्ट पाते हैं क्योंकि वे सभी प्राणियों की समान आधार-भूमि के सहभागी हैं। अज्ञान के कारण वे अनेक प्रकार के दुख, भ्रान्तियां और कष्ट भोगते हैं। लोभ, क्रोध, अहंकार, भ्रम, द्वेष और भय सभी की जड़ अज्ञान है। जब हम चित्त को शांत करके गहराई के साथ सत्य के दर्शन कर पाते हैं, तो हमें पूर्ण ज्ञान प्राप्त होता है जिससे प्रत्येक प्रकार के दुःखों और चिन्ताओं का निवारण हो जाता है। इससे स्वीकार्यता और प्रेम का उदय होता है।

अब गौतम ने समझा कि सहृदयता और प्रेम एक ही हैं। सहृदयता के बिना प्रेम हो ही नहीं सकता। प्रत्येक प्राणी की प्रकृति उसकी भौतिक-रचना, भावनात्मक और सामाजिक स्थितियों के अनुरूप निर्मित होती है। इस तथ्य को समझ लेने पर वह निर्दयतापूर्ण व्यवहार करने वाले के प्रति भी घृणा नहीं कर सकता। सहृदयता से करुणा और प्रेम के भावों का उदय होता है जिससे व्यक्ति सद्कर्मों की ओर प्रवृत्त होता है। प्रेम करने के लिए पूर्ण सत्य समझ लेने की आवश्यकता होती है इसलिए मुक्ति की कुंजी सहृदयतापूर्ण ज्ञान है। भ्रमरहित ज्ञान की प्राप्ति के लिए यह आवश्यक है कि व्यक्ति जागरूकता के साथ जिये, जीवन के वर्तमान क्षणों के साथ उसका प्रत्यक्ष संपर्क हो अर्थात् वह सही रूप में यह देख सके कि व्यक्ति के अंतस में और बाहर क्या-क्या घटित हो रहा है। जागरूकता का अभ्यास करने से उसमें गहराई तक सोचने-समझने की सक्षमता आती है। जब वह किसी भी बात की गहराई में उतरता है तो उसका रहस्य स्वयं

ही अनावृत हो जाता है। जागरूकता ऐसा गोपन कोष है जिससे मुक्ति और चेतना की जागृति की दिशा में बढ़ा जा सकता है। जीवन शुद्ध ज्ञान, शुद्ध विचारों, शुद्ध वाणी, सद्कर्मों, शुद्ध आचरण, सही प्रयासों, सच्ची जागरूकता और चित्त के केन्द्रीकरण से प्रकाशित हो उठता है। सिद्धार्थ ने इसे 'आर्य मार्ग' कहा।

गहरी समाधि की अवस्था में, समस्त प्राणियों के हृदयों को देखते हुए सिद्धार्थ ने प्रत्येक के मनों की अवस्था जान ली, चाहे वे कितनी ही दूर क्यों न हों। इससे वे प्रत्येक व्यक्ति के हर्ष और विषाद की चीखें सुन पा रहे थे। इस प्रकार उन्होंने दिव्य दृष्टि, दिव्य श्रवण और अपनी जगह बैठे-बैठे ही कहीं भी जा सकने की सामर्थ्य अर्जित कर ली थी। यह उनके लोकोत्तर दर्शन अथवा संबोधि का तीसरा चरण था। इसके बाद झंझा की झकोर थम गई थी और प्रकाशित चन्द्रमा तथा तारों पर से मेघों का आवरण सिमिट गया था।

गौतम को ऐसी अनुभूति हुई जैसे हजारों योनियों के कारागार से मुक्ति मिल गई हो। इस कारागार का द्वारपाल था अज्ञान। इस अज्ञान के कारण ही उनका चित्ताकाश तिमिराच्छन्न था; ठीक वैसे ही जैसे झंझावात में सघन मेघों से चन्द्रमा और तारे छिप गए थे। अज्ञान में डूबे विचारों की असंख्य लहरों से वास्तविकता का सत्य, कर्त्ता और कर्म, स्व-पर, विद्यमानता तथा अविद्यमानता, जन्म और मरण तथा भ्रांत विचार से जन्मे विभिन्न विभेदों में विभक्त हो गया था और भावनाओं, आकांक्षाओं, स्वार्थ-साधना और अहमन्यता की कैद में फंस गया था। जन्म, जरा, रोग और मृत्यु ने उस कारागार की दीवारें और मोटी कर दी थीं। ऐसी अवस्था में यही किया जा सकता था कि कारागार के द्वारपाल को पकड़ लिया जाए और उसका वास्तविक स्वरूप परख लिया जाए। यह द्वारपाल था अज्ञान। इस अज्ञान पर विजय पाने का साधन है पवित्र अष्टांगिक मार्ग।* एक बार कारागार का द्वारपाल चला जाए तो वह कारागार ही ध्वस्त हो जाएगा और फिर वह कभी बन नहीं सकता।

संन्यासी गौतम मुस्कराकर आत्मालाप करने लगे–"ओ कारागार के प्रहरी ! मैंने तुमको देख लिया है। कितनी योनियों से तुमने मुझे जन्म-मरण के कारागार में बंद रखा है। किन्तु अब मैंने तुम्हारा वास्तविक स्वरूप भली-भांति

***अष्टांगिक मार्ग**–प्रथम मार्ग, सम्यक् दृष्टि; द्वितीय, सम्यक् संकल्प; तृतीय, सम्यक् वचन; चतुर्थ, सम्यक् कर्मान्त; पंचम, सम्यक् आजीव; षष्ट, सम्यक् स्मृति; सप्तम्, प्रतीत्य समुत्पाद और अष्टम् मार्ग है–सम्यक् समाधि – संपादक

पहचान लिया है। अब इसके बाद तुम मेरे लिए और कारागारों का निर्माण नहीं कर सकोगे।"

सामने देखने पर, सिद्धार्थ ने देखा कि क्षितिज में भोर के तारे का उदय हो गया है जो विशाल हीरे की भांति दमक रहा था। उन्होंने पीपल वृक्ष के नीचे बैठकर भोर के इस तारे को अनेक बार देखा था किन्तु आज प्रातः देखने पर प्रतीत हुआ कि जैसे वह उसे पहली बार देख रहे हैं। यह संबोधि-प्राप्ति की स्मिति के समान ऐसा जगमगा रहा था जिससे आंखें चुंधिया जाएं। सिद्धार्थ ने इस तारे को त्राटक दृष्टि से देखा और करुण भाव से कहा–"समस्त प्राणियों के अंतराल में संबोधि के बीज छिपे हुए हैं; फिर भी, हम हजारों योनियों से जन्म-मरण के सागर में डूबते रहे हैं।"

सिद्धार्थ समझ गए कि उन्हें सद्धर्म का मार्ग मिल गया है। उन्होंने अपना लक्ष्य प्राप्त कर लिया है और उनके हृदय को पूर्ण शांति एवं सहजता प्राप्त हो गई है। उन्होंने इस मार्ग की खोज में बिताए समय का स्मरण किया जो निराशाओं और कठिनाइयों से भरा हुआ था। उन्हें अपने पिता, अपनी माता, मौसी, यशोधरा, राहुल और अपने सभी मित्रों का स्मरण हो आया। उन्हें अपने राजमहल, कपिलवस्तु, उसके प्रजाजन और देश की याद आई तथा वे सभी विशेषतः बच्चे याद आए जो कष्टों से भरा जीवन जीते हैं। मैंने उनसे सद्धर्म का मार्ग खोज लेने और अन्य लोगों को कष्टों से मुक्ति दिलाने में सहायक होने का वचन दिया था। उनकी गहन अन्तर्दृष्टि में समस्त प्राणियों के लिए अपार प्रेम-भाव जागृत हो चुका था।

घास युक्त नदी तट पर प्रभाती बेला के सूर्योदय में खिले फूल जगमगा रहे थे। सूर्य की किरणें उनके पत्तों पर नृत्य करती हुई ओस कणों को चमक प्रदान कर रही थीं। उनके अंतस का समस्त दुख अन्तर्धान हो गया था। जीवन की सभी अद्भुतताओं के स्वयं ही दर्शन हो रहे थे। सभी कुछ असाधारण एवं नया-नया लग रहा था। नील आकाश और उसमें तैरते धवल मेघ, सभी कुछ कितना अद्भुत दृश्य उपस्थित कर रहा था। उन्हें प्रतीत हुआ कि उनकी और समस्त सृष्टि की जैसे नए सिरे से रचना हुई हो।

उसी समय स्वास्ति आ गया। जब सिद्धार्थ ने देखा कि वह चरवाहा बालक भागता हुआ आ रहा है तो वह मुस्कराए। अकस्मात् वह रास्ते में ही रुक गया और मुंह फाड़े सिद्धार्थ को एकटक देखता रह गया। सिद्धार्थ ने उसे आवाज दी–"स्वास्ति।"

बालक जैसे होश में आया और उत्तर दिया–"गुरुदेव !" उसने हाथ जोड़कर

स्वास्ति ने हाथ जोड़कर हिचकिचाते हुए कहा, "गुरुदेव, आज आप कुछ बदले-बदले दिखते हैं"

नमन किया। वह कुछ पग आगे बढ़ा और फिर रुक गया। वह उनकी ओर भयभीत-सा ध्यान से देखने लगा। अपने इस व्यवहार पर संकोच व्यक्त करता हुआ वह रुक-रुक कर बोला–"गुरुदेव, आज आप कुछ बदले-बदले दिख रहे हैं।"

सिद्धार्थ ने बालक को समीप आने का संकेत किया। उसे अपनी बांहों में भर लिया और पूछा, "आज मैं कैसे बदला-बदला दिख रहा हूं।"

सिद्धार्थ की ओर निहारते हुए उसने उत्तर दिया–"यह बताना तो कठिन है। किन्तु आप आज बहुत बदले हुए लग रहे हो। ऐसा लग रहा है, जैसे, जैसे आप एक नक्षत्र बन गए हों।"

सिद्धार्थ ने बालक के सिर को हाथ से थपथपाया और कहा–"ऐसा है ? इसके अलावा मैं तुमको कैसा लग रहा हूं।"

"अभी-अभी खिले कमल जैसे लग रहे हैं। ऐसे लग रहे हैं जैसे-जैसे गयाशीर्ष पर्वत की चोटी पर चंद्रमा निकला हो।"

सिद्धार्थ ने स्वास्ति की आंखों में देखकर कहा–"स्वास्ति, क्यों क्या तुम एक कवि बन गए हो। अच्छा अब बताओ कि आज तुम इतने सबेरे कैसे आ गए ? तुम्हारे भैंसे कहां हैं ?"

स्वास्ति ने बताया कि आज उसे छुट्टी मिल गई है क्योंकि भैसों को खेत जोतने के लिए ले जाया गया है। केवल एक भैंस थी जिसे मैं बाड़े में ही छोड़ आया हूं। आज उसे सिर्फ उस एक भैंस के लिए ही घास काट कर ले जानी है। आज रात मैं और मेरे भाई-बहन भीषण आंधी तूफान से जग गए थे। तेज वर्षा के कारण टूटी छत टपकने से उनके बिस्तर गीले हो गए। हमने अब तक इतना भीषण आंधी-तूफान नहीं देखा था। हमें चिन्ता थी कि वन में सिद्धार्थ का क्या हाल होगा। तूफान थमने तक हम सब एक-दूसरे से सटे बैठे रहे और उसके बाद ही सो सके। जब दिन निकला तो स्वास्ति हंसिया और बहंगी का बांस लेने पशुओं के बाड़े में गया और वहां से सीधा भागा-भागा यहां आया ताकि देख सके कि रात की वर्षा के बाद सिद्धार्थ ठीक-ठाक तो हैं।

सिद्धार्थ ने स्वास्ति का हाथ पकड़ा और कहा–"यह मेरे जीवन का सर्वाधिक प्रसन्नता का दिन है। अगर तुम्हारे लिए संभव हो तो सब बच्चों को लेकर आज दोपहर को पीपल वृक्ष के पास आ जाना। अपने भाई-बहिनों को लाना मत भूलना। लेकिन पहले भैंसों के लिए आवश्यक कुशा काट लो।"

स्वास्ति प्रसन्नता के साथ लौट पड़ा और सिद्धार्थ सूर्य-किरणों से स्नात नदी तट पर धीरे-धीरे पग रखते हुए भ्रमण करने लगे।

अध्याय उन्नीस

सचेतावस्था की आवश्यकता

जब सुजाता सिद्धार्थ के लिए दोपहर में भोजन लाई तो उसने देखा कि वह पीपल के पेड़ के नीचे बैठे प्रभाती सूर्य के समान सुन्दर दिख रहे थे। उनके मुख-मंडल एवं काया से शांति, आनंद और सौमनस्यता की किरणें फूट रही थीं। उसने सिद्धार्थ को पीपल वृक्ष के नीचे कुलीनता और आभिजात्य से युक्त बैठे हुए सैकड़ों बार देखा था लेकिन आज उनकी बैठने की मुद्रा ऐसी थी जैसे बहुत बड़ा परिवर्तन हो गया हो। सिद्धार्थ की ओर देखते ही सुजाता को अनुभव हुआ कि उसके समस्त कष्ट और चिन्ताएं विलुप्त हो गई हैं। मंद-मंद वासन्ती पवन के समान प्रसन्नता उसके हृदय में भर गई। उसे लगा, जैसे उसे इस पृथ्वी पर कुछ भी प्राप्तव्य नहीं है, सृष्टि में सभी कुछ अच्छा एवं लाभकर है और अब किसी की चिन्ता या हताशा का कोई कारण नहीं रह गया है। सुजाता कुछ पग बढ़कर आगे गई और सिद्धार्थ के समक्ष भोजन रखा। उसने उनको नमन किया। उसे लगा जैसे शांति और आनंद की लहरें सिद्धार्थ से प्रस्फुटित होकर उसके अपने हृदय में समा गई हों।

सिद्धार्थ ने उसकी ओर मुस्कराकर देखते हुए कहा–"यहां, मेरे निकट आकर बैठो। पिछले महीनों तुम मेरे लिए भोजन और जल लाईं, इसके लिए धन्यवाद। आज का दिन मेरे लिए सर्वाधिक प्रसन्नता का दिन है क्योंकि कल रात मुझे सद्धर्म का मार्ग मिल गया है। तुम भी इस प्रसन्नता का आनंद अनुभव करो। भविष्य में यहां से जाकर अन्य लोगों को भी इस सद्धर्म की शिक्षा दूंगा।"

सुजाता ने आश्चर्य से उनकी ओर देखा, "आप चले जाएंगे ? आपके कहने का अर्थ है कि आप हमें छोड़ जाएंगे ?"

सिद्धार्थ ने करुणापूर्ण स्मिति के साथ कहा, "हां, मुझे जाना ही चाहिए। लेकिन मैं तुम बच्चों को त्याग नहीं सकता। जाने से पहले मैं तुम लोगों को वह मार्ग बताऊंगा जो मैंने खोजा है।"

सुजाता इस कथन से आश्वस्त नहीं हुई। वह उनसे कुछ प्रश्न करे, उससे पहले ही वह बोल उठे, "तुम बच्चों के साथ मैं यहां कुछ दिन रहूंगा जिससे अपने प्राप्त ज्ञान की चर्चा तुम्हारे साथ रहकर कर सकूं। उसके बाद ही मैं अगले मार्ग पर पग बढ़ाऊंगा। किन्तु इसका यह अर्थ कदापि नहीं है कि मैं तुम लोगों को सदा के लिए छोड़ जाऊंगा। समय-समय पर मैं तुम बच्चों से मिलने आता रहूंगा।"

सुजाता को इससे कुछ राहत मिली। उसने केले का पत्ता खोलकर भोजन सामने रखा। जब वह भोजन कर रहे थे तो वह उनके समीप चुपचाप बैठी रही। वह देख रही थी कि किस प्रकार सिद्धार्थ ने चावल को पत्ते पर फैलाया और उसमें तैलचूर्ण युक्त नमक मिलाया। उसका हृदय आनंद से गद्गद हो रहा था जिसकी अभिव्यक्ति संभव नहीं थी।

भोजन समाप्त करके सिद्धार्थ ने उसे घर लौट जाने को कहा और बताया कि मैं आज तीसरे पहर गांव के बच्चों से वन में मिलना चाहता हूं।

उनके बताए समय पर बहुत से बच्चे आए जिनमें स्वास्ति के भाई-बहिनें भी थीं। सभी बच्चे नहा-धोकर साफ वस्त्र पहने हुए थे। लड़कियों ने अपनी सबसे प्यारी साड़ियां पहन रखी थीं। बच्चों में फूलों के समान ताजगी और रंग-बिरंगापन था। वे सब पीपल वृक्ष के नीचे सिद्धार्थ के पास घेरा बनाकर बैठ गए।

सुजाता अपने साथ एक टोकरी में नारियल और ताड़गुड़ की बट्टियां उपहारस्वरूप लाई थी। बच्चों ने नारियल की गिरी निकाल कर ताड़गुड़ के साथ स्वाद ले-लेकर खाई। नंद बाला और सुभाष अपने साथ टोकरी भर मिट्ठे (संतरे के समान फल) लाया था। जब सिद्धार्थ बच्चों के साथ बैठे तो पूर्ण आनंद की अवस्था में थे। रूपक ने पीपल के एक पत्ते पर रखकर नारियल की गिरी और ताड़गुड़ उनको प्रस्तुत किया। नन्द बाला ने उनको एक मिट्ठा भेंट किया। सिद्धार्थ ने उनके उपहार ले लिए और बच्चों के साथ खाने लगे।

वे सब लोग अभी खाने में ही व्यस्त थे कि सुजाता ने उठकर घोषणा की कि "मित्रो, आज का दिन हमारे गुरुदेव के जीवन का सर्वाधिक हर्षप्रद दिन है। उन्हें संबोधि प्राप्ति हो गई है और उन्होंने सद्धर्म का महान मार्ग खोज लिया है।

बच्चे सचेतावस्था में मिट्ठों की टोकरी एक दूसरे की ओर बढ़ाते हुए

मैं समझती हूं कि यह दिन मेरे लिए भी बहुत महत्त्वपूर्ण दिन है। हमें आज का दिन महान हर्षोल्लास का दिन समझना चाहिए। आज हमें अपने गुरुदेव की ज्ञान-प्राप्ति का उत्सव मनाना चाहिए। गुरुदेव आपको सद्धर्म का महान् मार्ग मिल गया है। हम जानते हैं कि आप हमारे साथ सदैव नहीं रह सकते। कृपया हमें उन बातों की शिक्षा दीजिए जिन्हें हम बालक समझ सकें।"

सुजाता ने अपना आदर और भक्ति-भाव व्यक्त करने के लिए हाथ जोड़े और नमन किया। नन्द बाला तथा अन्य बच्चों ने भी हाथ जोड़कर पूर्ण निष्ठा के साथ गुरुदेव के समक्ष नमन किया।

सिद्धार्थ ने बिना बोले ही, बच्चों को बैठने का संकेत किया और कहने लगे, "तुम सभी समझदार बच्चे हो और मुझे विश्वास है कि मैं तुम्हें जो कुछ बताऊंगा, उसको समझोगे और उस पर अमल करोगे। जो महान सद्धर्म मार्ग मैंने खोजा है, वह बहुत गूढ़ और सूक्ष्म है लेकिन जो भी इस ओर अपना हृदय और चित्त लगाएगा, वह इसे समझ सकता है और उस पर चल सकता है।

"बच्चो, जब तुम मिट्ठे को छीलकर खाते हो तो उसे सचेतावस्था के साथ भी खा सकते हो और बिना जागरूक रहे भी। सचेत होकर मिट्ठा खाने का क्या अर्थ है ? जब तुम मिट्ठा खाओ तो तुम भलीभांति समझो कि तुम मिट्ठा खा रहे हो। तुम उसकी गंध और स्वाद को पूरी तरह आत्मसात् करो। जब इसका छिलका उतारो तो तुम्हारा ध्यान छिलका उतारने में हो और जब उसकी एक फांक निकालकर मुंह में डालो तो भी सजग रहो। जब तुम मिट्ठे की गंध और मिठास का अनुभव करो तो उस अनुभूति के प्रति भी सचेत रहो। नंद बाला ने मुझे जो मिट्ठा दिया है—उसमें नौ फांकें हैं। मैंने इसकी हर फांक को पूर्ण जागरूकता के साथ खाया है और पाया है कि यह कितनी मूल्यवान तथा अद्भुत वस्तु है। मैं इस मिट्ठे को भूल नहीं सकता और मिट्ठा मेरे लिए एक निश्चित सत्य बन गया है। सचेत होकर मिट्ठा खाने का यही अर्थ है।

"बच्चो, बिना सचेतनता के मिट्ठा खाने का क्या अर्थ हुआ ? जब तुम मिट्ठा खा रहे होते हो तो नहीं जानते कि मिट्ठा खा रहे हो। तुम मिट्ठा की मधुर गंध और मीठे स्वाद का अनुभव ही नहीं कर पाते। जब तुम मिट्ठे का छिलका उतार रहे होते हो तो जानते ही नहीं कि मिट्ठे का छिलका उतार रहे हो। या उसकी एक फांक निकालकर मुंह में डालते हो तो तुम जानते ही

नहीं कि तुम उसकी फांक निकाल कर मुंह में डाल रहे हो। जब उस मिट्ठे की सुगंध उठती है या उसका मिठास तुम ग्रहण करते हो तो तुमको पता ही नहीं होता कि तुम उसकी गंध या स्वाद का अनुभव कर रहे हो। इस प्रकार मिट्ठा खाने से तुम उसकी मूल्यवान तथा अद्भुत प्रकृति को समझ ही नहीं पाते। यदि तुम सचेत नहीं हो कि तुम मिट्ठा खा रहे हो तो वह मिट्ठा तुम्हारे लिए एक सत्य नहीं बन सकता। यदि वह मिट्ठा सत्य नहीं है तो उसे खाने वाले की भी सत्य-स्थिति नहीं है। बच्चो, यह अचेत-रूप से मिट्ठा खाना है। "बच्चो, सचेत होकर मिट्ठा खाने का अर्थ है कि तुम वास्तव में उसके संपर्क में हो। उस समय बीते हुए कल या आगामी कल के विचारों में खोए हुए नहीं हो बल्कि पूरी तरह इस क्षण को जी रहे हो। चेतन जागरूकता का अर्थ है वर्तमान के इस क्षण को पूर्णता के साथ जीना जिसमें तुम्हारा चित्त और शरीर इस समय यहां हों।

"सचेतावस्था का अभ्यास करने वाला व्यक्ति इस मिट्ठे में वे चीजें देख सकता है जिन्हें अन्य लोग देखने में असमर्थ होते हैं। सचेत व्यक्ति मिट्ठे का पेड़ देख सकता है, वसन्त ऋतु में मिट्ठे को फलता देख सकता है, उस धूप और वर्षा को देख-समझ सकता है, जिससे मिट्ठे का पोषण होता है। और गहराई से देखने पर वह उन हजार बातों को भी जान सकता है, जिनके परिणामस्वरूप मिट्ठा पककर तैयार होता है। इस मिट्ठे को देखकर चेतनावस्था का अभ्यास करने वाला सृष्टि की अद्भुतताओं को समझ सकता है कि किस प्रकार समस्त चीजें एक-दूसरे के प्रति क्या क्रिया-प्रतिक्रिया करती हैं। बच्चो, हमारा जीवन भी इस मिट्ठे की भांति है। जिस प्रकार मिट्ठे की फांकें हैं, उसी प्रकार प्रतिदिन के चौबीस घंटे होते हैं। एक घंटा मिट्ठे की एक फांक के समान है। दिन के चौबीस घंटों को जीना इस मिट्ठे की सभी फांकें खा लेने के समान है। मैंने जो मार्ग खोजा है, उसके अनुसार दिन के प्रत्येक घंटे को सचेतावस्था के साथ जीना है जिसमें चित्त और शरीर सदैव वर्तमान क्षण पर केन्द्रित हो। इसके विपरीत जीना अचेतावस्था में जीना है। यदि हम अचेतावस्था में जी रहे होते हैं तो हम जानते ही नहीं कि हम जी रहे हैं। हम जीवन का पूर्ण अनुभव इसी कारण नहीं कर पाते क्योंकि हमारा चित्त और शरीर वर्तमान क्षण को पूर्णता के साथ जीता ही नहीं।"

गौतम ने सुजाता की ओर देखा और उनका नाम पुकारा।

"जी, गुरुदेव !" सुजाता ने हाथ जोड़े।

"जो व्यक्ति सचेतनता की अवस्था में जीता है, तुम्हारे विचार से वह अधिक गलतियां करेगा या कम ?"

"आदरणीय गुरुदेव, सचेतन व्यक्ति कम त्रुटियां करेगा। मेरी माता जी सदैव कहती हैं कि लड़की को इस बात का ध्यान रखना चाहिए कि वह कैसे चलती है, कैसे खड़ी होती है, कैसे बोलती और हंसती है तथा कैसे काम करती है जिससे वह ऐसे विचारों, शब्दों और कार्यों से बच सके जो स्वयं उसे या और लोगों को आहत कर सकते हों।"

"बिलकुल ठीक। सचेतावस्था में रहने वाला व्यक्ति जानता है कि वह क्या सोच रहा है, क्या कह रहा और क्या कर रहा है। ऐसा व्यक्ति उन विचारों, शब्दों या कार्यों से बच सकता है जिनसे उसे स्वयं तथा दूसरों को कष्ट हो।

"बच्चो, सचेतावस्था में जीने का अर्थ है—उस क्षण-विशेष में जीना। तब वह जान रहा होता है कि उसके अपने व्यक्तित्व में और आसपास क्या हो रहा है। यदि वह इसी अवस्था में जीता रहता है, तो गहराई से यह समझने में सक्षम होता है कि वह स्वयं क्या है और आस-पास क्या-कुछ है। इस ज्ञान से सहनशीलता और प्रेम का उदय होता है। जब सभी प्राणी एक-दूसरे को ठीक से समझते हैं तो वे एक-दूसरे को स्वीकार करते हैं और प्रेम करने लगते हैं। उस अवस्था में संसार में अधिक कष्ट नहीं रह जाते। स्वास्ति, तुम्हारा विचार क्या है ? यदि लोगों के हृदय में परस्पर ज्ञान नहीं हो तो क्या वह आपस में प्रेम कर सकेंगे ?"

"आदरणीय गुरुदेव, ज्ञान के बिना प्रेम होना तो कठिन है। इससे मुझे अपनी बहिन भीमा के साथ घटित घटना स्मरण हो आई है। एक बार वह पूरी रात रोती रही तो मेरी बहिन बाला का धैर्य चुक गया और उसने भीमा को थप्पड़ लगा दिया। इससे भीमा और भी जोर-जोर से रोने लगी। मैंने भीमा को गोद में ले लिया तो मुझे लगा कि इसे हल्का-हल्का बुखार हो गया है। बुखार है तो जरूर सिर में दर्द हो रहा होगा। मैंने बाला को बुलाया और कहा कि इसके माथे पर हाथ रखो। जब उसने ऐसा किया तो वह तुरन्त समझ गई कि भीमा रो क्यों रही है। उसकी आंखों में सहृदयता भर आई। उसने भीमा को गोदी में ले लिया और प्यार से लोरियां सुनाने लगी। भीमा ने रोना बंद कर दिया हालांकि उसे उस समय भी बुखार बना हुआ था। आदरणीय गुरुदेव, यह इसलिए संभव हुआ

क्योंकि बाला को यह ज्ञान हो गया था कि भीमा परेशान क्यों हो रही है। इसलिए मैं समझता हूं कि ज्ञान के बिना प्रेम करना संभव नहीं।"

"स्वास्ति, बिलकुल ठीक कहा। जब परस्पर समझ होती है, तभी प्रेम होना संभव होता है। प्रेम के द्वारा ही स्वीकार-भाव आता है। बच्चो, सचेतावस्था में रहने का अभ्यास करो। इससे तुम्हारी समझ-बूझ में गहराई आएगी। तभी तुम स्वयं को समझ सकोगे, और व्यक्तियों तथा अन्य बातों का भी ज्ञान प्राप्त कर पाओगे। और तब तुम्हारा हृदय प्रेमपूर्ण होगा। यही वह अद्भुत मार्ग है जो मैंने खोजा है।"

स्वास्ति ने हाथ जोड़कर निवेदन किया–"आदरणीय गुरुदेव, क्या हम इस मार्ग को 'संबोधि का मार्ग' कह सकते हैं?"

सिद्धार्थ मुस्कराकर बोले–"निश्चय ही हम इसे संबोधि का मार्ग कह सकते हैं। मुझे यह नाम बड़ा अच्छा लगा संबोधि का यह मार्ग पूर्ण आत्म-जागृति की दिशा में ले जा सकता है।"

सुजाता ने हाथ जोड़कर कुछ कहने की अनुमति चाही। "आप पूर्ण जागृत व्यक्ति हैं जो यह मार्ग-निर्देश कर सकता है कि सचेतावस्था में कैसे जीवन व्यतीत किया जा सकता है। क्या हम आपको 'पूर्ण जागृत व्यक्ति' कह सकते हैं?"

सिद्धार्थ ने स्वीकृतिसूचक सिर हिलाकर कहा–"इससे मुझे बहुत प्रसन्नता होगी।"

सुजाता की आंखें चमक उठीं और उसने आगे कहा कि मागधी में जागृति को 'बुध' कहते हैं। मागधी में जागृत व्यक्ति को 'बुद्ध' कहेंगे। हम लोग आपको 'बुद्ध' संज्ञा से ही संबोधित करेंगे।"

सिद्धार्थ ने सिर हिलाकर हामी भरी। सभी बच्चे प्रसन्नता से भर उठे। बाल-वर्ग में सबसे अधिक आयु के चौदह वर्षीय नलक ने कहा, "आदरणीय बुद्ध, संबोधि के मार्ग के संबंध में आपकी शिक्षा पाकर हम बहुत प्रसन्न हुए हैं। सुजाता ने हमें बताया है कि पिछले छः महीनों से आप इस पीपल-वृक्ष के नीचे ध्यान-साधना करते रहे हैं और बीती रात को ही आपने संबोधि का महान मार्ग प्राप्त कर लिया है। आदरणीय बुद्ध, इस समूचे वन-प्रदेश में यह पीपल वृक्ष सबसे सुंदर है। क्या हम इसे 'बोधिवृक्ष' कह सकते हैं। बोधि शब्द उसी धातु से बनता है, जिससे 'बुद्ध' शब्द निष्पन्न होता है।"

गौतम ने सिर हिलाकर हामी भरी। उन्हें भी इससे प्रसन्नता हो रही थी।

उन्हें यह कल्पना भी न थी कि बच्चों की इस गोष्ठी में बच्चे उनके मार्ग, स्वयं उनको और इस महान वृक्ष को विशेष संज्ञाओं से अभिहित कर देंगे। नन्द बाला ने करबद्ध प्रार्थना की कि अब अंधेरा हो चला है और हमें अपने-अपने घर लौट जाना चाहिए। किन्तु हम शीघ्र ही आपके पास अधिक शिक्षा प्राप्त करने अवश्य आएंगे।"

सभी बच्चे उठ खड़े हुए और उन्होंने हाथ जोड़कर बुद्ध का धन्यवाद किया। प्रसन्न पक्षियों की चहचहाहट के समान ये बच्चे आपस में बातचीत करते हुए रास्ते पर चलते जा रहे थे। बुद्ध भी प्रसन्न थे। उन्होंने निश्चय किया कि वह इस वन में कुछ समय और बिताएंगे जिससे वे ऐसे उपाय खोज सकें कि किस प्रकार इस संबोधि के बीज लोगों के हृदयों में बो सकें और स्वयं भी उस महान शांति और आनंद को आत्मसात् करने का समय पा सकें जो उन्हें सद्धर्म का मार्ग खोज लेने से प्राप्त हुआ है।

अध्याय बीस

हिरण की योनि

प्रतिदिन बुद्ध नैरंजना नदी में स्नान करते। नदी के किनारे और उनके अपने ही चलने से बने मार्ग पर चलित ध्यान साधना करते। कभी वह बहती नदी के तट पर और कभी बोधिवृक्ष के नीचे बैठकर समाधि लगाते। वृक्ष पर हजारों पक्षी अपना कल-नाद करते होते। उन्हें अपना वचन याद आया। वह समझते थे कि उन्हें वापस कपिलवस्तु लौट जाना चाहिए, जहां न जाने कितने लोग उनके सद्धर्म मार्ग की खोज कर लेने के समाचार की प्रतीक्षा कर रहे होंगे। उन्हें राजगृह में मिले युवराजा बिम्बिसार की भी याद आई। उनके पहले के पांच सह-तपस्वी भी स्मरण आ रहे थे। वह जानते थे कि इनमें प्रत्येक में शीघ्र ही मुक्ति प्राप्त कर सकने की क्षमता है। बुद्ध उनको खोज लेना चाहते थे। निस्संदेह वह आस-पास में ही कहीं रह रहे होंगे।

बुद्ध के लिए सरिता, आकाश, चांद-तारे, पर्वत, वन, घास की एक-एक पत्ती और मिट्टी का कण-कण परिवर्तित हो चुका था। वह जानते थे कि सद्धर्म का मार्ग खोजने में उन्होंने जो लम्बा समय व्यतीत किया, वह व्यर्थ नहीं गया। समस्त परीक्षाओं और कठिनाइयों के कारण ही वह वास्तव में अपने हृदय में सद्धर्म मार्ग का मर्म खोजने में समर्थ हुए थे। प्रत्येक चेतन प्राणी में वह हृदय विद्यमान है जिसके माध्यम से वह मुक्त चेतना की प्राप्ति कर सकता है। उस चेतन प्रकाश के बीज प्रत्येक के हृदय में विद्यमान होते हैं। चेतन प्राणियों को चेतना का प्रकाश अपने से बाहर खोजने की आवश्यकता नहीं क्योंकि सृष्टि का समस्त ज्ञान और शक्ति तो उनके भीतर ही समाहित है। यही बुद्ध की महान खोज थी और सभी के हर्षित होने का कारण भी।

बच्चे प्रायः उनसे मिलने आ जाया करते थे। बुद्ध इस बात से प्रसन्न थे। मुक्त चेतना के मार्ग को सहज-स्वाभाविक भाषा में दूसरों को समझा पाना संभव है। देहात के निर्धन बालक जिन्होंने विद्यालय में कभी शिक्षा प्राप्त नहीं की थी, वे भी उनकी शिक्षाओं को समझ सकते थे। इससे उन्हें बहुत प्रोत्साहन मिला।

एक दिन बच्चे टोकरी भरे मिट्ठे लेकर आए। वे चेतन भाव से मिट्ठे खाकर दिखाना चाहते थे, जिससे वे बुद्ध द्वारा दी गई पहली शिक्षा का अभ्यास कर सकें। सुजाता ने गरिमापूर्वक प्रणत होकर वह टोकरी उनके सामने कर दी। उन्होंने हाथ जोड़े और एक मिट्ठा उठा लिया। सुजाता ने टोकरी स्वास्ति की ओर बढ़ा दी जो बुद्ध के समीप ही बैंठा था। उसने भी हाथ जोड़े और एक मिट्ठा ले लिया। इसके बाद उसने बारी-बारी से सबके सामने टोकरी बढ़ाई जिससे सबने एक-एक मिट्ठा ले लिया। वह बैठ गई और हाथ जोड़ने के पश्चात् एक मिट्ठा खुद उठा लिया। सभी बच्चे शांतिपूर्वक बैठे थे। बुद्ध ने उनसे कहा कि वे अपनी श्वास-प्रश्वास पर ध्यान करें और मुस्कराएं। तब उन्होंने मिट्ठे को अपने बाएं हाथ में लेकर ऊपर उठाया और उसे बड़े ध्यान से देखा। बच्चों ने उनके उदाहरण के अनुसार कार्य किया। उन्होंने धीरे-धीरे मिट्ठे का छिलका उतारा और बच्चों ने अपने-अपने मिट्ठों को छीला। गुरु और शिष्यगण अपने-अपने मिट्ठे का, मौन सचेतनता के साथ आनंद ले रहे थे। जब सभी ने अपने-अपने मिट्ठे खा लिए तो बाला ने सारे छिलके उठा दिए। बच्चों को सचेत होकर मिट्ठे खाने में बहुत आनंद आया। बच्चों के साथ यह अभ्यास-प्रक्रिया आरंभ करके बुद्ध को भी बहुत हर्ष हुआ।

तीसरे पहर जब बच्चे बुद्ध के पास आए तो उन्होंने प्रदर्शन करके बताया कि किस भांति बिना हिले-डुले बैठना है और प्राणायाम करके, अवसाद या क्रोध की अवस्था में चित्त को किस प्रकार शांत करना है। अपने चित्त और शरीर को ताजगी देने के लिए चलते-चलते कैसे ध्यान किया जाता है, यह भी उन्होंने सिखाया। उन्होंने बताया कि किस प्रकार दूसरों को और स्वयं अपने को ध्यान से देखना है ताकि वे गहनता से देख सकें, समझ सकें और प्रेम कर सकें। उन्होंने जो कुछ सिखाया, उसे बच्चे भली प्रकार समझ गए।

नन्द बाला और सुजाता ने नया अंग वस्त्र सिलने में पूरा दिन लगा दिया था जिससे वे उसे बुद्ध को उपहार में दे सकें। उस चीवर का रंग वैसा ही ईंटिया लाल था जैसा बुद्ध के पुराने वस्त्र का था। जब सुजाता को यह ज्ञात

हुआ कि उन्होंने श्मशान भूमि से, टाइफाइड से मरी उसकी नौकरानी राधा के शव का कफन उतार कर पहना हुआ है, तो उसे लगा कि वह रो पड़े।

बुद्ध उस समय बोधि वृक्ष के नीचे बैठे हुए थे जब दोनों लड़कियों ने लाकर अंग वस्त्र दिया। उन्होंने चुपचाप बैठकर प्रतीक्षा की कि कब बुद्ध समाधि से बाहर आएं। समाधि खुलने पर उन्होंने बुद्ध को नया अंग वस्त्र भेंट किया जिसे पाकर बुद्ध बहुत प्रसन्न हुए।

उन्होंने कहा कि मुझे नए वस्त्र की आवश्यकता भी थी किन्तु पुराना वस्त्र भी रखूंगा ताकि एक वस्त्र धोकर डालने पर दूसरा पहन सकूं। नन्द बाला और सुजाता ने चुपचाप संकल्प किया कि वे शीघ्र ही एक और नया वस्त्र उनके लिए बना देंगी।

एक दिन सुजाता की बारह वर्षीया सहेली बाला गुप्ता ने बुद्ध से आग्रह किया कि वह उनको मित्रता के विषय में उपदेश दें। एक दिन पहले ही बाला गुप्ता की अपनी घनिष्ठ मित्र जतीलिका से लड़ाई हो गई थी इसीलिए अगले दिन बुद्ध के पास आते समय वह उसके घर रुकना नहीं चाहती थी। सुजाता के अनुरोध करने पर ही वह वहां तक गई थी। जतीलिका भी आने के लिए इसी कारण सहमत हो गई थी क्योंकि सुजाता साथ में थी। जब ये लड़कियां बोधि वृक्ष के समीप आईं, तब भी एक-दूसरे से दूर ही दूर बैठीं।

बुद्ध ने एक हिरण, एक मैना और कछुए की मित्रता की कथा सुनाई। उन्होंने बच्चों को बताया कि यह कथा कई हजारों वर्ष पहले की है, जब मैं एक विगत योनि में हिरण था। बच्चे आश्चर्यचकित रह गए लेकिन उन्होंने स्पष्ट किया कि अपने पिछले जन्मों में हम सभी मिट्टी, पत्थर, ओस, वायु, जल और अग्नि के रूप में थे। हम काई, सेवार, घास, वृक्ष, कीड़े-मकोड़े, मछली, कछुए, पक्षीगण और स्तनपायी प्राणी भी थे। अपनी समाधि की अवस्था में मैंने यह सब कुछ बहुत ही स्पष्ट रूप से देखा है। इसी प्रकार एक योनि में मैं हिरण था। यह बहुत ही सामान्य बात है। मुझे उस जीवन की भी याद है, जब मैं एक पर्वत की झुकी हुई चट्टान था और एक जीवन में मैं विशाल वृक्ष था। यही सब तुम लोगों के साथ भी हुआ है। अब जो कथा मैं तुम्हें सुनाने जा रहा हूं, वह एक हिरण, एक मैना, समुद्री कछुए और एक शिकारी की है। संभव है कि तुममें से कोई मैना या कछुआ के रूप में उस समय रहा हो।

हम सब उस काल में भी विद्यमान थे जब पृथ्वी पर न तो मनुष्य था, न पक्षी और न स्तनपायी प्राणी। उस समय समुद्र के भीतर केवल पौधे, वृक्ष तथा हरियाली ही पृथ्वी के ऊपर थी। उन दिनों हम लोग पत्थर, ओस और पौधों के रूप में थे। उसके बाद हमने पक्षियों, सभी प्रकार के पशुओं और अन्त में मानव का जीवन प्राप्त किया। इस समय हम साधारण मानव की स्थिति से कुछ उच्च स्तर पर हैं। धान के पौधे, फलदायी वृक्ष, सरिताएं और वायु भी हमी हैं क्योंकि इनके बिना हमारा जीवन संभव नहीं। बच्चो, जब तुम चावल के पौधों, नारियल, मिट्टी और जल आदि को देखते हो तो तुम्हें स्मरण रखना चाहिए कि अपने जीने के लिए हमें बहुत-सी वस्तुओं और प्राणियों पर निर्भर रहना पड़ता है। वे अन्य प्राणी भी तुम्हारा ही भाग हैं। यदि तुम यह सब अनुभव कर सको तो तुम्हें सच्चे ज्ञान और प्रेम की अनुभूति हो सकेगी।

"जो कथा मैं सुनाने जा रहा हूं, वह यद्यपि हजारों वर्ष पहले घटित हुई थी किन्तु यह सहज ही इस क्षण में भी घटित हो सकती है। सावधानीपूर्वक मेरी कथा सुनो और यह समझने का प्रयास करो कि आप में और इस कथा के पशु-पक्षियों में कुछ समानता है अथवा नहीं।"

इसके बाद बुद्ध ने कथा कहनी आरंभ की। उस समय बुद्ध हिरण की योनि में थे जो एक जंगल में रहता जिसमें पीने के लिए स्वच्छ पानी का एक सरोवर भी था। एक कछुआ उस सरोवर में रहता था और सरोवर के निकट खड़े एक वृक्ष पर मैना रहती थी। तीनों में घनिष्ठ मित्रता थी। एक दिन शिकारी हिरण के पांवों के निशान देखता-देखता सरोवर के तट तक आ गया। उसने वहां मजबूत रस्सियों का एक जाल बिछा दिया और जंगल के बाहर अपनी कुटिया में आ गया।

उस दिन बाद में जब हिरण पानी पीने सरोवर पर आया तो उस जाल में फंस गया। वह जोर से शोर करने लगा तो कछुआ और मैना भी वहां आ गए। उन्होंने सोच-विचार किया कि अपने मित्र की सहायता कैसे करें। मैना ने कहा, "कछुए भाई, तुम्हारे दांत और जबड़े मजबूत हैं जिनसे तुम तो जाल की रस्सियां काटो और मैं जाकर शिकारी को इधर आने से रोकूंगी।" यह कहकर मैना तेजी से उड़ गई। मैना शिकारी की झोंपड़ी के पास आम के पेड़ पर जा बैठी। सारी रात वह उसकी प्रतीक्षा करती रही। सबेरा हुआ तो शिकारी तेज चाकू लेकर द्वार से बाहर निकला। शिकारी को देख मैना ने पूरी शक्ति से उसके मुंह पर झपट्टा

मारा। पक्षी के इस आक्रमण से शिकारी कुछ क्षण के लिए घबराया और झोंपड़ी के भीतर चला गया। बिस्तर पर कुछ क्षणों तक लेटा। बाद में उठकर वह पीछे के दरवाजे से निकला लेकिन मैना उससे भी चतुर निकली। वह कटहल के वृक्ष की शाखा पर बैठी उसकी प्रतीक्षा कर रही थी। शिकारी को देखते ही उसने पूरी शक्ति से उसके चेहरे पर फिर प्रहार किया। दोबारा पक्षी के झपट्टे से आहत शिकारी ने सोचा कि आज का दिन शुभ नहीं है इसलिए आज घर ही रहना ठीक होगा। कल चलकर वहां देखेंगे।

अगले दिन वह जल्दी उठा। उसने चाकू लिया और पक्षी के आघात से बचने के लिए अपने चेहरे को ढक लिया। जब मैना ने देखा कि वह उसके चेहरे पर झपट्टा नहीं मार सकती तो वह तेजी से उड़कर वन की ओर गई। वह वहां पहुंचकर चिल्लाई–"शिकारी आ रहा है।"

कछुआ ने जाल को करीब-करीब काट ही लिया था। एक रस्सी रह गई थी। दो रात तथा एक दिन तक कछुआ लगातार रस्सियां काट रहा था जिससे उसका जबड़ा लहू-लुहान हो गया था। उसे लगा कि आखिरी रस्सी जैसे लोहे की हो गई हो। तभी उन्हें शिकारी आता दिखाई दिया। भय से ग्रस्त हिरण ने जोर से झटका दिया जिससे वह जाल से मुक्त हो गया। हिरण तो भागकर जंगल में चला गया और मैना उड़कर पेड़ पर जा बैठी। लेकिन कछुआ इतना थक चुका था कि वह सरककर सरोवर में नहीं घुस पाया। हिरण के भाग जाने से क्रुद्ध शिकारी ने कछुए को ही पकड़ लिया और अपने थैले में डाल वृक्ष पर ही टांग दिया। इसके बाद वह हिरण की खोज में चल दिया।

हिरण वहीं झाड़ियों के पीछे छिपा सब देख रहा था और कछुए की मुसीबत को समझ गया। उसने सोचा–"मेरे मित्रों ने मेरी खातिर अपने प्राणों की बाजी लगा दी थी। अब मुझे भी उनके लिए यही कुछ करना चाहिए।" हिरण झाड़ी से निकलकर शिकारी के सामने आ गया और लंगड़ा-लंगड़ा कर धीरे-धीरे चलने लगा।

शिकारी ने समझा कि हिरण थक गया है, चल नहीं पा रहा है। मैं उसे जाकर पकड़ लूंगा और अपने चाकू से मार डालूंगा।

शिकारी हिरण के पीछे-पीछे भागता गया। हिरण उसे गहरे घने जंगल में ले गया लेकिन शिकारी से इतनी दूरी पर बना रहा कि उसे पकड़ न सके। जब वे सरोवर से बहुत दूर निकल आए तो हिरण ने चौकड़ियां भरनी शुरू कर दीं और शीघ्र ही शिकारी की नजरों से ओझल हो गया। लेकिन शीघ्र ही

वह सरोवर के किनारे आया। उसने छलांगें लगाकर थैले को वृक्ष की डाल से गिराकर कछुए को बाहर निकाला।

हिरण ने कहा कि "तुम दोनों ने शिकारी के हाथों होने वाली सुनिश्चित मृत्यु से मेरी रक्षा की है। शिकारी शीघ्र ही लौटकर आएगा; इसलिए मैना तुम तो उड़कर जंगल में सुरक्षित स्थान पर जा पहुंचो। कछुआ भाई, तुम रेंगकर पानी में उतरकर छिप जाओ। मैं भी छलांगें लगाता हुआ जंगल में चला जाऊंगा।"

जब शिकारी वापस आया तो उसने अपना थैला नीचे पड़ा पाया जो खाली था। निराश शिकारी ने थैला उठाया और अपना चाकू पकड़े हुए घर की ओर चल पड़ा।

बुद्ध की कथा बच्चे बेहद ध्यान से सुनते रहे। जब बुद्ध बता रहे थे कि शिकारी का जाल काटते-काटते कछुआ के दांत घिस गए और जबड़ा लहूलुहान हो गया तो रूपक और सुभाष तो रोने ही लगे थे। बुद्ध ने बच्चों से प्रश्न किया–"अच्छा बच्चो, यह बताओगे कि जब पिछले किसी जन्म में मैं हिरण था तब क्या तुममें से कोई कछुआ था ?"

इसके उत्तर में सुजाता सहित चार बच्चों ने हाथ उठाए।

तब बुद्ध ने पूछा कि "तुममें से मैना कौन रही होगी ?"

स्वास्ति ने अपना हाथ उठाया। साथ ही जतीलिका और बाला गुप्ता ने भी हाथ उठाए।

सुजाता ने जतीलिका और फिर बाला गुप्ता की ओर देखा–"यदि उस समय तुम दोनों मैना पक्षी थीं तब तो तुम एक ही प्राणी हुईं। तब एक मैना का दूसरी मैना से झगड़ना पागलपन नहीं है ? क्या हमारी मित्रता मैना, कछुआ और हिरण की भांति प्रगाढ़ नहीं हो सकती ?"

बाला गुप्ता उठकर जतीलिका के पास गई। उसने अपनी सहेली का हाथ अपने दोनों हाथों में ले लिया। जतीलिका ने बाला गुप्ता को अपनी बांहों में भर लिया और थोड़ा खिसक कर बाला गुप्ता को अपने पास ही बैठाने की जगह बना ली।

बुद्ध ने मुस्कराकर कहा–"बच्चो, तुमने मेरी कथा को भलीभांति हृदयंगम कर लिया है। याद रखो कि अभी मैंने जो कथा सुनाई है, वैसी घटनाएं हमारे जीवन में हर समय घटित होती रहती हैं।

अध्याय इक्कीस

कमल-सरोवर

बच्चों के घर लौट जाने के बाद बुद्ध 'चलित ध्यान' करने लगे। उन्होंने चीवर को नीचे से थोड़ा-सा उठाकर नदी पार की और दो खेतों के बीच की मेंड़ पर चलकर अपने प्रिय कमल-सरोवर तक गए। वहां वह बैठ गए और सुन्दर कमलों को ध्यान से देखने लगे।

जब वह कमल की डंडियों, पत्तों और फूलों को देख रहे थे तो वह कमलों के बढ़ने के विविध चरणों पर विचार करने लगे। कमल की जड़ें कीचड़ में गड़ी होती हैं। कुछ कमल- नाल पानी के तल से ऊपर नहीं निकले थे तो कुछ में मुड़े हुए पत्ते निकलने का प्रयास कर रहे थे। कुछ कमल नालों पर कमल की अनखिली, कलियां लगी थीं। कुछ कलियों से फूटकर पुष्पदल झांकने लगे थे और कुछ फूल पूरी तरह से खिले हुए थे। कुछ कमल नालों पर फूलों के पत्ते झड़ गए थे और कमल गट्टे बन गए थे। खिले कमलों में कुछ सफेद कमल थे, कुछ नीले और कुछ गुलाबी। बुद्ध ने सोचा कि लोग भी कमलों से भिन्न नहीं होते। हर व्यक्ति का अपना-अपना स्वभाव होता है। देवदत्त आनंद के समान नहीं, यशोधरा रानी पामिता जैसी नहीं थी और सुजाता, बाला जैसी नहीं थी। लोगों का व्यक्तित्व, गुण, बुद्धि और प्रतिभाएं सर्वथा भिन्न-भिन्न होती हैं। इन विभिन्न प्रकार के लोगों के लिए बुद्ध द्वारा खोजे मुक्ति-मार्ग को समझाने की विधियां भी भिन्न होनी चाहिए। गांव के बच्चों को शिक्षा देना इसलिए आनंददायक था क्योंकि वह उनके साथ सीधे-सादे ढंग से बातचीत कर पा रहे थे।

शिक्षण की विभिन्न पद्धतियां अलग-अलग द्वारों के समान थीं जिनसे विभिन्न प्रकार के लोग प्रविष्ट हो सकें और उनकी शिक्षाओं को समझ सकें। सभी प्रकार के लोगों से प्रत्यक्ष साक्षात्कार से ही 'धर्म द्वारों' का निर्माण होगा।

बुद्ध ने चीवर ऊपर करके नदी पार की और ध्यान करते हुए अपने प्रिय स्थान कमल सरोवर पहुंचे

ऐसी कोई बनी बनाई पद्धतियां नहीं हैं जो बोधि वृक्ष के नीचे से चमत्कारी ढंग से प्रकट हो जाएं। बुद्ध ने समझ लिया था कि 'धर्म-चक्र' के प्रवर्त्तन और लोगों में मुक्ति-मार्ग के बीज बोने के लिए समाज के बीच जाना परम आवश्यक होगा। संबोधि-प्राप्ति के बाद से उनचास दिन बीत गए थे। अब उरुवेला से चल पड़ने का समय आ गया था। उन्होंने निश्चय किया कि नैरंजना नदी के तट के शीतल वन, बोधिवृक्ष और बच्चों से विदा लेकर कल सबेरे निकल पड़ूंगा। वह सबसे पहले अपने दो आचार्यों आलार कालाम और उद्रक रामपुत्त के पास जाना चाहते थे। उनको विश्वास था कि उन आचार्यों को मुक्ति का मार्ग प्राप्त करने में अधिक समय नहीं लगेगा। इन आदरणीय गुरुओं को मुक्ति-मार्ग पाने में सहायता देकर वह अपने उन पांच मित्रों को खोजेंगे जिन्होंने उनके साथ ही शरीर-पीड़न तप किया था। इसके बाद वह मगध जाकर राजा बिम्बिसार से मिलेंगे।

अगले दिन प्रभात बेला में ही वह नए वस्त्र धारण करके उरुवेला ग्राम गए। तब तक सबेरे का कुहासा समाप्त भी नहीं हुआ था। वह स्वास्ति की झोंपड़ी पहुंचे और उस चरवाहे बालक तथा उसके भाई-बहिनों से कहा कि आज विदा की वेला आ गई है। बुद्ध ने हर बच्चे के सिर पर हाथ फेरा और सभी के साथ-साथ सुजाता के घर गए। जब सुजाता ने सुना कि बुद्ध प्रस्थान कर रहे हैं, तो वह रो पड़ी।

बुद्ध ने कहा, "मुझे चलना ही चाहिए जिससे मैं अपने उत्तरदायित्वों का निर्वाह कर सकूं; लेकिन मैं वचन देता हूं कि जब भी अवसर मिलेगा, मैं तुम लोगों से मिलने आता रहूंगा। तुम बच्चों ने मेरी बहुत सहायता की है जिसके लिए मैं आभारी हूं। मैंने तुम लोगों को जो शिक्षाएं दी हैं, उनको याद रखना और उनका अभ्यास करते रहना। यह करोगे तो मैं तुमसे अलग कभी नहीं होऊंगा। सुजाता ! अब आंसू पोंछ डालो और मुस्करा कर विदा करो।"

अपनी साड़ी के पल्लू से सुजाता ने आंसू पोंछ लिए और मुस्कराने की चेष्टा की। उसके बाद बच्चे बुद्ध को गांव के बाहर तक विदा करने आए। बुद्ध जब बच्चों को 'अलविदा' कहने के लिए मुड़े तो उन्होंने देखा कि एक युवा संन्यासी उनकी ओर ही बढ़ता हुआ आ रहा है। संन्यासी ने अभिवादन करने के लिए हाथ जोड़े और बुद्ध की ओर जिज्ञासा भरी दृष्टि से देखने लगा। बहुत देर के बाद उसने कहा–"संन्यासी जी महाराज, आप बहुत आभायुक्त और शांत दिख रहे हैं। आपका शुभ नाम क्या है और आपके गुरुदेव कौन हैं।"

बुद्ध ने उत्तर में कहा–"मेरा नाम सिद्धार्थ गौतम है। मैंने अनेक गुरुओं से शिक्षा प्राप्त की है किन्तु अब मेरा कोई भी गुरु नहीं है। आपका शुभ नाम क्या है और कहां से पधार रहे हैं ?"

संन्यासी ने उत्तर दिया, "मेरा नाम उपाक है। मैंने आचार्य उद्रक रामपुत्त का शिक्षा केन्द्र अभी-अभी छोड़ा है।

"आचार्य उद्रक का स्वास्थ्य तो ठीक है ?"

"आचार्य उद्रक का कुछ दिन पहले ही स्वर्गवास हो गया।"

बुद्ध ने दुःख भरी सांस ली। आखिरकार, मुझे अपने पूर्व गुरुदेव की सहायता कर पाने का अवसर नहीं ही मिलेगा। इसके बाद उन्होंने प्रश्न किया–"आपने कभी आचार्य आलार कालाम से शिक्षा प्राप्त की है ?"

उपाक ने उत्तर दिया, "जी हां, किन्तु वह भी हाल ही में स्वर्गवासी हो चुके हैं।"

"क्या आपको कौंडन्न नामक संन्यासी को जानने का अवसर मिला।"

उपाक ने कहा–"जी हां, जब मैं आचार्य उद्रक के शिक्षा-केन्द्र में अध्ययन कर रहा था तो मैंने कौंडन्न और चार अन्य संन्यासियों के विषय में सुना था। मैंने सुना है कि वे सभी वाराणसी के समीप ऋषिपत्तन के मृगदाय में साधना कर रहे हैं। गौतम, क्षमा करें तो मैं अपनी यात्रा ज़ारी रखूं। अभी मुझे पूरे दिन तक यात्रा करनी है।"

उपाक को विदा करने के लिए बुद्ध ने हाथ जोड़ दिए। वह उसके बाद बच्चों की ओर मुड़े। "बच्चो, अब मैं वाराणसी की राह लूंगा जिससे अपने पांचों मित्रों को खोज सकूं। सूर्य चढ़ आया। अब तुम लोग घर लौट जाओ।"

बुद्ध ने विदा लेने के लिए हाथ जोड़े। इसके बाद वह नदी के किनारे-किनारे उत्तर की ओर चल दिए। वह जानते थे कि यह मार्ग होगा तो लम्बा किन्तु यात्रा करना सुविधाजनक होगा। नैरंजना नदी उत्तर की ओर बह कर गंगा में मिल जाती है। यदि वह गंगा के किनारे-किनारे पश्चिम की ओर चलेंगे तो कुछ ही दिनों में पाटलि ग्राम पहुंच जाएंगे। वहां वह गंगा के दूसरे किनारे पर जाकर, काशी राज्य की राजधानी वाराणसी पहुंच सकेंगे।

बुद्ध जब तक आंखों से ओझल नहीं हो गए, बच्चे उनकी ओर निहारते रहे। बच्चे बेहद दुखी और खेद से भरे हुए थे। सुजाता तो रो रही थी और स्वास्ति भी रोना-रोना हो रहा था। किन्तु वह अपने भाई-बहिनों के सामने रोना नहीं चाहता था। बड़ी देर के बाद उसने कहा–"बहिन सुजाता, अब मुझे

अपने भैंसों को चराने हेतु ले जाने की तैयारी करनी है। हम सभी घर चलें। बाला, याद रखना कि आज रूपक को स्नान कराना है। भीमा को मैं लिए जा रहा हूं।"

वे आपस में बिना बोले, चुपचाप नदी के किनारे-किनारे गांव आ गए।

मान्य आनंद बहुत ही नेक, मिलनसार और असाधारण स्मरण-शक्ति के धनी थे। बुद्ध ने जो-जो देशनाएं दी थीं, वे सब ब्यौरेवार उनको याद थीं। भैंसों की देख-भाल के जो ग्यारह सूत्र बुद्ध ने बताए थे, वे सारे उन्होंने स्वास्ति तथा राहुल को अनुग्रहपूर्वक दोहरा दिए थे। स्वास्ति ने अनुभव किया कि अभी उसने बुद्ध के उरुवेला-प्रवास के समय की जो बातें बताई हैं, वे आनंद को स्मरण हो गई होंगी।

जब बुद्ध के उरुबेला-प्रवास की कथा स्वास्ति सुना रहा था तो वह प्रायः भिक्खुनी गौतमी की ओर देख लेता था। उनकी चमकती आंखों से विदित होता था कि वह जो कुछ कह रहा था, उसे वह कितने आनंद से सुन रही हैं। उसने इस बात का विशेष प्रयास किया था कि जो भी छोटी-छोटी बातें उसे याद थीं, वे सब सुना दे। उरुवेला के बच्चों के विषय में बातें सुनकर भिक्खुनी गौतमी को विशेष आनंद आया; खासकर, वन में बुद्ध के साथ, सचेतन अवस्था में मिट्टे खाने की बात।

स्वास्ति जो कुछ कह रहा था, उसे सुनकर राहुल को कितना आनंद आ रहा था, इसका अनुमान सहज ही में लगाया जा सकता था। स्वास्ति ने दो दिन तक जो कुछ बताया था, उसके दौरान अस्सजि एक शब्द भी नहीं बोले थे, किन्तु यह स्पष्ट था कि इसमें उनको भी आनंद आ रहा था। स्वास्ति को ज्ञात था कि अस्सजि उन पांच मित्रों में से थे जिन्होंने बुद्ध के साथ शरीर-पीड़न तप किया था। स्वास्ति यह जानने के लिए बहुत उत्सुक था कि छः माह तक पृथक रहने के बाद जब बुद्ध उनसे मिले थे तो क्या-क्या गुजरी। किन्तु यह पूछते हुए उसे झेंप हो रही थी। भिक्खुनी गौतमी ने उसके मन के भाव समझकर स्वास्ति से कहा, "स्वास्ति क्या तुम अस्सजि से यह सुनना चाहोगे कि जब बुद्ध उरुबेला से चले आए तो उसके बाद क्या हुआ। अब अस्सजि बुद्ध के साथ विगत दस वर्षों से हैं लेकिन मैं नहीं समझती कि उन्होंने कभी भी यह बताया हो कि ऋषिपत्तन के मृगदाय में क्या कुछ हुआ। मान्य अस्सजि क्या आप यह बताने की कृपा करेंगे

कि बुद्ध द्वारा सर्वप्रथम धर्म-चक्र-प्रवर्तन के अवसर पर और उसके बाद के दस वर्षों में क्या-क्या हुआ ?"

अस्सजि ने हाथ जोड़कर कहा–"भिक्खुनी गौतमी, मुझे मान्य कहकर संबोधित करने की कोई आवश्यकता नहीं। आज हमने भिक्खु स्वास्ति से बहुत कुछ सुन लिया है। अब ध्यान-साधना का भी समय होने ही वाला है। आप सब लोग क्यों न कल मेरी कुटिया में पधारें और जो भी मुझे स्मरण है, आप लोगों को मैं वह सब बताऊंगा।"

अध्याय बाईस

धर्म-चक्र-प्रवर्तन

अस्सजि मृगदाय में तपस्या कर रहे थे। एक दिन जब वह ध्यान लगाए बैठे थे तो उन्होंने देखा दूर कोई संन्यासी उनकी ओर आ रहा है। जब वह अजनबी निकट आया तो उन्होंने पहचाना कि वह कोई और नहीं, सिद्धार्थ थे। अस्सजि ने शीघ्रता से अपने चारों मित्रों को यह बात बताई।

भद्दिय ने कहा कि–"सिद्धार्थ ने शरीर-पीड़न-तप का मार्ग बीच में ही त्याग दिया था। उन्होंने चावल खाए, दुध पिया और गांव के बच्चों के साथ रहे। उन्होंने वास्तव में हमारे साथ विश्वासघात किया है। मेरा कहना तो यही है कि हमें उनका स्वागत तक नहीं करना चाहिए।" इसी कारण, पांचों मित्र इस बात पर सहमत हो गए कि वे मृगदाय के द्वार तक जाकर उनकी अभ्यर्थना नहीं करेंगे। यदि वह स्वयं ही चलकर मृगदाय में आ जाते हैं तो उठकर उनका स्वागत करने का भी निश्चय किया। किन्तु वास्तव में जो हुआ, वह इससे सर्वथा भिन्न था।

जब सिद्धार्थ मृगदाय के द्वार से प्रविष्ट हुए तो पांचों संन्यासी उनके मुख पर फैले प्रभा-मंडल से बहुत ही प्रभावित हो गए और वे सभी तुरन्त उठकर खड़े हो गए। सिद्धार्थ देवोपम आभा-मंडल के प्रकाश से जगमगा रहे थे। वह जो भी पग आगे रख रहे थे, उससे उनकी दुर्लभ आध्यात्मिक शक्ति का आभास होता था। उनकी मर्म-भेदिनी दृष्टि से उनके मन से अपमान करने की इच्छा ही तिरोहित हो गई। कौंडन्न (कौंडिन्य) उनकी ओर दौड़ा और जाकर उनका भिक्षा-पात्र अपने हाथ में ले लिया। महानाम पानी भर लाया ताकि उनके हाथ-पैर धुलाए जा सकें। भद्दिय ने एक तिपाही खींच ली जिस पर वह बैठ सकें। वप्प ने ताड़-पत्र का पंखा हाथ में ले लिया जिससे उनकी हवा कर

सके। अस्सजि एक ओर को खड़े हो गए क्योंकि उनकी समझ में ही नहीं आ रहा था कि वह क्या करें।

जब सिद्धार्थ ने अपने हाथ और पैर धो लिए तो अस्सजि को ख्याल आया कि वह उन्हें पीने के लिए ठंडे जल की एक कटोरी बढ़ा सकता है। पांचों मित्र सिद्धार्थ के चारों ओर घेरा बनाकर बैठ गए। सिद्धार्थ ने शांतिमय दृष्टि से उन्हें देखा और कहा– "भ्राताओ, मुझे सद्धर्म का मार्ग मिल गया है और मैं वह मार्ग तुमको दिखाऊंगा।"

सिद्धार्थ के शब्दों पर अस्सजि न तो विश्वास कर पा रहे थे, और न अविश्वास। संभवतः और लोगों की भी ऐसी ही अवस्था थी क्योंकि बहुत देर तक कोई कुछ नहीं बोला। इसके बाद कौंडन्न बोले–"सिद्धार्थ तुमने शरीर-पीड़न तप का मार्ग बीच में ही छोड़ दिया था। तुमने चावल खाए, दूध पिया और गांव के बच्चों के साथ समय बिताया। तुम कैसे मुक्ति के मार्ग की खोज कर सकते थे?"

सिद्धार्थ ने कौंडन्न की आंखों से आंखें मिलाकर देखा और पूछा, "मित्र कौंडन्न, आप तो मुझे दीर्घकाल से जानते हैं। इस दौरान मैंने कभी आपके समक्ष असत्य भाषण किया है?"

कौंडन्न ने स्वीकार किया कि तुम कभी असत्य नहीं बोले। "वास्तव में सिद्धार्थ, मैंने तुम्हें सत्य के अतिरिक्त कुछ बोलते सुना ही नहीं।"

बुद्ध ने कहा–"तो मित्रो! कृपया सुनें। मुझे सद्धर्म का मार्ग मिल गया है और वह मैं आपको दिखाऊंगा। आप लोग मेरी देशना सुनने वाले प्रथम व्यक्ति होंगे। धर्म मात्र चिन्तनजन्य नहीं होता। यह तो प्रत्यक्ष अनुभव का विषय है। पावन मन से मेरी बात संपूर्ण चेतनता के साथ सुनिए।"

बुद्ध की वाणी ऐसे आध्यात्मिक अधिकार से परिपूर्ण थी कि उनके पांचों मित्रों ने अपने हाथ जोड़ दिए और उनके मुख की ओर ताकने लगे। कौंडन्न ने उनकी सबकी ओर से कहा–"मित्र गौतम, हम पर दया करके हमें सद्धर्म की शरण में लेकर शिक्षा देने की कृपा कीजिए।"

पावनता के साथ बुद्ध ने अपनी देशना आरंभ की–"मित्रो, धर्म-पथ के अनुगामी को 'अतियों' से बचना चाहिए। एक छोर तो विषय वासना में आकंठ डूबने का है और दूसरा छोर घोर तपश्चर्या के द्वारा शरीर को कष्ट देने या मूलभूत आवश्यकताओं से भी वंचित करने का है। इन दोनों प्रकार की "अतियों" से अंत में विफलता ही हाथ लगती है। जो मार्ग मैंने खोजा है, वह मध्य मार्ग (मज्झ मार्ग) है जिसमें दोनों प्रकार की 'अतियों' के लिए कोई स्थान नहीं और यह मार्ग

कौंडन्न ने सिद्धार्थ का भिक्षा-पात्र पकड़ा, महानाम जल ले आया, भदिया ने पीठ आसन रख दिया, वप्प ताड़ का पंखा झलने लगा, किन्तु अस्सजि की समझ में न आया कि वह क्या करे और एक ओर खड़ा हो गया

ज्ञान, मुक्ति और शांति के पथ पर अग्रसर करने की क्षमता रखता है। यह पवित्र अष्टांगिक मार्ग है जिसके माध्यम से सम्यक् ज्ञान, सम्यक् विचार, सम्यक् वाणी, सम्यक् कर्म, सम्यक् जीवन-यापन, सम्यक् प्रयास, सम्यक् चेतना और सम्यक् एकाग्रता संभव होती है। मैंने इस पावन अष्टांगिक मार्ग को अपनाया है और ज्ञान, मुक्ति एवं शांति की अनुभूति की है।

"भाइयो, इस मार्ग को मैं इसलिए सम्यक् मार्ग कहता हूं कि इसमें न तो कष्टों से बचा जाता है और न उसका अस्वीकार किया जाता है बल्कि कष्टों को सीधे सामना किया जाता है ताकि उनसे उबरा जा सके। पवित्र अष्टांगिक मार्ग सचेतनावस्था में जीने का मार्ग है। सतत सचेतनावस्था इसकी आधारशिला है। सचेतनावस्था का अभ्यास करने से चित्त में इतनी एकाग्रता आ जाती है कि इससे ज्ञान (प्रज्ञा) की प्राप्ति की जा सकती है। सम्यक् एकाग्रता से चेतना, विचारों, वाणी, कर्म, जीवन-यापन और प्रयास की सम्यकता प्राप्त हो पाती है। इस प्रकार जो ज्ञान प्राप्त होता है, उससे कष्टों के हर बंधन से मुक्ति मिलती है और सम्यक् शांति और आनंद का उदय होता है।

"बन्धुओ, चार आर्य सत्य हैं—दुःखों की विद्यमानता, दुःखों का मूल, दुःखों का अन्त और दुःखों के नाश का उपाय एवं मार्ग। मैं इन्हें चार आर्य सत्य कहता हूं। प्रथम सत्य है दुःखों की विद्यमानता अर्थात् जन्म, जरा, रोग, मृत्यु शोक, क्रोध, द्वेष, चिन्ता, उद्वेग, भय और निराशा सभी दुःख हैं। प्रियजन का वियोग और अप्रिय जनों से मिलन भी दुःख है। कामनाएं, मोह-ममता और जिन पंच स्कंधों से जीवधारियों का निर्माण हुआ है, वे सभी दुःखमय हैं।

"द्वितीय आर्य सत्य है—दुःखों का मूल। दुःख का मूल कारण है अज्ञान और लोगों द्वारा जीवन विषयक सत्य का दर्शन न कर पाना। सांसारिक वस्तुओं की तृष्णा, क्रोध, द्वेष, दुःख, चिन्ता, भय और निराशा की आग में जीवधारी झुलसते रहते हैं।

"तृतीय आर्य सत्य है—दुःखों का अन्त। जीवन के सच्चे स्वरूप का ज्ञान हो जाने पर प्रत्येक दुःख और शोक का अन्त हो जाता है और इससे शांति तथा आनंद का उदय होता है।

"चतुर्थ सत्य है—दुःखों के नाश का उपाय एवं मार्ग। वह मार्ग वही श्रेष्ठ अष्टांगिक मार्ग है जिसके विषय में मैंने अभी बताया था। सचेतनावस्था का सतत् अनुसरण करने से इस अष्टांगिक मार्ग का पोषण होता है। सतत् सचेतनावस्था

के फलस्वरूप चित्त की एकाग्रता एवं ज्ञान-प्राप्ति संभव होती है जिससे आपको प्रत्येक दुःख और कष्ट से मुक्ति मिलती है और शांति एवं आनंद की अनुभूति होती है। इस मुक्ति-मार्ग की अनुभूति करने में मैं मार्ग-दर्शक बनूंगा।"

जब सिद्धार्थ चार आर्य सत्यों का वर्णन कर रहे थे तो कौंडन्न को अपने हृदय में अकस्मात् ही महान प्रकाश उदय होने की अनुभूति हुई। अब तक वह जिस मुक्ति के लिए साधनारत थे, उसका आस्वादन वह कर सके। आनंद से उनका मुखमंडल प्रभासित हो गया। बुद्ध ने उनकी ओर संकेत करते हुए जोर से कहा–"कौंडन्न तुम्हें संबोधि प्राप्ति हो गई ! तुम्हें संबोधि प्राप्त हो गई !"

कौंडन ने करबद्ध हो बुद्ध को नमन किया और अत्यधिक आदरपूर्वक बोले–"सम्माननीय गौतम, कृपया मुझे अपने शिष्य के रूप में स्वीकार कर लीजिए। मैं जानता हूं कि आपके निर्देशन में मैं महान जागृत अवस्था प्राप्त कर सकूंगा।"

अन्य चार भिक्खुओं ने भी बुद्ध के चरणों में गिरकर शिष्य रूप में अपनाए जाने की प्रार्थना की। बुद्ध ने अपने मित्रों को उठने का संकेत किया। जब वे पुनः अपने-अपने स्थान पर जा विराजे तो बुद्ध बोले–"उरुवेला ग्राम के बच्चों ने मेरा नाम 'बुद्ध' रख दिया था। यदि चाहो तो तुम भी मुझे इसी नाम से पुकार सकते हो।"

कौंडन्न ने कहा–"क्या बुद्ध का अर्थ संबोधि प्राप्त व्यक्ति नहीं है ?"

"हां, यह ठीक है। और उन्होंने मेरे सद्धर्म मार्ग को 'संबोधि मार्ग' नाम दिया है। आपको इस नाम के विषय में क्या मत है ?"

"अद्भुत ! अद्भुत ! !" ये नाम सत्य भी है और सरल भी हम प्रसन्नतापूर्वक इन्हीं नामों का प्रयोग करेंगे। जैसा आपने अभी कहा, प्रत्येक दिन सचेतनावस्था में व्यतीत करना ही अध्यात्म-साधना का आधार है।" पांचों भिक्खु एक मन से गौतम को गुरु मानेंगे और उन्हें 'बुद्ध' नाम से ही पुकारा करेंगे।

बुद्ध उनको देखकर मुस्कराए। "बंधुओ, मुक्त एवं सज्ञान आत्मा से साधना करो। तीन महीनों में ही मुक्ति का फल तुम्हें प्राप्त हो जाएगा।"

अपने पांच मित्रों का मार्ग-दर्शन करने के लिए बुद्ध ऋषिपत्तन में ठहर गए। उनकी शिक्षा के अनुसार, इन लोगों ने शरीर-पीड़न तप का मार्ग छोड़ दिया। प्रत्येक दिन तीन भिक्खु भिक्षाटन करने जाते और जो भी प्राप्त होता उसे छहों बांट कर खा लिया करते। बुद्ध ने प्रत्येक भिक्खु की ओर

अलग-अलग ध्यान दिया जिससे प्रत्येक भिक्खु अपनी साधना में शीघ्रता से प्रगति कर सके।

बुद्ध ने उन्हें शिक्षा दी कि प्रत्येक वस्तु सारहीन और अनित्य है। उन्होंने शिष्यों से कहा कि पंच स्कंध सतत प्रवहमान पांच सरिताओं के समान हैं जिनमें पृथक् अस्तित्ववान अथवा स्थायी (नित्य) कुछ भी नहीं है। ये पंच स्कंध हैं– शरीर, कामनाएं संकल्पनाएं, अवधारणाएं एवं भाव-बोध। इन पंच स्कंधों पर ध्यान करने से इनका परस्पर और सृष्टि के साथ घनिष्ठ एवं अद्भुत संबंध दिखने लगता है।

अपनी साधना के द्वारा, उन सभी ने सद्धर्म के मार्ग की अनुभूति कर ली थी। संबोधि प्राप्ति करने वाला प्रथम भिक्ख कौंडन्न था। उसके बाद वप्प और भद्दिय ने अर्हत ज्ञान प्राप्त किया। उसके कुछ समय बाद ही महानाम और अस्सजि ने भी अर्हतत्व की अनुभूति की।

महान आनंद के साथ बुद्ध ने उनसे कहा कि अब हमारा एक समुदाय बन गया है जिसे हम अपना 'संघ' कहेंगे। यह संघ उन लोगों को वह समुदाय होगा जो परस्पर सद्भाव और सचेतनावस्था में रहते हों। हमें इस चेतना-जागृति के बीज सभी स्थानों तक ले जाकर लोगों के मनों में बो देने हैं।

अध्याय तेईस

धर्म का अमृत

बुद्ध का नित्य नियम था कि वह तड़के उठ जाते और बैठकर ध्यान-साधना करते। उसके बाद वन के वृक्षों के बीच भ्रमण करते समय चलित ध्यान करते। एक दिन जब वह भ्रमण कर रहे थे तो उन्होंने बहुत सुंदर से व्यक्ति को देखा जो अत्यन्त सुंदर वेश-भूषा धारण किए हुए सबेरे के धुंधलके में चला जा रहा है। बुद्ध बड़ी-सी चट्टान पर बैठ गए। इसके बाद सत्ताईस-अट्ठाईस वर्ष का वह युवक चट्टान के समीप से गुजरा। उसे बुद्ध की उपस्थिति का कुछ ज्ञान नहीं था और बड़बड़ा रहा था–"अरुचिपूर्ण ! घृणास्पद !!"

बुद्ध बोल उठे, "कुछ भी अरुचिपूर्ण नहीं, कुछ भी घृणास्पद नहीं होता।"

युवक चलते-चलते रुक गया। बुद्ध का स्वर स्पष्ट और शीतलतापूर्ण था। उस युवक ने देखा कि बुद्ध वहां सौम्य प्रसन्न मुद्रा में बैठे हैं। उस युवक ने अपने जूते उतारे और बुद्ध के समक्ष भक्ति-भाव से नमन किया। वह स्वयं भी पास की चट्टान पर बैठ गया।

बुद्ध ने पूछा "क्या अरुचिपूर्ण है ? क्या इतना घृणास्पद है ?"

युवक ने अपना परिचय देते हुए कहा कि 'मेरा नाम यश है और मैं वाराणसी के एक सबसे धनी और सम्मानित श्रेष्ठि का पुत्र हूं। मैंने अभी तक शान-शौकत तथा आमोद-प्रमोद का जीवन व्यतीत किया है। मेरे माता-पिता ने मेरी हर मरजी पूरी की है और सभी प्रकार की मौज-मस्ती के साधन जुटाए हैं। मेरे पास खासी संपत्ति रही है। हीरे, जवाहरात, धन-संपदा, शराब, नर्तकियां, आमोद समारोह और दावतें सभी में जिया हूं, किन्तु यश भावनापूर्ण एवं विचारवान युवक था। वह इस आमोद-प्रमोद के जीवन में घुटन अनुभव करता था और इन सबसे उसे कोई संतुष्टि नहीं मिलती थी।

बुद्ध का नियम था कि प्रतिदिन वन के वृक्षों के मध्य ध्यान करते हुए टहलें

वह ऐसे व्यक्ति के समान था जिसे खिड़कीविहीन कमरे में बंद कर दिया गया हो और वह ताजी हवा, सादगी भरे संतोषपूर्ण जीवन के लिए छटपटा रहा हो। कल की रात यश के कुछ मित्र एकत्र हुए थे। उन्होंने बहुत बढ़िया-बढ़िया व्यंजन खाए, खूब मदिरा पी, संगीत सुना और सुंदर युवा नर्तकियों का नृत्य देखा था। रात में जब उसकी नींद टूटी तो उसने अपने मित्रों और उन नर्तकियों को नींद में बेहोश निढाल पसरे देखा। उस क्षण उसके मन में आया कि वह इस प्रकार के जीवन को और अधिक नहीं जी सकता। उसने अपना दुशाला ओढ़ा, जूते पहने और बाहर के द्वार से निकल पड़ा। उसे पता नहीं था कि उसे कहां जाना है। तमाम रात वह उद्देश्यहीन इधर-उधर घूमता फिरा और संयोग से उसने स्वयं को ऋषिपत्तन के मृगदाय में पाया। अब दिन चढ़ आया है तो वह बुद्ध के सामने बैठा हुआ था।

बुद्ध ने उसे समझाया कि "यह जीवन तो आधि-व्याधियों से भरा है। किन्तु यश, इस जीवन में बहुत ही अद्भुतताएं भी हैं। काम-भोग और इन्द्रियजन्य विषय वासना में लिप्त होने से शरीर और चित्त दोनों ही अस्वस्थ हो जाते हैं। यदि कामनाओं को त्यागकर तुम सादगी और पूर्णता के साथ जीवन व्यतीत करो तो तुम जीवन की अनेक अद्भुतताओं का अनुभव कर सकते हो। यश, तुम अपने चारों ओर दृष्टि फैलाओ। सामने प्रभाती कुहासे से खड़े पेड़ तुम देख रहे हो ? क्या ये सुंदर नहीं हैं ? चंद्रमा, तारकगण, सरिताएं, पर्वत, सूर्य का प्रकाश, चिड़ियों का गान, झरनों के गिरने की मधुर ध्वनि—यह सब सृष्टि का ऐसा प्रसार है जो हमें अनंत आनंद प्रदान कर सकता है।

"इन सबसे हमें जो आनंद प्राप्त होता है, उससे हमारा चित्त और शरीर दोनों पुष्ट होते हैं। अपनी आंखें बंद करो और गहरी सांस लेकर श्वास को बाहर निकालो। यह श्वसन-क्रिया कुछ बार करो। अब आंखें खोलो। अब क्या दिखाई देता है ? वृक्ष, कुहासा, आकाश और सूर्य की किरणें। तुम्हारे अपने ही दोनों नेत्र अद्भुत हैं। तुम इन समस्त अद्भुतताओं के सान्निध्य में नहीं रहे हो इसलिए अपने चित्त और शरीर से घृणा करने लगे हो। कुछ लोग तो अपने चित्त और शरीर से इतनी घृणा कर उठते हैं कि आत्म-हत्या तक करना चाहते हैं। उन्हें जीवन में कष्ट ही कष्ट दिखाई देते हैं। किन्तु सृष्टि की सम्यक् प्रकृति कष्टदायी नहीं है। कष्ट तो हमारी जीवन-पद्धति और जीवन विषयक भ्रांत धारणाओं का परिणाम होते हैं।"

बुद्ध के शब्दों से यश को लगा जैसा उसके तपते हृदय पर शीतल ओस की

बूंदें आ गिरी हों। प्रसन्नता से अभिभूत होकर वह बुद्ध के चरणों में गिर पड़ा और उनसे अनुरोध किया कि मुझे अपना शिष्य बना लीजिए।

बुद्ध ने सहारा देकर उसे उठाया और कहा–"एक भिक्खु को अत्यन्त सादगी और विनम्रता युक्त जीवन व्यतीत करना होता है। उसके पास धन नहीं होता। उसे घास-फूस की झोंपड़ी में या वृक्ष के नीचे सोना होता है। उसे भिक्षा में जो भी अन्नादि मिलता है, वही खाता है; और, दिन में एक बार भोजन करता है। क्या तुम ऐसा जीवन व्यतीत कर सकोगे ?"

"जी गुरुदेव, मैं ऐसा जीवन व्यतीत करके प्रसन्न होऊंगा।"

बुद्ध ने आगे कहा कि "भिक्खु को अपना चित्त और शरीर मुक्ति की प्राप्ति में लगाना होता है, जिसे वह अपनी और समाज की सहायता कर सके। लोगों को कष्ट से मुक्ति दिलाने में सहायक होने की दिशा में ही उसके सारे प्रयास केन्द्रित होते हैं। क्या तुम ऐसा करने का वचन देते हो ?"

"जी गुरुदेव, मैं ऐसे मार्ग का अनुसरण करने का वचन देता हूं।"

"तब मैं तुम्हें अपना शिष्य अंगीकार करता हूं। हमारे विहार में शिष्य को 'भिक्खु' कहते हैं। प्रतिदिन तुमको भिक्षाटन करने जाना होगा जिससे अपने शरीर के पोषण के लिए भोजन ला सको, विनम्रता का आचरण सीख सको और अन्य लोगों के संपर्क में रह सको और तुम उन्हें सद्धर्म का मार्ग दिखा सको।"

उसी समय बुद्ध के पांच मित्र वहां आ गए। यश खड़ा हो गया और प्रत्येक को उसने सादर नमन किया। बुद्ध ने उनसे यश का परिचय कराया और कौंडन्न को देखकर कहा–"यश की इच्छा भिक्खु बनने की है। मैंने इसे शिष्य रूप में अंगीकार कर लिया है। कृपया इनको बताओ की चीवर कैसे धारण करना है, भिक्षा-पात्र लेकर कैसे चलना है, प्राणायाम कैसे करना है और बैठकर एवं चलते हुए ध्यान-साधना कैसे करनी है।"

यश ने बुद्ध को नमन किया और कौंडन्न के पीछे-पीछे चला गया। वह उसे अपनी कुटिया में ले गए जहां उन्होंने उसके सिर के बाल उतारे और बुद्ध की इच्छानुसार उसे अन्य निर्देश दिए। कौंडन्न ने एक अप्रयुक्त चीवर और एक भिक्षा-पात्र भी यश को दिया।

उसी दिन तीसरे पहर यश का पिता उसको खोजता हुआ वहां आया। सवेरे यश के पिता के आदेश के अनुसार समूचे परिवारजन और परिचर यश की जोरों से खोज कर रहे थे। एक नौकर यश के पद-चिह्नों के अनुसार चलते-चलते

मृगदाय में आ गया। यहां उसने एक बड़ी चट्टान के पास छोड़े उसके स्वर्ण जटित जूते देखे। पूछताछ करने पर ज्ञात हुआ कि उनका युवा मालिक वहीं कुछ भिक्खुओं के साथ रह रहा है। वह जल्दी ही वापस चला गया जिससे जाकर यश के पिता को इस सबकी सूचना दे सके।

जब यश के पिता आए तो बुद्ध सौम्य मुद्रा में एक चट्टान पर बैठे हुए थे। उसने हाथ जोड़कर आदरपूर्वक पूछा–"आदरणीय संन्यासी, क्या आपने मेरे पुत्र यश को देखा है ?"

बुद्ध ने पास की चट्टान की ओर संकेत किया और यश के पिता को उस पर बैठने के लिए कहा। उन्होंने कहा कि "यश कुटिया में है और शीघ्र ही बाहर आएगा।"

बुद्ध ने बताया कि आज प्रातः क्या-क्या हुआ। यश के पिता उसे सुनते रहे। बुद्ध ने यश के आंतरिक विचारों और आकांक्षाओं के विषय में समझाया। "यश समझदार और भावनापूर्ण युवक है। उसने अपने हृदय की मुक्ति का मार्ग पा लिया है। अब उसे श्रद्धा, शांति और आनंद प्राप्त हो गए हैं। कृपया उसके इस कृत्य पर प्रसन्न होइए।"

बुद्ध ने यश के पिता को भी बताया कि दुःख और चिन्ताओं को समाप्त करके स्वयं अपने को और अपने आस-पास के लोगों को लेकर शांति और आनंद के मार्ग पर किस प्रकार चला जा सकता है। बुद्ध जो-जो वचन बोल रहे थे, उनके प्रत्येक शब्द से श्रेष्ठ के मन का बोझ हलका होता जा रहा था। वह उठकर खड़ा हो गया और हाथ जोड़कर प्रार्थना की कि मुझे भी अपना शिष्य स्वीकार कर लीजिए।

बुद्ध कुछ क्षणों तक मौन रहे। तदुपरान्त बोले–"मेरे शिष्यों का प्रयास होता है कि वे सादगी के साथ सचेतनावस्था में रहें, हिंसा न करें, पर-स्त्री-गमन न करें, सत्य बोलें और मदिरा या उत्तेजक पदार्थों का सेवन न करें जो चित्त को भ्रमित करते हैं। यदि आप समझते हैं कि आप इस मार्ग का अनुसरण कर पाएंगे तो मैं आपको 'उपासक' के रूप में स्वीकार कर लूंगा।"

यश के पिता ने घुटनों के बल प्रणत होकर हाथ जोड़े। "कृपया मुझे अपने सद्धर्म-मार्ग की शरण में ले लीजिए। इस जीवन का सद्धर्म दिखाइए। मैं वचन देता हूं कि मैं जीवन भर निष्ठापूर्वक आपकी शिक्षाओं का पालन करूंगा।"

बुद्ध ने श्रेष्ठ को उठाया। तब तक यश भी वहां आ गया। वह भिक्खु का चीवर पहने हुए था और उसका सिर मुंडित था। नया भिक्खु अलभ्य

आनंद से मुस्कराया। उसने हाथ जोड़कर अपने पिता को नमन किया। यश का मुख-मंडल जगमगा रहा था। उसके पिता ने उसे कभी भी इतनी प्रसन्न मुद्रा में नहीं देखा था। यश के पिता ने अपने पुत्र को नमन किया और कहा, "घर पर तुम्हारी माता जी तुम्हारे लिए बहुत चिन्तित हैं।"

यश ने उत्तर दिया–"उनकी चिन्ताएं दूर करने के लिए मैं उनसे भेंट करने अवश्य आऊंगा। लेकिन मैंने गुरुदेव बुद्ध का अनुसरण करने और समस्त प्राणियों की सेवा में जीवन बिताने का वचन दिया है।"

यश के पिता ने बुद्ध की ओर मुड़कर कहा–"आचार्यवर, कृपया मुझे कल अपने आवास पर आपको तथा आपके भिक्खुओं को भोजन पर आमंत्रित करने की अनुमति दीजिए। यदि आप 'आत्म-जागृति' के मार्ग के विषय में हमें कुछ शिक्षा देंगे तो हम स्वयं को गौरवान्वित अनुभव करेंगे।"

बुद्ध ने मुड़कर यश की ओर देखा। प्रवृज्या प्राप्त नव भिक्खु की आंखों में चमक आ गई। तब बुद्ध ने सिर हिलाकर अपनी स्वीकृति दे दी।

अगले दिन बुद्ध और उनके छः भिक्खुओं ने यश के माता-पिता के यहां भोजन ग्रहण किया। अपने पुत्र को सुरक्षित और आनंदित देखकर यश की मां इतनी पुलकित हुईं कि रो पड़ीं। बुद्ध और उनके भिक्खुओं को गद्दीदार कुर्सियों पर बैठाया गया। यश की माताजी ने स्वयं भोजन परोसा। जब भिक्खु मौन-भाव से भोजन कर रहे थे तो कोई भी कुछ न बोला–घर के नौकर-चाकर तक चुप रहे। जब भोजन समाप्त हो गया और भिक्षा-पात्र धो लिए गए तो यश के माता-पिता ने बुद्ध को प्रणाम किया और उनके सामने नीचे आसनों पर बैठ गए। बुद्ध ने उपासकों की साधना के आधार 'पंच शीलों' की शिक्षा उन्हें दीं।

"इसका पहला शील है—'अहिंसा'। प्रत्येक प्राणी मृत्यु से भयभीत रहता है। यदि हम परस्पर समझ और प्रेम का मार्ग सच्चे हृदय से अपनाते हैं, तभी हम इस सिद्धांत का पालन कर सकते हैं। हमें मानव जीवन की ही नहीं, पशुओं और प्राणीमात्र के जीवन की भी रक्षा करनी चाहिए। इस नियम का पालन करने से दया भाव और ज्ञान का उदय होता है।

"दूसरा शील है—अचौर्य अर्थात् चोरी नहीं करनी है। हमें किसी की भी संपत्ति चुराने का अधिकार नहीं है और न किसी अन्य के श्रम का लाभ उठाकर धन-प्राप्ति का अधिकार है। हमें ऐसा मार्ग खोजना चाहिए जिससे अन्य लोगों को अपने पैरों पर खड़े होने में सहायता दी जा सके।

"तीसरा शील है–इंद्रिय-भोग से विरति। अन्य लोगों के अधिकारों और मान्यताओं का उल्लंघन नहीं करना है। पत्नी सदैव अपने पति के प्रति और पति अपनी पत्नी के प्रति सदैव निष्ठावान रहे।

"चतुर्थ शील है—असत्य-भाषण से विमुखता। ऐसे वचन मत बोलो जिसमें सत्य को तोड़ा-मरोड़ा गया हो या जिससे दो हृदयों में वैमनस्य या घृणा जागृत हो। जिस बात के विषय में आप स्वयं निश्चित न हों, ऐसी खबर दूसरों को न दें।

"पंचम शील है—मदिरा या अन्य उत्तेजक पदार्थ का सेवन न करें।"

"यदि आप इन 'पंच शीलों' की भावना के अनुसार जीवन बिताएंगे तो इससे न केवल आप स्वयं कष्टों और जागतिक विकृतियों से बचेंगे, वरन् अपने परिवार और अपने मित्रों को भी बचाएंगे। आप पाएंगे कि जीवन में प्रसन्नता न जाने कितनी गुनी हो गई है।"

बुद्ध की देशना सुनने पर यश की माता को प्रतीत हुआ जैसे उसके हृदय में आनंद का द्वार खुल गया हो। उसे यह जानकर प्रसन्नता हुई कि उसके पति को बुद्ध ने उपासक बनाना स्वीकार कर लिया है। वह बुद्ध के सामने हाथ जोड़कर प्रणत हुई। बुद्ध ने उसे भी 'उपासिका' के रूप में स्वीकार कर लिया।

इसके उपरान्त बुद्ध और उनके छः शिष्य ऋषिपत्तन वापस लौट आए।

अध्याय चौबीस

प्रवृज्या की प्रक्रिया

यश के भिक्खु बन जाने का समाचार उसके मित्रों के बीच तेजी से फैल गया। उसके घनिष्ठ मित्रों–विमल, सुबाहु, पुन्नाजी और गावमपति–ने निश्चय किया कि वे ऋषिपत्तन मृगदाय में जाकर उससे मिलेंगे। रास्ते में सुबाहु ने कहा, "यदि यश ने भिक्खु बनने का निर्णय किया है। तो उसका गुरु वास्तव में असाधारण होगा और उन्होंने जो मार्ग बताय होगा, वह बहुत उच्च होगा। यश बहुत ही नीर-क्षीर विवेक वाला व्यक्ति है।"

विमल ने इसका प्रतिकार करते हुए कहा, "इतने सुनिश्चित मत रहो। संभव है कि वह झोंक में आकर भिक्खु बन गया हो और इसका बहुत निर्वाह न कर पाये। छः महीने या एक साल में वह उस जीवन को त्यागकर भाग आएगा।"

गावमपति ने असहमति व्यक्त करते हुए कहा–"तुम यश को गंभीरता से समझ नहीं पा रहे हो। मैंने उसे सदैव पूर्णरूपेण गंभीर पाया है। मुझे विश्वास है कि निष्ठापूर्ण विचार के बिना वह ऐसा कुछ नहीं करेगा।"

जब वे मृगदाय में यश से मिले तो यश ने उनका परिचय बुद्ध से कराया, "मेरे ये चारों मित्र बहुत अच्छे हैं। कृपया दया करके इनकी आंखें खोल दीजिए जिससे ये भी मुक्ति-मार्ग अपना सकें।"

बुद्ध उन चारों से बातचीत करने बैठ गये। पहले तो विमल सर्वाधिक शंकालु था किन्तु ज्यों-ज्यों वह बुद्ध की देशना सुनता गया, उतना ही अधिक प्रभावित होता गया। अन्त में उसने ही अन्य तीनों मित्रों को सुझाव दिया कि हम सब बुद्ध से अनुरोध करें कि वह हमें शिष्य रूप में स्वीकार कर लें। चारों युवकों ने बुद्ध के समक्ष नमन किया। उनकी निष्ठा का अनुमान लगाने के

उपरान्त बुद्ध ने उन्हें वहीं अपना शिष्य बना लिया। उन्होंने कौंडन्न से कहा कि आप इन्हें आधारभूत निर्देश प्रदान करें।

यश के सैकड़ों अन्य मित्र भी थे। उन्होंने शीघ्र ही सुना कि किस प्रकार यश और उसके चार घनिष्ठ मित्र भिक्खु बन गये हैं। इनमें से एक सौ बीस युवकों ने जिनकी आयु बीस-पचीस वर्षों के बीच होगी, यश के घर के बाहर एकत्र होकर निश्चय किया कि तड़के ही वे ऋषिपत्तन मृगदाय जाएंगे। यश को उनके आगमन की सूचना दे दी गयी थी, अतः वह उनकी अगवानी करने बाहर ही आ गया। उसने बताया कि वह कैसे भिक्खु बना और तब वह उन सबको बुद्ध देव के दर्शन कराने ले गया।

उन युवकों से घिरे बद्ध ने उस सद्धर्म मार्ग के विषय में बताया जिससे कष्टों का अन्त हो सकता है और शांति एवं आनंद प्राप्त हो सकता है। उन्होंने अपनी आत्म-मुक्ति की खोज के विषय में बताया और यह भी कहा कि युवावस्था में ही उन्होंने भी सद्धर्म का मार्ग खोजने की प्रतिज्ञा की थी। सभी एक सौ बीस युवक सम्मोहित से उनकी देशना सुनते रहे। उनमें से पचास ने तो तत्क्षण भिक्खु बनने का आग्रह किया। अन्य सत्तर युवकों में से बहुत से भिक्खु तो बनना चाहते थे किन्तु वे पुत्र, पति या पिता के उत्तरदायित्वों का त्याग नहीं कर सके।

यश ने बुद्ध से निवेदन किया कि इन पचास को तो आप शिष्य रूप में स्वीकार कर लीजिए। इस निवेदन को बुद्ध ने स्वीकार कर लिया। अति प्रफुल्लित यश ने कहा–"यदि आपकी आज्ञा हो तो कल भिक्षा मांगते हुए मैं अपने माता-पिता के घर के पास से निकलूं। मैं उनसे अनुरोध करूंगां कि क्या वह इन भिक्खुओं के लिए चीवर और भिक्षा-पात्र दान कर सकेंगे।"

मृगदाय में बुद्ध के पास साठ भिक्खु हो गये थे। उस समुदाय के मार्ग-दर्शन के लिए बुद्ध वहां तीन महीने और ठहर गये। इस समय में सैकड़ों स्त्री-पुरुषों को भी बुद्ध ने शिष्य रूप में स्वीकार कर लिया।

बुद्ध ने भिक्खुओं को यह अभ्यास करना सिखाया कि अपने शरीर, अपनी भावनाओं, अपनी कामनाओं, मन की अवधारणाओं और भाव-बोध पर कैसे ध्यान केंद्रित करना है। उन्होंने सभी वस्तुओं की परस्परावलंबी प्रकृति के विषय में ज्ञान कराया और स्पष्ट किया कि अन्योन्याश्रिता पर ध्यान-साधना करनी कितनी महत्त्वपूर्ण है। उन्होंने समझाया कि सभी वस्तुएं अपने सृजन, विकास और ह्रास के लिए किस प्रकार एक दूसरे पर निर्भर हैं। सह-वर्द्धन की निर्भरता के बिना किसी भी वस्तु का अस्तित्व नहीं रह सकता। एक ही वस्तु में सभी

वस्तुएं समाहित होती हैं। उन्होंने कहा कि सह-वर्द्धन की निर्भरता पर ध्यान-साधना करना वह द्वार है, जिससे जन्म-मरण से मुक्ति (निर्वाण) का मार्ग प्रशस्त होता है। इसमें उन स्थिर एवं संकीर्ण विचारों को नष्ट करने की शक्ति है जिनके अनुसार यह माना जाता है कि सृष्टि का सृजन ब्रह्मा ने किया है अथवा यह निर्माण पृथ्वी, जल, अग्नि या वायु सरीखे तत्त्वों द्वारा होता है।

मार्ग-निर्देशक के रूप में बुद्ध अपने उत्तरदायित्वों को भलीभांति समझते थे। वह साठ भिक्खुओं की देख-भाल और मार्ग-निर्देशन एक बड़े भाई के समान करते। वह अपने प्रथम पांच शिष्यों के दायित्वों के निर्वहन में भी भागीदारी करते। कौंडिन्न बीस युवकों को प्रशिक्षण देते थे। भद्दिय, वप्प, महानाम और अस्सजि दस-दस युवकों के मार्ग-निर्देशन में सहायता करते। सभी भिक्खु सद्धर्म मार्ग पर श्रेष्ठ प्रगति कर रहे थे।

जब बुद्ध ने यह देखा तो उन्होंने समस्त भिक्खु समुदाय को एकत्र करके कहा–"भिक्खुओ, हम पूर्णतः मुक्त हैं और किसी बंधन में बंधे हुए नहीं हैं। आप लोग सद्धर्म मार्ग को अब जान चुके हैं। विश्वास के साथ आगे बढ़िए तो आप बहुत प्रगति कर सकेंगे। तुम जब भी चाहो, ऋषिपत्तन से जा सकते हो। मुक्त व्यक्ति की भांति विचरिए और अन्य लोगों को सद्धर्म का मार्ग अपनाने में भागीदार बनिए। आप मुक्ति और आत्म-जागृति तथा शांति एवं आनंद के बीज अन्य लोगों के मन में बोइए। उनको मुक्ति के उस मार्ग की शिक्षा दीजिए जो आदि से अन्त तक और स्वरूप एवं तत्त्व की दृष्टि से सुंदर ही सुंदर है। धर्म-प्रचार के आपके कार्य से अन्य अगणित लोगों को लाभ होगा। जहां तक मेरी बात है, मैं शीघ्र ही यहां से चल दूंगा। मेरी योजना पूर्व की ओर जाने की है। मैं बोधि वृक्ष के दर्शन करना और उरुबेला के बच्चों से मिलना चाहता हूं। इसके बाद मैं राजगृह में अपने विशिष्ट मित्र से मिलने जाऊंगा।"

बुद्ध के ये वचन सुनकर बड़ी संख्या में भिक्खु गैरिक चीवर धारण किये और भिक्षा-पात्र हाथ में लिए सद्धर्म की शिक्षाओं का प्रचार करने के लिए निकल पड़े। ऋषिपत्तन में केवल बीस भिक्खु रह गये।

शीघ्र ही काशी और मगध राज्यों के बहुत से लोगों ने बुद्ध और उनके भिक्खुओं के विषय में सुना। उन्हें ज्ञात हुआ कि शाक्य वंश के राजकुमार ने संबोधि प्राप्त कर ली है और वह वाराणसी के समीप ऋषिपत्तन में इस सद्धर्म मार्ग की शिक्षा दे रहे हैं। बहुत से संन्यासी, जिन्होंने अभी तक मोक्ष का मार्ग प्राप्त नहीं कर पाया था, वे

भी उत्साहित होकर सभी तरफ से ऋषिपत्तन आने लगे। बुद्ध की देशना सुनकर अधिकांश संन्यासियों ने भिक्खु बनना स्वीकार कर लिया। बुद्ध की शिक्षाओं का प्रचार करने हेतु जो भिक्खु ऋषिपत्तन से गये थे, वे भी बहुत से युवकों को साथ लेकर लौटे जो भिक्खु बनने के इच्छुक थे। इस प्रकार बुद्ध के शिष्यों की संख्या बहुत तेजी से बढ़ने लगी।

एक दिन बुद्ध ने भिक्खु संघ को मृगदाय में एकत्र किया और कहा– "भिक्खुओ, अब यह आवश्यक नहीं रह गया कि हर नये भिक्खुओं को या जो भी यहां भिक्खु बनने आता है, उसे मैं ही प्रवृज्या दूं। जो लोग भिक्खु संघ में प्रवेश करना चाहते हैं, वे अपने ग्रामवासियों और सम्बन्धियों के सामने भिक्खु बन जाएं और आप लोगों की भांति मैं भी यहां रहने या न रहने के लिए मुक्त रहूंगा। अबसे आप जब भी निष्ठावान और इच्छुक नये भिक्खु से मिलें तो उसे आप स्वयं भिक्खु संघ में या जहां भी हो, वहीं प्रवृज्या दे दीजिए।

इस पर कौंडन्न उठकर खड़े हो गये और हाथ जोड़कर प्रार्थना की कि "गुरुदेव हमें बताइए कि हम प्रवृज्या किस प्रकार दें। यह जान लेने पर हम भविष्य में स्वयं भिक्खुओं को प्रवृज्या दे सकेंगे।"

बुद्ध ने कहा–"वैसे ही जैसे मैंने पहले किया है।"

अस्सजि ने खड़े होकर कहा कि आपकी उपस्थिति ही इतनी जागृतिपरक है कि किसी प्रकार की औपचारिक प्रवृज्या की आवश्यकता ही नहीं पड़ती। किन्तु हम लोगों के लिए औपचारिक प्रवृज्या समारोह आवश्यक होगा। बंधु कौंडन्न संभव है कि आप कोई प्रवृज्या-प्रक्रिया सुझा सकें। बोधिसत्व तो हमारे बीच हैं ही; आवश्यक हुआ तो वह आपके सुझावों में संशोधन कर देंगे।"

कौंडन्न एक क्षण के लिए मौन रहे। इसके बाद वह बोले–"आदरणीय बुद्ध, पहले चरण के रूप में भिक्खु बनने के इच्छुक व्यक्ति के सिर और दाढ़ी के बालों का मुंडन कर दिया जाए। फिर उसे निर्देश दिये जाए कि वह चीवर कैसे धारण करे। वह परंपरानुसार अपना दायां कंधा खुला रखे और जो भिक्खु उसे प्रवृज्या दे रहा हो, उसको नमन करे क्योंकि उस समय वह बुद्ध का ही प्रतिनिधित्व कर रहा होगा। जिसको प्रवृज्या दी जा रही हो, वह हाथ जोड़ कर तीन बार इन त्रिरत्नों का उच्चारण करे। "बुद्धं शरणम् गच्छामि", "धम्मं शरणं गच्छामि" और "संघं शरणं गच्छामि।" इसके बाद उसे बुद्ध के संप्रदाय का भिक्खु स्वीकार कर लिया जाएगा। यह तो मेरा सुझाव मात्र है। यदि इसमें कुछ त्रुटि हो तो गुरुवर कृपया इसे सुधार दें।"

बुद्ध ने उत्तर देते हुए कहा–"भाई कौंडन्न, यह तो सर्वोत्तम विधि है। त्रिरत्नों को तीन बार उच्चारण करने और प्रवृज्या प्राप्त भिक्खु के समक्ष नमन करने से नव-शिष्य को दीक्षित मान लिया जाएगा।

इस निर्णय से समस्त भिक्खु समुदाय बहुत प्रसन्न हुआ।

कुछ दिन बाद बुद्ध ने अपना चीवर धारण किया और अपना भिक्षा-पात्र लेकर स्वेच्छापूर्वक ऋषिपत्तन से प्रस्थान कर दिया। वह गंगा नदी के किनारे-किनारे चल दिये जिससे वापस मगध पहुंच सकें।

अध्याय पचीस

संगीत के उच्च शिखर

बुद्ध वाराणसी से राजगृह तक पहले भी जा चुके थे। वह धीरे-धीरे वनों एवं धान के खेतों का आनंद लेते हुए चले जा रहे थे। दोपहर को मार्ग में पड़ने वाले ग्राम में भिक्षाटन करने के लिए रुके। उसके बाद वह शांतिपूर्वक भोजन करने वन में जा पहुंचे। उसके बाद वह वहीं चलते-चलते ध्यान करने लगे। चलित ध्यान के बाद वह एक छायादार वृक्ष के नीचे बैठकर ध्यान-साधना में लीन हो गये। जंगल में अकेले रहने का उन्हें आनंद आ रहा था। जब वह वहां कुछ घंटों बैठकर ध्यान कर चुके तो अच्छे परिधान पहने कुछ युवक उधर से गुजरे जो किसी बात पर उत्तेजित हो रहे थे। उनमें से कुछ वाद्ययंत्र पकड़े हुए थे। उस दल का नेता लगने वाले युवक ने बुद्ध को नमन किया और पूछा–"संन्यासीजी, क्या आपने इधर से किसी लड़की को भागकर जाते देखा है ?"

बुद्ध ने पूछा–"तुम उस लड़की को क्यों खोज रहे हो ?"

उस युवक ने आरंभ से सारी कथा कहनी आरंभ की। वे लोग वाराणसी निवासी थे और मौज-मस्ती करने जंगल में आये थे। अपने सथ ये वाद्य-यंत्र और एक युवती को मनोरंजनार्थ लाये थे। जब वे गाना-नाचना और खाना-पीना समाप्त कर चुके तो जंगल में ही जमीन पर झपकी लेने के लिए लेट गये। लेकिन जब वह जागे तो उन्होंने पाया कि वह युवती हम सब के जेवरात चुराकर भाग गयी है। तभी से हम उसको ढूंढ़ते खोजते फिर रहे हैं।

बुद्ध ने शांत भाव से उन युवकों की ओर देखा और पूछा–"अच्छा बताओ, इस क्षण तुम्हें उस युवती को खोजना अच्छा लगेगा या स्वयं को खोजना ?"

इस प्रश्न से युवक भौचक्के रह गये। बुद्ध के आभापूर्ण मुखमंडल और असामान्य प्रश्न से युवक अपने आपे में आ गये। उत्तर पहले युवक ने दिया, "आदरणीय मान्यवर, संभवतः हमें पहले अपने आत्म-भाव को ही खोजना चाहिए।"

बुद्ध ने कहा कि–"जीवन को वर्तमान क्षण में ही खोजा जा सकता है किन्तु हमारा चित्त शायद ही कभी वर्तमान क्षण को जी रहा होता है। वर्तमान क्षण के स्थान पर हम या तो अतीत को खंगालते रहते हैं अथवा अनागत भविष्य विषयक कामनाएं करते रहते हैं। हम समझते हैं कि हम अपने आत्म-बोध में जी रहे हैं किन्तु वास्तविकता यह है कि हम प्रायः कभी भी अपने व्यक्तित्व के वास्तविक सान्निध्य में नहीं रहते। हमारा चित्त या तो बीते कल की स्मृतियों के पीछे भागता रहता है या आने वाले कल के सपनों के पीछे। जीवन के संपर्क में आने का एकमात्र उपाय है वर्तमान के क्षण को जीना। एक बार यह जान जाओगे कि वर्तमान के क्षण में कैसे लौटा जा सकता है तो तुम सचेतन हो जाओगे और उसी क्षण अपने वास्तविक स्वरूप को पहचान सकोगे।

"इन कोमल पत्तियों की ओर देखो जिनका पालन धूप का प्रकाश कर रहा है। क्या तुमने कभी सौम्य और चेतन हृदय से इन हरी पत्तियों की ओर वास्तव में देखा है इनका हर रंग जीवन के आश्चर्यों में से एक है। यदि इसे तुमने पहले कभी वास्तविकतापूर्ण दृष्टि से नहीं देखा तो अब देखिए।"

सभी युवक एकदम शांत हो गये। वे ध्यान से बुद्ध की उस तर्जनी से संकेतित हरे पत्तियों को देखने लग गये थे जो अपराह्न की वायु में धीरे-धीरे लहरा रही थीं। एक क्षण पश्चात् बुद्ध अपने पास बैठे युवक की ओर मुड़े और कहा–"मैं देख रहा हूं कि तुम्हारे पास बांसुरी है। कृपया इसे हम सबकी खातिर बजाइए।"

पहले तो युवक शरमाया, फिर उसने बांसुरी अपने होठों पर रखी और उसे बजाने लगा। प्रत्येक व्यक्ति ध्यानपूर्वक सुन रहा था। बांसुरी के संगीत में निराश प्रेमी की दर्द भरी चीख उभर रही थी। बुद्ध की दृष्टि उस बांसुरी वादक के चेहरे को एकटक देख रही थी। जब उसने बांसुरी बजाना समाप्त किया तो वन की अपराह्न वेला में दर्द जैसे तैर रहा था। तब भी कोई नहीं बोला। अकस्मात् बांसुरी वादक युवक ने बुद्ध के हाथ में बांसुरी देते हुए कहा–"आदरणीय संन्यासी, अब आप हमें कोई गीत सुनाइए।"

बुद्ध मुस्कराये जबकि कुछ युवक ठठाकर हंसने लगे क्योंकि उन्हें अपने उस

साथी का यह कथन मूर्खतापूर्ण लगा। क्या कभी किसी संन्यासी को किसी ने बांसुरी बजाते सुना है ? किन्तु उन्हें उस समय आश्चर्य हुआ, जब बुद्ध ने बांसुरी अपने हाथ में ले ली। सभी युवकों की दृष्टि बुद्ध पर जा टिकी क्योंकि वे अपने जिज्ञासा भाव को छिपाने में असमर्थ थे। बुद्ध ने कुछ प्रगाढ़ निश्वास लिये और तब बांसुरी अपने होठों से लगा ली।

बहुत पहले कपिलवस्तु के राजमहल में बांसुरी बजाने वाले युवक की छवि बुद्ध की आंखों में तैर गयी। उस रात्रि पूर्णिमा थी। वह देख रहे थे कि उस समय उद्यान में बैठी महाप्रजापति शांतिपूर्वक उसका बांसुरी-वादन सुन रही थीं और उस समय यशोधरा चंदन की अगरुधूम का पात्र लिये बैठी थी। बुद्ध ने बांसुरी बजाना आरंभ कर दिया।

बांसुरी की ध्वनि इतनी मंद थी जैसे कपिलवस्तु में सांझ के समय किसी सामान्य से घर से धुएं की पतली लकीर निकल रही हो। धीरे-धीरे धुएं की वह लकीर बढ़ती-बढ़ती आकाश में मेघ बन गयी और वह मेघ जैसे सहस्रदल कमल बन गया हो जिसका प्रत्येक दल अलग-अलग रंग की आभा लिये था। ऐसा प्रतीत हुआ जैसे वह एक बांसुरी दसियों हजार बांसुरियां बन गयी थीं और सृष्टि के सभी अद्भुत रहस्य ध्वनियों में परिवर्तित हो गये हों और ये ध्वनियां हजारों वर्ण और रूपाकार ले चुकी हों। वे ध्वनियां पवन के समान विलम्बित और तीव्र वर्षा के समान द्रुत, अपने ऊपर उड़ते हंस के समान स्पष्ट, लोरी के समान आत्मीयतापूर्ण, चमचमाते रत्न के समान प्रकाशवान और उस स्मिति के समान सूक्ष्म थी जो उस व्यक्ति के मुख पर तैरती है जो हानि-लाभ के समस्त विचारों को पीछे छोड़ चुका होता है। वन-पक्षी उस लोकोत्तर संगीत की सनने के लिए अपना गाना भूल गये थे और मंद पवन तक पत्ते हिलाना बंद करके थम गया था। सारा वन प्रदेश पूर्ण शांति, निर्मलता और अद्भुतता से भर उठा था। बुद्ध के पास बैठे सभी युवक भरपूर ताजगी से परिपूर्ण हो गये और अब पूर्णतया वर्तमान के क्षण के स्थिर हो गये थे और वृक्षों की अपूर्वता, बुद्ध, बांसुरी और एक-दूसरे के प्रति मैत्री-भाव के सानिध्य में आ गये थे। बुद्ध ने जब बांसुरी नीचे रख दी, तब भी उसका संगीत उनके कर्णरंध्रों में गुंजरित हो रहा था। किसी भी युवक के मन में उस युवती और उसके द्वारा चुराये हुए आभूषणों को विचार तक शेष नहीं रह गया।

बहुत देर तक उनमें से कोई भी नहीं बोला। तब बांसुरी वाले युवक ने बुद्ध से पूछा–"आप का बांसुरी-वादन तो अद्भुत है। मैंने अभी तक किसी को इतनी

सुन्दर बांसुरी बजाते नहीं सुना। आपने बांसुरी-वादन किससे सीखा ? क्या आप मुझे शिष्य रूप में स्वीकारेंगे जिससे मैं आपसे बांसुरी-वादन सीख सकूं ?"

बुद्ध मुस्कराये और कहा–"मैंने बांसुरी बजाना उस समय सीखा था, जब मैं बालक ही था और अब लगभग सात वर्षों से बांसुरी उठायी तक नहीं है। लेकिन मेरी वंशी-ध्वनि अब पहले से अच्छी हो गयी है।"

"गुरुदेव यह कैसे हो सकता है ? यदि आपने सात वर्षों से अभ्यास नहीं किया तो बांसुरी बजाने में सुधार कैसे हो सकता है ?"

"बांसुरी बजाना केवल अभ्यास पर ही निर्भर नहीं करता। अब मैं पहले की अपेक्षा अच्छी बांसुरी इसलिए बजा पाता हूं क्योंकि मैंने अपने सच्चे आत्म-भाव के दर्शन कर लिये हैं। तुम कभी भी कला के उच्च शिखर पर तब तक नहीं पहुंच सकते, जब तक पहले अपने हृदय में विद्यमान अप्रतिम सौंदर्य की अनुभूति नहीं कर लेते। यदि तुम वास्तव में बहुत सुंदर बांसुरी- वादन करना चाहते हो तो तुम्हें आत्म-जागृति के पथ पर चलकर पहले अपने आत्मन् को पहचान लेना चाहिए।"

बुद्ध ने उन लोगों को मुक्ति का मार्ग, चार आर्य-सत्य और वरेण्य अष्टांगिक मार्ग समझाया। सभी युवक पूर्ण गंभीरता के साथ उनकी बातें सुनते रहे। जब बुद्ध ने अपनी देशना समाप्त की तो उनमें से प्रत्येक युवक उनके सामने प्रणत हुआ और शिष्य रूप में स्वीकार कर लिए जाने का अनुरोध करने लगा। बुद्ध ने उन सबको प्रवृज्या दी। इसके बाद उन्होंने उन सबको ऋषिपत्तन जाने को कहा कि वहां जाकर भिक्खु कौंडन्न को अपना परिचय देना। वही तुम्हें सद्धर्म के मार्ग की साधना करने का दिशा-निर्देश करेंगे। बुद्ध ने उनसे कहा कि मैं शीघ्र ही आप लोगों से मिलूंगा।

उस रात बुद्ध अकेले ही उस वन में सोये। अगले दिन वह सबेरे गंगा पार करके पूर्व दिशा की ओर चल पड़े। राजगृह जाकर राजा विम्बिसार से मिलने से पूर्व वे उरुबेला के बच्चों से मिलना चाहते थे।

अध्याय छब्बीस

जल भी ऊर्ध्वगामी

सात दिन बाद, बुद्ध इस बात से प्रसन्न थे कि वे उस अरण्य में आ गये थे, जहां बोधि वृक्ष स्थित था। रात भर उन्होंने वहीं विश्राम किया। अगले दिन सबेरे उन्होंने नैरंजना नदी के समीप जाकर स्वास्ति को आश्चर्यचकित कर दिया। वह सरिता के तट पर थोड़ी देर साथ-साथ बैठे। बुद्ध ने स्वास्ति से कहा कि तुम भैसों के लिए कुशा काटना जारी रखो। उन्होंने स्वयं भी कुछ घास काटकर उसकी सहायता की। इसके बाद, स्वास्ति से विदा लेकर वह गांव में भिक्षाटन के लिए चले गये।

अगले दिन अपराह्न में गांव के बच्चे बुद्ध से मिलने वन में आये। स्वास्ति का समूचा परिवार और सुजाता अपने सभी मित्रों के साथ आयी थी। बुद्ध को वहां पुनः आया देखकर सभी बच्चे बड़े प्रसन्न थे। पिछले साल बुद्ध ने क्या-क्या किया, इसका विवरण वे बच्चे बहुत ही ध्यान से सुनते रहे। बद्ध ने स्वास्ति को वचन दिया कि जब वह बीस वर्ष का हो जाएगा तो बुद्ध उसे प्रवृज्या देकर भिक्खु बना लेंगे। उस समय तक स्वास्ति के भाई-बहिन इतने बड़े हो चुके होंगे कि वे अपनी देख-भाल स्वयं कर सकें।

बच्चों ने बुद्ध को बताया कि कुछ महीनों से पास ही में एक ब्राह्मण के आचार्यत्व में एक आध्यात्मिक समुदाय आकर बस गया है। उन भक्तों की संख्या पांच सौ होगी। वे लोग भिक्खुओं की भांति मुंडित मस्तक नहीं होते बल्कि उनकी जटाएं और दाढ़ी बढ़ी होती है। वे अग्नि देवता की आराधना करते हैं। आचार्य ब्राह्मण का नाम काश्यप है। जो भी उनसे मिलकर आता है, उनका बहुत सम्मान करता है।

अगले दिन बुद्ध सरिता पार करके उस भक्त मंडली तक जा पहुंचे। उनके भक्तजन सादी पर्ण-कुटियाओं में रहते, और वल्कल (वृक्ष की छालें) धारण

करते हैं। वे गांव में भिक्षाटन करने भी नहीं जाते। गांव वाले उन्हें जो कुछ सस्नेह उपहार स्वरूप दे जाते, उसी पर जीवन-निर्वाह करते थे। इनके अतिरिक्त वे पशु भी पालते जिससे उनको खाद्य मिल सके और जिन्हें पश-बलि के लिए प्रयोग किया जा सके। बद्ध ने काश्यप के एक भक्त को रोककर बातचीत की तो उसने बताया कि काश्यप जी वेदों के ज्ञाता हैं और परम सदाचारी हैं। काश्यप जी के दो छोटे भाई भी हैं जो अग्नि देव की पूजा में भक्त समुदाय का नेतृत्व करते हैं। तीनों भाइयों की मान्यता है कि अग्नि तत्त्व ही निखिल ब्रह्माण्ड का सार है। उरुबेला काश्यप को दोनों भाई बहुत सम्मान देते हैं। नादि काश्यप नैरंजना के तट पर तीन सौ भक्तजनों के साथ रहते हैं। वह स्थान यहां से उत्तर में एक दिन का रास्ता है। गया काश्यप दो सौ भक्तजनों के साथ गया में निवास करते हैं।

काश्यप का भक्त बुद्ध को अपने आचार्य की कुटी में ले गया जिससे बुद्ध उनके दर्शन कर सकें। यद्यपि काश्यप अब युवा नहीं रह गये थे किन्तु वह चुस्त एवं सजग थे। जब उन्होंने इस युवा आचार्य का चाल-ढाल और तेजस्विता देखी, तो उनकी ओर वे बहुत आकृष्ट हुए और उनका विशिष्ट अतिथि के रूप में स्वागत किया। काश्यप ने बुद्ध को अपनी कुटी के आगे काष्ठ शिला पर बैठाया और उनसे बहुत देर तक बातें करते रहे। इस वार्तालाप से काश्यप समझ गये कि बोधिसत्व भी वेदों के कितने गहन ज्ञाता हैं। उन्हें यह जानकर आश्चर्य हुआ कि वह युवा भिक्खु किस प्रकार वेदों के उन गूढ़ रहस्यों का साक्षात्कार कर सका, जिन्हें वे स्वयं भी अभी तक समझ नहीं पाये थे। बुद्ध ने ऋग्वेद और अथर्ववेद के निगूढ़तम अंशों की व्याख्या करने में सहायता की जिन्हें काश्यप मानते थे कि उन्होंने इन अंशों को समझ लिया है किन्तु वे उनको वस्तुतः हृदयंगम करने में असमर्थ रहे थे। इससे भी अधिक आश्चर्य की बात तो यह थी कि बुद्ध को ब्राह्मणवादी कर्मकांडों के इतिहास, उनके सैद्धान्तिक और व्यावहारिक पक्षों का भी गहन ज्ञान था।

दोपहर में बुद्ध ने उरुबेला काश्यप का साथ-साथ भोजन करने का निमंत्रण स्वीकार कर लिया। बुद्ध ने अपने वस्त्र से एक भाग को कुशलता से तह लगाकर आसन बनाया और उस पर बैठ गये और सचेत शांति के साथ भोजन किया। उरुबेला काश्यप बुद्ध के निर्मल एवं शालीनतापूर्ण व्यवहार से इतने प्रभावित हुए कि उन्होंने शांति भंग नहीं की।

अपराह्न में उन्होंने अपनी वार्ता का क्रम जारी रखा। बुद्ध ने प्रश्न किया,

"आचार्य काश्यप, क्या आप मुझे बताएंगे कि अग्नि की पूजा करने से मोक्ष की प्राप्ति किसी भी व्यक्ति को कैसे हो सकती है ?"

इसका उरुबेला काश्यप ने सीधा उत्तर नहीं दिया। वह जानते थे कि इस असाधारण युवा भिक्खु को साधारण या ऊपरी तौर पर उत्तर देने से काम नहीं चलेगा। काश्यप ने यह बताना आरंभ किया कि अग्नि ब्रह्माण्ड का सारभूत तत्त्व है। अग्नि की उत्पत्ति ब्रह्म से हुई है। इस समुदाय की मुख्य वेदिका–अग्निशाला में पवित्र अग्नि-वैसान्द्र–सतत् विद्यमान रहती है। अथर्ववेद में अग्नि पूजा की व्यवस्था है। अग्नि ही जीवन है। अग्नि तत्त्व के बिना जीवन रह ही नहीं सकता। अग्नि ही प्रकाश है, अग्नि ही ऊष्मा है और सूर्य के अस्तित्व का कारक है और सूर्य के कारण ही पौधे, पशु और मानव जीवन प्राप्त करते हैं। यही अंधकार को दूर भगाती है, शीत पर विजय प्राप्त करती है और सभी प्राणियों में आनंद एवं तेजस देने वाली है। अग्नि के माध्यम से ही खाद्य पदार्थ पकाए जाते हैं और अग्नि की कृपा से मृत्यु के उपरान्त प्राणी ब्रह्म में लीन होता है। अग्नि जीवन का स्रोत है, इसीलिए वह स्वयं ही ब्रह्म है। ब्रह्म की सहस्रों अभिव्यक्तियों में से अग्नि भी एक है। अग्नि-वेदिका पर अग्नि को द्विमुखी दिखाया गया है। एक मुख अग्नि के दैनंदिन प्रयोग का प्रतीक है और दूसरा मुख बलिदान का और जीवन के स्रोत की ओर लौटने का प्रतीक है। अग्नि के उपासक को चालीस बलियां देनी पड़ती हैं, त्यागमय तपस्या करनी होती है और परिश्रमपूर्वक साधना करनी होती है, जिससे उसे एक दिन मोक्ष प्राप्त हो सके।

काश्यप उन पाखंडी ब्राह्मणों के घोर विरोधी थे जो समाज में अपनी स्थिति का दुरुपयोग धनोपार्जन तथा ऐन्द्रिक वासना प्रधान साधनों की प्राप्ति में करते थे। उन्होंने कहा कि ऐसे ब्राह्मण धनवान बनने के लिए कर्मकांड कराते और वेदमंत्रों का उच्चार करते हैं। इसके कारण परंपरागत ब्राह्मणवादी मार्ग की प्रतिष्ठा धूल में मिल गयी है।

बुद्ध ने पूछा–"आचार्य काश्यप, आप उन लोगों के विषय में क्या धारणा रखते हैं जिनकी मान्यता यह है कि सृष्टि का मूलभूत सार जल है ? इन लोगों का मानना है कि जल ऐसा तत्त्व है जो शुद्धिकरण करता है और लोगों को ब्रह्मलीन होने की यात्रा कराता है।"

काश्यप थोड़ा हिचकिचाए। उन्होंने सोचा कि हजारों-लाखों व्यक्ति इस क्षण गंगाजी तथा अन्य पावन सरिताओं में स्नान कर रहे होंगे जिससे वे स्वयं की शुद्धि कर सकें।

"गौतम, जल किसी को मोक्ष की प्राप्ति में वास्तव में सहायक नहीं हो सकता। जल का स्वाभाविक प्रवाह अधोगामी है। केवल अग्नि ही जल कर ऊपर की ओर उठती है। जब हमारी मृत्यु होती है तो अग्नि की कृपा से ही हमारा शरीर धूम बनकर ऊर्ध्वगामी होता है।"

"आचार्य काश्यप यह स्थिति सर्वथा शुद्ध नहीं है। आकाश में विचरण करते धवल मेघ भी जल तत्त्व का ही एक स्वरूप होते हैं। धुआं और मेघ दोनों ही अंतत: तरल रूप में पृथ्वी पर जल रूप में आते हैं। आप जानते ही हैं कि समस्त पदार्थों का एक चक्र होता है।"

"किन्तु सभी तत्त्व एक ही सार रूप ब्रह्म के अंश हैं और अन्त में उसी में उनका विलय हो जाता है।"

"आचार्य काश्यप, सभी पदार्थ अपने अस्तित्व के लिए अन्य सभी पदार्थों पर निर्भर रहते हैं। उदाहरण के लिए मेरे हाथ के इस पत्ते को ही लीजिए। पृथ्वी, जल, ऊष्मा, बीज, वृक्ष, मेघ, सूर्य, देश-काल—सभी तत्त्वों की विद्यमानता से ही इस पत्ते की सत्ता होती है। यदि इनमें से कोई भी एक तत्त्व विद्यमान न हो तो यह पत्ता विद्यमान नहीं रह सकता। जड़ या चेतन सभी प्राणी परस्पर निर्भरता के अनुरूप सह-वर्द्धन के विधान के अनुसार ही विकास करते हैं। एक पदार्थ के विकास का कारक तत्त्व अन्य सभी पदार्थ होते हैं। कृपया इस तथ्य पर विवेक पूर्वक मनन कीजिए। क्या आप यह नहीं मानते कि मेरे हाथ में यह जो पत्ता है, उसकी सत्ता सृष्टि प्रसार के अन्य समस्त कारक तत्त्वों के अन्तर्ग्रंथन का, जिसमें आपकी अपनी चेतना भी सम्मिलित है, प्रतिफलन है ?"

तब तक शाम हो चुकी थी और अंधेरा बढ़ने लगा था। आचार्य काश्यप ने अनुरोध किया कि बुद्ध उनकी ही कुटिया में शयन कर लें। यह पहला अवसर था, जब उन्होंने किसी से अपनी कुटिया में शयन करने का प्रस्ताव किया हो। किन्तु इससे पूर्व वह ऐसे किसी असाधारण संन्यासी से मिले भी तो नहीं थे। बुद्ध ने उनका यह प्रस्ताव स्वीकार करने से असमर्थता व्यक्त करते हुए कहा कि मुझे रात में अकेले ही सोने की आदत पड़ चुकी है। यदि आप अन्यथा न समझें तो मैं उस अग्नि-वेदिका में ही सोना चाहूंगा।

ब्राह्मण आचार्य ने कहा, "उस अग्नि-वेदिका में एक भीषण नाग घुस आया है। उसको खोजकर निकाल देने के सभी प्रयास व्यर्थ रहे हैं। मित्र गौतम आपको वहां नहीं सोना चाहिए। वहां सोना खतरनाक हो सकता है। उस विषधर के भय से

हम सभी यज्ञादि अग्नि-वेदिका के बाहर ही सम्पन्न करते हैं। कृपया अपनी सुरक्षा की दृष्टि से मेरी ही कुटिया में शयन करना स्वीकार कर लीजिए।"

बुद्ध ने उत्तर दिया, "आप चिन्ता मत कीजिए। मैं उस अग्नि-वेदिका में ही सोना चाहता हूं। मुझ पर किसी भी प्रकार का संकट नहीं आएगा।"

बुद्ध को उन दिनों का स्मरण हो आया जब वे निविड़ दुर्गम अरण्यों में शरीर-पीड़न तप करने में रत थे। उनके पास से गुजरते खतरनाक जंगली पशु उन्हें किसी प्रकार का कष्ट पहुंचाये बिना निकलते चले जाते थे। कभी-कभी जब वह अपनी ध्यान-समाधि लगाये बैठे होते थे, तो ढेर सारे सर्प उनके सामने रेंगकर आ जाते थे। वह मानते थे कि यदि आप इस बात के प्रति सतर्क रहें कि उनको किसी प्रकार का आघात न लगे तो वे वन्य जीव भी आपको कोई क्षति नहीं पहुंचाएंगे।

जब काश्यप ने देखा कि बुद्ध को अपना निश्चय बदलने पर सहमत नहीं किया जा सकता तो उन्होंने कहा, "ठीक है, यदि आप अग्नि-वेदिका में ही सोना चाहते हैं तो अवश्य सोइए। वहां आप जितनी रातों तक सोना चाहें, सो सकते हैं।"

उस रात बुद्ध उस अग्नि-वेदिका में घुसे। केन्द्रीय वेदी में निरन्तर अग्नि जल रही थी। कक्ष में एक ओर चंदन की लकड़ियां रखी हुई थीं जिन्हें बाहर यज्ञ करने में प्रयोग किया जाता था। बुद्ध ने अनुमान किया कि वह विषधर कहीं इन्हीं लकड़ियों में छिपा बैठा होगा। इसलिए बुद्ध ने कक्ष में दूसरी ओर बैठकर ध्यान-समाधि लगायी। उन्होंने अपने चीवर को ही तह करके आसन के रूप में प्रयोग किया। वह रात में बहुत देर तक ध्यान-साधना करते रहे। अपनी साधना की समाप्ति के समय उन्होंने देखा कि एक विशाल विषधर कमरे में बीचों- बीच बैठा उनकी ओर देख रहा है। बुद्ध ने विनम्रता से उससे कहा, "मेरे प्रिय मित्र, अपनी जान बचाने की खातिर कृपा करके वन में चले जाइए।"

बुद्ध की वाणी प्रेम और परिज्ञान से युक्त थी। विषधर ने अपनी कुंडली खोली और द्वार के बाहर निकल गया। बुद्ध लेट गये और गहरी नींद में सो गये।

जब वह जागे तो देखा चंद्रमा की चमकती चांदनी गवाक्ष से होकर उस स्थान पर पड़ रही है, जहां बुद्ध सोये हुए थे। उन्होंने सोचा कि इस चंद्रिका में घूमते हुए चलित साधना करना कितना सुखद अनुभव होगा। उन्होंने अपने चीवर को झाड़ा और उसे धारण करके अग्नि- वेदिका के बाहर आ गये।

भोर के प्रहर में, न जाने कैसे अग्नि-वेदिका में आग लग गयी। वहां लगी आग सबसे पहले देखने वाले ने चिल्लाकर अन्य लोगों को बुलाया। हर कोई नदी के किनारे से बाल्टियों में पानी भर-भर कर उस आग पर डालता रहा किन्तु सब व्यर्थ। उस भीषण अग्नि को बुझाने के लिए जल देर से आ पाया। आखिर सभी पांच सौ भक्तगण असहाय खड़े-खड़े उस अग्नि- वेदिका को भस्म होते देखने के अतिरिक्त कुछ भी न कर सके।

उरुबेला काश्यप अपने अनुयायियों के साथ खड़े थे। उनका हृदय दुख से व्यथित था क्योंकि वे उस सदाचारी एवं प्रतिभा सम्पन्न युवा संन्यासी के विषय में सोच रहे थे, जिससे वे कल ही तो मिले थे। वह युवा संन्यासी निश्चय ही उस भीषण अग्निकांड में जल मरा होगा। यदि गौतम ने उनकी कुटी में सोना स्वीकार कर लिया होता तो वह अवश्य जीवित होते। जब वह इस प्रकार के सोच में पड़े ही हुए थे, तभी उन्होंने बुद्ध को आते देखा। बुद्ध जब पहाड़ियों पर भ्रमण कर रहे थे तो उन्होंने यह भीषण अग्नि लगी देखी और तुरन्त लौट पड़े।

कष्टप्रद विचारों से मुक्त हो, आनंदित काश्यप ऋषि बुद्ध की ओर दौड़ पड़े और उनका हाथ थाम कर बोले–"ईश्वर का कोटिशः धन्यवाद कि मित्र गौतम तुम जीवित हो। तुमको कुछ नहीं हुआ। इससे मुझे असीम आनंद हो रहा है।"

बुद्ध ने अपना हाथ उस ब्राह्मण आचार्य के कंधे पर रखा और मुस्कराकर कहा–"धन्यवाद मित्र। हां, मैं बिलकुल सकुशल हूं।"

बुद्ध जानते थे कि उस दिन उरुबेला काश्यप प्रवचन करेंगे और उनके पांच सौ शिष्यों के अलावा कम-से-कम एक हजार लोग आस-पास के गांवों से भी उनका प्रवचन सुनने आएंगे। यह प्रवचन दोपहर के भोजन के बाद होगा। यह अनुमान लगाकर कि उनकी उपस्थिति से आचार्य काश्यप कुछ असुविधा अनुभव कर सकते हैं, इसलिए बुद्ध गांव में भिक्षाटन के लिए निकल गये। भिक्षा प्राप्त करके वह कमल सरोवर के किनारे चले गये। वहीं उन्होंने भोजन किया और उस मनोरम स्थल पर समस्त अपराह्न वेला व्यतीत की।

तीसरे प्रहर के बाद काश्यप उन्हें खोजते हुए वहां आ पहुंचे। उन्होंने जब गौतम को सरोवर तट पर देखा तो बोले–"मित्र गौतम, हम दोपहर को भोजन के समय आपकी प्रतीक्षा करते रहे किन्तु आप पधारे ही नहीं। आपने हमारे साथ भोजन क्यों ग्रहण नहीं किया ?"

बुद्ध ने कहा, "मैं आपके प्रवचन के समय अनुपस्थित रहना चाहता था।"

"आप उस प्रवचन में उपस्थित क्यों नहीं रहना चाहते थे ?" उरुबेला काश्यप ने प्रश्न किया।

बुद्ध के मुख पर मधुर मुस्कान उभर आयी। उस ब्राह्मण आचार्य ने भी कुछ नहीं कहा। वह समझ गये कि युवा संन्यासी को उनके विचार ज्ञात हो गये हैं। बुद्ध कितने चतुर और दूसरों का ख्याल रखने वाले थे।

वे दोनों कमल सरोवर के तट पर बैठकर बातें करने लगे। काश्यप ने कहा कि कल आप कह रहे थे कि पत्ते की सत्ता अनेक विभिन्न तत्त्वों की विद्यमानता का प्रतिफलन है। आपने यह भी कहा था कि मानव का अस्तित्व भी बहुत से अन्य तत्त्वों की विद्यमानता से ही संभव है। किन्तु जब ये सभी तत्त्व या स्थितियां विद्यमान नहीं रहतीं, तब आत्मा कहां जाती है?"

बुद्ध ने उत्तर दिया, "दीर्घकाल से मानव इस भ्रांतिपूर्ण धारणा के शिकार रहे हैं कि आत्मा की सत्ता पृथक है और शाश्वत बह्म की सत्ता पृथक् है। हम यह मानते आये हैं कि जब हमारे शरीर का क्षय हो जाता है तो आत्मा विद्यमान रहती है और अपने मूल स्रोत ब्रह्म से जा मिलती है। किन्तु मित्र काश्यप, यही आधारभूत भ्रांति है जिससे अनगिनत पीढ़ियां भ्रमित होती रही हैं।

"मित्र काश्यप, आपको समझ लेना चाहिए कि सभी वस्तुएं परस्पर अवलम्बन के कारण ही विद्यमान रहती हैं और परस्पर अवलम्बन के कारण ही उनका नाश होता है। यह विद्यमान है तो वह भी विद्यमान है। इसकी मृत्यु इसीलिए होती है क्योंकि उसकी सत्ता समाप्त हो जाती है। परस्पर अवलम्बन के द्वारा सह-वर्द्धन का सिद्धान्त मैंने अपनी साधना के माध्यम से खोजा है। सत्य तो यह है कि किसी की भी पृथक् और शाश्वत सत्ता नहीं है। आत्मा होती ही नहीं है—चाहे वह उच्च आत्मा हो या नीच आत्मा। आचार्य काश्यप आपने कभी अपने शरीर, भावनाओं, भाव बोध, मानसिक संकल्पों-विकल्पों और चेतना को केन्द्रित करके ध्यान-साधना की है ? व्यक्ति इन पंचस्कंधों का समुच्चयन है। ये सभी तत्त्व सतत् परिवर्तनशील सरिताएं हैं जिनमें से किसी एक तत्त्व को पृथक् एवं शाश्वत् या नित्य नहीं कहा जा सकता।

उरुबेला काश्यप कुछ क्षण मौन रहे फिर पूछा–"तब क्या यह कहा जा

सकता है कि आप निरीश्वरवादी विचारधारा का प्रचार कर रहे हैं?"

बुद्ध मुस्कराये और नकरात्मक सिर हिलाकर बोले–"नहीं, निरीश्वरवाद की धारणा भी असंख्य संकीर्ण धारणाओं में से एक संकीर्ण धारणा मात्र है। निरीश्वरवादी विचारधारा भी उसी प्रकार की एक भ्रांत धारणा है जिस प्रकार पृथक् आत्म-सत्ता और उसकी शाश्वतता की धारणा। काश्यप जी, इस कमल सरोवर को देखिए। मैं यह नहीं कहता कि जल और कमल विद्यमान नहीं है। मैं केवल इतना कहता हूं कि जल और कमल की सत्ता अन्य समस्त तत्त्वों की विद्यमानता और उनके परस्पर अवलम्बन के कारण है और सभी तत्त्व न तो सर्वथा पृथक् हैं और न शाश्वत हैं।"

आचार्य काश्यप ने अपना सिर उठाया और बुद्ध की आंखों से आंखें मिलाकर बोले, "यदि आत्मा की सत्ता ही नहीं है, यदि आत्मा होती ही नहीं है तो व्यक्ति आध्यात्मिक मार्ग अपनाकर क्यों साधना करे जिससे उसकी आत्मा को मुक्ति की प्राप्ति हो सके?"

बुद्ध ने उस ब्राह्मण मित्र की आंखों में गहराई से झांका। उनकी दृष्टि सूर्य के समान तेजस्वितापूर्ण थी और चन्द्रमा के समान शीतल। उन्होंने मुस्करा कर कहा, "काश्यप जी इस प्रश्न का उत्तर आप अपने अन्तर्मन में खोजिए।"

दोनों साथ-साथ काश्यप के भक्त समुदाय में आये। उरुबेला काश्यप ने पुनः अनुरोध किया कि बुद्ध रात्रि में उनकी कुटिया में विश्राम करें और वह स्वयं अपने परम प्रिय भक्त की कुटिया में शयन करने चले गये। बुद्ध ने देखा कि काश्यप के शिष्य अपने सम्माननीय गुरु के प्रति कितना भक्ति-भाव रखते हैं।

अध्याय सत्ताईस

सभी धर्म दग्ध हैं

प्रतिदिन सबेरे ही काश्यप बुद्ध को कुछ भोजन पहुंचा आते। अतः बुद्ध को गांव में भिक्षाटन करने के लिए जाने की आवश्यकता ही नहीं पड़ती। भोजन करने के पश्चात् वह अकेले ही वन मार्गों पर टहलते रहते या कमल सरोवर तक चले जाते। अपराह्न में काश्यप भी उनके साथ वृक्षों के नीचे अथवा कमल सरोवर के तट पर बैठकर विचारों का आदान-प्रदान करते रहते। काश्यप जैसे-जैसे बुद्ध के साथ अधिक समय व्यतीत करते जाते थे, त्यों-त्यों उनको अनुभव हो रहा था कि बुद्ध कितने विद्वान और तेजस्वी हैं।

एक रात इतनी जोर की वर्षा हुई कि नैरंजना नदी में बाढ़ आ गयी। बाढ़ के पानी में आस-पास के खेत और मकान डूब गये। बाढ़ से घिरे लोगों को बचाने के लिए नौकाओं का प्रयोग किया गया। काश्यप का भक्त समुदाय समय रहते ही ऊंचे स्थानों पर जा चढ़ा था लेकिन गौतम को किसी ने नहीं देखा। काश्यप ने उन्हें खोजने के लिए अनेक नौकाएं भेजीं। आखिरकार वह दूर पहाड़ी पर खड़े दिखाई दिये।

नदी में जल जिस प्रकार तेजी से चढ़ा था, उसी प्रकार तेजी से उतर भी गया। अगले दिन बुद्ध भिक्षाटन के लिए गांव में गये जिससे वे जान सकें कि बाढ़ में गांव वालों पर क्या बीती। सौभाग्य से कोई व्यक्ति बाढ़ में डूबा नहीं था। लोगों ने बुद्ध को बताया कि उनके घरों में सामान अधिक होता ही नहीं, तो बाढ़ में बहता भी कितना।

काश्यप के शिष्य आग लगने से नष्ट हुई अग्नि-वेदिका का पुनर्निर्माण करने लगे और बाढ़ में बह गयी अपनी-अपनी कुटिया फिर से बनाने में जुट गये।

एक दिन अपराह्न में बुद्ध और काश्यप जब नैरंजना नदी के तट पर खड़े थे तो काश्यप ने कहा–"उस दिन आपने शरीर, भावनाओं, भाव-बोध, मानसिक संकल्पों और चेतना पर ध्यान करने के लिए कहा था। मैं वह साधना करने के बाद अब समझने लगा हूं कि व्यक्ति की भावनाएं और उसका भाव-बोध उसके जीवन की श्रेष्ठता को निर्धारित करता है। मैं यह भी पाता हूं कि इन पांचों सरित-प्रवाहों में कोई भी तत्त्व स्थायी नहीं है। और पृथक् आत्मा होने का विश्वास भी भ्रामक है। किन्तु मैं अब भी यह नहीं समझ पाया हूं कि यदि आत्मा का अस्तित्व ही नहीं है तो किसी को भी आध्यात्मिक मार्ग अपनाने की आवश्यकता ही क्या है ? जब आत्मा है ही नहीं, तो मुक्त होगा कौन ?"

बुद्ध ने कहा, "काश्यप जी, क्या आप मानते हैं कि जीवन की विषमताएं सत्य हैं ?"

"हां गौतम, मैं मानता हूं कि विषमताएं एक सत्य हैं ?"

"तब तो सांसारिक विषमताओं के कारण भी होंगे ?"

"हां, मैं मानता हूं कि विषमताओं के कारण भी होते हैं।"

"काश्यप जी, जब तक विषमताओं के कारण रहेंगे, ये विषमताएं भी रहेंगी। जब विषमताओं के कारण समाप्त हो जाएंगे तो विषमताएं भी समाप्त हो जाएंगी।"

"हां, कारणों के अभाव में विषमताएं भी नहीं रहेंगी क्योंकि दोनों में कार्य-कारण संबंध होता है।"

"विषमताओं का कारण अज्ञान है जिससे सत्य का दर्शन भ्रमित दृष्टि से होता है। अनित्य को नित्य समझना अज्ञान है। आत्मा नहीं होती, किन्तु उसकी सत्ता मानना अज्ञान है। अज्ञान से लोभ, क्रोध, भय, द्वेष और अन्य असंख्य विषमताएं जन्म लेती हैं। मुक्ति का मार्ग यही है कि सब कुछ को चेतन होकर सत्य रूप में देखा जाए जिससे उनकी अनित्यता, आत्मा का पृथक् सत्ता और सभी वस्तुओं के परस्पर अवलम्बन के सत्य की अनुभूति कर ली जाए। यह वह मार्ग है, जिससे अज्ञान को पराभूत किया जा सकता है। यदि अज्ञान पर विजय पा ली जाए तो विषमताओं के पार भी जाया जा सकता है। यही सच्ची मुक्ति है। ऐसी अवस्था में मुक्त होने के लिए आत्मा की आवश्यकता ही कहां होती है ?"

उरुबेला काश्यप एक क्षण तक मौन बैठे रहे और फिर बोले–"गौतम, मैं समझता हूं कि आप अपने प्रत्यक्ष अनुभवों के आधार पर बोलते हो। आपके

शब्दों में मात्र सिद्धान्त-कथन नहीं होता। आपने कहा है कि ध्यान-साधना के अभ्यास से और सभी पदार्थों के सचेतन दृक्पात करने से ही मुक्ति की प्राप्ति हो सकती है। क्या आप मानते हैं कि समस्त यज्ञादि कर्म, भक्ति साधना और प्रार्थनाएं व्यर्थ के प्रयास हैं ?"

बुद्ध ने नदी के दूसरे तट की ओर संकेत किया और कहा, "काश्यप जी यदि कोई व्यक्ति नदी के उस तट पर जाना चाहे तो उसे क्या करना चाहिए ?"

"यदि पानी उथला हो तो व्यक्ति पैदल नदी पार कर सकता है, अन्यथा उसे तैरकर अथवा नाव के द्वारा उस पार जाना होगा।"

"आपकी बात मैं स्वीकार करता हूं। किन्तु यदि व्यक्ति न तो नदी पार करने के लिए पैदल चले, न तैरे और न नाव का प्रयोग करे तो क्या होगा ? यदि वह नदी के इस तट पर खड़ा होकर प्रार्थना करे कि दूसरा तट उसके पास आ जाए तो क्या यह संभव है ? ऐसे व्यक्ति के विषय में आप क्या सोचेंगे ?"

"मै तो कहूंगा कि वह सर्वथा मूर्ख है।"

"ठीक कहा काश्यप जी ? यदि व्यक्ति अज्ञान और चित्त के संकल्पों-विकल्पों के पार नहीं जाता तो वह मुक्ति पाने के लिए उस तट तक कैसे पहुंचेगा, भले ही वह व्यक्ति अपना समस्त जीवन प्रार्थना करने में क्यों न लगा दे।"

अकस्मात् काश्यप के नयन अश्रुपूरित हो गये और बुद्ध के चरणों पर गिर पड़े।" गौतम, मैंने अपना आधे से अधिक जीवन व्यर्थ ही गंवा दिया। कृपया मुझे अपना शिष्य स्वीकार कर लीजिए और मुक्ति के मार्ग का अध्ययन और अभ्यास अपने चरणों में बैठकर करने का अवसर प्रदान कीजिए।"

बुद्ध ने काश्यप को उठाकर बैठाया और कहा–"मुझे आपको शिष्य रूप में अपनाने में कोई कठिनाई नहीं है। किन्तु आपके पांच सौ भक्तों का क्या होगा ? यदि आप उन्हें छोड़ देंगे तो उनका मार्गदर्शन कौन करेगा ?"

काश्यप ने उत्तर दिया–"सबेरे मझे उनसे बातचीत करने का अवसर दीजिए। कल अपराह्न में मैं आपको अपना निश्चय बताऊंगा।"

बुद्ध ने कहा–"उरुबेला के बच्चे मुझे 'बुद्ध' कहा करते हैं।" काश्यप ने साश्चर्य कहा–"इसका अर्थ है संबोधि प्राप्त व्यक्ति। है न ? मैं भी आपको इसी नाम से संबोधित किया करूंगा।"

अगले दिन सबेरे बुद्ध उरुबेला गांव में भिक्षाटन को गये। उसके बाद वह कमल सरोवर के तट पर बैठने जा पहुंचे। अपराह्न में काश्यप भी वहां

आ गये। उन्होंने कहा कि मेरे समस्त भक्तजन आपके शिष्य बनने को तैयार हैं।

दूसरे दिन उरुबेला काश्यप और उनके पांच सौ शिष्यों ने अपने सिर और दाढ़ी मुंडवा ली और सिर एवं दाढ़ियों के बाल तथा अग्नि-पूजा में प्रयोग किया जाने वाला सारा सामान उरुबेला नदी में बहा दिया। वह बुद्ध के समक्ष प्रणत हुए और तीन बार 'बुद्धं शरणं गच्छामि', 'धम्मं शरणं गच्छामि' और 'सघं शरणं गच्छामि' का उच्चारण किया। इन त्रिरत्नों के उच्चारण से समस्त वन प्रान्त गुंजायमान हो उठा।

प्रवृज्या कार्य सम्पन्न हो जाने पर बुद्ध ने उन नव-भिक्खुओं को चार आर्य सत्यों की देशना दी और बताया कि किस प्रकार अपनी श्वसन-क्रिया, शरीर और चित्त पर केन्द्रित ध्यान-साधना करनी है। उन्होंने प्रत्यक्ष दिखाकर समझाया कि किस प्रकार भिक्षाटन करना है और भिक्षा में प्राप्त भोजन को कैसे मौन रहकर ग्रहण करना है। उन्होंने उनसे यह भी कहा कि मांसाहार और पशु-बलि के लिए जिन पशुओं का वह पालन करते रहे हैं, उन्हें मुक्त कर दें।

उसी दिन अपराह्न में बुद्ध काश्यप और उनके दस वरिष्ठ शिष्यों से मिले और उन्हें आत्म- चेतना जागृत करने की मूलभूत बातें समझायीं और बताया कि संघ का संगठन एवं व्यवस्था कैसे करनी है। काश्यप बहुत ही प्रतिभावान संगठन-कर्त्ता थे। बुद्ध के साथ बैठकर उन्होंने युवा भिक्खुओं को प्रशिक्षण देने का कार्य अपने दस वरिष्ठ शिष्यों को सौंपा; ठीक वैसे ही जैसे बुद्ध ने ऋषिपत्तन में किया था।

अगले दिन उरुबेला काश्यप के अनुज नादि काश्यप अपने शिष्यों समेत हड़बड़ाए हुए वहां आये। एक दिन पहले उरुबेला नदी में जटाएं और यज्ञ-पात्रादि वस्तुएं उन्होंने बहकर आती हुई देखी थीं। उन्हें भय हुआ कि कहीं कोई भयंकर आपदा तो उनके बड़े भाई के शिष्य समुदाय पर नहीं आ पड़ी। जब नादि काश्यप वहां पहुंचे तो वह भिक्षाटन का समय था, अतः वहां उन्हें कोई नहीं मिला। उनकी आशंका सत्य सिद्ध प्रतीत हुई। किन्तु धीरे-धीरे भिक्खु भिक्षाटन से लौटकर आने शुरू हो गये तो उन्होंने बताया कि किस प्रकार हम सभी ने गौतम नामक संन्यासी के अनुयायी बनने का निश्चय किया है। उरुबेला काश्यप भी बुद्ध के साथ भिक्षाटन करके लौट आये थे और अपने अनुज को देखकर बड़े प्रसन्न हुए। उन्होंने अपने अनुज को वन भ्रमण के लिए आमंत्रित किया। बहुत देर बाद वे लौटे तो नादि काश्यप ने घोषणा की कि वह भी अपने

तीन सौ शिष्यों के साथ बुद्ध की शरण लेंगे। दोनों भाइयों ने अपने भाई गया काश्यप को बुला लाने हेतु व्यवस्था की। इस प्रकार सात दिनों के अंदर गया काश्यप और उनके दो सौ शिष्यों ने भी प्रवृज्या ग्रहण कर ली। काश्यप बंधुओं में परस्पर अपार स्नेह था और उनके आदर्श भी समान थे। तीनों मिलकर बुद्ध के परम निष्ठावान शिष्य बन गये थे।

एक दिन भिक्षाटन से लौटने पर बुद्ध ने उनको गया शीर्ष के ढलान पर बुलाया। नौ सौ भिक्खुओं ने बुद्ध और तीनों काश्यप बंधुओं के साथ मौन-भाव से भोजन किया। भोजन करने के उपरान्त सभी की दृष्टि बुद्ध पर केन्द्रित हो गयी।

एक बड़ी चट्टान पर सौम्य स्थिर भाव से बैठकर बुद्ध ने देशना देनी आरंभ की। "भिक्खुओ, सभी धर्म दग्ध हैं। जल क्या रहा है ? छः ज्ञानेन्द्रियां–नेत्र, कर्ण, नासिका, जिह्वा, शरीर और चित्त—सभी दग्ध हैं। इन इंन्द्रियों के विषय-रूप, ध्वनि, गंध, स्वाद, स्पर्श और मन के संकल्प-विकल्प-सभी दग्ध हैं। इनके छहों गुण-धर्म—दृष्टि, श्रवण, गंध, स्वाद, भावनाएं और विचार भी दग्ध हो रहे हैं। ये सब ऐषणाओं, घृणा और भ्रम की लपटों के कारण दग्ध हो रहे हैं। सब जन्म, जरा, रोग एवं मरण और कष्टों, उद्वेगों, हताशा, चिन्ता, भय और निराशा की ज्वाला से दग्ध हैं।

"भिक्खुगण प्रत्येक भाव-बोध चाहे वह दुखद हो, सुखद हो अथवा तटस्थतापूर्ण हो, दग्ध है। हमारा बोध-भाव इंद्रियों, उनके विषयों तथा बोध-चेतना के कारण जागृत होता है और इन्हीं के अनुरूप बनता है। अतः भिक्खुओ अपने को ऐषणाओं, घृणा और भ्रांतियों में भस्मीभूत मत होने दीजिए। सभी गुण-धर्म अनित्य हैं और ये परस्परावलम्बी प्रकृति वाले हैं। इनका ज्ञान प्राप्त करके स्वयं को जन्म-मरण के चक्रों में मत फंसने दीजिए। ये चक्र इंद्रियों, इन्द्रियों के विषयों और उनके चेतना-बोध के कारण सृजित होते हैं।"

नौ सौ भिक्खु बुद्ध की देशना दत्तचित्त होकर सुन रहे थे। प्रत्येक व्यक्ति इससे अत्यधिक प्रभावित हुआ। उन्हें यह जानकर प्रसन्नता हो रही थी कि उन्हें ऐसा सद्धर्म-पथ मिल गया जो ध्यान-साधना के द्वारा मुक्ति-प्राप्ति का मार्ग दिखाता था, प्रत्येक भिक्खु के हृदय में यह दृढ़ विश्वास हो गया था।

नव-भिक्खुओं को शिक्षा देने के लिए बद्ध गया शीर्ष पर तीन मास तक रहे। इस दौरान इन भिक्खुओं ने साधना-मार्ग पर बहुत प्रगति की। काश्यप बंधु बहुत प्रतिभाशाली थे और उन्होंने संघ के मार्ग-निर्देशन एवं प्रशिक्षण में बुद्ध की बड़ी सहायता की।

अध्याय अट्ठाईस

ताड़वन में

वह प्रभात वेला भी आयी जब बुद्ध गया शीर्ष पर्वत छोड़कर राजगृह के लिए चल पड़े। उरुबेला काश्यप ने बुद्ध से अनुमति मांगी कि समस्त संघ को अपने साथ लिये चलिए। बुद्ध इसके पक्ष में नहीं थे किन्तु काश्यप ने समझाया कि नौ सौ भिक्खु आराम से साथ-साथ यात्रा कर लेंगे। राजगृह के आस-पास बहुत से वन हैं; उन्हीं में ये सब भिक्खु रह सकेंगे। वे वहां के अनेक गांवों में और राजधानी में भी भिक्षाटन कर लिया करेंगे और बहुत से स्थानीय लोगों से संपर्क कर सकेंगे। काश्यप ने कहा कि यही नहीं, गया में भिक्खु समुदाय बहुत बड़ा है जिसे गया की जनता सहायता भी कब तक दे सकेगी। राजगृह में सभी कुछ आसान होगा। मगध की स्थिति के विषय में उरुबेला काश्यप कितने जानकार हैं, इसे स्वीकारते हुए, बुद्ध ने नौ सौ भिक्खुओं को अपने साथ चलने की अनुमति दे दी।

काश्यप बंधुओं ने पचीस-पचीस भिक्खुओं की छत्तीस टोलियों में समस्त संघ को विभाजित कर दिया। प्रत्येक टोली का नेतृत्व एक वरिष्ठ भिक्खु को सौंप दिया। इस व्यवस्था के कारण भिक्खु अधिक शीघ्रता से मार्ग तय कर सके।

भिक्खु समुदाय को राजगृह पहुंचने में दस दिन लगे। प्रतिदिन प्रातः भिक्खु छोटे गांवों में भिक्षाटन करने जाते और वन या खेतों में बैठकर मौन साधकर भोजन करते। भोजन करने के उपरान्त वे अपनी छोटी-छोटी टोलियों में आगे की यात्रा करते। भिक्खुओं को चुपचाप सधे कदमों से चलते देख सभी दर्शकों पर गहरा प्रभाव पड़ता।

जब वे लोग राजगृह के समीप पहुंचे तो उरुबेला काश्यप उन्हें ताड़वन में ले गये जहां सप्ततीर्थ मंदिर था। ताड़वन राजधानी से दो मील दक्षिण में

था। अगले दिन प्रातः भिक्खु नगर में भिक्षाटन के लिए गये। वे एक पंक्ति में, भिक्षा-पात्र लिए शांत भाव से मंद-मंद पग रखते हुए चल रहे। थे। बुद्ध के निर्देश के अनुसार, वे धनी–निर्धन सभी के घरों के आगे रुकते। यदि कुछ क्षणों में कोई बाहर न आये तो वे अगले द्वार की ओर बढ़ जाते। भिक्षा की मौन प्रतीक्षा करते हुए वे अपना चित्त श्वसन-क्रिया पर केन्द्रित करते। भिक्षा मिलने पर वे दाता को नमन करते। भोजन अच्छा है या बुरा इसका वे न कोई भेद करते, न कोई प्रतिक्रिया। दान देते समय कुछ लोग धर्म के विषय में कुछ जानना चाहते तो भिक्खु अपनी योग्यता के अनुसार विचारपूर्वक उत्तर देते। भिक्खु बताते कि वह गौतम बुद्ध के संघ का भिक्खु है। वे चार आर्य सत्यों, पंचशीलों और अष्टांगिक मार्ग की चर्चा भी करते।

दोपहर होते-होते भिक्खु ताड़वन में वापस आ जाते जिससे वे मौन साधकर भोजन करें और तत्पश्चात् धर्म संबंधी बुद्ध की देशना सुन सकें। अपराह्न और संध्या का समय ध्यान-साधना के लिए निर्धारित था। इस प्रकार दोपहर के बाद किसी ने गैरिक चीवर धारी भिक्खुओं को नगर में नहीं देखा।

दो सप्ताह समाप्त होते-होते नगर के अधिकांश लोग बुद्ध के संघ के विषय में जान चुके थे। अपराह्न की शीतल वेला में बहुत से साधारण जन बुद्ध के दर्शन करने और सद्धर्म मार्ग के विषय में ज्ञान प्राप्त करने ताड़ वन आ जाया करते। इससे पहले कि बुद्ध अपने मित्र से मिलने जा पाते, युवा राजा बिम्बिसार को बुद्ध के वहां पधारने का समाचार मिल गया था। यह नया आचार्य वही युवा संन्यासी है जिससे वह पहाड़ पर मिल चुके थे, इतना सुनिश्चित करके वह अपने रथ पर बैठकर ताड़वन के लिए रवाना हो गये। उनके रथ के साथ बहुत से अन्य रथ भी थे क्योंकि उन्होंने सौ से अधिक अत्यन्त पूज्य ब्राह्मण आचार्यों और बुद्धिजीवियों को भी अपने साथ आने के लिए निमंत्रित किया था। जब वे ताड़वन के समीप पहुंचे तो रथ से उतर पड़े। उनके साथ रानी और उनका पुत्र राजकुमार अजातशत्रु भी था।

जब बुद्ध को राजा के आगमन की सूचना मिली तो वह स्वयं और उरुबेला काश्यप राजा तथा उनके साथ आये लोगों की अगवानी करने आये। सभी भिक्खु बड़े-बड़े घेरे बनाकर बुद्ध की देशना सुनने के लिए पृथ्वी पर ही बैठ गये। बुद्ध ने राजा रानी, राजकुमार तथा अन्य संभ्रांत अतिथियों को भी विराजने को आमंत्रित किया। राजा बिम्बिसार ने अतिथियों का परिचय स्वयं दिया या करवाया। इन अतिथियों में बहुत से वेदों के ज्ञाता थे और विभिन्न दर्शनों के अनुयायी थे।

इनमें से अधिकांश ने उरुबेला काश्यप का नाम सुन रखा था किन्तु किसी ने भी बुद्ध का नाम नहीं सुना था। वे यह देखकर आश्चर्य चकित थे कि आचार्य काश्यप बुद्ध को इतना सम्मान क्यों देते हैं जबकि गौतम शाक्य, उनसे आयु में काफी छोटे थे। वे एक-दूसरे से कान में बात करके यह निश्चय कर लेना चाहते थे कि बुद्ध काश्यप के शिष्य हैं या काश्यप बुद्ध के। इस भ्रमपूर्ण स्थिति को समझ कर उरुबेला काश्यप उठकर बुद्ध के समीप आये और हाथ जोड़कर स्पष्ट किन्तु सम्मानपूर्ण वाणी में बोले–"गौतम बुद्ध, मेरे इस जीवन के सबसे मूल्यवान गुरु, मैं उरुबेला काश्यप आपका शिष्य हूं। कृपया मुझे आपके प्रति सम्मान प्रकट करने की अनुमति दीजिए।" इसके बाद उन्होंने तीन बार बुद्ध के समक्ष नमन किया। बुद्ध ने काश्यप को अपने समीप ही बैठने को कहा। ब्राह्मणों की खुस-फुस समाप्त हो गयी थी। वास्तव में गैरिक वस्त्रधारी नौ सौ भिक्खुओं को सौम्यता के साथ बैठे देखकर उनके मन में सम्मान-भाव बहुत बढ़ चुका था।

बुद्ध ने आत्मा-जागृति कराने वाले सद्धर्म मार्ग के विषय में अपनी देशना आरंभ की। उन्होंने जीवन के सभी तत्त्वों की अनित्यता और परस्परावलंबन के विषय में बताया। उन्होंने कहा कि सद्धर्म का यह मार्ग भ्रामक विचारों और जागतिक जंजालों को पार कर जाने में सहायक होता है। उन्होंने कहा कि भाव-बोध की धारणा करने से व्यक्ति को ध्यान लगाने और ज्ञान-प्राप्ति में सहायता मिलती है। उनकी वाणी घंटानाद के समान सर्वत्र गुंजायमान हो रही थी। वसन्त की कुनकुनी धूप में एक हजार से अधिक लोग उनकी देशना सुन रहे थे। कोई भी जोर से न तो श्वास लेने का साहस कर रहा था और न वस्त्र सरकाने का; क्योंकि उन्हें भय था कि इससे बुद्ध की अद्भुत वाणी की ध्वनि में व्याघात पड़ेगा।

उस समय तक राजा बिम्बिसार की आंखें चमकने लगी थीं। वे जितनी देशना सुनते जाते थे, उतने ही, उनके हृदय के द्वार उन्मुक्त होते जाते थे। उनकी बहुत-सी शंकाएं और परेशानियां स्वतः ही निर्मूल हो गयी थीं। उनके चेहरे पर प्रभापूर्ण मुस्कान आ गयी थी। जब बुद्ध ने अपनी देशना समाप्त की, राजा बिम्बिसार ने खड़े होकर हाथ जोड़े और कहा–"प्रभु, युवावस्था से ही मेरी पांच इच्छाएं थीं। आज वे सभी पूरी हो गयीं। मेरी पहली इच्छा थी कि मेरा राज्याभिषेक हो और मैं राजा बनूं। दूसरी इच्छा थी कि इसी जीवन में संबोधि प्राप्त गुरु मिले। तीसरी इच्छा थी कि मैं उस गुरु का सम्मान कर सकूं। चौथी इच्छा थी कि मेरा गुरु मुझे सत्य मार्ग दिखा सके और पांचवीं इच्छा थी कि

आत्म जागृत संबुद्ध की शिक्षाओं को समझ सकूं। मेरी यह इच्छा अभी पूरी हुई है। आपकी अद्भुत देशना से मुझे ज्ञान प्राप्त हुआ है। प्रभुवर मुझे अपना एक सामान्य शिष्य या उपासक बनाना स्वीकार कर लीजिए।"

बुद्ध ने स्वीकृति में सिर हिलाया।

राजा ने बुद्ध और उनके समस्त नौ सौ शिष्यों को पूर्णिमा के दिन महल में भोजन करने के लिए आमंत्रित किया। बुद्ध ने इसे भी सहर्ष स्वीकार कर लिया।

अन्य सभी अतिथि बुद्ध को धन्यवाद देने के लिए उठ खड़े हुए। उनमें से बीस ने बुद्ध का शिष्य बनने की इच्छा प्रकट की। बुद्ध और उरुबेला काश्यप राजा, रानी और छोटे से राजकुमार अजातशत्रु को ताड़वन की सीमा तक छोड़ने उनके साथ-साथ गये।

बुद्ध जानते थे कि महीने भर से पहले ही वर्षा ऋतु आरंभ हो जाएगी और उनके लिए स्वदेश लौट जाना असंभव हो जाएगा। इसलिए उन्होंने निश्चय किया कि वह तीन महीनों तक ताड़वन में ही नौ सौ भिक्खुओं के साथ वर्षा प्रवास करेंगे। वह समझते थे कि तीन महीनों के साधना-अभ्यास से संघ सुदृढ़ हो जाएगा। और वहां की व्यवस्था इतनी स्थिर हो जाएगी कि वे वहां से जा सकें।

राजा बिम्बिसार ने तुरन्त ही बुद्ध और उनके भिक्खुओं के अभ्यर्थना-समारोह का आयोजन आरंभ कर दिया। उन्होंने राजमहल के विशाल प्रांगण में भोजन की व्यवस्था करने की सोची। इसीलिए उस प्रांगण को बढ़िया ईंटों से सजाया। उन्होंने अपने प्रजाजनों से अनुरोध किया कि मार्गों पर प्रकाश की सुंदर व्यवस्था की जाए तथा बुद्ध और उनके संघ के स्वागतार्थ पुष्प-वर्षा की जाए। उन्होंने इस समारोह में अन्य लोगों को भी भाग लेने के लिए आमंत्रित किया जिनमें उनकी सरकार के सभी सदस्य और परिवार जन भी सम्मिलित थे। बारह वर्षीय राजकुमार अजातशत्रु के मित्रों को भी इसमें आमत्रित किया गया। राजा जानते थे कि बुद्ध और भिक्खुगण अहिंसा व्रत का पालन करते हैं, अतः सारा भोजन स्वाद पूर्ण शाकाहारी ही हो। उन्हें इस अभ्यर्थना-समारोह की तैयारी में दस दिन लगे।

अध्याय उनतीस

परस्परावलम्बी सह-वर्द्धन

उसके बाद के सप्ताहों में बहुत से जिज्ञासु बुद्ध के पास आये और भिक्खु की प्रवृज्या दिये जाने का अनुरोध किया। उनमें से बहुत से धनी परिवारों के उच्च शिक्षा प्राप्त युवक भी थे। बुद्ध के वरिष्ठ शिष्यों ने इनको प्रवृज्या दिलायी और नये भिक्खुओं को अभ्यास के आरंभिक निर्देश दिये। और भी स्त्री-पुरुष ताड़वन आये और 'बुद्धं शरणं गच्छामि', 'धम्मं शरणं गच्छामि' और 'संघं शरणं गच्छामि' के व्रत लिये।

एक दिन कौंडन्न ने लगभग तीन सौ युवकों को प्रवृज्या दी और त्रिरत्नों का उच्चारण कराया और प्रवृज्या संस्कार के पश्चात् बुद्ध, धर्म और संघ के विषय में उनको समझाया।

"बुद्ध संबुद्ध बोधिसत्व है। संबुद्ध व्यक्ति जीवन और ब्रह्माण्ड के स्वरूप को देख सकता है। प्रज्ञा चक्षु होने के कारण वह भ्रम-जाल, भय, क्रोध अथवा कामनाओं के बंधन में नहीं बंधता। संबुद्ध व्यक्ति मुक्त प्राणी होता है जो शांति और आनंद, प्रेम तथा ज्ञान से भरपूर होता है। हमारे गुरु गौतम 'सर्वधर्माभिसमयरूप' और सर्वकारक प्रज्ञावान हैं। वह हमें इस जीवन में ऐसा मार्ग दिखाते हैं, जिससे हम अपने अविस्मरणशीलता को जीतकर स्वयं ही जागृत चेतना वाले व्यक्ति बन सकें। हम सब में 'बुद्ध-प्रकृति' विद्यमान है। हम सभी बुद्ध बनने में सक्षम हैं। बुद्ध-प्रकृति चेतना के जागरण और समस्त अज्ञान को निर्मूल करना है। यदि हम आत्म-चेतना के मार्ग का अभ्यास करेंगे तो हमारी बुद्ध-प्रकृति दिन प्रतिदिन निखरती जाएगी और एक दिन ऐसा आएगा कि हम भी पूर्ण मुक्ति, शांति और आनंद की स्थिति प्राप्त कर सकेंगे। हम में से प्रत्येक को अपने हृदय में बुद्ध को विराजमान समझना चाहिए। त्रिरत्नों में बुद्ध प्रथम रत्न हैं।

"धर्म वह मार्ग है जिससे आत्म-चेतना की जागृति होती है। इस मार्ग का निर्देश बुद्ध ने किया है। इस मार्ग के द्वारा अज्ञान, क्रोध, भय और कामनाओं के पार जाया जा सकता है। इससे मुक्ति, शांति और आनंद की प्राप्ति होती है। यह हमें दूसरों को प्रेम करने और उन्हें समझने में समर्थ बनाता है। आत्म-जागृति के पथ के दो सुन्दर फल हैं, प्रेम और ज्ञान। इस प्रकार धर्म दूसरा मूल्यवान रत्न है।"

"संघ लोगों का वह समुदाय है जो आत्म-जागृति के मार्ग की साधना सबके साथ मिलकर कराता है। यदि आप मुक्ति-मार्ग की साधना करना चाहते हैं तो साथ-साथ मिलकर साधना करना अधिक महत्त्वपूर्ण है। यदि आप अकेले ही हैं तो आपके आत्म-जागृति के मार्ग में लक्ष्य तक पहुंचने में बाधाएं आ सकती हैं। चाहे आप प्रवृज्या प्राप्त भिक्खु हैं चाहे साधारण जन, संघ की शरण में आना महत्त्वपूर्ण है। इस प्रकार संघ तीसरा मूल्यवान रत्न है।

"आज आप लोग बुद्ध, धर्म और संघ की शरण में आये हैं तो इन त्रिरत्नों के कारण, उद्देश्यहीन होकर नहीं भटकोगे वरन् जागृति के पथ पर वास्तविक प्रगति कर पाओगे। दो वर्ष पूर्व ही मैंने इन त्रिरत्नों की शरण ली थी और आज आप लोग भी उसी पथ के पथिक हैं। हमें इन त्रिरत्नों की शरण में आकर आनंदित होना चाहिए। ये त्रिरत्न हमारे हृदयों में अनंत काल से विद्यमान रहे हैं। हम मिलकर साथ-साथ साधना के अभ्यास द्वारा इन त्रिरत्नों की ज्योति से अपने हृदयों को आलोकित करेंगे।" ये युवक कौंडन्न के इन वचनों से बहुत प्रेरित हुए।

इन्हीं दिनों बुद्ध को दो असाधारण नये शिष्य मिले जिनके नाम थे सारिपुत्त और मौद्गल्यायन। इन्हें भी भिक्खु संघ में सम्मिलित कर लिया गया। ये दोनों ही राजगृह के विख्यात संन्यासी संजय के शिष्य थे। संजय के भक्त 'परिव्राजक' कहलाते थे। सारिपुत्त और मौद्गल्यायन घनिष्ठ मित्र थे और कुशाग्र बुद्धि एवं मुक्त दृष्टि के कारण इनका सम्मान किया जाता था। उन्होंने एक-दूसरे को वचन दिया कि जो भी पहले सद्धर्म मार्ग की संबोधि प्राप्त कर लेगा, वह तुरन्त दूसरे को सूचित करेगा।

एक दिन सारिपुत्त ने अस्सजि को राजगृह में भिक्षाटन करते देखा। अस्सजि की सौम्य प्रशान्त मुद्रा ने उन्हें तुरन्त आकृष्ट किया। सारिपुत्त ने मन में सोचा, ऐसा प्रतीत होता है कि इस व्यक्ति को आत्म-मुक्ति प्राप्त हो गयी है। मैं जानता हूं कि ऐसे मुक्तजन पाये जाते हैं। मैं इनसे पूछूं कि इनके गुरु कौन हैं और उनकी शिक्षा क्या है?"

सारिपुत्त अस्सजि के निकट पहुंचने के लिए पहले तो झपटे किन्तु फिर यह सोचकर रुक गये कि जब यह भिक्खु शांत भाव से द्वार-द्वार से भिक्षा मांग रहा है तो मैं इसमें क्यों विघ्न बनूं। सारिपुत्त ने तब तक प्रतीक्षा करने का निश्चय किया जब तक कि अस्सजि भिक्षाटन समाप्त न कर लें। सारिपुत्त उनका इस प्रकार अनुसरण करते रहे जिससे अस्सजि को पता ही न चले। जब अस्सजि का भिक्षा-पात्र भर गया और वह नगर से बाहर जाने को मुड़े तो सारिपुत्त ने हाथ जोड़कर उनका सादर नमन किया और कहा कि "आपका मुखमंडल शान्ति और सौम्यता से दमक रहा है। आपके चलने और आपकी सभी मुद्राओं से ही आपकी निर्मलता और ज्ञान का दर्शन हो जाता है। कृपया यह बताइए कि आपके गुरु कौन हैं और आपका शिक्षा-केन्द्र कहां है। आपके गुरु आपको किन पद्धतियों की शिक्षा देते हैं?"

अस्सजि ने एक क्षण सारिपुत्त की ओर देखा और मैत्रीपूर्ण मुस्कान से उत्तर दिया, "मैं शाक्य वंश के गौतम, जिन्हें बुद्ध कहते हैं, के मार्ग-निर्देशन में अध्ययन और अभ्यास कर रहा हूं। इस समय उनका निवास सप्ततीर्थ मंदिर के समीप ताड़वन में है।"

सारिपुत्त की आंखें चमक उठीं। "उनकी शिक्षा क्या है ? क्या आप वे शिक्षाएं मुझे बताना चाहेंगे ?"

"बुद्ध की शिक्षाएं बहुत गूढ़ और ज्ञानपूर्ण हैं। मैं भी अभी उन्हें पूर्ण रूप से हृदयंगम नहीं कर पाया हूं। आप चलकर स्वयं बुद्ध से ही वे शिक्षाएं ग्रहण करें तो उचित रहेगा।"

सारिपुत्त ने अस्सजि को और टटोला। 'क्या आप बुद्ध की शिक्षा के कुछ शब्द भी मुझे नहीं बताएंगे ? वे शब्द ही मेरे लिए अत्यन्त मूल्यवान होंगे। उनसे आगे की शिक्षा प्राप्त करने बाद में आऊंगा।"

अस्सजि मुस्कराये और फिर एक गाथा सुनायी :

"परस्परावलम्बी स्रोत से
सभी पदार्थों का सृजन होता है।
और सभी पदार्थ उसी में परिसमाप्त होते हैं।
बोधिसत्व संबुद्ध की
यही शिक्षा है।"

सारिपुत्त को अनुभव हुआ जैसे उनके हृदय-कपाट खुल गये हों और उसमें दिव्य प्रकाश पूर्णतः भर गया हो। सत्य धर्म की निर्भ्रान्त झांकी जैसे उनके समक्ष साकार हो गयी हो। उन्होंने अस्सजि को नमन किया और अपने मित्र

मौद्गल्यायन को खोजने दौड़ पड़े।

जब मौद्गल्यायन ने सारिपुत्त का दमकता मुखमंडल देखा तो पूछा, “बंधुवर किस कारण से आप इतने आनंदित हो रहे हैं ? क्या आपने सत्यधर्म का मार्ग प्राप्त कर लिया है ? मुझे भी कुछ बताइए।”

सारिपुत्त ने अपने साथ बीती घटना सुनाई। जब उन्होंने वह ‘गाथा’ उन्हें सुनाई तो मौद्गल्यायन को भी प्रतीत हुआ कि उनका हृदय और चित्त दिव्य प्रकाश की छटा से भर गया है। उन्हें लगा कि समस्त ब्रह्माण्ड एक सुग्रथित जाल है। वह इस कारण विद्यमान था क्योंकि उसका अस्तित्व था; उसका विकास हुआ क्योंकि इसका विकास हुआ और यह इसलिए तिरोहित हो गया क्योंकि वह भी तिरोहित हो गया था। सभी पदार्थों या प्राणियों का सर्जक एक ब्रह्म है, यह विचार, इस तथ्य का ज्ञान होते ही, तिरोहित हो गया कि परस्परावलम्बी सह-विकास से ही सब जागतिक प्रपंच संभव है। अब वह समझ गये कि जन्म-मरण के अनंत चक्र से कैसे छुटकारा पाया जा सकता है। उनके सामने मुक्ति का द्वार खुल गया था।

मौद्गल्यायन ने कहा कि “बंधुवर, हमें तुरन्त बद्ध के पास चलना चाहिए। यही वह गरु हैं जिनकी हम अब तक प्रतीक्षा करते रहे हैं।”

सारिपुत्त ने सहमति व्यक्त करते हुए कहा–“उन ढाई सौ ‘परिव्राजक’ बंधुओं का क्या होगा जो हमें वरिष्ठ मानकर हमारे ऊपर विश्वास एवं श्रद्धा रखते आये हैं। हम उनको यों अचानक त्याग तो नहीं सकते। पहले हमें उनसे मिलना चाहिए और उन्हें अपने निर्णय से अवगत कराना चाहिए।”

दोनों मित्र परिव्राजकों के प्रमुख शिक्षा कक्ष में गये और साथी साधकों को अपना यह निर्णय बताया कि हम इस भक्त समुदाय को छोड़ रहे हैं। और बुद्ध के शिष्य बनने जा रहे हैं। जब परिव्राजकों ने सुना कि सारिपुत्त और मौद्गल्यायन उन्हें छोड़कर जा रहे हैं तो वे अत्यन्त दुखी हुए। इन दोनों वरिष्ठ बंधुओं के बिना भक्त समुदाय वैसा नहीं रह जाएगा, जैसा अब तक था। अतः उन सभी ने अपनी यह इच्छा प्रकट की कि वे सब भी उनका अनुसरण करेंगे और बुद्ध के अनुयायी बन जाएंगे।

सारिपुत्त और मौद्गल्यायन अपने गुरु आचार्य संजय के पास गये और भक्त समुदाय का निश्चय बताया। उन्होंने सभी भक्तों को वहीं ठहरने का अनुरोध करते हुए समझाया कि “यदि तुम लोग यहां रहते हो तो मैं भक्त समुदाय का नेतृत्व तुम दोनों को सौंपने को तैयार हूं।” उन्होंने अपने कथन की पुष्टि में त्रिवाचा भरा किन्तु सारिपुत्त और मौद्गल्यायन तो अपना पक्का मन बना चुके थे।

उन्होंने कहा, "गुरुवर, हम तो मुक्ति प्राप्त करने के उद्देश्य से आध्यात्मिक मार्ग पर आरूढ़ हुए थे न कि आध्यात्मिक नेता बनने के लिए। जब हम ही मुक्ति का सच्चा मार्ग नहीं जानते तो औरों का क्या नेतृत्व करेंगे ? हमें गौतम बुद्ध के पास जाना चाहिए क्योंकि उन्होंने सद्धर्म का वह मार्ग प्राप्त कर लिया है जो हम इतने समय से खोज रहे थे।"

सारिपुत्त और मौद्गल्यायन आचार्य संजय के समक्ष प्रणत हुए और वहां से चल दिये। अन्य परिव्राजक भी उनके पीछे-पीछे चल पड़े। वहां से चलकर वे ताड़वन पहुंचे जहां उन्होंने बुद्ध को नमन किया और उनसे आग्रह किया कि हमें भी प्रवृज्या देकर भिक्खु संघ में सम्मिलित कर लिया जाए। बुद्ध ने उनके समक्ष चार आर्य सत्यों की देशना की और उन्हें प्रवृज्या देकर भिक्खु संघ में मिला लिया। इनके प्रवृज्या ले लेने से ताड़वन में भिक्खुओं की संख्या साढ़े बारह सौ हो गई।

॥ इति प्रथम भाग ॥

भाग दो

अध्याय तीस

वेणुवन का दान

पूर्णिमा का दिन था। बुद्ध अपना भिक्षा-पात्र हाथ में लिये साढ़े बारह सौ भिक्खुओं के साथ राजगृह नगर में प्रविष्ट हुए। वे सभी मन्द शांत पग रखते हुए मौन रूप से चल रहे थे। राजधानी की सड़कें दीपों और ताजे फूलों से सजी हुई थीं। बुद्ध और उनके संघ का अभिनन्दन करने के लिए मार्गों के दोनों ओर भीड़ उमड़ रही थी। भिक्खु दल जब चौराहों पर आता तो भीड़ बहुत अधिक हो जाती और बुद्ध तथा भिक्खुओं को आगे बढ़ना असंभव हो जाता।

उरुबेला काश्यप की समझ में नहीं आ रहा था कि क्या किया जाए। तभी एक सुकुमार युवक हाथ में वीणा लिए गाता हुआ आया। उसके गायन का स्वर बहुत मधुर था। जब वह गाता एवं वीणा बजाता हुआ आगे बढ़ता तो लोग एक ओर को हो जाते। इससे बुद्ध को आगे बढ़ने का मार्ग मिल जाता। काश्यप पहचान गये कि इस व्यक्ति ने करीब एक महीने पहले ही उनसे प्रवृज्या ग्रहण की थी।

उसका गायन भावपूर्ण था और सम्मोहित हुए लोग उसके गान को श्रवण कर रहे थे। गायक को देखने के बाद लोग अपने सामने से निकलते हुए बुद्ध को भी देखते। गायक मुस्कराता जाता और अपना गायन जारी रखे हुए थाः

"आभारी हूं इनका शिष्य बनने का अवसर पाकर,
अब इनके अनंत प्रेम और ज्ञान का करता आदर,
धर्म इनका देता चेतना को परम तुष्टि,
चेतना-जागृति का सत्य-पथ खोलता इनका संघ।"

वह युवा गाता रहा और बुद्ध के लिए भीड़ में से रास्ता निकालता रहा और

बुद्ध एवं सभी भिक्खु राज द्वार तक जा पहुंचे। उसके बाद गायक ने बुद्ध को नमन किया और उसी प्रकार भीड़ में अदृश्य हो गया जैसे अकस्मात् प्रकट हुआ था।

राजा बिम्बिसार छः हजार आमंत्रित अतिथियों एवं अनुचरों के साथ बुद्ध का स्वागत करने द्वार तक आये और बुद्ध एवं भिक्खु दल को राजमहल के प्रांगण में ले गये, जहां अतिथियों की धूप से रक्षा करने के लिए विशाल शामियाना तना हुआ था। प्रांगण के मध्य में बुद्ध को परम आदर सहित बैठाया गया। भिक्खुओं के लिए भी स्थान सावधानीपूर्वक बनाया गया था। जब बुद्ध अपने स्थान पर आसीन हुए तो राजा ने अन्य सभी को अपने-अपने आसनों पर विराजमान होने का निवेदन किया। राजा और उरुबेला काश्यप बुद्ध की अगल-बगल बैठ गये।

राजकुमार अजातशत्रु एक पात्र में जल और तौलिया लेकर बुद्ध के समक्ष उपस्थित हुए जिससे बुद्ध अपने हाथ-पांव धो डालें। अन्य परिचारक जल-पात्र और तौलिए लेकर अन्य भिक्खुओं के पास गये। कर-पद प्रक्षालन कार्य सम्पन्न होने पर मेजों पर शाकाहारी भोजन लगा दिया गया। राजा ने स्वयं बुद्ध के भिक्षा-पात्र में भोजन परोसा और रानी विदेही अनुचरों को निर्देश देकर भिक्खुओं को भोजन परोसवा रही थीं। भोजन के पूर्व बुद्ध और भिक्खुओं ने विशेष गाथाओं का उच्चारण किया। राजा बिम्बिसार और समस्त राजकीय अतिथि उस समय पूर्णतः मौन रहे जब तक बुद्ध और भिक्खुओं ने भोजन ग्रहण किया। उनकी शांत तथा आनंदपूर्ण मुद्रा से समस्त राजकीय अतिथि अत्यधिक प्रभावित हुए।

जब बुद्ध और 1250 भिक्खु भोजन कर चुके तो उनके भिक्षा-पात्र ले लिए गये और साफ करके उन्हें लौटा दिये गये। राजा बिम्बिसार ने बुद्ध की ओर अभिमुख होकर हाथ जोड़े। राजा की इच्छा समझते हुए बुद्ध ने धर्म की देशना आरंभ की। उन्होंने पंचशीलों की चर्चा की और कहा कि इनसे व्यक्ति के परिवार एवं राज्य में शांति एवं प्रसन्नता का मार्ग प्रशस्त होता है।

"पहला शील है—जीव-हिंसा से विरत रहना। इस शील से करुणाभाव जागृत होता है। सभी प्राणियों को मृत्यु का भय होता है। जैसे हमें अपने प्राणों का मोह होता है, उसी तरह हमें अन्य प्राणियों के प्राणों को समझना चाहिए। हमें केवल मानव-हिंसा ही नहीं करनी चाहिए, वरन् अन्य प्राणियों की हत्या करने से भी बचना चाहिए। हमें मानवों, पशुओं और वनस्पतियों के साथ भी

छः हजार परिचरों के साथ राजा बिम्बिसार द्वारा बुद्ध का स्वागत

सौमनस्य से रहना चाहिए। यदि हम अपने हृदय में प्रेम का भाव रखें तो हम कष्टों को कम करके जीवन आनंदपूर्ण बना सकते हैं। यदि प्रत्येक नागरिक अहिंसा का व्रत ले ले तो राज्य में शांति रहेगी। जब लोग एक-दूसरे के जीवन का आदर करेंगे तो देश समृद्ध एवं शक्तिशाली होगा और वह अन्य देशों के आक्रमण से सुरक्षित रहेगा। राज्य की सैन्य शक्ति प्रबल भी हो तो उसे प्रयोग करने की आवश्यकता ही न पड़ेगी। सैनिकों को सड़कें, पुल, व्यवसाय स्थान और बांधों के निर्माण सरीखे सद्कार्यों में प्रयोग किया जा सकेगा।

"दूसरा शील है—चोरी से विरत रहना। किसी व्यक्ति को यह अधिकार नहीं कि वह दूसरे की श्रम से अर्जित धन-संपदा हस्तगत कर ले। दूसरे की वस्तुओं को हथियाने का प्रयास करना दूसरे शील का उल्लंघन है। दूसरों को धोखा मत दो या अपने प्रभाव एवं सत्ता के प्रभाव का प्रयोग करके अन्य व्यक्तियों की वस्तुएं मत छीनो। इसी प्रकार दूसरे के श्रम और गाढ़े पसीने की कमाई से स्वयं लाभ उठाना भी इस शील के प्रतिकूल है। यदि नागरिक इस शील के अनुरूप आचरण करेंगे तो सामाजिक समानता का विकास होगा और लूट तथा हत्याओं की घटनाएं भी शीघ्र ही समाप्त हो जाएंगी।

"तीसरा शील है—व्यभिचार से विरत रहना। शरीर-संबंध केवल पति-पत्नी के बीच रहने चाहिए। इस शील का पालन करने से परिवार में विश्वास और हर्ष बढ़ता है और दूसरे लोगों को अनावश्यक कष्ट से बचाया जा सकता है। यदि आप प्रसन्नता चाहते हैं और अपने देश एवं जनता की सहायता करने की इच्छा एवं समय प्राप्त करना चाहते हैं तो बहुत सी रखैलों को मत रखिए।

"चौथा शील है—असत्य भाषण से दूर रहना। ऐसे वचन मत बोलिए जिससे विभाजन हो या घृणा बढ़े। आपके वचन सत्य पर आधारित होने चाहिए। हां कहने का अर्थ 'हां' हो और 'नहीं' कहने का अर्थ नहीं। शब्दों में विश्वास और प्रसन्नता जगाने की शक्ति होती है। शब्द ही गलतफहमी और घृणा भी पैदा कर सकते हैं–यहां तक कि उनके कारण हत्या और युद्ध होना भी संभव होता है। इसलिए कृपया शब्दों का प्रयोग अधिकतम सावधानी से करें।

"पांचवां शील है—मद्यपान या नशीले पदार्थों से दूर रहना। मद्यपान और उत्तेजक पदार्थों के सेवन से चित्त की स्पष्टता समाप्त हो जाती है। जब कोई नशे में होता है तो वह स्वयं अपने लिए, अपने परिवार तथा अन्य लोगों के लिए

अकथनीय कठिनाइयां उत्पन्न करता है। इस शील पर आचरण करने से शरीर और मन स्वस्थ रहता है। इस शील का पालन सभी कालों में किया जाना चाहिए।

"यदि महामहिम और सभी उच्चपदस्थ अधिकारी इन पंचशीलों का अध्ययन और पालन करें तो इससे आपका राज्य बहुत लाभान्वित होगा। महामहिम, राजा देश का प्रमुख होता है। उसे सतत् जागरूक रहना चाहिए और यह ज्ञात होना चाहिए कि उसके राज्य में प्रत्येक क्षण कहां क्या हो रहा है ? यदि आप सुनिश्चित करेंगे कि आपके अधीनस्थ लोग इन पंचशीलों को समझें और शान्ति एवं सौमनस्य के साथ रहने के सिद्धांतों के अनुकूल आचरण करें तो मगध देश सुख-समृद्धि प्राप्त कर सकेगा।"

प्रसन्नता से आनंदित राजा बिम्बिसार उठकर खड़े हो गये और बुद्ध के समक्ष प्रणत हो गये। रानी विदेही कुमार अजातशत्रु का हाथ पकड़े हुए बुद्ध के समक्ष गयीं। उन्होंने कुमार को बताया कि किस प्रकार हाथ जोड़कर बुद्ध का सादर अभिनंदन करना है। रानी ने कहा, "बुद्ध देव, अजातशत्रु और चार सौ अन्य बच्चे आज यहां उपस्थित हैं। क्या आप इन्हें चेतना के मार्ग एवं प्रेम के संबंध में कुछ बताने की कृपा करेंगे ?"

रानी ने बुद्ध को नमन किया। बुद्ध ने मुस्कराकर कुमार अजातशत्रु का हाथ पकड़ लिया। रानी ने मुड़कर अन्य बच्चों को भी पास आने का संकेत किया। बच्चे बड़े तथा धनी घरानों के थे। अतः अच्छे-अच्छे वस्त्र-आभूषण पहने हुए थे। अजातशत्रु बुद्ध के चरणों में बैठ गये। बुद्ध को देहात के उन बच्चों का स्मरण आ गया जिनके साथ उन्होंने बहुत समय पहले कपिलवस्तु में उद्यान समारोह में जम्बू वृक्ष के बीच बैठकर आनंद मनाया था। उन्होंने मौन भाव से व्रत लिया कि जब वह स्वदेश जाएंगे तो उन बच्चों को खोजकर उन्हें भी सद्धर्म की शिक्षा देंगे।

बुद्ध ने सामने बैठे बच्चों को संबोधित किया, "बच्चो, मानव जीवन प्राप्त करने के पहले मैं पृथ्वी, पत्थर, पौधों, पक्षियों और अन्य अनेक प्रकार के पशुओं की योनि में रह चुका हूं। तुम्हारी भी हालत यही रही थी। आज तुम लोग मेरे सामने इसलिए बैठे हो कि पिछले जन्मों में हमारा कुछ-न-कुछ संबंध संपर्क रहा होगा। संभव है कि किसी अन्य जीवन में हम एक- दूसरे के जीवन में हर्ष या दुख के कारण रहे हों।

"आज मैं आपको वह कहानी सुनाऊंगा जो हमारी हजारों योनियों पहले की है। यह कथा एक बगुले, केकड़े, वृक्ष और मछलियों की है। संभव है कि तुममें से कोई बगुला, केकड़ा या मछलियों में से कोई रहा हो। मैं उस समय वृक्ष

था। बगुला बहुत धोखेबाज था और उसके कारण मुझे बहुत कष्ट सहना पड़ा। लेकिन उस कष्ट से मैंने यह सबक अवश्य पाया कि जो दूसरों को धोखा देता या कष्ट पहुंचाता है, वह किसी-न-किसी दिन स्वयं भी कष्ट पाता और धोखा खाता है।

"वृक्ष के रूप में मैं एक मनोरम एवं शीलन कमल सरोवर के किनारे खड़ा था। सरोवर में मछलियां नहीं थीं किन्तु पास ही में एक उथला तालाब था जिसमें बहुत-सी मछलियां, झींगा मछलियां और एक केकड़ा रहता था। ऊपर उड़ते बगुले ने उस तालाब को देखा और मछलियां खाने की योजना बनायी। वह उसके किनारे बहुत ही उदास होकर मुंह लटकाए जा खड़ा हुआ।

"मछलियों ने जब उससे परेशानी का कारण पूछा तो उसने कहा कि मैं तो तुम्हारी दुरवस्था के कारण परेशान हूं। यहां न साफ पानी है न पर्याप्त खाना।"

"मछलियों ने पूछा कि क्या आप हमारी परेशानी दूर करने का कोई रास्ता जानते हैं, तो उसने कहा कि, अगर तुम चाहोगी तो मैं तुम्हें एक-एक करके यहां से ले जाकर उस सरोवर में छोड़ आऊंगा वहां साफ सा बहुत पानी है और खाने के लिए भी बहुत है।"

"मछलियों को बगुले पर विश्वास नहीं हो रहा था तो बगुले ने कहा कि यदि तुम्हें संदेह हो रहा है तो मैं पहले एक मछली को वहां जाकर दिखा लाता हूं। तब तो तुम्हें भरोसा होगा ? बहुत सोच-विचार कर मछलियों में एक बड़ी मछली जाने को तैयार हुई। मछली तेजी से तैर लेती थी और बालू पर भी अपना बचाव कर सकती थी। बगुले ने उस मछली को ले जाकर सरोवर दिखाया और वापस ले आया।"

"बगुले की नेकनीयती से संतुष्ट होकर मछलियों ने उससे प्रार्थना की हमें एक-एक करके उस सरोवर तक छोड़ आओ। वह चालाक बगुला अपनी चोंच में मछली को ले आता और मेरे ऊपर बैठकर खाता। आखिर में उसकी हड्डियां मेरे तने के पास गिरा जाता। ऐसा ही सिलसिला चलता रहा।

"मैं तो वृक्ष था और यह सब घटित होते देखता। मुझे बहुत क्रोध भी आता किन्तु मैं कुछ कर नहीं सकता था। पेड़ तो जड़ से बंधा होता है। शाखाएं बढ़ाने के अलावा कुछ नहीं कर सकता था। मैं न तो मछलियों को चेतावनी दे सकता था और न किसी शाखा की मदद से बगुले को उसकी करतूत से रोक सकता था। मैं वह भयानक दृश्य देखने के लिए लाचार था।

जब भी वह किसी मछली को लाता, उसे फाड़कर खाता और उसकी हड्डियां नीचे गिराता तो मुझे बहुत तकलीफ होती। मेरे तने पर मेरे आंसू निकलकर जैसे जम जाते। इस तरह वह सारी मछलियों को खा गया।"

"वृक्ष होने के कारण मैं जंगल की शोभा ही बढ़ा सकता था। यदि मैं हिरन या मनुष्य होता तो मछलियों के लिए कुछ करता। मैंने प्रण किया कि यदि कभी मुझे मनुष्य का जन्म मिला तो मैं शक्तिशाली लोगों से कमजोर लोगों की रक्षा के लिए भरपूर प्रयास करूंगा।"

"आखिर जब सब मछलियां और झींगा मछलियां खत्म हो गईं तो एक केकड़ा बचा। बगुले ने उसे भी ले जाने के लिए कहा तो केकड़े ने कहा कि आप मुझे ले कैसे जाएंगे ? आपकी चोंच तो पतली है, अगर मुझे न संभाल पाये तो मैं जमीन पर गिरकर मर जाऊंगा। इसलिए अगर मुझे ले चलना है तो अपने दोनों पंजों से मैं आपका गला पकड़ लेता हूं। सरोवर में पहुंचकर मैं आपका गला छोड़ दूंगा। बगुला इस पर सहमत हो गया।"

"बगुला केकड़े को लिए मेरे ऊपर ही आ बैठा तो केकड़े ने कहा कि आप मुझे सरोवर न ले जाकर यहां क्यों ले आये। तो बगुले ने कहा कि कोई भी बगुला इतना मूर्ख नहीं हो सकता कि मछलियों को एक तालाब से दूसरे सरोवर तक ले जाकर छोड़ता फिरे। क्या तुम नीचे मछलियों की पड़ी हड्डियां नहीं देख रहे। अब तुम्हारी जिन्दगी भी इसी प्रकार समाप्त होनी है।"

"यह सुनते ही केकड़े ने अपने पंजे बगुले की गर्दन में गड़ाने शुरू कर दिये। कष्ट से वह तड़प उठा और केकड़े को सरोवर तक ले जाने को तैयार हो गया। वह उसे लेकर सरोवर तक गया और केकड़े से कहा कि मेरी गर्दन छोड़कर पानी में उतर जाओ। लेकिन उस तालाब की अपने साथ की सभी मछलियों की मृत्यु को याद करके उसने बगुले की गर्दन दबा ही डाली। इससे बगुला मर गया और केकड़ा उसे छोड़कर पानी में चला गया।"

"बच्चो, उस समय मैं एक वृक्ष था। मैं इस समूचे दृश्य का साक्षी था। इस घटना से मैंने सीखा कि यदि हम दूसरों के साथ सद्व्यवहार करेंगे तो दूसरे भी हमारे साथ वैसा ही सद्व्यवहार करेंगे। लेकिन अगर हम दूसरों के साथ निर्दयता का व्यवहार करेंगे तो हमें भी जल्दी या देर से, वही स्थिति भोगनी पड़ेगी। मैंने व्रत लिया कि अपने अगले जन्मों में मैं अन्य प्राणियों की सहायता करने का प्रयास करूंगा।"

"बच्चे बुद्ध की कहानी बड़े ध्यान से सुनते रहे। वृक्ष के कष्ट से वे दुखी हुए

और असहाय मछलियों तथा झींगा मछलियों के दुर्भाग्य पर दया आई। उन्होंने बगुले की धोखेबाज़ी की निन्दा की और केकड़े की होशियारी पर खुश हुए।"

"राजा बिम्बिसार ने उठकर हाथ जोड़े और नमन करते हुए कहा, "आचार्य, आपने बच्चों तथा बड़ों को एक महत्त्वपूर्ण शिक्षा दी है। मेरी प्रार्थना है। कि कुमार अजातशत्रु आपके शब्दों को सदा स्मरण रखें। हमारे साम्राज्य का यह सौभाग्य है कि आप हमारे बीच हैं। अब यदि आप आज्ञा दें तो मैं आपको और आपके संघ को एक उपहार देना चाहता हूं।"

बुद्ध ने मौन रूप से राजा की ओर उस आशय से देखा कि वह बतायें कि क्या उपहार देने के इच्छुक हैं। इस पर राजा बोले, "राजगृह से दो मील उत्तर में बड़ा और सुंदर वेणुवन है। वह बहुत शांत, ठंडा और ताजगी देने वाला है। बहुत से अच्छे पक्षी वहां निवास करते हैं। मैं आपको तथा संघ को वह वेणुवन दान में देना चाहता हूं जहां आप सद्धर्म मार्ग की शिक्षा दे सकें और साधना का अभ्यास स्वयं कर सकें तथा शिष्यों को करा सकें। हे करुणावतार, हृदय से दिये हुए मेरे इस दान को स्वीकार कीजिए।"

बुद्ध ने एक क्षण के लिए विचार किया। यह पहला अवसर है, जब संघ को एक विहार के लिए भूमि दी जा रही है। वर्षा ऋतु में रहने के लिए भिक्खुओं को जगह चाहिए भी थी। बुद्ध ने गहरा निश्वास लिया और मुस्कराकर राजा के उस उदारतापूर्ण किये दान को स्वीकारने की अनुमति दे दी। राजा बिम्बिसार इस पर फूले नहीं समाये। वह जानते थे कि यदि वहां विहार बन जाएगा तो बुद्ध मगध में अधिक समय व्यतीत करेंगे।

राजमहल में आये अभ्यागतों में उस दिन अनेक ब्राह्मण धर्म के नेता भी उपस्थित थे। राजा के इस निर्णय से बहुत से ब्राह्मण आचार्य प्रसन्न नहीं हुए किन्तु राजा से कुछ भी कहने का उनमें साहस नहीं था।

राजा ने जल का एक स्वर्ण-पात्र मंगाया। उन्होंने बुद्ध के हाथ पर पात्र से जल डालना आरंभ किया और शुद्ध हृदय से घोषणा की, "बोधिसत्व, ज्यों-ज्यों जल आपके हाथ पर गिरता जा रहा है, त्यों-त्यों वेणुवन आपको तथा आपके संघ को हस्तांतरित होता जा रहा है।"

इस दक्षिणा समारोह के साथ वेणुवन राजा के अधिकार से निकलकर बुद्ध के अधिकार में आ गया। भोज-समारोह समाप्त हुआ और बुद्ध अपने साथ 1250 भिक्खुओं को लेकर राजमहल से चल पड़े।

अध्याय इक्कीस

वसन्त ऋतु में लौटूंगा

अगले ही दिन बुद्ध अपने अनेक वरिष्ठ शिष्यों के साथ वेणुवन देखने गए। लगभग सौ एकड़ जमीन में लगे बांस के झाड़ों से भरा वेणुवन संघ के लिए आदर्श स्थान था। वहां अनेक प्रजातियों के बांस उगे हुए थे। वेणुवन के बीच में स्थित कलन्दक सरोवर भिक्खुओं के स्नान करने, वस्त्र धोने और किनारे-किनारे चलित ध्यान करने के लिए सर्वोत्तम स्थान था। वेणुवन में बांस ही बांस थे इसलिए ज्येष्ठ भिक्खुओं के रहने के लिए कुटीरों का सहज ही निर्माण किया जा सकता था। बुद्ध के वरिष्ठ शिष्य और कौंडन्न, काश्यप और सारिपुत्त सभी वेणुवन देखकर प्रसन्न थे। वे तुरन्त वेणुवन में विहार की स्थापना की योजना बनाने में जुट गए।

बुद्ध ने कहा कि, "वर्षा ऋतु आवागमन के लिए अच्छा समय नहीं होता। भिक्खुओं को ऐसे स्थान की आवश्यकता है जहां वे वर्षाकाल में अध्ययन और अभ्यास कर सकें। ऐसा स्थान सुलभ हो जाने पर संघ-समुदाय वर्षा या धूप के कारण रोगग्रस्त नहीं होंगे और अकस्मात् कीड़े-मकोड़ों के पैरों के नीचे आने से बचा जा सकेगा जो वर्षा काल में पृथ्वी पर आ जाते हैं। अब आगे से, मैं वर्षा आने से पूर्व सभी भिक्खुओं को एक स्थान पर आने के लिए कहा करूंगा। तीन महीनों के इस प्रवास काल में क्षेत्र के उपासकों से कह देंगे कि वे तीन महीने के इस प्रवास में भिक्खुओं के लिए भोजन की व्यवस्था किया करें। इस संदर्भ में भिक्खु उन्हें जो शिक्षा देंगे, उनसे उपासकों को भी लाभ होगा। इस प्रकार वर्षा काल में प्रवास की परंपरा आरंभ हुई।

मौद्गल्यायन के नेतृत्व में युवा भिक्खुओं ने बांस, फूस और सनी हुई मिट्टी से बुद्ध तथा वरिष्ठ भिक्खुओं के लिए कुटीर बना दिए। बुद्ध की कुटिया छोटी

किन्तु बड़ी आकर्षक थी। उसके पीछे पीले बांस के गाछ थे। और एक ओर को हरित बांसों के झाड़ थे जिससे कुटिया पर छाया रहती थी। भिक्खु नागसमल ने बांसों की ही एक नीची चारपाई बुद्ध के शयन के लिए बना दी थी। बुद्ध की कुटिया के पीछे मिट्टी के बड़े पात्र में जल भर कर रख दिया गया था। काश्यप ने अपने पूर्व शिष्य नागसमाल से कहा था कि तुम गौतम बुद्ध की सेवा में रहोगे।

सारिपुत्त ने वेणुवन विहार के लिए, राजधानी से दान में एक घंटा मंगवा लिया था। उस घंटे को कलन्दक सरोवर के किनारे एक बड़े वृक्ष में बांध दिया गया था। इस घंटे को बजाकर अध्ययन और साधना के समय की घोषणा की जाती। इस प्रकार सचेतनावस्था के अभ्यास में इस घंटे को बड़ा योगदान रहा। बुद्ध ने शिक्षा दी कि घंटा-ध्वनि सुनकर भिक्खुओं को किस प्रकार रुक जाना और श्वसन-क्रिया पर ध्यान केन्द्रित करना है।

उपासक भी अनेक प्रकार से संघ के लिए सहायक सिद्ध हो रहे थे। उरुबेला काश्यप ने वर्षा-प्रवास के विषय में समझाया कि "इस समय के दौरान सभी भिक्खुओं को बुद्ध के प्रत्यक्ष मार्ग-निर्देशन में सद्धर्म मार्ग का अभ्यास-आचरण करने का सुअवसर प्राप्त होगा। उन्हें गहन अध्ययन और अभ्यास का पर्याप्त समय मिलेगा। वे वर्षा काल की आकस्मिक जीव-हिंसा से भी बचेंगे। आप लोग वर्षा-प्रवास काल में भिक्खुओं के लिए भोजन जुटाकर संघ की सहायता कर सकते हो। संभव हो तो ऐसा समन्वय कीजिए कि भोजन की मात्रा ने अधिक हो, न कम। निर्धनतम व्यक्ति जो एक या दो रोटी भी देगा, उसे बुद्ध या उनके किसी वरिष्ठ शिष्य की धर्म-देशना सुनने का अवसर दिया जाएगा। इस प्रकार इस प्रवास-काल में भिक्खुओं और उपासकों को समान रूप से लाभ होगा।"

भिक्खुओं और व्यवसायहीन लोगों का कुशल संगठन करके काश्यप ने अपनी संगठन-प्रतिभा प्रदर्शित कर दी थी। उन्होंने विहार के लिए आवश्यक वस्तुओं की भी व्यवस्था कर ली थी जिससे प्रत्येक भिक्खु के पास चीवर हो, भिक्षा-पात्र हो, ध्यान-साधना का आसन हो, एक तौलिया और एक घड़ा (जल रखने के लिए) हो।

वर्षा-प्रवास का समय आ गया था और बुद्ध तथा उनके वरिष्ठ शिष्यों ने संघ के यहां आने का जो कार्यक्रम बनाया था, उसके अनुरूप सब कुछ हुआ। प्रातः जागने का घंटा चार बजे बजता। नहाने के बाद भिक्खु अपने आप चलित ध्यान करते। सूर्योदय होने तक वे चलित ध्यान या बैठकर साधना करते। सामान्यतः यह

समय भिक्खुओं के भिक्षाटन का होता था किन्तु प्रवासकाल में भिक्षाटन करने नहीं जाना होता था, अतः उस समय का उपयोग धर्म का गहन अध्ययन करने या वरिष्ठ भिक्खओं से अपनी साधना में आने वाली कठिनाइयों का निवारण करने में करते। अध्यापन के लिए उन्हीं भिक्खुओं का चयन किया जाता जिन्होंने धर्म के पथ को गहनता से समझ लिया था। कौंडन्न, अस्सजि, काश्यप, सारिपुत्त, मौद्गल्यायन, वप्प और महानाम को पचास या साठ भिक्खुओं को शिक्षा देने का भार सौंपा गया था। अन्य अध्यापकों के पास दस से लेकर तीस तक भिक्खु थे। नव भिक्खुओं को एक पृथक् अध्यापक के सुपुर्द कर दिया जाता जो बड़े भाई के समान उसकी देख-रेख करता। काश्यप और सारिपुत्त ने इस व्यवस्था का प्रणयन किया था।

दोपहर को भिक्खु सरोवर के समीप पंक्तिबद्ध हो भिक्षा-पात्न हाथ में लिए खड़े हो जाते। समस्त भोजन सब में समान रूप से वितरित कर दिया जाता। भोजन लेकर सरोवर तट की घास पर बैठकर वे मौन रूप से भोजन करते और अपने पात्न साफ करके बुद्ध की ओर देखने लगते। कभी वह भिक्खुओं को संबोधित करते तो कभी अव्यवसायी उपासकों को, किन्तु उनकी देशना का लाभ सभी प्राप्त कर पाते। कभी-कभी वह वहां उपस्थित बच्चों को ही संबोधित करते। इन धर्म-चर्चाओं में वह प्रायः अपने विगत जीवनों की कथा सुनाते।

कभी-कभी बुद्ध किसी वरिष्ठ शिष्य को देशना करने के लिए कह देते और स्वयं बैठकर सौम्य भाव से सुनते रहते और बीच-बीच में प्रोत्साहन के कुछ वाक्य बोल देते। सद्धर्म-चर्चा के बाद श्रामणेर अपने-अपने घरों को लौट जाते और भिक्खु गण अपराह्न काल तक विश्राम करते। अपराह्न में घंटा बजने पर सभी भिक्खु बैठकर या चलते हुए ही ध्यान-साधना करते। सोने से पहले आधी रात तक भिक्खु अपनी साधना में रत रहते।

बुद्ध रात में काफी देर तक साधना करते रहते। वह अपनी बांस की चारपाई अपनी कुटिया के आगे डलवा लेते और उस पर बैठकर रात्नि की शीतल वायु और चंद्रमा के प्रकाश का आनंद लेते। ब्रह्मवेला में वे सरोवर के तट पर ध्यान युक्त भ्रमण करते। आनंद से भरे, शांत और सहज बुद्ध को उतने निद्रा-काल की आवश्यकता नहीं थी, जितनी युवा भिक्खुओं को होती थी। काश्यप भी रात्नि में ही ध्यान करते।

राजा बिम्बिसार नियम से वेणुवन आते रहते। वह साथ में बहुत से अभ्यागतों को नहीं लाते थे। कभी-कभी वह रानी विदेही और कुमार अजातशत्नु को ले आते। प्रायः वह अकेले ही आते। वह वन के बाहर ही रथ से उतरकर पैदल

बुद्ध की कुटी तक आते। एक दिन जब उन्होंने देखा कि भिक्खुगण वर्षा में भीगते हुए ही धर्म-देशना सुन रहे हैं तो उन्होंने विशाल धर्म-कक्ष बनवा देने की अनुमति बुद्ध से मांगी जिससे वर्षा होने की अवस्था में भिक्खु भोजन भी कर सकें और धर्म-देशना भी सुन सकें। यह कक्ष इतना बड़ा बना था कि उसमें एक हजार भिक्खु और एक हजार उपासक आ सकें। इस धर्म-कक्ष का निर्माण विहार के लिए बहुत सहायक सिद्ध हुआ।

परस्पर वार्तालाप करते समय बुद्ध और राजा प्रायः बुद्ध की चारपाई पर ही बैठ जाते। नागसमल ने बांस की कुछ सादी कुर्सियां बना दीं जिससे बुद्ध को अपने अभ्यागतों को आसीन करने में सुविधा हो। एक दिन जब बुद्ध और राजा अलग-अलग कुर्सियों पर बैठे हुए थे तो राजा ने कहा, "मेरा एक और पुत्र है जो आप से अभी नहीं मिला है। मेरी इच्छा है कि आप उस पुत्र और उसकी माता से अवश्य मिलें। वह पुत्र विदेंही रानी से नहीं जन्मा है। उसकी माता का नाम आम्रपाली है और पुत्र का नाम जीवक। वह शीघ्र ही सोलह वर्ष का हो जाएगा। आम्रपाली पाटलिपुत्र के उत्तर में बैशाली में रहती है। उसे राजमहलों का बंधन-ग्रस्त जीवन प्रिय नहीं है और प्रतिष्ठा या पद की ललक भी नहीं है। वह अपनी स्वतंत्रता को सर्वाधिक मूल्यवान मानती है। मैंने उसके जीवन-यापन में सहायक होने वाली अनेक व्यवस्थाएं की हैं जिनमें एक आम्रवन भी सम्मिलित है। जीवक बुद्धिमान और परिश्रमी युवक है। उसे सैनिक या राजनीतिक विषयों में कोई रुचि नहीं है। राजधानी के समीप रहकर ही वह चिकित्सा शास्त्र का अध्ययन कर रहा है। यदि आप अनुमति दें तो मैं जीवक और उसकी माता को निकट भविष्य में वेणुवन आकर आपके दर्शन करने के लिए कह दूंगा।"

बुद्ध शांत भाव से स्वीकृति सूचक मुस्कराए। राजा करबद्ध प्रणाम करके आनंदित मन से चल दिए।

इसी अवधि के दौरान, वेणुवन में दो विशिष्ट अतिथि बुद्ध के गृह सुदूर कपिलवस्तु से पधारे। वह थे बुद्ध के पुराने मित्र कालुदयी और बुद्ध का सारथी चन्ना। उनके आगमन से वेणुवन विहार में विशेष उत्साह भर उठा था।

बुद्ध को घर त्यागे सात वर्ष से भी अधिक हो गए थे। अतः वह घर के समाचार जानने के लिए बड़े उत्सुक थे। उन्होंने कालुदयी से राजा, रानी यशोधरा, नंद, सुंदरीनंदा, अपने मित्रों और अपने पुत्र राहुल के समाचार पूछे। यद्यपि कालुदयी का स्वास्थ्य अब भी ठीक था किन्तु उसकी मुखाकृति पर आयु

रात की चांदनी और शीतल रात्रि पवन में ध्यान साधना करते बुद्ध

आयु के चिह्न प्रकट होने लगे थे। चन्ना भी वृद्धता की ओर बढ़ रहा था। अपनी कुटिया के आगे बैठे हुए बुद्ध ने उनसे बड़ी देर तक चर्चा की। कालुदयी को राज दरबार में उच्च पद प्राप्त हो चुका था और वह राजा शुद्धोधन के परम विश्वस्त परामर्शदाताओं में गिना जाता था। बुद्ध ने सद्धर्म का मार्ग खोज लिया है और आजकल वह मगध में धर्म देशना कर रहे हैं, यह समाचार कपिलवस्तु में दो मास पूर्व ही पहुंचा था। सभी को विशेषतः राजा, रानी और यशोधरा को यह समाचार पाकर बहुत हर्ष हुआ था। राजा ने कालुदयी से कहा कि वह जाकर बुद्ध को वापस ले आएं। इस आदेश से कालुदयी को आंतरिक हर्ष ही हुआ। यात्रा की तैयारी में तीन दिन लगे और वह उन दिनों रात में सो भी नहीं सका। यशोधरा ने सुझाव दिया कि साथ में चन्ना को भी लिए जाओ तो चन्ना हर्ष के मारे रो पड़ा। दोनों व्यक्तियों को वेणुवन पहुंचने में एक महीने का समय लगा।

कालुदयी ने बताया कि राजा शुद्धोधन का शरीर-स्वास्थ्य पिछले कुछ वर्षों में गिरा है, हालांकि मानसिक रूप से पूर्णतः सजग हैं। राज-काज संभालने के लिए राजा के पास अनेक प्रतिभावान मंत्री हैं। गौतमी पहले की भांति पूर्ण स्वस्थ हैं। कुमार नंद का कल्याणी के साथ विवाह किया जाना निश्चित हो गया है। नंद एक सुन्दर सजीला नवयुवक था जिसे सुन्दर वस्त्र धारण करने का चाव था किन्तु राजा को यही चिन्ता थी कि अभी उसके व्यवहार में स्थिरता और परिपक्वता नहीं आई है। बुद्ध की बहिन सुन्दरी नंदा अब सुन्दर एवं गरिभाशालिनी युवती बन गई है। जब से बुद्ध ने गृह-त्याग किया है, यशोधरा ने आभूषण पहनने बंद कर दिए हैं और अत्यन्त सादगी से रहती है। उसने मूल्यवान सामान बेचकर उस धन से गरीबों की सेवा आरंभ कर दी है। जब से यशोधरा को ज्ञात हुआ है कि बुद्ध दिन में एक बार ही भोजन करते हैं, तो यशोधरा ने भी वैसा ही करना आरंभ कर दिया है। वह रानी गौतमी के समर्थन से अपने समाज-सेवा कार्य को चलाए जा रही है। राहुल अब सात वर्ष का स्वस्थ एवं सुंदर बालक हो गया है। उसकी काली-काली आंखों से समझदारी और दृढ़-निश्चय झलकता है। उसके दादा-दादी उसे उतना ही प्यार-दुलार करते हैं, जितना बचपन में सिद्धार्थ को करते थे।

कालुदयी ने जो कुछ बुद्ध को बताया, उसकी चन्ना ने पुष्टि की। अपने घर के ये सब समाचार सुनकर बुद्ध का हृदय प्रसन्न हुआ। अंत में कालुदयी ने बुद्ध से पूछा कि आप कपिलवस्तु कब लौटकर चल रहे हैं। बुद्ध ने कहा कि वर्षा ऋतु समाप्त होने पर मैं लौटूंगा। मैं नहीं चाहता कि जब तक ये भिक्खु अपने

साधना-अभ्यास में और गहरे न उतर जाएं, तब तक बीच में ही छोड़ जाऊं। वर्षा-प्रवास के बाद मैं आसानी से इन लोगों को छोड़कर जा सकूंगा। लेकिन कालुदयी और चन्ना, एक महीने के लिए तुम यहां रहकर इस जीवन का भी स्वाद क्यों नहीं लेते ? एक महीने के बाद कपिलवस्तु लौटने और राजा को यह सूचित करने का कि मैं वर्षा ऋतु के बाद लौटूंगा, पर्याप्त समय रह जाएगा

वेणुवन विहार में एक महीने तक अतिथि के रूप में रहने की बात सुनकर कालुदयी और चन्ना बहुत हर्षित हुए। उन्होंने कई भिक्खुओं को मित्र बना लिया और सद्धर्म के मार्ग खोजने हेतु गृह-त्याग करने वालों के बीच हर्ष और शांतिपूर्ण जीवन बिताने का स्वाद लेने लगे। उन्हें ज्ञात हुआ कि दैनिक जीवन में सचेतावस्था में जीने का अभ्यास करने से मन और हृदय को कितना बल मिलता है। कालुदयी अधिकांश समय बुद्ध के साथ बिताता और उनके हर कार्य को ध्यान से देखता। बुद्ध की अद्भुत सहज-अवस्था से वह बहुत ही प्रभावित हुआ। यह स्पष्ट था कि उन्होंने वह अवस्था प्राप्त कर ली थी जब वे किसी भी इच्छा के पीछे नहीं दौड़ते थे। बुद्ध की स्थिति मुक्त रूप से जल में तैरती स्वच्छन्द मछली या आकाश में शांतिपूर्वक तैरते मेघ के समान थी। वे पूर्णतया वर्तमान क्षण में जीते थे।

बुद्ध की आंखें और उनकी मुस्कान उनकी आत्मा की अद्भुत मुक्ति के साक्षी थे। संसार की कोई वस्तु उनके लिए बंधन नहीं थी किन्तु उनके समान इतना महान ज्ञान और प्रेम भी किसी के पास नहीं था। अकस्मात् कालुदयी के मन में इच्छा जागी कि वह भिक्खु का सौम्य एवं मुक्त जीवन व्यतीत करना आरंभ कर दे। उसने अनुभव किया कि वह समस्त राजकीय पद, संपदा और प्रतिष्ठा तथा इस प्रकार के जीवन से जुड़ी चिन्ताएं एवं परेशानियां त्यागने को तैयार हैं। वेणुवन विहार में सात दिन बिताने के बाद ही उसने अपनी यह इच्छा व्यक्त की कि वह प्रवृज्या लेकर भिक्खु बनना चाहता है। यह सुनकर बुद्ध ने तनिक आश्चर्य से उसकी ओर देखा और मुस्करा दिए और स्वीकृतिसूचक सिर हिला दिया।

चन्ना की इच्छा भी भिक्खु बन जाने की हो रही थी किन्तु राज-परिवार के प्रति अपने दायित्वों के प्रति सचेत चन्ना ने सोचा कि मुझे यशोधरा से पूछे बिना भिक्खु नहीं बनना चाहिए। उसने निश्चय किया कि भिक्खु बनने की प्रार्थना करने से पूर्व उसे बुद्ध के कपिलवस्तु लौटने की प्रतीक्षा करनी चाहिए।

अध्याय बत्तीस

तर्जनी चन्द्रमा नहीं होती

एक दिन अपराह्न में सारिपुत्त और मौद्गल्यायन अपने एक मित्र संन्यासी दीर्घनख को बुद्ध से मिलाने लाए। दीर्घनख ही संजय नाम से विख्यात थे और सारिपुत्त के चाचा थे। जब उनको विदित हुआ कि उनका भतीजा सारिपुत्त बुद्ध का शिष्य बन गया है तो उन्हें बुद्ध की शिक्षाओं के विषय में जानने की उत्कंठा हुई। जब उन्होंने सारिपुत्त और मौद्गल्यायन से इस विषय में जिज्ञासा की तो उन्होंने कहा आप स्वयं ही बुद्ध देव से क्यों नहीं मिल लेते।

दीर्घनख ने बुद्ध से पूछा, "गौतम, आपकी शिक्षाएं क्या हैं ? आपके सिद्धान्त क्या हैं ? मैं तो स्वयं किन्हीं सिद्धान्तों या मान्यताओं को तनिक भी नहीं स्वीकारता।"

बुद्ध ने मुस्कराकर पूछा, "क्या आप अपने इस सिद्धान्त को मानते हैं कि मैं किसी भी सिद्धान्त को अपनाकर नहीं चलता ? क्या आप सभी सिद्धान्तों की अवमानना पर विश्वास करते हैं ?"

प्रश्न सुनकर अचकचाए दीर्घनख ने कहा, "गौतम, मैं विश्वास करता हूं अथवा नहीं करता, इसका कोई महत्त्व नहीं।"

बुद्ध ने कोमलता से उत्तर दिया, "यदि कोई व्यक्ति सिद्धान्त के विश्वास का बंदी बन जाता है तो उसकी स्वतंत्रता समाप्त हो जाती है। जब कोई दुराग्रही बन जाता है तो वह मानता है कि उसका सिद्धान्त ही एकमात्र सत्य है और अन्य सिद्धान्त सुनी-सुनाई बातें। समस्त झगड़े और संघर्ष विचारों की संकीर्णता से उत्पन्न होते हैं और वे अनंत रूप से चलते रहते हैं जिससे मूल्यवान समय ही नष्ट नहीं होता, अपितु युद्ध तक हो जाते हैं। किन्हीं मान्यताओं में बंध जाना आध्यात्मिक मार्ग की सबसे बड़ी बाधा बन जाता है। संकीर्ण विचारों से

बंधा व्यक्ति उनकी कैद में फंस जाता है और सत्य के द्वार खुलना असंभव हो जाता है।

"मैं आपको एक विधुर की कथा सुनाता हूं जो अपने पांच वर्ष के बालक के साथ रहता था। वह अपने पुत्र को अपने प्राणों से अधिक प्यार करता था। एक दिन वह अपने पुत्र को घर छोड़कर अपने कामकाज के सिलसिले में बाहर गया। उसके जाने पर लुटेरों ने उसका घर लूट लिया और घर को आग लगा दी। वे उसके पुत्र का अपहरण कर ले गए। जब व्यापारी वापस आया तो घर जला हुआ था और एक छोटे बच्चे की बुरी तरह जली लाश पड़ी थी। उसने समझा कि यह उसके पुत्र का शव है। वह अत्यधिक दु:ख-ग्रस्त हो गया। जले शव का संस्कार करके उसने उसकी अस्थियां एवं भस्म एक थैले में रख ली। वह जहां भी जाता, थैला साथ ले जाता। कई महीनों के बाद उसका बेटा उन लुटेरों के चंगुल से निकल भागा और आधी रात को अपने घर पहुंचकर घर का द्वार खटखटाया। कोई उत्तर न आने पर उसने बार-बार द्वार खटखटाया और चिल्लाकर कहा भी कि मैं आपको बेटा हूं। किन्तु उस व्यापारी ने समझा कि पड़ोस का कोई बच्चा उसके पुत्र-प्रेम का मखौल उड़ा रहा है। अतः उसने दरवाजा खोला ही नहीं। हारकर उसका पुत्र वहां से चला गया और पिता-पुत्र सदा के लिए बिछड़ गए।

"यदि मित्रवर, किसी मान्यता को ध्रुव सत्य मानकर उससे चिपटे रहते हैं तो एक दिन अपने को उसी विधुर की स्थिति में पाते हैं। हमें तो सत्य का ज्ञान हो चुका है, इस विश्वास के कारण वह अपने मन के द्वार सत्य सामने होने पर भी नहीं खोलते, भले ही सत्य स्वयं द्वार पर दस्तक क्यों न दे रहा हो।"

दीर्घनख ने प्रश्न किया कि, "आपकी अपनी शिक्षाएं क्या हैं ? यदि कोई आपकी शिक्षाओं का अनुसरण करे तो क्या वह भी संकीर्ण विचारों का बंदी नहीं हो जाएगा ?"

"मेरी शिक्षाएं न तो कोई सिद्धान्त है और न कोई दर्शन। यह न तो किसी वाद-विवाद के निष्कर्ष हैं और न विभिन्न दर्शनों के समान मानसिक मान्यताएं, जिनके अनुसार हम दावा करते हैं कि अग्नि, जल, वायु, पृथ्वी और आत्मा से सृष्टि का सृजन ही आधारभूत सत्य है; अथवा सृष्टि का अंत होता है या वह अनंत है अथवा सृष्टि नित्य है या अनित्य है। इस प्रकार की ध्रुव सत्य संबंधी मानसिक मान्यताएं और विचार-विमर्श जन्य विचार-धाराएं उन चीटियों के समान हैं जो कटोरी के किनारे की ही सतत् परिक्रमा करती रहती हैं किन्तु

पहुंचती कहीं नहीं हैं। मेरी शिक्षाएं कोई दर्शन नहीं हैं। ये तो प्रत्यक्ष अनुभूतियों के परिणाम हैं। आप मेरे कथन की अपनी अनुभूतियों द्वारा पुष्टि कर सकते हैं। मैं शिक्षा देता हूं कि सभी वस्तुएं अनित्य हैं, प्रतीत्य समुत्पाद हैं और उनकी कोई पृथक् सत्ता नहीं होती। मेरी शिक्षा है कि प्रत्येक पदार्थ सृजन, वर्द्धन और मरण के लिए सभी पदार्थों पर निर्भर है। कोई भी पदार्थ किसी एक मूल स्रोत से उत्पन्न नहीं होता। मैंने इस सत्य का प्रत्यक्ष अनुभव किया है जिसे आप भी अनुभव कर सकते हैं। मेरा उद्देश्य सृष्टि-रचना के विषय में बताना नहीं है, वरन् अन्य लोगों को प्रत्यक्ष अनुभूति करने में सहायता करना है। शब्दों से उस परम सत्य का वर्णन नहीं किया जा सकता। केवल प्रत्यक्ष अनुभव के द्वारा ही हम उस परम सत्य का साक्षात्कार कर सकते हैं।"

दीर्घनख हर्ष-विभोर होकर कह उठे, "अद्भुत, अद्भुत, गौतम। किन्तु उस समय क्या होगा जब आपकी शिक्षाओं को भी अंध श्रद्धायुक्त संप्रदाय बना दिया जाए?"

बुद्ध एक क्षण के लिए मौन रहे और सिर हिलाकर कहा-"दीर्घनख जी, आपका यह बहुत ही गहन प्रश्न है। मेरी शिक्षाएं न तो कोई सिद्धान्त है और न दर्शन, किन्तु कुछ लोग इसे सांप्रदायिक स्वरूप दे सकते हैं। मैं स्पष्ट कहना चाहता हूं कि मेरी शिक्षाएं, ध्रुव सत्य की अनुभूति करने की एक पद्धति है, न कि स्वयं में एक ध्रुव सत्य। ठीक उसी प्रकार जैसे चंद्रमा की ओर इंगित करने वाली तर्जनी चंद्रमा नहीं हो जाती। समझदार व्यक्ति चंद्रमा को देखने के लिए तर्जनी का प्रयोग करता है। यदि कोई व्यक्ति केवल तर्जनी को देखता है और उसे ही भ्रमवश चंद्रमा मान लेता है, तो वह चन्द्रमा को कभी नहीं देख सकता। मेरी शिक्षा तो साधना-अभ्यास का एक साधन मात्र है, न कि सदैव उसे पकड़े बैठे रहने या पूजा का साध्य। मेरी शिक्षा तो नदी पार जाने के लिए नौका के समान है। नदी के दूसरे छोर–मुक्ति के तट पर पहुंचकर नाव को कोई मूर्ख ही साथ-साथ लिए फिरता होगा।"

दीर्घनख ने हाथ जोड़कर कहा-"बुद्धदेव, कृपया मुझे वह मार्ग बताइए, जिससे कष्टपूर्ण भावनाओं से मुक्ति मिल सके।"

बुद्ध ने कहा कि "भावनाएं तीन प्रकार की होती हैं—सुखद, दुखद और तटस्थ। तीनों प्रकार की भावनाओं का मूल है—शरीर और चित्त के संकल्प-विकल्प। मानसिक तरंगों या पदार्थगत प्रपंचों के समान ही भावनाएं जागृत होतीं और तिरोहित होती हैं। मैं वह पद्धति बताता हूं कि गहराई से देखकर

भावनाओं की प्रकृति एवं स्रोत को पहचाना जा सके, फिर चाहे वे भावनाएं सुखद, दुखद या तटस्थ भाव की ही क्यों न हों। जब आप भावनाओं के स्रोत को देखेंगे, तो पाएंगे कि भावनाएं शाश्वत नहीं हैं और धीरे-धीरे आप भावनाओं के उठने और तिरोहित होने की प्रक्रिया के द्दष्टा बन सकते हैं। समस्त दुखद भाव-बोध का स्रोत वास्तविक सत्य को भ्रमित दृष्टि से देखना है। जब आप भ्रांत विचारों को समाप्त कर देंगे तो विषमताओं का भी अन्त हो जाएगा। भ्रान्त विचारों के कारण लोग अनित्य पदार्थों को नित्य समझते हैं। इस प्रकार अज्ञान समस्त दुःखों का कारण है। हम सचेतनता के मार्ग का अभ्यास करते हैं जिससे हम अज्ञान को समाप्त कर सकें। व्यक्ति को सभी पदार्थों (तत्त्वों) को गहराई से देखना-समझना चाहिए जिससे उनकी सत्य स्थिति में प्रवेश किया जा सके। प्रार्थनाओं और यज्ञादि से अज्ञान पर विजय नहीं पाई जा सकती।"

जब बुद्ध ये सारी बातें दीर्घनख को समझा रहे थे तो सारिपुत्त, मौद्गल्यायन, कालुदयी, नागसमल और चन्ना भी सुन रहे थे। बुद्ध की देशना को सारिपुत्त सर्वाधिक गहनता से समझने में सक्षम थे। उन्हें लगा जैसे उनका चित्त सूर्य के प्रकाश की तरह जगमगाने लगा। अपने आनंद को छिपा न पाने पर वे हाथ जोड़कर बुद्ध के चरणों पर प्रणत हो गए। साथ ही मौद्गल्यायन भी प्रणत हो गए। इसके बाद बुद्ध की देशना से अत्यधिक प्रभावित दीर्घनख भी बुद्ध के समक्ष प्रणत हो गए। कालुदयी और चन्ना इस दृश्य से आंतरिक रूप से प्रभावित हुए। उन्हें इस बात का गौरव अनुभव हो रहा था कि वह बुद्ध के जीवन से जुड़े रहे हैं। बुद्ध के सद्धर्म मार्ग के प्रति उनका विश्वास एवं श्रद्धा और भी दृढ़ हो गई थी।

इसके कुछ दिनों बाद रानी विदेही और उनका एक अनुचर विहार में आया और संघ को भोजन भेंट किया। वह प्लुमेरिया वृक्ष की पौध भी लाईं जिसे उन्होंने बुद्ध के पूर्व जन्म की उस कथा की स्मृति में रोप दिया जो बुद्ध ने राजमहल के प्रांगण में बच्चों को सुनाई थी।

बुद्ध के मार्ग-निर्देश में भिक्खु समुदाय ने सद्धर्म के मार्ग पर सतत् अधिकाधिक प्रगति की। अपनी बुद्धिमत्ता, परिश्रम और नेतृत्व के गुणों के कारण सारिपुत्त और मौद्गल्यायन सर्वश्रेष्ठ रत्न थे। ये लोग काश्यप और कौंडन्न के साथ मिलकर संघ के संगठन को दृढ़ करने और सद्धर्म मार्ग पर बढ़ने को दिशा-निर्देश दिया करते थे।

यद्यपि संघ की प्रतिष्ठा बढ़ रही थी, किन्तु कुछ लोग बुद्ध और उनके भिक्खु

समुदाय की निन्दा भी करने लगे थे। इनमें से कुछ अफवाहें तो उन धार्मिक समुदायों के सदस्य फैला रहे थे जो राजा द्वारा संघ को दी जा रही सहायता से अप्रसन्न थे। जो उपासक प्रायः वेणुवन आया करते थे, वे इन अफवाहों को सुनकर चिन्तित हो उठते। राजगृह में बहुत से लोग स्पष्टतः इस बात से चिन्तित थे कि धनी तथा श्रेष्ठ घरानों के बहुत से नवयुवक भिक्खु बन गए थे। उन्हें भय था कि शीघ्र ही सभी युवक अपने घर छोड़कर भिक्खु बन जाएंगे तो राजगृह में गुणवती श्रेष्ठ कुमारियों के लिए वर ही नहीं रह जाएंगे। इस प्रकार इन परिवारों का वंश-क्रम ही समाप्त हो जाएगा, ऐसी चेतावनियां वह दिया करते थे।

जब उन्होंने इस तरह की अफवाहें सुनीं तो बहुत से भिक्खु अप्रसन्न हुए। किन्तु इस समस्त घटनाक्रम की सूचना बुद्ध को दी गई तो उन्होंने अव्यवसायी लोगों और भिक्खुओं को शान्त किया और कहा—"ऐसी बातों की चिन्ता नहीं करनी चाहिए। देर-सवेर ये सारी बातें अपने-आप ही समाप्त हो जाएंगी।" और अन्त में हुआ भी ऐसा ही। एक महीने से भी कम समय में इस प्रकार के निराधार भयों की चर्चा समाप्त हो गई थी।

अध्याय तैंतीस

शाश्वत सौन्दर्य

वर्षा-प्रवास समाप्त होने के दो सप्ताह पूर्व एक असाधारण सुंदर महिला बुद्ध से मिलने आई। वह दो श्वेत अश्वों वाले एक श्वेत रथ में आयी थी और उसके साथ, सोलह वर्ष के आयु के आसपास का, एक युवक भी था। उसकी वेश-भूषा तथा चाल-ढाल सर्वथा सुरुचिपूर्ण और गरिमापूर्ण थीं। उसने आकर एक युवा-भिक्खु से अनुरोध किया कि मुझे बुद्ध की कुटिया तक ले चलिए। जब वे कुटिया पर पहुंचे तो बुद्ध चलित ध्यान करके लौटे नहीं थे। भिक्खु ने उन लोगों को बुद्ध की कुटिया के आगे रखी दो कुर्सियों पर बैठा दिया।

थोड़ी देर बाद ही बुद्ध वापस आ गए। उनके साथ कालुदयी, सारिपुत्त और नागसमल भी थे। वह महिला एवं युवक सम्मानपूर्वक उठे और बुद्ध को सादर नमन किया। बुद्ध उन्हें बैठने का अनुरोध करते हुए स्वयं तीसरी कुर्सी पर बैठ गए। वह समझ गए कि आने वाली महिला आम्रपाली और युवक राजा बिम्बिसार का पुत्र जीवक है।

कालुदयी ने अपने जीवन में इतनी सुंदर महिला नहीं देखी थी। उसने अभी एक महीने पहले ही भिक्खु की प्रवृज्या ली है और उसे समझ नहीं आ रहा था कि किसी भिक्खु को ऐसी परम सुंदरी की ओर देखना भी चाहिए या नहीं। आखिर उन्होंने अपनी आंखें नीची कर लीं। नागसमल की भी यही स्थिति हुई। केवल बुद्ध और सारिपुत्त ही उस सुन्दरी से आंखें मिला सके।

सारिपुत्त कभी आम्रपाली को देखते तो कभी बुद्ध को। वह देख रहे थे कि बुद्ध की दृष्टि कितनी सहज और सौम्य है। उनका मुख-मंडल चन्द्रमा की भांति शांत और सुंदर था। उनकी दृष्टि कृपापूर्ण और स्पष्ट थी। सारिपुत्त को प्रतीत

हुआ कि बुद्ध की संतुष्टि, सहज और आनंद-भावना उनके अपने हृदय में सीधी प्रवेश हो गई है।

आम्रपाली भी बुद्ध की आंखों में आंखें डाले देख रही थी। जिस प्रकार बुद्ध उसे निर्विकार भाव से देख रहे थे, उस दृष्टि से उसे आज तक किसी ने नहीं देखा था। जहां तक उसे स्मरण है, लोग उसे देखकर उलझन में पड़ जाते थे या फिर उनकी आंखों में इच्छा झांक रही होती। बुद्ध तो उसे इस प्रकार देख रहे थे जैसे किसी मेघ या सरिता या पुष्प को देखते थे। आम्रपाली को लग रहा था कि वह गहरे झांककर उसके हृदय के विचारों को भी समझ लेंगे। उसने हाथ जोड़कर अपना और अपने पुत्र का परिचय दिया। "मैं आम्रपाली हूं और यह मेरा पुत्र जीवक है जो चिकित्सक बनने के लिए अध्ययनरत है। हमने आपके विषय में बहुत कुछ सुना था और आपसे मिलना चाहते थे जो आज संभव हुआ है।"

बुद्ध ने जीवक से पूछा कि उसका अध्ययन और दैनिक जीवन-चर्या कैसी चल रही है। जीवक ने नम्रता के साथ इन प्रश्नों के उत्तर दिए। बुद्ध समझ गए कि यह युवक दयालु प्रकृति का है और प्रतिभाशाली है। यद्यपि उसके पिता वही थे, जो कुमार अजातशत्रु के थे किन्तु स्पष्ट था कि उसका चरित्र बाल कुमार से अधिक विचार-विमर्श पूर्ण था। जीवक के हृदय में बुद्ध के प्रति सम्मान और प्रेम का भाव था। उसने कहा कि जब मैं अपनी चिकित्सा विषयक शिक्षा पूर्ण कर लूंगा तो वेणुवन में बुद्ध के पास ही रहूंगा।

बुद्ध से मिलने से पहले आम्रपाली यह मानकर चल रही थी कि वह बहुत से उन अन्य विख्यात गुरुओं के समान ही होंगे, जिनसे वह मिल चुकी थी। लेकिन वह इससे पूर्व बुद्ध सरीखे किसी गुरु से नहीं मिली थी। उनकी दृष्टि निश्चय ही कोमल और करुणापूर्ण थी। उसने सोचा कि ये ही मेरे उन दुःखों को समझ सकेंगे जो उसके हृदय में पल रहे हैं। उनकी करुणापूर्ण दृष्टि से ही उसके बहुत से दुःख दूर हो गए थे। जब उसने बोलना आरंभ किया तो उसकी आंखें छलछला आई थीं। "गुरुवर, मेरा जीवन दुःखों का आगार है। यद्यपि मेरे पास धन-संपदा की कोई कमी नहीं है। और अभी तक किसी वस्तु की आकांक्षा अतृप्त नहीं रही है। फिर भी, आज का दिन मेरे जीवन का सर्वाधिक उल्लास का दिन है।"

आम्रपाली विख्यात गायिका और नर्तकी थी लेकिन किसी भी व्यक्ति के कहने भर से अपनी कला का प्रदर्शन नहीं करती थी। यदि किसी के तौर-तरीके या व्यवहार उसे अच्छा नहीं लगे, तो वह अपनी कला का प्रदर्शन करने से

इनकार कर देती, चाहे फिर वह व्यक्ति उसे कितना ही स्वर्ण देने का प्रस्ताव क्यों न रखे। जब वह सोलह वर्ष की थी, तो किसी से प्रेम करने लगी थी। किन्तु उस प्रेम-प्रसंग ने उसका हृदय ही तोड़ा। कुछ समय बाद उसकी भेंट युवा राजकुमार बिम्बिसार से हुई और उन दोनों में प्रेम हो गया। उसी से बिम्बिसार के पुत्र जीवक का जन्म हुआ। किन्तु राजमहल में कोई भी उसे और उसके पुत्र को स्वीकार करने के लिए तैयार नहीं था। महल के लोगों ने यह अफवाह उड़ा दी कि वह परित्यक्त अनाथ है जिसे राजकुमार सड़क के कूड़े के ढेर से उठाकर लाए थे। इन आरोपों से आम्रपाली के हृदय को आघात लगा। राजमहल में उसे द्वेष और घृणा से भरे अपमान के कड़ूए घूंट पीने पड़े। शीघ्र ही उसने समझ लिया कि उसे स्वतंत्र रहना है और अपनी स्वतंत्रता की पूर्ण शक्ति से रक्षा करनी है। उसने महल में रहना अस्वीकार कर दिया और प्रण किया कि वह अपनी व्यक्तिगत स्वतंत्रता किसी भी कीमत पर नहीं खोएगी।

बुद्ध ने सहजता से उससे कहा–"किसी अन्य वस्तु के समान सुंदरता आती है और चली जाती है। ख्याति और धन-संपदा भी इसी प्रकार आनी-जानी हैं। ध्यान-साधना करने से जो शांति, हर्ष और स्वतंत्रता प्राप्त होती है, उसी से सच्चा आनंद प्राप्त होता है। आम्रपाली इस जीवन के जो क्षण शेष रह गये हैं, उनको जियो और उनका पूरा ख्याल रखो। अपने व्यक्तित्व को भुलावे में अथवा निरर्थक आमोद-प्रमोद में नष्ट मत करो। यह बात सबसे महत्त्वपूर्ण है।"

बुद्ध ने आम्रपाली को बताया कि उसे अपना नित्य नैमित्तिक जीवन नई विधि के अनुसार कैसे व्यवस्थित करना है। प्राणायाम करो, ध्यान में बैठो, सचेतनता की भावना से कार्य करो और 'पंचशीलों' के पालन का अभ्यास करो। इन मूल्यवान शिक्षाओं को पाकर वह हर्षोन्मत्त हो उठी। वहां से विदा होने के पूर्व उसने कहा, "वैशाली नगर के बाहर मेरे अधिकार में एक आम्रवन है जो शीतल भी है और शांतिपूर्ण भी है। मैं आशा करती हूं कि आप और आपके भिक्खु वहां कभी पधारने की कृपा करेंगे। यदि ऐसा हो सका तो यह मेरे लिए और मेरे पुत्र के लिए बहुत ही सम्मान की बात होगी। बुद्ध देव, कृपया मेरे इस निमंत्रण पर विचार कीजिए।"

बुद्ध ने मुस्कराकर स्वीकृति दे दी।

जब आम्रपाली चली गई तो कालुदयी ने बुद्ध के पास बैठने की अनुमति मांगी। नागसमल ने सारिपुत्त को दूसरी कुर्सी पर बैठने को कहा और वह स्वयं

आम्रपाली ने जान लिया कि बुद्ध को उसके मनोभाव पढ़ लेने की अन्तर्दृष्टि प्राप्त है

खड़ा ही रहा। अन्य अनेक भिक्खु जो बुद्ध की कुटीर के पास से गुजर रहे थे, वहां रुक गए। सारिपुत्त ने कालुदयी की ओर देखा और मुस्कराए। उन्होंने नागसमल की ओर भी देखा और मुस्करा दिए। तब उन्होंने बुद्ध से प्रश्न किया, "बोधिसत्व, एक भिक्खु को किसी स्त्री की सुंदरता को किस दृष्टि से देखना चाहिए, विशेषतः उस स्त्री को जो आध्यात्मिक साधना में अवरोधक हो ?"

बुद्ध मुस्कराए। वह समझ गए कि सारिपुत्त यह प्रश्न अपनी खातिर नहीं, अन्य भिक्खुओं की तरफ से पूछ रहे हैं। उन्होंने कहा–"भिक्खुओ, सभी धर्म वस्तुतः सुंदरता और कुरूपता का विचार नहीं करते – वे उनसे परे होते हैं। सुन्दरता या कुरूपता का भाव-बोध तो हमारे चित्त को प्रतिबिम्बित करता है। सुन्दरता और कुरूपता दोनों का सृजन पांच तत्त्वों से होता है। कलाकार की दृष्टि में कुछ भी सुंदर हो सकता है और किसी वस्तु को वह कुरूप बना सकता है। सरिता, बादल, पत्ता, फूल, सूर्य की एक किरण या दोपहर बाद की धूप सभी में सौंदर्य होता है। हमारे पास में उगे हुए पीले बांस भी सुंदर हैं। किन्तु कोई भी अन्य सौंदर्य स्त्री के सौंदर्य से अधिक चित्त में विघ्न नहीं डालता। यदि कोई स्त्री के सौंदर्य से अभिभूत हो जाता है तो वह सद्धर्म के मार्ग से भटक सकता है।

"भिक्खुओ, जब आपने चित्त की गहराई में बैठकर देख लिया है और सद्धर्म की गति प्राप्त कर ली है तो सुन्दर, सुन्दर लग सकता है और कुरूप, कुरूप। किन्तु आपने भाव-बोध से मुक्ति प्राप्त कर ली है तो आप इनमें से किसी से बंधे हुए नहीं हो। जब कोई मुक्त व्यक्ति सौन्दर्य की किसी देवी को देखता है तो वह यह भी देख सकता है कि वह सौन्दर्य प्रतिमा कितने कुरूप पदार्थों से निर्मित हुई है। मुक्त पुरुष सभी वस्तुओं की अनित्यता और अस्तित्वहीनता को भी समझ पाता है, जिनमें सुन्दर और कुरूप दोनों प्रकार की वस्तुएं सम्मिलित हैं। इसलिए वह न तो सुंदर वस्तु से सम्मोहित होता है और न कुरूप से विरक्त।

"एक ही सौंदर्य शाश्वत है–कभी फीका नहीं पड़ता–वह है करुणामय मुक्त हृदय जिससे किसी को दुख नहीं होता। करुणा का अर्थ है—अहैतुक प्रेम और उसके बदले में किसी प्रकार की अपेक्षा नहीं करना। मुक्त हृदय किसी प्रकार की शर्तों से बंधा नहीं होता। करुणापूरित मुक्त हृदय ही सच्चा सौंदर्य है। उस सौंदर्य की शांति और हर्ष ही सच्ची शांति और सच्चा हर्ष है। भिक्खुओ, परिश्रमपूर्वक अभ्यास करो तो आपको सच्चे सौंदर्य की अनुभूति हो जाएगी।"

कालुदयी और अन्य भिक्खुओं को बुद्ध के शब्दों से सत्य समझने में बहुत सहायता मिली।

वर्षा-प्रवास समाप्त होने को आया। बुद्ध ने कालुदयी और चन्ना को बुलवाया और कहा कि आप लोग कपिलवस्तु के लिए रवाना हो जाइए जिससे मेरे सुनिश्चित आगमन की पूर्व सूचना दे सकें। कालुदयी और चन्ना ने यात्रा के लिए अविलम्ब तैयारी आरंभ कर दी। कालुदयी अब एक भिक्खु बन गया था जिसका स्वभाव शांत एवं सौम्य बन गया था। वह समझता था कि जब सब लोग राजधानी में उसे इस रूप में देखेंगे तो आश्चर्यचकित होंगे। उसे इस बात की तो प्रसन्नता हो रही थी कि वह बुद्ध के पुनरागमन की घोषणा करने का हर्षदायी कार्य करने जा रहा है; साथ ही, उसे यह भी दुःख हो रहा था कि वेणुवन में इतने अल्पकाल तक रहने के बाद ही उसे जाना पड़ रहा है।

अध्याय चौंतीस

पुनर्मिलन

कालुदयी ने राजा, रानी और यशोधरा को बुद्ध के सुनिश्चित आगमन की सूचना प्रदान की और अपना भिक्षा-पात्र लेकर कपिलवस्तु से अकेला चल पड़ा, जिससे वह बुद्ध को मार्ग में ही मिल सके। वह दिन में यात्रा करता और रात को विश्राम करता और भोजन के लिए रास्ते के छोटे-छोटे गांवों से भिक्षाटन कर लेता। जहां भी जाता, वह इस बात की घोषणा कर देता कि राजकुमार ने सद्धर्म का मार्ग खोज लिया है और वह स्वदेश लौट रहे हैं। कपिलवस्तु से रवाना होने के बाद नवें दिन कालुदयी को बुद्ध अपने तीन सौ भिक्खुओं के साथ आते हुए मिले। मौद्गल्यायन, कौंडन्न और काश्यप-बंधु शेष शिष्यों के साथ वेणुवन में रह गए थे।

कालुदयी के कहने पर बुद्ध और उनके साथ आये भिक्खु रात में न्यग्रोधा उद्यान में ठहरे जो कपिलवस्तु के दक्षिण में तीन मील पर था। अगले दिन, भिक्षाटन के लिए कपिलवस्तु में उन्होंने प्रवेश किया।

गैरिक चीवरधारी तीन सौ भिक्खुओं को शांतिपूर्वक मौन साधे भिक्षा पात्र पकड़े, भिक्षा मांगने के दृश्य ने नगर निवासियों पर गहरा प्रभाव छोड़ा। उनके आगमन का समाचार राजमहल पहुंचने में विलम्ब नहीं लगा। राजा शुद्धोधन ने तुरन्त अपना रथ तैयार किए जाने का आदेश दिया जिससे वे अपने पुत्र से मिल सकें। रानी महाप्रजापति और यशोधरा महल में ही उत्सुकतापूर्वक प्रतीक्षा करती रहीं।

जब राजा का रथ नगर के पूर्वी भाग में पहुंचा तो उन्हें भिक्खु दिखे। सारथी ने सिद्धार्थ को सबसे पहले पहचाना और कहा–"स्वामी, वह रहे! वह सबसे आगे चल रहे हैं और उनका चीवर अन्य भिक्खुओं के चीवर से कुछ अधिक लम्बा है।"

आश्चर्यचकित राजा ने पहचाना कि गैरिक चीवरधारी भिक्खु ही उनका पुत्र है। बुद्ध का मुख प्रभा-मंडल और तेज से दमक रहा था। वह हाथ में भिक्षा-पात्र पकड़े हुए एक निर्धन के द्वार पर खड़े भिक्षा मांग रहे थे। राजा ने देखा कि उस निर्धन घर में से चिथड़े-चिथड़े वस्त्र पहने एक स्त्री द्वार पर आयी और बुद्ध के भिक्षा-पात्र में एक आलू डाल दिया। उस महिला के समक्ष बुद्ध ने सादर नमन किया और भिक्षा मांगने के लिए अगले द्वार की ओर बढ़ गए।

राजा का रथ उस स्थान से अभी कुछ दूर ही था जहां बुद्ध भिक्षाटन कर रहे थे। राजा ने सारथी से रथ रोकने के लिए कहा और बुद्ध की ओर पैदल चल पड़े। उधर बुद्ध ने भी अपने पिता को आते हुए देखा। दोनों एक-दूसरे की ओर बढ़ रहे थे। राजा जल्दी-जल्दी चल रहे थे और बुद्ध शान्त और सहज रूप से पग रखते हुए।

"सिद्धार्थ।"

"जी, पिताजी।"

नागरमल ने आगे बढ़कर बुद्ध के हाथ का भिक्षा-पात्र पकड़ लिया जिससे बुद्ध अपने पिता का हाथ दोनों हाथों से पकड़ सकें। राजा के झुर्रियां पड़े चेहरे पर आंसुओं की धार बह रही थी। बुद्ध प्रेमभरी दृष्टि से पिता को एकटक देख रहे थे। राजा समझ चुके थे कि सिद्धार्थ अब युवराज नहीं हैं वरन् एक सम्मानित आध्यात्मिक गुरु हैं। वह सिद्धार्थ को भुज-पाश में बांध लेना चाहते किन्तु वैसा करना उनको उपयुक्त नहीं लगा। इसके स्थान पर उन्होंने हाथ जोड़कर अपने पुत्र के समक्ष उसी प्रकार नमन किया जिस प्रकार राजा किसी उच्च धर्माचार्य का अभिनन्दन करता है।

बुद्ध ने पास ही खड़े सारिपुत्त से कहा कि "भिक्खुओं ने भिक्षाटन समाप्त कर लिया है। कृपया इनको न्यग्रोधा उद्यान ले जाओ। नागसमल मेरे साथ राजमहल तक जाएगा, वहीं हम लोग भोजन करेंगे। हम तीसरे पहर संघ में लौट आएंगे।" सारिपुत्त सादर नमन करके भिक्खुओं को उद्यान ले गए।

राजा कुछ बोलने से पहले, बुद्ध को बड़ी देर तक ध्यान से देखते रहे और बोले कि "मैंने सोचा था कि तुम अपने परिवार से मिलने राजमहल आओगे। कौन यह अनुमान लगा सकता था कि महल में आने के स्थान पर तुम नगर में भिक्षाटन करने आओगे ? तुम राजमहल में भोजन करने क्यों नहीं आए ?"

बुद्ध अपने पिता की ओर देखकर मुस्कराए और बोले-"मैं अकेला नहीं हूं।

यशोधरा ने राहुल से कहा, "प्रिय पुत्र, वह भिक्खु आपके पिताश्री हैं"

मैंने अपने भिक्खु समुदाय के साथ यात्रा की है। मैं भी भिक्खु हूं और अन्य भिक्खुओं की भांति मुझे भी भिक्षाटन करना चाहिए।"

"लेकिन क्या यह आवश्यक था कि इस निर्धन क्षेत्र में ही भिक्षा मांगो ? शाक्यवंश के इतिहास में किसी ने ऐसा नहीं किया है।"

बुद्ध फिर मुस्कराए। "शाक्य वंश के राज पुरुषों ने पहले भले ही ऐसा न किया हो किन्तु सभी भिक्खु भिक्षाटन करते हैं। पिताजी, भिक्षाटन भी आध्यात्मिक साधना है। इससे भिक्खु को विनम्रता अपनाने में और सभी व्यक्तियों को समान दृष्टि से देखने में सहायता मिलती है। जब मुझे किसी निर्धन परिवार से एक आलू मिलता है तो वह आलू और राजा द्वारा दी गई उत्तम खाद्यों की भिक्षा, दोनों समान हैं। इस प्रकार भिक्खु धनी और निर्धन के भेद से ऊपर उठ जाता है। मेरे सद्धर्म मार्ग में सभी समान हैं। चाहे कोई कितना ही निर्धन क्यों न हो, वह आत्म-जागृति और मुक्ति पाने का अधिकारी है। भिक्षाटन से मेरी प्रतिष्ठा कम नहीं होती। इससे सभी व्यक्तियों के आत्माभिमान की स्वीकृति ही ध्वनित होती है।"

राजा शुद्धोधन बुद्ध की वाणी को मुंह बाये सुनते रहे। तो वे भविष्यवाणियां सत्य ही सिद्ध हुईं कि सिद्धार्थ आध्यात्मिक गुरु बनेंगे और उनका प्रभाव विश्व भर में फैलेगा। राजा का हाथ पकड़े हुए बुद्ध राजमहल की ओर चल पड़े। नागसमल भी उनके पीछे-पीछे चल रहा था।

सौभाग्य से, राजमहल के एक परिचर ने भिक्खुओं को देख लिया था और रानी गौतमी, यशोधरा, सुंदरी नंदा और बालक राहुल राजमहल के गवाक्ष से राजा और बुद्ध को बातें करते देख सकें। उन्होंने देखा कि राजा ने बुद्ध को नमन किया। जब राजा और बुद्ध महल के समीप आ गए तो यशोधरा ने राहुल से कहा, "पुत्र, क्या तुम राजा के साथ आ रहे संन्यासी को देख रहे हो जो राजद्वार से महल में प्रवेश कर रहे हैं ?"

राहुल ने सिर हिलाया।

"वह संन्यासी तुम्हारे पिताजी हैं। दौड़कर नीचे जाओ और उनको प्रणाम करो। उनके पास एक विशिष्ट उत्तराधिकार है जो वह तुम्हें प्रदान करेंगे। उनसे इस उत्तराधिकार के विषय में पूछना।"

राहुल नीचे दौड़ गया और पलक झपकते ही महल के प्रांगण में जा पहुंचा। वह बुद्ध के समीप दौड़ गया। बुद्ध तुरन्त समझ गए कि जो बालक दौड़ता आ रहा है, वह राहुल ही है। उन्होंने अपनी बांहें फैलाकर उसको अपने अंग में भर लिया। चढ़ी हुई सांस से राहुल ने पूछा-"माननीय संन्यासी, मेरी माताजी ने

मुझसे कहा है कि मैं अपने विशिष्ट उत्तराधिकार के विषय में आपसे पूछूं। वह क्या है ? क्या आप उसे दिखा सकते हैं ?"

बुद्ध ने राहुल के गाल थपथपाये और मुस्कराकर कहा–"तुम अपने विशिष्ट उत्तराधिकार के विषय में पूछ रहे हो ? उपयुक्त समय आने पर मैं वह उत्तरदायित्व तुम्हें सौंप दूंगा।"

बुद्ध ने बालक का हाथ पकड़ लिया जबकि वह एक हाथ से राजा का हाथ भी पकड़े हुए थे। तीनों साथ-साथ महल में प्रविष्ट हुए। रानी गौतमी, यशोधरा और सुंदरी नंदा सीढ़ियों से उतर आईं और उन्होंने राजा, बुद्ध एवं राहुल को उद्यान में प्रवेश करते देखा। वासन्ती धूप कुनकुनी लग रही थी। सर्वत्र फूल खिले हुए थे और पक्षी कल-गान कर रहे थे। बुद्ध राजा और राहुल के साथ उद्यान में रखी संगमरमर की पीठिका पर बैठ गए। उन्होंने नागसमल को भी बुलाकर उसी पीठिका पर बैठा लिया। उसी समय रानी गौतमी, यशोधरा और सुंदरी नंदा ने उद्यान में प्रवेश किया।

बुद्ध तुरन्त उठ खड़े हुए और तीनों महिलाओं की ओर बढ़े। रानी गौतमी पूर्णतः स्वस्थ थीं और हरे बांसी रंग की साड़ी पहने हुई थीं। गोपा भी सदा की भांति सुंदर थी किन्तु कुछ पीली पड़ गई थी। वह बर्फ-सी सफेद साड़ी पहने थी और कोई भी रत्न या आभूषण धारण किए हुए नहीं थी। बुद्ध की छोटी बहिन सुंदरी नंदा अब सोलह वर्ष की हो गई थी। वह सुनहरी साड़ी पहने थी जिसमें से उसकी काली-काली आंखें दमक रही थीं। तीनों महिलाओं ने हाथ जोड़कर बुद्ध को नमन किया। प्रत्युत्तर में बुद्ध ने भी हाथ जोड़कर नमन किया और बोले- "माताजी ! गोपा !" यह सुनकर दोनों महिलाएं रोने लगीं।

बुद्ध ने रानी को हाथ पकड़कर पीठिका पर बैठाया और पूछा-"मेरा भाई नंद कहां है ?"

रानी ने उत्तर में कहा–"वह युद्ध-विद्या का अभ्यास करने गया है, जल्दी ही लौट आएगा। क्या तुम अपनी छोटी बहिन को पहचानते हो। तुम्हारी अनुपस्थिति में वह बहुत बड़ी हो गई है। है न ?"

बुद्ध ने अपनी बहिन को ध्यान से देखा जिसे उन्होंने विगत सात वर्षों से नहीं देखा था। "सुंदरी नंदा तुम तो अब युवती हो गई हो।"

उसके बाद वह यशोधरा के समीप गए और सस्नेह उसका हाथ पकड़ा। वह इतनी द्रवित हो गई कि बुद्ध के हाथ में उसका हाथ कांप उठा था। उन्होंने यशोधरा को रानी गौतमी के समीप बैठा दिया और स्वयं अपनी पीठिका पर

बैठ गए। राजमहल आते समय राजा ने बुद्ध से अनेक प्रश्न किए थे। लेकिन इस समय कोई नहीं बोला, राहुल तक नहीं। बुद्ध ने देखा कि राजा-रानी, यशोधरा और सुंदरी नंदा–सभी के चेहरों पर पुनर्मिलन की प्रसन्नता झलक रही थी। बहुत देर के मौन को बुद्ध ने तोड़ा, "पिताजी, मैं वापस आ गया हूं। माताजी, मैं वापस आ गया हूं। देखो गोपा, मैं तुम्हारे पास लौट आया हूं।"

दोनों महिलाओं ने फिर रोना आरंभ किर दिया किन्तु ये प्रसन्नता के आंसू थे। बुद्ध ने उन्हें चुपचाप रोने दिया और राहुल को अपने समीप बैठा लिया और बच्चे के सिर पर स्नेह से हाथ फेरा।

गौतमी ने साड़ी के पल्लू से आंखें पोंछी और बुद्ध की ओर मुस्कराकर बोलीं- "बहुत दिनों पहले तुम घर से निकले थे। सात लम्बे बरस बीत गए। क्या तुम जानते हो कि गोपा कितनी साहसी महिला है ?"

"माताजी, मैंने उसके साहस की गरु गंभीरता को बहुत पहले से ही जान लिया था। आप और गोपा, दोनों ही मेरी जानकारी के अनुसार, सर्वाधिक साहसवाली महिलाएं हैं। आपने न केवल अपने पति को समझाया-बुझाया और समर्थन दिया, अपितु आप सभी के लिए शक्ति और दृढ़ निश्चय का आदर्श रही हैं। मेरा सौभाग्य है कि आप दोनों का मेरे जीवन में गौरवपूर्ण स्थान रहा है। इससे सद्धर्म मार्ग पर चलने का मेरा कार्य सुगम हुआ है।"

यशोधरा ने केवल मुस्करा दिया किन्तु बोली कुछ नहीं।

राजा ने कहा कि "सद्धर्म का मार्ग खोजने के लिए तुमने जो शरीर-पीड़न तप किया था, उसका कुछ वर्णन मुझसे किया था। जो कुछ तुमने मुझसे कहा था. क्या उसे दोहराओगे जिससे अन्य लोग भी जान-सुन सकें और उसके आगे का हाल बताओगे ?"

बुद्ध ने संक्षेप में सद्धर्म मार्ग की अपनी यात्रा का वर्णन किया। उन्होंने बताया कि पहाड़ पर उनकी भेंट राजा बिम्बिसार से हुई थी। फिर उन्होंने उरुबेला गांव के निर्धन बच्चों की बातें बताईं। उन्होंने अपने उन पांच मित्रों की भी बात बताई जिन्होंने उनके साथ शरीर-पीड़न तप किया था। साथ ही यह भी बताया कि राजगृह में भिक्खुओं का कैसा शानदार स्वागत किया गया। सभी लोग बड़े ध्यान से बुद्ध की बातें सुन रहे थे। राहुल तक हिला नहीं था।

बुद्ध की वाणी उत्साह एवं प्रेम भरी थी। उन्होंने घटनाओं को विस्तारपूर्वक नहीं बताया और शरीर-पीड़न तप के समय की चलतू चर्चा ही की। उन्होंने

अपने निकटतम संबंधियों के समक्ष ऐसी बातें ही कीं, जिनसे उनके हृदयों में आत्म-जागृति के बीज बोये जाने में सहायता मिले।

उद्यान से एक अनुचर ने गौतमी के कान में कुछ कहा जिसका उन्होंने भी फुसफुसाकर उत्तर दिया। शीघ्र ही अनुचरों ने उद्यान में एक बड़ी मेज लगा दी। जब मेज पर भोज्य सामग्री लाकर रखी जा रही थी, तभी नन्द आ गया। बुद्ध ने प्रसन्नता से उसका अभिनंदन किया।

"नन्द, जब मैं गया था, तो तुम केवल पन्द्रह वर्ष के थे किन्तु अब तो तुम सजीले युवक बन गए हो।"

नन्द मुस्करा दिया। इस पर रानी ने उसे डांटा, "नंद, अपने बड़े भाई को समुचित रूप से प्रणाम करो। अब वह भिक्खु बन गए हैं। उन्हें हाथ जोड़कर नमन करो।"

नन्द ने बुद्ध को नमन किया और प्रत्युचर में बुद्ध ने नन्द को नमन किया।

इसके अनंतर, सभी भोजन की मेज की ओर बढ़े। बुद्ध ने नागसमल को अपने साथ बैठाया। एक सेविका ने जल लाकर सबके हाथ पैर धुलाये।

राजा ने बुद्ध से पूछा–"तुम्हारे भिक्षा-पात्र में क्या भिक्षा मिली ?"

"मुझे तो एक आलू मिला था किन्तु नागसमल को कुछ भी नहीं मिला।"

राजा शुद्धोधन ने खड़े होकर कहा–"कृपया मुझे इसमें से कुछ भोजन देने की अनुमति प्रदान कीजिए।" यशोधरा ने थाली पकड़ी और राजा ने दोनों भिक्खुओं को भोजन परोसा। उन्होंने भिक्खुओं के भिक्षा-पात्र में सफेद चावल और स्वादिष्ट कढ़ी परोसी। बुद्ध और नागसमल ने मौन सजगता के साथ भोजन किया। अन्य भिक्खुओं ने भी ऐसे ही मौन रहकर भोजन किया।

भोजन के उपरान्त रानी गौतमी ने बुद्ध को संगमरमर की शिला पर बैठने के लिए फिर कहा। सभी लोग बुद्ध के अनुभव सुनने लगे। रानी गौतमी ने उनसे सबसे अधिक प्रश्न किए। राजा ने जब सुना कि बुद्ध वेणुवन में एक कुटिया में निवास करते हैं तो उन्होंने प्रण किया कि वह भी न्यग्रोधा उद्यान में उसी प्रकार कुटिया अपने लिए बनवाएंगे। उन्होंने आशा प्रकट की कि वह सद्धर्म मार्ग की शिक्षा देने के लिए यहां कुछ महीने रुकें। रानी गौतमी, यशोधरा, नंद और सुंदरी नंदा सभी ने राजा के सुझाव का स्वागत किया।

अन्त में बुद्ध ने कहा कि अब उन्हें न्यग्रोधा उद्यान में अपने भिक्खुओं के पास लौट जाना चाहिए। राजा ने डरकर कहा कि मैं उसी प्रकार आपको तथा

आपके भिक्खुओं को भोजन के लिए आमंत्रित करता हूं जिस प्रकार मगध के राजमहल में आप गए थे। इस अवसर पर मैं सभी राज परिवारों और सरकार के उच्च अधिकारियों को भी आमंत्रित करूंगा, जिससे वे भी आपकी सद्धर्म मार्ग की शिक्षाएं सुन सकें।

बुद्ध ने कहा कि मैं प्रसन्नतापूर्वक यह निमंत्रण स्वीकार करता हूं। उन्होंने तय किया कि यह सहभोज सात दिन बाद होगा। यशोधरा ने बुद्ध और कालुदयी को राजमहल के पूर्वी भाग में भोजन के लिए आमंत्रित किया। बुद्ध ने यह निमंत्रण भी स्वीकार कर लिया किन्तु कहा कि यदि यह निजी भोज राजा शुद्धोधन के सह-भोज के बाद हो तो अच्छा होगा।

राजा चाहते थे कि बुद्ध और नागसमल को एक वाहन में बैठाकर न्याग्रोधा उद्यान तक भेजा जाए किन्तु इस प्रस्ताव को बुद्ध ने अस्वीकार करते हुए कहा कि मुझे पद-यात्रा ही अधिक अच्छी लगती है। समूचा राज परिवार दोनों भिक्खुओं को राजद्वार के बाहर तक छोड़ने आए। उन्होंने उनके सम्मान में हाथ जोड़े और दोनों भिक्खुओं को विदा किया।

अध्याय पैंतीस

अरुणोदय

समूचे कपिलवस्तु नगर में सिद्धार्थ के पुनरागमन का समाचार शीघ्र ही फैल गया और नगर में प्रतिदिन भिक्खुओं के मर्यादापूर्ण भिक्षाटन से उसकी पुष्टि होती थी। बहुत से परिवार भिक्खुओं को भोजन-दान करते और इस बात के लिए उत्सुक रहते कि भिक्खु उन्हें कुछ धर्म-शिक्षा दें।

बुद्ध और भिक्खु दल को जिस दिन राजमहल में भोजन करने को आमंत्रित किया गया था, उस दिन मार्गों पर फूल-पत्तियों और झंडियों से सजावट करने के लिए राजा शुद्धोधन ने नगरवासियों से अनुरोध किया था। उन्होंने बुद्ध और उनके वरिष्ठ शिष्यों के लिए न्यग्रोधा उद्यान में छोटी-छोटी कुटियां अविलम्ब बनवायी थीं। बहुत से लोग बुद्ध और भिक्खुओं के दर्शन करने उद्यान में आया करते। लोग इस बात से बहुत प्रभावित थे कि भूतपूर्व युवराज नगर में शांतिपूर्वक भिक्षाटन करते हैं। समस्त नगर-वासियों के लिए बुद्ध की वापसी चर्चा का प्रमुख विषय बना हुआ था।

गौतमी और यशोधरा न्यग्रोधा उद्यान में बुद्ध से मिलने जाने हेतु बहुत ही उत्कंठित थीं किन्तु वे उस सप्ताह भिक्खु संघ के स्वागत-समारोह की तैयारियों में बेहद व्यस्त थीं। राजा अपनी सरकार के सभी सदस्यों और नगर के अन्य राजनीतिक, सांस्कृतिक और धार्मिक नेताओं समेत हजारों अतिथियों को आमंत्रित करना चाहते थे। उन्होंने कहा कि सारा भोजन शाकाहारी होना चाहिए।

किन्तु नन्द समय निकालकर उस सप्ताह में दो दिन बुद्ध के पास हो आया था। जब बुद्ध ने चेतना-जागृति के मार्ग का वर्णन किया तो वह ध्यान से सुनता रहा। वह अपने बड़े भाई को प्रेम भी करता था और आदर भी। उसका मन भी भिक्खु बनने के लिए आकर्षित होता। उसने बुद्ध से पूछा भी कि क्या वह समझते

हैं कि मैं अच्छा भिक्खु सिद्ध होऊंगा ? किन्तु बुद्ध ने उसकी भावना सुनकर मुस्करा दिया। वह देख रहे थे कि नंद अच्छी भावनाओं वाला नेकनीयत युवक है किन्तु अभी उसमें उद्देश्यपरक दृढ़ विवेक की कमी है। जब वह बुद्ध के पास बैठता है तो वह भिक्खु बनने का इच्छुक होता है किन्तु राजमहल लौट जाने पर उसकी आंखें और विचार अपनी सुंदर प्रेमिका कल्याणी पर केन्द्रित हो जाते हैं।

स्वागत भोज के दिन राजमहल समेत समूचा नगर बुद्ध और उनके संघ के स्वागत में झंडियों एवं फूलों से सजाया गया था। नगरवासी सड़कों के किनारों पर पंक्तिबद्ध खड़े थे। संगीतकार अपनी श्रेष्ठ कला का प्रदर्शन कर रहे थे। हर व्यक्ति अपने देशवासी नायक बुद्ध की एक झलक पाने के लिए ललक रहा था। राजा ने जिन अतिथियों को आमंत्रित किया था, उनकी अगवानी रानी गौतमी और यशोधरा कर रही थीं। रानी की इच्छा मानकर यशोधरा ने शानदार साड़ी पहन रखी थी और आभूषण भी धारण कर रखे थे।

नगर-वासियों की भीड़ में से बुद्ध और भिक्खु मंद एवं शान्त पग रखते हुए चल रहे थे। जब बुद्ध निकलते तो बहुत से लोग उन्हें हाथ जोड़कर नमन करते। बच्चों को उनके माता-पिता ने कंधों पर उठा रखा था जिससे वे भी बुद्ध के दर्शन कर सकें।

राजा शुद्धोधन ने बुद्ध और संघ की अगवानी महल के बाहरी प्रवेश-द्वार पर की और उनको भीतरी प्रांगण में ले गए। सभी अतिथियों ने, राजा के व्यवहारानुसार, हाथ जोड़कर बुद्ध को प्रणत होकर नमन किया। उनमें से कुछ इस बात से आश्चर्य कर रहे थे कि इतने युवा भिक्खु का इतना सम्मान करने की क्या आवश्यकता थी, भले ही, वह पूर्व राजकुमार ही क्यों न हो।

जब बुद्ध और भिक्खु गण बैठ गए तो राजा ने भोजन लाये जाने का संकेत किया। राजा ने बुद्ध को स्वयं भोजन परोसा। गौतमी और यशोधरा ने राजसेवकों को अतिथियों को भोजन परोसने का आदेश दिया। इन अतिथियों में ब्राह्मण, साधु-संन्यासी सभी थे। बुद्ध और भिक्खुओं का अनुकरण करते हुए सभी ने मौन रहकर भोजन किया। सभी के भोजन कर लेने के उपरान्त, बुद्ध और भिक्खुओं के भिक्षा-पात्र साफ करके उनको दे दिए गए तो राजा ने हाथ जोड़कर बुद्ध से निवेदन किया कि वह उपस्थित अतिथियों के समक्ष सद्धर्म मार्ग की शिक्षाएं दें।

बुद्ध एक क्षण तक मौन रहे और देखा कि सामने कैसे-कैसे लोग बैठे हैं। उन्होंने पहले तो सद्धर्म मार्ग की खोज के अपने अनुभव बताए जिससे लोगों की

यह उत्कंठा शांत हो सके कि पिछले सात वर्षों में क्या कुछ घटित हुआ। इसके बाद उन्होंने अनित्यता, अनात्म और परस्परावलम्बी-सहवर्द्धन के सिद्धान्तों के विषय में बताया। उन्होंने कहा कि दैनिक जीवन में सचेतावस्था का अभ्यास करने और गहराई से यथार्थ-बोध करने से दुःख और विषमताएं समाप्त हो जाती हैं और शांति एवं सौख्य की प्राप्ति संभव होती है। दान देने और भक्ति करने भर से मुक्ति की प्राप्ति नहीं होती।

बुद्ध ने चार आर्य सत्यों की शिक्षा दी और दुःखों की विद्यमानता, दुःखों के कारक तत्त्वों और दुःखों के तिरोहित होने का मार्ग बताया और कहा, "जन्म, जरा, रोग और मृत्यु के अतिरिक्त और भी दुःख हैं जिनका सर्जक मनुष्य स्वयं होता है। अज्ञान और भ्रांत धारणाओं के वश में होकर लोग जो करते या कहते हैं, उनसे लोग स्वयं भी कष्टों में फंसते और दूसरों को कष्ट पहुंचाते हैं। क्रोध, घृणा, संदेह, द्वेष और निराशा कष्टों के कारक बनते हैं। ये सभी बातें प्रज्ञाहीनता के कारण हृदयों में आती हैं। लोग इन कष्टों में इस प्रकार फंसे रहते हैं जिस प्रकार आग लगे घर के निवासी। आप किसी देवता या ईश्वर की प्रार्थना या भक्ति करके मुक्ति प्राप्त नहीं कर सकते। आप गहराई से अपने चित्त और स्थितियों को देखें-समझें, जिससे उन भ्रान्त धारणाओं का उच्छेदन कर सकें, जो सभी दुःखों के मूल में होती हैं। दुःखों की प्रकृति का ज्ञान करने के लिए, आपको अपने कष्टों के स्रोत को समझना होगा। दुःखों की प्रकृति समझ लेने पर वे दुःख आपके लिए बंधन नहीं बन सकते।

"यदि कोई आप पर क्रोध करता है और पलटकर आप भी उस पर क्रोध करते हैं तो इससे दुःखों में वृद्धि ही होगी। यदि आप प्रज्ञा का मार्ग अपनाएंगे तो आप पलटकर क्रोध नहीं करेंगे बल्कि आप यह जानने के लिए अपने चित्त को शांत रखेंगे कि वह व्यक्ति आप पर क्रुद्ध क्यों हुआ। गहनता से विचार करने पर आप उन कारणों को जान सकेंगे कि उसे क्रोध क्यों आया। अगर आप पाएंगे कि उस व्यक्ति के क्रोध का दायित्व आप पर है तो आप क्रोध नहीं करेंगे वरन् यह स्वीकार करेंगे कि आपके दुर्व्यवहार से उसे क्रोध आया। यदि उसके क्रोध आने के लिए आप दोषी नहीं हैं तो आप यह खोजने का प्रयास करेंगे कि आखिर उसे आपके प्रति गलतफहमी हुई तो क्यों हुई। उसके बाद आप उसे यह समझा सकते हैं कि आपके इरादे नेक और सत्य पर आधारित हैं। इस प्रकार आप स्वयं भी दुःख से बच सकते हैं और उसे भी बचा सकते हैं।

"महामहिम एवं आदरणीय अतिथियो ! समस्त विषय-वस्तुओं पर गहन दृक्पात करके सभी दुःखों से निस्तार पाया जा सकता है। प्रज्ञा के पथ पर चलते हुए हम अपनी सचेतनता बनाए रखने के लिए अपनी श्वसन-क्रिया पर नियंत्रण रखते हैं। ध्यान-साधना करने और ज्ञान-प्राप्ति के लिए हम पंचशीलों का पालन करते हैं। ये पंचशील[1] वे सिद्धान्त हैं, जिनसे हम शांति और आनंद का वर्द्धन कर सकते हैं। शील-पालन से हमारी ध्यान-साधना की शक्ति बढ़ती है और हम चित्त को अधिकाधिक ध्यानावस्था एवं सचेतावस्था में लाने में सक्षम होते हैं। सचेतनता से अपने चित्त और अपने पर्यावरण की सच्ची प्रकृति जानने की हमारी क्षमता का विकास होता है। इस ज्ञान के प्रकाश से प्रज्ञा विकसित होती है।

"ज्ञान होने पर ही हम प्रेम कर सकते हैं। जब हमें ज्ञान की उपलब्धि हो जाती है तो सभी दुःखों से उबर सकते हैं। मुक्ति का सच्चा मार्ग प्रज्ञा का मार्ग है। इस प्रज्ञा का विकास तभी हो पाता है जब तक समस्त सृष्टि प्रसार के वास्तविक स्वरूप को गहन दर्शन के द्वारा जान पाते हैं। शीलों का आचरण, ध्यान-साधना और पारमिताएं[2] ही वह मार्ग है जिससे मुक्ति संभव है।"

बुद्ध एक क्षण रुककर मुस्कराकर आगे बोले–"दुःख तो जीवन का एक पक्ष है। जीवन का दूसरा पक्ष है जागतिक अद्भुतता। यदि हम जीवन का यह पक्ष देख सकें तो हमें हर्ष, शांति, आनंद का अनुभव होगा। जब हमारे हृदय बंधनहीन होते हैं तो हम जीवन की अद्भुतताओं के प्रत्यक्ष संपर्क में आ पाते हैं। जब हम अनित्यता, अनात्मता और परस्परावलम्बी सहवर्द्धन के सत्यों को वस्तुतः हृदयंगम कर लेते हैं तो पाते हैं कि हमारा हृदय और चित्त कितने अद्भुत हैं। हमारा शरीर कितना अद्भुत है; हरे बांस की पत्तियां,

---

1. शुद्धाचरण ही शील है। पूर्ववर्णित पंचशीलों के अतिरिक्त अन्य पांच शील हैं : (1) नृत्य गान से विरति, (2) माला आदि गंध से विरति, (3) उच्चशैया-महाशैया से विरति, (4) असमय भोजन से विरति, (5) सोना-चांदी से विरति।
2. ईश्वरवादी दर्शन में जो स्थान ईश्वर का है बौद्ध दर्शन में वही स्थान कर्म का है। पारमिताएं बोधिसत्व के कर्म हैं। प्रमुख पारमिताएं हैं : (1) दान पारमिता (प्रतिफल की इच्छा के बिना दान), (2) शील-पारमिता (सद् आचरण), (3) प्रज्ञा-पारमिता (बुद्धि द्वारा निरहंकार ज्ञान की खोज), (4) क्षांति पारमिता (क्षमा-भाव), (5) वीर्य पारमिता (सम्यक् प्रयत्न)। इनके अतिरिक्त अन्य पारमिताएं हैं—नैष्क्रम्य पारमिता, सत्य पारमिता, अधिष्ठान पारमिता, और मैत्री पारमिता।

–सम्पादक।

पीत गुलदाऊदी, स्वच्छ सरिताएं और चंद्रिका विकीर्ण करता चंद्रमा कितना अद्भुत है।

"कष्टों के बंधनों से ही हम स्वयं को जकड़े रखते हैं, इस कारण हम जीवन के इन अद्भुत दृश्यों की अनुभूति की क्षमता ही खो बैठते हैं। जब हम अज्ञान के अंधकार का भेदन कर पाते हैं तो हमारे सामने शांति, आनंद, मुक्ति और निर्वाण के विराट से साक्षात्कार का क्षेत्र उन्मुक्त होता है। निर्वाण से अज्ञान, लोभ और क्रोध का समूल नाश हो जाता है। माननीय अतिथियो, समय निकालकर कभी स्वच्छ झरने को अथवा अरुणोदय की प्रथम किरण को देखिए और विचारिए कि क्या आप शांति, आनंद और उन्मुक्तता का अनुभव कर सकते हैं! यदि आप अब भी दु:खों और चिन्ताओं के बंधन में जकड़े हुए हैं तो आप सृष्टि से इन अद्भुत अनुभवों से वंचित ही रहेंगे। सृष्टि की अद्भुतताओं में आपकी श्वास-प्रश्वास, शरीर एवं चित्त भी सम्मिलित हैं। मैंने सद्धर्म का जो मार्ग खोजा है, वह दुःखों और चिन्ताओं, उनकी मूल प्रकृति को भली-भांति समझकर उनके पार जाने का मार्ग है। मैंने इस सद्धर्म मार्ग की देशना औरों को भी की है और वे स्वयं ही इस मार्ग को खोज पाने में सफल हुए हैं।"

बुद्ध की इस देशना से प्रत्येक व्यक्ति गहराई तक प्रभावित हुआ। राजा का हृदय आनंद से गद्गद हो गया। यही स्थिति रानी गौतमी और यशोधरा की हुई थी। सभी लोग प्राणियों एवं पदार्थों की मूल प्रकृति के अन्त:र्दशन की विधियों के विषय में अधिकाधिक जानने के इच्छुक थे जिससे मुक्ति और चेतन-प्रकाश की अनुभूति संभव हो। बुद्ध की देशना के उपरान्त राजा बुद्ध और भिक्खुओं को महल के बाहरी द्वार तक विदा करने आए। सभी अतिथियों ने राजा शुद्धोधन को उनके पुत्र की महान सफलता पर बधाई दी।

न्यग्रोधा उद्यान शीघ्र ही एक विहार में परिणत हो गया। अंजीर के बड़े-बड़े वृक्षों की शीतल छाया वहां होती थी। बहुत से नए भिक्खुओं को प्रवृज्या दी गई। बहुत से श्रामणेरों ने, जिनमें शाक्य वंश के युवक भी सम्मिलित थे, पंचशीलों को अपनाने का व्रत लिया।

यशोधरा रानी गौतमी और राहुल के साथ प्रायः न्यग्रोधा उद्यान में बुद्ध के दर्शनार्थ जाती। वह उनकी देशना को श्रवण करती और जब कभी बुद्ध अकेले होते तो उनसे यह ज्ञान प्राप्त करती कि सद्धर्म मार्ग अपनाने और समाज-सेवा के बीच क्या संबंध संभव है। बुद्ध ने व्यावहारिक रूप से बताया कि किस प्रकार

वह प्राणायाम करे और कैसे ध्यान-साधना करे जिससे उसके अपने हृदय की शांति और आनंद में वृद्धि हो। वह समझ गई कि शांति और आनंद की प्राप्ति के बिना वह वास्तविक रूप में दूसरे लोगों की सहायता नहीं कर सकती। उसने जान लिया था कि गहन प्रज्ञा के विकास के बिना वह प्रगाढ़ प्रेम की क्षमता भी विकसित नहीं कर सकती। उसे इस बात से प्रसन्नता हुई कि आत्म-चेतना के मार्ग पर चलते हुए भी वह अपनी समाज-सेवा की गतिविधियां चला सकती है। जब वह कार्यरत हो, उन क्षणों में भी शांति और आनंद की अनुभूति करना संभव होता है। सद्धर्म मार्ग के अनुसार साधन और साध्य दो भिन्न-भिन्न बातें नहीं हैं।

रानी गौतमी भी सद्धर्म मार्ग के अभ्यास में बहुत प्रगति कर पा रही थीं।

अध्याय छत्तीस

कमल लेकर प्रतिज्ञा

राज-वधू यशोधरा ने अपने महल में बुद्ध, कालुदयी, नागसमल और रानी गौतमी को भोजन पर आमंत्रित किया। भोजन के पश्चात् वह इन लोगों को उस निर्धन ग्राम में ले गई, जहां वह बच्चों की सहायतार्थ समाज-सेवा करती थी। राहुल भी साथ में था। यशोधरा उन्हें उस जम्बू वृक्ष के नीचे ले गई जहां बचपन में बुद्ध ने ध्यान-साधना का प्रथम अनुभव प्राप्त किया था। बुद्ध को लगा जैसे वह कल की ही बात हो, यद्यपि उसे बीते सत्ताईस वर्ष हो चुके थे। इन वर्षों में जम्बू वृक्ष बढ़कर और फैल गया था।

यशोधरा के अनुरोध पर बहुत से निर्धन बच्चे उस वृक्ष के नीचे एकत्र हो गए थे। यशोधरा ने बताया कि इतने वर्षों पहले जो निर्धन बच्चे यहां आए थे, उनके विवाह हो गए हैं और बहुतों के अपने परिवार भी हैं। वृक्ष के नीचे बैठे बच्चे सात से बारह वर्ष की आयु वर्ग के थे। जब उन्होंने बुद्ध को आते देखा तो खेलना बंद करके दो पंक्तियां बनाकर खड़े हो गए, जिससे बुद्ध बीच के मार्ग से निकल सकें। यशोधरा ने जैसे पहले बताया था, उसी प्रकार बच्चों ने बुद्ध का अभिवादन किया। उन्होंने बुद्ध के लिए बांस की कुर्सी रख दी और गौतमी, यशोधरा तथा अन्य भिक्खुओं के बैठने के लिए चटाई बिछा दी।

बुद्ध को वहां बैठकर अच्छा लगा। उन्हें उरुबेला ग्राम के बच्चों के साथ बिताए दिनों का स्मरण हो आया। उन्होंने भैंसों के चरवाहे बालक स्वास्ति और उस किशोरी सुजाता के विषय में बताया, जिसने उन्हें दूध पिलाया था। उन्होंने अपनी प्रज्ञा को प्रगाढ़ करके अपने प्रेमपूर्ण हृदय को सबल बनाने की बात समझाई और बताया कि उन्होंने उस हंस के प्राणों की रक्षा कैसे की जब कि

उनके चचेरे भाई ने तीर से उसे घायल कर दिया था। वह जो कुछ भी कह रहे थे, उसे बच्चे बड़े ध्यान से सुन रहे थे।

बुद्ध ने राहुल को संकेत किया कि वह आकर उनके सामने बैठ जाए। इसके बाद उन्होंने अपने एक पिछले जन्म की कथा सभी बच्चों को सुनाई।

"बहुत पहले की बात है। हिमालय की तराई में मेघ नामक एक व्यक्ति रहता था। वह दयालु और परिश्रमी था। उसके पास धन नहीं था। फिर भी, वह राजधानी जाने के लिए चल पड़ा जहां वह अध्ययन करना चाहता था। उसने अपनी लाठी, टोपी, जल-पात्र, जो कपड़े पहने था, वे और एक कोट लिया। रास्ते में वह रुक-रुककर मेहनत करता जिससे उसे कभी चावल और कभी धन मिल जाता था। जब वह 'दिवापति' की राजधानी पहुंचा, तब तक उसके पास पांच सौ रुपए एकत्र हो गए थे।

"जब वह नगर में प्रविष्ट हुआ तो लगा जैसे कोई समारोह होने वाला हो। क्या होने जा रहा है, इसकी उत्सुकता शांत करने के लिए वह किसी को तलाशने लगा। उसी समय उसके पास से एक सुंदर युवती गुज़री। उसके हाथ में अधखिले कमलों का गुच्छा था।

"मेघ ने उससे पूछा, आज क्या उत्सव-समारोह है ?"

युवती ने उत्तर दिया, 'तुम दीवापति में नए आए हो, वरना तुम्हें यह अवश्य ज्ञात होता कि आज सिद्ध आचार्य दीपांकर पधार रहे हैं। वह प्राणी-मात्र को दिव्य प्रकाश दिखाने वाले संत हैं। वह राजा अरकिमत के पुत्र हैं और सद्धर्म के सत्य मार्ग की खोज में गृह-त्याग गए थे। उन्होंने वह सन्मार्ग प्राप्त कर लिया है। उनके सन्मार्ग से विश्व को आत्म-प्रकाश प्राप्त हो रहा है। इसीलिए लोगों ने उनका स्वागत-सत्कार करने के लिए यह समारोह आयोजित किया गया है।

"मेघ को दिव्य-ज्ञान प्राप्त आचार्य के आने की बात सुनकर बहुत प्रसन्नता हुई। उसकी प्रबल इच्छा थी कि वह भी आचार्य की सेवा में कुछ भेंट अर्पित कर सके और उनसे प्रार्थना करे कि मुझे भी अपना शिष्य बना लीजिए। उसने युवती से पूछा कि उसने इन कमल-पुष्पों के कितने दाम चुकाए हैं।

"युवती ने मेघ को देखा कि वह कितना प्रतिभावान और समझदार व्यक्ति है। उसने कहा, 'मैंने पांच कमल-पुष्पों की कीमत दी है और दो कमल तो मैं अपने घर के तालाब से ही लेती आई हूं।'

"मेघ ने पूछा, खरीदे हुए पांच कमल-पुष्पों की कितनी कीमत दी है?"

"पांच सौ रुपए।"

"मेघ ने कहा कि 'मैं पांच सौ रुपए में पांच कमल-पुष्प खरीदना चाहता हूं जिससे ये पुष्प मैं आचार्य दीपांकर को अर्पित कर सकूं।' किन्तु युवती ने उसका प्रस्ताव अस्वीकार करते हुए कहा, मैं स्वयं आचार्य को पुष्प-भेंट देने के लिए इन्हें लायी हूं। मैं इन्हें किसी और के हाथों बेचने को तैयार नहीं हूं।"

"मेघ ने उसे राजी करने के प्रयास में कहा, 'लेकिन तुम उन दो पुष्पों को आचार्य को भेंट कर सकती हो जो अपने तालाब से तोड़कर लाई हो। कृपया वे पांच पुष्प मुझे बेच दीजिए। ऐसे महान गुरु के दर्शन करने का मेरे जीवन का एक दुर्लभ एवं मूल्यवान अवसर है। मैं उनसे मिलना चाहता हूं और उनका शिष्य बनना चाहता हूं। यदि तुम ये पांच पुष्प मुझे बेच दो तो मैं आजीवन आपका कृतज्ञ रहूंगा।"

"युवती नीचे की तरफ देखती रही और कुछ उत्तर नहीं दिया।"

"मेघ ने चिरौरी करते हुए कहा, यदि आप मुझे ये पुष्प खरीद लेने देंगी तो मैं आपकी खातिर कुछ भी कर सकता हूं।"

"युवती कुछ उलझन में पड़ी दिखी। वह बड़ी देर तक पृथ्वी की ओर ताकती रही। फिर बोली, 'पता नहीं पिछले जन्म में हमारा क्या संबंध रहा था; किन्तु इस समय मैं आपके प्रेम-पाश में बंध गई हूं। मैं बहुत से युवकों से मिली हूं किन्तु कभी मेरा हृदय इस प्रकार कंपित नहीं हुआ जैसा आपको देखने के बाद हुआ है। मैं ये कमल-पुष्प आपको दिव्य-ज्ञान-सम्पन्न आचार्य को अर्पित करने हेतु दे दूंगी बशर्ते कि आप प्रतिज्ञा करें कि इस जीवन में और अगले जन्मों में भी आप मुझे अपनी पत्नी बनाएंगे।"

"उसने ये शब्द जल्दी-जल्दी कहे और अपनी बात समाप्त करते-करते उसकी सांस तेजी से चलने लगी। मेघ को समझ में ही नहीं आ रहा था कि वह क्या कहे। उसने एक क्षण के बाद कहा, 'आप एक विशिष्ट और ईमानदार युवती हैं। जब मैंने आपको देखा था, तभी मुझे कुछ विशिष्ट-सा अनुभव हुआ था। मैं मुक्ति का मार्ग खोज रहा हूं। यदि मैं तुमसे विवाह करता हूं तो मैं, उस अवसर पर स्वयं को मुक्त नहीं पाऊंगा, जब मुझे सद्धर्म-मार्ग पर गमन करना वांछित हो।"

"युवती ने उत्तर दिया, यह प्रतिज्ञा करो कि आप मुझे पत्नी बनाएंगे तो मैं भी यह वचन देती हूं कि जब आपको सद्धर्म का मार्ग खोजने के लिए निकलने का समय आएगा तो मैं आपको जाने से रोकूंगी नहीं। इसके विपरीत आपको अपना मुक्ति-मार्ग खोजने के कार्य में जो भी संभव सहायता होगी, वह करूंगी।"

मेघ ने सुंदर युवती से अनुरोध किया कि वह अपने पांच कमल पुष्प उसे बेच दे, ताकि वह आचार्य दीपंकर को उपहार स्वरूप भेंट कर सकें

"मेघ ने प्रसन्नतापूर्वक उसका प्रस्ताव स्वीकार कर लिया; और, वे साथ ही साथ आचार्य दीपांकर के दर्शनों के लिए चल पड़े। वहां बेहद भीड़ थी और वे मुश्किल से ही उनकी मुखाकृति के दर्शन कर पाए। किन्तु इस मुखदर्शन से ही मेघ संतुष्ट हो गया कि वह दिव्य–ज्ञान-संपन्न आचार्य हैं। मेघ को बड़ी प्रसन्नता हुई और प्रतिज्ञा की कि मैं भी एक दिन ऐसा ही दिव्य ज्ञान प्राप्त करके रहूंगा। वह आचार्य के समीप तक पहुंचना चाहता था, जिससे वह पुष्प-गुच्छ उनकी सेवा में समर्पित कर सके लेकिन भीड़ में से गुजरकर वहां तक पहुंचना असंभव था। जब कुछ समझ में नहीं आया तो उसने आचार्य दीपांकर की ओर वह पुष्प-गुच्छ ऊपर से ही फेंक दिया। अजूबा ही था कि वे पुष्प आचार्य के हाथों में ही जाकर गिरे। मेघ को इस बात से आश्चर्य हो रहा था कि हृदय की निष्ठा किस प्रकार अभिव्यक्ति पाती है। युवती ने मेघ से कहा कि उसके दो पुष्प भी वह आचार्य की ओर फेंक दे। वे पुष्प भी आचार्य की गोद में जाकर गिरे। आचार्य दीपांकर ने कहा कि जिन लोगों ने ये कमल पुष्प फेंके हैं, वे मेरे सामने आएं। भीड़ ने मेघ और उस युवती को मार्ग दे दिया। मेघ उस युवती का हाथ पकड़े हुए था। दोनों आचार्य दीपांकर के समक्ष प्रणत हुए। आचार्य ने मेघ को देखकर कहा-"मैं तुम्हारे हृदय की निष्ठा को जानता हूं। मैं तुम्हारे मन के इस संकल्प को समझ रहा हूं कि तुम भी पूर्ण मुक्ति का मार्ग खोजना चाहते हो जिससे प्राणीमात्र की रक्षा हो सके। धैर्य रखो। किसी अगले जन्म में तुम अपना यह व्रत पूरा कर सकोगे।"

"फिर दीपांकर ने उस युवती को देखा जो मेघ के साथ ही प्रणाम कर रही थी और बोले, तुम इस जीवन में और अगले जन्मों में भी मेघ के सर्वाधिक निकट होगी। अपनी प्रतिज्ञा-पालन करने का स्मरण रखना। तम्हें अपने पति को अपने व्रत-पालन में सहायता करनी होगी।"

"मेघ और वह युवती आचार्य के इन शब्दों से बहुत प्रभावित हुए। उन लोगों ने दिव्य ज्ञान प्राप्त आचार्य दीपांकर के यहां मुक्ति-मार्ग का अध्ययन करने हेतु स्वयं को समर्पित कर दिया।

"बच्चो, उस जन्म में और उसके बाद के अनेक जन्मों में मेघ और वह युवती पति-पत्नी के रूप में रहे। जब उसके पति को अपने सद्धर्म-प्राप्ति के मार्ग की खोज में गृह-त्याग की आवश्यकता पड़ी तो उसकी पत्नी ने हर संभव तरीके से उसकी सहायता की। उसने अपने पति को कभी रोका नहीं। आखिर उसने सद्‌धर्म की संबोधि प्राप्त कर ली और स्वयं बोधिसत्व बन गया; ठीक

वैसा ही जैसे आचार्य दीपांकर ने अनेक जन्मों पूर्व भविष्यवाणी की थी।

"बच्चो, धन और यश-कीर्ति जीवन में सर्वाधिक मूल्यवान वस्तुएं नहीं होती। धन-संपदा और यश-कीर्ति बहुत शीघ्र ही फीकी पड़ जाती हैं। जीवन में ज्ञान और प्रेम ही सबसे मूल्यवान हैं। यदि तुममें ज्ञान और प्रेम होगा तो तुम आनंद की अनुभूति कर सकोगे। मेघ और उसकी पत्नी ने अनेक जन्मों तक सुख और आनंद का अनुभव किया। यदि तुममें ज्ञान और प्रेम हो तो संसार में ऐसा कुछ भी नहीं है, जिसे तुम प्राप्त न कर सको।"

यशोधरा ने हाथ जोड़े और प्रणत होकर वंदना की। उसकी आंखों से अविरल अश्रुधारा बह रही थी। वह समझ रही थी कि यद्यपि बुद्ध यह कहानी बच्चों को सुना रहे थे किन्तु वास्तव में वह उसी को संबोधित कर रहे थे। उसे धन्यवाद देने का उनका यह अपना ही तरीका था। रानी प्रजापति ने उसकी ओर देखा। वह भी समझ रही थीं कि बुद्ध ने यह कहानी क्यों सुनाई है।

रानी ने यशोधरा के कंधे पर हाथ रखा और बच्चों से कहा, "जानते हो कि वह मेघ इस जीवन में कौन हैं? वह स्वयं बुद्ध हैं। वह इसी जीवन में संबोधि प्राप्त करके बोधिसत्व हो गए हैं। और, जानते हो कि उसकी पत्नी इस जन्म में कौन है? वह और कोई नहीं, आपकी यशोधरा ही है। उसकी समझदारी का ही परिणाम है कि राजकुमार सिद्धार्थ सद्धर्म-मार्ग पर चल सके और बोधिसत्व बन सके। हमें इसके लिए यशोधरा का आभार-व्यक्त करना चाहिए।"

बच्चे यशोधरा को बहुत प्रेम करते थे। वे सब उसकी ओर मुड़े और उसको नमन किया जिससे अपने हृदयों का प्रेम प्रदर्शित कर सकें। बुद्ध यह दृश्य देखकर द्रवित हो गए। उसके बाद वह उठे और धीरे-धीरे चलते हुए भिक्खु कालुदयी और नागसमल के साथ विहार की ओर बढ़ गए।

अध्याय सैंतीस

धर्म-शासन उचित

दो सप्ताह बाद राजा शुद्धोधन ने बुद्ध को पारिवारिक भोज पर राजमहल में आमंत्रित किया। सारिपुत्त को भी निमंत्रित किया गया था। रानी गौतमी, यशोधरा, नंद, सुंदरी नंदा और राहुल भी उपस्थित थे। घनिष्ठ पारिवारिक वातावरण में बुद्ध ने प्रदर्शन करके दिखाया कि किस प्रकार प्राणायाम करें, किस तरह अपने संकल्प-विकल्पों का गहन दर्शन करें और किस प्रकार चलित ध्यान तथा बैठकर ध्यान-साधना करें। उन्होंने इस बात पर जोर दिया कि अपने दैनिक जीवन में सचेतनावस्था का अभ्यास करके अपनी चिन्ताओं, निराशाओं और अमर्षों से कैसे ऊपर उठा जा सकता है।

राहुल सारिपुत्त के समीप बैठा था और अपना छोटा हाथ वरिष्ठ भिक्खु के हाथ में दिए हुए था। राहुल को सारिपुत्त अच्छे लगते थे।

बुद्ध और सारिपुत्त जब विहार जाने लगे तो सभी उन्हें द्वार तक विदा देने आए। नंद ने बुद्ध का भिक्षा-पात्र पकड़ा हुआ था जिससे वह हाथ जोड़कर विदा ले सकें। बुद्ध ने नंद से अपना भिक्षा-पात्र वापस नहीं लिया। बिना कुछ समझे, नंद बुद्ध के पीछे-पीछे इस आशा से चलता गया कि अब बुद्ध उससे भिक्षा-पात्र लेंगे। जब वे लोग विहार गें आ गए तो बुद्ध ने नंद से पूछा कि क्या तुम भिक्खु जीवन का गूढ़ स्वाद लेने के लिए एक सप्ताह तक विहार में रहना चाहोगे ? बड़े भाई के प्रति प्रेम और सम्मान के कारण नंद सहमत हो गया। यह भी सच था कि नंद को भिक्खुओं को शांत और सहज जीवन आकर्षित कर रहा था। एक सप्ताह के बाद, जब बुद्ध ने पूछा कि क्या तुम प्रवृज्या लेकर भिक्खु बनोगे और कुछ महीने तक स्वयं उन्हीं के मार्गदर्शन में भिक्खु का जीवन बिताओगे तो नन्द सहर्ष सहमत हो गया। बुद्ध ने सारिपुत्त से कहा कि नंद को प्रवृज्या देकर मूलभूत निर्देश दे दें।

बुद्ध ने अपने पिता से पहले ही परामर्श कर लिया था कि वह नंद को कुछ समय के लिए भिक्खु-जीवन व्यतीत करने की अनुमति प्रदान करें। राजा ने बुद्ध के मत से सहमति व्यक्ति की कि नंद भला युवक है किन्तु इसमें चरित्र की वह शक्ति और दृढ़ संकल्प का अभाव है जो भावी राजा के लिए आवश्यक होता है। बुद्ध ने कहा कि मैं इसे शिक्षा देकर इसके विचारों में स्पष्टता लाकर और संकल्प-शक्ति विकसित कर पाऊंगा। इस पर राजा सहमत हो गए थे।

किन्तु एक महीना भी नहीं बीता था कि नंद अपनी प्रेयसी सुंदरी जनपद कल्याणी से मिलने के लिए उतावला हो उठा। उसने बुद्ध को अपनी इच्छा बताई नहीं, किन्तु वह तो उसकी भावनाओं को देख-समझ रहे थे। एक दिन बुद्ध ने नंद से कहा कि "यदि तुम अपना लक्ष्य प्राप्त करना चाहते हो तो सामान्य भाव-बोधों से चिपके रहना उचित नहीं। अपनी संपूर्ण सामर्थ्य से अपना साधना-अभ्यास करो और चित्त-निरोध का शिक्षण अपनाओ। तभी तुम प्रभावशाली नेता बन सकते हो जो अन्य लोगों की भली प्रकार सेवा कर सके।"

बुद्ध ने सारिपुत्त को कहा कि नंद कल्याणी के घर के आस-पास भिक्षा मांगने के लिए न जाने पाए। जब नंद को इस बात का पता चला तो वह बुद्ध पर झल्लाया भी और स्वयं को आभारी भी अनुभव किया। वह समझ गया कि बुद्ध उसके आंतरिक भावों और आवश्यकताओं को भली-भांति जानते हैं।

राहुल को अपने चाचा से ईर्ष्या हो रही थी कि वह विहार में रहने का अवसर पा रहे हैं। वह भी वहां रहना चाहता था। जब उसने इसकी इच्छा अपनी माता जी के समक्ष प्रकट की तो यशोधरा ने उसका सिर थपथपाकर कहा कि भिक्खु बनने से पहले तुम्हें बहुत बड़ा होना होगा। राहुल ने पूछा कि मैं कैसे जल्दी बड़ा हो सकता हूं तो उसने बताया कि खूब अच्छा खाना खाओ और नित्य व्यायाम करो।

एक दिन जब यशोधरा ने भिक्खुओं को महल के पास ही भिक्षाटन करते देखा तो उसने राहुल से कहा कि "तुम क्यों न नीचे जाकर, बुद्ध से अपने उत्तराधिकार की बात पूछते?"

राहुल नीचे आया। वह अपनी मां से बहुत प्यार करता था और अपने पिता को भी। उसने अपनी माता के साथ तो इतने दिन बिताए थे किन्तु पिता के साथ पूरा एक दिन भी बिताने को नहीं मिला था। उसकी मनोकांक्षा थी कि वह

नन्द के समान ही बुद्ध के पास रहे। उसने जल्दी-जल्दी जाकर बुद्ध को पकड़ ही लिया। बुद्ध ने मुस्कराकर अपना हाथ बढ़ा दिया। हालांकि सूर्य चढ़ आने से काफी गरमी थी, किन्तु राहुल अपने पिता की छाया और प्रेम के कारण स्वयं को सुरक्षित अनुभव कर रहा था। उसने पिता की ओर देखकर कहा, "आपके साथ तो सब कुछ बहुत शीतल और ताज़गी युक्त लगता है।"

यशोधरा महल की बालकनी से देख रही थी। उसने जान लिया कि बुद्ध ने उसे अपने साथ विहार में एक दिन रहने की अनुमति दे दी है।

राहुल ने बुद्ध से पूछा : "मेरा उत्तराधिकार क्या है ?"

बुद्ध ने कहा–"विहार तक आओ मैं तुम्हें वह उत्तराधिकार प्रदान कर दूंगा।"

विहार आकर राहुल ने बुद्ध और सारिपुत्त के बीच बैठकर सारिपुत्त के साथ मौन साधकर भोजन किया। वह अपने चाचा नंद को भी वहां देखकर प्रसन्न हुआ। बुद्ध ने राहुल से कहा कि आज की रात तुम सारिपुत्त की कुटिया में ही सोओगे। सभी भिक्खु राहुल को चाहते थे और राहुल के साथ स्नेहपूर्ण व्यवहार करते थे। राहुल की इच्छा हो रही थी कि वह सदा के लिए ही विहार में रहने लगे। सारिपुत्त ने कहा कि विहार में रहने के लिए भिक्खु बनना होगा तो राहुल ने पूछा कि क्या मैं बुद्ध से प्रवृज्या देने की प्रार्थना करूं। राहुल ने जब पूछा तो बुद्ध ने स्वीकृति दे दी और उन्होंने कहा कि 'इस बालक को प्रवृज्या दे दें।'

पहले तो सारिपुत्त ने समझा कि बुद्ध ठिठोली कर रहे हैं किन्तु जब उन्होंने देखा कि इस प्रश्न पर बुद्ध गंभीर हैं तो पूछा, "किन्तु आचार्य, इतनी कम वय के बालक को कैसे प्रवज्या दी जा सकती है ?"

बुद्ध ने उत्तर दिया कि "हम इसे भविष्य में पूर्ण प्रणिधान के लिए तैयार होने का अभ्यास कराएंगे। अभी तो इसको श्रामणेर का व्रत दिलाइए। इसे यह काम सौंप दो कि यह उन गायों को दुर भगा दिया करे जो भिक्खुओं की साधना के समय विघ्न बनती हैं।"

सारिपुत्त ने राहुल के सिर के बाल उतारे और त्रिरत्नों–'बुद्धं शरणं गच्छामि', 'धम्मं शरणं गच्छामि' और 'संघं शरणं गच्छामि–का उच्चारण कराया। उन्होंने राहुल को चार आर्य सत्यों–अहिंसा, अचौर्य्य, सत्य भाषण करने एवं मादक द्रव्यों के सेवन विरति से परिचय कराया। उन्होंने अपना चीवर काटकर ऐसा छोटा कर दिया, जिसे राहुल धारण कर सके। उन्होंने सिखाया कि चीवर कैसे

धारण करना है और भिक्षाटन के लिए भिक्षा-पात्र कैसे पकड़ना है। राहुल देखने में लघु भिक्खु लग रहा था। राहुल सारिपुत्त की कुटिया में सोता और नित्य भिक्षाटन के लिए विहार के आस-पास के छोटे गांवों में जाता। यद्यपि अन्य भिक्खु दिन में केवल एक बार भोजन करते किन्तु सारिपुत्त ने राहुल की वृद्धिमान आयु को देखते हुए, उसे सायंकालीन भोजन करने की भी अनुमति दे दी थी। उपासक, उसके लिए दूध और अतिरिक्त भोजन लाना न भूलते थे।

राहुल ने सिर मुंडवा लिया है और भिक्खु का चीवर धारण कर लिया है, यह समाचार जब राजमहल में पहुंचा तो राजा शुद्धोधन बहुत उद्विग्न हुए। राजा और रानी को राहुल की बहुत याद आती। उन्हें आशा थी कि राहुल विहार में कुछ दिन बिताकर वापस आ जाएगा। उन्हें स्वप्न में भी ख्याल नहीं था कि वह श्रामणेर बनकर विहार-वासी ही हो जाएगा। अपने पौत्र के बिना उन्हें अकेलापन काट रहा था। यशोधरा के मन में विषाद और हर्ष के मिश्रित भाव थे। यद्यपि उसे अपने इकलौते बेटे की बेहद याद आती थी किन्तु उसे इस बात का हर्ष भी था कि इतने वर्षों से पिता को न देख पाने के बाद वह पिता के इतने समीप रहेगा।

एक दिन राजा रानी गौतमी और यशोधरा के साथ राजकीय वाहन पर विहार गए। वहां उन्हें बुद्ध मिले। नंद और राहुल भी उन्हें अभिवादन करने आए। राहुल दौड़कर अपनी मां के पास जा पहुंचा और यशोधरा ने उसे अपनी बांहों में भर लिया। बाद में वह अपने दादा जी और दादी जी से भी गले मिला।

राजा ने बुद्ध को नमन किया और दुखभरी वाणी में कहा, "जब तुम गृह त्यागकर संन्यासी बनने निकल पड़े तो मुझे कितना दुःख हुआ, इसका तुमको विश्वास नहीं हो सकता। कुछ दिन पहले नंद भी मुझे छोड़ आया। अब राहुल को त्यागना हमारी सहनशीलता को पार कर गया है। मेरे जैसे गृहस्थ के लिए बाप-बेटे और दादा-पोते के बीच की निकटता बहुत महत्त्व रखती है। तुम्हारे जाने पर तो चाकू से मेरी त्वचा में घाव हुआ था, उसके बाद उस चाकू ने मेरा मांस काट दिया और अब उसने मेरी हड्डियां ही काट दी हैं। मैं प्रार्थना करता हूं कि अपने कार्यों पर पुनर्विचार करो। भविष्य में किसी भी बच्चे को उसके माता-पिता की अनुमति के बिना प्रवृज्या मत देना।"

बुद्ध ने अनित्यता और अस्तित्व की पृथक् सन्तान न होने के सत्यों के विषय

में देशना देकर राजा को संतुष्ट करने का प्रयास किया। उन्होंने स्मरण दिलाया कि सचेतावस्था का नित्य अभ्यास करने से ही दुःखों से पार जाने का द्वार खुलता है। नंद और राहुल को यह जीवन पूर्ण गहनता के साथ जीने का अवसर मिला है। बुद्ध ने अपने पिता से कहा कि आपको तो उनके सौभाग्य पर प्रसन्न होना चाहिए और नित्य नैमित्तिक जीवन में सचेतनता के मार्ग का अभ्यास जारी रखना चाहिए जिससे आप सच्चा आनंद प्राप्त कर सकें।

राजा को लगा, जैसे उनका दु:ख-भार कुछ हल्का हुआ है। गौतमी और यशोधरा भी बुद्ध के वचनों से आश्वस्त हुईं और राहत अनुभव की।

उस दिन बाद में बुद्ध ने सारिपुत्त को निर्देश दिया कि "अबसे आगे, बच्चों को भिक्खु संघ में सम्मिलित करने से पूर्व उनके माता-पिता की अनुमति लेनी सर्वथा आवश्यक होगी। इसे हमारे विहार की आचार संहिता का अंग बना लिया जाए।"

समय बीतता रहा और बुद्ध तथा उनके संघ को शाक्य राज्य में रहते हुए छः महीने बीत गए। नए भिक्खुओं द्वारा प्रवृज्या ग्रहण करने के कारण संघ में भिक्खुओं की संख्या पांच सौ से अधिक हो गई। साधारण उपासकों की तो गिनती ही करना कठिन था। राजा शुद्धोधन ने राजकुमार सिद्धार्थ के ग्रीष्मकालीन महल (राजधानी से उत्तर में स्थित) संघ को दे दिया था जिसमें ठंडा विशाल उद्यान बना हुआ था। आदरणीय सारिपुत्त ने वहां भिक्खुओं के लिए विहार में रहने सरीखी व्यवस्थाएं करा दी थीं। इस नए विहार की स्थापना से शाक्य राज्य में सद्धर्म के मार्ग की साधना करने की दृढ़ नींव रख गई थी।

अपने वायदे के अनुसार वर्षा-प्रवास के दौरान बुद्ध वेणुवन में रहने के लिए प्रस्थान करना चाहते थे। मगध के लिए रवाना होने से पूर्व बुद्ध को राजा शुद्धोधन ने महल में भोजन करने और राजपरिवार तथा शाक्य वंश के लोगों को धर्म की देशना करने का अनुरोध किया। बुद्ध ने इस अवसर पर सद्धर्म के मार्ग का राजनीतिक क्षेत्र में प्रयोग करने के विषय में देशना की जिससे राज्य के शासन-कार्यों में व्यस्त लोग किस प्रकार सामाजिक समानता ला सकते हैं और सभी वर्गों को न्याय प्रदान कर सकते हैं। यदि आप सद्धर्म मार्ग का आचरण करेंगे तो इससे आपकी प्रज्ञा और करुणा के भावों में वृद्धि हो सकेगी और लोक-सेवा श्रेष्ठतम रूप से संभव हो सकेगी। आप हिंसा का सहारा लिए बिना शांति और सुख-समृद्धि लाने के उपाय खोज निकालेंगे।

आपको मृत्यु-दंड देने, शारीरिक यातनाएं देने, कारावास में डालने अथवा उनकी संपत्ति को जब्त करने की आवश्यकता ही नहीं पड़ेगी। यह कोई असंभव आदर्श नहीं है। ऐसी अवस्था लाई जा सकती है।

"जब राजनीतिज्ञ पर्याप्त प्रज्ञा-संपन्न और प्रेम-भाव से युक्त होगा तो वह निर्धनता, कष्टों और उत्पीड़न विषयक सत्य स्थिति को समझ सकेगा। ऐसा व्यक्ति शासन-व्यवस्था में ऐसे सुधार कर सकता है, जिससे अमीरी और गरीबी के बीच की खाई कम हो सके और अन्य लोगों के साथ बल-प्रयोग की आवश्यकता ही समाप्त हो जाए। मेरे मित्रो, राजनीतिज्ञों और शासकों को स्वयं एक उदाहरण बन जाना चाहिए। विलासितापूर्ण जीवन की गोद में मत पड़े रहो क्योंकि धन ही आप लोगों एवं प्रजाजनों के बीच सर्वाधिक बाधाएं बनकर उपस्थित होता है। सादा और सर्वांग जीवन जियो; अपना समय लोगों की सेवा में लगाओ, न कि भोग-विलास में। यदि नेता स्वयं अच्छा उदाहरण प्रस्तुत नहीं करता तो वह लोगों का प्रेम और सम्मान कैसे अर्जित कर सकता है। सदाशयता का शासन कानून और व्यवस्था के नियमों से सर्वथा भिन्न होता है। सदाशयता का शासन दण्ड पर आधारित नहीं होता। चेतना-जागृति के मार्ग के अनुसार सच्ची प्रसन्नता या आनंद सदाशयता अथवा दया-भाव से ही प्राप्त किया जा सकता है।"

राजा शुद्धोधन और अन्य उपस्थित गण्यमान्य अतिथियों ने बुद्ध की देशना बहुत ध्यान से सुनी। बुद्ध के चाचा और देवदत्त के पिता राजकुमार द्रोणधनराज तथा आनंद ने कहा, "सदाशयता से शासन करने की जो बात आपने कही है, वह बहुत ही सुन्दर है; किन्तु मेरा विश्वास है कि आप ही में वह दृढ़चरित्र और सदाशयता है जो इस मार्ग को सफलता तक पहुंचा सकती है। आप कपिलवस्तु में ही क्यों नहीं रुक जाते और शाक्य शासन की नई व्यवस्था कर देते जिससे समस्त प्रजाजनों को शांति, सुख और आनंद की प्राप्ति हो सके ?"

राजा शुद्धोधन ने कहा–"मैं वृद्ध हो चुका हूं। अगर तुम यहां रुकना स्वीकार कर लो तो मैं आपके लिए सिंहासन खाली करने के लिए तैयार हूं। अपनी सदाशयता, निष्ठा और प्रज्ञा से प्रभावित सभी लोग तुम्हारे साथ खड़े होंगे, ऐसा मेरा विश्वास है। इससे शीघ्र ही हमारा देश सम्पन्न और समृद्ध हो जाएगा, जितना पहले कभी नहीं हुआ था।"

बुद्ध ने इसका तुरन्त उत्तर नहीं दिया। अपने पिता की ओर दयापूर्ण दृष्टि से देखते हुए उन्होंने कहा–"पिताजी, अब मैं किसी एक परिवार, वंश अथवा

किसी एक देश का ही पुत्र नहीं रह गया हूं। समस्त प्राणी मेरे परिवारजन हैं और समस्त पृथ्वी मेरा घर। मेरी अपनी स्थिति एक भिक्खु की है जो दूसरों की उदारता पर निर्भर है। मैंने अपने लिए सद्धर्म का मार्ग चुना है, न कि राजनीति का। मुझे भरोसा है कि इस प्रकार मैं समस्त प्राणियों की सेवा कर सकूंगा।"

यद्यपि रानी गौतमी और यशोधरा ने इस अवसर पर कुछ बोलना उचित नहीं समझा, किन्तु बुद्ध के शब्दों से प्रभावित होकर उनके आंसू झरने लगे। वह समझती थीं कि जो कुछ बुद्ध ने कहा है, वह ठीक है।

बुद्ध ने राजा और उपस्थित अतिथियों के समक्ष अपनी देशना जारी रखी और बताया कि पंचशीलों का पारिवारिक जीवन तथा समाज में कैसे प्रयोग किया जा सकता है। ये पांचों शील सुखी परिवार और शांतिपूर्ण समाज की आधारशिला हैं। उन्होंने प्रत्येक शील की सावधानीपूर्वक व्याख्या की और अन्त में कहा, "यदि आप चाहते हैं कि लोग संगठित रहें तो पहले आपको लोगों की श्रद्धा और उनका विश्वास अर्जित करना होगा। यदि राजनीतिक नेता पंचशीलों का आचरण करेंगे तो लोगों के मन में उनके प्रति श्रद्धा-विश्वास बढ़ेगा। वह श्रद्धा-विश्वास जागृत हो जाने पर ऐसा कुछ शेष नहीं रहता जो देश प्राप्त न कर ले। इससे शांति, सुख-संतोष और सामाजिक समानता स्थापित होना सुनिश्चित हो सकेगा। सचेतनता पर आधारित जीवन स्थापित कीजिए। पुरानी लकीर के फकीर बने रहने से न तो श्रद्धा और विश्वास जागृत होता है और न इनसे लोगों में समता-भाव को प्रोत्साहन मिलता है। आत्म-जागृति के मार्ग को एक नया मार्ग और एक नया विश्वास-भाव बनने दीजिए।"

बुद्ध ने उन्हें आश्वसन दिया कि यद्यपि मैं शीघ्र ही मगध के लिए रवाना हो जाऊंगा किन्तु भविष्य में कपिलवस्तु वापस आऊंगा। यह सुनकर राजा और वहां उपस्थित सभी गण्यमान्य व्यक्ति प्रसन्न हुए।

अध्याय अड़तीस

आनंद ही आनंद

शाक्य राज्य से निकलकर बुद्ध ने एक सौ बीस भिक्खुओं के साथ उत्तरी कौशल के क्षेत्र में प्रवेश किया। वह अनुप्रिया नगर के समीप एक उद्यान में ठहरे। बुद्ध के साथ सारिपुत्त, कालुदयी, नंद और श्रामणेर राहुल के अलावा उच्च घरानों के अनेक युवा भिक्खु भी थे।

कपिलवस्तु से रवाना होने के एक महीने बाद, महानाम और अनिरुद्ध नाम के, शाक्य वंश के दो युवकों के मन में आया कि वह भी गृह त्यागकर भिक्खु की प्रवृज्या ले लें। उनके परिवार के तीनों ऋतुओं के लिए अलग-अलग महल थे। महानाम के अनेक मित्र जब भिक्खु बन गए तो उसके मन में भी आया कि वह भी भिक्खु बन जाए। किन्तु जब उसे ज्ञात हुआ कि उसका भाई भी भिक्खु बनने की इच्छा रखता है तो उसने अपना विचार बदल दिया। उसके परिवार में दो ही पुत्र थे। यदि दोनों भिक्खु बन जाएंगे तो परिवार के लिए ठीक नहीं रहेगा। इसलिए महानाम ने अपने छोटे भाई को भिक्खु बन जाने की अनुमति दे दी।

जब अनिरुद्ध ने अपनी माता से भिक्खु बनने की अनुमति चाही तो उसने विरोध किया। अनिरुद्ध ने बताया कि बहुत से अन्य उच्च घरानों के युवक भिक्खु बन गए हैं। फिर सद्धर्म के मार्ग पर चलने से न केवल भिक्खु को, वरन् समूचे परिवार को शांति और सुख-समृद्धि प्राप्त होती है। न्यग्रोधी उद्यान में बुद्ध की देशना सुनने के बाद उसने अपनी माताजी को और समझाया। इस पर उन्होंने उसे भिक्खु बनने की अनुमति दे दी बशर्ते कि उसका मित्र भद्दिय भी भिक्खु बन जाए।

उसकी माता को पता था कि भद्दिय राजघराने का सदस्य है और सरकार में उच्च पद पर आसीन है, अतः अपने उत्तरदायित्वों और उच्च प्रतिष्ठा को

त्यागकर वह कभी भिक्खु नहीं बनेगा। भद्दिय उत्तरी राज्यों का शासक था। उसके पास बहुत से सैनिक थे और महल के चारों ओर दिन-रात पहरा रहता है।

अनिरुद्ध शीघ्र ही भद्दिय के पास गया और कहा, "मैं बुद्ध का शिष्य बनने के लिए गृह-त्यागकर भिक्खु बनना चाहता हूं किन्तु तुम्हारे कारण नहीं बन पा रहा।"

भद्दिय ने हंसकर कहा, "मैं कैसे कारण हूं। मैं तुम्हारी इच्छा पूर्ण करने के लिए सब कुछ करने को तैयार हूं।"

अनिरुद्ध ने सब घटनाक्रम सुनाकर कहा, "मैं तभी भिक्खु बन सकता हूं जब तुम भी मेरे साथ भिक्खु बनो। अभी आपने कहा है कि आप मेरे लिए कुछ भी कर सकते हैं।"

भद्दिय जाल में फंस गया। यह नहीं कि वह स्वयं भिक्खु बनना नहीं चाहता था किन्तु गुप्तरूप से उसने सोच रखा था वह बाद में भिक्खु बनेगा, अभी नहीं। भद्दिय ने भिक्खु बनने के लिए पहले सात साल का, फिर तीन साल का, फिर सात महीने का समय मांगा जिससे वह अपने राजकीय दायित्वों को निबटा सके।

अनिरुद्ध ने कहा कि "सद्धर्म का मार्ग अपनाने के लिए इतने समय की क्या आवश्यकता! भिक्खु तो स्वतंत्रता और मुक्ति पाने के लिए सब कुछ छोड़ जाता है। यदि तुम अधिक समय लोगे, तो हो सकता है कि अपना मत ही बदल लो।"

"ठीक है, ठीक है, मेरे मित्र। अच्छा सात दिनों का समय दो, मैं तुम्हारे साथ चलूंगा।"

इस पर उत्साहित होकर अनिरुद्ध ने अपनी माताजी को सूचना दी। उन्होंने स्वप्न में भी नहीं सोचा था कि राज्यपाल भद्दिय इतनी आसानी से अपनी राजकीय स्थिति और प्रतिष्ठा को त्याग देगा। अकस्मात्, उन्हें मुक्ति-पथ का आभास हुआ और उसने सोचा कि पुत्र को भिक्खु बनने के लिए जाने दे।

अनिरुद्ध ने अपने अन्य मित्रों–भृगु, किम्बल, देवदत्त और आनंद को भी अपने साथ जाने के लिए तैयार कर लिया। ये सभी राजपरिवार के कुमार थे। निर्धारित समय पर सभी देवदत्त के घर एकत्र हुए और बुद्ध को खोजने के लिए चल पड़े। आनंद की आयु अठारह वर्ष की थी, अतः उसने अपने पिता से, बड़े भाई देवदत्त के साथ जाने की अनुमति प्राप्त कर ली थी। सभी राजकुमार कौशल राज्य की सीमा तक अपने राजकीय वाहन पर गए। उन्होंने सुना था कि बुद्ध अनुप्रिया नगर के समीप ठहरे हैं।

अनिरुद्ध ने सुझाव दिया कि हम लोगों को अपने रत्न जटित राजकीय वस्त्र, कंठ-मालाएं, अंगूठियां और चूड़े उतार देने चाहिए और खोजकर किसी निर्धन व्यक्ति को दे देने चाहिए। उन्होंने देखा कि पास में नाई की दुकान है जिसमें काम कर रहा युवक अत्यन्त साधारण से कपड़े पहने हुए है। अनिरुद्ध उसकी दुकान में गया और उससे उसका नाम पूछा और यह भी जानना चाहा कि क्या वह उन लोगों को सीमा-पार करा देगा। उपालि नामक वह युवक सहर्ष उनके साथ रास्ता बताते हुए गया। उपालि को छोड़ने से पहले राजकुमारों ने मूल्यवान रत्न-खचित वस्त्र और आभूषण उसे दिए। "हम लोग बुद्ध के अनुयायी बनकर भिक्खु बन रहे हैं, इसलिए इन मूल्यवान वस्त्रों की अब कोई आवश्यकता नहीं। इन वस्त्रों को हम तुम्हें देते हैं। इन्हें बेचकर तुम आराम का जीवन सदैव व्यतीत कर सकोगे।"

राजकुमारों को सीमा पार कराने के बाद जब उपालि ने वस्त्रों की गठरी खोली तो रत्नों और सोने की चमक से उसकी आंखें चुंधिया गईं। वह नीच जाति और गरीब परिवार का था और उसने एक अंगूठी तक नहीं देखी थी। और, अब इतने वस्त्र-आभूषण पाकर वह प्रसन्न होने के बजाय आतंक से भर गया कि लोग इन्हें प्राप्त करने के लिए उसे ही मार डालेंगे। उसने सारे वस्त्राभूषण पोटली में कसकर बांध दिए।

वह सोचने लगा कि ये राजपुरुष जब अपनी धन-संपदा और सत्ता त्यागकर भिक्खु बनना चाहते हैं तो वह भी क्यों न उनका अनुसरण करे। उसने वस्त्र आभूषणों की पोटली को एक पेड़ पर टांग दिया ताकि जो भी इसे देखे ले जाए और वह स्वयं भी सीमा पार चल दिया। जल्दी ही वह राजकुमारों, के पास पहुंच गया।

उपालि के आने पर आश्चर्यचकित देवदत्त ने पछा, "उपालि, हमारे पीछे क्यों भागते आए हो ? हमने जो वस्त्राभूषण दिए थे, वे कहां हैं ?" उपालि ने अपने मन में घटित भावों से परिचित कराते हुए कहा कि वस्त्राभूषण मैंने पोटली बांधकर पेड़ पर टांग दिए। इतनी धन-संपदा पाकर वह असहज हो गया था और अब बुद्ध के शिष्य के रूप में भिक्खु बनना चाहता है।

देवदत्त ने हंसकर उपहास के तौर पर कुछ कहना चाहा तो अनिरुद्ध ने बीच में टोककर कहा–'अद्भुत बात है। तुम्हें साथ ले चलने में हमें प्रसन्नता ही होगी। बुद्ध की देशना है कि संघ तो सागर के समान है, जिसमें भिक्खुओं की सरिताएं आ–आकर अस्तित्वहीन बन जाती हैं। भले हम भिन्न जातियों में जन्मे हों, किन्तु संघ में सम्मिलित होने पर हमारे बीच किसी प्रकार का भेद-भाव नहीं रह जाता।'

भद्दिय ने उपालि को पहले अपना परिचय दिया और फिर अन्य सभी कुमारों का परिचय कराया जिन्होंने उसको नमन किया। सातों युवकों ने अपनी आगे की यात्रा जारी रखी।

वे लोग अगले दिन ही अनुप्रिया पहुंच गए जहां उन्हें पता चला कि बुद्ध तो नगर के उत्तर पूर्व में दो मील दूर वन में रहते हैं। वहां पहुंचकर वे बुद्ध से मिले। भद्दिय ने सब लोगों की इच्छा उन्हें बताई और बुद्ध ने सबको प्रवृज्या देना स्वीकार कर लिया। इस पर भद्दिय ने अनुरोध किया कि "कृपया उपालि को पहले प्रवृज्या दें। इससे हम सद्धर्म मार्ग पर उसे अपना बड़ा भाई मान सकें। इस प्रकार हम उस झूठी प्रतिष्ठा और भेद-भाव के विचारों से मुक्त हो सकेंगे।"

बुद्ध ने उपालि को पहले प्रवृज्या दी। आनंद अभी अठारह वर्ष का ही था। अतः उसे श्रामणेर की प्रवृज्या दी गई। राहुल के बाद वह संघ का सबसे कम आयु का सदस्य था। राहुल आनंद को देखकर बहुत प्रसन्न हुआ।

प्रवृज्या-प्राप्ति के बाद तीन दिन तक वहां रहकर वे सब बुद्ध और अन्य भिक्खुओं के साथ वैशाली गए। वहां तीन दिनों तक महावन में रहकर वे राजगृह के वेणुवन के लिए चल दिए जहां पहुंचने में संघ को दस दिन लगे। वेणुवन में रह रहे छः सौ भिक्खुओं सहित मान्य काश्यप, मौद्गल्यायन और कौंडन्न बुद्ध के वापस आने पर अत्यन्त प्रसन्न हुए। बुद्ध के आगमन का समाचार पाते ही राजा बिम्बिसार अविलम्ब उनसे मिलने आए।

वर्षा ऋतु आने ही वाली थी, अतः इस काल के लिए कौंडन्न और काश्यप परी तरह तैयार थे। बुद्ध द्वारा संबोधि प्राप्ति के बाद यह तीसरा वर्षा-प्रवास था। उन्होंने पहला वर्षा-प्रवास मृगदाय में किया था और दूसरा वेणुवन में।

राज्यपाल का पद स्वीकार करने से पूर्व भद्दिय ने आध्यात्मिक अध्ययन किया था। अब वेणुवन में मान्य काश्यप के मार्ग-निर्देशन में उन्होंने अपने हृदय और चित्त से ध्यान-साधना में पूरा समय देना आरंभ कर दिया। कुटी में रहने की अपेक्षा वृक्षों के नीचे सोना उन्होंने पसंद किया। एक रात ध्यान-साधना करते-करते उन्हें इतने आनंद का अनुभव हुआ कि चिल्लाने लगे, 'आनंद ही आनंद।'

समीप बैठे साधनारत भिक्खु ने सवेरे बुद्ध को बताया कि रात को साधना करते हुए भद्दिय 'आनंद ही आनंद' चिल्ला रहे थे। प्रतीत होता है कि भद्दिय को यहां रहकर प्रतिष्ठा और धन-संपदा का अभाव खल रहा है। बुद्ध ने सुनकर केवल सिर हिला दिया।

दोपहर के भोजनोपरान्त बुद्ध ने धर्म की देशना के बाद भद्दिय को समस्त संघ के समक्ष बुलाकर पूछा–"कल रात, ध्यान साधना करते समय तुम चिल्लाए थे–'आनंद ही आनंद', भद्दिय ने हाथ जोड़कर स्वीकार किया कि "मैं ये शब्द चिल्ला रहा था।"

"क्या बता सकते हो, क्यों ?"

"बुद्ध देव, जब मैं राज्यपाल था तो मैंने प्रसिद्धि, सत्ता और धन-सम्पन्न जीवन जिया। जहां भी जाता, सैनिक मेरी रक्षा के लिए साथ रहते। मेरे महल के चारों ओर दिन-रात पहरा रहता था। तब भी एक क्षण के लिए भी मैं भय-मुक्त नहीं रहता था। यहां घने जंगल में मैं कहीं भी आ-जा सकता हूं, बैठकर ध्यान कर सकता हूं। यहां न मुझे कोई भय है और न कोई चिन्ता। इसके विपरीत, मैं यहां सहज, शांत और आनंद अनुभव करता हूं जैसा कि पहले कभी अनुभव नहीं किया। गुरुदेव, भिक्खु का जीवन व्यतीत करने में मुझे इतनी महान शांति और संतुष्टि की अनुभूति होती है कि मुझे अब किसी से डर नहीं और न कुछ खोने का भय है। मैं यहां किरण की भांति स्वच्छन्द विचरता हूं। कल रात, अपनी ध्यान-साधना के समय यह तथ्य इतनी स्पष्टता से सामने आया कि मैं चिल्ला उठा-'आनंद ही आनंद।' इससे यदि आपकी या किसी भिक्खु की साधना में विघ्न पड़ा हो तो कृपया क्षमा कर दीजिए।"

बुद्ध ने प्रशंसा करते हुए कहा, "भद्दिय, यह तो अद्भुत है। तुमने आत्म-संतोष और ममत्व-त्याग की दिशा में बहुत प्रगति की है। तुम्हें जो शांति और आनंद की प्राप्ति हुई है, वह देव-दुर्लभ है।"

वर्षा-प्रवास में बुद्ध ने बहत से नए भिक्खुओं की प्रवृज्या दी जिनमें मगध के सबसे धनी श्रेष्ठ का प्रतिभावान पुत्र महाकाश्यप भी था। इसकी पत्नी वैशाली की भद्र कापिलानी थी। दोनों पति-पत्नी वैवाहिक जीवन के बारह वर्षों से धर्म के मार्ग पर अग्रसर होने के परम इच्छुक थे।

एक दिन महाकाश्यप अपनी पत्नी से पहले जग गया तो उसने देखा कि एक विषधर सर्प उसकी पत्नी की बांह के पास से रेंग रहा है। भय के मारे महाकाश्यप सांस रोके रहा जिससे सर्प को कोई खड़का न हो। सांप धीरे-धीरे उसकी पत्नी के पास से गुजरता हुआ, कमरे से बाहर चला। महाकाश्यप ने अपनी पत्नी को जगाकर सारी घटना बताई तो दोनों सोचने लगे कि जीवन कितना क्षणभंगुर और अनिश्चित है। कापिलानी ने अपने पति से कहा कि अविलम्ब ऐसे गुरु

की खोज करो जो सद्धर्म के मार्ग पर अग्रसर होने का दिशा-निर्देश कर सके। उसने बुद्ध के विषय में सुन ही रखा था, अतः वह वेणुवन गया। बुद्ध को देखते ही वह समझ गया कि वे ही सच्चे गुरु सिद्ध हो सकते हैं। बुद्ध ने भी देखा कि महाकाश्यप दुर्लभ साधना-शक्ति-सम्पन्न व्यक्ति है; अतः उसे प्रवृज्या प्रदान कर दी। महाकाश्यप ने बुद्ध से अनुरोध किया कि उसकी पत्नी भी सद्धर्म मार्ग पर अग्रसर होने के लिए भिक्खुनी बनने की इच्छुक है। बुद्ध ने कहा कि संघ में भिक्खुनियों को प्रवेश देने का उपयुक्त समय अभी नहीं आया है। उसे संघ की सदस्या बनने हेतु अभी कुछ समय तक प्रतीक्षा करनी पड़ेगी।

अध्याय उन्तालीम

उषःकाल की प्रतीक्षा

वर्षा-प्रवास की समाप्ति के तीन दिन बाद सुदत्त नामक युवक ने बुद्ध से भेंट करके उनसे अनुरोध किया कि वह कौशल आकर सद्धर्म मार्ग की शिक्षा वहां के लोगों को दें। सुदत्त कौशल की राजधानी श्रावस्ती में रहता था। वह बहुत धनवान था और निर्धन लोगों के लिए धर्मार्थ कार्य रुचिपूर्वक करता रहता था। वह अपनी आय का एक बड़ा भाग निर्धनों और बेसहारा लोगों के लिए अलग रख देता था। धर्मार्थ कार्यों से उसे बहुत ही संतुष्टि मिलती थी और लोग उसे 'अनाथपिंडिक' कहते थे।

सुदत्त पण्यों के क्रय-विक्रय हेतु मगध आता-जाता रहता था। राजगृह में वह अपने बड़े साले के यहां ठहरता था जहां उसकी सभी प्रकार से आवभगत होती थी। वर्षा-प्रवास की समाप्ति पर वह राजगृह आया हुआ था। उस दिन उसके साले ने उसकी देख-रेख पहले की भांति नहीं की वरन् वह घर के सदस्यों को किसी बड़ी दावत के लिए तैयारियां करने का निर्देश दे रहा था मानो घर में कोई उत्सव हो।

सुदत्त के पूछने पर उसके साले ने बताया कि "कल मैंने बुद्ध और संघ के भिक्खुओं को भोजन पर आमंत्रित किया है।" सुदत्त ने पूछा कि क्या 'बुद्ध' का अर्थ संबोधि प्राप्त व्यक्ति है ?

"बिलकुल ठीक कहा। बुद्ध संबोधि-प्राप्त गुरु हैं। उनका व्यक्तित्व तेजोमय और अद्भुत है। कल तुम्हें उनके दर्शन का अवसर प्राप्त हो जाएगा।"

बुद्ध का नाम सुनते ही सुदत्त का हृदय, अकारण ही, प्रसन्नता और प्रेरणा से भर उठा। उसने अपने साले से और जानने की जिज्ञासा दिखाई तो उसने बताया कि सौम्य भिक्खुओं को नगर में भिक्षाटन करते देख वह बुद्ध की देशना सुनने वेणुवन भी गया था और उपासक बन गया था। उसने अपनी ओर से उपहार के

रूप में विहार में भिक्खुओं के लिए एक ही दिन में साठ कुटियां बनवा दी थीं।

संभव है कि पिछले जन्म का कोई सम्बन्ध हो, किन्तु सुदत्त के हृदय में बुद्ध के प्रति तीव्र अनुराग और श्रद्धा-भाव जागृत हुआ। वह अगले दिन दोपहर तक बुद्ध से मिलने की प्रतीक्षा न कर सका। उस रात तीन बार जागकर देखने पर भी सवेरा हुआ नहीं देखा तो वह रात में ही उठकर वस्त्र और जूते पहन वेणुवन के लिए चल पड़ा। हवा ठंडी थी और कुहासा भी था। जब वह वेणुवन पहुंचा तो ऊषाकालीन सूर्य की पहली किरण बांस के पत्तों पर पड़ रही थी। वह बुद्ध के दर्शन करने ही आया था किन्तु फिर भी घबराहट हो रही थी। उसी समय चलित-ध्यान करते हुए बुद्ध वहां आ गए।

सुदत्त ने हाथ जोड़कर प्रणाम किया और उनके साथ ही बुद्ध की कुटिया तक गया। उसने बुद्ध को बताया कि कितनी बेसब्री से उसने रात बिताई। 'मैं आपसे सद्धर्म मार्ग की शिक्षा प्राप्त करना चाहता हूं।' यह इच्छा जानकर बुद्ध ने उसे सदाशयता और प्रेम की देशना की। सुदत्त बहुत प्रसन्न हुआ और बुद्ध के समक्ष प्रणत हुआ और उनसे प्रार्थना की कि उसे भी उपासक बना लिया जाए। बुद्ध सहमत हो गए। सुदत्त ने बुद्ध को अपने साले के निवास पर ही उन्हें तथा उनके संघ को अगले दिन ही भोजन पर आमंत्रित किया।

बुद्ध ने सहज हंसकर कहा, "जहां हम आज भोजन करने जा रहे हैं, वहीं कल भी भोजन करने का मुझे कोई कारण नहीं दिखता।"

सुदत्त ने कहा, "आज आप मेरे साले के मेहमान होंगे, और कल मेरे। मुझे दुख है कि राजगृह में मेरा अपना कोई निवास स्थान नहीं है। मैं आपसे अपना निमंत्रण स्वीकार करने का आग्रह कर रहा हूं।" जब बुद्ध ने स्वीकृति दे दी तो वह खुशी से पागल हुआ घर आया और उस दिन के संघ के भोजन की व्यवस्था में हाथ बंटाने लगा।

अपने साले के निवास पर सुदत्त ने बुद्ध की देशना सुनी तो उसे अपार हर्ष हुआ। वह बुद्ध और भिक्खुओं को द्वार तक छोड़कर अगले दिन की तैयारी में जुट गया। साले ने बहुत कहा किन्तु सुदत्त ने अगले दिन के भोज पर अपना ही धन व्यय किया। साले को तो केवल घर में भोजन पकाने और खिलाने की व्यवस्था ही करने दी।

जब सुदत्त ने अगले दिन बुद्ध की देशना सुनी तो उसका हृदय कमल खिल गया। उसने बुद्ध के समक्ष प्रणत होकर कहा–"आचार्यवर, अभी तक कौशल

के लोगों को आपका तथा आपके संघ का स्वागत करने तथा सद्धर्म की शिक्षा प्राप्त करने का अवसर नहीं मिला है। मैं आपको कौशल आकर कुछ समय रहने का निमंत्रण देता हूं। कृपया कौशल के लोगों पर दया कीजिए।" बुद्ध ने अपने वरिष्ठ शिष्यों से परामर्श करने की बात कही।

कुछ दिन बाद सुदत्त जब वेणुवन आया तो उसे यह सुखद समाचार मिला कि बुद्ध ने उसका निमंत्रण स्वीकार करने का निश्चय किया है। बुद्ध ने पूछा कि क्या श्रावस्ती के पास भिक्खु संघ के ठहरने का भी स्थान होगा। सुदत्त ने कहा कि वहां भिक्खुओं के लिए सारी व्यवस्था मेरी रहेगी। सुदत्त ने यह भी सुझाव दिया कि मान्य सारिपुत्त को भी मेरे साथ जाने की अनुमति प्रदान की जाए जिससे बुद्ध के आगमन की तैयारी की जा सके।

सारिपुत्त से पूछकर, बुद्ध ने उन्हें साथ ले जाने पर सहमति प्रकट की।

एक सप्ताह बाद सुदत्त वेणुवन आकर सारिपुत्त से मिला। वहां से वे साथ-साथ निकले और गंगा पार जाकर वैशाली की ओर यात्रा करने लगे। वैशाली में वह आम्रपाली से मिले और उसके आम्रवन में रात्रि विश्राम किया। सारिपुत्त ने आम्रपाली को बताया कि बुद्ध देव, अपने भिक्खु संघ के साथ कौशल जाते हुए वैशाली से छः महीनों में गुजरेंगे। आम्रपाली ने कहा कि वह संघ को भोजन और रात्रि विश्राम की व्यवस्था करके अत्यन्त प्रसन्न होगी। आप जैसे अतिथियों का स्वागत करके मैं धन्य हो जाऊंगी।

आम्रपाली से विदा लेकर वे अचिरावती (राप्ती) नदी के किनारे-किनारे उत्तर पश्चिम दिशा में चले। सुदत्त पहले कभी इतना पैदल नहीं चला था। रास्ते में वह जहां-जहां रुकते. बद्ध के आगमन की घोषणा करते जाते और लोगों से अनुरोध करते कि बुद्ध और संघ का स्वागत सत्कार करें। "बुद्ध संबोधि प्राप्त गुरु हैं। उनका तथा संघ का स्वागत हर्षोल्लास से कीजिए।"

कौशल बड़ा तथा समृद्ध राज्य था और मगध के समान शक्तिशाली था। जहां भी जाते लोग सुदत्त या 'अनाथपिंडिक' को भलीभांति जानते थे। उसने लोगों से जो कुछ कहा, उस पर उन्हें पूर्ण विश्वास था। सभी लोग बुद्ध और संघ का उत्साहपूर्वक स्वागत करने की प्रतीक्षा करने लगे। प्रतिदिन जब भी सारिपुत्त भिक्षाटन के लिए जाते तो सुदत्त अधिक-से-अधिक लोगों को बुद्ध और संघ के आगमन की सूचना देता रहता।

एक महीने में वे लोग श्रावस्ती पहुंचे। सुदत्त ने सारिपुत्त को अपने निवास

पर भोजन करने के लिए आमंत्रित किया। सुदत्त ने अपने माता-पिता और पत्नी का परिचय उनसे करवाया। भोजन के उपरान्त उसने सारिपुत्त से अनुरोध किया कि वह सद्धर्म मार्ग पर प्रकाश डालें। सारिपुत्त के प्रवचन के बाद सुदत्त के माता-पिता और पत्नी ने 'त्रिरत्नों' और 'पंचशील' की दीक्षा ली। सुदत्त की पत्नी पुण्यलक्षणा सुंदर एवं गरिमामयी महिला थी उनके तीन पुत्रियां और एक पुत्र था।

सारिपुत्त प्रतिदिन सबेरे नगर में भिक्षाटन करते और रात को सरिता के तट पर वन में शयन करते। सुदत्त ने भी बुद्ध और उनके संघ के भिक्खुओं को ठहराने के लिए उपयुक्त स्थान खोज लिया था।

अध्याय चालीस

स्वर्ण-मुद्राएं बिछाकर खरीदा जेतवन

सुदत्त ने विहार बनाने के लिए जो भी स्थान देखे, उनमें से कोई भी उतना सुंदर और शांतिपूर्ण नहीं था जितना कुमार जेत का उद्यान। सुदत्त ने सोचा कि यदि वह उद्यान उसे मिल जाए तो यहां से समूचे राज्य में बुद्ध का सद्धर्म-संदेश प्रचारित हो सकता है। सुदत्त राजकुमार जेत से मिलने गया तो वह एक मंत्री का स्वागत-सत्कार कर रहे थे। सुदत्त ने दोनों को सादर प्रणाम किया और सीधा प्रश्न किया कि क्या कुमार बुद्ध के धर्म-केन्द्र हेतु अपना उद्यान बेचना चाहेंगे। जेत केवल बीस वर्ष का ही हुआ था और पिछले वर्ष ही वह उद्यान उसके पिता राजा प्रसेनजित ने उपहार में दिया था। उसने उत्तर में कहा कि "यह उद्यान मुझे बहुत प्रिय है। मैं इसे इस शर्त पर बेच सकता हूं, यदि आप उद्यान को स्वर्ण मुद्राओं से बिछा दें।"

सुदत्त ने कहा कि "यह कीमत मुझे स्वीकार है। कल मैं इसमें स्वर्ण मुद्राएं बिछवा दूंगा।"

राजकुमार जेत ने आश्चर्यचकित होकर कहा, "मैं तो मज़ाक कर रहा था। मैं इस उद्यान को बेचना नहीं चाहता। कल स्वर्ण लाने का कष्ट मत उठाइए।"

सुदत्त ने संकल्पपूर्वक कहा, "आप राजकुमार हैं, आपको अपने वचन का पालन करना चाहिए।" उसने साथ बैठे मंत्री से कहा, "मान्यवर मैंने ठीक कहा न?"

मंत्री ने सिर हिलाकर कहा, "श्रेष्ठ, अनाथपिंडिक सत्य ही कह रहे हैं। यदि

आपने उद्यान का मूल्य न बताया होता तो दूसरी बात थी। अब आप अपने वचन से मुकर नहीं सकते।"

राजकुमार जेत मान गया किन्तु उसे आशा थी कि श्रेष्ठि इतना मूल्य चुका नहीं पाएगा। अगले दिन सबेरे ही सुदत्त ने छकड़ों में लादकर स्वर्ण मुद्राएं भेज दीं और अपने सेवकों से कहा कि स्वर्ण मुद्राएं समूचे उद्यान में बिछाएं।

राजकुमार जेत मनों सोना देखकर सन्नाटे में आ गया। वह समझ गया कि यह कोई मामूली श्रेष्ठि नहीं है। उसने मन ही मन सोचा, कोई व्यक्ति एक उद्यान के लिए इतना सोना क्यों देगा? जब श्रेष्ठि इस सीमा तक जा रहा है तो बुद्ध और उनके संघ में कुछ तो असाधारणता होगी। राजकुमार ने कहा कि मुझे बुद्ध के विषय में कुछ बताओ। जब सुदत्त बुद्ध, धर्म और संघ के विषय में बता रहा था तो उसकी आंखों में विशेष चमक थी। उसने कहा कि कल मैं मान्य सारिपुत्त से आपकी भेंट कराऊंगा। सुदत्त ने जो कुछ कहा उससे राजकुमार बहुत प्रभावित हुआ। उस समय तक श्रेष्ठि के सेवक दो-तिहाई उद्यान में स्वर्ण मुद्राएं बिछा चुके थे और चौथा छकड़ा आ गया था। राजकुमार ने आगे स्वर्ण मुद्राएं बिछाने से सेवकों को रोककर सुदत्त से कहा, "इतना स्वर्ण पर्याप्त है। शेष भूमि मेरी ओर से उपहार समझो।"

सुदत्त यह सुनकर प्रसन्न हुआ और अगले दिन वह जब सारिपुत्त को लेकर आया तो राजकुमार भिक्खु की शांत मुद्रा देखकर बहुत प्रभावित हुआ। सभी मिलकर उद्यान में गए और सुदत्त ने उसका नाम 'जेतवन' रख दिया। सुदत्त ने सारिपुत्त से अनुरोध किया कि वह जेतवन में रहकर विहार के निर्माण का निरीक्षण करते रहें। उसका परिवार सारिपुत्त के लिए प्रतिदिन भोजन दिलाने की व्यवस्था करेगा।

सुदत्त, सारिपुत्त तथा राजकुमार ने मिलकर विहार में कुटियां, धर्म-सभागार, ध्यान-साधना कक्ष और स्नानगृह आदि बनाने का विचार किया। सुदत्त ने यह इच्छा व्यक्त की कि विहार के प्रवेश द्वार पर तिमंजिला तोरण बनवाया जाए। सारिपुत्त ने अपने अनुभव के आधार पर विहार की स्थापना के लिए अनेक सुझाव दिए। उन्होंने बुद्ध की कुटिया के लिए शीतल शांतिपूर्ण स्थल चुना। उन्होंने वहां पैदल मार्ग भी बनाए और कुएं भी खुदवाए।

नगर के लोगों ने सुदत्त द्वारा स्वर्ण मुद्राएं बिछाकर राजकुमार से उद्यान खरीदने की खबर सुनी। उन्हें यह भी पता चला कि मगध से चलकर शीघ्र ही आने वाले बुद्ध और उनके संघ के स्वागतार्थ एक विहार बनाया जा रहा है।

सारिपुत्त ने जेतवन में सद्धर्म विषयक प्रवचन देने आरंभ कर दिए जिनमें आने वालों की संख्या प्रतिदिन बढ़ती जा रही थी। श्रोतागण इन प्रवचनों के कारण बुद्ध के प्रति आकृष्ट होने लगे थे।

चार महीने के बाद विहार बनकर लगभग तैयार हो गया था। सारिपुत्त राजगृह के लिए रवाना हो गए जिससे बुद्ध और संघ को जेतवन ला सकें। वैशाली के मार्गों पर जब भिक्खु भिक्षाटन कर रहे थे तो सारिपुत्त उनसे मिले। बुद्ध और भिक्खु वहां कुछ दिन पहले ही आ गए थे और महावन में ठहरे हुए थे। बुद्ध के पूछने पर सारिपुत्त ने बताया कि श्रावस्ती में सभी तैयारियां ठीक से चल रही हैं।

बुद्ध ने सारिपुत्त को बताया कि वेणुवन में कौंडन्न और उरुबेला काश्यप के नेतृत्व में संघ छोड़ा है। बुद्ध के साथ आए पांच सौ भिक्खुओं में से दो सौ भिक्खु यहीं धर्म-साधना करेंगे और शेष तीन सौ भिक्खु उनके साथ कौशल जाएंगे। बुद्ध ने सारिपुत्त को बताया कि आम्रपाली ने समूचे संघ को कल भोजन करने के लिए आमंत्रित किया है और उसके अगले ही दिन वे श्रावस्ती के लिए चल पड़ेंगे।

आम्रपाली अपने आम्रवन में बुद्ध और संघ को भोजन कराने से अति प्रसन्न थी। उसे यही दुख था कि उसका पुत्र जीवक इस अवसर पर यहां नहीं है। जिस दिन वह बद्ध एवं संघ को भोजन कराने वाली थी, उसी दिन एक अजीब घटना घटी। जब वह बुद्ध से मिलकर लौट रही थी तो लिच्छिवि गणराज्य के अनेक राजकुमारों ने उसे रोक लिया। वैशाली के इन सर्वाधिक धन-संपन्न और शक्तिशाली राजकुमारों ने आम्रपाली से कहा कि "बुद्ध और भिक्खुओं को आमंत्रित करने के बजाय हमें बुलाओ। हम तुम्हें करोड़ों स्वर्ण मुद्राएं देंगे।"

आम्रपाली ने कहा, "इससे स्पष्ट है कि आप लोग बुद्ध से परिचित नहीं हैं। अन्यथा आप इस प्रकार न कहते। मैंने बुद्ध और संघ को भोजन पर आमंत्रित किया है जिसकी तैयारियां चल रही हैं। अब यदि मुझे वैशाली की समस्त भूमि भी दी जाए तो मैं उसे भी अस्वीकार कर दूंगी। अब आप कृपया मुझे जाने दें। मुझे कल के लिए बहुत तैयारियां करनी हैं।"

आश्चर्यचकित लिच्छिवि सामंतों ने उसे जाने दिया। इन सामन्तों ने निश्चय किया कि जिस बुद्ध को आम्रपाली इतना सम्मान देती है, उनको चलकर देखा तो जाए। वे अपने वाहनों से उतरकर महावन में बुद्ध के पास जा पहुंचे।

बुद्ध ने देखा कि इन युवकों में दया-भाव और सूझ-बूझ के बीज विद्यमान हैं तो उन्होंने इन युवकों को पास बैठा लिया। बुद्ध ने उन्हें अपने जीवन और सद्धर्म मार्ग की खोज के विषय में भी बताया। उन्होंने दुःखों से निस्तार पाने और मुक्ति प्राप्त करने के मार्ग की भी चर्चा की। वह जानते थे कि वे लोग उसी क्षत्रिय वर्ण के थे जिसके स्वयं बुद्ध थे। वे उनके साथ सदाशयता , से परिपूर्ण भाव से बातचीत कर रहे थे।

बुद्ध के वचनों से उनके हृदय-कपाट खुल गए। उन्होंने पहली बार अपने आपको पहचाना। वे समझ गए कि सच्चा सुख पाने के लिए धन-संपदा और सत्ता का होना ही पर्याप्त नहीं है। उन्हें जैसे अपने जीवन का मार्ग मिल गया था। उन्होंने अनुरोध किया कि हमें भी उपासक बना लेने की कृपा करें। उन्होंने अगले दिन बुद्ध और संघ को भोजन पर आमंत्रित करने का प्रस्ताव रखा।

बुद्ध ने कहा कि हमें कल आम्रपाली ने आमंत्रित किया हुआ है। युवा सामंतों को आम्रपाली से हुई बातचीत का स्मरण हो आया।

"तब हमें परसों आमंत्रित करने की अनुमति दीजिए।" इस बात पर बुद्ध सहमत हो गए।

अगले दिन आम्रपाली ने सभी संबंधियों और मित्रों को आम्रवन में आमंत्रित कर रखा था। बुद्ध और भिक्खुओं को स्वादिष्ट शाकाहारी भोजन कराया गया। उन सामंतों ने भी भिक्खुओं को कटहल, आम, केला और जामुन के फल दिए जो पेड़ से ताजे तोड़कर लाए गए थे। भोजन की समाप्ति के बाद बुद्ध ने देशना करते हुए परस्परावलम्बी सह-वर्द्धन तथा अष्टांगिक मार्ग की व्याख्या की। उनकी देशना ने सभी के हृदयों को छू लिया। बारह युवा सामंतों ने भिक्खु की प्रवृज्या ग्रहण की। इनमें लिच्छिवि वंश के दो राजकुमार भी सम्मिलित थे जो बहुत ही सत्ता-शक्ति सम्पन्न थे।

जब भोजन और देशना समाप्त हो गई तो लिच्छिवि सामंतों ने अगले वर्ष वैशाली मे निवास करने का अनुरोध बुद्ध से किया। उन्होंने वचन दिया कि वह महावन में सैकड़ों भिक्खुओं के निवास की व्यवस्था कर देंगे। उनके इस प्रस्ताव को बुद्ध ने स्वीकार कर लिया।

आम्रपाली अगले दिन सबेरे बुद्ध के दर्शनार्थ गई। उसने अपनी इच्छा व्यक्त की कि वह बुद्ध और संघ को आम्रवन उपहार में देना चाहती है। बुद्ध ने उसका उपहार स्वीकार कर लिया। उसके बाद शीघ्र ही बुद्ध, सारिपुत्त और तीन सौ भिक्खु उत्तर की ओर श्रावस्ती के मार्ग पर चल पड़े।

अध्याय इकतालीस

प्रेम दुखदायी है

वैशाली जाने का मार्ग सारिपुत्त के लिए परिचित था। उन्होंने और अनाथपिंडिक ने बुद्ध और संघ के प्रति जो जिज्ञासा लोगों में जागृत कर दी थी, इसके कारण वे जहां भी जाते, उनका उत्साहपूर्वक स्वागत होता। रात को भिक्खु अचिरावती नदी के तट पर विश्राम करते। भिक्खु दल वहां तीन वर्गों में आया था। पहले दल के नेता बुद्ध एवं सारिपुत्त थे, दूसरे के अस्सजि (अश्वजित) और तीसरे के मौद्गल्यायन। कभी-कभी वन में या नदी तट पर स्थानीय लोग बुद्ध की देशना सुनने आ जाते।

श्रावस्ती आने पर सुदत्त और राजकुमार जेत ने उनका स्वागत किया और उन्हें नए विहार में ले गए। जेतवन की सुव्यवस्था देखकर बुद्ध ने सुदत्त की प्रशंसा की तो सुदत्त ने कहा कि यह तो मान्य सारिपुत्तं और राजकुमार जेत के परिश्रम का फल है।

श्रामणेर राहुल बारह वर्ष का हो गया था। यद्यपि वह सारिपुत्त के मार्ग-निर्देश में धर्म- शिक्षा प्राप्त कर रहा था, किन्तु सारिपुत्त के छः महीनों तक बाहर रहने पर मान्य मौदगल्यायन ही उसके शिक्षक थे। जेतवन आकर वह फिर सारिपुत्त से शिक्षा प्राप्त करने लगा।

बुद्ध के आगमन पर राजकुमार जेत और सुदत्त ने स्वागत-समारोह का आयोजन किया। सारिपुत्त के साथ रहकर सुदत्त को बुद्ध और उनकी शिक्षाओं के विषय में ज्ञान होने से वह बुद्ध का भक्त हो गया था। बुद्ध की धर्म देशना सुनने के लिए सुदत्त ने सभी स्थानीय लोगों को आमंत्रित किया था। आगन्तुकों में राजकुमार जेत की माताजी रानी मल्लिका और उनकी सोलह वर्षीया राजकुमारी भी थी। लोगों की जिज्ञासा शांत करने के लिए बुद्ध ने अपनी देशना

में 'चार आर्य सत्यों' और 'अष्टांगिक मार्ग' पर प्रकाश डाला।

धर्म-देशना सुनकर रानी और राजकुमारी के हृदय-कपाट खुल गए। दोनों ही उनकी शिष्या बनना चाहती थीं किन्तु इसके पूर्व रानी राजा प्रसेनजित से अनुमति ले लेना चाहती थीं। उन्हें पक्का भरोसा था कि निकट भविष्य में राजा बुद्ध से मिलेंगे। राजा प्रसेनजित की बहन राजा बिम्बिसार की पत्नी थी जो तीन वर्ष पूर्व बुद्ध के त्रिरत्नों का उच्चार कर चुकी थी।

श्रावस्ती के बहुत से महत्त्वपूर्ण धार्मिक नेता जिज्ञासावश बुद्ध की देशना सुनने आए थे। उनमें से कइयों ने अपने हृदयों को प्रकाशित अनुभव किया। अन्य धर्म-नेताओं की दृष्टि में बुद्ध सुयोग्य विरोधी थे जिन्होंने उनके विश्वासों को चुनौती दी थी। किन्तु सभी मानते थे कि उनका आगमन श्रावस्ती के धार्मिक जीवन की एक महत्त्वपूर्ण घटना थी। स्वागत-समारोह और बुद्ध की देशना के बाद सुदत्त ने जेतवन विहार बुद्ध और संघ को उपहार में दे दिया। बुद्ध ने सुदत्त की प्रशंसा करते हुए कहा-"इस विहार में भिक्खुओं की जंगली जानवरों, सर्पों, मच्छरों और वर्षा से रक्षा हो सकेगी। इस विहार में चारों दिशाओं से भिक्खु आएंगे। मुझे विश्वास है कि तुम इसी प्रकार स्वयं भी सद्धर्म-मार्ग को जीवन में अपनाओगे।"

अगले दिन बुद्ध और भिक्खु, पन्द्रह-पन्द्रह के बारह दलों में विभक्त होकर नगर में भिक्षाटन के लिए गए। गैरिक चीवरधारी भिक्खुओं को शांत और मौन भाव से भिक्षा मांगते देख लोगों को बहुत भला लगा और जेतवन विहार में लोगों की दिलचस्पी बढ़ी। बुद्ध जेतवन में प्रति सप्ताह देशना करते जिसे सुनने काफी लोग आते। राजा को बुद्ध की उपस्थिति का प्रभाव ज्ञात हुआ किन्तु वह राज-काज में व्यस्त होने के कारण जेतवन नहीं जा सके।

एक दिन घर में परिवार के साथ भोजन करते हुए राजा प्रसेनजित ने बुद्ध की चर्चा छेड़ी तो रानी मल्लिका ने बताया कि राजकुमार जेत ने विहार के निर्माण में कितना योगदान किया है। राजा ने राजकुमार से बुद्ध के विषय में बताने के लिए कहा तो राजकुमार ने जो कुछ देखा-सुना था, वह सब राजा को बता दिया। साथ ही उसने बुद्ध का सामान्य उपासक बनने की भी अनुमति राजा से चाही।

राजा प्रसेनजित को विश्वास ही नहीं हो रहा था कि बुद्ध को इतनी कम आयु में संबोधि प्राप्त हो गई थी। बुद्ध उस समय उनतालीस वर्ष की आयु के थे जिस आयु के राजा स्वयं ही थे। पुराण काश्यप, मास्करी गोसालिपुत्र, निर्ग्रंथ, ज्ञातिपुत्र, संजय वैरातिपुत्र सरीखे धर्माचार्य जिस मुक्ति मार्ग को अब तक प्राप्त नहीं कर

सके हैं, उससे आगे तक के ज्ञान और साधना स्तर तक, बुद्ध कैसे पहुंच सकते हैं। राजा ने निश्चय किया कि अवकाश मिलते ही वह स्वयं बुद्ध से भेंट करने जाएंगे।

वर्षा ऋतु आने वाली थी। बुद्ध ने जेतवन विहार में ही वर्षा-प्रवास करने का निश्चय किया। वेणुवन विहार के पूर्व अनुभव के फलस्वरूप जेतवन में इस प्रवास की समुचित व्यवस्था हो गई। श्रावस्ती में साठ नए भिक्खुओं ने संघ में प्रवेश किया। सुदत्त ने अपने अनेक मित्रों का परिचय कराया जो संघ में उपासक बन गए और विहार के कार्यों में सहायता देने लगे।

एक दिन एक व्यक्ति बुद्ध के पास आया जिसके चेहरे पर दुःख-दर्दों के मारे झुर्रियां पड़ गई थीं। उसके एक मात्र पुत्र की मृत्यु हो गई थी और वह कई दिनों तक खड़े होकर अपने पुत्र को पुकारता रहा। वह न खा सकता था न पी सकता था और न सो सकता था।

बुद्ध ने कहा कि 'प्रेम से दुख तो होता ही है।'

उस व्यक्ति ने आपत्ति की, "आप गलत कह रहे हैं। प्रेम से कष्ट नहीं होता। प्रेम तो प्रसन्नता और आनंददायक होता है।" बुद्ध कुछ आगे कह पाते, वह दुखी व्यक्ति झपाटे में बाहर चला गया। निरुद्देश्य घूमने के बाद वह रास्ते पर जुआ खेलने वालों के पास रुका और बुद्ध से हुई बातचीत बताई। सभी उससे सहमत थे कि बुद्ध गलत कह रहे थे।

शीघ्र ही यह खबर श्रावस्ती भर में घूम गई और इस पर गर्मागर्म बहसें होने लगीं। आखिर यह बात राजा प्रसेनजित के पास भी पहुंची और एक दिन घर पर भोजन के समय राजा ने कहा कि वह बुद्ध भिक्खु उतना महान गुरु नहीं, जितना तुम लोग समझते हो। रानी सारी बात सुनकर बोली-"यदि बुद्ध ने ऐसा कहा है तो निस्संदेह सत्य ही होगा।"

राजा ने कहा, "तुम्हें ऐसा नहीं कहना चाहिए। पहले प्रश्न पर स्वयं गंभीरता से विचार कर लो। बच्चों की तरह बातें नहीं करते।"

रानी चुप रहीं क्योंकि उसे विदित था कि राजा अभी बुद्ध से मिले नहीं हैं। अगले दिन उसने एक पंडित को बुद्ध के पास यह जानने को भेजा कि बुद्ध ने वैसा कहा या नहीं। यदि कहा है तो इसका स्पष्टीकरण कर दीजिए। वह जो भी कहें उसे ध्यान से सुनकर मुझे आकर बताना।

पंडित जाकर बुद्ध से मिला और रानी का प्रश्न पूछा। बुद्ध ने कहा-"हाल ही में मैंने सुना कि श्रावस्ती में एक महिला की मां मर गई। उसे इससे इतना धक्का

लगा कि वह पागल हो गई और हर एक से पूछती फिर रही है 'कि क्या तुमने मेरी मां देखी है।' मैंने यह भी सुना कि दो प्रेमियों ने प्रेम-विवाह न कर पाने तथा लड़की की शादी किसी और से हो जाने पर आत्महत्या कर ली। क्या इन दोनों घटनाओं से प्रकट नहीं होता कि प्रेम से दुख होता है।

पंडित ने बुद्ध के वचन ज्यों के त्यों रानी को जा सुनाए। रानी ने एक दिन राजा को विश्राम के क्षणों में कहा–"महाराज, क्या आप राजकुमारी को स्नेह करते हैं ?"

राजा रानी के प्रश्न पर आश्चर्यचकित होकर बोले, "बिलकुल करता हूं।

"यदि वह किसी दुर्भाग्य की शिकार हो जाए तो क्या आपको दुख न होगा ?"

राजा रानी का प्रश्न सुनकर चौंके। अकस्मात् उनकी समझ में साफ हो गया कि दुख के बीज प्रेम में ही विद्यमान हैं। व्यक्ति की कल्याण-कामना प्रिय पात्र के अभाव में, दुख में परिणत हो जाती है। बुद्ध के शब्दों में कठोर सत्य छिपा हुआ है। इस सत्य से राजा अधीर हो उठे। राजा ने कहा, "जैसे ही अवसर मिलेगा, मैं भिक्खु गौतम से भेंट करने जाऊंगा।"

रानी प्रसन्न थी। उसे विश्वास था कि एक बार राजा बुद्ध से मिल लें तो उन्हें ज्ञात हो जाएगा कि बुद्ध की शिक्षाएं कितनी असाधारण हैं।

अध्याय बयालीस

उदात्तता ही प्रेम

राजा प्रसेनजित, अंगरक्षक रहित, सर्वथा अकेले बुद्ध से मिलने आये। अपना वाहन और सारथी भी विहार के बाहरी द्वार पर छोड़ आये। बुद्ध ने अपनी कुटिया के सामने राजा का स्वागत किया। औपचारिकताओं के बाद राजा ने बुद्ध से सीधा प्रश्न किया, "गुरु गौतम, लोग आपको संबोधि प्राप्त बुद्ध कहते हैं। मैं स्वयं से प्रश्न करता हूं कि कोई इतनी कम आयु में कैसे मुक्ति-मार्ग खोज सकता है ? हमारे यहां के वयो-वृद्ध आचार्य अभी तक पूर्ण संबोधि का दावा नहीं करते। काकुद कात्यायन और अजित केसकामबल तक यह दावा नहीं करते। क्या आपने इन आचार्यों का नाम सुना है ?"

बुद्ध ने प्रत्युत्तर में कहा, "महामहिम, मैंने इन आचार्यों के नाम सुने हैं और बहुत से आचार्यों से मिला भी हूं। आध्यात्मिक अनुभूति आयु पर आधारित नहीं होती। महीने या वर्षों से इनको मापा नहीं जा सकता। युवा राजकुमार, छोटे सांप, आग की चिनगारी और युवा संन्यासी को कम नहीं आंकना चाहिए। राजकुमार युवा हो सकता है किन्तु उसमें एक राजा जैसे गुण और भाग्य हो सकता है। छोटा-सा विषधर सांप भी बड़े-से-बड़े को मार सकता है। आग की एक चिनगारी पूरे जंगल या एक नगर को भस्म कर सकती है। एक युवा संन्यासी भी पूर्ण संबोधि प्राप्त कर सकता है। मान्यवर, बुद्धिमान व्यक्ति इनमें से किसी को भी तुच्छ नहीं समझता।"

बुद्ध ने यह सब बातें शान्त और सुस्पष्ट वाणी में और सीधी-सादी भाषा में कहीं जिससे राजा प्रसेनजित बहुत प्रभावित हुए और बुद्ध की बातों पर विश्वास कर सके। फिर उन्होंने अपने हृदय को दग्ध करने वाला प्रश्न किया।

"गुरुवर गौतम, लोग कहते हैं कि आपने लोगों को प्रेम न करने का परामर्श

दिया है। वे कहते हैं कि आप जितना अधिक प्रेम करेंगे, उतना ही दुःख और निराशा होगी। इस कथन में कुछ सत्य तो है लेकिन इससे मुझे शांति नहीं मिलती। प्रेम के बिना जीवन अर्थहीन लगेगा। कृपया इस समस्या का हल बताइए।"

बुद्ध ने राजा की ओर सप्रेम देखकर कहा, "महामहिम, आपके इस प्रश्न से बहुतों को लाभ पहुंचेगा। प्रेम कई प्रकार के होते हैं। प्रेम की प्रकृति पर ध्यान दीजिए। जीवन को प्रेम की बहुत आवश्यकता है किन्तु कामांधता, वासना, आकर्षण, भेद-भाव और पूर्वाग्रहों पर आधारित प्रेम की नहीं। जिस प्रेम की आवश्यकता है, वह मैत्री और करुणा पर आधारित होना चाहिए।

"सामान्य रूप से जब हम प्रेम की बात कहते हैं तो वह पिता और संतान, पति-पत्नी, परिवार के सदस्यों, जाति या देश के सदस्यों के बीच विद्यमान प्रेम की बात करते हैं। यह प्रेम 'मैं' और 'मेरा' की धारणा पर आधारित होता है, अतः यह या तो लगाव के कारण या पूर्वाग्रह के कारण होता है। लोग अपने माता-पिता, पति-पत्नी, पुत्र-पुत्री या प्रपौत्रों, अपने संबंधियों या देशवासियों से प्रेम करते हैं। इनके प्रति लगाव के कारण उन्हें दुर्घटना या गंभीर रोग की आशंकाएं, उसके वस्तुतः घटित होने से पहले ही घेरे रहती हैं और जब वैसा वास्तविकता में हो जाता है तो उन्हें असह्य वेदना होती है। भेद-भाव पर आधारित प्रेम से पूर्वाग्रह जनम लेते हैं। लोग अपने प्रियजनों के अलावा अन्य लोगों के प्रति या तो उपेक्षा बरतने लगते हैं या विरोधी बन जाते हैं। इस लगाव या पूर्वाग्रह के कारण ही लोग स्वयं भी दुखी होते हैं तथा दूसरों को भी दुखी करते हैं। महामहिम, सभी लोग जिस प्रेम के भूखे होते हैं, वह है मैत्री और करुणा। मैत्री ऐसा प्रेम है जो दूसरों को भी हर्षित कर सकता है। करुणा ऐसा प्रेम है जिससे दूसरों के दुख दूर करना संभव होता है। मैत्री और करुणा को किसी प्रतिफल की अपेक्षा नहीं होती। प्रेमपूर्ण मैत्री और करुणा अपने माता-पिता, पति या पत्नी, बच्चों, संबंधियों, जाति के सदस्यों या देश के लोगों तक ही सीमित नहीं होती। इसमें 'मैं' और 'मेरे' का कोई भेद नहीं होता। जब किसी प्रकार का भेद-भाव नहीं होता तो तदनुरूप कोई लगाव भी नहीं होता। इससे कोई दुख या निराशा नहीं होती। मैत्री और करुणा के बिना जीवन अर्थहीन और खोखला होता है। मैत्री और करुणा से जीवन शांति, उल्लास और संतोष से भर जाता है। आप एक देश के राजा हैं, यदि आप प्रेमपूर्ण मैत्री और करुणा का भाव अपनाएंगे तो आपके समस्त प्रजाजनों को लाभ होगा।"

विचारपूर्ण मुद्रा में महाराज ने सिर झुका लिया। फिर बुद्ध से पूछा कि "मेरे लिए परिवार लालन-पालन हेतु है और प्रजा शासन करने के लिए। यदि मैं अपने परिवार और प्रजाजनों को प्रेम नहीं करूंगा तो मैं उनका पोषण कैसे कर सकूंगा ? कृपया इस पक्ष पर प्रकाश डालिए।"

"आपको स्वाभाविक रूप से अपने परिवार और अपनी प्रजा को प्रेम करना चाहिए। किन्तु आपके प्रेम का विस्तार इससे आगे भी हो सकता है। आप राजकुमार और राजकुमारी को प्रेम करते हैं किन्तु वह प्रेम आपको अपने राज्य के समस्त युवाओं से प्रेम करने के आड़े नहीं आता। यदि आप सभी युवकों से प्रेम कर सकें तो आपका प्रेम सीमित से असीम हो जाएगा। आपकी प्रजा के सभी युवक और युवतियां आपके बच्चे बन जाएंगे। यही करुण हृदय होना है। यह मात्र आदर्श नहीं है, इसे व्यावहारिक रूप दिया जा सकता है विशेषतः आपके लिए जिसके पास इतने सारे साधन हैं।"

"किन्तु अन्य राज्य के युवजनों का क्या होगा ?"

"अन्य राज्यों के युवजनों को अपने पुत्र-पुत्रियों के समान प्रेम करने से आपको कौन रोकता है, भले ही वे आपके राज्य की सीमाओं में निवास न करते हों। एक राजा अपने प्रजाजनों को प्रेम करता है, इसका अर्थ यह तो नहीं कि वह अन्य राज्यों के युवजनों को प्रेम नहीं कर सकता।"

"जब वे लोग मेरे राज्य की सीमा में न हों तो मैं अन्य राज्यों के युवजनों के प्रति अपने प्रेम का प्रदर्शन कैसे कर सकता हूं ?"

बुद्ध ने राजा की ओर देखकर कहा–"एक राष्ट्र की समृद्धि और सुरक्षा दूसरे राष्ट्रों की निर्धनता और असुरक्षा पर आधारित नहीं होनी चाहिए। महामहिम, स्थायी शांति और समृद्धि तभी संभव है, जब राष्ट्र सभी के कल्याणार्थ एकजुट होकर निष्ठापूर्वक कार्य करें। यदि आप वास्तव में चाहते हैं कि आपके राज्य में शांति हो और युद्ध में आपके राज्य के युवक न मारे जाएं तो आप अन्य राज्यों को भी शांति प्राप्त करने में सहायता कीजिए। विदेश नीति और आर्थिक नीतियों में भी यदि करुणा का मार्ग अपनाएं तो सच्ची शांति होनी संभव होगी। इसके साथ ही आप अपने राज्य के युवजनों को प्रेम करते हुए अन्य राज्यों यथा मगध, काशी, विदेह, शाक्य और कौलिय के प्रति भी प्रेम रख सकेंगे।

"महामहिम, गत वर्ष मैं शाक्य राज्य में अपने परिवारजनों से मिलने गया था तो हिमालय की तराई में कुछ दिनों तक विश्राम किया था। उस समय मैंने अहिंसा

पर आधारित राजनीति पर बहुत गंभीर चिन्तन किया। उससे मैं इस निष्कर्ष पर पहुंचा कि कारावास या मृत्यु-दंड सरीखे हिंसक उपाय अपनाये बिना भी राष्ट्रों की शांति और सुरक्षा संभव है। मैंने इन निष्कर्षों की चर्चा अपने पिता राजा शुद्धोधन से भी की। आज मैं ये ही विचार आपके समक्ष प्रस्तुत कर रहा हूं। जो शासक करुणा पर आधारित शासन करता है, उसे हिंसक साधनों पर निर्भर नहीं रहना पड़ता।"

राजा ने हर्ष से उल्लसित होकर कहा, "अद्भुत! सत्यतः अद्भुत!! आपका कथन अत्यधिक प्रेरक है। आप सचमुच संबोधि प्राप्त हैं। आपने जो विचार प्रकट किये हैं, उन पर मैं गंभीरता से मनन करूंगा। आपके कथन के गूढ़ार्थों को समझने का प्रयास करूंगा क्योंकि ये बुद्धिमत्तापूर्ण बाते हैं। अब मैं आपसे एक साधारण प्रश्न करना चाहता हूं। सामान्यतः प्रेम में भेद-भाव, अपेक्षाओं और लगाव के सूत्र जुड़े होते हैं। आप कहते हैं कि इन्हीं के कारण चिन्ता, दुःख और निराशा होती है। तब मैं अपने बच्चों के प्रति प्रेम होने की अवस्था में चिन्ता और दुःखों से कैसे बच सकता हूं?"

बुद्ध ने कहा, "इसके लिए हमें अपने प्रेम की वास्तविक प्रकृति पहचाननी होगी। यदि हमारा प्रेम दूसरों पर मात्र अपना हक जताने के स्वार्थ पर आधारित होगा तो हम उन्हें सुख-शांति नहीं दे सकेंगे। इसके विपरीत उन्हें हमारा प्रेम जंजाल लगेगा। ऐसा प्रेम कारागार के अतिरिक्त क्या है? यदि व्यक्ति हमारे प्रेम के कारण हर्षित अनुभव नहीं करेंगे तो वे उस प्रेम से मुक्ति पाना चाहेंगे और धीरे-धीरे हमारा प्रेम क्रोध और घृणा में बदल जाएगा।

"मान्यवर, क्या आप जानते हैं कि दस दिन पहले श्रावस्ती में एक युवक ने अपनी प्रेमिका से विवाह कर लिया तो उसकी मां ने समझा कि पुत्र ने मुझे त्याग दिया। इस विवाह से उसे एक पुत्री मिल गयी, यह समझने के स्थान पर उसने माना कि उसके पुत्र ने मां से विश्वासघात किया है। उसका प्रेम घृणा में बदल गया और उसने पुत्र एवं पुत्रवधू को विष देकर मार दिया।

"महामहिम, सद्धर्म के मार्ग के अनुसार, उदात्तता (सदाशयता) के बिना प्रेम विद्यमान ही नहीं रह सकता। उदात्तता ही प्रेम है। यदि आप में प्रज्ञा का अभाव है तो परस्पर प्रेम संभव ही नहीं है। जो बहिन-भाई एक-दूसरे को समझते ही नहीं, वे एक-दूसरे को कैसे प्रेम कर सकते हैं। माता-पिता और बच्चे एक-दूसरे को समझे बिना प्रेम कर ही नहीं सकते। यदि आप चाहते हैं कि आपका प्रिय पात्र प्रसन्न रहे तो आपको उसके दुःखों और आकांक्षाओं को समझना चाहिए। जब इन्हें समझेंगे तो वे उपाय भी सूझ जाएंगे जिससे उसका कष्ट दूर किया जा

सके और आकांक्षाओं की पूर्ति की जा सके। यह सच्चा प्रेम है। यदि आप चाहते हैं कि आपका प्रिय-पात्र आपके विचारों के अनुसार आचरण करे और आप उसकी आवश्यकताओं के प्रति अनजान बने रहें तो यह प्रेम नहीं है। यह तो आपको दूसरे पर अधिकार बनाये रखना और अपनी आवश्यकताओं की पूर्ति मात्र है जो उस प्रकार पूर्ण होना संभव नहीं।

"महामहिम, कौशल के लोगों को कष्ट भी हैं और उनकी आकांक्षाएं भी हैं। यदि आप उन्हें समझ सकते हैं तो प्रजाजनों से सच्चा प्रेम भी कर सकेंगे। आपके दरबार के अधिकारियों को भी कष्ट हैं और आंकाक्षाएं भी हैं। उन्हें समझिए तो आप जान जाएंगे कि प्रसन्नता कैसे लायी जा सकती है। प्रसन्न रहने पर वे आपके प्रति आजीवन निष्ठावान बने रहेंगे। रानी, राजकुमार और राजकुमारी के अपने दुःख हैं और आकांक्षाएं हैं। यदि आप इनको समझेंगे तो उन्हें प्रसन्न रख सकेंगे। जब प्रत्येक व्यक्ति प्रसन्नता, शांति और सुख का अनुभव करेगा तो आप स्वयं भी उस प्रसन्नता, शांति और सुख की अनुभूति कर सकेंगे। सद्धर्म मार्ग के अनुसार प्रेम का यही अर्थ होता है।"

महाराज प्रसेनजित इससे अत्यधिक प्रभावित हुए। अभी तक किसी आध्यात्मिक गुरु या ब्राह्मण ने इस प्रकार उनके हृदय-कपाट नहीं खोले थे और इन बातों को इतनी गहराई से भी किसी ने न समझाया था। उन्होंने सोचा कि ऐसे गुरु का इस देश में रहना बहुत मूल्यवान है। वह बुद्ध के शिष्य बनना चाहते थे। क्षणभर मौन रहने के बाद उन्होंने बुद्ध से कहा–"इन प्रश्नों पर आपने जो प्रकाश डाला, उसके लिए धन्यवाद! किन्तु एक प्रश्न मेरे मन में अभी भी अनसुलझा है। आपने कहा कि अपेक्षाओं और ममत्व पर आधारित प्रेम से दुख और निराशा प्राप्त होती है और सदाशयता पर आधारित उदात्त प्रेम से शांति और प्रसन्ता प्राप्त होती है। किन्तु करुणा पर आधारित निस्वार्थ तथा अहैतुक प्रेम से भी तो दुख और कष्ट हो सकता है। अपने प्रजाजनों को मैं प्रेम करता हूं किन्तु किसी प्राकृतिक आपदा जैसे तूफान और बाढ़ से हुए लोगों के कष्टों से मुझे दुख पहुंचेगा। मैं समझता हूं, कि आपको भी पहुंचेगा। जब आप किसी को रोगी या मृत्यु-शैया पर देखते होंगे तो आपको दुख होता होगा।"

"इस प्रश्न से प्रकट है कि आपने करुणा भाव को भली-भांति समझ लिया है। पहले तो आपको यह समझ लेना चाहिए कि इच्छा, अपेक्षाओं और ममत्व

से उत्पन्न प्रेम के कारण होने वाले दुःख, करुणामय प्रेम के दुखों से हजार गुना तीव्र होते हैं। इस संदर्भ में दुखों के दो प्रकार समझना भी आवश्यक है–एक प्रकार के दुख वे होते हैं, जो व्यर्थ होते हैं और आपके चित्त और शरीर को अशांत कर देते हैं। दूसरे प्रकार के दुःख हमारे ख्याल रखने तथा उत्तरदायित्व के भावों का पोषण करते हैं। करुणा आधारित प्रेम से वह शक्ति प्राप्त होती है, जिससे आप दूसरों के कष्ट निवारणार्थ प्रेरित हो सकें। आत्मीय भाव और अपेक्षाओं पर आधारित प्रेम से केवल चिन्ताएं बढ़ती हैं और अधिक दुःख होता है। करुणा से अत्यधिक सहृदयतापूर्ण कार्य करने और सेवा करने की ऊर्जा प्राप्त होती है। अतः महाराज ! करुणा सर्वाधिक आवश्यक है। करुणामय प्रेम-जनित दुःख तो सहायता न कर पाने का दुःख होता है। यदि आप अन्य व्यक्ति का दुख नहीं समझ सकते, तो आप मानव ही नहीं हैं।

"करुणा सदाशयता (उदात्तता) का परिणाम होती है। सद्धर्म का मार्ग अपनाने से जीवन के सच्चे स्वरूप का दर्शन होता है। उसका सच्चा स्वरूप है अनित्यता। संसार में प्रत्येक वस्तु अनित्य है और उसकी पृथक् सत्ता नहीं है (अनात्म है)। एक न एक दिन हर वस्तु अस्तित्वहीन हो जाएगी। एक दिन आपका शरीर भी नहीं रहेगा। जब व्यक्ति प्रत्येक वस्तु की अनित्यता पर दृक्पात करता है तो उसकी दृष्टि शान्त और सौम्य हो जाती है। अनित्यता के कारण उसका हृदय और चित्त विचलित नहीं होता। इस प्रकार करुणाजन्य दुःखद भावों में अन्य प्रकार के दुखों के समान कटुता तथा बोझ नहीं होता। इसके विपरीत, करुणा व्यक्ति को अधिकाधिक शक्ति देती है। महाराज, आज आपने सद्धर्म मार्ग के आधारभूत तत्त्वों से साक्षात्कार किया है। किसी अन्य दिन हम लोग सद्धर्म मार्ग की और अधिक चर्चा करेंगे।"

महाराज प्रसेनजित का हृदय आभार से गद्गद हो गया। उन्होंने खड़े होकर बुद्ध को नमन किया। वह समझ गये कि शीघ्र ही किसी दिन उन्हें बुद्ध का उपासक बनना होगा। वह जानते थे कि महारानी मल्लिका, राजकुमार जेत और राजकुमारी वज्री के हृदय में भी बुद्ध के लिए बहुत सम्मान है। वह चाहते थे कि समूचा परिवार एक साथ ही बुद्ध की शरण में जाए। उन्हें ज्ञात था कि उनकी छोटी बहन कौशला देवी और उसके पति राजा बिम्बिसार ने बुद्ध की शरण ले ली है।

उस दिन शाम को महारानी मल्लिका और राजकुमारी वज्री ने महाराज के व्यवहार में बड़ा परिवर्तन देखा। वह असाधारण रूप से शान्त और संतुष्ट दिख

रहे थे। वे समझ गये कि बुद्ध से हुई बातचीत का ही यह सारा परिणाम है। वे सब जानना चाहते थे कि महाराज की बुद्ध से क्या बातचीत हुई किन्तु उन्होंने प्रतीक्षा करना ही उचित समझा जिससे महाराज अपनी इच्छा से जब चाहें, तब वह सब कुछ बतायें जिसकी बुद्ध से चर्चा हुई है।

अध्याय तैंतालीस

सभी के आंसू खारे

राजा प्रसेनजित के जेतवन जाने से सभी लोगों की बुद्ध की शिक्षाओं में रुचि और संघ का सम्मान बढ़ गया। राजा को प्रति सप्ताह बुद्ध की धर्म देशना सुनने जाते देख बहुत से अधिकारी भी वहां जाने लगे—कुछ बुद्ध के उपदेशों को पसंद करने के कारण और कुछ इसके माध्यम से महाराज के कृपा-पात्र बनने की इच्छा से। जेतवन जाने वाले बुद्धिजीवियों और युवकों की संख्या भी लगातार बढ़ती जाती थी। तीन महीने के 'वर्षा-प्रवास' में सारिपुत्त ने एक सौ पचास युवकों को भिक्खु की प्रवृज्या दी थी।

बहुत से सम्प्रदायों के राजाश्रय प्राप्त धार्मिक नेताओं में इससे भय व्याप्त हो गया। बहुतों को तो जेतवन विहार के प्रति सहानुभूति ही नहीं रह गयी। वर्षा-प्रवास की समाप्ति पर हुए समारोह में राजा ने सभी भिक्खुओं को वस्त्र और निर्धन लोगों को भोजन तथा आवश्यकता की अन्य वस्तुएं भेंट कीं। इस समारोह में राजा और परिवार के अन्य सदस्यों ने त्रिरत्नों–'बुद्धं शरणं गच्छामि', 'धम्मं शरणं गच्छामि' और 'संघं शरणं गच्छामि' का उच्चार किया।

वर्षा-प्रवास के बाद बुद्ध और भिक्खुओं ने आस-पास के क्षेत्रों में अधिकाधिक लोगों तक धर्म का संदेश पहुंचाने के लिए यात्रा आरंभ की। एक दिन बुद्ध और भिक्खु गंगा तट पर स्थित एक गांव में भिक्षा मांगने जा रहे थे तो बुद्ध ने एक व्यक्ति को मल-मूत्र ले जाते देखा जिसका नाम सुनीत था। उसने बुद्ध का नाम तो सुना था लेकिन देखा पहली बार था। उसके कपड़े बेहद गंदे थे और उनसे मल-मूत्र की गंध आ रही थी। वह रास्ते से हटकर गंगा के किनारे की ओर बढ़ गया। किन्तु बुद्ध तो सुनीत को धर्म की देशना देने पर तुले हुए थे। सुनीत के रास्ता बदलने पर बुद्ध भी उसी ओर बढ़

गये। बुद्ध की इच्छा समझकर सरिपुत्त और मेघीय नामक भिक्खु भी उनके पीछे चल पड़े। अन्य भिक्खुओं ने चलना बंद कर दिया और वहीं रुक गये।

सुनीत घबरा गया। उसने मैले की बाल्टियां एक तरफ डाली और कहीं भी छिपने का प्रयत्न करने लगा। कुछ समझ में न आने पर वह घुटनों पानी में नदी में उतर गया और हाथ जोड़कर खड़ा हो गया। सुनीत ने रास्ता इसलिए छोड़ा था जिससे बुद्ध और भिक्खु अपवित्र न हो जाएं। उसे पता था कि वह अछूत है और भिक्खुओं में उच्च वर्ण के बहुत से लोग हैं। इन्हें अपवित्र करना तो अक्षम्य अपराध होगा। उसे आशा थी कि नदी में घुस आने पर, बुद्ध उसे छोड़कर अपनी राह पर चल पड़ेंगे। किन्तु बुद्ध कहां छोड़ने वाले थे। वह पानी के किनारे तक गये और कहा–"मित्र मेरे समीप आओ, ताकि हम एक-दूसरे से बात कर सकें।"

सुनीत ने हाथ जोड़े ही कहा, "प्रभु, मैं ऐसा करने का साहस कैसे कर सकता हूं?"

"क्यों नहीं?" बुद्ध ने पूछा।

"मैं एक अस्पृश्य हूं और आपको तथा भिक्खुओं को अपवित्र करना नहीं चाहता।"

बुद्ध ने उत्तर दिया, "हमारे सद्धर्म मार्ग में जाति-पांति का कोई भेद-भाव नहीं है। तुम भी हमारी भांति एक मानव हो। हमें अपवित्र होने का भय नहीं है। केवल लोभ, घृणा और अमर्ष ही हमें अपवित्र कर सकते हैं। तुम जैसा बढ़िया व्यक्ति तो हमारे लिए आनंद के अतिरिक्त किसी बात का कारण बन ही नहीं सकता। तुम्हारा नाम क्या है?"

"प्रभु, मेरा नाम सुनीत है।"

"सुनीत, क्या तुम औरों के समान भिक्खु बनना चाहोगे?"

"मैं नहीं बन सकता।"

"क्यों नहीं?"

"क्योंकि मैं अस्पृश्य हूं।"

"सुनीत, मैं तुम्हें बता चुका हूं कि संबोधि के मार्ग में जाति का कोई स्थान नहीं। जिस प्रकार गंगा, यमुना, अचिरावती, माही और रोहिणी नदियां समुद्र में मिल जाने पर अपना पृथक् अस्तित्व खो देती हैं, ऐसे ही जो व्यक्ति गृह-त्यागकर सद्धर्म का मार्ग अपना लेता है, उसकी जन्म-जात जाति छूट जाती है; भले ही वह ब्राह्मण, क्षत्रिय, वैश्य, शूद्र अथवा अस्पृश्य जाति में ही क्यों न

सुनीत ने विरोध करते हुए कहा, 'प्रभु, मैं आपके समीप आने की हिम्मत नहीं कर सकता, क्योंकि मैं एक अस्पृश्य हूं'

जन्मा हो। सुनीत, यदि तुम चाहो तो शेष लोगों की भांति तुम भी भिक्खु बन सकते हो।"

सुनीत को अपने कानों पर विश्वास नहीं हुआ। उसने अपने जुड़े हाथ माथे से लगाये और कहा, "अब तक किसी ने इतनी दयापूर्वक मुझसे बात नहीं की है। आज का दिन मेरे लिए सर्वाधिक प्रसन्नता का दिन है। यदि आप मुझे अपना शिष्य बना लेते हैं तो मैं अपनी समस्त चेतना के साथ आपकी शिक्षाओं के अनुरूप चलूंगा।"

बुद्ध ने अपना भिक्षा-पात्र मेघीय के हाथ में पकड़ाया और बढ़कर सुनीत का हाथ पकड़ लिया और सारिपुत्त से कहा–"सारिपुत्त, सुनीत को नहलाने में मेरी सहायता करो। हम इसे नदी तट पर ही भिक्खु की प्रवृज्या देंगे।"

मान्य सारिपुत्त मुस्कराये और अपना भिक्षा-पात्र जमीन पर रखकर बुद्ध की सहायता के लिए बढ़ गये। जब सारिपुत्त और बुद्ध उसे रगड़-रगड़कर नहला रहे थे तो वह भीतर से कसमसा तो रहा था किन्तु बोलने की हिम्मत नहीं हुई। बुद्ध ने मेघीय से ऊपर जाकर आनंद से एक चीवर ले आने के लिए कहा। सुनीत को प्रवृज्या देने के बाद उसे सारिपुत्त की देख-रेख में शिक्षा पाने की व्यवस्था कर दी। सारिपुत्त उसे लेकर जेतवन चले गये और भिक्खुओं के साथ, बुद्ध भिक्षाटन के लिए बढ़ गये।

स्थानीय लोगों ने यह सब घटित होते स्वयं देखा था। शीघ्र ही यह समाचार फैल गया कि बुद्ध ने एक अस्पृश्य को संघ में सम्मिलित कर लिया है। इससे राजधानी में उच्च वर्ण के लोगों में खलबली मच गयी। कौशल के इतिहास में अब तक किसी अस्पृश्य को धार्मिक संप्रदाय में सम्मिलित नहीं किया गया था। बहुत से लोगों ने पवित्र परम्पराओं का बुद्ध द्वारा उल्लंघन किये जाने की निन्दा की। अन्य लोगों ने तो यहां तक कहा कि बुद्ध वर्तमान व्यवस्था को उखाड़ फेंकने और देश को आपदा में डालने का षड्यंत्र कर रहे हैं।

इन आरोपों के समाचार उपासकों तथा भिक्खुओं के द्वारा विहार तक पहुंचे। बुद्ध के वरिष्ठ शिष्यों सारिपुत्त, महाकाश्यप महामौद्गल्यायन और अनिरुद्ध ने बुद्ध के साथ इस विषय पर गहन विचार-विमर्श किया। बुद्ध ने कहा कि "संघ में अस्पृश्य को सम्मिलित करना तो मात्र समय की बात थी। हमारे सद्धर्म मार्ग में सभी समान हैं और किसी प्रकार का भेद-भाव नहीं बरता जाता। सुनीत को प्रवृज्या देने से हमें आज भले ही कुछ कठिनाइयों का सामना करना पड़े, किन्तु हमने इतिहास में पहली बार अस्पृश्यों के लिए

द्वार खोले हैं और भावी पीढ़ियां हमें इसके लिए धन्यवाद देंगी। हमें साहस रखना चाहिए।"

मौद्गल्यायन ने कहा कि "हममें साहस और सहनशीलता की कमी नहीं है। लेकिन हम भिक्खुओं के साधना-मार्ग को सुगम बनाने के लिए जनमत के विरोध को किस प्रकार कम कर सकते हैं ?"

सारिपुत्त ने कहा, "महत्त्वपूर्ण बात यह है कि हम अपनी साधना पर विश्वास रखें। मैं पूरा प्रयास करूंगा कि सुनीत साधना में अच्छी प्रगति करे। उसकी सफलता ही हमारे पक्ष में सबसे बड़ी दलील होगी। हमें समता का सिद्धान्त लोगों को समझाने के मार्ग खोजने पड़ेंगे। आपका क्या विचार है बोधिसत्व ?"

बुद्ध ने सारिपुत्त के कंधे पर हाथ रखकर कहा–"आपने मेरे ही विचार व्यक्त किये हैं।"

शीघ्र ही सुनीत को प्रवृज्या देने का समाचार राजा प्रसेनजित के कानों तक भी पहुंचा। धार्मिक नेताओं ने राजा से भेंट करके इस प्रश्न को लेकर गहरी चिन्ता व्यक्त की। उनकी तर्कपूर्ण दलीलों से राजा भी विचलित हो गये और बुद्ध के प्रति भक्ति-भाव रखने के बाद भी उन्होंने कहा कि वह धार्मिक नेताओं की आपत्तियों पर विचार करेंगे। कुछ दिन बाद वह स्वयं ही जेतवन जाकर बुद्ध से मिले।

विहार के बाहर ही अपना रथ रुकवाकर वह पैदल ही बुद्ध की कुटिया की ओर चल दिये। वह प्रत्येक भिक्खु को नमन करते गये और भिक्खुओं की शान्त सौम्य मुद्रा से उनमें बुद्ध के प्रति विश्वास–भाव दृढ़ हुआ। बुद्ध की कुटी से पहले ही एक भिक्खु बड़ी चट्टान पर भिक्खुओं के छोटे दल और उपासकों के समक्ष प्रवचन कर रहा था। वह बहुत ही मनोहारी दृश्य था। प्रवचन करने वाले भिक्खु की आयु चालीस से कुछ कम ही थी किन्तु उसके मुख पर शांति और विद्वत्ता की झलक साफ दिख रही थी। सभी श्रोता ध्यान से उसका प्रवचन सन रहे थे। राजा जरा ठिठके और सोचा कि यह भिक्खु क्या कह रहा है, उसे ध्यान से सुनें तो। किन्तु जब उन्हें अपने आने का उद्देश्य याद आया तो वह आगे बढ़ गये और सोचा कि मैं यह प्रवचन वापसी में सुनूंगा।

बुद्ध ने महाराज का अपनी कुटिया के बाहर स्वागत किया। आरंभिक शिष्टाचार के बाद, राजा को उन्होंने कुर्सी पर बैठाया। राजा ने पूछा कि चट्टान पर बैठा, प्रवचन करने वाला भिक्खु कौन है ? बुद्ध प्रश्न सुनकर मुस्कराकर बोले,

"वह भिक्खु सुनीत था। कभी वह अस्पृश्य था और मल-मूत्र ढोता था। आपको उसका प्रवचन कैसा लगा ?"

महाराज उलझन में पड़ गये। इतना प्रभावशाली भिक्खु सुनीत था। उन्होंने कभी अनुमान भी न लगाया था कि ऐसा होना संभव हो सकता है। महाराज कुछ कहें, उससे पहले ही बुद्ध ने कहा, "प्रवृज्या लेने के दिन से ही सुनीत समर्पित भाव से साधना-अभ्यास में जुटा हुआ है। वह बहुत ही निष्ठावान, समझदार और दृढ़ संकल्प का धनी व्यक्ति है। यद्यपि उसे प्रवृज्या ग्रहण किये, अभी तीन ही महीने हुए हैं। किन्तु इस समय में उसने श्रेष्ठता और शुद्ध-हृदयता का परिचय दिया है। क्या आप उससे मिलना चाहेंगे और इस योग्य भिक्खु को कुछ उपहार देना चाहेंगे ?"

महाराज ने साफ-साफ कहा, "मैं उससे मिलना भी चाहूंगा और उपहार भी देना चाहूंगा। गुरुवर, आपकी शिक्षाएं बड़ी गूढ़ और अद्भुत हैं। मैं अब तक आप जैसे आध्यात्मिक नेता से नहीं मिला, जिसका हृदय और चित्त इतना उन्मुक्त हो। मैं नहीं समझता कि कोई व्यक्ति, पशु या वृक्ष-पौधा ऐसा नहीं जो आपकी सदाशयतापूर्ण उपस्थिति से प्रभावित न हो। सच तो यह है कि मैं आज इस इरादे से आया था कि आपसे पूछूं कि आपने एक अस्पृश्य को संघ में कैसे सम्मिलित कर लिया। लेकिन उस क्यों का उत्तर मैंने अपनी आंखों से देख, कानों से सुन और समझ लिया है। अब मैं आप से यह प्रश्न करने का साहस नहीं कर सकता। मैं आपके समक्ष प्रणत हूं।"

राजा उठने लगे तो बुद्ध ने उनको बैठा लिया और राजा का हाथ अपने हाथ में ले लिया और उन्हें बैठाकर बुद्ध ने कहा, "महामहिम, आत्म-मुक्ति के मार्ग में जाति का कोई भेद नहीं। चेतनावस्था प्राप्त करने वाले व्यक्ति के समक्ष सभी समान होते हैं। हर व्यक्ति का खून लाल होता है और हर व्यक्ति के आंसू खारे। हम सभी मानव हैं। हमें ऐसा मार्ग खोजना होगा, जिससे प्रत्येक व्यक्ति अपने सम्मान और संभावनाओं की पूर्ण प्राप्ति कर सके। इसीलिए मैंने सुनीत को भिक्खु संघ में सम्मिलित कर लिया है।"

राजा ने हाथ जोड़कर कहा, "मैं समझता हूं। मैं यह भी जानता हूं कि आपने जो मार्ग चुना है, उसमें बाधाएं और कठिनाइयां तो अवश्य आएंगी। किन्तु मैं यह भी देख रहा हूं कि आपमें उन सभी बाधाओं का सामना करने की शक्ति और साहस है। मैं अपनी ओर से, आपकी सत्य शिक्षाओं का समर्थन करने के लिए अपनी शक्ति भर पूर्ण प्रयत्न करूंगा।

बुद्ध से विदा लेकर महाराज उस चट्टान की ओर गये जहां वह भिक्खु प्रवचन कर रहा था जिससे उसका प्रवचन सुन सकें। किन्तु भिक्खु सुनीत और उसके श्रोतागण जा चुके थे। राजा ने थोड़े से भिक्खुओं को देखा जो धीरे-धीरे सचेतनता के साथ मार्ग पर विचरण कर रहे थे।

अध्याय चवालीस

तत्त्व तत्त्वों में जा मिलेंगे

एक दिन मेघीय ने बुद्ध को बताया कि नंद अप्रसन्न भिक्खु है और उसे अपनी प्रेयसी की याद बहुत सताती है। नंद ने मेघीय से कहा था कि "मुझे वह दिन अच्छी तरह से याद है जब वह बुद्ध का भिक्षा-पात्र पकड़े हुए बुद्ध के पीछे न्यग्रोधा उद्यान गया था तो जनपद कल्याणी ने मेरी आंखों में आंखें डालकर कहा था, 'जल्दी लौटना। मैं तुम्हारी प्रतीक्षा करूंगी।'' मुझे अब भी उसकी लट कंधे पर पड़ी साफ दिखती है। ध्यान-साधना करते समय उसका चित्र प्रायः मेरी आंखों में तैर जाता है और फिर मेरी उसके प्रति लालसा बढ़ जाती है। मैं संतुष्ट भिक्खु नहीं हूं।"

अगले दिन दोपहर बाद बुद्ध ने नंद को बुलाया और अपने साथ भ्रमण को ले गये। जेतवन से निकलकर वह एक सरोवर के किनारे बसे गांव की तरफ बढ़ गये। सरोवर के स्वच्छ जल के किनारे वह एक पत्थर पर बैठ गये। सरोवर में बतखें मौज से तैर रही थीं और वृक्षों पर पक्षियों का कलगान चल रहा था।

बुद्ध ने कहा, "सुना है कि भिक्खु का जीवन व्यतीत करके तुम यहां प्रसन्न नहीं हो। क्या यह सत्य है ?"

नन्द मौन रहा। एक क्षण के बाद बुद्ध ने पूछा, "क्या तुम कपिलवस्तु लौटकर राज सिंहासन पर बैठने को तैयार हो ?"

नन्द ने तुरन्त उत्तर दिया, "नहीं, नहीं। मैं सबसे कह चुका हूं कि राजनीति मुझे पसंद नहीं। मैं जानता हूं कि राज्य का शासन संभालने की मुझमें क्षमता नहीं है। मैं अगला राजा बनना नहीं चाहता।"

"तब तुम भिक्खु बनकर अप्रसन्न क्यों हो ?" नंद चुप रहा तो बुद्ध ने पूछा,

"क्या तुम्हें कल्याणी की बहुत याद आती है ?" नंद शरमाया किन्तु चुप ही रहा।

बुद्ध ने कहा, "नंद कौशल में अनेक युवतियां कल्याणी के समान सुंदर हैं। महाराज प्रसेनजित के महल में आयोजित समारोह की तुम्हें याद है ? क्या तुमने वहां देखा कि कोई युवती कल्याणी जैसी सुंदर है ?"

नन्द ने स्वीकार किया, "यहां कल्याणी सरीखी युवतियां हो सकती हैं। लेकिन मैं तो कल्याणी को ही चाहता हूं। इस जीवन में बस एक ही कल्याणी हैं।"

"नन्द, अध्यात्म साधना में मोह एक बड़ी बाधा होती है। स्त्री का शारीरिक सौंदर्य उसी तरह समाप्त हो जाता है जैसे गुलाब के फूल का सौन्दर्य। तुम जानते हो सभी पदार्थ अनित्य हैं। तुम सबकी अनित्य प्रकृति को समझो। उधर देखो।" कहकर बुद्ध ने एक बुढ़िया की ओर संकेत किया जो लाठी के सहारे झुकी कमर से बांस का पुल पार कर रही थी। उसका चेहरा झुर्रियों से भरा हुआ था।

"वह वृद्ध महिला कभी सुंदरी रही होगी। समय बीतने के साथ कल्याणी का सौन्दर्य भी क्षीण हो जाएगा। इस समय तुम आत्म-जागृति के मार्ग पर चलकर इस जन्म और आने वाले जन्मों के लिए शांति और आनंद की प्राप्ति कर सकते हो।"

नंद ने बीच में ही बुद्ध को रोककर कहा, "अब कृपया आगे कुछ मत कहिए। मैं समझ गया कि आप क्या कहने का प्रयास कर रहे हैं। मैं पूर्ण मनोयोग के साथ अब अपनी साधना में लगूंगा।"

छोटे भाई को देखकर बुद्ध मुस्कराये और बोले, "प्राणायाम की ओर विशेष ध्यान दो। अपने शरीर, भावनाओं, मन की प्रवृत्तियों, चेतना और चेतना के विषयों पर अपने चित्त का ध्यान केन्द्रित करो। अन्तर्मुखी होकर जगत के समस्त प्रसार की, जन्म, वृद्धि और धीरे-धीरे क्षरण की प्रक्रिया का मनन करो और अपने शरीर, आशा-अपेक्षाओं, चित्त और चित्त के विषयों को समझो। यदि कोई बात समझ में न आये तो मेरे पास या सारिपुत्त के पास आकर उनका निराकरण कर लो। नन्द, स्मरण रखो कि आत्म-मुक्ति से जो आनंद प्राप्त होता है, वह सच्चा अखंड आनंद है। वह आनंद कभी नष्ट नहीं होता। उस आनंद की प्राप्ति की आकांक्षा करो।" अंधेरा हो चला था। नन्द और बुद्ध उठकर विहार की ओर चल पड़े।

जेतवन में सुदृढ़ और स्थायी विहार बन गया था और वहां भिक्खुओं की

संख्या पांच सौ हो गयी थी। आगामी वर्षा-प्रवास बुद्ध ने वैशाली मे बिताया जहां लिच्छवि राजकुमारों ने महावन को विहार में परिवर्तित कर दिया था। वहां दो मंजिला धर्म-कक्ष बना दिया गया था जिसका नाम उन्होंने 'कूटागार' रखा था। साल वृक्षों के वन में चारों ओर छोटे-छोटे आवास बना दिये गये थे। ये राजकुमार, बुद्ध के वर्षा-प्रवास के आतिथेय थे जिसमें आम्रपाली ने भी मुक्तहस्त से सहयोग दिया था।

मगध और शाक्य राज्यों के भिक्खु बड़ी संख्या में यहां बुद्ध के साथ वर्षा-प्रवास बिताने आये थे जिनकी संख्या छः सौ थी। बुद्ध की देशना प्राप्त करने के लिए उपासक भी आये थे जो भिक्खुओं के लिए भोजन जुटाते और बुद्ध की देशना सुना करते थे।

वर्षा-प्रवास की समाप्ति पर एक दिन बुद्ध को सूचना मिली कि राजा शुद्धोधन कपिलवस्तु में मृत्यु शैया पर हैं। राजा ने कुमार महानाम को बुद्ध को बुला लाने के लिए भेजा था ताकि वे अपने पुत्र को अंतिम समय में देख सकें। महानाम के विशेष अनुरोध पर बुद्ध रथ पर सवार होकर चलने के लिए तैयार हो गये जिससे यात्रा में समय बचाया जा सके। अनिरुद्ध, नंद, आनंद और राहुल भी साथ गये। वे लोग इतनी शीघ्रता में रवाना हुए कि लिच्छवि राजकुमार और आम्रपाली भी उन्हें विदा न कर सके। उनके जाने के बाद शाक्य वंश के चार राजकुमार दो सौ भिक्खुओं के साथ कपिलवस्तु के लिए पैदल चल पड़े। वे बुद्ध के पिता के संस्कार में सम्मिलित होना चाहते थे।

राज-परिवार बुद्ध को महल के बाहर ही मिला। महाप्रजापति उन्हें तुरन्त राजा के कक्ष में ले गयीं। जब राजा ने बुद्ध को देखा तो उनके पीले, जरा-जीर्ण चेहरे पर चमक आ गई। बुद्ध राजा के समीप बैठ गये और राजा का हाथ अपने हाथ में ले लिया। राजा की आयु बयासी वर्ष की हो गयी थी और कृशकाय हो चुके थे।

बुद्ध ने कहा–"पिता जी आराम से धीरे-धीरे श्वास लीजिए, मुस्कराइए। इस समय आपकी श्वास से मूल्यवान कुछ भी नहीं है। नंद, आनंद, राहुल, अनिरुद्ध और मैं स्वयं आपकी श्वास के साथ श्वास लेंगे।" राजा ने उन सभी की ओर देखा और मुस्कराकर श्वसन-प्रक्रिया पर चित्त केन्द्रित किया। कोई भी रोने की हिम्मत नहीं कर सका। एक क्षण बाद राजा ने बुद्ध की ओर देखकर कहा, "मैंने स्पष्ट रूप से जीवन की अनित्यता देख ली है। यदि व्यक्ति को आनंद चाहिए तो उसे इच्छाओं भरा जीवन त्याग देना चाहिए। सादगी और मुक्त जीवन जीने से ही आनंद पाना संभव है।"

रानी गौतमी ने बताया कि "पिछले महीनों से राजा सादगी भरा जीवन बिता रहे थे। उन्होंने आपकी शिक्षाओं को पूर्णतः अपना लिया था। तुम्हारी देशना से हम सब के जीवन में आमूल परिवर्तन आ गया है।"

राजा का हाथ थामे-थामे ही बुद्ध ने कहा, "आप मुझ पर, नंद और राहुल पर गहरी दृष्टि डालिए। गवाक्ष के बाहर हिलती शाखाओं को देखिए। जीवन-चक्र चलता ही रहता है। इसी प्रकार आप भी मेरे, नंद, राहुल और सभी प्राणियों के माध्यम से जीवित रहेंगे। शरीर तो चार तत्त्वों से मिलकर बनता है, ये तत्त्व अंततः विश्रृंखल हो जाते हैं और फिर सम्मिलित होते हैं। पिताजी यह मत सोचिए कि शरीर के न रहने से जीवन और मरण हमें बांध सकेंगे। राहुल का शरीर भी आपका ही है।"

उन्होंने राहुल को संकेत किया कि वह राजा का दूसरा हाथ पकड़ ले। मृत्यु-शैया पर लेटे राजा के मुख पर प्रेममयी मुस्कान उभर आयी। वह बुद्ध के शब्दों का अर्थ समझ गये थे और मृत्यु से तनिक भी भयभीत नहीं थे।

राजा के मंत्री और परामर्शदाता सभी उपस्थित थे। उनको अपने पास आने का संकेत करते राजा ने मंद स्वर में कहा, "अपने शासन काल में मैंने निश्चय ही आप लोगों को कष्ट दिये हैं और त्रुटियां भी की हैं। मरने से पूर्व मैं आपसे क्षमा चाहता हूं।" मंत्री और परामर्शदाता अपने आंसू रोक नहीं सके। महानाम ने राजा की शैया के समीप घुटनों के बल बैठकर कहा, "महामहिम, आप तो दयावान और न्यायप्रिय शासक रहे हैं। यहां कोई भी आपके व्यवहार में त्रुटि नहीं निकाल सकता। मेरी विनम्र इच्छा है कि नंद भिक्खु जीवन त्यागकर कपिलवस्तु आ जाएं और सिंहासन पर बैठें। आपके पुत्र को राजसिंहासन पर बैठा देखकर सभी प्रजाजन प्रसन्न होंगे।"

नंद ने अपनी रक्षा की दृष्टि से बुद्ध की ओर देखा। गौतमी भी बुद्ध की ओर देखने लगीं। बुद्ध शांत भाव से बोले, "पिताजी और मंत्रिवर्ग! कृपया मुझे अपने विचार प्रकट करने का अवसर प्रदान करें। राजनीतिक शासक बनने की न तो नंद में इच्छा है और न योग्यता। इसके लिए उसे अभी अनेक वर्षों तक अध्यात्म-साधना करने की आवश्यकता है। मेरे विचार से राजकुमार महानाम राजा बनने के लिए सर्वथा उपयुक्त हैं। वह बुद्धिमान हैं, प्रतिभाशाली हैं और गत छः वर्षों से राज्य के प्रमुख परामर्शदाता रहे हैं। राजपरिवार और प्रजा जनों की ओर से मैं राजकुमार महानाम को यह कठिन उत्तरदायित्व संभालने का अनुरोध करता हूं।"

महानाम ने हाथ जोड़े और कहा कि "मुझमें राजा बनने की प्रतिभा नहीं

है। महामहिम, बुद्ध देव और मंत्रिगण किसी अन्य सुयोग्य व्यक्ति को यह भार सौंपें।" अन्य मंत्रियों ने बुद्ध के सुझाव का समर्थन किया। राजा ने भी स्वीकृति दे दी और महानाम को अपने समीप बुलाया। महानाम का हाथ पकड़कर बोले, "सभी को तुम पर भरोसा है, बुद्ध तक को। तुम मेरे भतीजे हो और मैं शासन की बागडोर तुम्हें सौंपने में गौरव अनुभव करूंगा। तुम सौ पीढ़ियों तक हमारा वंश चलाओगे।"

राजा की इच्छा के आगे महानाम नतमस्तक हो गये। राजा को इससे बड़ी प्रसन्नता हुई और बोले, "अब मैं शांति से अपनी आंखें मूंद सकता हूं। यह संसार छोड़ने से पहले बुद्ध को भी देख लिया। मेरे मन में न किसी के लिए मोह है, न खेद और न अमर्ष। मुझे आशा है कि बुद्ध कुछ दिनों कपिलवस्तु में ही रुकेंगे जिससे महानाम को अपने शासन के आरंभिक काल में सहायता मिले। बुद्ध की कृपा से तुम्हारा वंश सौ पीढ़ियों तक चलेगा।" राजा का स्वर मंद पड़ता चला गया।

बुद्ध ने कहा, "महानाम को जितने समय मेरी आवश्यकता होगी, मैं यहां रुकूंगा।"

राजा के होंठों पर क्षीण मुस्कान आयी किन्तु उनकी आंखें प्रकाश से जगमगा रही थीं। उन्होंने अपनी आंखें बंद कीं और संसार से विदा ली। रानी गौतमी और यशोधरा रोने लगी। मंत्री भी दुख से सुबक रहे थे। बुद्ध ने राजा का हाथ मोड़कर छाती पर रख दिया और सभी को चुप होने का संकेत किया। उन्होंने कहा कि आप लोग प्राणायाम करो। कुछ क्षण के बाद, उन्होंने सभी को बाहरी कक्ष में आने और अंत्येष्टि की व्यवस्था पर विचार करने को आमंत्रित किया।

शव-संस्कार सात दिन बाद किया गया। एक हजार से अधिक ब्राह्मण आचार्य इस अवसर पर उपस्थित थे। पांच सौ बौद्ध भिक्खुओं की उपस्थिति ने शव-संस्कार को विशिष्ट बना दिया। पारस्परिक वैदिक मंत्रोच्चार के साथ सद्धर्म के सूत्रों का भी पाठ हुआ। भिक्खुओं ने चार आर्य सत्यों, प्रतीत्यसमुत्पाद सूत्रों, अग्नि सूत्रों और परस्परावलम्बी सहवर्द्धन के सूत्रों तथा अंत में त्रिरत्नों का उच्चारण किया। भिक्खुओं ने अपने सूत्र मागधी में उच्चारित किये।

बुद्ध ने धीरे-धीरे चलकर चिता की तीन परिक्रमा की और कहा, "जन्म, जरा, रोग और मरण सभी व्यक्तियों के जीवन में होता है। हमें प्रतिदिन जन्म, जरा, रोग और मरण पर गहन दृष्टि से विचार करना चाहिए जिससे इच्छा-आकांक्षाओं का तिरोभाव कर सकें और शांति, आनन्द और संतोष भरे जीवन

को प्राप्त हो सकें। जिसने सद्धर्म मार्ग में गति प्राप्त कर ली है, वे जन्म, जरा, रोग और मृत्यु को समभाव से देख पाते हैं। सभी धर्मों का सत्य सार यही है कि न तो जन्म है, न मरण है, न उत्पत्ति है और न विनाश; न वृद्धि और न तिरोभाव।"

मुखाग्नि देते ही चिता धू-धू करके जल उठी। उस समय भिक्खुओं के वाद्ययंत्र और नक्कारों की ध्वनि के बीच मंत्रोच्चार और सूत्र-पाठ चल रहा था। बुद्ध ने राजा की चिता को मुखाग्नि दी, यह देखने के लिए कपिलवस्तु के लोग बड़ी संख्या में उपस्थित थे।

महानाम के सिंहासन पर बैठने के बाद बुद्ध तीन महीनों तक कपिलवस्तु में रहे। एक दिन महाप्रजापति गौतमी न्यग्रोधा उद्यान गयीं। उन्होंने भिक्खुओं के लिए बहुत से चीवर उपहार में दिये और अनुरोध किया कि मुझे भी भिक्खुनी के रूप में प्रवृज्या दे दी जाए। उन्होंने कहा कि यदि आप महिलाओं को प्रवृज्या देने की अनुमति दे दें तो बहुतों को लाभ होगा। हमारे वंश के बहुत से युवक भिक्खु बन गये हैं, जिनकी पत्नियां थीं। अब वे पत्नियां भिक्खुनियों के रूप में सद्धर्म का पालन करना चाहती हैं। मैं भी भिक्खुनी बनना चाहती हूं। महाराजा की मृत्यु के उपरान्त मेरी एक मात्र इच्छा यही है। इससे मुझे बेहद प्रसन्नता होगी।"

बड़ी देर तक मौन रहने के बाद बुद्ध ने कहा, "यह संभव नहीं है।"

रानी महाप्रजापति ने कहा, "मैं जानती हूं कि यह तुम्हारे लिए कठिन समस्या है। संघ में भिक्खुनियों को स्वीकार कर लेने से तुम्हें समाज का विरोध और प्रतिरोध सहना पड़ेगा। लेकिन मैं यह भी जानती हूं कि तुम इस प्रकार की प्रतिक्रियाओं से डरोगे नहीं।"

बुद्ध फिर चुप रहे और बोले–"राजगृह में बहुत-सी महिलाएं प्रवृज्या लेने को तैयार हैं, किन्तु मैं समझता हूं कि इसका उपयुक्त समय नहीं आया है। संघ में महिलाओं को स्वीकार करने की स्थितियां अभी अनुकूल नहीं है।"

गौतमी ने तीन बार जिद की किन्तु बुद्ध को उत्तर वही रहा। अत्यधिक निराश होकर गौतमी चली गईं। महल में आकर वह यशोधरा के पास गईं और बुद्ध की प्रतिक्रिया उसे बताई।

कुछ दिनों बाद, बुद्ध वैशाली चले गये। उनके जाने के बाद गौतमी ने उन सभी महिलाओं को बुलाया जो प्रवृज्या ग्रहण करना चाहती थीं। सभी महिलाएं शाक्य वंश की ही थीं जिनमें बहुत-सी अविवाहित भी थीं। उन्होंने कहा कि

सद्धर्म-मार्ग में सभी समान होते हैं। चेतना- जागृति और प्रज्ञा-प्राप्ति की क्षमता सबमें होती है। उन्होंने अस्पृश्य को भिक्खु की प्रवृज्या दे दी तब कोई कारण नहीं कि वह महिलाओं को न स्वीकारें। महिलाएं पुरुषों से किसी रूप में कम नहीं हैं।

"मेरा तो कहना है कि हम लोग सिर मुंडा लें, अपने श्रेष्ठ वस्त्र और आभूषण त्याग दें और भिक्खुओं का गौरिक चीवर धारण कर लें। हम लोग नंगे पैरों ही वैशाली चलें जहां हम प्रवृज्या लेने का अनुरोध करेंगे। इस प्रकार हम सिद्ध कर देंगे कि हम भी सादगी से रहने और सद्धर्म पालन में सक्षम हैं। हम भी सैकड़ों मील पैदल चलेंगे और भिक्षा मांगते हुए रास्ता तय कर लेंगे। संघ में प्रवेश पाने का यही एकमात्र उपाय बचा है।"

सभी महिलाएं गौतमी के विचारों से सहमत हो गईं। गौतमी के रूप में उन्हें सच्चा नेता मिल गया था। यशोधरा यह देख-सुनकर मुस्करा दी। वह गौतमी की दृढ़ इच्छा-शक्ति की आरंभ से ही प्रशंसक थी। गौतमी ऐसी महिला थीं, जो किसी बाधा के आने पर मार्ग से हट नहीं सकती थीं। महिलाओं ने रवाना होने की तिथि भी तय कर ली।

गौतमी ने यशोधरा से कहा–"यशोधरा, सर्वोत्तम तो यही होगा कि तुम अभी हमारे साथ न चलो। स्थिति जब सामान्य हो जाएगी और हमें अपने प्रयास में सफलता मिल जाएगी तो तुम कभी भी आ सकती हो।"

सभी कुछ समझकर यशोधरा मुस्करा दी।

अध्याय पैंतालीस

संघ के द्वार खोलो

एक दिन सवेरे जल लेने के लिए सरोवर जाते हुए आनंद ने देखा कि गौतमी और पचास अन्य महिलाएं बुद्ध की कुटिया के पास खड़ी थीं। सभी महिलाएं मुंडित मस्तक और गौरिक वस्त्र धारण किये हुए थीं। उनके पैर सूजे हुए थे और खून बह रहा था। आनंद ने पहले तो समझा कि कुछ भिक्खु मिलने आये हैं किन्तु उसने रानी गौतमी को पहचान लिया और बुदबुदाया, "हे भगवान ! रानी गौतमी आप कहां से आयीं ? आपके पांवों से खून क्यों बह रहा है ? आप और ये महिलाएं यहां इस प्रकार क्यों कर पहुंचीं ?"

गौतमी ने उत्तर दिया, "मान्य आनंद, हमने अपने सिर मुंडा लिये और वस्त्राभूषण त्याग दिये। अब इस संसार में हमारे पास कुछ नहीं है। हम कपिलवस्तु से चलकर यहां पन्द्रह दिनों में पहुंची हैं, सड़कों पर सोयी और छोटे गांवों में भिक्षा मांगती हुई आयी हैं। हम यह दिखाना चाहते हैं कि हम भी भिक्खु का जीवन बिताने में समर्थ हैं। आनंद कृपा करके बुद्ध से हमारी ओर से बात करो। हम प्रवृज्या ग्रहण करना चाहती हैं।"

आनंद ने कहा, "यहीं रुकिए। मैं अभी बुद्ध से बात करता हूं और वायदा करता हूं कि जो भी मुझसे बन पड़ेगा, अवश्य करूंगा।"

आनंद बुद्ध की कुटी में घुस गया। वह उस समय चीवर धारण कर रहे थे। आनंद ने जो कुछ देखा था, बुद्ध को सब बता दिया। बुद्ध ने कुछ नहीं कहा।

आनंद ने कहा, "गुरुदेव, क्या यह संभव है कि महिलाएं धर्म-मार्ग में प्रवेश करें जहां एक बार प्रवेश करके वापस नहीं आया जाता और अन्ततः अर्हत्व प्राप्त हो जाता है।"

बुद्ध ने कहा–"निस्संदेह।"

"तब आप महिलाओं को संघ में प्रवेश क्यों प्रदान नहीं करते ? गौतमी ने आपको बाल्यावस्था से पाल-पोस कर बड़ा किया है। उन्होंने आपको पुत्रवत् स्नेह दिया है। अब उन्होंने अपना सिर मुंडा लिया है और सब कुछ त्याग दिया है। वह कपिलवस्तु से पैदल चलकर यहां आई हैं और यह सिद्ध कर दिया है कि महिलाओं में भी पुरुषों के समान सहनशीलता होती है। कृपया दया कीजिए और उन्हें प्रवृज्या ग्रहण करने की अनुमति दे दीजिए।"

कुछ क्षण मौन रहने के पश्चात् अपने सहायक के माध्यम से मान्य सारिपुत्त, मौद्गल्यायन, भद्दिय, किम्बिल और महाकाश्यप को बुलाया। उनके आने पर लम्बा-चौड़ा विचार-विमर्श हुआ। बुद्ध ने कहा कि किसी भेद-भाव के कारण मैं महिलाओं से नहीं हिचकिचा रहा। मुझे यह भरोसा नहीं कि महिलाओं को संघ में प्रवेश करने की अनुमति देने से संघ के भीतर और बाहर कुछ हानिकर संघर्ष न होगा।

लम्बे विचार-विमर्श के दौरान सारिपुत्त ने कहा, "समझदारी की बात यह होगी कि हम संघ में भिक्खुनियों की भूमिका के विषय में कुछ निश्चित निर्णय कर लें। इन आचार-संहिताओं से हम विरोधी लोगों का विरोध शांत कर सकेंगे। हजारों वर्षों से महिलाओं के प्रति भेद-भाव बरता गया है। कृपया निम्न आठ नियमों पर विचार करें :

"पहले भिक्खुनी को प्रत्येक भिक्खु का सम्मान करना होगा चाहे वह भिक्खुनी से उम्र में भले ही कम हो या भिक्खुनी ने अधिक समय तक साधना क्यों न को हो।

"दूसरा, वर्षा-प्रवास के दौरान भिक्खुनियों का केन्द्र इतना समीप होना चाहिए जिससे उन्हें भिक्खुओं से आध्यात्मिक समर्थन मिल सके और आगे अध्ययन किया जा सके।

"तीसरा, महीने में दो बार भिक्खुनियां किसी को भेजकर भिक्खुओं को आमंत्रित करें जिससे 'उपोसाथ' का दिन निश्चित किया जा सके। एक भिक्खु भिक्खुनियों को शिक्षा देने, साधना सिखाने और सद्धर्म मार्ग के अभ्यास में प्रोत्साहन देने जाया करेगा।

"चौथा, वर्षा-प्रवास की समाप्ति पर भिक्खुनियां 'प्रवर्ण समारोह में भाग लें और अपने साधना-प्रयासों का विवरण भिक्खुनियों के ही नहीं, भिक्खुओं के समक्ष भी प्रस्तुत करें।

"पांचवां, यदि कोई भिक्खुनी किसी शील का उल्लंघन करे तो उसे अपना दोष भिक्खुनियों और भिक्खुओं के समक्ष बताना होगा।

"छठा, श्रामणेर के रूप में रहने की निर्धारित समयावधि के बाद भिक्खुनियों को संपूर्ण व्रतों के पालन की प्रतिज्ञा भिक्खुओं और भिक्खुनियों के समक्ष लेनी होगी।

"सातवां, भिक्खुनी किसी भी भिक्खु की आलोचना या निन्दा नहीं करेगी।

"आठवां, भिक्खुनी भिक्खुओं को धर्म-देशना नहीं करेगी।"

मौद्गल्यायन ने हंसकर कहा–"ये आठ नियम तो सर्वथा भेद-भावपूर्ण हैं। इस बात को आप अन्यथा कैसे सिद्ध कर सकेंगे ?"

सारिपुत्त ने उत्तर दिया कि "ये नियम तो भिक्खुनियों के लिए संघ का द्वार खोलने के लिए हैं। इन नियमों को उद्देश्य भेद-भाव बनाये रखना नहीं, वरन् भेद-भाव समाप्त करना है। क्या आप ऐसा नहीं समझते ?"

मौद्गल्यायन ने नियमों को ठीक मानते हुए सिर हिलाया।

भद्दिय ने कहा, "ये आठ नियम बनाना आवश्यक था। मान्य गौतमी बहुत अधिकार सम्पन्न हैं। वह गुरुवर की माताजी हैं। इन नियमों के बिना, बुद्ध के अतिरिक्त किसी को भी उनके साधना-अभ्यास में मार्ग-दर्शन करना संभव नहीं होगा।"

बुद्ध ने आनंद से कहा–"कृपया जाकर मान्य महाप्रजापति को बताइए कि यदि उन्हें ये आठ विशेष नियम स्वीकार हों तो उन्हें तथा अन्य महिलाओं को प्रवृज्या दी जा सकती है।"

सूर्य आकाश में काफी चढ़ आया था। आनंद ने देखा कि मान्य गौतमी और अन्य महिलाएं धैर्य-पूर्वक प्रतीक्षा कर रही थीं। आठ नियम सुनकर गौतमी हर्ष से फूली नहीं समायीं। उन्होंने आनंद से कहा–"आप जाकर बुद्ध को बता दीजिए कि जैसे सुगंधित जल से केश धोने के बाद युवती कमल या गुलाब के फूलों का हार पहनना स्वीकार कर लेती है, उसी प्रकार मैं इन नियमों को स्वीकार करती हूं। यदि मुझे प्रवृज्या ग्रहण करने की अनुमति दे दी जाती है, तो मैं इन नियमों का आजीवन पालन करूंगी।"

आनंद ने बुद्ध की कुटी में जाकर मान्य गौतमी का उत्तर सुना दिया।

अन्य महिलाओं ने चिन्तापूर्ण दृष्टि से गौतमी को देखा किन्तु उन्होंने मुस्कराकर उन्हें आश्वस्त किया, "बहिनो, चिन्ता मत करो। महत्त्वपूर्ण बात यह है कि हम लोगों ने प्रवृज्या ग्रहण करने का अधिकार अर्जित कर लिया है। ये आठ नियम हमारी धर्म-साधना में बाधक नहीं होंगे। ये नियम वह द्वार हैं, जिससे हम संघ में प्रवेश कर सकेंगी।"

सभी इक्यावन महिलाओं को उसी दिन प्रवृज्या दे दी गयी। मान्य सारिपुत्त

ने उन लोगों के लिए आम्रपाली के आम्रवन में अस्थायी निवास की व्यवस्था कर दी। बुद्ध ने सारिपुत्त से कहा वह भिक्खुनियों को साधना की आधारभूत बातों का ज्ञान करा दें।

आठ दिन बाद भिक्खुनी गौतमी बुद्ध से मिलने आयीं। उन्होंने कहा, "बुद्ध देव, हम पर कृपा करें और बताएं कि हम मुक्ति के मार्ग पर कैसे शीघ्र प्रगति कर सकती हैं।"

बुद्ध ने कहा, "भिक्खुनी महाप्रजापति सबसे महत्त्वपूर्ण बात है अपने मन को वश में करना। प्राणायाम कीजिए और अपने शरीर, भावनाओं, मन और मन के आश्रयों पर ध्यान कीजिए। इस प्रकार अभ्यास करने से प्रतिदिन आप विनम्रता, सहजता, अनासक्ति, शांति और आनंद की वृद्धि होती पाएंगी। जब ये गुण आ जाएं तो समझिए कि आप सही मार्ग पर चल रही हैं। यही मार्ग चेतना-जागृति और मुक्ति का मार्ग है।"

भिक्खुनी महाप्रजापति की इच्छा थी कि वैशाली में ही 'आगार' बनाया जाए, जिससे भिक्खुनियां बुद्ध और उनके वरिष्ठ शिष्यों के सामीप्य में रह सकें। वह यह भी चाहती थीं कि बाद में वह वापस जाकर कपिलवस्तु में एक 'आगार' स्थापित करें। उन्होंने एक संदेशवाहक भेजकर यशोधरा को सूचित किया कि उन्हें प्रवृज्या मिल गयी है। भिक्खुनी गौतमी जानती थीं कि महिलाओं को संघ में प्रवेश देने से लोगों में तूफान उठेगा जिसका परिणाम होगा कड़ा विरोध और बहुत से लोग बुद्ध और संघ की निन्दा करेंगे। इससे बुद्ध को बहुत-सी कठिनाइयों का सामना करना होगा। ये आठ विशेष नियम अस्थायी रूप से आवश्यक हैं, जिससे हानिकर विरोधों से संघ की रक्षा की जा सके। कुछ समय बाद, जब भिक्खुनियों को प्रवृज्या देना एक निश्चित सत्य बन जाएगा तो इन नियमों की आवश्यकता नहीं रहेगी।

अब बुद्ध के समुदाय में भिक्खु और भिक्खुनियां भी थीं और उपासक तथा उपासिकाएं भी थीं।

भिक्खुनी महाप्रजापति ने भिक्खुनियों के वस्त्र क्या हों, इस पर गहने विचार किया। इस सम्बन्ध में उनके विचारों को बुद्ध ने स्वीकार कर लिया। भिक्खु-भिक्खनियों को अपने वस्त्रों के अतिरिक्त एक भिक्षा-पात्र भी दिया जाता था। उन्हें अपने पास एक पंखा, घड़ा, सुई, धागा, दांत साफ करने के लिए दातुन और अपने सिर महीने में दो बार मुंडवाने के लिए उस्तरा रखने की भी अनुमति दे दी गयी थी।

अध्याय छियालीस

सौहार्द्र के सिद्धान्त

राजगृह का वेणुवन विहार वैशाली में कूटागारशाला विहार और श्रावस्ती का जेतवन विहार सद्धर्म की शिक्षा पाने और तदनुसार साधना करने के बड़े-बड़े केन्द्र बन गए थे। मगध, कौशल तथा पड़ोस के अन्य राज्यों में भी विहार स्थापित किए गए। सर्वत्र गैरिक चीवरधारी भिक्खु खूब पहचाने जाने लगे। बुद्ध की संबोधि-प्राप्ति के प्रथम छः वर्षों में सद्धर्म मार्ग का व्यापक विस्तार हुआ।

बुद्ध ने छठा वर्षा-प्रवास मकुल पर्वत पर और सातवां शंकास्य में व्यतीत किया। आठवां वर्षा-प्रवास भग्ग में सुंसुमार गिरि पर और नवां कौशांबी में किया। एक महत्त्वपूर्ण विहार गोशिरा वन में बनाया गया था। जब बुद्ध गोशिरा में नवां वर्षा-प्रवास कर रहे थे तो उनके वरिष्ठ शिष्यों ने जिनमें महाकाश्यप, महामौद्गल्यायन, सारिपुत्त तथा महाकात्यायन भी थे, उनसे भेंट की। आनंद और राहुल भी वहां उपस्थित थे।

गोशिरा में शिंशप वृक्ष बड़ी संख्या में थे और दोपहर की गर्मी में वह इन्हीं वृक्षों के नीचे ध्यान-साधना करते थे। एक दिन वह साधना के बाद हाथ में इन वृक्षों के पत्ते मुट्ठी में दबाए हुए विहार में लौटे। उन्होंने मुट्ठी में पकड़े पत्ते दिखाकर पूछा–"भिक्खुओ, मेरी मुट्ठी के पत्तों की संख्या अधिक है अथवा वन के वृक्षों पर लगे पत्तों की?"

भिक्खुओं ने उत्तर दिया–"वन में वृक्षों पर लगे पत्तों की।"

बुद्ध ने कहा, "उसी प्रकार जो मैं देखता हूं, वह मेरी शिक्षाओं से कहीं अधिक बड़ा है। ऐसा इसलिए है कि मैं केवल उन्हीं बातों की शिक्षा देता हूं, जो सद्धर्म के मार्ग पर सफलता के लिए वास्तव में आवश्यक तथा सहायक होती हैं।"

बुद्ध ने यह बात गोशिरा में इसलिए कही थी क्योंकि वहां बहुत से भिक्खु दार्शनिक चिंतन में पड़ गए थे। भिक्खु मालुक्यपुत्त को बुद्ध ने विशेष परामर्श दिया था कि वे इस प्रकार के भ्रामक प्रश्नों में न उलझे जो साधना-मार्ग के लिए आवश्यक नहीं। मालुक्यपुत्त ऐसे प्रश्न उठाते थे कि सृष्टि का अन्त होता है या वह अनन्त है; अथवा वह माया है या शाश्वत है। बुद्ध ने सदैव इन प्रश्नों के उत्तर नहीं दिए। एक दिन मालुक्यपुत्त को लगा कि वह बुद्ध के मौन को अधिक सहन नहीं कर सकते। उन्होंने संकल्प किया कि अब आखिरी बार मैं उनसे प्रश्न करूंगा और यदि उन्होंने उत्तर नहीं दिया तो मैं उनसे निवेदन करूंगा कि वह मुझे त्रिरत्नों तथा अन्य प्रतिज्ञाओं से मुक्त कर दें।

बुद्ध मिले तो उसने कहा, "गुरुदेव, यदि आप मेरे प्रश्नों के उत्तर देने पर सहमत होते हैं तो मैं आपको अनुगमन करता रहूंगा; किन्तु यदि आपने उत्तर नहीं दिए तो मैं संघ त्याग दूंगा। बताइए कि क्या आप जानते हैं कि सृष्टि नित्य है या अनित्य। यदि आप इसका उत्तर नहीं जानते तो भी मुझे कह दीजिए।"

बुद्ध ने मालुक्यपुत्त की ओर देखकर कहा, "जब तुमने मुझसे प्रवृज्या देने को कहा था, उस समय क्या मैंने तुम्हें ऐसे प्रश्नों के उत्तर देने का वचन दिया था? क्या मैंने तुमसे कहा था कि तुम भिक्खु बन जाओ, मैं तुम्हारी अध्यात्म-विज्ञान की समस्याओं का निदान कर दूंगा?"

"नहीं, गुरुदेव, आपने ऐसा नहीं कहा था।"

"तब तुम अब मुझसे यह मांग क्यों कर रहे हो? मालुक्यपुत्त, तुम ऐसे व्यक्ति हो जिसको विषबुझा तीर लगा हो और परिवारजन चाहते हों कि तीर निकाल दिया जाए और विषमारक औषधि दे दी जाए। लेकिन वह व्यक्ति उस चिकित्सक को कुछ करने देने से पहले अपने कुछ प्रश्नों के उत्तर चाहता हो। घायल व्यक्ति जानना चाहता हो कि तीर किसने मारा, उसकी जाति क्या है, वह करता क्या है और उसने तुमको ही तीर का निशाना क्यों बनाया? वह व्यक्ति यह भी जानना चाहता हो कि उसने कैसा धनुष प्रयोग किया और विषबुझा तीर किन विषों से बनाया गया था। ऐसा व्यक्ति अपने प्रश्नों के उत्तर पाने से पूर्व ही मर जाएगा। यही बात सद्धर्म मार्ग पर चलने वाले के विषय में सत्य है। मैं आत्म-मुक्ति के लिए आवश्यक बातें ही उन लोगों को बताता हूं। जो बातें आत्म-मुक्ति में सहायक न हों या आवश्यक न हों, वे मैं नहीं सिखाता।

"सृष्टि सान्त है अथवा अनंत या नित्य है अथवा अनित्य, इसे छोड़कर तुम्हें जिस तथ्य को हृदयंगम कर लेना चाहिए, वह है दुःखों की विद्यमानता। दुःखों के कारण हैं, और उन कारणों को समाप्त करने का मार्ग बताया जा सकता है। जो शिक्षा मैं देता हूं वह ममत्व भावहीनता, सुख-दुख निरपेक्षता, शांति और मुक्ति प्राप्त करने में सहायक हैं। जो बातें सद्धर्म मार्ग द्वारा आत्म-मुक्ति में सहायक ने होने वाली हों, ऐसी किसी भी बात का मैं उत्तर नहीं देता।"

मालुक्यपत्त ने लज्जित होकर मूर्खतापर्ण मांग करने के लिए क्षमा-याचना की। बुद्ध ने सभी भिक्खुओं को साधना-अभ्यास पर ध्यान देने के लिए प्रेरित किया और अनुपयुक्त दार्शनिक विवादों में उलझने से बचने को कहा।

गोशिरा में जिस उपासक ने विहार के लिए भूमि दान में दी थी, उसने कुक्कुटाराम और पवरिकांब वन में दो विहार और बनाने का प्रस्ताव रखा। चौथा विहार भद्रिका में भी बनाया गया।

अन्य विहारों के समान गोशिरा में भी बुद्ध की देशना की बातें कंठस्थ करने का कार्य आरंभ हुआ। कंठस्थ करने वाले भिक्खुओं को सूत्राचार्य कहा गया क्योंकि बुद्ध के वचनों को सूत्र कहा जाता था। 'धर्म-चक्र प्रवर्तन सूत्र' में उन वचनों का समावेश किया गया जो बुद्ध ने अपने प्रथम पांच शिष्यों के समक्ष मृगदाय (सारनाथ) में अपनी देशना में कहे थे। कुछ अन्य सूत्रों यथा 'अनात्म प्रकृति सूत्र', 'परस्परावलंबी सह-वर्द्धन' संबंधी सूत्र और 'अष्टांगिक मार्ग सूत्र' का पाठ समस्त भिक्खु समुदाय महीने में दो बार करते थे।

सूत्राचार्यों के अतिरिक्त शीलाचार्य भी थे जो श्रामणेरों तथा भिक्खुओं के लिए निर्धारित पंचशीलों और दशशीलों के विशेषज्ञ थे। राहुल तथा अन्य श्रामणेर, जिनकी आयु बीस वर्ष की नहीं हुई थी, श्रामणेरों के लिए निर्धारित पंचशीलों का आचरण करते थे।

गोशिरा में सूत्राचार्यों तथा शीलाचार्यों में मतभेद उठ खड़ा हुआ। छोटी-सी घटना को लेकर हुआ तर्क-वितर्क इस सीमा तक पहुंच गया कि संघ में तीव्र मतभेद उत्पन्न हो गए। एक सूत्राचार्य कर-प्रक्षालक पात्र साफ करना भूल गए जिस पर एक शीलाचार्य ने आपत्ति की। गर्वीले सूत्राचार्य ने कहा कि मैंने जानबूझ कर कर-प्रक्षालन पात्र गंदा नहीं छोड़ा था, अतः वह दोषी नहीं हैं। प्रत्येक भिक्खु ने अपने-अपने अध्यापकों का पक्ष लिया और वाद-विवाद बढ़ गया। एक पक्ष दूसरे पक्ष पर अपमानजनक बातें कहने का आरोप लगाता तो

दूसरा पक्ष अपने विरोधियों को मूर्खतापूर्ण आचरण करने वाला कहता। अन्त में शीलाचार्य ने सार्वजनिक तौर पर घोषणा कर दी कि सूत्राचार्य सप्ताह में दो बार होने वाले शील-पाठों में तब तक सम्मिलित नहीं हो सकेंगे जब तक वह संघ के समक्ष अपने दोष को औपचारिक रूप से स्वीकार न कर लें।

स्थिति विषम से विषमतर होती गई। दोनों पक्ष एक-दूसरे की निन्दा करने लगे। अधिकांश भिक्खु इस या उस पक्ष के समर्थक थे हालांकि कुछ ने निष्पक्ष रहना ही समीचीन समझा। वे कहते थे, "यह भयप्रद स्थिति है। इससे संघ में हानिकर विभाजन हो जाएगा।"

यद्यपि बुद्ध विहार के समीप ही रहते थे। फिर भी, उनको इस संघर्ष की जानकारी तब तक नहीं हुई जब तक संबंधित भिक्खु उनके पास नहीं पहुंचे और जो कुछ संघ में घटित हुआ, वह नहीं बताया। बुद्ध सीधे शीलाचार्यों से मिलने गए और उनसे कहा, "हमें अपने दृष्टिकोण से बहुत अधिक बंधे नहीं रहना चाहिए। दूसरों के दृष्टिकोण को समझने के लिए हमें उनकी बात ध्यान से सुननी चाहिए। हमें वह सभी उपाय करने चाहिए, जिससे भिक्खु संप्रदाय में दरार न पड़े।" इसके बाद वह सूत्राचार्यों के पास गए और उनसे भी यही बात कही। अपनी कुटिया में आते समय उन्हें आशा थी कि दोनों पक्ष मान जाएंगे।

किन्तु बुद्ध के हस्तक्षेप का वांछित प्रभाव नहीं हुआ। बहुत-सी निन्दापरक बातें की जा चुकी थीं। निष्पक्ष रहे भिक्खुओं का इतना प्रभाव नहीं था कि वे दोनों पक्षों को मिला सकें। इस संघर्ष की बात उपासकों के कानों में भी पड़ी। शीघ्र ही अन्य धार्मिक सम्प्रदायों को भी बुद्ध के संघ में होने वाली गड़बड़ी की सूचना मिली। यह संघ की एकता पर गंभीर चोट थी। बुद्ध के परिचर को भी जब स्थिति असहनीय लगने लगी तो उसने बुद्ध से एक बार और हस्तक्षेप करने का अनुरोध किया।

बुद्ध ने अपना चीवर धारण किया और विहार के सभागार में जा पहुंचे। सभी भिक्खुओं को बुलाने के लिए घंटा बजाया गया। जब सभी एकत्र हो गए तो बुद्ध ने कहा, "कृपया अपना वाद-विवाद समाप्त कर दीजिए। इससे संघ में विभाजन उत्पन्न होता है। कृपया जाकर अपनी साधना कीजिए। यदि हम सत्य-निष्ठा पूर्वक अपनी साधना करेंगे तो अहंकार और क्रोध के शिकार नहीं बनेंगे।"

एक भिक्खु ने उठकर कहा, "गुरुदेव, आप कृपया इस मामले में स्वयं को मत उलझाइए। अपने स्थान पर जाकर शांतिपूर्वक साधना कीजिए। यह प्रश्न

आपसे संबंधित नहीं है। हम प्रौढ़ लोग हैं और इस प्रश्न को अपने-आप निबटा लेंगे।"

भिक्खु के शब्द सुनकर सभागार में सन्नाटा छा गया। बुद्ध उठकर सभागार से निकल गए, अपनी कुटिया में आए और भिक्षा-पात्र लेकर कौशाम्बी में भिक्षाटन के लिए चले गए। भिक्षा लाकर वन में अकेले ही भोजन किया और कौशाम्बी से निकलकर नदी की ओर चल पड़े। उन्होंने अपने जाने की बात अपने अनुचर अथवा आनंद को भी नहीं बताई।

बुद्ध चलते-चलते बालकलोणकर ग्राम पहुंच गए जहां वह अपने शिष्य भृगु से मिले। भृगु ने उस वन में चलने के लिए अनुरोध किया, जहां वह अकेले साधना करते थे। उन्होंने बुद्ध को एक वस्त्रखंड और कर-प्रक्षालन पात्र दिया जिससे वे अपने हाथ-पांव धो सकें। बुद्ध ने भृगु से पूछा कि उनकी साधना कैसी चल रही है। भृगु ने बताया कि साधना में मुझे सहजता और आनंद प्राप्त होता है, हालांकि वह वहां अकेले ही निवास करते हैं। बुद्ध ने कहा कि "कभी-कभी बहुत से लोगों के बीच रहने की अपेक्षा एकांतवास अच्छा होता है।"

भृगु से विदा लेकर वह वेणुवन की ओर चल पड़े जो वहां से बहुत दूर नहीं था। वहां पहुंचकर द्वार-रक्षक ने उन्हें रोका तो अनिरुद्ध ने आकर प्रसन्नतापूर्वक बुद्ध को प्रणाम किया और द्वार-रक्षक को बताया कि "ये मेरे गुरुदेव हैं। इन्हें भीतर आने दीजिए।"

अनिरुद्ध बुद्ध को वहां ले गया जहां वह नंदीय और किम्बल नामक दो शिष्यों के साथ रहता था। वे शिष्य बुद्ध को देखकर प्रसन्न हुए और एक ने बुद्ध का भिक्षा-पात्र और दूसरे ने चीवर संभाल लिया। उन्होंने बांस की झाड़ू से सफाई करके उनके बैठने का स्थान बनाया। उन्होंने बुद्ध के हाथ-पैर धुलाए और हाथ जोड़कर बुद्ध के समक्ष प्रणत हुए। बुद्ध ने उन्हें बैठने के लिए कहकर पूछा, "क्या आप लोग यहां संतुष्ट हैं ? तुम्हारी साधना कैसी चल रही है। यहां भिक्षाटन करने या धर्म-देशना के विषय में परस्पर चर्चा में तो कोई कठिनाई नहीं हो रही ?"

उत्तर में अनिरुद्ध ने कहा, "गुरुदेव हम यहां बिलकुल संतुष्ट हैं। यह स्थान कोलाहल रहित एवं शांतिपूर्ण है। हमें यहां पर्याप्त शिक्षा मिलती है। और हम अपनी साधना में अच्छी प्रगति कर रहे हैं।"

बुद्ध ने पूछा, "क्या आप लोग एक-दूसरे से मिल-जुलकर रहते हैं ?"

अनिरुद्ध ने कहा, "हम यहां एक-दूसरे का पूरा ख्याल रखते हैं। हम दुध

और शहद की भांति मिलकर रह रहे हैं। नंदीय और किम्बल के साथ रहना बहुत ही श्रेयसपूर्ण है। इनकी मित्रता को मैं सहेजे रखता हूं। मैं कुछ भी कहने या करने से पूर्व, ये हों या न हों, मैं यह विचार कर लेता हूं कि इस बात पर इनकी क्या प्रतिक्रिया होगी। यदि मुझे कोई संदेह होता है तो मैं वैसा न कहता हूं और न वैसा कोई कार्य करता हूं। इस प्रकार हम तीन व्यक्ति होकर भी एक ही हैं।"

बुद्ध ने स्वीकृतिसूचक सिर हिलाया और दोनों अन्य भिक्खुओं की ओर देखा। किम्बल ने कहा–"अनिरुद्ध सत्य कहते हैं। हम मिलकर रहते हैं। और एक-दूसरे का पूरा ख्याल रखते हैं।"

नंदीय ने कहा–"हम भोजन से लेकर अपनी मनोभावनाओं और साधनाभ्यास सभी में सहभागी बनते हैं।"

बुद्ध ने उनकी प्रशंसा करते हुए कहा, "बहुत अच्छा है। मुझे यह जानकर प्रसन्नता हुई कि तुम लोग सौहार्द्रपूर्वक रहते हो। संघ तभी सच्चा संघ है, जब संघ में पूर्ण सौहार्द्र हो। तुमने वास्तविक चेतनावस्था की अनुभूति कर ली है। इसी से सौहार्द्रपूर्वक रहते हो।"

बुद्ध ने इन तीनों भिक्खुओं के साथ एक मास व्यतीत किया। उन्होंने देखा कि प्रात:कालीन साधना के बाद वे कैसे भिक्षाटन को जाते हैं। जो भी भिक्खु पहले भिक्षाटन से लौट आता है, वह शेष लोगों के लिए बैठने का स्थान साफ करता है। हाथ-पांव धोने के लिए जल लाता है और एक खाली पात्र रख देता है। भोजन से पहले वह खाली पात्र में कुछ भोजन रख देता है, जिससे यदि किसी भिक्खु को भिक्षा में कुछ भी न मिले तो वह खा सके। भोजन के उपरान्त यदि कुछ बचता है तो उसे ज़मीन पर रख देता है या झरने में डाल देता है और यह सावधानी बरतता है कि वहां रहने वाले किसी प्राणी को कोई हानि न पहुंचे। इसके बाद वे अपना भिक्षा-पात्र धो-साफ करके रख देते हैं।

जो भी देखता है कि शौचालय को साफ करने की आवश्यकता है तो वह यह कार्य स्वयं तुरन्त कर देता है। जब किसी काम के करने के लिए एक से अधिक व्यक्तियों की आवश्यकता है तो वे तुरन्त जुट जाते हैं। वे नियमित रूप से साधना की अनुभूतियों के सहभागी बनते हैं।

तीनों भिक्खुओं के यहां से चलने से पहले बुद्ध ने उन्हें देशना की, "भिक्खुओ, संघ का मूलाधार ही सौहार्द्र है। सौहार्द्र-अर्जन के लिए मैं इन सिद्धान्तों पर विश्वास करता हूं :

1. चाहे वन हो या घर, स्थान का सहभागी होना।
2. दैनिक जीवन की आवश्यकताओं की मिल-जुलकर पूर्ति करना।
3. साथ-साथ शीलों का आचरण करना।
4. उन्हीं शब्दों का प्रयोग करना, जिनसे सौहार्द्र में वृद्धि हो और ऐसे शब्दों के प्रयोग से बचना, जिनसे संघ में बिखराव आ सकता है।
5. अन्तः अनुभूतियों और प्रज्ञा का परस्पर आदान-प्रदान करना।
6. दूसरे के दृष्टिकोण को सम्मान देना और दूसरों को अपना दृष्टिकोण हठात् न मनवाना।

"जिस संघ में इन सिद्धांतों पर आचरण किया जाएगा, वहां प्रसन्नता और सौहार्द्र होगा। भिक्खुओ, हमें सदैव इन सिद्धांतों का पालन करना चाहिए।"

भिक्खु बुद्ध से यह देशना प्राप्त करके प्रसन्न हुए। बुद्ध उनसे विदा लेकर रक्षितवन की ओर चल दिए। विशाल साल वृक्ष के नीचे समाधि लगाने के बाद उन्होंने निश्चय किया कि वह अकेले ही इस वन में वर्षा-प्रवास करेंगे।

अध्याय सैंतालीस

धर्म का अनुपालन करें

साल वृक्ष के नीचे बैठे बुद्ध सहजता, शांति और प्रसन्नता का आनंद ले रहे थे। हरियाली भरे पहाड़ों, स्वच्छ निर्झरों और सरोवर से युक्त वह वन बहुत अच्छा था। बुद्ध एकान्त के आनंद में भी कौशांबी में संघर्षरत भिक्खुओं के विषय में सोचने लगे। वहां के उपासक तक अशान्त हो गए थे। उन्हें इस बात से खिन्नता हुई कि भिक्खु उनके मार्ग-निर्देश मानने को भी तैयार नहीं थे किन्तु उन्होंने समझ लिया था कि उनका मन क्रोध से भरा है।

रक्षितवन में बहुत से पश थे जिनमें हाथियों का एक परिवार भी था जिसमें सबसे बड़ी हथिनी थी। वह हथिनी छोटे हाथियों को नहलाने सरोवर ले जाती। वहां वह सिखाती कि शीतल जल कैसे पीना है। बुद्ध ने देखा कि हथिनी किस प्रकार कुमुदिनी पुष्पों का गुच्छा सूंड में लेकर पहले उन्हें पानी में साफ करके बच्चे हाथियों को रगड़-रगड़ कर नहलाती थी और उनके बदन पर चिपकी मिट्टी छुटाती थी। छोटे हाथी ठीक वैसा ही करते, जैसा वह करती।

वे हाथी बुद्ध के मित्र बन गए थे। कभी-कभी हथिनी बुद्ध के लिए उपहार में फल लाती। बुद्ध हाथी के बच्चों के सिर थपथपाकर प्यार जताते और कभी-कभी उनके साथ सरोवर तक चले जाते। रानी हथिनी की राजसी पुकार सुनना उन्हें अच्छा लगता। उन्होंने उसकी तुरही समान पुकार की नकल करना पूरी तरह सीख लिया। एक दिन हथिनी की आवाज के उत्तर में उन्होंने भी उसी के जैसी आवाज निकाली जिसे सुनकर हथिनी उनके पास आई और नमन की मुद्रा में उनके सामने बैठ गई। बुद्ध ने उसका मस्तक ममता से थपथपाया।

रानी हस्तिनी द्वारा बुद्ध को फलों का उपहार भेंट

संबोधि की प्राप्ति के बाद यह बुद्ध का दसवां वर्षा-प्रवास था और वन में किया गया दूसरा। वह पूरे प्रवास-काल में वन की शीतलता का आनंद लेते और सवेरे केवल भिक्षा के लिए जाते। वर्षा-प्रवास के बाद बुद्ध ने अपने हाथी मित्रों से विदा ली और उत्तर पश्चिम दिशा में चल दिए। दो सप्ताह की पद-यात्रा के बाद वह श्रावस्ती में जेतवन पहुंच गए। सारिपुत्त और राहुल उनके आगमन पर अत्यन्त प्रसन्न हुए। महामौद्गल्यायन, महाकाश्यप, महाकात्यायन, उपालि, महाकोटितीर्थ, महाकप्पिन, महाकुंड, रेवत और देवदत्त समेत अनेक वरिष्ठ शिष्य भी वहां थे। कारा ग्राम के वेणुवन से किम्बल और नन्दीय भी चलकर जेतवन आ गए। भिक्खनी गौतमी भी उस समय श्रावस्ती में ही थीं। सभी उनसे मिलकर प्रसन्न हुए।

जेतवन में अपनी कुटिया में पहुंचने पर बुद्ध ने देखा कि आनन्द कुटी में सफाई करके झाड़ू लगा रहा था। बुद्ध एक साल चार महीने बाद लौटे थे। आनंद ने झाड़ू एक ओर रखकर उन्हें नमन किया। कौशाम्बी के समाचार पूछने पर आनंद ने बुद्ध को बताया कि "आपके चले आने पर बहुत से भिक्खु बंधुओं ने मुझसे कहा, 'भाई, गुरुदेव चले गए हैं। वे अकेले हैं। तुम उनके साथ क्यों नहीं गए ? यदि तुम नहीं जाते तो हम जाते हैं।' किन्तु मैंने कहा कि 'यदि बुद्ध किसी को बिना बताए चले गए हैं तो संभवतः इसलिए कि वह एकान्तवास करना चाहेंगे। हमें उनकी शांति भंग नहीं करनी चाहिए। छः महीने बाद वही भिक्खु फिर आए और कहने लगे, दीर्घकाल से हमने बुद्धदेव की देशना नहीं सुनी है, उन्हें खोजना चाहिए।' इस बार मैं सहमत हो गया और हम आपको खोजने निकले किन्तु सब निष्फल रहा। कोई नहीं जानता था कि आप कहां हैं ? हमने यहीं रुककर आपकी प्रतीक्षा करने का निश्चय किया। क्योंकि हमें विश्वास था कि अंततः आप यहां अवश्य आएंगे। हमें भरोसा था कि आप अपने शिष्यों को त्याग नहीं सकते।"

"जब तुम कौशाम्बी से चले थे तो स्थिति क्या थी ? क्या भिक्खुओं में मतभेद बने हुए थे ?"

"गुरुवर, संघर्ष और तीव्र हो गया था। दोनों पक्षों को एक-दूसरे से सम्बन्ध-विच्छेद-सा हो गया था। वातावरण तनावपूर्ण और चिन्तापूर्ण हो गया था। जब हम नगर में भिक्षाटन के लिए जाते तो उपासकगण हम निष्पक्ष भिक्खुओं के प्रति भी भयभीत हो उठते थे। धीरे-धीरे उपासकों ने स्थिति अपने हाथ में लेनी आरम्भ कर दी। वे लोग विहार में आए और विरोधी पक्ष के भिक्खुओं से मिले और कहा, 'आप लोगों ने बुद्ध को इतना दुखित कर दिया कि वह चले गए।

अब आप लोगों पर गुरु दायित्व आ गया है। आपके कारण उपासकों का संघ पर से भरोसा ही उठ गया है। कृपया अपने आचरणों पर नए सिरे से विचार कीजिए।' पहले तो संघर्षरत भिक्खुओं ने उपासकों के अनुरोध पर ध्यान ही नहीं दिया किन्तु उपासकों ने निश्चय किया कि संघर्षरत भिक्खुओं को भोजन ही नहीं देंगे। उन्होंने कहा कि 'आप लोग बुद्ध के शिष्य बनने योग्य नहीं हैं क्योंकि आप लोग सौहार्द्र एवं समरसता से रहने में विफल रहे हैं। यदि आपने बुद्ध की शिक्षा को माना होता तो परस्पर मिल गए होते। अब बुद्ध देव को खोजो और उनके समक्ष अपना दोष स्वीकार करो।' गुरुदेव, उपासक अपनी बात पर अड़े रहे और जिस दिन मैं कौशाम्बी से चला हूं, दोनों पक्ष आपस में मिलने को सहमत हो गए थे। मुझे विश्वास है कि ये लोग शीघ्र ही अथवा दोष स्वीकार करने यहां आएंगे।"

बुद्ध ने झाड़ू उठा ली और कहा कि "सफाई मैं करता हूं, तब तक तुम सारिपुत्त को खोजकर बता दो कि मैं उनसे बात करना चाहता हूं।"

बुद्ध ने धीरे-धीरे सफाई की और बांस की कुर्सी पर आराम से बैठ गए। जेतवन सचमुच सुंदर लग रहा था। पूरे वन में चिड़ियां चहचहा रही थीं। तभी सारिपुत्त आकर बुद्ध के समीप बैठ गए और काफी देर तक बैठे रहे।

सारिपुत्त को बुद्ध ने अपने मन की बात बताई। "हमें हर प्रयास करके इस सुन्दर विहार में ऐसे व्यर्थ के संघर्षों की जड़ ही नहीं पनपने देनी चाहिए।"

इस विषय पर उनकी बहुत देर तक चर्चा होती रही। उसके बाद शीघ्र ही सारिपुत्त को समाचार मिला कि कौशाम्बी के भिक्खु श्रावस्ती पहुंच चुके हैं और वे इस विहार की ओर आ रहे हैं। सारिपुत्त ने बुद्ध के पास जाकर पूछा, "कौशाम्बी के भिक्खु बंधु शीघ्र यहां पहुंच जाएंगे। हमें यह स्थिति कैसे संभालनी है ?"

बुद्ध ने कहा, "उनके प्रति धर्म के अनुसार आचरण करो।"

"क्या आप अपनी बात तनिक स्पष्टता से बताएंगे।"

"सारिपुत्त, आप अभी तक ऐसे प्रश्न उठा रहे हैं ?"

सारिपुत्त चुप रह गए। तभी महामौद्गल्यायन, काश्यप, कच्चन, कोट्ठीय, कपिन और अनिरुद्ध आ गए। उन्होंने भी यही प्रश्न किया कि कौशांबी से आने वाले इन भिक्खु बंधुओं के साथ क्या व्यवहार किया जाए ?"

सभी ने सारिपुत्त की ओर देखा किन्तु वह मुस्करा दिए। बुद्ध ने वरिष्ठ शिष्यों की ओर देखकर कहा–"बिना किसी पूर्वाग्रह के दोनों पक्षों की बातें ध्यान से सुनना। जो बातें सुनें, उन पर गंभीरता से विचार करना कि किसके कौन से तर्क सद्धर्म की शिक्षाओं के अनुरूप हैं और कौन से प्रतिकूल। धर्म-शिक्षा के अनुरूप कार्यों से शांति, आनंद और अर्हत होने की दिशा में प्रगति होती है। ये वे कार्य हैं, जिनका साधना-अभ्यास मैं स्वयं करता हूं। जिन कार्यों के प्रति मैंने सावधान रहने को कहा है और जिन पर मैं स्वयं आचरण नहीं करता, वे सद्धर्म की शिक्षाओं के अनुरूप नहीं हैं। जब आप समझ लें कि कौन-सी बातें धर्म-देशना के अनुरूप हैं और कौन-सी प्रतिकूल तो आप स्वयं ही जान लेंगे कि किस प्रकार दोनों पक्षों में समझौता कराया जा सकता है।"

उसी समय अनाथपिंडिक (संघ का उपासक संरक्षक) बुद्ध की कुटिया पर आ गया और कहा, "गुरुदेव, कौशाम्बी से भिक्खु आ गए हैं। हम उनका किस रूप में स्वागत करें। क्या हमें दोनों पक्षों को भोजन देना है ?"

बुद्ध ने मुस्कराकर कहा–"दोनों पक्षों को भोजन दो और संघ के प्रति अपना समर्थन व्यक्त करो। उनमें से यदि कोई भी सद्धर्म के अनुरूप बात करे तो उसकी प्रशंसा करो।"

आनंद ने वापस आकर सारिपुत्त को बताया कि कौशाम्बी के भिक्खु विहार के द्वार पर खड़े हैं। सारिपुत्त ने बुद्ध से पूछा, क्या हम अब उन्हें अंदर आने दें ?"

बुद्ध ने कहा कि "विहार के द्वार खोल दो। और उनका स्वागत करो।" सारिपुत्त ने कहा, "मैं उन सबके सोने के लिए स्थान की व्यवस्था कर दूंगा।"

"फिलहाल दोनों पक्षों को रहने के लिए अलग-अलग ही स्थान दीजिए।"

"सभी को अलग-अलग सोने का स्थान देने में पर्याप्त स्थान की समस्या हो सकती है।"

"हम अभी तो भीड़-भाड़ की स्थिति सहन कर लेंगे किन्तु किसी भी वरिष्ठ भिक्खु को बाहर नहीं सोने दिया जाएगा। सभी को भोजन और दवाइयां भी समान रूप से सुलभ रहें।"

सारिपुत्त ने विहार के द्वार खोलने का आदेश दे दिया। कौशाम्बी के भिक्खुओं को सोने का स्थान तथा आवश्यक वस्तुएं प्रदान कर दी गईं।

अगले दिन सबेरे नवागंतुक भिक्खुओं को सामान्य रूप से भिक्षाटन करने

जाने के लिए कहा गया। बुद्ध के परामर्श के अनुसार सारिपुत्त ने इन भिक्खुओं को अलग-अलग दल बनाकर अलग-अलग क्षेत्रों में भेज दिया। उसी दिन शाम को भिक्खुओं ने सारिपुत्त से कहा कि बुद्ध के समक्ष हमारी भेंट कराई जाए जिससे हम अपना दोष स्वीकार कर सकें। सारिपुत्त ने कहा कि "बुद्ध के समक्ष दोष स्वीकार करना महत्त्वपूर्ण नहीं है। पहले आप आपस में सच्चा समझौता कर लें। समझौता हो जाने के बाद 'दोष स्वीकार समारोह' के आयोजन की कोई सार्थकता होगी।"

उस रात सूत्राचार्य, जिनके कारण संघर्ष आरंभ हुआ था, शीलाचार्य से भेंट करने गए। वहां उन्होंने हाथ जोड़े और शीलाचार्य को नमन करके कहा, "मान्यवर, मैं स्वीकार करता हूं कि मैंने एक शील का उल्लंघन किया है। आपने मुझे सुधारने के लिए जो कुछ कहा था, वह ठीक था। मैं संघ के समक्ष अपना दोष स्वीकार करने को तैयार हूं।"

सूत्राचार्य जानते थे कि संघर्ष को टालने का एकमात्र मार्ग है अपने अहंकार को पी जाना। शीलाचार्य ने भी सूत्राचार्य को प्रत्युत्तर में नमन किया और स्वीकार किया कि "मुझमें ही विनम्रता तथा चतुरता की कमी रही होगी। कृपया मेरा हार्दिक खेद स्वीकार कीजिए।"

उस दिन देर रात को सूत्राचार्य के लिए 'दोष स्वीकार समारोह' आयोजित किया गया। प्रत्येक ने इस पर राहत की सांस ली, विशेषतः कौशाम्बी के उन भिक्खुओं ने जो इस झगड़े में तटस्थ रहे थे। आधी रात के बाद, सारिपुत्त ने बुद्ध को सूचना दी कि अन्ततः दोनों पक्षों में समझौता हो गया है। बुद्ध ने मौन भाव से स्वीकृतिसूचक सिर हिलाया। झगड़ा तो उस समय निपट गया था किन्तु वह जानते थे कि इस झगड़े के घाव भरने में अभी कुछ समय लगेगा।

अध्याय अड़तालीस

संघ में विवाद निबटाने के सिद्धांत

मान्य मौद्गल्यायन ने सुझाव दिया कि जेतवन में विद्यमान बुद्ध के वरिष्ठ शिष्यों और कौशाम्बी में हुए संघर्ष के प्रमुख नेताओं की एक बैठक की जाए जिससे अनुभव के द्वारा, यह शिक्षा प्राप्त की जा सके कि दुबारा कहीं ऐसा संघर्ष होने से उसे कैसे रोका जाए। मान्य महाकाश्यप ने इस सभा की अध्यक्षता की।

बैठक के आरंभ में, महाकाश्यप ने अनिरुद्ध से कहा कि पूर्वी वेणुवन में अपने प्रवास के दौरान बुद्ध ने सौहार्द्र पूर्वक रहने के जो छ: नियम निर्धारित किए हैं, वे सुना दें। अनिरुद्ध द्वारा वे छः नियम बता दिए जाने के बाद महा मौद्गल्यायन ने सुझाव दिया कि सभी विहारों के निवासी भिक्खुओं एवं भिक्खुनियों से कहा जाए कि वे इन नियमों को कंठस्थ कर लें।

चार दिनों के विचार-विमर्श के बाद वे सात सिद्धान्त निर्धारित किए गए कि यदि कहीं झगड़े के कारण किसी प्रकार के विवाद उठे तो इन सिद्धान्तों के अनुसार उनका निवारण किया जाए। उन्होंने इनका नाम 'सप्ताधिकरण समता' रखा।

प्रथम सिद्धान्त था 'सम्मुख विनय'। इसके अनुसार समस्त भिक्खुओं के सम्मेलन के सामने विवाद को उपस्थित किया जाए। इससे विवाद पर आपस में बातचीत न हो ताकि लोगों को इस पक्ष या उस पक्ष में खड़ा होना पड़े जिससे और अधिक मतभेद और तनाव न बढ़ने पाए।

दूसरा सिद्धान्त था 'स्मृति विनय'। भिक्खु सम्मेलन में प्रत्येक पक्ष यह स्मरण रखने का प्रयास करे कि बात कहां से शुरू हुई जिससे विवाद बढ़ा। विवादित

घटना को विस्तार के साथ साफ-साफ शब्दों में प्रकट किया जाए। उस घटना के साक्षियों को तथा उपलब्ध साक्ष्यों को भी प्रस्तुत किया ज़ाए। संघ को शांति एवं धैर्य के साथ सभी बातें सुननी चाहिए, जिससे विवाद पर विचार करने के लिए पर्याप्त जानकारी सबके सम्मुख उपस्थित हो।

तीसरा सिद्धान्त था 'अमुद विनय'। इसके अनुसार विवाद में उलझे भिक्खुओं से अपेक्षा की जाए कि वे विवाद का निवारण हठ त्यागकर कर सकें। संघ की अपेक्षा होगी कि दोनों पक्ष विवाद-निवारण की इच्छा प्रकट करें। हठवादिता को नकारात्मक और अर्थहीन समझा जाए। यदि एक पक्ष यह कहे कि अज्ञान अथवा अस्थिर मानसिकता के कारण शील का उल्लंघन हो गया है जबकि वस्तुतः उसका वैसा इरादा नहीं था, तो संघ को इस तथ्य को ध्यान में रखना चाहिए जिससे दोनों पक्षों को मान्य समझौते का मार्ग निकाला जा सके।

चौथा सिद्धान्त था 'तत्त्व भाइष्य विनय' अथवा स्वेच्छापूर्वक दोष की स्वीकृति। प्रत्येक पक्ष को अपनी अनधिकार चेष्टा या त्रुटि को स्वीकार कर लेने के लिए प्रेरित किया जाना चाहिए, जिसके लिए दूसरे पक्ष या संघ को दबाव डालने की आवश्यकता न पड़े। संघ प्रत्येक पक्ष को अपना दोष या कमी को स्वीकार करने के लिए पर्याप्त समय दे, भले ही वह कमी कितनी ही छोटी क्यों न हो। अपना दोष मान लेना, समझौते की एक प्रक्रिया होनी चाहिए और दूसरे पक्ष को भी इस दिशा में प्रेरित करना चाहिए। इससे पूरी तरह समझौता होना संभव होता है–मन में कोई गांठ नहीं रह जाती।

पांचवां सिद्धान्त था 'प्रतिज्ञाकारक विनय' अर्थात् निर्णय की स्वीकृति। इस प्रकार किया गया निर्णय 'ज्ञाप्ति चतुर्थिन-कर्म वचन' को तीन बार उच्च स्वर में उच्चारित किया जाए। यदि उसके प्रति संघ में किसी को आपत्ति न हो तो उसे अंतिम रूप से स्वीकार माना जाए। इस अवस्था में किसी भी पक्ष को उस निर्णय पर आपत्ति करने का अधिकार न होगा। वे उस बात पर सहमत होंगे कि उन्हें संघ के निर्णय पर विश्वास है और संघ जो भी निर्णय देगा उस पर उन्हें आचरण करना होगा।

छठा सिद्धान्त था 'यदभूयासिकीय विनय' अर्थात् सर्वानुमति से निर्णय। दोनों पक्षों की बातें सुनकर और दोनों पक्षों के समझौता कर लेने के हार्दिक प्रयासों से आश्वस्त होकर संघ विवाद का सर्वानुमति से निर्णय करेगा।

सातवां सिद्धांत था 'तृणस्तारक विनय' अर्थात् कीचड़ को घास-पात से ढंकना। भिक्खु सम्मेलन में प्रत्येक वादी-प्रतिवादी का पक्ष प्रस्तुत करने के

लिए एक मान्य भिक्खु को नियुक्त किया जाएगा। ये ऐसे भिक्खु होंगे जिनकी बात ध्यान से सुनी जाती और सम्मानित की जाती है। वे बैठकर ध्यान से सब कुछ सुनेंगे और बहुत थोड़ा बोलेंगे। लेकिन वे जब भी बोलेंगे तो उनके वचनों को विशेष महत्त्व दिया जाएगा। उनके वचन ऐसे होंगे जिनसे सांत्वना मिले, घावों को भरा जा सके और वह दोनों पक्षों में समझौता करने और क्षमा करने का अनुरोध करेंगे। उनके शब्द ऐसे होंगे जैसे कीचड़ पर घास-पात डाल दिया जाए जिससे भिक्खु अपने वस्त्र गंदे किए बिना उस कीचड़ से गुजर सकें। इन वरिष्ठ भिक्खुओं की उपस्थिति से संघर्षरत पक्ष सहजता से अपनी छोटी-मोटी चिन्ताओं की अभिव्यक्ति करने में सक्षम हों। इससे कटुता घटेगी और संघ दोनों पक्षों को स्वीकार्य निर्णय कर पाने की स्थिति में आ सकेगा।

बुद्ध के वरिष्ठ शिष्यों ने समझौता कराने के इन सात सिद्धांतों को बुद्ध के समक्ष उनकी स्वीकृति के लिए प्रस्तुत किया। उन्होंने शिष्यों के कार्यों की प्रशंसा की और इन्हें 'औपचारिक शीलों' में सम्मिलित करने की सहमति दे दी।

राजगृह लौटने से पूर्व बुद्ध छः महीनों तक जेतवन में रहे। मार्ग में बोधि वृक्ष देखने के लिए वह रुके और उरुबेला में स्वास्ति के परिवारजनों से मिलने जा पहुंचे। स्वास्ति जब उपयुक्त आयु का हो जाएगा तो उसे संघ परिवार में सम्मिलित कर लेने का अपना वायदा भी तो पूरा करना था। स्वास्ति को उन्होंने प्रवृज्या दी और स्वास्ति शीघ्र ही राहुल का अभिन्न मित्र बन गया।

अध्याय उनचास

महातत्त्वों से शिक्षा

अस्सजि और आनंद ने सद्धर्म द्वारा प्रचार-प्रसार के लिए बुद्ध के प्रयत्नों की कथा कही, उस को स्वास्ति बहुत ध्यान से सुनता रहा। भिक्खुनी गौतमी और राहुल भी सब कुछ ध्यान से सुनते रहे। आनंद की स्मरण-शक्ति वास्तव में अद्भुत थी और जहां-जहां कुछ अस्सजि से छूट जाता, उसे आनंद बता देते। स्वास्ति दोनों भिक्खुओं और भिक्खुनी गौतमी एवं श्रामणेर राहुल का भी अनुग्रहीत था क्योंकि इनके बिना वह बुद्ध के जीवन से सर्वथा अनभिज्ञ ही रहता। स्वास्ति को आशा थी कि वह अब बुद्ध के समीप रहकर उनकी जीवन-चर्या स्वयं देख सकेगा और उनकी देशना स्वयं उनके श्रीमुख से सुन सकेगा।

सुजाता की कृपा के कारण अस्पृश्य बालक होकर भी वह प्रारंभिक शिक्षा प्राप्त कर सका किन्तु सुजाता के विवाह के बाद उसकी शिक्षा समाप्त हो गई थी। स्वास्ति जानता था कि वह राहुल से बहुत कुछ सीख सकेगा। राहुल में श्रेष्ठ अभिजात-संस्कार थे। न केवल राहुल उच्च वर्ण में जन्मा था अपितु वह विगत आठ वर्षों से संघ का जीवन बिता रहा था जहां का वातावरण सौम्य एवं साधनापूरित था। राहुल की तुलना में स्वास्ति का स्वभाव रुक्ष और संस्कारहीन था। इसी कारण वह धर्म-साधना के प्रयासों में पूर्ण मनोयोग से जुट सका था। सारिपुत्त ने राहुल से कहा कि वह स्वास्ति को आधारभूत आचरण सिखाए जैसे कि चीवर कैसे धारण करना है, भिक्षा-पात्र कैसे पकड़ना है, कैसे चलना या खड़े होना है, बैठना, खाना और सोना है तथा सफाई कैसे करनी है और धर्म देशना सचेतावस्था में सुननी है। भिक्खु को साधना-अभ्यास के पैंतालीस नियमों को कंठस्थ करना है और उन्हें आचरण में लाना है, जिससे उसकी धारणा दृढ़ हो

और स्वभाव की सौम्यता बढ़े।

राहुल अभी भी श्रामणेर था। बीस वर्ष की आयु होने के उपरान्त ही उसे पूर्ण प्रवृज्या दी जा सकती थी। श्रामणेर को दश शीलों का आचरण करना होता था–जीव हिंसा से विरत रहना, चोरी से विरत रहना, व्यभिचार या अब्रह्मचर्य से विरत रहना असत्य भाषण से दूर रहना, मद्यपान से दर रहना, नृत्य-गान से विरति, माला आदि गंध से विरति, उच्च शय्या-महाशय्या से विरति, असमय भोजन से विरति और सोना-चांदी ग्रहण से विरति। प्रवृज्या प्राप्त भिक्खुओं को पैंतालीस नियमों का पालन करना होता है। वरिष्ठ भिक्खु को एक सौ बीस शीलों का पालन करना होता है जिनमें प्रवृज्या प्राप्त भिक्खुओं के पैंतालीस शील भी सम्मिलित होते हैं। राहुल ने स्वास्ति को बताया कि मैंने सुना है कि शीलों की संख्या और बढ़ सकती है और उनकी संख्या दो सौ से भी अधिक हो सकती है।

राहुल ने बताया कि संघ की स्थापना के पहले वर्ष में किसी प्रकार का शील लागू नहीं होता था। प्रवृज्या-समारोह भी साधारण था। प्रवृज्या लेने वाले को बुद्ध या भिक्खु के समक्ष प्रणत होकर त्रिरत्नों– 'बुद्धं शरणं गच्छामि', 'धम्मं शरणं गच्छामि' और 'संघ शरणं गच्छामि' का उच्चारण करना होता था। जैसे-जैसे संघ के सदस्यों की वृद्धि हुई, बड़े भिक्खु-समुदाय के लिए शील और नियम तथा मार्ग-निर्देश भी बनाने पड़े जिससे अनुशासन बनाए रखा जा सके।

राहुल ने स्वास्ति को बताया कि संघ की भावना का उल्लंघन करने वाला प्रथम भिक्खु था सुदिन। उसी के कारण बुद्ध को पंचशीलों का निर्धारण करना पड़ा। प्रवृज्या प्राप्त करने से पूर्व सुदिन विवाहित था और वैशाली के पास कलंद गांव का निवासी था। उसने जब बुद्ध की देशना सुनी तो प्रवृज्या ग्रहण कर ली। कुछ दिनों बाद उसे अपने गांव जाने का अवसर मिला क्योंकि परिवारजनों ने उसे भोजन के लिए आमंत्रित किया था। उसके परिवार वालों ने उसे गृहस्थ जीवन में लौट आने और अपना कारोबार संभालने में मदद करने के लिए कहा जिसे उसने अस्वीकार कर दिया। उसके माता-पिता ने कहा कि तुम परिवार की इकलौती संतान हो और कोई व्यापार का उत्तराधिकारी नहीं है और परिवार की संपदा किसी और के हाथों में पड़ेगी। सुदिन के दृढ़-निश्चय को देखकर उसकी मां ने कहा कि कम-से-कम हमें एक वारिस तो दे दो। मां के अनुरोध और किसी शील के मार्ग-निर्देश के अभाव में वह अपनी पूर्व

पत्नी से मिलने को सहमत हो गया। महावन में वह पत्नी के साथ रहा जिससे गर्भवती होने पर उसका पुत्र उत्पन्न हुआ। उसका नाम बीजक रखा गया। सुदिन के मित्र उसे उपालंभ देते हुए, 'बीज पिता' कहते। इससे संघ की प्रतिष्ठा को आघात पहुंचा। बुद्ध ने सभी भिक्खुओं को बुलाकर उनके समक्ष सुदिन के कार्य को अनुचित बताया। इस घटना के कारण औपचारिक रूप से शीलों का निर्धारण हुआ। यह निश्चय किया गया कि जब भी कोई भिक्खु सद्धर्म-मार्ग और मुक्ति-मार्ग की भावना का उल्लंघन करेगा तो सम्मेलन आयोजित किया जाएगा। इसके लिए नए 'प्रतिमोक्ष' सिद्धान्तों का प्रतिपादन किया गया।

इनमें से चार सिद्धान्तों का पालन कठोरता से करना होता था। इनमें से किसी के उल्लंघन करने पर भिक्खु को समुदाय से निष्कासित किया जा सकता है। ये परमावश्यक शील थे–व्यभिचार (अब्रह्मचर्य) से विरति, चोरी से विरति, जीव-हिंसा से विरति और साधना-मार्ग में जो प्राप्ति नहीं हुई है, उसे प्राप्त करने के दावे से विरति। इन चार शीलों को 'पराजिका' कहा गया।

राहुल ने स्वास्ति को बताया कि बुद्ध उसे पिता के रूप में बहुत स्नेह करते थे किन्तु उसके प्रति किसी प्रकार की रियायत नहीं बरतते थे। उसे याद था कि एक बार जब वह ग्यारह वर्ष का था तो अपना काम छोड़कर वह भागकर खेलने चला गया और डांट पड़ने के डर से उसने सारिपुत्त से मामूली-सा झूठ बोल दिया। सारिपुत्त असलियत न जान पाएं, इसके लिए उसने एक झूठ छिपाने के लिए चार झूठ और बोले। फिर भी सत्य सामने आ ही गया। बुद्ध ने राहुल को सिखाया कि सदैव सत्य कह देना कितना महत्त्वपूर्ण होता है।

उस समय सारिपुत्त वेणुवन के समीप अम्बलतिका उद्यान में राहुल के साथ रहते थे। एक दिन बुद्ध वहां आए। राहुल उनके लिए कुर्सी लाया और कर-पद प्रक्षालन-पात्र भी सामने रखा। बुद्ध ने जब हाथ-पांव धो लिए तो बुद्ध ने अधिकांश पानी पात्र में डाल दिया और राहुल से पूछा-"पात्र में जल अधिक है या कम ?"

राहुल ने कहा–"मेरे पात्र में थोड़ा-सा ही जल रह गया है।"

बुद्ध ने कहा—"राहुल तुमको समझना चाहिए कि जो व्यक्ति असत्य भाषण करता है, उसका विश्वास इसी प्रकार कम रह जाता है।"

राहुल चुप रहा। उन्होंने कर-प्रक्षालन-पात्र उलट दिया और कहा, "जो

राहुल ने बुद्ध के लिए आसंदी निकाली और पैर धुलाने के लिए कर-प्रक्षालन पात्र ले आया।

व्यक्ति झूठ बोलता ही जाता है, उसका भरोसा इसी प्रकार समाप्त हो जाता है। यदि हम सदैव सत्य नहीं बोलते तो इस पात्र की भांति हम रिक्त हो जाते हैं। मज़ाक में भी झूठ का सहारा मत लो। राहुल, अपने कार्यों, विचारों और शब्दों को इसी प्रकार समझो जैसे अपना मुख दर्पण में देखते हो।"

राहुल की यह आप-बीती सुनकर स्वास्ति सत्य-शुद्ध वचनों के महत्त्व के प्रति अत्यधिक सजग हो गया। उसे याद आया कि दो-एक बार वह भी अपने माता-पिता से झूठ बोला था और एक बार तो सुजाता से भी असत्य बोला। शुक्र है कि उसने बुद्ध के समक्ष कभी असत्य नहीं बोला। वास्तव में ऐसा लगा जैसे बुद्ध के समक्ष असत्य बोलना संभव ही नहीं है। यदि कोई उनके सामने असत्य बोलेगा भी तो वह तुरंत समझ जाएंगे। स्वास्ति ने मन में संकल्प किया, "जो भी मुझे मिलेगा, उससे मैं सत्य ही बोलूंगा, चाहे वह छोटा बच्चा ही क्यों न हो। बुद्ध देव ने मेरे लिए जो कुछ किया है, उसका आभार-प्रदर्शन मैं इसी प्रकार कर सकूंगा। मैं सभी शीलों का सहर्ष पालन करूंगा।"

प्रति मास दो दिन—अमावस्या और पूर्णिमा को सभी भिक्खु एकत्र होकर शीलों का सामूहिक पाठ करते थे। प्रत्येक शील के पाठ के बाद पूछा जाता कि क्या किसी भिक्खु ने इसका उल्लंघन किया है। यदि कोई नहीं बोलता तो आगामी शील का पाठ होता था। यदि किसी ने किसी शील का उल्लंघन किया हो तो उसे संघ के समक्ष दोष-स्वीकार करना पड़ता। 'चार पराजिकाओं' के अतिरिक्त अन्य शीलों के उल्लंघन को संघ के समक्ष दोष-स्वीकृति के पश्चात् क्षम्य मान लिया जाता था।

अनेक बार स्वास्ति उस दल में भिक्षाटन के लिए जाता जिसमें बुद्ध के साथ सारिपुत्त और राहुल भी होते। उस बार का वर्षा-प्रवास राजगृह के दक्षिण में स्थित इकानाल के समीपस्थ पर्वत के शिखर पर किया गया। एक दिन अपराह्न में बुद्ध इकानाल के धान के खेतों से गुजर रहे थे, उन्हें उच्च वर्ण के एक धनी किसान भारद्वाज ने रोक लिया। उसके पास हजारों एकड़ जमीन थी। उन दिनों खेतों में हल चल रहे थे और वह खेतों पर काम करने वाले सैकड़ों किसानों के काम की देखभाल कर रहा था। जब बुद्ध उसके पास से गुजरे तो वह उनके सामने खड़ा हो गया और निंदात्मक स्वर में कहा, "हम किसान हैं। हम अपने खाने के लिए खेत जोतते, बीज बोते, खाद डालते, खेतों की देख-भाल करते हैं और फसल काटते हैं। तुम कुछ नहीं करते। तुम उगाते नहीं हो, केवल खाते हो। तुम लोग ठलुआ हो।"

बुद्ध ने कहा, "लेकिन हम भी हल जोतते, बीज बोते, खाद देते, फसल की देख-भाल करते और फसल काटते हैं।"

"तब तुम्हारे हल कहां हैं, भैंसे कहां हैं और बीज कहां है ? तुम किस फसल की देख-भाल करते हो और क्या फसल काटते हो ?"

बुद्ध ने कहा कि हम सच्चे हृदय की धरती में विश्वास का बीज बोते हैं। हमारा हल है मानसिक चेतनावस्था और हमारे भैंसे हैं—परिश्रमपूर्वक साधना। हमारी फसल है—प्रेम और सौहार्द्र। मान्यवर! विश्वास, सौहार्द्र और प्रेम के बिना जीवन, दुःख की बंजर भूमि के अलावा क्या रहेगा ?"

भारद्वाज बुद्ध के इन वचनों से असाधारण रूप से प्रभावित हुआ। उसने अपने नौकर से खीर लाने के लिए कहा किन्तु बुद्ध ने यह कहकर अस्वीकार कर दिया कि "मैंने ये बातें आपसे इसलिए नहीं कही थी कि इसके लिए आप मुझे भोजन दें। यदि आप भोजन-दान करना चाहते हैं तो किसी अन्य अवसर पर कीजिए।"

भू-स्वामी इससे इतना प्रभावित हुआ कि वह बुद्ध के समक्ष प्रणत हुआ और उपासक के रूप में प्रवृज्या दिए जाने का अनुग्रह करने लगा। स्वास्ति ने यह सब कुछ अपने सामने घटित होते देखा था और वह समझ गया कि बुद्ध के समीप रहकर वह कितना कुछ सीख सकता है। संघ के हजारों भिक्खुओं को बुद्ध के निकट रहने का सौभाग्य कहां मिलता है, जो उसे प्राप्त था।

वर्षा-प्रवास के बाद बुद्ध उत्तर-पश्चिम की ओर सद्धर्म के प्रचार हेतु चले गए। एक दिन सबेरे भिक्षाटन के समय राहुल सचेतावस्था में भटक गया। यद्यपि वह चल तो पंक्ति में रहा था किन्तु उसका मन भटक रहा था। अपने आगे चल रहे बुद्ध को देखकर वह सोचने लगा कि यदि बुद्ध ने अध्यात्म का पथ वरण न किया होता, यदि वह शक्तिशाली सम्राट बन गए होते तो वह क्या होते और मैं क्या होता ? इन विचारों के कारण श्वसन-क्रिया और अपने पद-संचलन पर ध्यान केन्द्रित नहीं रख सका। यद्यपि बुद्ध राहुल को देख नहीं रहे थे, किन्तु वह समझ गए कि उनका पुत्र सचेतन अवस्था में नहीं चल रहा। बुद्ध रुक गए और मुड़कर देखा। भिक्खु भी रुक गए थे। बुद्ध ने पूछा कि "क्या तुम अपने श्वसन-क्रिया पर ध्यान कर रहे हो और सचेतन अवस्था में हो ?"

राहुल ने अपना सिर नीचा कर लिया।

बुद्ध ने कहा–"सचेतन अवस्था में रहने के लिए तुम्हें अपनी श्वसन-क्रिया

पर ध्यान केन्द्रित रखना चाहिए। भिक्षाटन के समय भी हम ध्यान-साधना कर रहे होते हैं। सभी तत्त्वों एवं प्राणी-रचना की अनित्यता और अनात्म अवस्था पर ध्यान करते रहो। ये पांच तत्त्व हैं–शरीर, भावनाएं, संकल्पनाएं, भावबोध और चेतना। अपनी श्वसन-क्रिया और विचारों पर ध्यान करो तो तुम्हारे चित्त में विक्षेप उत्पन्न नहीं होंगे।"

बुद्ध फिर घूमकर चलने लगे। उनके शब्दों ने भिक्खुओं को स्मरण करा दिया कि सचेतनावस्था कैसे बनाए रखनी आवश्यक है। उसके बाद कुछ पग चलकर राहल पंक्ति से निकलकर वन में चला गया और वक्ष के नीचे अकेला बैठ गया। स्वास्ति उसके पीछे-पीछे चला गया। स्वास्ति को देखकर राहुल ने कहा–"तुम कृपा करके औरों के साथ भिक्षाटन के लिए जाओ। अभी मेरा मन भिक्षाटन करने को नहीं कर रहा। समस्त संघ समुदाय के समक्ष बुद्ध ने मेरी त्रुटियों का मार्जन किया। मुझे इतनी लज्जा आ रही है कि मैं यहीं अकेले बैठकर ध्यान-साधना करूंगा।" जब स्वास्ति ने देखा कि वह अपने मित्र की सहायता नहीं कर पा रहा, तो वह जाकर अन्य भिक्खुओं के साथ हो लिया।

विहार लौटते समय मान्य सारिपुत्त और स्वास्ति वन में रुके जिससे वे राहुल को वापस ले जा सकें। विहार में स्वास्ति ने अपना आधा भोजन राहुल को दे दिया। जब वे भोजन कर चुके तो सारिपुत्त ने राहुल से कहा कि बुद्ध उससे मिलना चाहते हैं। स्वास्ति को उसके साथ आने की अनुमति दे दी गई थी।

बुद्ध समझ चुके थे कि राहुल इतना परिपक्क हो चुका है कि उसे कुछ उच्च शिक्षाएं दी जा सकें। उन्होंने कहा, "राहुल पृथ्वी से शिक्षा ग्रहण करो। चाहे लोग पृथ्वी पर सुगंधित पुष्प बिछाएं, चाहे इत्र डालें या ताजा दूध डालें; और चाहे उस पर दुर्गंध युक्त विष्टा करें, मूत्र-विसर्जन करें, रक्त-मवाद डालें या थूक दें, पृथ्वी इन सबको समान भाव से स्वीकार कर लेती है, न उसे अच्छे की इच्छा और न बुरे का तिरस्कार। जब सुखद या दुखद विचार आयें तो उन्हें अपने पर हावी मत होने दो। अपने को विचारों का दास मत बनने दो।

"जल से भी शिक्षा ग्रहण करो। जब लोग अपनी गंदी वस्तुएं जल से धोते हैं, तो जल को न दुख होता है, न अमर्ष। इसी प्रकार अग्नि से शिक्षा लो कि वह बिना किसी भेद-भाव के सबको जला डालती है। अशुद्ध वस्तुओं को जलाने में भी उसे लज्जा नहीं आती। वायु से शिक्षा लो जो सब प्रकार की गंध को अपने साथ ले जाती है–चाहे वह सुगंध हो या दुर्गंध।

'राहुल, क्रोध पर विजय पाने के लिए प्रेमपूर्ण कृपाभाव अपनाओ। प्रेममय कृपालुता में ही यह शक्ति है कि वह किसी प्रति-फल की अपेक्षा किए बिना औरों को सुख पहुंचा सके। क्रूरता को दयालुता से जीतो। फल की अपेक्षा से रहित दयालुता से औरों के कष्ट दूर करना संभव होता है। घृणा को सहानुभूतिपूर्ण आनंद से जीता जा सकता। सहानुभूतिपूर्ण आनंद तभी जागृत होता है, जब अन्य लोगों की खुशियों पर मन आनंद से भर उठे और अन्य लोगों के कल्याण और सफलता की कामना से हृदय भर उठे। विद्वेष को जीतने के लिए ममत्व-त्याग का अभ्यास करो। ममत्व-भाव से ही सभी बातों को समानता और उन्मुक्त दृष्टि से देख सकते हो। एक की विद्यमानता दूसरे की विद्यमानता से तथा दूसरे की विद्यमानता प्रथम की विद्यमानता से संभव है (दोनों के बीच कार्य-कारण संबंध है)। मैं और अन्य पृथक्-पृथक् नहीं है। द्वितीय वस्तु के पीछे भागने के लिए अन्य प्रथम वस्तु को अस्वीकार मत करो।

"राहुल प्रेमपूर्ण कृपालुता, दया-करुणा, सहानुभूतिपूर्ण आनंद और ममत्वहीनता चित्त की सुन्दर एवं विशालता युक्त अवस्थाएं हैं। मैं इन्हें चार अनिर्वचनी आनंद मानता हूं। इनकी साधना करो तो तुम प्राणवत्ता के आनंददायी स्रोत तथा औरों की प्रसन्नता के कारक बन सकोगे।"

"राहुल, अनित्यता पर ध्यान केन्द्रित करो जिससे तुम आत्म-भाव का उच्छेदन कर सको और अनात्म की स्थिति प्राप्त कर सको। शरीर के जन्म, विकास और मृत्यु पर ध्यान केन्द्रित करो जिससे स्वयं को इच्छाओं से मुक्त कर सको। प्राणायाम करो। श्वसन-क्रिया में सचेतनता लाने से तुम्हें महान आनंद प्राप्त होगा।"

राहुल के समीप बैठकर बुद्ध की देशना सुनकर स्वास्ति बहुत प्रसन्न था। यद्यपि 'धर्म-चक्र प्रवर्तन सूत्र' और अनात्म अवस्था के सूत्र उसने कंठस्थ कर रखे थे किन्त उसने धर्म का यह सक्ष्म आनंद इतनी गहनता से कभी अनुभव नहीं किया था, जितना आज किया था। संभवत: इसका कारण यही हो कि उसने अन्य सूत्र स्वयं बुद्ध के श्रीमुख से नहीं सुने थे। उनके मुख से उसने जो पहला सूत्र सुना था, वह था 'भैंसों की देख-भाल' का सूत्र। किन्तु उस समय उसकी बुद्धि इतनी परिपक्व नहीं हुई थी कि उसके गूढ़ार्थ को हृदयंगम कर सके। उसने मन में निश्चय किया कि नव-प्राप्त अन्तर्दृष्टि के साथ सभी सूत्रों का खाली समय में पाठ किया करेगा।

उस दिन बुद्ध ने दोनों युवकों को प्राणायाम की अनेक विधियां भी सिखाईं।

यद्यपि वे पहले भी इनकी शिक्षा प्राप्त कर चुके थे किन्तु उस दिन यह सब स्वयं बुद्ध से सीखा। उन्होंने कहा कि प्राणायाम का पहला फल तो यह होता है कि चित्त के विभ्रम और विकल्प एवं विस्मरणीयता समाप्त हो जाती है।

'प्राणायाम की पूरक (श्वास खींचते समय) क्रिया में आप जानते हैं कि श्वास भीतर खींच रहे हैं और रेचक अवस्था में जानते हैं कि श्वास छोड़ रहे हैं। श्वसन-क्रिया के इस अभ्यास के समय अपना चित्त श्वास पर केन्द्रित करो। इससे निरर्थक और विश्रृंखल विचार आने बंद हो जाएंगे और तुम्हारा चित्त सचेतनावस्था में आ जाएगा। इस सचेतनावस्था में आप किन्हीं अन्य विचारों के कारण भटकोगे नहीं। एक श्वास से ही आप आत्म-जागृति प्राप्त कर सकते हो। वह जागृत अवस्था ही संबुद्ध प्रकृति है जिसे प्राप्त करने में प्रत्येक प्राणी सक्षम है।

अल्पपूरक श्वास लेते समय आप जानते हैं कि अल्प श्वास खींच रहे हैं और दीर्घ रेचक श्वास से जानते हैं कि श्वास धीरे-धीरे देर में निकाल रहे हैं। प्रत्येक श्वास के प्रति जागरूक रहो। सजगतापूर्ण प्राणायाम से आपका ध्यान केन्द्रित होने लगेगा। चित्त के उस केन्द्रीकरण से आप अपने शरीर, अपनी भावनाओं, चित्त और चित्त के आश्रयों को गहन दृष्टि से देख सकोगे जिन्हें 'सर्व धर्म' कहते हैं।

बुद्ध ने उनको मनोयोग पूर्वक शिक्षा दी थी। उनके शब्द तो सरल थे किन्तु उनके निगूढ़ार्थ बहुत गहन थे। स्वास्ति को विश्वास था कि बुद्ध के साथ इस विशेष शिक्षा-सत्र के माध्यम से प्राणायाम द्वारा श्वसन-क्रिया को अधिक ध्यान से समझ सकेगा जिससे साधना-अभ्यास में तेजी से प्रगति करने में उसको सक्षमता प्राप्त होगी। बुद्ध के समक्ष प्रणत होने के बाद, राहुल और स्वास्ति साथ-साथ सरोवर तक गए। बुद्ध ने उनको आज जो शिक्षाएं दी थीं, उनको भली प्रकार स्मरण करने के लिए उन्होंने एक-दूसरे के समक्ष उन्हें दोहराया।

अध्याय पचास

मुट्ठी भर चोकर

बुद्ध ने आगामी वर्षा-प्रवास बैजनारा में पांच सौ भिक्खुओं के साथ बिताया। सारिपुत्त और मौद्गल्यायन सहयोगी के रूप में साथ थे। वर्षा-प्रवास के दौरान उस इलाके में सूखा पड़ा और भिक्खुओं के लिए गर्मी असहनीय हो उठी। बद्ध अपना समय नीम वक्ष के नीचे बिताते। वह वहीं खाते, वहीं धर्म-देशना करते, ध्यान-साधना करते और वहीं सोते भी थे।

वर्षा-प्रवास का तीसरा मास आरंभ होते-होते भिक्खुओं को ज्वर आदि रोग होने लगे और भिक्षाटन में भिक्षा भी कम मिलने लगी। सूखे के कारण खाद्य पदार्थ मिलने दुर्लभ होते गए; यहां तक कि सरकार को सुरक्षित भंडार भी खाली हो चला। बहुत से भिक्खु खाली भिक्षा-पात्र लिए वापस आने लगे। स्वयं बुद्ध को भी भिक्षा नहीं मिलती और वह भूख मिटाने के लिए पानी पी लिया करते। भिक्खु क्षीण-काय एवं दुर्बल होने लगे। मौद्गल्यायन ने सुझाव दिया कि हम लोग वर्षा-प्रवास के शेष समय के लिए उत्तर कुरु चले चलें, जहां भोजन प्राप्त करना सरल होगा। किन्तु बुद्ध ने यह कहकर उनका सुझाव अस्वीकार कर दिया, "मौद्गल्यायन हम ही अकेले तो खाद्य संकट से नहीं गुजर रहे। चन्द धनी लोगों को छोड़कर शेष सभी लोग भी तो भूख से पीड़ित हैं। हमें इस समय लोगों को छोड़कर नहीं जाना चाहिए। हमें अपना पूरा वर्षा-प्रवास यहीं व्यतीत करना है।"

श्रेष्ठ अग्निदत्त ने बुद्ध और भिक्खुओं को बैजनारा में प्रवास करने के लिए आमंत्रित किया था। वह व्यापार के सिलसिले में नगर से बाहर था और उसे यहां की स्थितियों का कोई ज्ञान नहीं था।

एक दिन मौद्गल्यायन ने विहार के समीप हरे वृक्षों और विहार के आस-पास की जमीन पर घास उगी देखी तो उन्होंने कहा, "गुरुदेव, यहां के वृक्ष

हरे-भरे हैं जिसका कारण वहां की मिट्टी की उर्वरता है। हम वृक्षों के नीचे की मिट्टी खोदकर पानी मिलाकर पकाएं तो उससे प्राप्त पोषक तत्त्व भिक्खुओं को दे सकते हैं।"

बुद्ध ने कहा–"ऐसा करना उचित नहीं होगा। दंगश्री पर्वत पर जब मैं शरीर-पीड़न तप कर रहा था तो मैंने भी ऐसा प्रयास किया था किन्तु पाया था कि इससे पोषक तत्त्व प्राप्त नहीं होते। मिट्टी के नीचे सूर्य के ताप से रक्षा पाने के लिए बहुत से जीव होते हैं। यदि हम मिट्टी खोदेंगे तो इनमें से बहुत से जीव मर जाएंगे और पौधे भी सूख जाएंगे।" मौद्गल्यायन इसके आगे क्या कहते ?

विहार की यह परंपरा थी कि भिक्खुओं को जो भिक्षा मिलती थी, उसका एक भाग विहार में रखे बड़े पात्र में रख दिया जाता, जिससे उन भिक्खुओं को भोजन दिया जा सके, जिन्हें कोई भिक्षा न मिली हो। स्वास्ति ने देखा, कि वह संग्रह-पात्र भी खाली पड़ा है। उसमें न तो एक भी दाना है और न एक भी चपाती। राहुल ने स्वास्ति से अकेले में कहा, 'यद्यपि भिक्खुओं को पर्याप्त भिक्षा नहीं मिलती; फिर भी वरिष्ठ भिक्खुओं को तो भोजन पहले दे दिया जाता है किन्तु युवा भिक्खुओं को या तो बहुत थोड़ा भोजन मिलता है या मिलता ही नहीं है।' स्वास्ति ने भी यही स्थिति स्वयं देखी थी। उसने कहा कि "जिन दिनों मुझे थोड़ा-सा भोजन मिलता है तो मुझे भूख लगी रहती है। क्या तुम्हारे साथ भी यही होता है ?"

राहुल ने सिर हिलाकर हामी भरी। भूखा होने के कारण नींद भी नहीं आती।

भिक्षाटन से लौटकर मान्य आनंद ने तिपाहीनुमा चूल्हा जलाना आरंभ किया। उन्होंने लकड़ियां जमा करके आग जलानी शुरू की। स्वास्ति को इसमें कुशलता हासिल थी, अतः उसने उनकी मदद करके आग जला दी। आनंद ने अपना भिक्षा-पात्र उठाकर आग पर रखे जल-युक्त पात्र में बुरादे जैसा कुछ डाला। उन्होंने कहा कि "यह चोकर है। इसे पकाकर बुद्ध देव को दे देंगे।"

स्वास्ति उस चोकर को दो लकड़ियों से हिलाता रहा। इस बीच आनंद ने बताया कि घोड़ों का एक व्यापारी पांच सौ घोड़े लेकर आया है। उसने जब भिक्खुओं की परेशानी सुनी तो आनंद से कहा कि जब भी किसी भिक्खु को कुछ भी भिक्षा न मिले तो हमारी घुड़साल में आ जाए वह घोड़ों को जो चोकर खिलाता है, उसमें से हर भिक्खु को एक मुट्ठी चोकर दे देगा। उस दिन उसने दो

मुट्ठी चोकर आनंद को दे दिया था—एक उनके अपने लिए और दूसरी मुट्ठी बुद्ध देव के लिए। आनंद ने वचन दिया कि वह अन्य भिक्खुओं को भी व्यापारी के इस उदार प्रस्ताव की सूचना दे देंगे।

शीघ्र ही चोकर पक गया था। आनंद ने उसे भिक्षा-पात्र में डाला और स्वास्ति के साथ नीम वृक्ष की ओर चल पड़े। आनंद ने वह भोजन बुद्ध को दे दिया। बुद्ध ने स्वास्ति से पूछा कि क्या उसे आज भिक्षा में कुछ मिला। स्वास्ति ने भिक्षा में मिली शकरकंद बुद्ध को दिखा दी। उन्होंने सबको साथ-साथ खाने को आमंत्रित किया। उन्होंने अपना पात्र सादर ऊपर उठाया। स्वास्ति ने सजगता से शकरकंद हाथ में ली। जब उसने देखा कि बुद्ध ने चोकर से बना भोजन साभार ग्रहण किया तो स्वास्ति को लगा कि वह रो पड़े।

उस दिन धर्म-देशना के उपरान्त आनंद ने संघ को अश्व-व्यापारी के प्रस्ताव के विषय में बताया और कहा कि जब भिक्खुओं को कुछ भी भिक्षा न मिले, तभी उस व्यापारी के पास जाएं क्योंकि वह भूसी घोड़ों के खिलाने के लिए है और मैं नहीं चाहता कि हमारे कारण अश्व भूखे रहें।

उस रात चांदनी में सारिपुत्त बुद्ध के पास गए जो नीम के वृक्ष के नीचे बैठे थे। उन्होंने कहा, "सद्धर्म मार्ग अद्भुत है। जो कोई इसे सुने-समझे और अभ्यास करे, उसके जीवन को परिवर्तित करने की क्षमता इसमें है। गुरुदेव, जब आप नहीं रहेंगे तो सद्धर्म के उपदेश ज़ारी रखना हम कैसे सुनिश्चित कर सकते हैं ?"

"सारिपुत्त, यदि भिक्खु सूत्रों का गूढ़ार्थ समझ लें और उनके अनुसार आचरण करें, यदि वे निष्ठा के साथ शीलों का पालन करें तो सद्धर्म मार्ग सदियों तक चलता रह सकता है।'

गुरुदेव, बहुत से भिक्खु परिश्रमपूर्वक उन सूत्रों को कंठस्थ कर रहे हैं। और उनका पाठ भी करते हैं। यदि आने वाली पीढ़ियों के भिक्खु उनको कंठस्थ करने और पाठ करना जारी रखें तो आपकी प्रेमपूर्ण कृपा और आपकी अन्तर्दृष्टि निश्चय ही भविष्य में बहुत समय तक अमर रहेगी।

"सारिपुत्त, सूत्रों को एक से दूसरे तक पहुंचाना ही पर्याप्त न होगा। उन सूत्रों में जो बताया गया है, उनके निदिध्यासन की आवश्यकता है। इनमें शीलों पर आचरण करना सर्वाधिक महत्त्वपूर्ण है। इसके बिना सद्धर्म अधिक समय तक नहीं चल सकता। शीलों के बिना सद्धर्म शीघ्र ही धूमिल पड़ जाएगा।"

"क्या ऐसा कोई मार्ग है, जिससे शीलों को ऐसा रूप दिया जा सके कि उन्हें हजारों वर्षों तक सुरक्षित रखा जा सके।"

"यह अभी संभव नहीं है सारिपुत्त। सूत्रों को परिष्कृत रूप देने का काम एक दिन में नहीं हो सकता और न इसे कोई एक व्यक्ति कर सकता है। संघ के आरंभिक वर्षों में हमें किसी शील की आवश्यकता नहीं पड़ी। धीरे-धीरे भिक्खु बंधुओं की कमियों और त्रुटियों के कारण हमें शीलों का निर्धारण करना पड़ा। इस समय एक सौ बीस शील एवं अनुशासनात्मक नियम हैं। समय बीतने के साथ इनकी संख्या और भी बढ़ सकती है। सारिपुत्त, अभी शील और नियम पूरे नहीं हुए हैं। मैं समझता हूं कि इनकी संख्या बढ़कर दो सौ तक या इससे भी अधिक हो सकती है।"

वर्षा-प्रवास का अंतिम दिन आ गया था। श्रेष्ठ अग्निदत्त अपनी विदेश यात्रा से वापस आ गया था और उसे यह जानकर बहुत दुख हुआ कि भिक्खुओं को भूख के कष्ट सहने पड़े। उसे बहुत लज्जा अनुभव हुई और उसने अपने निवास पर समस्त संघ के भोजन की व्यवस्था की। उसने प्रत्येक भिक्खु को नया चीवर भेंट किया। प्रवास की अंतिम देशना बुद्ध दे चुके तो भिक्खु समुदाय दक्षिण की ओर रवाना हो गया।

यह बहुत सुहावनी यात्रा थी। भिक्खु आराम-आराम से चल रहे थे। वे प्रातः भिक्षाटन करते और रात को विश्राम करते। भोजन के बाद वन में विश्राम करके वे यात्रा करते। किसी-किसी ग्राम में वे कई दिनों के लिए भी रुक जाते क्योंकि ग्रामवासी धर्म-शिक्षा प्राप्त करके विशेष रूप से प्रसन्न होते थे। रात को भिक्खु ध्यान-साधना और शयन के पूर्व सूत्रों का पाठ करते थे।

एक दिन अपराह्न में स्वास्ति ने वन में चरवाहों का समह देखा जो भैंसों को वापस घर ले जा रहे थे। उसने उन्हें रोका और उनसे बातचीत की जिससे उसे अपनी किशोरावस्था के दिन याद आ गए। अकस्मात् उसके मन में आया कि काश ! वह अपने परिवार वालों के साथ होता। उसे रूपक और बाला की, विशेषतः भीमा की याद आई। वह समझ नहीं पा रहा था कि जब गृह-त्याग करके वह भिक्खु बन चुका है, तो क्या उसे अपने परिवारजनों की याद करनी भी चाहिए या नहीं। यह सच है कि राहुल ने कहा था कि उसे भी अपने परिवारजनों की बड़ी याद आती है।

उस समय स्वास्ति की आयु बाईस वर्ष की थी इसलिए उसे युवक जनों का साथ अच्छा लगता था। राहुल के साथ बिताया समय उसे सबसे अधिक

आनंददायक लगता। वे अक्सर आपस में अपने मन की बातें खुलकर कर लिया करते थे। स्वास्ति ने अपने चरवाहे-जीवन की बातें राहुल को बताईं। राहुल को कभी भैंसे की पीठ पर बैठने का अवसर नहीं मिला था। उसे विश्वास ही नहीं होता कि भैंसा जैसा बड़ा पशु इतना सीधा हो सकता है, जितना स्वास्ति बताता है। स्वास्ति ने उसे विश्वास दिलाया कि भैंसा बहुत सीधा होता है और वह अगणित बार उसकी पीठ पर बैठा ही नहीं, लेटा तक है जबकि वह भैंसों को चराकर घर लौटता था। स्वास्ति ने यह भी बताया कि वह अन्य चरवाहों के साथ क्या-क्या खेल खेलता था। राहुल को ये सब सुनकर बड़ा मजा आता। राजमहल में पले राहल को इस जीवन के विषय में कुछ भी ज्ञान नहीं था। राहुल की इच्छा थी कि वह भी किसी दिन भैंसे की पीठ पर बैठ सके और स्वास्ति ने आश्वसन दिया कि वह किसी-न-किसी प्रकार इसकी व्यवस्था कर देगा।

स्वास्ति को समझ में नहीं आ रहा था कि वह इसकी व्यवस्था कैसे करे। दोनों ही प्रवृज्या प्राप्त भिक्खु थे। उसने निश्चय किया कि जब वे उसके घर के पास से गुजरेंगे तो वह बुद्ध से आज्ञा लेकर अपने परिवारजनों से मिलने जाएगा और राहुल को भी साथ ले जाएगा। उस समय जब कोई आस-पास नहीं होगा तो वह रूपक से कहकर राहुल को भैंसे की पीठ पर चढ्डी करवा देगा। राहुल नैरंजना नदी के किनारे भैंस की सवारी करेगा और वह स्वयं भी भिक्खु के वस्त्र उतारकर पहले दिनों के समान भैंसे की सवारी कर लेगा।

अगले वर्ष बुद्ध ने चलिका पर्वत पर वर्षा-प्रवास किया। बुद्ध द्वारा संबोधि-प्राप्ति के बाद यह उनका तेरहवां प्रवास था। बुद्ध के सहायक के रूप में मेघीय उनके साथ रहता था। एक दिन मेघीय ने बुद्ध से कहा कि जब वह वन में अकेला होता है तो इच्छाओं और वासनाओं के विचार उसके चित्त में विक्षेप उत्पन्न करते हैं। वह इसलिए चिन्तित था कि बुद्ध भिक्खुओं को प्रेरित करते थे कि अकेले वन में ध्यान-साधना करो किन्तु जब भी वह एकान्त में ध्यान करता तो मानसिक विक्षेप आने लगते।

बुद्ध ने कहा कि एकान्त साधना का अर्थ मित्रों की सहायता के बिना रहना नहीं है। और, लोगों के साथ गप्पें लगाना अथवा समय नष्ट करना आध्यात्मिक साधना की दृष्टि से लाभकर नहीं होता। अपने साधना-अभ्यास में मित्रों की सहायता लेना बहुत महत्त्वपूर्ण है। भिक्खुओं को इसीलिए संघ में रखा जाता है जिससे वे एक-दूसरे की सहायता कर सकें और प्रेरणा दे सकें। 'संघं शरणं

गच्छामि' का व्रत लेने का सच्चा अर्थ यही है।

बुद्ध ने उससे कहा कि भिक्खु को पांच बातों की आवश्यकता होती है। इनमें से पहली है—सौहार्द्र तथा सदाशयता वाले मित्र, जो उसके साथ सद्धर्म के मार्ग के सहभागी हैं। दूसरी बात, शीलों का पालन, जिससे भिक्खु सचेतनावस्था बनाए रखें। तीसरी बात, धर्म-शिक्षाओं के अध्ययन के लिए पर्याप्त अवसर प्राप्त करना। चौथी बात है, परिश्रमपूर्वक साधना करना और पांचवीं बात है प्रज्ञा। अंतिम चार बातें पहली बात से जुड़ी भी हैं और इस पर आधारित भी हैं कि वह मित्रों के साथ साधना करे।

"मेघीय, मरण, करुणा, अनित्यता और श्वसन-क्रिया के प्रति पूर्ण सचेतनावस्था में रहने की धारणा पर ध्यान करने का अभ्यास करो।

"इच्छाओं पर विजय पाने के लिए मृत शरीर, शव के विक्षत होने–प्राणान्त से अस्थियों के राख होने–तक की नौ अवस्थाओं को ध्यान में लाओ।

"क्रोध और घृणा पर विजय प्राप्त करने के लिए करुणा की धारणा पर ध्यान करो। इससे क्रोध और घृणा के कारणों पर तुम्हारे अपने चित्त में और क्रोध एवं घृणा के पात्र के चित्त में जागृति आएगी।

"ऐषणाओं पर विजय पाने के लिए अनित्यता की धारणा मन में लाकर जन्म से मृत्यु तक की सभी बातों पर ध्यान करो।

"मायाजन्य विक्षेपों से उबरने के लिए श्वसन-क्रिया के प्रति पूर्ण सचेतनावस्था में ध्यान करो।

"यदि तुम इन चार धारणाओं को आधार बनाकर पूर्ण रूप से नियमित ध्यान करोगे तो तुम आत्म-मुक्ति और अर्हत अवस्था प्राप्त कर सकोगे।"

अध्याय इक्यावन

अन्तर्दृष्टि का कोष

तेरहवां वर्षा-प्रवास समाप्त होने पर बुद्ध श्रावस्ती लौट गए। स्वास्ति और राहुल भी साथ थे। स्वास्ति पहली बार जेतवन विहार में आया था। यहां का वातावरण कितना सुंदर और साधना-अभ्यास के लिए आमंत्रित करने वाला है, यह देखकर स्वास्ति गद्गद हो गया। जेत वन शीतल, सुखदायक और मैत्रीपूर्ण स्थल था। ऐसे मनोरम वातावरण में वह अपने साधना-अभ्यास में अच्छी प्रगति कर सकेगा। अब उसे यह समझ आने लगा था कि बुद्ध और धर्म के बाद संघ की क्या महत्ता है। संघ सद्धर्म मार्ग का साधना-अभ्यास करने वाले लोगों का समुदाय है। इससे साधक को सहायता और मार्ग-निर्देश प्राप्त होता है। इसलिए 'संघं शरणं गच्छामि' का व्रत लेना आवश्यक है।

राहुल की आयु बीस वर्ष की हो गई थी और सारिपुत्त ने राहुल को प्रवृज्या दिलाई। इस पर समस्त भिक्खु समुदाय ने हर्ष व्यक्त किया। प्रवृज्या देने से पूर्व सारिपुत्त ने राहुल को कई दिनों तक विशेष शिक्षाएं दी थीं। इन दिनों स्वास्ति भी राहुल के साथ ही था इसलिए सारिपुत्त की शिक्षाओं का लाभ उसने भी उठाया।

प्रवृज्या के पश्चात् बुद्ध ने भी राहुल को धारणा की विभिन्न पद्धतियों का ज्ञान कराने के लिए समय दिया। राहुल के साथ स्वास्ति भी था। बुद्ध ने छः इन्द्रियों– "आंख, कान, नाक, जीभ, शरीर और मन; इन इन्द्रियों के विषयों ध्वनि, गंध, स्वाद, शरीर और मन के कर्मों तथा छहों इंद्रिय-चेतनाओं—नेत्र चेतना, कर्ण चेतना, नासिक चेतना, स्वाद चेतना, शरीर चेतना और मनः चेतना पर किस प्रकार धारणा-ध्यान करना है, यह शिक्षा दी। बुद्ध ने यह भी बताया कि इन अठारह धातुओं की अनित्य प्रकृति पर किस प्रकार धारणा करनी है। ज्ञानेन्द्रियों और इनके विषयों के मध्य संपर्क होने पर ही भाव-बोध का जन्म होता है।

ज्ञानेन्द्रियों के विषय अनित्य हैं और अपनी विद्यमानता के लिए ये एक-दूसरे पर अवलम्बित हैं। इस प्रकार ये सभी सर्वथा अनित्य और परस्परावलम्बी हैं। यदि साधक इस तत्त्व की अभिज्ञता प्राप्त कर लेता है तो अनात्मता के सत्य का भेदन कर लेता है और जन्म-मृत्यु के विक्षेपों का निवारण करने में समर्थ होता है।

बुद्ध ने अनात्म-भाव की विस्तार से व्याख्या की और कहा, "शरीर, भावनाओं, अवधारणाओं, भाव-बोध और चेतनता इन पांचों स्कंधों में से कुछ भी नित्य नहीं है और 'आत्मा' जैसा कोई तत्त्व नहीं है। शरीर आत्मा नहीं है और आत्मा अशरीरी है। शरीर में आत्मा को नहीं खोजा जा सकता और आत्मा में शरीर की स्थिति नहीं पाई जा सकती।

"आत्मा के सम्बन्ध में तीन प्रकार के विचार हैं। पहला विचार यह है कि शरीर ही आत्मा है अर्थात् भावनाएं, अवधारणाएं, भाव-बोध और चेतना (अर्थात् 'स्कंध') ही आत्मा है। यह प्रथम विचार ही भ्रामक है। किन्तु जब कोई यह मानता है कि 'स्कंध' आत्मा नहीं है या आत्मा स्कंधों से स्वतंत्र कोई भिन्न तत्त्व है अथवा स्कंध आत्मा के वशवर्ती हैं तो यह विचार दूसरी भ्रांति है। इसी प्रकार स्कंधों को आत्मा से भिन्न मानना भी भ्रामक है। तीसरा भ्रांत विचार यह मानना है कि स्कंधों में आत्मा विद्यमान होती है या आत्मा में स्कंधों की विद्यमानता है। इसका अर्थ है आत्मा और स्कंधों की एक-दूसरे में विद्यमानता स्वीकारना।

"राहुल, अनात्मता पर गहन ध्यान करने का अर्थ है कि स्कंधों का ध्यान करना जिससे ज्ञात हो सके कि न तो आत्मा है, न आत्म-संबंध और न आत्मा का अन्तर्ग्रंथन। एक बार जब हम तीनों भ्रामक विचारों की वास्तविकता समझ लेते हैं तो हम सभी धर्मों की शून्यता की सत्य प्रकृति से अवगत हो जाते हैं।"

स्वास्ति ने देखा कि जेतवन में थेर नामक भिक्खु कभी किसी से बोलता ही नहीं था। वह अकेला ही चलता, वह किसी को कष्ट नहीं देता और न किसी शील का उल्लंघन करता था। फिर भी, वह शेष भिक्खु समुदाय के साथ सौहार्द्रपूर्वक नहीं रहता था। एक बार स्वास्ति ने उससे बात भी करनी चाही किन्तु वह उत्तर दिए बिना ही चला गया। अन्य भिक्खु तो उसे 'एकान्तवासी' ही कहने लगे थे। स्वास्ति ने प्रायः सुना था कि बुद्ध भिक्खओं द्वारा निरर्थक बातें न करने, अधिक ध्यान-साधना करने और आत्म-निर्भर होने के लिए प्रेरित करते थे। किन्तु स्वास्ति ने अनुभव किया कि बुद्ध जिस प्रकार की आत्म-निर्भरता के जीवन की

बात करते हैं, उस प्रकार की आत्म-निर्भरतो भिक्खु थेर में नहीं है। इसीलिए स्वास्ति ने इस विषय में बुद्ध से बात करने का निश्चय किया।

अगले दिन धर्म-देशना के उपरान्त बुद्ध ने थेर को बुलाकर पूछा, "क्या यह सत्य है कि तुम अकेले रहते हो, सभी काम अकेले ही करते हो और अन्य भिक्खुओं के संपर्क में आने से बचते हो ?"

वरिष्ठ भिक्खु थेर ने उत्तर दिया, "यह सत्य है बोधिसत्व। आप ही हमें कहते हैं कि आत्म-निर्भर बनो और अकेले ही साधना करो।"

बुद्ध ने भिक्खु समुदाय को संबोधित करते हुए कहा, "मैं आपको बताऊंगा कि वास्तविक आत्म-निर्भरता क्या है और अकेले रहने का उत्तमतर मार्ग क्या है ? आत्म-निर्भर व्यक्ति वह है, जो सचेतनावस्था में रहता है। वह जान रहा होता है कि वर्तमान क्षण में क्या हो रहा है, उसके शरीर, भावनाओं, मन और मन के विषयों में क्या घटित हो रहा है और वह जानता है कि वर्तमान क्षणों में सभी तत्त्वों पर कैसे धारणा करनी है। वह न तो अतीत के पीछे भागता है और न स्वयं को भविष्य के भ्रम-जाल में फंसाता है। क्योंकि अतीत तो व्यतीत हो चका और भविष्य अभी आया नहीं है। जीवन में जो कुछ है, वह वर्तमान समय ही है जो जीना है। यदि हम वर्तमान को खो देते हैं तो जीवन को खो देते हैं। यह अकेले जीने का उत्तमतर मार्ग है।

"भिक्खुओ, 'अतीत को खंगालने का क्या अर्थ है ? इसका अर्थ है कि आपके विचार इस दिशा में भटकें कि आप अतीत में क्या थे, उस समय आपके विचार क्या थे, आपकी स्थिति क्या थी और उस समय किस प्रकार के सुखद या दुखद अनुभव आपके रहे। इस प्रकार के विचार आपको अतीत में उलझा लेते हैं।

"भिक्खुओ, 'भविष्य के भ्रम-जाल में पड़ने का अर्थ है भविष्य के विचारों में खोना। आप सोचते हैं और भविष्य विषयक आशा भय या चिन्ताएं करते हैं। आप अनुमान लगाते हैं कि भविष्य में आप कैसे होंगे, आपकी भावनाएं क्या होंगी और आप सुखी होंगे या दुखी। ये सभी विचार आपको भविष्य के भ्रम-जाल में फंसा लेते हैं।

"भिक्खुओ, वर्तमान के क्षणों में लौटो जिससे जीवन के जीवन्त संपर्क में आ सको और जीवन को ध्यानपूर्वक जान-समझ सको। यदि जीवन से प्रत्यक्ष संपर्क न करोगे तो आप उसे गहनता से समझ भी न पाओगे। वर्तमान में क्या

घटित हो रहा है, इस विषय में इच्छाएं या चिन्ताएं करोगे तो आप अपनी मानसिक सचेतनता खो दोगे और आप वास्तविक रूप से वर्तमान को जी नहीं रहे होंगे।

"भिक्खुओ, वही व्यक्ति वर्तमान क्षणों को वास्तव में जी पाता है जो भीड़ में भी एकान्तवासी हो सके। यदि कोई व्यक्ति वन में भी अकेला बैठा हो और अतीत या भविष्य उसको घेरे हुए हो तो वह वास्तव में अकेला नहीं होता।"

बुद्ध ने अपनी देशना को सार रूप में एक गाथा के रूप में सुनाया–

"अतीत का पीछा न करो।
भविष्य के भ्रम-जाल में न फंसो।
अतीत व्यतीत हो गया।
भविष्य अभी अनागत है।
यहां अभी इस क्षण जीवन
जैसा है, उसी की धारणा करो
साधनाभ्यासी, स्थिरता
और मुक्त-भाव में जीता है।
कल की प्रतीक्षा की, तो विलम्ब होगा।
मृत्यु अचानक धर दबोचती है।
उससे हम क्या सौदा कर सकते हैं ?
भिक्खुजन उसी का आह्वान करते हैं ?
जो दिन और रात
सचेतनावस्था में जागृत रहता है।
जो जानता है कि
एकान्तवास का उत्तमतर मार्ग क्या है।"

गाथा के पश्चात् बुद्ध ने थेर को धन्यवाद दिया और अपना स्थान ग्रहण करने को कहा। बुद्ध ने थेर की न तो प्रशंसा की और न आलोचना किन्तु यह स्पष्ट था कि भिक्खु को अब अधिक स्पष्ट हो गया था कि बुद्ध ने आत्म-निर्भरता और एकान्तवास की जो व्याख्या की थी, उसका भाव क्या था।

उस दिन शाम को जों धर्म-चर्चा हुई, उसमें स्वास्ति ने वरिष्ठ शिष्यों को यह कहते सुना कि प्रातः बुद्ध की देशना कितनी महत्त्वपूर्ण थी। मान्य आनंद ने बुद्ध की देशना, शब्दशः उसी स्वराघात के साथ ज्यों की त्यों दोहरा दी तो

स्वास्ति आनंद की स्मरण-शक्ति देखकर अवाक् रह गया। आनंद द्वारा बुद्ध की देशना दोहरा चुकने के बाद महाकात्यायन ने खड़े होकर कहा कि "आज प्रातः की बुद्ध की देशना को औपचारिक रूप से सूत्र बद्ध कर दिया जाए और इसका नाम 'भद्रकर्ता सूत्र' और 'एकान्तवास का उत्तमतर सूत्र' रख दिया जाए। यह सूत्र प्रत्येक भिक्खु को कंठस्थ कर लेना चाहिए और इस पर आचरण करना चाहिए।" महाकाश्यप ने उठकर उनके इस सुझाव का समर्थन किया।

अगले दिन प्रातः जब भिक्खु भिक्षाटन के लिए गए तो उन्होंने कुछ बच्चों को धान के प्याल में खेलते देखा। बच्चों ने उसमें एक केकड़ा देखा। एक बच्चे ने उसे पकड़ रखा था। उसने दूसरे हाथ से केकड़े का एक पंजा काट दिया। सभी बच्चों ने खुशी से तालियां बजाईं। इस खुशी से उत्साहित हो, उस बच्चे ने उसका दूसरा पंजा भी काट दिया और फिर एक-एक करके सभी पंजे काट डाले। उसने उस पंजे कटे केकड़े को प्याल में डाल दिया और दूसरे केकड़े को पकड़ लिया।

जब बच्चों ने बुद्ध और भिक्खुओं को आते देखा तो उन्हें नमन किया और दूसरे केकड़े के पंजे काटने को तैयार हुए। बुद्ध ने बच्चों को ऐसा करने से मना किया और कहा, "बच्चो, यदि कोई तुम्हारे हाथ-पांव काट दे तो तुम्हें कष्ट होगा या नहीं ?"

"हां, गुरुदेव।" बच्चों का उत्तर था।"

"क्या तुम जानते हो कि केकड़े को भी तुम्हारी ही भांति कष्ट होता है ?" बच्चे चुप रहे। बुद्ध ने अपना कथन जारी रखा, "केकड़ा भी तुम्हारी ही तरह खाता-पीता है। इसके भी माता-पिता और भाई-बहन होते हैं। जब तुम इसे कष्ट देते हो तो पूरे परिवार को कष्ट देते हो। अब सोचो कि तुम यह क्या कर रहे हो ?"

बच्चों ने जो कुछ किया था, उस पर उन्हें दुख हुआ। यह देखकर गांव वाले लोग भी एकत्र हो गए कि बुद्ध और बच्चों में क्या बातचीत हो रही है। ऐसे अवसरों पर बुद्ध करुणा की शिक्षा दिया करते थे।

उन्होंने कहा, "प्रत्येक सजीव प्राणी को सुरक्षा और आत्म-कल्याण की भावना का लाभ उठाने का अधिकार है। हमें जीवन-रक्षा करनी चाहिए और दूसरे प्राणियों को सुख देना चाहिए। सभी प्राणियों को चाहे वह छोटा हो या बड़ा, द्विपद या चतुष्पद हो, जल में तैरने वाला हो या उड़ने वाला हो, जीने का

अधिकार है। हमें दूसरे जीवों को हानि नहीं पहुंचानी चाहिए और न मारना चाहिए। हमें जीव-रक्षा करनी चाहिए।

"जिस प्रकार मां अपनी एकमात्र संतान की रक्षा अपने प्राणों को जोखिम में डालकर करती है, उसी प्रकार उदार होकर हर प्राणी की रक्षा करनी चाहिए। हमें अपने आस-पास, ऊपर या नीचे विद्यमान सभी जीवों के प्रति प्रेम और करुणा का भाव रखना चाहिए। हमें दिन में या रात में, खड़े या चलते हुए, बैठते या सोते हुए इस भाव को सदा हृदय में रखना चाहिए।"

बुद्ध ने कहा कि बच्चो, तुमने जो केकड़ा पकड़ रखा है, उसे छोड़ दो। इसके बाद उन्होंने प्रत्येक व्यक्ति से कहा, "इस प्रकार प्रेम का ध्यान करने से पहले तो इसके अभ्यासी को ही आनंद मिलता है। तुम्हें अच्छी निद्रा आती है और प्रसन्नतापूर्वक जागते हो; रात में स्वप्न नहीं आते; तुम्हें न दुःख होता है, न चिन्ता; और प्रत्येक व्यक्ति और तुम्हारे आस-पास की हर वस्तु तुम्हारी रक्षा करती है। जिन लोगों के प्रति तुम्हारे मन में प्रेम और करुणा होती है, उससे तुम्हें आनंद प्राप्त होता है और धीरे-धीरे समस्त कष्टों का अन्त हो जाता है।"

स्वास्ति को ज्ञात था कि बुद्ध बच्चों को शिक्षा देने का व्रत लिए हुए हैं, अतः इस कार्य में सहायक होने की दृष्टि से उसने और राहुल से मिलकर जेतवन में बच्चों की विशेष कक्षाओं का आयोजन किया। युवा उपासकों, विशेषतः सुदत्त के चार बच्चों की सहायता से महीने में एक बार बच्चों की विशेष कक्षाओं का आयोजन होता था। सुदत्त के पुत्र को शुरू में तो इन कक्षाओं में आने का उत्साह नहीं था किन्तु स्वास्ति के वहां उपस्थित होने की खातिर आ जाता था लेकिन धीरे-धीरे उसे इन कक्षाओं में दिलचस्पी बढ़ने लगी। राजा की पुत्री राजकुमारी वज्री ने इन प्रयासों में विशेष सहायता की।

एक बार, पूर्णिमा की रात को राजकुमारी ने बच्चों से कहा कि वे बुद्ध को उपहार में देने के लिए पुष्प लाएं। अपने बगीचों और विहार तक आते समय मार्ग से बच्चे फूल तोड़कर लाए। राजकुमारी वज्री अपने राजमहल के सरोवर से कमल-गुच्छ लेकर आई। जब बच्चे बुद्ध की कुटिया के पास पहुंचे तो उन्होंने पाया कि बुद्ध तो धर्म-कक्ष में गए हैं और भिक्खुओं को और उपासकों को देशना करने की तैयारी कर रहे हैं। राजकुमारी दबे पांव बच्चों सहित धर्म-कक्ष में घुसी। सभी व्यक्तियों ने खिसक कर बच्चों को आगे जाने का रास्ता दे दिया। बच्चों ने बुद्ध के सामने रखी मेज पर पुष्प

उस दिन बुद्ध की धर्म-देशना अत्यंत विशिष्ट थी

रख दिए और प्रणत हुए। बुद्ध ने मुस्करा कर प्रतिनमन किया। उन्होंने कहा कि बच्चे उनके सामने आकर बैठ जाएं।

उस दिन बुद्ध की धर्म-देशना अत्यन्त विशिष्ट थी। बच्चों के चुप-चाप बैठ जाने के बाद वह उठे और एक कमल पुष्प उठाकर भिक्खुओं के सम्मुख किया। उन्होंने कुछ कहा नहीं। हर कोई स्थिर बैठा हुआ था। बुद्ध कमल नाल से पुष्प पकड़े खड़े रहे सर्वथा मौन। बहुत देर तक यह स्थिति रहने पर लोग आतुर हो उठे और सोचने लगे कि आखिर इससे बुद्ध का अभिप्राय क्या है ? बुद्ध ने संघ की ओर देखा और मुस्कराकर कहने लगे।

"मुझमें सद्धर्म की सत्य दृष्टि है–अद्भुत अन्तर्दृष्टि का कोष और वह साधना शक्ति मैंने महाकाश्यप को अन्तरित कर दी है।"

सभी ने महाकाश्यप की ओर देखा कि वह मुस्करा रहे हैं। वे अपलक दृष्टि से बुद्ध और कमल को देख रहे थे। जब उन्होंने मुड़कर बुद्ध को देखा तो वे भी कमल पुष्प को देख रहे थे और मुस्करा रहे थे।

यद्यपि इस स्थिति से स्वास्ति कुछ उलझन में पड़ा किन्तु वह समझ गया कि सचेतनता बनाए रखना सबसे महत्त्वपूर्ण होता है। जब वह बुद्ध की ओर देख रहा था तो उसने अपनी श्वसन-क्रिया पर ध्यान लगाना आरंभ कर दिया। बुद्ध के हाथ में श्वेत कमल की नव-प्रस्फुटित कलिका थी जिसे वह अपने अंगूठे और तर्जनी के मध्य बहुत ही कोमलता के साथ पकड़े हुए थे। स्वयं बुद्ध का हाथ कमल के समान सुंदर लग रहा था – पूर्णतः शुद्ध और अद्भुत। अकस्मात् स्वास्ति ने पुष्प का निर्मल और उदात्त सौन्दर्य देखा। उस समय सोचने के लिए कुछ नहीं था। उसके मुख पर मुस्कान उभर आई।

बुद्ध ने देशना आरंभ की, "मित्रो, यह पुष्प एक अद्भुत सत्य है। जब मैं इसे अपने हाथ में पकड़े हुए था, तो आपको इसका अनुभव हुआ होगा। पुष्प के साथ प्रत्यक्ष संपर्कित होना वास्तविक सत्ता का साक्षात्कार करना है। यही स्वयं जीवन का साक्षात्कार करने के समान है।

"महाकाश्यप किसी भी अन्य व्यक्ति से पहले मुस्कराए थे क्योंकि वह पुष्प की सत्ता से साक्षात्कार कर सके थे। जब तक आपके चित्त में संकल्प-विकल्प रहेंगे, आप पुष्प की सत्ता का साक्षात्कार नहीं कर सकते। आपमें से कुछ लोग मन में सोच रहे थे, गौतम इस पुष्प को इस प्रकार पकड़ कर क्यों उठाए हुए हैं ?" इस मुद्रा का अर्थ क्या है ? यदि तुम्हारे मन में इस प्रकार के प्रश्न उठ रहे

थे तो आप पुष्प की अनुभूति ही नहीं कर सकते थे।

"मित्रो, विचारों में खो जाना एक ऐसा पक्ष है, जो जीवन के सत्य से साक्षात्कार में बाधक होता है। यदि तुम उलझन, निराशा, चिन्ता, क्रोध या द्वेष के भावों से भरे रहोगे तो जीवन की समस्त अद्भुतताओं के सत्य का साक्षात्कार करने से वंचित ही रहोगे।

"मित्रो, मेरे हाथ में पकड़ा हुआ कमल आप में से उन लोगों के लिए एकमात्र सच्ची वास्तविकता थी जो वर्तमान के क्षणों को सचेतनावस्था में व्यतीत कर रहे थे। यदि आप वर्तमान क्षण को जीवन्त होकर नहीं जी रहे होते हैं तो पुष्प की वास्तविक विद्यमानता ही कहां है। ऐसे भी लोग हैं जो चंदन वन से गुजर जाते हैं और वास्तव में चंदन का एक भी वृक्ष नहीं देखते। जीवन कष्टों से भरा है किन्तु इसमें अगणित अद्भुतताएं भी विद्यमान हैं। इसलिए जागरूक अवस्था में रहो जिससे जीवन के कष्टों और अद्भुतताओं दोनों को देखने की सामर्थ्य जागृत हो सके।

दुःखों के सम्पर्क में आने का अर्थ उनमें खो जाना नहीं है। जीवन की अद्भुतताओं के संपर्क में आने का भी अर्थ यह नहीं कि उनमें खो जाओ। संपर्क में होने का अर्थ है जीवन का सामना करना, उसे गहन दृष्टि से समझना। यदि हम जीवन का प्रत्यक्षतः सामना करें तो हम उसकी परस्पर अवलम्बन की अवस्था और अनित्यता को समझ सकते हैं। यह बोध हो जाने पर हम इच्छाओं, क्रोध और आकांक्षाओं के वशीभूत न होंगे। तब हम मुक्त होंगे, अर्हत होंगे।"

स्वास्ति को प्रसन्नता की अनुभूति हुई। वह इस बात से प्रसन्न था कि बुद्ध अपनी देशना आरंभ करें, उससे पहले वह मुस्कराया था और समझ गया था। मान्य महाकाश्यप सबसे पहले मुस्कराए थे। वह स्वास्ति के एक शिक्षक थे और सद्धर्म मार्ग पर दीर्घ काल से चलने वाले वरिष्ठ शिष्य थे। स्वास्ति जानता था कि वह महाकाश्यप और अन्य वरिष्ठ शिष्यों, यथा सारिपुत्त, महामौद्गल्यायन और अस्सजि से अपनी तुलना नहीं कर सकता। आखिर उसकी आयु अभी चौबीस वर्ष की ही हुई थी।

अध्याय बावन

विशेष योग्यता के क्षेत्र

अगला वर्षा-प्रवास कपिलवस्तु के समीप न्यग्रोधा विहार में स्वास्ति ने बिताया। बुद्ध वर्षा-प्रवास से पहले ही अपने स्वदेश आ गये थे क्योंकि उन्हें सूचना मिली थी कि शाक्य राज्य और कोलिय राज्य (जो रानी गौतमी का और यशोधरा का मायका था) के बीच संघर्ष और अशांति उत्पन्न हो गई है।

दोनों राज्यों की विभाजक रेखा रोहिणी नदी थी। वास्तव में झगड़ा नदी के पानी से शुरू हुआ था। सूखे के कारण दोनों राज्यों के खेतों की सिंचाई के लिए पर्याप्त पानी नहीं था। दोनों ही राज्य रोहिणी पर बांध बनाना चाहते थे जिससे अपने राज्य के किसानों के लिए पानी सुलभ किया जा सके। शुरू में तो झगड़ा दोनों पार के किसानों के बीच वाद-विवाद से आरंभ हुआ लेकिन विवाद थोड़ा उग्र हुआ तो पत्थर फेंके जाने शुरू हुए। इस पर अपने नागरिकों की रक्षा के लिए पुलिस आयी और अन्त में नदी के दोनों किनारों पर सैनिक तैनात हो गये और ऐसा लगने लगा कि कभी भी दोनों सेनाओं के बीच युद्ध छिड़ सकता है।

सबसे पहले, बुद्ध ने झगड़े का असली कारण समझना चाहा। पहले उन्होंने शाक्य राज्य के सेनापतियों से पूछा तो उन्होंने कहा कि कोलिय राज्य के नागरिक शाक्य राज्य के नागरिकों को मारने और संपत्ति लूट लेने की धमकियां दे रहे हैं। तब उन्होंने कोलिय राज्य के सेनापतियों से पूछा तो उन्होंने शाक्य राज्य के नागरिकों पर इसी प्रकार की धमकियां देने के आरोप लगाये। जब बुद्ध ने स्थानीय किसानों से पूछा तो पता चला कि सारा झगड़ा पानी की कमी के कारण शुरू हुआ।

शाक्य और कोलिय राज्यों के बीच चले आ रहे मधुर संबंधों के

परिणामस्वरूप बुद्ध शाक्य राजा महानाम और कोलिय राजा सुप्पबुद्ध के बीच सीधी वार्ता कराने में सफल हो पाये। उन्होंने इस संकट का शीघ्र निपटारा करने का आह्वान किया क्योंकि युद्ध से दोनों राज्यों की हानि होगी–भले ही किसी एक की कुछ अधिक और किसी दूसरे की कुछ कम हो। उन्होंने कहा, "महामहिमो, मुझे बताइए कि जल अधिक मूल्यवान है या मानव जीवन ?"

दोनों राजाओं ने स्वीकारा कि मानव जीवन का अनंत महत्त्व है।

बुद्ध ने कहा, "महामहिम, सिंचाई के लिए पर्याप्त पानी की प्राप्ति ही इस सारे झगड़े की जड़ है। यदि दोनों ओर से अहंकार और क्रोध न भड़के होते तो इस झगड़े का निबटारा सहज में कर पाना संभव होता। युद्ध की कोई भी आवश्यकता नहीं थी। आप लोग अपने हृदयों को टटोलें। अहंकार और क्रोध के कारण अपने लोगों का रक्त व्यर्थ में न बहायें। एक बार अहंकार और क्रोध शांत हो जाएगा तो इनसे उत्पन्न तनाव भी समाप्त हो जाएगा। आप लोग बैठकर बातचीत कीजिए कि किस प्रकार सूखे के इन दिनों में नदी के जल का विभाजन ऐसे किया जाए कि दोनों पक्षों को बराबर-बराबर पानी मिल सके।"

बुद्ध के परामर्श के फलस्वरूप दोनों पक्षों में शीघ्र समझौता हो गया और दोनों पक्षों के बीच मधुर सम्बन्ध स्थापित हो सके। राजा महानाम ने बुद्ध से अनुरोध किया कि वह शाक्य राज्य में ही वर्षा-प्रवास बिताएं। संबोधि-प्राप्ति के बाद यह बुद्ध का पंद्रहवां वर्षा-प्रवास था। उसके बाद बुद्ध ने सोलहवां वर्षा-प्रवास अलवी में, सत्रहवां वेणुवन में, अठारहवां कोलिय में और उन्नीसवां राजगृह में बिताया।

राजगृह में भिक्खु संघ के रुकने पर बुद्ध गृद्धकूट पर्वत पर निवास करते। राजा बिम्बिसार धर्म-देशना सुनने प्रायः गृद्धकूट शिखर पर जाते। पहाड़ों पर उन्होंने सीढ़ियां बनवा दी थीं जिससे बुद्ध की कुटीर तक सुविधापूर्वक जाया जा सके। झरनों और प्रपातों पर उन्होंने छोटे-छोटे पुल बनवा दिये थे। वह अपने रथ को पहाड़ की तलहटी में ही छोड़ जाते और सीढ़ियां चढ़कर बुद्ध की कुटिया तक जाते। बुद्ध की कुटी के समीप बड़ी-बड़ी चट्टानें थीं और एक प्रपात बह रहा था जिसमें बुद्ध नहाते और चट्टान पर वस्त्र सुखाते। बुद्ध की कुटी के सामने का दृश्य बहुत प्रभावशाली था। वहां बैठकर वह सूर्यास्त का आनंददायी दृश्य देखा करते। सारिपुत्त उरुबेला काश्यप, मौद्गल्यायन, उपालि, देवदत्त और आनंद सरीखे वरिष्ठ शिष्यों की कुटियाएं भी गृद्धकूट शिखर पर थीं। राजगृह

के समीप अब अठारह ध्यान-साधना-केन्द्र थे। वेणुवन और गृद्धकूट शिखर के अतिरिक्त वैभार वन, सर्पशुंडलिका प्रागभार, सप्तपर्णगुहा तथा इन्द्रशैल गुहा में भी ये केन्द्र थे। इनमें से अंतिम दो केन्द्र तो विशाल गुफाओं में ही बने हुए थे।

आम्रपाली और राजा बिम्बिसार का पुत्र जीवक अब एक चिकित्सक बन चुका था और गृद्धकूट शिखर के समीप ही एक कुटी में रहता था। वह बुद्ध का निकटस्थ उपासक बन गया था। सब ओर उसकी ख्याति फैल गयी थी कि वह अनेक असाध्य रोगों की चिकित्सा कर सकता था। वह राजा बिम्बिसार का व्यक्तिगत चिकित्सक भी नियुक्त कर दिया गया था।

गृद्धशिखर और वेणुवन में बुद्ध और भिक्खुओं के स्वास्थ्य की देखभाल जीवक ही करता। शीतकाल के दौरान वह मित्रों की सहायता से भिक्खुओं के लिए चीवर आदि और रात में ओढ़ने के लिए कम्बलों की व्यवस्था करता। उसने स्वयं बद्ध को एक चीवर भेंट किया था। जीवक रोगों के उपचार के अतिरिक्त रोगों की रोकथाम पर भी ध्यान देता। उसने भिक्खुओं को सफाई की बहुत-सी आधारभूत बातें समझाईं। उसने कहा कि सरोवरों से लिये गये जल को पहले उबालकर पीना चाहिए। भिक्खुओं को सात दिनों में एक बार अपने वस्त्र अच्छी तरह साफ कर लेने चाहिए। विहार में अधिक शौचालयों की भी व्यवस्था की जाए। उसने चेतावनी दी कि अगले दिन खाने के लिए आज का बासी भोजन न रखा जाय। बुद्ध ने जीवक के सभी सुझावों को स्वीकार कर लिया था।

उपासक भिक्खुओं को सामान्यतः चीवर दान दिया करते थे। एक दिन बुद्ध ने एक भिक्खु को अपने कंधे पर लादकर ढेर सारे चीवर लाते हुए देखा तो बुद्ध ने पूछा–"तुम कितने चीवर लाये हो ?"

भिक्खु ने उत्तर दिया, "गुरुवर, आठ चीवर।"

"क्या तुम समझते हो, तुम्हें इतने चीवरों की आवश्यकता है ?"

"नहीं, गुरुदेव, मुझे इतने चीवरों की आवश्यकता नहीं है। लोगों ने ये सारे चीवर मुझे उपहार में दिये तो मैंने स्वीकार कर लिये।"

"आपके विचार से एक भिक्खु को कितने चीवरों की आवश्यकता होती है ?"

"गुरुदेव, मेरे विचार से तीन चीवर पर्याप्त हैं। इनसे सर्दियों तक में ठंड से बचा जा सकता है।"

"मैं तुम्हारे विचार से सहमत हूं। सर्दियों में भी तीन चीवर पर्याप्त हैं।

जीवक द्वारा दिये चीवर को धोते हुए बुद्ध

अब से हमें घोषणा कर देनी चाहिए कि भिक्खु को भिक्षा-पात्र के अलावा तीन से अधिक चीवर अपने पास नहीं रखने हैं। यदि कोई इससे अधिक चीवर भेंट में देता है तो उन्हें अस्वीकार कर दें।"

बुद्ध को नमन करके भिक्खु अपनी कुटिया में चला गया।

पहाड़ी के शिखर पर खड़े होकर एक दिन बुद्ध ने धान के पकते खेत देखे। उन्होंने आनंद की ओर मुड़कर देखते हुए कहा, "पके धानों के ये स्वर्णिम खेत क्षितिज तक फैले हुए कितने सुन्दर लग रहे हैं। यदि भिक्खुओं के चीवर इसी परिदृश्य के बनाये जाएं तो कितना अच्छा लगेगा ?"

"गुरुदेव, यह तो अद्भुत विचार है। धान के खेतों के नमूने पर आधारित चीवर बहुत ही सुन्दर लगेंगे। आपने कहा है कि जो भिक्खु सद्धर्म का साधना-अभ्यास करता है, वह एक उर्वर खेत होता है जिसमें सदाशयता और सद्गुणों के बीज वर्तमान तथा भावी पीढ़ियों के लाभार्थ बोये जाते हैं। जब कोई भिक्खु को भिक्षा देता है अथवा उसके साथ अध्ययन या साधना-अभ्यास करता है तो वह मानो सदाशयता और सद्गुणों के बीज बोता है। मैं भिक्खु समुदाय को कहूंगा कि वे भविष्य में पके धान के खेतों के नमूने के चीवर ही सिलवायें। हम इन चीवरों को 'सद्गुणों के क्षेत्र' कहेंगे।" बुद्ध ने मुस्कराकर स्वीकृति दे दी।

अगला वर्षा-प्रवास बिताने बुद्ध जेतवन आ गये क्योंकि जब सुदत्त राजगृह आया था तो बुद्ध से कहा था कि कितने दिनों से आपने जेतवन में वर्षा-प्रवास व्यतीत नहीं किया है। संबोधि-प्राप्त के बाद बुद्ध का यह बीसवां वर्षा-प्रवास था। बुद्ध की आयु अब पचपन वर्ष की हो गयी थी। बुद्ध के आने का समाचार पाकर राजा प्रसेनजित बहुत हर्षित हुए और समस्त राजपरिवार जिसमें दूसरी रानी वृषभक्षत्रिय, राजकुमार विद्युताभ और राजकुमारी वज्री भी थी, के साथ बुद्ध से मिलने आये। उसकी दूसरी पत्नी शाक्य वंश की थी। वर्षों पहले जब राजा प्रसेनजित बुद्ध की शिष्य बन गये थे तो उन्होंने शाक्य वंश की एक राजकुमारी से विवाह करने की इच्छा व्यक्त की तो राजा महानाम ने अपनी सुंदरी कन्या वृषभक्षत्रिय से उनका विवाह कर दिया था।

वर्षा-प्रवास में बुद्ध की एक भी धर्म-देशना ऐसी नहीं थी जिसमें राजा प्रसेनजित उपस्थित नहीं हुए हों। बुद्ध की देशना सुनने अधिक-से-अधिक लोग आने लगे। इनमें सर्वाधिक सहायक उनकी उपासिका महिषी विशाखा थी जिसने श्रावस्ती के पूर्व में बड़ा फलता-फूलता वन उन्हें उपहार में दिया था। यद्यपि यह

वन जेतवन से थोड़ा छोटा था किन्तु उससे कम सुंदर नहीं था। अपने अनेक मित्रों की सहायता से उसने वन में ध्यान-कक्ष, धर्म-कक्ष और भिक्खुओं के लिए कुटियां बना दी गयी थीं। मान्य सारिपुत्त के सुझाव पर उसका नाम 'पूर्वाराम' रख दिया गया और मध्य में बने धर्म-कक्ष का नाम 'विशाखा कक्ष' रखा गया।

महिषी विशाखा का जन्म अंगे राज्य के भद्रिका नामक नगर में हुआ था। वह धनिक श्रेष्ठि धनंजय की पुत्री थी। उसका पति श्रावस्ती का एक श्रेष्ठि था। उसका पति और पुत्र निग्रंथ ज्ञातिपुत्र के शिष्य थे जो आरंभ में तो बुद्ध से तनिक भी प्रभावित न थे किन्तु महिषी विशाखा की धर्म-निष्ठा से प्रेरित होकर उन्होंने धीरे-धीरे बुद्ध की शिक्षाओं में रुचि लेनी आरंभ की और अन्त में उनके उपासक बन गये थे। महिषी विशाखा और उसकी मित्र महिषी सुप्रिया प्रायः विहार आया करतीं और भिक्खुओं को उनकी आवश्यकता के अनुसार दवाइयां, चीवर और तौलिए दिया करती थीं। उसने भिक्खुनी महाप्रजापति को भिक्खुनियों के लिए गंगा के दक्षिण तट पर धर्म-कक्ष बनवाने में भी सहायता देने का वचन दिया था। महिषी विशाखा भौतिक और आध्यात्मिक दृष्टियों से भिक्खुनियों को पूरी-पूरी सहायता देती थीं। भिक्खुनियों के बीच उठे छोटे-मोटे विवादों के निराकरण में एकाधिक बार उनकी करुणामय बुद्धिमत्ता से सहायता मिली थी।

विशाखा कक्ष में हुए एक धर्म सम्मेलन में दो महत्त्वपूर्ण निर्णय लिये गये। पहला यह कि आनंद बुद्ध के स्थायी सहायक होंगे और दूसरा यह कि बुद्ध प्रतिवर्ष वर्षा-प्रवास करने श्रावस्ती लौट आया करेंगे।

पहला प्रस्ताव मान्य सारिपुत्त ने रखा था और कहा था कि आनंद की स्मरण-शक्ति हममें सबसे अच्छी है और वह बुद्ध के बोले प्रत्येक शब्द को स्मरण रख सकता है। इस प्रकार किसी धर्म-देशना में कहे अथवा किसी उपासक से हुई बातचीत के दौरान जो भी बात होती है, उसे आनंद स्मरण रख सकेगा। हमें उनके वचनों को सुरक्षित रखना चाहिए। अपनी असावधानी के कारण हमने बुद्ध के श्रीमुख से उच्चरित बहुत से वचन खो दिये हैं। मान्य आनंद अब हम सबकी और भावी पीढ़ियों की खातिर कृपया बुद्ध के सहायक का उत्तरदायित्वपूर्ण कार्य संभाल लीजिए।

सभी भिक्खुओं ने मान्य सारिपुत्त के प्रस्ताव को स्वीकृति दे दी किन्तु इसमें आनंद ने कुछ हिचक दिखायी और कहा, "इसमें मुझे अनेक प्रकार की समस्याएं दिखती हैं। पहली बात तो यही है कि बुद्ध मुझे अपना सहायक रखना भी चाहेंगे या

नहीं। बुद्ध ने सदैव यह सावधानी बरती है कि शाक्य वंश के लोगों को कोई विशिष्ट मान्यता न दें। वह अपनी विमाता भिक्खुनी महाप्रजापति तक के प्रति कठोरता बरतते हैं और एक दूरी बनाये रखते हैं। उन्होंने राहुल को कभी भी अपनी कुटिया में नहीं रखा और न उसके साथ भोजन किया। मुझे भय है कि यदि मुझे उनका सहायक चुना गया तो कुछ भिक्खु बंधु मुझ पर बुद्ध का प्रियपात्र बनने का आरोप लगाएंगे। यदि बुद्ध ने किसी का दोष सुधारने का प्रयास किया तो वह मुझ पर बुद्ध का पक्ष लेने का आरोप लगा सकता है।"

सारिपुत्त की ओर देखकर आनंद ने आगे कहा, "बुद्ध बंधुवर सारिपुत्त का विशेष रूप से सम्मान करते हैं और वह हममें सर्वाधिक प्रतिभा सम्पन्न और चतुर हैं। सारिपुत्त ने विहार-व्यवस्था का कुशलता से संगठन किया है। बुद्ध का उन पर भरोसा करना स्वाभाविक है। यद्यपि बुद्ध कोई भी बड़ा निश्चय करने से पूर्व सदैव अनेक लोगों से परामर्श करते हैं, किन्तु कुछ बंधुजनों की शिकायत रहती है कि निर्णय तो सारिपुत्त ही करते हैं मानो बुद्ध कोई निर्णय स्वयं लेने में अक्षम हों। ये आरोप मूर्खतापूर्ण हैं, किन्तु इन्हीं सब बातों से मैं बुद्ध का सहायक बनने से इनकार करना चाहता हूं।"

मान्य सारिपुत्त हंसकर बोले, "मैं किसी बंधु की अस्थायी गलतफहमी पर आधारित ईर्ष्या से भयभीत नहीं हूं। मुझे विश्वास है कि हममें से प्रत्येक को वही करना चाहिए जो ठीक हो और लाभप्रद हो; भले ही और लोग कुछ भी कहते रहें। कृपया यह पद स्वीकार कर लीजिए। यदि आप इसे स्वीकार नहीं करेंगे तो इस पीढ़ी के लिए और आने वाली पीढ़ी के लिए भी धर्म की हानि होगी।"

मान्य आनंद इस पर चुप बैठे रहे। बड़ी हिचकिचाहट के साथ अन्नतः उन्होंने कहा, "मैं यह स्थिति तभी स्वीकार करूंगा, जब बुद्ध मेरी इन प्रार्थनाओं को अंगीकार कर लेंगे—(1) बुद्ध मुझे कभी भी अपना चीवर नहीं देंगे, (2) बुद्ध भिक्षाटन में प्राप्त अपने भोजन में से मुझे भोजन नहीं देंगे, (3) बुद्ध अपनी कुटिया में रहने के लिए मुझे नहीं कहेंगे, (4) उपासक के यहां भोजन करने जाते समय बुद्ध मुझे साथ चलने को नहीं कहेंगे, (5) यदि मुझे उपासक भोजन के लिए आमंत्रित करें तो बुद्ध भी मेरे साथ चल सकेंगे, (6) बुद्ध से मिलने जो लोग आएंगे, उन्हें मिलाने या न मिलाने के सिलसिले में मुझे अपने विवेक से काम लेने की अनुमति देंगे, (7) बुद्ध मुझे वे बातें फिर से पूछ लेने की अनुमति देंगे, जो मैंने ठीक से समझ न पायी हों और (8) जिस धर्म-देशना में मैं उपस्थित नहीं होऊं, उसका सार बुद्ध मुझे पुनः कहेंगे।

मान्य उपालि ने उठकर कहा, "आनंद की शर्तें सर्वथा उचित प्रतीत होती हैं। मुझे विश्वास है कि बुद्ध इन बातों पर सहमत हो जाएंगे। किन्तु मैं उनकी चौथी शर्त से सहमत नहीं हूं। यदि आनंद उपासकों के यहां बुद्ध को निमंत्रित किये जाने पर नहीं जाएंगे, तो वहां हुई उस धर्म-चर्चा को कैसे सुन सकेंगे और स्मरण रख सकेंगे जो भावी पीढ़ियों और हम सब के लिए उपयोगी हों ? जब भी कोई उपासक बुद्ध को आमंत्रित करे तो आनंद के अतिरिक्त एक अन्य भिक्खु भी साथ जाए। इस प्रकार कोई भी आनंद पर यह आरोप नहीं लगा सकता कि आनंद के साथ विशेष पक्षपात किया जा रहा है।"

आनंद ने कहा, "बंधुवर, मैं इसे इतना अच्छा सुझाव नहीं मानता। संभव है कि किसी उपासक की स्थिति ऐसी न हो कि वह दो भिक्खुओं को भोजन करा सके।"

उपालि ने कहा, "तब बुद्ध और आप दोनों भिक्खु कम भोजन करके ही संतुष्टि प्राप्त कर सकते हैं।"

सभी भिक्खु ठठाकर हंस पड़े। वह जानते थे कि बुद्ध के लिए सर्वोत्तम सहायक खोजने की समस्या हल हो गयी है। इसके बाद उन्होंने इस प्रस्ताव पर विचार आरंभ हुआ कि बुद्ध प्रत्येक वर्षा-प्रवास श्रावस्ती में ही व्यतीत किया करें। श्रावस्ती अच्छा स्थान था क्योंकि वहीं जेतवन, पूर्वाराम वन और भिक्खुनियों का विद्यालय सभी पास-पास थे। इस प्रकार श्रावस्ती संघ के मुख्य केन्द्र के रूप में कार्य कर सकेगा। बुद्ध का प्रति वर्ष एक ही स्थान पर वर्षा-प्रवास कर लेने पर बहुत से लोग वर्षा-प्रवास में आने की और बुद्ध की देशना उनके श्रीमुख से सुनने की योजना बना सकते हैं। अनाथपिंडिक और महिषी विशाखा ने श्रावस्ती में वर्षा-प्रवास के समय आने वाले सभी लोगों तथा भिक्खु एवं भिक्खुनियों के लिए भोजन, चिकित्सा, चीवर एवं निवास की व्यवस्था करने का वचन दे चुके हैं।

भिक्खु प्रतिवर्ष वर्षा-प्रवास श्रावस्ती में ही बिताने के निर्णय पर सहमत हो गये। इसके बाद उनका सम्मेलन समाप्त हुआ और वे सीधे बुद्ध की कुटिया में गये ताकि अपने विचार उनके समक्ष रख सकें। बुद्ध ने प्रसन्नतापूर्वक दोनों प्रस्ताव स्वीकार कर लिये।

अध्याय तिरपन

वर्तमान में जीना

अगले वर्ष वसन्त ऋतु में बुद्ध ने कुरु देश की राजधानी कर्मसद्धर्म में तीन सौ भिक्खुओं के समक्ष 'सतिपत्त्थानसुत्त' और सचेतनावस्था के चार दार्शनिक सिद्धान्तों की देशना की। यह ध्यान-साधना के अभ्यास का आधारभूत सूत्र था। बुद्ध ने इसे ऐसा मार्ग बताया था जिससे प्रत्येक व्यक्ति को शरीर और मन की शांति प्राप्त करने, सभी दुःख-दर्दों से उबरने, कष्टों एवं वेदनाओं को नष्ट करने और उच्चतम प्रज्ञा की प्राप्ति एवं मुक्ति पाने में सहायता मिल सकती है। बाद में मान्य सारिपुत्त ने संघ से कहा कि बुद्ध ने अब तक जितनी देशना की है; उनमें ये सबसे महत्त्वपूर्ण सूत्र हैं। उन्होंने समस्त भिक्खुओं और भिक्खुनियों को प्रेरित किया कि वे इन सूत्रों को कण्ठस्थ कर लें, इनका अध्ययन-मनन करें और इसके अनुसार साधनाभ्यास करें।

उस रात मान्य आनंद ने उस सूत्र को शब्दशः दोहराया और कहा कि 'सति' का अर्थ है सचेतनावस्था में रहना अर्थात् साधक द्वारा अपने शरीर, भावनाओं, मन तथा मन के विषयों में जो कुछ घटित हो रहा है, उसके प्रति पूर्णतया सचेत रहना।

सबसे पहले साधक अपने शरीर-श्वास की धारणा करे; शरीर की चार मुद्राएं—चलना, खड़े होना, लेटना और बैठने के प्रति जागृत रहें; फिर शरीर की क्रियाओं, यथा—आगे-पीछे होना, देखना, वस्त्र धारण करना, खाना-पीना, मल-मूत्र विसर्जन, बोलने और वस्त्र आदि धोने की धारणा करें; शरीर के अंगों, यथा—बालों, दांतों, स्नायु-तंत्र, अस्थियों, आंतरिक अंगों, हड्डियों में विद्यमान तरल पदार्थ, अंतड़ियों, लार और पसीने पर ध्यान दें, शरीर के महातत्त्वों, यथा—पृथ्वी, जल, वायु, अग्नि और शरीर-क्षय को तब तक देखें

जब तक अस्थियां राख न बन जाएं।

शरीर पर ध्यान करते समय साधक शरीर की सूक्ष्म बातों के प्रति सचेत हो जाए। उदाहरणार्थ जब वह श्वास ले रहा हो तो उसे ज्ञात हो कि वह श्वास ले रहा है और यदि श्वास नहीं ले रहा, तब भी उसे ज्ञात हो कि वह श्वास नहीं ले रहा। श्वास को भीतर खींचने और समस्त शरीर को शांति प्रदान करने पर साधक को ज्ञात हो कि वह वैसा कर रहा है। चलते समय साधक को ज्ञात हो कि वह चल रहा है, बैठे तो ज्ञात हो कि वह बैठ रहा है और अन्य गतिविधि करने यथा वस्त्र पहनने या जल पीने के समय साधक सजग हो कि वह वस्त्र धारण कर रहा या जल-ग्रहण कर रहा है। शरीर की यह धारणा बैठकर साधना करने पर ही नहीं, वरन् समूचे दिन के प्रत्येक क्षण में करनी है, यहां तक कि जब वह भिक्षाटन कर रहा हो, भोजन कर रहा हो या कि भिक्षा-पात्र धो रहा हो।

भावनाओं या विचारों की धारणा करते समय साधक को देखना है कि भावनाएं किस प्रकार उठ रही हैं, कैसे विकसित हो रही हैं और कैसे क्षीण होती जा रही हैं या कि वे भावनाएं सुखद हैं, दुखद हैं या तटस्थ भावपूर्ण हैं। भावनाओं के उदय का विषय या तो शरीर होता है या मन। जब साधक के दांत में दर्द हो तो साधक जाने कि यह पीड़ा दांत के कारण हो रही है। प्रशंसा मिलने पर यदि वह प्रसन्न हो तो उसे ज्ञात होना चाहिए कि वह प्रशंसा से प्रसन्न हो रहा है। साधक गहनता से इसलिए आत्मचिन्तन करता है, जिससे वह अपनी प्रत्येक भावना को सहज और शांत कर सके और स्पष्ट रूप से देख सके कि मन में वह भावना उठी ही क्यों। भावनाओं पर ध्यान केन्द्रित करने का काम केवल बैठकर साधना-अभ्यास के समय ही नहीं करना है। इसका अभ्यास समूचे दिन जारी रखना है।

चित्त पर ध्यान-धारणा का अर्थ है कि साधक अपनी मानसिक अवस्थाओं की विद्यमानता के प्रति सचेत रहे। जब उसे किसी प्रकार की प्राप्ति की आकांक्षा जगे तो वह उसे जाने; जब कोई आकांक्षा न जगे, तब भी मन की स्थिति को समझे। यदि क्रोध या आलस्य आये तब भी उसे ज्ञात हो कि उसे क्रोध या आलस्य आ रहा है। यदि क्रोध या आलस्य की अवस्था न हो तो भी वह उस मन:स्थिति को समझे। उसका मन सचेत हो या विक्षेपपूर्ण, तब भी वह मन को समझे। वह मुक्तमन है या बद्धचित्त, या चित्त ध्यानपूर्ण है या सचेतनावस्था में है, यह भी साधक तुरन्त जान ले। यदि वह इनमें से किसी भी अवस्था में नहीं है, तब भी

वह उसके प्रति सचेत हो। साधक वर्तमान में विद्यमान मन की प्रत्येक अवस्था को पहचानता हो और उसके प्रति सजग रहे। मन की तन्मात्राओं पर ध्यान-धारणा करते समय साधक निर्वाण मार्ग की पंच बाधाओं (ज्ञानेन्द्रियों, इच्छा, आकांक्षाओं, दुर्भावना, प्रमाद, उद्वेग और शंकाओं) के उपस्थित होने पर चित्त को केन्द्रित करे। शरीर के पंचस्कंधों (शरीर, कामनाओं, अवधारणाओं, भाव-बोध और चेतना; छः ज्ञानेंद्रियों और उनकी छहों तन्मात्राओं, सचेतनावस्था के सात तत्त्वों (पूर्ण ध्यान, धर्मानुसंधान, ऊर्जा, हर्ष, सहजावस्था, ध्यान और विरति) और चार आर्य सत्य (दु:ख की विद्यमानता, दुखों के मूल कारकों, दुखों का निवारण और दु:ख के नाश के उपाय एवं मार्ग) ये सभी मन की तन्मात्राएं हैं और इन्हीं से सभी धर्म संपृक्त हैं।

बुद्ध ने सभी महाविधानों पर पूर्ण विस्तार एवं सावधानी के साथ देशना की है। जो भी इन चारों महाविधानों पर आचरण करते हैं, वे सात वर्षों में निर्वाण-प्राप्त कर अर्हत बन सकते हैं। जो इन पर पूर्ण आचरण करते हैं, वे सात महीनों में ही निर्वाण प्राप्ति के अधिकारी बन सकते हैं। जो इन महाविधानों के अनुसार सात दिनों तक पूर्ण गहनता के साथ ध्यान-धारणा कर ले तो वह सात दिनों में ही निर्वाण-प्राप्त कर सकता है।

धर्म-देशना के समय मान्य अस्सजि ने संघ के भिक्खुओं को स्मरण दिलाया कि बुद्ध ने सचेतनावस्था के चारों विधानों के विषय में पहली बार देशना नहीं की है, वरन् वह इन पर पहले भी देशना करते रहे हैं। आज पहली बार सभी पक्षों पर समग्रता और गहनता के साथ उन्होंने देशना की है। अस्सजि ने सारिपुत्त के इस कथन पर सहमति व्यक्त की कि प्रत्येक भिक्खु, भिक्खुनी को इसे कंठस्थ कर लेना चाहिए, इसका नित्य पाठ और इनके अनुसार साधनाभ्यास करना चाहिए।

वसन्त के अन्त में जब बुद्ध देव जेतवन लौटे तो उनका सामना अंगुलिमाल नामक एक खूंखार हत्यारे से हुआ जिसका उन्होंने हृदय-परिवर्तन किया। एक दिन प्रातः जब बुद्ध श्रावस्ती में प्रविष्ट हुए तो सारा नगर भूत-बस्ती बना हुआ था। सभी लोग घरों को बन्द किये हुए बैठे थे और सड़कें सुनसान पड़ी हुई थीं। बुद्ध उस घर के आगे खड़े हुए जहां से उन्हें प्रायः सदैव ही भिक्षा मिला करती थी। घर के लोगों ने दरवाजा जरा-सा खोला और संध में से देखा कि बुद्ध खड़े हैं। गृह-स्वामी दौड़कर बाहर आया और बुद्ध से भीतर आने का अनुरोध किया। बुद्ध के घर में घुसते ही गृह-स्वामी ने दरवाजे पर सांकल चढ़ा ली और

बुद्ध से बैठ जाने और भीतर ही बैठकर भोजन करने का आग्रह किया। उसने कहा, मान्यवर, आज बाहर जाना बहुत ही खतरनाक है। इस क्षेत्र में हत्यारा अंगुलिमाल देखा गया है। कहते हैं कि इसने अन्य नगरों में बहुत से लोगों की हत्या कर दी है। जब भी वह किसी की हत्या करता है तो उसकी एक उंगली काटकर अपने गले की माला में डाल लेता है। लोगों का कहना है कि यदि उसने अपने गले की माला में सौ उंगलियां कर लीं तो उसकी मायावी शक्ति बहुत बढ़ जाएगी। आश्चर्य की बात यह है कि वह जिस व्यक्ति की हत्या करता है, उसकी कोई चीज चुराता नहीं है। राजा प्रसेनजित ने उसे पकड़ने के लिए सैनिकों और पुलिस की कई टुकड़ियां तैनात कर रखी हैं।

बुद्ध ने पूछा, "एक व्यक्ति को पकड़ने के लिए इतने सैनिकों तथा आरक्षियों को नियुक्त करने की क्या आवश्यकता थी ?"

"आदरणीय गौतम, अंगुलिमाल बहुत ही खतरनाक हत्यारा है। उसमें युद्ध करने का अद्भुत कौशल है। एक बार चालीस लोगों ने उसे सड़क पर घेर लिया था। उसने अधिकांश लोगों को मार डाला था और शेष लोग जान बचाकर भाग लिये थे। अंगुलिमाल जालिनी वन में रहता है और कोई भी उधर से गुजरने की हिम्मत नहीं करता। कुछ दिन पहले बीस सशस्त्र आरक्षी उसे पकड़ने के लिए जंगल में घुसे थे किन्तु उनमें से दो ही बचकर लौट सके। अब वह इस नगर में देखा गया है, अतः कोई भी न तो बाहर निकलता है और न दुकान या अपने काम पर जाता है।"

अंगुलिमाल के विषय में जानकारी देने के लिए धन्यवाद करते हुए बुद्ध उठ खड़े हुए और चलने के लिए विदा मांगी। गृह-स्वामी ने गिड़गिड़ाकर प्रार्थना की कि बुद्ध भीतर ही रहें, किन्तु बुद्ध न माने। उन्होंने कहा कि मैं अपने प्रति लोगों का विश्वास तभी बनाये रख सकूंगा, जब सामान्य रूप से भिक्षाटन करना जारी रखूं।

जब बुद्ध धीरे-धीरे सचेतावस्था में मार्ग पर पग बढ़ा रहे थे तो दूर से भागकर आते किसी व्यक्ति की पदचाप सुनायी दी। वह समझ गये कि यह अंगुलिमाल ही है। उनके मन के अंदर तथा बाहर जो कुछ भी घटित हो रहा था, उसके प्रति पूर्ण सजग बुद्ध मंद पगों से आगे बढ़ते रहे।

अंगुलिमाल चिल्लाया, "भिक्खु रुक जाओ।"

बुद्ध अपने धीर-गंभीर पग बढ़ाते हुए चलते रहे। उसकी पद-चाप से वह समझ गये कि अंगुलिमाल भागने के बजाय तेज कदमों से चलने लगा है और वह उनसे अधिक दूर नहीं है। यद्यपि बुद्ध छप्पन वर्ष के हो गये थे–किन्तु उनकी

दृष्टि और श्रवण-शक्ति पहले की अपेक्षा प्रखर हो गयी थी। उनके हाथ में भिक्षा-पात्र के अतिरिक्त कुछ नहीं था। उन्हें यह याद करके मुस्कराहट आ गयी कि युद्ध-विद्या सीखते समय वह कितने तेज और फुर्तीले थे। कोई अन्य व्यक्ति उन पर आघात नहीं कर सकता था। बुद्ध समझ चुके थे कि अंगुलिमाल एकदम पास आ गया है और उसके हाथ में तलवार है। बुद्ध सहजतापूर्वक चलते रहे।

तेज चलकर अंगुलिमाल बुद्ध के समीप आ गया और बोला, "भिक्खु, मैंने तुम्हें रुकने के लिए कहा था, रुके क्यों नहीं ?"

बुद्ध ने चलते-चलते ही कहा, "अंगुलिमाल, मैं तो बहुत समय पहले स्थिर हो चुका हूं किन्तु तुम्हीं नहीं हुए हो।"

अंगुलिमाल बुद्ध के इस असाधारण उत्तर से सकपका गया। उसने बुद्ध का मार्ग रोककर उन्हें आगे नहीं बढ़ने दिया। बुद्ध ने अंगुलिमाल की आंखों से आंखें मिलायीं तो वह और भी सकपकाया। बुद्ध की आंखें दो तारकों की भांति ज्योतिर्मान थीं। अंगुलिमाल का सामना ऐसे व्यक्ति से अब तक नहीं हुआ था जो इतना तेजस्वी और सहज हो। हर कोई, उससे डरकर भाग जाता था। इस भिक्खु को किसी प्रकार का भय क्यों नहीं हो रहा ? बुद्ध उसकी ओर ऐसे देख रहे थे, मानों वह कोई मित्र या भाई हो। बुद्ध ने उसका नाम लिया था जिसका अर्थ है कि वह जानता है कि अंगुलिमाल कौन है ? निश्चय ही यह व्यक्ति मेरी खूंखार प्रकृति का ज्ञान रखता है। एक हत्यारे को सामने देखकर यह इतना शांत और सहज कैसे हो सकता है ? अंगुलिमाल बुद्ध की कृपालु और सदाचारपूर्ण दृष्टि को अधिक सहन नहीं कर सका तो बोला, "भिक्खु, तुमने कहा था कि तुम तो बहुत समय पहले स्थिर हो चुके हो किन्तु तुम तो अब भी चल रहे हो। तुमने कहा था कि मैं ही नहीं रुका हूं। इससे तुम्हारा क्या अर्थ था ?"

बुद्ध ने उत्तर दिया, "अंगुलिमाल, मैंने दूसरों को कष्ट पहुंचाने वाले कर्म करना बहुत पहले बंद कर दिये हैं। मैंने मनुष्यों ही नहीं, प्राणीमात्र की रक्षा करना सीख लिया है। अंगुलिमाल, सभी प्राणी जीवित रहना चाहते हैं। सभी को मृत्यु का भय लगता है। हमें करुणापूर्ण हृदय और प्राणीमात्र की रक्षा करने की भावना जगानी चाहिए।"

"मानव मानव के साथ प्रेम नहीं करता। तब मैं अन्य लोगों से प्रेम क्यों करूं? मनुष्य निर्दयी और धोखेबाज होते हैं। मैं तब तक चैन से नहीं बैठूंगा, जब तक सबको न मार डालूं।"

बुद्ध ने सहजता से कहा, "अंगुलिमाल, तुमको लोगों के हाथों बहुत कष्ट उठाने पड़े हैं। कभी-कभी तो मानव बहत ही क्रूर हो जाता है। यह क्रूरता. अज्ञान, घृणा और द्वेष के कारण होता है किन्तु लोग समझदार और करुणा से भी पूर्ण होते हैं। तुम कभी किसी भिक्खु से मिले हो ? भिक्खुओं ने अन्य सभी प्राणियों की रक्षा करने की प्रतिज्ञा ली होती है। उन्होंने इच्छाओं, घृणा और अज्ञान पर विजय प्राप्त करने का वचन लिया होता है। भिक्खु ही नहीं, अन्य लोगों का जीवन भी समझदारी और प्रेमपूर्ण हो सकता है। अंगुलिमाल, यदि संसार में क्रूर व्यक्ति होते हैं तो अन्य प्रकार के भी लोग होते हैं, अंधे मत बनो। मेरा सद्धर्म मार्ग क्रूरता को करुणा में बदल देता है। घृणा के मार्ग पर तो तुम चल रहे हो। तुम्हें रुकना चाहिए। इसके स्थान पर तुम्हें क्षमा, ज्ञान और प्रेम का मार्ग चुनना चाहिए।"

अंगुलिमाल भिक्खु के शब्दों से बहुत प्रभावित हुआ किन्तु उसके दिमाग में उलझन पैदा हो गयी। उसे अकस्मात् लगा जैसे उसे चीर कर खोल दिया गया है और घावों पर नमक लगा दिया गया हो। बुद्ध के मन में न तो घृणा थी और न तिरस्कार भाव। बुद्ध अंगुलिमाल को इस प्रकार देख रहे थे जैसे वह उस व्यक्ति को आदर का पात्र समझ रहे हों। तो क्या यह भिक्खु गौतम है जिसे लोग 'बुद्ध' कहते हैं। अंगुलिमाल ने पूछा, "क्या आप भिक्खु गौतम हो ?'

बुद्ध ने स्वीकृति सूचक सिर हिलाया।

अंगुलिमाल ने कहा, "कितनी दुर्भाग्य की बात है कि मेरी आपसे भेंट इससे पहले नहीं हुई। मैं विनाश के मार्ग पर बहुत आगे तक बढ़ गया हूं। अब मेरे लिए उस स्थान से लौट पाना संभव नहीं।"

बुद्ध ने कहा, "नहीं, अंगुलिमाल, अच्छा काम करने के लिए कोई भी समय विलम्बपूर्ण नहीं होता।"

"मैं क्या अच्छा काम करने योग्य रह गया हूं?"

"घृणा और हिंसा के मार्ग पर चलना बंद करो। यही सबसे बड़ा काम होगा। अंगुलिमाल, दुःख सागर बहुत विशाल है किन्तु पीछे की ओर देखोगे तो किनारा दिखाई दे जाएगा।"

"गौतम, यदि मैं चाहूं भी तो अब पीछे नहीं मुड़ सकता। मैं जो कुछ कर चुका हूं, उसके बाद कोई भी मुझे शांतिपूर्वक नहीं रहने देगा।"

बुद्ध ने अंगुलिमाल का हाथ पकड़ लिया और कहा, "अंगुलिमाल, यदि तुम अपनी घृणा त्याग दो और सद्धर्म के मार्ग का अध्ययन और अभ्यास करो तो

मैं तुम्हारी रक्षा करूंगा। नये सिरे से जीवन-यापन और दूसरों की सेवा करने की प्रतिज्ञा करो। यह सहजता से जाना जा सकता है कि तुम समझदार व्यक्ति हो। मुझे इसमें तनिक भी संदेह नहीं है कि तुम निर्वाण के मार्ग पर सफल हो सकोगे।"

अंगुलिमाल ने बुद्ध के समक्ष नमन किया। उसने अपनी पीठ पर बंधी तलवार खोलकर जमीन पर रख दी और बुद्ध के चरणों पर प्रणत हो गया। उसने अपने हाथों से अपना मुंह ढंककर सिसकना आरंभ कर दिया। बहुत देर बाद उसने अपना सिर उठाया और बुद्ध से कहा, "मैं कुमार्ग छोड़ने की प्रतिज्ञा करता हूं। मैं आपका अनुसरण करूंगा और करुणा का पाठ आपसे सीखूंगा। मैं आपसे प्रार्थना करता हूं कि मुझे अपना शिष्य बना लें।"

उसी समय मान्य सारिपुत्त, आनंद, उपालि, किम्बल और अन्य भिक्खु भी घटना-स्थल पर आ गये। उन्होंने बुद्ध और अंगुलिमाल को चारों ओर से घेरा बना लिया। बुद्ध को सुरक्षित और अंगुलिमाल को प्रवृज्या लेने के लिए उद्यत देख उनके हृदय आनंद से भर गये। बुद्ध ने आनंद से चीवर और अन्य वस्त्र देने को कहा। उन्होंने सारिपुत्त से कहा कि पास के घर से उस्तरा मांग लो जिससे उपालि अंगुलिमाल के सिर के बाल उतार सकें। अंगुलिमाल को तत्काल वहीं प्रवृज्या दे दी गयी। उसने नमन किया और 'बुद्धं शरणं गच्छामि', 'धम्मं शरणं गच्छामि' और 'संघं शरणं गच्छामि' के त्रिरत्नों का उच्चार किया। उसे उपालि ने प्रवृज्या दिलायी गयी थी। उसके बाद वे सभी साथ-साथ जेतवन लौट आये।

अगले दस दिनों तक उपालि और सारिपुत्त ने उसे शीलों की शिक्षा दी, ध्यान करना सिखाया और भिक्षाटन की पद्धति समझायी। अंगुलिमाल ने अपने से पूर्ववर्ती भिक्खुओं की अपेक्षा कहीं अधिक प्रयास किये। जब बुद्ध प्रवृज्या दिये जाने के दो सप्ताह बाद अंगुलिमाल से मिले तो उसकी प्रगति देखकर आश्चर्यचकित हुए। अंगुलिमाल में सौम्यता और स्थिर-चित्तता का तेज झलमला रहा था। उसका इतना उत्कृष्ट व्यवहार हो गया था कि अन्य भिक्खु उसे 'अहिंसक' कहने लगे थे। वास्तव में जन्म के समय उसका यही नाम था। स्वास्ति ने पाया कि यही उसका उपयुक्त नाम था क्योंकि बुद्ध के अतिरिक्त किसी और की दृष्टि में इतना दया-भाव नहीं था।

एक दिन बुद्ध श्रावस्ती में भिक्षाटन के लिए गये। उनके साथ अंगुलिमाल सहित अनेक भिक्खु थे। नगर-द्वार पर उन्होंने राजा प्रसेनजित को देखा जो सैनिकों के एक दल के साथ घोड़े पर सवार थे। राजा और सेनापति युद्ध

अंगुलिमाल का बुद्ध के चरणों में नमन

की पूरी तैयारी के साथ थे। राजा ने जब बुद्ध को देखा तो अश्व से उतरकर उन्होंने बुद्ध को नमन किया।

बुद्ध ने पूछा, "महामहिम, क्या कुछ घटित हो गया है ? क्या किसी अन्य राज्य की सेना ने आपके राज्य पर आक्रमण कर दिया है ?"

राजा ने उत्तर दिया कि "कौशल पर तो किसी ने आक्रमण नहीं किया है। मैंने ये सैनिक हत्यारे अंगुलिमाल को पकड़ने के लिए एकत्र किये हैं। वह बहुत ही खतरनाक व्यक्ति है। अभी तक कोई उसे पकड़ नहीं सका है। वह दो सप्ताह पूर्व नगर में देखा गया था। मेरी प्रजा अब भी उसके भय से त्रस्त है।"

बुद्ध ने कहा, "क्या आप सुनिश्चित हैं कि अंगुलिमाल इतना भयंकर है ?"

राजा ने कहा, "बोधिसत्व, अंगुलिमाल प्रत्येक पुरुष, स्त्री और बालक के लिए खतरा है। जब तक मैं उसे ढूंढ़कर मार नहीं दूंगा, चैन से नहीं बैठूंगा।"

बुद्ध ने पूछा, "यदि अंगुलिमाल अपने किये पर पश्चात्ताप करे और कभी हत्या न करने का वचन दे, यदि वह भिक्खु बन गया हो और प्राणीमात्र का आदर करने लगा हो, तब भी क्या उसे पकड़कर मार डालने की आवश्यकता रह जाएगी ?"

"गुरुवर ! यदि अंगुलिमाल आपका शिष्य बन गया है और हिंसा त्यागने का शील अपना लिया है, यदि वह भिक्खु का शुद्ध एवं हानिरहित जीवन व्यतीत कर रहा है तो मेरी प्रसन्नता की कोई सीमा नहीं। मैं न केवल उसको जीवनदान दे दूंगा, वरन् उसे मुक्त भी कर दूंगा। मैं उसे चीवर, भोजन और औषधियां प्रदान करूंगा। किन्तु मैं नहीं समझता कि ऐसा हो सकेगा।"

बुद्ध ने अहिंसक की ओर संकेत किया जो उनके पीछे ही खड़ा था और कहा, "यह भिक्खु और कोई नहीं, अंगुलिमाल ही है। इसने भिक्खु के शीलों पर आचरण करने की प्रतिज्ञा कर ली है। पिछले दो सप्ताहों में यह एकदम दूसरा ही प्राणी बन गया है।

राजा प्रसेनजित ने जब पाया कि वह भयानक हत्यारे के इतने समीप खड़े हैं, तो आतंकित हो गये।

बुद्ध ने कहा, "अब इससे भयभीत होने की कोई आवश्यकता नहीं। अब हम इसे 'अहिंसक' कहते हैं।"

राजा ने बड़ी देर तक अंगुलिमाल को कठोर दृष्टि से देखा। फिर उसको

नमन किया और पूछा, "आदरणीय भिक्खु, आपका किस परिवार में जन्म हुआ था ? आपके पिता का नाम क्या था ?"

"महामहिम, मेरे पिता का नाम गर्ग और मेरी माता का नाम मंत्रिणी (मन्तनी) था।"

"भिक्खु गर्ग-मंत्रिणी पुत्र ! कृपया मुझे चीवर, भोजन और औषधियां प्रदान करने की अनुमति दीजिए।

अहिंसक ने उत्तर दिया, "महामहिम, मेरे पास तीन चीवर हैं। मैं प्रतिदिन भिक्षाटन करके भोजन प्राप्त करता हूं और अभी मुझे किसी प्रकार की औषधि की आवश्यकता नहीं है। आपने मुझे यह सब देने का प्रस्ताव रखा, इसके लिए हार्दिक धन्यवाद।"

राजा ने नये भिक्खु को पुनः नमन किया। उसके बाद बुद्ध को संबोधित करके बोला, "बोधिसत्व, आपकी तेजस्विता वास्तव में अद्भुत है। आपने उन स्थितियों में शांति और सद्भाव स्थापित किया है, जो कोई अन्य नहीं कर पाया। जिसे अन्य लोग शक्ति और हिंसा के द्वारा नहीं कर पाये, उसे आपने अपनी महान कृपालुता से संभव बना दिया है। कृपया मेरी हार्दिक कृतज्ञता स्वीकार करें।"

राजा ने सेनापतियों से कहा कि वे सेना को विसर्जित कर दें और सभी लोग अपने दैनिक कार्यों में लग जाएं। इसके बाद राजा स्वयं भी लौट गये।

अध्याय चौवन

सचेतनावस्था में रहो

अंगुलिमाल के भिक्खु बन जाने का समाचार तेजी से सारे नगर में फैल गया। सभी ने चैन की सांस ली। पड़ोसी राज्यों को भी हत्यारे के हृदय-परिवर्तन का समाचार ज्ञात हो गया। इससे बुद्ध एवं संघ की प्रतिष्ठा और अधिक बढ़ गयी।

संघ की ओर बहुत से प्रतिभा-सम्पन्न और योग्य युवक आकर्षित होते ही जा रहे थे और वे अपने सम्प्रदाय छोड़कर बुद्ध की शिक्षाओं को अपनाने लगे थे। मगध और कौशल के धार्मिक क्षेत्रों में बहुत दिनों तक इस बात पर वाद-विवाद होता रहा कि उपासक उपालि किस प्रकार अपना निर्ग्रंथ सम्प्रदाय छोड़ आया। उपालि उत्तरी मगध का धनी और प्रतिभावान युवक था। वह आचार्य नाथपुत्त के निर्ग्रंथ सम्प्रदाय का मुख्य संरक्षक था। निर्ग्रंथ सम्प्रदाय के तपस्वी परम त्यागी थे जिनमें से कुछ तो दिगम्बर तक होते। इस सम्प्रदाय के प्रति लोगों के मन में बहुत श्रद्धा-भावना थी।

उस वसन्त ऋतु में बुद्ध नालन्दा के पावरिका आम्रवन में निवास कर रहे थे। एक दिन नाथपुत्त के वरिष्ठ शिष्य दीर्घतपस्वी उनसे भेंट करने आये जो नालंदा में भिक्षा मांगने के उपरान्त एक दिन के लिए रुक गये थे। दीर्घतपस्वी से बुद्ध को ज्ञात हुआ कि निर्ग्रंथ सम्प्रदायवादी 'कर्माणी' (कर्मों की) अवधारणा नहीं मानते वरन् पापों के लिए 'दंडाणि' की ही बात कहते हैं। तपस्वी ने बुद्ध से कहा कि पाप तीन प्रकार के होते हैं – (1) काया कृत पाप, (2) वाणी कृत पाप और (3) पापपूर्ण विचार। बुद्ध ने जब उनसे पूछा कि किस प्रकार का पाप सर्वाधिक गंभीर होता है तो तपस्वी ने उत्तर दिया कि 'काया कृत' पाप ही सबसे गंभीर होते हैं।

बुद्ध ने बताया कि सद्धर्म-मार्ग के अनुसार पापपूर्ण विचार ही अधिक गंभीर हैं क्योंकि मनस तत्त्व ही कर्मों को आधार होता है। तपस्वी ने बुद्ध से अपने ये विचार तीन बार दोहराने का अनुरोध किया, जिससे वह उनके विचार अपने गुरु के समक्ष ठीक-ठीक प्रस्तुत कर सकें। बुद्ध से विदा लेकर तपस्वी आचार्य नाथपुत्र के पास गया और जब बुद्ध के विचार उनके समक्ष रखे तो वह बड़ी जोर से हंसे।

नाथपुत्र ने कहा कि भिक्खु गौतम बड़ी भूल कर रहे हैं। पापपूर्ण विचार और पापमय वचन सबसे बड़े पाप नहीं हैं। काया-कृत पाप ही सबसे गंभीर होते हैं और उनके परिणाम अत्यन्त दूरगामी होते हैं। साधु तपस्वी ! तुमने मेरी शिक्षा का सार हृदयंगम कर रखा है।

इस वार्तालाप के समय बहुत से अन्य शिष्य भी उपस्थित थे जिनमें उपालि भी था। उसने बुद्ध से मिलने की इच्छा प्रकट की जिससे वह बुद्ध के तर्कों को काट सके। नाथपुत्र ने उपालि को जाने की प्रेरणा दी किन्तु तपस्वी ने इसका समर्थन नहीं किया। उसे चिन्ता थी कि कहीं बुद्ध उसे अपने मत से प्रभावित न कर दें और उपालि उनका शिष्य ही बन जाए।

नाथपुत्र को उपालि पर बहुत भरोसा था इसलिए कहा, "ऐसा भय करने की कोई आवश्यकता नहीं कि उपालि हमें छोड़कर बुद्ध का शिष्य बन जाएगा। कौन कह सकता है कि गौतम स्वयं ही उपालि के शिष्य बन जाएं।"

तपस्वी ने तब भी उपालि को जाने से रोका किन्तु उपालि तो जाने का मन बना चुका था। जब उपालि बुद्ध से मिला तो वह बुद्ध द्वारा अपने विचार अत्यंत सजीवता एवं प्रेरक रूप से प्रस्तुत करने से तुरन्त प्रभावित हो गया। सात उदाहरण देकर बुद्ध ने उपालि के समक्ष सिद्ध कर दिया कि पाप पूर्ण विचार (मनसा-पाप), वाचा और कर्मणा पापों से अधिक गंभीर होते हैं। बुद्ध जानते थे कि निर्ग्रंथ सम्प्रदाय भी अहिंसा के शील को मानता है। वह जानते थे कि इनके साधु कीड़ों तक को बचाकर चलते हैं कि कहीं कोई कीड़ा-मकोड़ा पैरों से कुचल न जाए। इसके लिए बुद्ध ने उनकी प्रशंसा की। इसके बाद उन्होंने उपालि से पूछा, "आप एक कीड़े तक को जान-बूझकर नहीं मारते; किन्तु जब कोई कीड़ा अकस्मात् कुचल ही जाए तो क्या आपने कोई पाप कर दिया ?"

उपालि ने कहा, "आचार्य नाथपुत्र कहते थे कि यदि तुम्हारा इरादा उसे मारने का नहीं था, तो तुमने कोई पाप नहीं किया।"

बुद्ध मुस्कराकर बोले, "तब तो आचार्य नाथपुत्र इस विचार से सहमत हैं कि

विचार ही पाप का बुनियादी तत्त्व है। तब वह यह कैसे मानते हैं कि पापपूर्ण कर्म ही अधिक गंभीर होते हैं?"

उपालि बुद्ध के चिन्तन की स्पष्टता और सूझ-बूझ से अत्यधिक प्रभावित हुआ। उसने बाद में बुद्ध के समक्ष स्वीकार किया कि आपके पहले उदाहरण ने ही कथन के तर्क को प्रमाणित कर दिया था किन्तु वह अधिक उदाहरण देने का अनुरोध इसीलिए करता रहा, जिससे उनकी अधिकाधिक शिक्षाओं को सुन सके। जब बुद्ध ने सातवां उदाहरण समझाना समाप्त किया तो उसने बुद्ध को नमन किया और उनसे स्वयं को शिष्य बनाने का अनुरोध किया।

बुद्ध ने कहा, "उपालि इस अनुरोध पर तुम्हें भली-भांति विचार कर लेना चाहिए। आपकी प्रतिभा और स्तर के व्यक्ति को कोई भी निर्णय उतावली में आकर नहीं करना चाहिए। जब तक पूर्ण सुनिश्चित न हो जाओ, बार-बार विचार करो।"

बुद्ध के इन शब्दों से उपालि के मन में उनके प्रति श्रद्धा और भी बढ़ गयी। वह देख रहा था कि बुद्ध स्वयं अपनी प्रतिष्ठा बढ़ाने की खातिर ही उससे अपना सम्प्रदाय बदलने के लिए प्रेरित नहीं कर रहे थे। किसी अन्य आध्यात्मिक गुरु ने अपने सम्प्रदाय का समर्थन करने से पूर्व इस प्रकार अपने निश्चय पर पुनर्विचार करने के लिए नहीं कहा था। उपालि ने उत्तर दिया, "बोधिसत्व, मैंने इस पर गंभीरता से विचार कर लिया है। कृपया मुझे बुद्ध, धम्म और संघ की शरण में आने की अनुमति दीजिए। सच्चा और सही सद्धर्म-पथ पाकर मैं बहुत प्रसन्न हूं और आपका आभारी हूं।"

बुद्ध ने कहा, "शिष्य उपालि, तुम निर्ग्रंथ सम्प्रदाय के प्रमुख संरक्षक बहुत दिनों से बने हुए हो। भले ही तुम मेरे शिष्य बन जाओ, कृपा करके अपने पूर्व सम्प्रदाय की सहायता करना बंद मत कर देना।"

उपालि ने कहा, "गुरुवर, आप वास्तव में बेहद भले हैं। आप उदारमना तथा मुक्त हृदय हैं। ऐसा गुरु मैंने अब तक नहीं देखा।"

जब तपस्वी ने आचार्य नाथपुत्त को सूचना दी कि उपालि ने बुद्ध का शिष्यत्व ग्रहण कर लिया है तो नाथपुत्त को इस पर विश्वास ही नहीं हुआ। वह तपस्वी को लेकर उपालि के घर गये जहां उपालि ने स्वयं इस कथन की पुष्टि की।

मगध और कौशल के अधिक-से-अधिक लोग सद्धर्म का मार्ग अपनाते जा रहे थे। बहुत से भिक्खुओं ने यह सुखद समाचार बुद्ध को उस समय दिया जब वे उनसे मिलने श्रावस्ती आये।

बुद्ध ने उनसे कहा कि सद्धर्म-पथ अपनाने वालों की संख्या बढ़ रही है, यह अपने आप में सुखद समाचार है या नहीं, यह इस बात पर निर्भर करता है कि भिक्खुगण अपनी धर्म-साधना कितने परिश्रम से करते हैं। हमें सफलता या विफलता की भावना में नहीं फंसना चाहिए। हमें सौभाग्य और दुर्भाग्य दोनों को सम भाव से अपनाना चाहिए।

एक दिन सवेरे बुद्ध और भिक्खुगण भिक्षाटन के लिए विहार से निकल ही रहे थे कि बहुत से पुलिस वाले जेतवन में घुस आये ताकि वे एक महिला का शव बरामद कर सकें। भिक्खु भौंचक्के रह गये और उनकी समझ में नहीं आ रहा था कि महिला का शव खोजने के लिए पुलिस विहार में क्यों आयी है। मान्य भद्दिय के पूछने पर बताया गया कि श्रावस्ती के एक बड़े सम्प्रदाय की सदस्या का नाम सुंदरी है। भिक्खु पहचान गये कि इस नाम की एक सुंदर युवती हाल के महीनों में कई बार धर्म-देशना सुनने आयी थी। भिक्खुओं ने कहा भी कि यहां कुछ भी नहीं मिलेगा किन्तु पुलिस खोज करने पर अड़ी रही। उस समय सबको आश्चर्य हुआ जब बुद्ध की कुटी के पीछे उसका शव उथली कब्र में दबा हुआ मिला। किसी की समझ में नहीं आ रहा था कि वह महिला कैसे मरी और उसे यहां किसने गाड़ा। पुलिस जब शव लेकर चली गयी तो बुद्ध ने भिक्खुओं से कहा कि वे सामान्य रूप से भिक्षाटन पर जाएं। उन्होंने कहा कि "अपनी सचेतनावस्था की मुद्रा यथावत रखें।"

उसी दिन शाम को सुंदरी के सम्प्रदाय वाले लोगों ने उसके शव का नगर में जुलूस निकाला। वे रुक-रुक कर शहर में लोगों से चिल्ला-चिल्लाकर कह रहे थे, "यह सुन्दरी का शव है। यह शव जेतवन विहार की उथली कब्र से बरामद हुआ है। किन्तु शाक्य वंश के बुद्ध के शिष्य जो वासना रहित शुद्ध जीवन व्यतीत करने का दावा करते हैं, उन्हीं ने सुंदरी के साथ बलात्कार किया है और फिर उसका शव छिपाने की चेष्टा की है। दया, करुणा, आनंद और समत्व भाव सरीखी उनकी बातें सरासर झूठी हैं। अपनी आंखों से देख लो।"

श्रावस्ती के नागरिक इस घटना से बड़े उद्विग्न हुए। बुद्ध के अनेक श्रद्धावान शिष्यों की आस्था भी डोलने लगी। अन्य लोगों को पक्का विश्वास था कि यह जघन्य कांड बुद्ध की प्रतिष्ठा को धक्का पहुंचाने के लिए रचा गया षड्यंत्र है जिससे वे बहुत दुखी हुए। बुद्ध की लोकप्रियता से जिन धर्म संप्रदायों को खतरा उपस्थित हो गया था, उन्हें बुद्ध की खुलकर आलोचना और संघ की निन्दा करने

का एक सुअवसर हाथ आ गया था। भिक्खु जब भी भिक्षाटन को जाते तो उनसे तरह-तरह के सवाल किये जाते और भला-बुरा कहा जाता। भिक्खुगण अपनी सौम्यता बनाये रखते और चेतनावस्था में स्थित रहकर अपना कार्य करते रहते। लेकिन नव प्रवृज्जित भिक्खुओं के लिए अपनी ध्यानावस्था में रहना कठिनतर होता जा रहा था। बहुत से भिक्खुओं को शर्म आती और वे नगर में भिक्षाटन करने से आना-कानी करने लगे।

एक दिन अपराह्न में बुद्ध ने भिक्खुओं को बुलाया और सभी को संबोधित करते हुए कहा, "अनुचित आरोप कहीं भी और कभी भी लगाये जा सकते हैं। आप लोगों को लज्जित अनुभव करने की आवश्यकता नहीं है। लज्जा का एक ही कारण हो सकता है, जब आप लोग शुद्ध जीवन-यापन की साधना के प्रयासों से विरत हो जाएं। असत्य आरोप कुछ दिनों तक फैलेंगे और फिर समाप्त हो जाएंगे। कल जब आप भिक्षाटन के लिए जाएं और कोई भी इस सबकी चर्चा करे तो आप कहना, "जो भी इस कर्म के लिए उत्तरदायी है, वह इसका फल पाएगा।"

बुद्ध के इन शब्दों से भिक्खुओं को बड़ी हिम्मत मिली। इस बीच इस घटना से अत्यधिक चिन्तित महिषी विशाखा सुदत्त के यहां गयी और इस विषय पर विस्तार से चर्चा की। उन्होंने सारे मामले की गुप्त रूप से जांच कराने का निश्चय किया जिससे असली अपराधी का पता चल सके। उन्होंने अपनी योजना राजकुमार जेत को बतायी और उसने भी इस कार्य में सहायता देने का वचन दिया।

सात दिनों के भीतर ही गुप्तचरों ने अपराधियों का पता लगा लिया। दो व्यक्ति अत्यधिक मद्यपान करके आपस में झगड़ने लगे। उसी झोंक में इस रहस्य का उद्घाटन भी उन्होंने कर दिया। राजकीय आरक्षी ने अपराधियों को पकड़ लिया। उन्होंने अपराध स्वीकार करते हुए बता दिया कि सुंदरी के संप्रदाय के लोगों ने ही उन्हें धन देकर सुंदरी को मरवाया और बुद्ध की कुटी के पीछे गड़वाया था।

राजा प्रसेनजित यह खबर बताने के लिए कि हत्यारे पकड़े गये हैं, तुरन्त जेतवन गये। उन्होंने संघ के प्रति अपनी अडिग निष्ठा व्यक्त की और इस बात पर हर्ष व्यक्त किया कि सभी लोगों को वास्तविकता का ज्ञान हो गया है। बुद्ध ने राजा से कहा कि इस अपराध के लिए जिम्मेदार व्यक्तियों को क्षमा कर दिया जाए। यदि लोग अपने द्वेष और घृणा को नहीं जीतेंगे तो ऐसे अपराध फिर-फिर होते रहेंगे।

श्रावस्ती के लोग फिर भिक्खुओं को बहुत ही सम्मान एवं आदर की दृष्टि से देखने लगे।

अध्याय पचपन

उदय प्रभाती तारक का

एक दिन बुद्ध और आनंद नगर के बाहर स्थित एक छोटे विहार में गये। वे वहां उस समय पहुंचे जब सभी भिक्खु भिक्षाटन को गये हुए थे। जब वे विहार में चहलकदमी कर रहे थे तो उन्हें एक कुटिया से कष्टपूर्ण स्वर सुनायी दिया। बुद्ध एक कुटिया में घुसे तो देखा एक दुर्बल भिक्खु एक कोने में सिकुड़ा पड़ा है। पूरी कुटिया गंदी हवा से भरी हुई थी। बुद्ध उसके पास गये और पूछा, "बन्धु तुम क्या रुग्ण हो ?"

"गरुवर, मुझे विशूचिका हो गया है।" भिक्खु ने उत्तर दिया।

"क्या कोई आपकी देख-भाल नहीं करता ?"

"गुरुवर अन्य भिक्खु भिक्षाटन करने गये हैं। यहां मेरे अतिरिक्त कोई नहीं है। जब मैं पहली बार बीमार पड़ा तो कई बन्धु मेरी देख-भाल करते थे। किन्तु जब मैंने देखा कि मैं किसी के काम का नहीं हूं तो मैंने उनसे कह दिया कि अब मेरी अधिक देख-रेख करने की आवश्यकता नहीं है।"

बुद्ध ने आनंद से पानी लाने को कहा। आनंद एक बाल्टी पानी लाये तो बुद्ध ने भिक्खु को स्नान कराया, उसके वस्त्र बदले और शौच से गंदे वस्त्र धोये। उन्होंने कुटिया का फर्श भी खुरच-खुरच कर साफ किया। जब वे उसका धुला चीवर सुखाने डाल रहे थे तो अन्य भिक्खु भिक्षाटन से लौट आये। मान्य आनंद ने उनसे पानी गर्म करने को कहा जिससे दवा तैयार की जा सके।

सभी भिक्खुओं ने बुद्ध और आनंद को भोजन करने के लिए आमंत्रित किया। भोजन करने के बाद उन्होंने भिक्खुओं से कहा–"उस कुटिया का भिक्खु किस रोग से ग्रस्त था ?"

"बोधिसत्व, उसे विशूचिका हो गया था।"

"क्या कोई उसकी देख-रेख कर रहा था ?"

"गुरुवर, पहले तो हम देख-रेख कर रहे थे किन्तु बाद में उन्होंने स्वयं ही मना कर दिया।"

"भिक्खुओ, जब हम सद्धर्म मार्ग के पथिक बनने के लिए गृह-त्याग कर देते हैं तो हमारा परिवार और माता-पिता पीछे छूट जाते हैं। जब भिक्खु रुग्ण हो तो हम ही यदि एक-दूसरे की देख-रेख नहीं करेंगे तो कौन करेगा? हमें एक दूसरे का ख्याल अवश्य करना चाहिए। फिर वह रुग्ण व्यक्ति कोई गुरु हो, शिष्य हो या मित्र हो, हमें तब तक उसकी देख-भाल करनी चाहिए जब तक वह स्वस्थ न हो जाए। भिक्खुओ, यदि मैं बीमार पड़ जाऊं तो क्या आप मेरी आवश्यकताओं का ख्याल न करेंगे ?"

"निश्चय ही बुद्ध देव।"

"तब आपको रुग्ण होने वाले प्रत्येक भिक्खु की देख-भाल अवश्य करनी चाहिए। किसी भी भिक्खु की देख-भाल करना स्वयं मेरी देख-भाल करने के समान है।"

भिक्खुओं ने करबद्ध हो बुद्ध देव को नमन किया।

आगामी ग्रीष्म ऋतु में बुद्ध श्रावस्ती के पास पूर्वोधान में रुके। उन्हीं दिनों भिक्खुनी महाप्रजापति श्रावस्ती में भिक्खुनियों को शिक्षा प्रदान कर रही थीं। इस शिक्षण कार्य में बिम्बिसार की पूर्व पत्नी भिक्खुनी खेमा भी सहायता करती थीं। वह बीस साल पहले बुद्ध की शिष्या बन चुकी थीं किन्तु शुरू में उसका अहंकार प्रबल रहा लेकिन बुद्ध की शिक्षाओं के उपरान्त उसमें नम्रता आयी। चार वर्ष तक उपासिका के रूप में साधना करने के बाद उसने नियमित प्रवृज्या ली थी। वह परिश्रमपूर्वक साधनाभ्यास करतीं और अब वह भिक्खुनियों की प्रमुख नेता बन गयी थी। महिषी विशाखा वहां प्रायः आ जाया करती। एक दिन वह सुदत्त–अनाथ- पिण्डिक–को भी अपने साथ लायी और भिक्खुनी खेमा, धर्माधीना, उत्पलवर्णा और पात्रचारा से भी परिचय कराया जो भिक्खुनी बनने से पूर्व ही उनकी सहेलियां थीं। इनमें से प्रत्येक का जीवन एक करुण गाथा थी।

एक दिन सुदत्त अपने साथ अपने मित्र विशाख को भिक्खुनी विद्यालय ले गया जहां धर्माधीना विख्यात अध्यापिका थीं और विशाख की रिश्तेदार भी थी। विशाख एवं सुदत्त ने उस दिन धर्माधीना का धर्म-प्रवचन सुना जो उसने पंच स्कन्धों और अष्टांगिक मार्ग पर दिया था। इन गूढ़ सत्यों की इतनी गहन समझ

धर्माधीना को है, इसे समझ विशाख आश्चर्यचकित रह गया। जब वह जेतवन गया तो उन्होंने बुद्ध को धर्माधीना के प्रवचन के विषय में बताया।

इसे सुनकर बुद्ध ने कहा, "यदि इन विषयों पर आप मुझसे भी प्रश्न करते तो मेरा उत्तर भी वही होता जो भिक्खुनी धर्माधीना का है। उसने वास्तव में अर्हत-पद और मुक्ति-पथ की शिक्षाओं को भली प्रकार समझ लिया है।" यह कहने के बाद उन्होंने आनंद से कहा कि धर्माधीना का प्रवचन कंठस्थ कर लो, यह बड़ा महत्त्वपूर्ण है और सभी भिक्खुओं के लिए भी उपयोगी रहेगा।

भिक्खुनी भद्रकापालिनी भी धर्म-शिक्षा की गहन समझ के लिए विख्यात थीं और भिक्खुनी धर्माधीना की भांति उन्हें भी जगह-जगह प्रवचन देने के लिए बुलाया जाता था।

भिक्खुनी पाटचारा की कथा बड़ी करुण थी। वह एक धनिक श्रेष्ठि की एकमात्र पुत्री थी। उसे घर से बाहर नहीं जाने दिया जाता था। विवाह योग्य आयु होने पर उसका घर के सेवक से ही प्रेम हो गया और जब उसका पिता किसी और से उसका विवाह करना चाहता था तो वह उस सेवक के साथ घर से भाग कर किसी अन्य नगर में चली गयी और वहां उसने उस सेवक से विवाह कर लिया। कुछ समय बाद उसके एक पुत्र हुआ और दूसरे पुत्र के जन्म के समय जब वह अपने पितृ-गृह जा रही थी तो मार्ग में ही भीषण आंधी-तूफान आ गया और उसे प्रसव-पीड़ा होने लगी। उसका पति जंगल से कुछ डाल-पत्ते लाने के लिए गया तो उसे सांप ने डस लिया। वह सबेरा होने पर नवजात शिशु को एक हाथ में लिये और दूसरे हाथ से पहले पुत्र को पकड़े अपने पितृ-गृह श्रावस्ती को चल दी। रास्ते में जो नदी पड़ी वह वर्षा-तूफान से उफन रही थी। उसने बड़े बेटे को इस किनारे छोड़ नवजात शिशु को उस पार उतारने का प्रयास किया। वह बच्चे को पानी से बचाने के लिए सिर पर रखे थी कि एक गृद्ध उसे उठा ले गया। वह चिल्लायी तो बड़े बेटे ने समझा कि मां किसी संकट में है तो वह नदी में उतर गया। पाटचारा बच्चे को रोकती ही रही किन्तु वह नदी की धार में बह गया।

आखिर दूसरे किनारे पर पहुंचकर वह गिरकर बेहोश हो गयी। होश में आने पर वह उठकर जब कई दिन पैदल चलकर श्रावस्ती पहुंची तो वहां पता चला कि आंधी-तूफान में उसका घर नष्ट हो गया और माता-पिता की भी मृत्यु हो गई। जिस दिन वह वहां पहुंची, उसी दिन माता-पिता का शव-संस्कार हो रहा था।

पाटचारा सड़क पर ही गिरकर अचेत हो गई। वह अब जीवित नहीं रहना चाहती थी। कुछ लोग उसकी अवस्था पर दया खाकर उसे बुद्ध के पास ले गये। उसकी करुण कथा सुनकर बुद्ध ने कहा, "पाटचारा, तुमने अपार कष्ट सहे हैं किन्तु जीवन केवल कष्ट और दुर्भाग्य ही नहीं है। साहसी बनो और सद्धर्म के मार्ग का साधना-अभ्यास करो। एक दिन तुम अपनी भीषणतम पीड़ा पर भी हंसने में समर्थ हो सकोगी। तुम जान सकोगी कि वर्तमान जीवन और अगले जन्म में भी नयी शांति और आनंद से कैसे जिया जा सकता है।"

पाटचारा ने प्रणत होकर प्रवृज्या दिये जाने का अनुरोध किया। बुद्ध ने उसे भिक्खुनी महाप्रजापति के संरक्षण में छोड़ दिया। उसे भिक्खुनी महाप्रजापति और अन्य भिक्खुनियां बहुत प्रेम करतीं। एक दिन जब वह अपने पैर धो रही थी तो उसने देखा कि पानी-पृथ्वी में समाकर सूखता जाता है तो अकस्मात् उसे तत्त्वों की अनित्यता का बोध जागृत हुआ। अनेक दिनों तथा रातों तक उसने अपनी साधना इसी धारणा पर केन्द्रित की, तो एक दिन प्रातः काल उसके समक्ष जन्म-मरण की समस्या भी स्पष्ट हो गई। उसने तुरन्त अपने भावों को कविता रूप दे दिया :

एक दिन पैर धोते समय
मैंने जल की धारा को बहकर
पृथ्वी के गर्भ में पुनः समाते देखा
मैंने प्रश्न किया, "जल कहां लौट गया ?"

सौम्य मौनावस्था में ध्यान किया
चित्त और शरीर को चेतनावस्था में रखा
मैं छः ज्ञानेन्द्रियों के विषयों का स्वरूप देखा
जैसे वे शक्तिशाली त्वरित गामी अश्व हों।

दीपक की बत्ती पर त्राटक साधना की
मैंने अपना चित्त केन्द्रीकृत किया,
समय न जाने कब कितना बीत गया,
दीपक तब भी जल रहा था।

मैंने सुई उठायी,
दीप बाती को नीचे सरका दिया
प्रकाश तुरन्त समाप्त हो गया
सब कुछ अंधकार में डूब गया।

एक ज्योति बुझ गई थी
किन्तु अकस्मात् मेरा आत्म-तेज जागा
मेरा चित्त समस्त बंधनों से मुक्त था
और उदित हो गया था प्रभाती तारा।

जब पाल्रचारा ने अपनी वह कविता अपनी नेता भिक्खुनी महाप्रजापति को सुनायी तो उन्होंने उसकी भूरि-भूरि प्रशंसा की।

उत्पलवर्णा एक अन्य भिक्खुनी थी जो बहुत से दुःख सहकर मान्य मौद्गल्यायन की कृपा से धर्म की शरण में आयी थी। मुंडित मस्तक होने पर भी वह असामान्य रूप से सुंदर थी। एक दिन मान्यमौद्गल्यायन और वह नगर के एक उद्यान में टहल रहे थे। वह पुरुष वर्ग में कमल के समान सुंदर समझी जाती थी किन्तु मान्य गौद्गल्यायन ने उसकी आंखों में तैरते दुःख को समझकर पूछा, “आप वास्तव में सुन्दर हो और बहुत ही उत्कृष्ट वस्त्र धारण किये हो किन्तु मैं देख रहा हूं कि आपका हृदय दुःखों और भ्रमों से परिपूर्ण है। आपके हृदय पर दुःखों का भार बहुत अधिक है किन्तु अब भी उसी मार्ग पर चल रही हो जो और भी प्रगाढ़ अंधकार की ओर ले जाता है।”

हृदय के आंतरिक भावों को भी पढ़ने की क्षमता मौद्गल्यायन में देखकर वह एकदम अवाक् रह गयी। फिर भी उसने हिम्मत जुटाकर कहा, “संभवतः आप जो कह रहे हैं, वह सत्य हो, किन्तु मेरे पास जीवन का यही एकमात्र मार्ग बचा है।”

मौद्गल्यायन ने कहा, “आप इतनी निराशावादी क्यों हैं ? आपका जो भी अतीत रहा हो, आप अब भी परिवर्तन कर सकती हो और अच्छे भविष्य का निर्माण कर सकती हो। गंदे कपड़े धोये जा सकते हैं। भ्रमों और चिन्ताओं से भारी हृदय को आत्म-जागृति से शुद्ध किया जा सकता है। बुद्ध की शिक्षा है कि प्रत्येक व्यक्ति में जागृत होने और शांति एवं आनंद प्राप्त करने की सामर्थ्य है।”

उत्पलवर्णा रोते-रोते बोली, "मेरा जीवन पाप-कर्मों और अन्यायों से भरपूर है। मुझे आशंका है कि बुद्ध भी मेरी सहायता नहीं कर पाएंगे।"

मौद्गल्यायन के अनुरोध पर उत्पलवर्णा ने अपनी जीवन-गाथा बतायी कि सोलह वर्षों की आयु में विवाह होने के बाद उसके ससुर मर गये और उसकी सास अपने पुत्र से ही शरीर-संपर्क रखने लगी। उत्पलवर्णा ने एक पुत्री को जन्म दिया किन्तु अपनी सास और पति के संबंधों से तंग आकर पुत्री को छोड़कर घर से भाग गयी। कुछ सालों बाद उसने एक व्यापारी से विवाह कर लिया। उसे पता चला कि उसका पति भी एक रखैल को रखे हुए है। गुप्त रूप से खोजबीन करने पर ज्ञात हुआ कि वह रखैल और कोई नहीं; उसकी अपनी वह बेटी थी जिसे वह वर्षों पहले छोड़कर भाग आयी थी।

उसका कष्ट और कटुता इतनी तीव्र थी कि वह समस्त संसार से ही घृणा करने लगी थी। न वह किसी को प्रेम करती थी और न किसी का भरोसा। वह नर्तकी बन गयी थी और धन, रत्न और भौतिक सुख प्राप्त करने में जुट गयी। उसने स्वीकार किया कि जब वह मौद्गल्यायन के पास से गुजर रही थी तो वह मौद्गल्यायन को ही पटाने की फिक्र में थी।

उत्पलवर्णा ने अपना मुंह ढक लिया और सुबकने लगी। मौद्गल्यायन ने उसे रोने दिया जिससे उसका मन हल्का हो सके। इसके बाद उन्होंने उसे सद्धर्म का मार्ग बताया और बुद्ध से मिलाने ले गये। बुद्ध ने उससे सांत्वना भरे शब्दों के बाद पूछा कि क्या वह भिक्खुनी महाप्रजापति के नेतृत्व में सद्धर्म का अध्ययन करना चाहेगी। उसको प्रवृज्या दी गयी और चार वर्षों के ही परिश्रमपूर्ण साधना-अभ्यास के पश्चात् हर कोई उसको साधिका का अपूर्व उदाहरण बताने लगे थे।

भाग तीन

अध्याय छप्पन

पूर्णतम सचेत प्राणायाम

भिक्खुनियों के विहार में कभी तो स्वयं बुद्ध और कभी कोई वरिष्ठ शिष्य धर्म-देशना करने चला जाता। महीने में एक बार भिक्खुनियां जेतवन में या पूर्वोद्यान में धर्म-देशना सुनने आया करती थीं। एक साल, मान्य सारिपुत्त के सुझाव पर बुद्ध ने वर्षा-प्रवास की अवधि एक महीना और बढ़ा दी। सारिपुत्त समझते थे कि वर्षा-प्रवास की अवधि एक महीने बढ़ा देने से दूर-दूर के केन्द्रों के भिक्खुगण और भिक्खुनियां अपना वर्षा-प्रवास समाप्त करके श्रावस्ती तक आ सकते हैं और स्वयं बुद्ध के श्रीमुख से धर्म-देशना सुनने का सुअवसर पा सकते हैं। और, वास्तव में बहुत से लोग आए भी। उपासक संरक्षक सुदत्त, विशाखा और मल्लिका ने तीन हजार भिक्खु-भिक्खुनियों के रहने और खाने की व्यवस्था अपने साधनों से की थी। प्रत्येक वर्षा-प्रवास की समाप्ति पर आयोजित होने वाला समारोह उस दिन आसौज की बजाय कार्तिक पूर्णिमा के दिन पड़ा।

कार्तिक पूर्णिमा के दिन सर्वत्र कुमुद खिल रहे थे। श्वेत कमल-कुमुद–प्रतिवर्ष इन्हीं दिनों खिला करते हैं। इसलिए कार्तिक पूर्णिमा को कुमुद दिवस भी कहते हैं। उस रात बुद्ध अपने तीन हजार शिष्यों के साथ आकाश में फैली चन्द्रिका का स्नान कर रहे थे। सरोवर से कुमुदों की मंद-मंद सुगंध वातावरण को सुरभित कर रही थी। समस्त भिक्खु और भिक्खुनियां शांत बैठे हुए थे और बुद्ध संघ पर संतोषपूर्ण दृष्टि डाल रहे थे और उनके साधना-परिश्रम की सराहना कर रहे थे। बुद्ध ने इस अवसर का 'पूर्णतम श्वसन-क्रिया सूत्र' की देशना करने के लिए उपयोग किया।

वस्तुतः प्रत्येक भिक्खु और भिक्खुनी को जो वहां उपस्थित थे, श्वसन-क्रिया की सचेतनावस्था की प्रक्रिया सिखाई गई थी। किन्तु यह पहला अवसर था

3,000 शिष्यों के समक्ष चांदनी रात में
बुद्ध द्वारा प्राणायाम सूत्र की देशना

जब अधिकांश शिष्यों को इस विषय की देशना स्वयं बुद्ध के श्रीमुख से सुनने को मिल रही थी। यह पहला अवसर था जब बुद्ध ने पूर्णतम सचेत प्राणायाम संबंधी सभी शिक्षाओं को एक साथ संक्षिप्त रूप से शिष्यों के समक्ष प्रस्तुत किया था। मान्य आनंद ने बुद्ध की देशना बहुत ध्यान से सुनी क्योंकि वहे समझते थे कि यह सूत्र, संघ के सभी केन्द्रों तक प्रसारित करने की दृष्टि से बहुत महत्त्वपूर्ण होगा।

इस अवसर पर आने वालों में राहुल की माता भिक्खुनी यशोधरा और भिक्खुनी सुन्दरी नंदा भी थीं। भिक्खुनी गौतमी द्वारा कपिलवस्तु के उत्तर में स्थापित विहार में ही वे साधना- अभ्यास करती थीं। अपनी सास द्वारा प्रवृज्या ग्रहण करने के छः महीनों के बाद ही यशोधरा ने भी प्रवृज्या ग्रहण कर ली थी और एक वर्ष की साधना के उपरान्त ही, वह भिक्खुनी गौतमी की प्रधान सहायिका बन गई थी।

भिक्खुनियों का पूरा प्रयास रहता कि वे श्रावस्ती में किए गए सभी वर्षा-प्रवासों में उपस्थित रहें ताकि स्वयं बुद्ध और उनके वरिष्ठ शिष्यों की प्रत्यक्ष देशना सुन सकें। रानी मल्लिका और महिषी विशाखा भिक्खुनियों की पूर्ण हृदय से सहायता कर रही थीं। दो वर्षों तक तो भिक्खुनियों को राजमहल के उद्यान में ही रहने को स्थान दिया गया था किन्तु तीसरे वर्ष में रानी मल्लिका और महिषी विशाखा के सहयोग से भिक्खुनियों के लिए पृथक् विहार बनवा दिया गया था। वयोवृद्धता के कारण भिक्खुनी गौतमी भिक्खुनियों में से नए नेताओं को उभर कर आने की ओर पूरा ध्यान दे रही थीं। इन नवोदित नेताओं में भिक्खुनी यशोधरा, शैला, विमला, सोमा, नादुत्तरा आदि थीं। इसी दिन पूर्वोद्यान में ये सभी आई थीं। राहुल ने भिक्खु श्रेष्ठ स्वास्ति का परिचय भिक्खुनी यशोधरा और भिक्खुनी सुन्दरी नंदा से कराया। स्वास्ति इन लोगों से मिलकर बहुत अधिक प्रभावित हुआ।

बुद्ध ने सूत्र की देशना आरंभ की :

"भिक्खुओ और भिक्खुनियो, पूर्णतम सचेत प्राणायाम का सतत विकास किया जाए और निरन्तर साधना की जाए तो इसका धर्म-साधना में श्रेष्ठ परिणाम और लाभ प्राप्त होता है। इससे सचेतनावस्था के चारों चरणों और महा वैरोचन अथवा आत्म-जागृति के सातों पक्षों की साधना में सफलता प्राप्त होती है जिससे प्रज्ञा का उदय होता है और निर्वाण शातं की स्थिति तक पहुंचना संभव होता है।

"इसके लिए साधना-अभ्यास इस प्रकार करना है—

“**पहली श्वास :** गहरी सांस खींचते (पूरक प्राणायाम) समय मुझे ज्ञात हो कि मैं गहरी श्वास ले रहा हूं। गहरी श्वास छोड़ते (रेचक प्राणायाम) समय मुझे ज्ञात हो कि मैं गहरी श्वास छोड़ रहा हूं।

“**दूसरी श्वास :** छोटी श्वास खींचते समय मुझे ज्ञात हो कि मैं छोटी श्वास ले रहा हूं। लघु श्वास छोड़ते समय भी मुझे ज्ञात हो कि मैं लघु श्वास ही छोड़ रहा हूं।

“इन दो श्वासों से विस्मरण और अनावश्यक विचारों का आना समाप्त होता है। साथ ही सचेतनता बढ़ती है और जीवन के वर्तमान क्षणों का सामना करने की सामर्थ्य आती है। सचेतनता का अभाव ही विस्मरण है। पूर्ण सचेतन प्राणायाम से आप अपने तेजस स्वरूप को अपनाते हैं और तदनुसार जीवन्तता की ओर लौटते हैं।

“**तीसरी श्वास :** भीतरी श्वास खींचते समय मैं अपनी संपूर्ण काया के प्रति सजग हूं और उस श्वास को छोड़ते समय भी अपनी संपूर्ण काया के प्रति जागरूक हूं।

“इस श्वास से आप अपने शरीर की धारणा करते हैं और अपने शरीर के साथ जीवन्त संबंध जोड़ते हैं। संपूर्ण शरीर और शरीर के समस्त अंगों के प्रति जागरूक होने से आप अपने शरीर की अद्भुतता की अनुभूति करते हैं और आपके शरीर के साथ घटित होने वाली जन्म और मरण की प्रक्रिया को भी समझ पाते हैं।

“**चौथी श्वास :** मैं श्वास भीतर खींच रहा हूं और अपनी संपूर्ण काया को सहज एवं शांत बना रहा हूं। मैं श्वास का रेचन कर रहा हूं और इससे अपनी संपूर्ण काया को सहज एवं शान्त बना रहा हूं।

“इस श्वास से आपके शरीर को सहजता और शांति प्राप्त होती है जिससे हम उस अवस्था में पहुंच जाते हैं, जिसमें चित्त, शरीर और श्वास-प्रश्वास एक सामंजस्यपूर्ण वास्तविकता बन जाते हैं।

“**पांचवीं श्वास :** मैं श्वास भीतर खींच रहा हूं और आनंद का अनुभव कर रहा हूं। मैं श्वास का रेचन कर रहा हूं और आनंद अनुभव कर रहा हूं।

“**छठी श्वास :** मैं भीतर श्वास खींचते हुए प्रसन्नता का अनुभव कर रहा हूं और श्वास रेचन के साथ प्रसन्नता की अनुभूति कर रहा हूं।

“इन दो श्वासों से आप भावनाओं के जगत के पार चले जाते हैं। इन दो श्वासों से शान्ति और आनन्द उत्पन्न होता है जिससे चित्त और शरीर को पोषण

प्राप्त होता है। विभ्रम और विस्मरण की परिसमाप्ति पर आप अपने 'स्व' में स्थित हो जाते हैं और वर्तमान क्षण के प्रति पूर्ण जागरूक होते हैं। इससे आपके अंतस में प्रसन्नता और आनंद का उदय होना संभव होता है।

"आप जीवन की अद्भुतताओं को जीते हैं और सचेतनताजन्य शांति और आनंद की अनुभूति करने में सक्षम होते हैं। जीवन की अद्भुतताओं से साक्षात्कार होने के कारण आप अपनी तटस्थ भावनाओं को हर्षपूर्ण भावनाओं में परिवर्तित कर पाते हैं। इस प्रकार ये दो श्वासें सुखद भावनाओं की दिशा में ले जाती हैं।

"**सातवीं श्वास :** मैं श्वास खींच रहा हूं और अपने चित्त में चल रही गतिविधियों के प्रति सचेत हो रहा हूं। मैं श्वास के रेचन के समय भी अपने चित्त की गतिविधियों के प्रति जागरूक हो रहा हूं।

"**आठवीं श्वास :** मैं श्वास ले रहा हूं और अपने चित्त की गतिविधियों को सहजता एवं शांति की ओर ले जा रहा हूं। मैं श्वास का रेचन कर रहा हूं और अपने चित्त की गतिविधियों को सहज एवं शांत कर रहा हूं।

"इन दो श्वासों के माध्यम से आप अपने मन में उठ रही सभी भावनाओं को स्पष्टतः समझ रहे होते हैं–फिर चाहे वे भावनाएं सुखद, दुखद या तटस्थता भाव की ही क्यों न हों; और इस प्रकार उन भावनाओं को शान्त और कोमल बनाने में सक्षम होते हैं। इस संदर्भ में चित्त की गतिविधियों का अर्थ भावनाएं हैं। जब आप अपनी भावनाओं को समझते हैं और उनकी वास्तविक प्रकृति और उनके मूल कारणों का ज्ञान प्राप्त कर लेते हैं, तो आप उन पर नियंत्रण कर सकते हैं, उन्हें शान्त और सुमधुर बना सकते हैं; भले ही वे दुखद विचार ही क्यों न हों जो कामनाओं, क्रोध या द्वेष के कारण उत्पन्न हुए हों।

"**नौवीं श्वास :** मैं श्वास ले रहा हूं और अपने चित्त के प्रति सचेतन हूं। मैं श्वास को रेचन कर रहा हूं और चित्त के विषय में सचेत हूं।

"**दसवीं श्वास :** मैं श्वास ले रहा हूं और अपने चित्त को हर्षयुक्त और शांत बना रहा हूं। मैं श्वास का रेचन कर रहा हूं और चित्त को हर्षयुक्त और शान्त कर रहा हूं।

"**ग्यारहवीं श्वास :** मैं श्वास खींच रहा हूं और अपने चित्त को एकाग्र कर रहा हूं। मैं श्वास का रेचन कर रहा हूं और चित्त को एकाग्र कर रहा हूं।

“**बारहवीं श्वास :** मैं श्वास खींच रहा हूं और अपने चित्त को मुक्त कर रहा हूं। मैं श्वास का रेचन कर रहा हूं और अपने चित्त को मुक्ति प्रदान कर रहा हूं।

“इन चार श्वसन-क्रियाओं के माध्यम से तीसरे क्षेत्र—चित्त को पार कर लेते हैं। नौवीं श्वास आपको मन की सभी अबस्थाओं, यथा—अवधारणाओं, विचार-क्षमता, भेद-भाव वाले विचारों, हर्ष, विषाद तथा शंकाओं का परिचय पाने में सहायक होती है। इन अवस्थाओं पर धारणा एवं ध्यान करने से आप चित्त की गतिविधियों के गहन द्रष्टा बन जाते हैं। जब आप चित्त की गतिविधियों को देखकर पहचान जाते हैं तो अपने चित्त को एकाग्र कर सकते हैं और उसे सहज एवं शांत बनाने में समर्थ हो पाते हैं। यह स्थिति दसवीं और ग्यारहवीं श्वास से संभव होती है। बारहवीं श्वास के द्वारा आप चित्त की सभी बाधाओं को समाप्त करने में सक्षमता प्राप्त कर लेते हैं। अपने चित्त को प्रकाशवान बनाकर आप सभी मानसिक संकल्प-विकल्पों का मूल कारण देख-समझ पाते हैं और इस प्रकार उन बाधाओं को समाप्त करने की स्थिति में आ जाते हैं।

“**तेरहवीं श्वास :** मैं श्वास भीतर खींच रहा हूं और सभी धर्मों की अनित्य प्रकृति को देख रहा हूं। मैं श्वास का रेचन करते हुए सभी धर्मों की अनित्यता की अनुभूति कर रहा हूं।

“**चौदहवीं श्वास :** मैं श्वास भीतर खींच रहा हूं और सभी धर्मों का क्षय होते देख रहा हूं। मैं श्वास के रेचन के समय भी सभी धर्मों को क्षय होते देख रहा हूं।

“**पंद्रहवीं श्वास :** मैं श्वास भीतर खींच रहा हूं और मुक्ति की धारणा कर रहा हूं। मैं श्वास के रेचन में भी मुक्ति की ही धारणा कर रहा हूं।

“**सोलहवीं श्वास :** मैं श्वास भीतर खींच रहा हूं और जगत् में आवागमन की परिसमाप्ति की धारणा कर रहा हूं। श्वास के रेचन के समय भी मैं जागतिक आवागमन की परिसमाप्ति की धारणा कर रहा हूं।”

“इन चार श्वासों के माध्यम से साधक चित्त की तन्मात्राओं को पीछे छोड़ देता है और समस्त धर्मों के प्रकृत स्वरूप को देखने पर ध्यान केन्द्रित करता है। पहली स्थिति तो सभी धर्मों की अनित्यता की अवस्था है। जब सभी धर्म अनित्य हैं तो उनका क्षय होना भी निश्चित है। जब आप सभी धर्मों की अनित्यता और उनके क्षय के तथ्य से साक्षात्कार कर लेते हैं तो आप जन्म-मरण के अनंत चक्र से बंधे नहीं रहते। उसके बाद आप निर्वाण शांत की स्थिति प्राप्त कर लेते हैं।

निर्वाण शांतं का अर्थ जीवन से विरक्ति या जीवन से भागना नहीं है। इसका अर्थ है सभी प्रकार की कामनाओं और मोहों की माया से मुक्त हो जाना जिससे जन्म-मरण के अन्तहीन चक्र से बंधे रहने की दुखद अवस्था समाप्त हो जाए। एक बार मुक्त हो जाने पर आप जीवन जीते हुए भी शांति और आनंद की अवस्था में रह सकते हैं। उसके बाद जीवन के साथ किसी प्रकार का बंधन शेष नहीं रहता।"

इस प्रकार बुद्ध ने पूर्णतया सचेत श्वसन-क्रिया (प्राणायाम) की सोलह प्रक्रियाओं के माध्यम से बताया कि किस प्रकार शरीर, भावनाओं, चित्त और चित्त की तन्मात्राओं को गहन द्रष्टा बनकर देखना है। उन्होंने प्राणायाम की इन सोलह प्रक्रियाओं से महा वैरोचन अथवा आत्म- जागृति के सात तत्त्वों से इस प्रकार सम्बद्ध करके दिखाया कि इन प्रक्रियाओं से पूर्ण सचेत ध्यान, धर्मों की मूल प्रकृति की खोज, ऊर्जा, आनंद, सहजावस्था, ध्यान-समाधि और निर्वाण शांतं की प्राप्ति हो सकती है।

मान्य स्वास्ति ने सचेतनावस्था के चार चरणों के विषय में तो सुन रखा था, अब उसने भली-भांति समझ लिया था कि 'प्राणायाम द्वारा पूर्ण जागृति सूत्र' से वह अब इन चारों चरणों की गहन साधना कर सकता है। उसने देखा कि ये दोनों सूत्र किस प्रकार एक-दूसरे के पूरक हैं और दोनों ही ध्यान-समाधि की दृष्टि से कितने आधारभूत महत्त्व के हैं।

उस रात तीन हजार भिक्खुओं और भिक्खुनियों ने धवल चंद्रिका में बैठकर कितने हर्षोल्लास से बुद्ध की देशना सुनी। इस समागम को संभव बनाने की मान्य सारिपुत्त की सूझ-बूझ पर स्वास्ति गद्गद हो गया।

एक दिन भिक्खु अहिंसक भिक्षाटन से लौटा तो उसके सारे वस्त्र रक्त से सने थे और चोटों के कारण वह चलने में भी असमर्थ प्राय था। स्वास्ति दौड़कर उसके पास गया तो अहिंसक ने कहा कि मुझे बुद्ध के पास ले चलो। उसने बताया कि जब वह नगर में भिक्षाटन कर रहा था तो कुछ लोगों ने पहचान लिया कि वह पहले का हत्यारा अंगुलिमाल है। उन्होंने मुझे घेर लिया और पीटना शुरू कर दिया। अहिंसक हाथ जोड़े सबकी मार सहता रहा जिससे वे मन के क्रोध और घृणा की भड़ास निकाल लें। वे लोग उसे तब तक पीटते रहे जब तक उसको रक्त-वमन नहीं होने लगा।

जब बुद्ध ने देखा कि अहिंसक को बहुत चोटें लगी हैं तो उन्होंने आनंद से

कहा कि कर-प्रक्षालन पात्र, जल और तौलिया लाओ जिससे इस भिक्खु के शरीर का रक्त साफ किया जा सके। उन्होंने स्वास्ति से कहा कि शीघ्र ही कुछ बूटियां तोड़ लाओ और उनकी पुल्टिस बनाकर घावों पर लगा दो।

यद्यपि उसे बहुत पीड़ा का अनुभव हो रहा था किन्तु अहिंसक चीखा-चिल्लाया नहीं। बुद्ध ने कहा कि "तुम्हारी आज की पीड़ा तुम्हारे अतीत के सभी पापों को धो डालेगी। प्रेम और जागरूकता के साथ पीड़ा को सह जाना हजारों जन्मों की कटु घृणा को भी नष्ट करने में समर्थ है। अहिंसक तुम्हारा चीवर तो फटकर तार-तार हो गया। तुम्हारा भिक्षा-पात्र कहां है ?"

"प्रभुवर, उसे उन लोगों ने तोड़ डाला।"

"मैं आनंद से कहूंगा कि वह तुम्हारे लिए नया चीवर और भिक्षा-पात्र लाकर दे।"

जब स्वास्ति अहिंसक के घावों पर पुल्टिस बांध रहा था तो उसने अनुभव किया कि अहिंसक ने अहिंसा का कितना महान उदाहरण प्रस्तुत किया है। मान्य भिक्खु अहिंसक ने भिक्षाटन के दौरान इसके पहले घटित एक अन्य घटना सुनाई।

वन में एक वृक्ष के नीचे अहिंसक ने देखा कि एक महिला प्रसव-पीड़ा से तड़प रही है। उसे अत्यधिक कष्ट था और बच्चा भी हो नहीं रहा था। उसे देखकर अहिंसक चिल्ला उठा, "कितनी भयंकर पीड़ा है।" वह दौड़कर बुद्ध के पास आए और पूछा कि ऐसी अवस्था में क्या किया जा सकता है ?

बुद्ध ने कहा, "उसके पास दौड़कर जाओ और कहो, 'बहिन, जिस दिन से मैं जन्मा हूं, मैंने जान-बूझकर किसी प्राणी को कष्ट नहीं पहुंचाया है। इसके बदले में, ईश्वर आपको और आपके बच्चे को सुरक्षित रखे।"

अहिंसक ने कहा, "यदि मैंने यह कहा, तो यह तो असत्य-भाषण होगा। सत्य यह है कि मैंने बहुत से प्राणियों को हानि पहुंचायी है।"

बुद्ध ने कहा, "तब जाओ और उनसे कहो, बहिन, जब से मैं सद्धर्म की शरण में आया हूं, मैंने जान-बूझकर किसी भी प्राणी को हानि नहीं पहुंचायी। इसके बदले ईश्वर आप और आपके बच्चे को शांतिपूर्वक सुरक्षित रखे।"

अहिंसक दौड़ता हुआ वन में गया और जोर से वे शब्द कहे। इसके कुछ मिनट बाद ही महिला ने शिशु को सुरक्षापूर्वक ज़न्म दिया।

मान्य अहिंसक सद्धर्म के मार्ग पर काफी अधिक आगे निकल चुके थे जिनकी बुद्ध सर्वाधिक प्रशंसा करते थे।

अध्याय सत्तावन

नौका ही तट नहीं

उस शरद् ऋतु में बुद्ध वैशाली में ही ठहरे। एक दिन जब वह कूटागारशाला धर्म-कक्ष के समीप ही ध्यान-समाधि में बैठे थे तो विहार के दूसरे भाग में अनेक भिक्खुओं ने आत्म-हत्या कर ली। जब बुद्ध को इसकी सूचना दी गई तो उन्होंने पूछा कि उन लोगों ने क्यों आत्म-हत्या की। उन्हें बताया गया कि शरीर की अनित्यता और क्षयशीलता पर जब वे लोग ध्यान-साधना कर रहे थे तो इन लोगों को शरीर से वितृष्णा हो गई और जीवित ही रहना नहीं चाहते थे। यह सुनकर बुद्ध अवसादग्रस्त हो गए। उन्होंने सभी शेष भिक्खुओं को बुलवाया।

उन्होंने कहा, "भिक्खुओ, हम शरीर की अनित्यता और क्षयशीलता पर इसलिए ध्यान करते हैं, जिससे हम शरीर-धर्मों की प्रकृत अवस्था को समझ सकें और उनके बंधन में न फंसें। आत्म-जागृति (महाविरोचन) और निर्वाण शांत की स्थिति जगत् से मांग कर प्राप्त नहीं की जा सकती। इनकी अनुभूति तभी की जा सकती है, जब हम समस्त शरीर धर्मों को प्रकृत अवस्था की गहराई से जान लें। इन बंधुओं ने इस स्थिति को ठीक से समझा ही नहीं और मूर्खतावश पलायन का मार्ग अपना लिया। यह करके उन्होंने 'अहिंसा' के शील का उल्लंघन किया है।

"भिक्खुओ, मुक्त प्राणी न तो शरीर-धर्मों से बंधा रहता है और न उनके प्रति चित्त में वितृष्णा रखता है। उन धर्मों से चिपके रहना अथवा उनके प्रति वितृष्णा रखना दोनों ही बंधन के कारण शांति और निर्विकल्प अवस्था में चित्त को स्थापित करने के लिए मुक्त प्राणी इन दोनों के ऊपर उठ जाता है। इस हर्षावस्था का मापन संभव नहीं है। मुक्त प्राणी न तो नित्यता और पृथक् आत्मा के सीमित विचारों से बंधा रहता है और न अनित्यता और अनात्म-भाव के संकीर्ण विचारों से। भिक्खुओ, रागातीत भाव से बुद्धिमत्तापूर्वक

देशना का अध्ययन और साधना-अभ्यास करो।" बुद्ध ने भिक्खुओं को प्राणायाम-साधना प्रत्यक्ष करके दिखाई जिससे सब लोगों को नव-प्रफुल्लता प्राप्त हो सके।

जब वह श्रावस्ती वापस आए तो अरिष्ट नामक भिक्खु के प्रश्नों के उत्तर में बुद्ध ने आगे शिक्षा दी कि मोहाशक्ति से कैसे बचा जा सकता है। अरिष्ट भी धर्म-देशनाओं का भ्रांत अर्थ समझकर संकीर्ण विचारों में फंसा हुआ था। जेतवन में भिक्खुओं के समक्ष बैठकर बुद्ध ने देशना की कि "यदि धर्म-देशना को अज्ञातावश ठीक से न समझा जाए तो संभव है कि साधक संकीर्ण विचारों में फंस जाए और स्वयं अपने लिए अथवा अन्य लोगों के लिए दुख के कारण उत्पन्न कर दे। आपको धर्म-शिक्षा निस्पृह होकर बुद्धिमत्तापूर्वक सुननी, समझनी और साधना-अभ्यास में अपनानी चाहिए। यदि कोई सर्प की उपस्थिति देख लेता है तो आंकड़ेदार वस्तु से सर्प की गर्दन दबाकर फिर सांप को पकड़ता है। यदि वह ऐसा न करके सांप को सीधे पूंछ या बीच में से पकड़ेगा तो सर्प उसे आसानी से डस लेगा। जिस प्रकार आप सर्प को पकड़ने के लिए अपनी बुद्धि का प्रयोग करोगे, वैसे ही धर्म-शिक्षाओं को बुद्धिमत्तापूर्वक अपनाना चाहिए।

"भिक्खुओ, ये शिक्षाएं तो केवल यथार्थ-सत्य का वर्णन करती हैं। इन्हें स्वयं सत्य समझने की भूल मत करो। चन्द्रमा की ओर संकेत करती उंगली मात्र यह बताती है कि चंद्रमा को किधर देखो। उंगली स्वयं में चंद्रमा नहीं है। यदि तुम उस उंगली को ही चन्द्रमा समझ लोगे तो चंद्रमा का दर्शने कभी नहीं कर पाओगे।

"शिक्षाएं तो उस तट तक जाने के लिए नौका मात्र हैं। किन्तु नौका स्वयं में दूसरा किनारा नहीं है। समझदार व्यक्ति दूसरे तट पर पहुंचकर नौका को सिर पर रखे नहीं फिरेगा। भिक्खुओ! मेरी देशना जन्म-मरण के दूसरे तट तक ले जाने वाली नौका मात्र है। दूसरे तट तक जाने के लिए नौका प्रयोग करो किन्तु उसे अपनी संपत्ति समझकर अपने साथ मत लिए फिरो। देशनाओं से ही बंधे मत रह जाओ। तुम्हें उस नौका को सरिता पार करके छोड़ देना चाहिए।

"भिक्खुओ, मैंने आप लोगों को चार आर्य सत्यों, आत्म-जागृति (महाविरोचन) के जो सात तत्त्व बताए हैं, अनित्यता, अनात्म स्थिति, दुख, शून्यता, अनस्तित्व और लक्ष्यहीनता के विषय में जो देशना दी है, उसका बुद्धिमत्तापूर्वक मुक्त-भाव से अध्ययन करना चाहिए। इन समस्त देशनाओं का

प्रयोग 'निर्वाण शांतं' की स्थिति तक पहुंचने के लिए सहायता के रूप में करो। इन देशनाओं के बंधनों में मत पड़ो।"

भिक्खुनियों के विहार में पांच सौ भिक्खुनियां निवास करती थीं। वे प्रायः बुद्ध या अन्य मान्य भिक्खुओं को जेतवन से आकर धर्म-शिक्षा देने के लिए आमंत्रित किया करती थीं। बुद्ध ने आनंद से कह रखा था कि वह किसी मान्य भिक्खु को वहां भेजकर भिक्खुनियों को धर्म-शिक्षा देने की व्यवस्था कर दिया करें। एक दिन उन्होंने मान्य मांड को वहां जाने के लिए कहा। मान्य मांड साधना-अभ्यास के क्षेत्र में बहुत प्रगति कर चुके थे किन्त उन्हें भाषण कला नहीं आती थी। अगले दिन भिक्षाटन करके वन में अकेले ही भोजन ग्रहण करने के बाद वह भिक्खुनियों के विहार गए। भिक्खुनियों ने उनका उत्साहपूर्वक स्वागत किया और भिक्खुनी गौतमी ने उनको मंच पर आसीन किया और धर्म-देशना करने का अनुरोध किया।

उन्होंने अपने आसन पर बैठकर धर्म-देशना के स्थान पर छोटी-सी कविता सुनाई :

"अखंड शांति में स्थित होना,
धर्म को स्पष्ट समझना,
घृणा और हिंसा के बिना
मूल स्रोत की ओर प्रत्यावर्तन से
अपार आनंद और शांति मिलती है।
पूर्णतम आत्म-जागृति से
सच्ची शांति और अनासक्ति आती है।
सभी कामनाओं के पार हो जाना ही
सर्वोत्तम हर्षोत्फुल्लता है।"

मान्य भिक्खु ने इससे आगे कुछ नहीं कहा वरन् वहीं बैठे-बैठे गहन समाधि-अवस्था में पहुंच गए। यद्यपि उन्होंने कुछ ही शब्द बोले थे, किन्तु उनकी उपस्थिति से शान्ति और प्रसन्नता वातावरण में भर गई थी। हालांकि कुछ युवा भिक्खुनियों ने उनकी लघु देशना पर निराशा व्यक्त की और भिक्खुनी गौतमी से कहा कि कृपया उनसे पूछिए कि वह कुछ और देशना करना चाहेंगे। भिक्खुनी गौतमी ने मान्य भिक्खु मांड के समक्ष प्रणत होकर युवा भिक्खुनियों की इच्छा व्यक्त की। किन्तु मान्य मांड ने दुबारा वही कविता दोहरा दी और मंच से उतर आए।

कुछ दिनों के पश्चात्, बुद्ध को मान्य मांड की धर्म-देशना के विषय में बताया गया। बुद्ध से कहा गया कि भविष्य में वह ऐसे प्रतिभावान मान्य भिक्खुओं को ही भेजा करें जो धर्म-देशना पर अच्छे वक्ता हों किन्तु बुद्ध ने कहा कि शब्दों की अपेक्षा साधक व्यक्ति की उपस्थिति अधिक महत्त्वपूर्ण होती है।

एक दिन सबेरे भिक्षाटन से लौटने पर बुद्ध ने आनंद को कहीं भी नहीं देखा। मान्य राहुल तथा अन्य भिक्खुओं ने भी बताया कि हमने भी उनको नहीं देखा। तब एक भिक्खु ने बताया कि उसने आनंद को अस्पृश्यों के एक समीपस्थ गांव में भिक्षाटन के लिए जाते देखा था। बुद्ध ने उसे कहा कि वहां जाकर आनंद को खोजकर लाओ। भिक्खु को वहां आनंद मिल गए और वह उनको लेकर लौटा। उनके साथ दो महिलाएं भी थीं, एक मां और दूसरी उसकी बेटी प्रकृति।

आनंद ने बुद्ध को बताया कि उसे गांव में कैसे विलम्ब हो गया। कई सप्ताह पहले एक दिन भिक्षाटन के पश्चात् आनंद को विहार की ओर आते समय बहुत जोर की प्यास लगी। वह अस्पृश्यों के गांव में कुएं के समीप पानी पीने के लिए रुक गए। वहां प्रकृति कुएं से बाल्टी में पानी खींच रही थी। वह बहुत सुंदर युवती थी। आनंद ने उससे पानी पिलाने के लिए कहा; किन्तु, उसने यह कहकर मना कर दिया कि वह अस्पृश्या है और पानी पिलाकर किसी भिक्खु को अपवित्र नहीं करना चाहती।

आनंद ने कहा कि "मुझे उच्च पद या वर्ण की आवश्यकता नहीं है। मुझे तो मात्र जल चाहिए जिसे आपसे पाकर मुझे प्रसन्नता होगी। कृपया इस बात से न डरें कि आप मुझे अपवित्र कर देंगी।"

प्रकृति ने तुरन्त उन्हें जल पिला दिया। उसे इस कृपालु, सुंदर और मृदुभाषी भिक्खु से गहन प्रेम हो गया। रात को वह सो नहीं सकी और आनंद के विषय में ही सोचती रही। उसके बाद वह प्रतिदिन कुएं पर इस आशा में प्रतीक्षा करती रहती कि उसे आनंद की एक झलक देखने को मिल जाएगी। अंत में उसने अपनी मां को इस बात के लिए तैयार कर लिया कि वह आनंद को अपने यहां भोजन पर आमंत्रित कर ले। आनंद ने उसका निमंत्रण दो बार स्वीकार कर लिया किन्तु ज्यों ही उन्हें लगा कि वह युवती उन्हें प्रेम करने लगी है, उन्होंने आगे निमंत्रण स्वीकार करने से इनकार कर दिया।

प्रकृति तो उसके प्रेम में पागल थी जिसके कारण वह दुबली होती गई और शरीर-कांति पीली पड़ती गई। आखिरकार, उसने अपनी मां से अपनी

कुएं से खींचकर आनंद को जल पिलाती प्रकृति

व्यथा बताई कि वह चाहती है कि आनंद भिक्खु संघ त्यागकर उससे विवाह कर ले। यह सुनकर उसकी मां ने उसे डांटा और कहा कि उसका प्रेम मूर्खतापूर्ण है और इसकी प्राप्ति असंभव है। किन्तु प्रकृति ने कहा कि आनंद को त्यागने की अपेक्षा वह मर जाना पसंद करेगी। अपनी पुत्री की रक्षा के लिए मां ने अपनी बच्ची की कामना पूरी करने के लिए जाल बिछाया। वह मातंग जाति की थी और उसे जादू-टोना आता था।

उस दिन प्रकृति आनंद से राह में मिली और उनसे अपने घर आने का उसका अंतिम निमंत्रण स्वीकार करने का अनुरोध किया। आनंद को विश्वास था कि वह प्रकृति और उसकी मां को ऐसी शिक्षा दे सकेगा, जिससे प्रकृति उसकी कामना त्याग देगी। लेकिन ज्यों ही उन्होंने मादक द्रव्य युक्त चाय पी उन्हें अपना सिर घूमता और शरीर शिथिल होते लगा और उन्हें शिक्षा देने का कोई अवसर ही नहीं मिला। आनंद ने तुरन्त ताड़ लिया कि उनके साथ क्या कर दिया गया है। उन्होंने मादक द्रव्य का उपचार करने के लिए तुरन्त प्राणायाम क्रियाएं आरंभ कर दीं। बुद्ध के भेजे हुए भिक्खु ने आनंद को प्रकृति की कुटिया में पद्मासन पर बैठे हुए पाया।

बुद्ध ने मृदुल वाणी में प्रकृति से पूछा, "तुम भिक्खु आनंद को बहुत अधिक प्रेम करती हो ? है, न ?"

प्रकृति ने कहा, "मैं पूर्ण हृदय से आनंद को चाहती हूं।"

"उसके प्रति तुम्हारी किस चीज के लिए चाहत है ? उसकी आंखों, उसकी नासिका अथवा उसका मुख ?"

"मैं उसकी सभी चीज–आंखें, नासिका, मुख, उसकी वाणी, उसकी चाल सभी से प्रेम करती हूं। गुरुवर, मैं उसकी हर चीज को चाहती हूं।"

"आंख, नासिका, मुख, वाणी, चाल के अतिरिक्त भिक्खु आनंद में और भी सुंदर गुण हैं, जिन्हें तुम अभी तक जानती भी नहीं हो।"

"वे कौन-कौन से गुण हैं ?" प्रकृति हठात् पूछ बैठी।

"पहला तो उसका प्रेम भरा हृदय। क्या तुम जानती हो कि भिक्खु आनंद किसे प्रेम करते हैं ?"

"श्रीमन्, यह तो मैं नहीं जानती किन्तु इतना जानती हूं कि वह मुझे प्रेम नहीं करते।"

"यहां तुम भूल करती हो। भिक्खु आनंद तुमसे भी प्रेम करते हैं, किन्तु वैसा प्रेम नहीं, जिसकी इच्छा तुम्हारे मन में है। आनंद मुक्ति, स्वतंत्रता, शांति और हर्षोल्लास को प्रेम करता है। उस मुक्ति और स्वतंत्रता का ही प्रभाव है कि

आनंद प्रायः मुस्कराता रहता है। वह अन्य सभी प्राणियों को प्रेम करता है। वह सभी प्राणियों को मुक्ति-पथ का पथिक बनाना चाहता है जिससे वे सभी मुक्ति, स्वतंत्रता तथा आनंद की अनुभूति कर सकें। प्रकृति भिक्खु आनंद का प्रेम प्रज्ञा और मुक्ति से आविर्भूत है। उसे न तो दुख होता है। और न कभी असहायता का वह अनुभव जिसे तुम्हारा प्रेम तुम्हें करा रहा है। यदि तुम आनंद से सच्चा प्रेम करती हो तो तुम उसके प्रेम को समझ सकोगी; उसे मुक्त जीवन से प्रेम करने दोगी जिसका मार्ग उसने अपने लिए निर्धारित कर लिया है। जब तुम आनंद के प्रेम-मार्ग को जान-समझ लोगी, तब न तो तुमको दुःख होगा और न निराशा। तुम भिक्खु आनंद को केवल अपने लिए चाहती हो, इसी से सारा दु:ख और निराशा है। यह तो स्वार्थपूर्ण प्रेम है।"

प्रकृति ने बुद्ध की ओर देखकर पूछा, "किन्तु मैं किस प्रकार वैसा प्रेम कर सकती हूं, जैसा प्रेम भिक्खु आनंद करते हैं ?"

"इस प्रकार से प्रेम करो जिससे तुम अपनी प्रसन्नता के साथ आनंद का प्रेम भी सुरक्षित रख सको। भिक्खु आनंद ताजी हवा का झोंका है। यदि तुम उस ताजी हवा को अपने वक्ष में बांध लोगी तो वह वायु मर जाएगी और उसकी शीतलता का न तो तुम्हें कुछ लाभ होगा और न किसी अन्य को। आनंद को इस प्रकार से प्रेम करो जिस प्रकार ताजी वायु को करती हो। यदि तुम आनंद के साथ इस प्रकार का प्रेम कर सको तो तुम स्वयं भी शीतल मंद पवन बन जाओगी। इससे तुम्हारी अपनी पीड़ा भी समाप्त हो जाएगी और अन्य बहुत से लोगों की पीड़ा भी।"

"गुरुदेव, मुझे शिक्षा दीजिए कि उस प्रकार का प्रेम कैसे किया जा सकता है।"

"तुम भी वही मार्ग अपना सकती हो जो आनंद ने अपनाया है। तुम भी आत्म-मुक्ति, शांति और आनंद का जीवन व्यतीत कर सकती हो जिससे आनंद के समान अन्य लोगों को भी हर्षोल्लास प्रदान कर सको। तुम्हें भी आनन्द के समान प्रवृज्या दी जा सकती है।"

"किन्तु मैं तो अस्पृश्य हूं। मुझे कैसे प्रवृज्या दी जा सकती है ?"

"हमारे संघ में जाति के आधार पर कोई भेद-भाव नहीं है। अनेक अस्पृश्य पुरुष प्रवृज्या ग्रहण कर चुके हैं। मान्य सुनीत, जिनका राजा प्रसेनजित इतना आदर करते हैं, अस्पृश्य ही थे। यदि तुम भिक्खुनी बनना चाहो तो तुम अस्पृश्य जाति की पहली भिक्खुनी होगी। यदि तुम चाहो तो भिक्खुनी खेमा से मैं कहूंगा कि वह तुमको प्रवृज्या प्रदान कर दें।"

प्रसन्नता से गद्गद होकर प्रकृति बुद्ध के समक्ष प्रणत हो गई और उनसे अनुरोध किया कि उसे भी प्रवृज्या दे दी जाए। बुद्ध ने प्रकृति को भिक्खुनी खेमा के संरक्षण में दे दिया। भिक्खुनी के पीछे-पीछे वह सुन्दर युवती चली गई। इसके बाद बुद्ध ने आनंद की ओर देखकर समस्त भिक्खु समुदाय के समक्ष देशना की और बोले :

"भिक्खुओ, आनंद की प्रतिज्ञाएं अब भी यथावत् हैं किन्तु मैं आप लोगों को चेतावनी देता हूं कि बाह्य संपर्क साधते समय सावधानी बरतें। यदि आप सदैव सचेतनावस्था में स्थिर रहते हैं तो आप दृष्टा-भाव से देख सकेंगे कि अपने बाह्य और अभ्यंतर प्रदेश में क्या कुछ घटित हो रहा है। कुछ भी घटित होने को जल्दी पहचान लेने पर आप उस स्थिति को प्रभावी ढंग से संभाल सकते हैं। जीवन में हर क्षण सचेतनावस्था में रहने से आपकी ध्यान-साधना इतनी सबल हो जाएगी कि इस जैसी स्थितियां आने देने से पहले ही बच सकोगे। यदि आपकी ध्यान-साधना प्रबल और स्थिर होगी तो आपकी दृष्टि स्पष्ट होगी और आपका कर्त्तव्य-कर्म यथोचित समय पर किया जाना संभव होगा। ध्यान-साधना और प्रज्ञा दोनों एक-दूसरे के साथ-साथ चलती हैं। ध्यान-साधना में प्रज्ञा और प्रज्ञा में ध्यान-साधना का बास होता है। वस्तुतः दोनों एक ही हैं।

"भिक्खुओ, जो महिला आप से आयु में बड़ी हो उसे अपनी माता या बड़ी बहिन समझो और जो आयु में छोटी हो उसे छोटी बहिन या पुत्री समझो। किसी महिला के आकर्षण को अपनी ध्यान-साधना में बाधक मत बनने दीजिए। जब तक आपकी ध्यान-साधना सबल न हो; तब तक, आवश्यक हो तो, महिलाओं से अपना सम्पर्क सीमित ही रखिए। उनसे वही बातें करिए जो सद्धर्म के अध्ययन और ध्यान-साधना से संबंधित हों।"

बुद्ध का स्पष्ट मार्ग-निर्देश पाकर सभी भिक्खु बहुत ही प्रमुदित हुए।

अध्याय अट्ठावन

मुट्ठी-भर मूल्यवान माटी

एक दिन एक निर्धन गांव में बुद्ध भिक्षाटन को गए तो उन्होंने देखा कि कुछ बच्चे धूल भरी राह में मिट्टी से खेल रहे हैं। वे मिट्टी और रेत से एक नगर बना रहे थे जिसमें नगर की चारदीवारी, रहने के मकान, भंडार-गृह और नदी तक सब कुछ बना हुआ था। जब बच्चों ने देखा कि बुद्ध और भिक्खु उनकी ओर आ रहे हैं तो एक बच्चे ने कहा, बुद्ध और भिक्खु हमारे नगर से निकल रहे हैं, अतः उन्हें कुछ उपहार देना उचित होगा।"

दसरे बच्चे ने कहा, "विचार तो उत्तम है, लेकिन बुद्ध को उपहार में दें क्या ? हम तो बच्चे हैं ?"

इस पर पहले बच्चे ने कहा, "अरे यार सुनो, हमारे नगर के भंडार-गृह में फसल के चावल भरे हुए हैं। उसमें से कुछ चावल हम उन्हें उपहार में दे सकते हैं।"

सभी बच्चों ने खुशी से तालियां बजाईं। उन्होंने अपने भंडार-गृह से मुट्ठी भर माटी उठाई और उसे चावल मानकर एक पत्ते पर रखकर, दोनों हाथों से पकड़कर बुद्ध के सामने प्रणत होकर उन्हें भेंट की। अन्य बच्चों ने भी उनको नमन किया। बच्चे ने कहा, "हमारे नगरवासी अपने भंडार-गृह से आपको ये चावल भेंट कर रहे हैं। हमारी प्रार्थना है कि हमारी भेंट स्वीकार की जाए।"

बुद्ध मुस्कराए। उन्होंने बच्चे के सिर पर हाथ फेरा और कहा, "हमें यह मूल्यवान चावल भेंट करने के लिए धन्यवाद। तुम लोग बड़े समझदार हो।"

बुद्ध ने आनंद की ओर मुड़कर देखकर कहा, "आनंद इस उपहार को

संभाल लो और विहार में पहुंचकर इसमें पानी मिलाकर मेरी कुटिया की कच्ची ईंटों पर लीप देना।"

आनंद ने वह मुट्ठी भर माटी संभाली। बच्चों ने बुद्ध को पास की चट्टान पर वट वृक्ष के नीचे विराजने को कहा। आनंद और अन्य भिक्खु भी वहीं जा बैठे।

बुद्ध ने बच्चों को एक कहानी सुनाई : "बहुत साल पहले, एक राजकुमार विश्वान्तर था। वह बड़ा दयालु एवं उदारमना व्यक्ति था। सदैव निर्धनों और ज़रूरतमंदों की सहायता करता और अपनी वस्तुएं देने तक में हिचकिचाता नहीं था। उसकी पत्नी माद्री भी बहुत उदार थी। उसका पति जब और लोगों की मदद करता था तो वह अत्यधिक प्रसन्न होती थी और उसके कुछ भी दे डालने पर उसे खेद नहीं होता था। उसका जलिन नामक पुत्र और कृष्णाजिन नामक पुत्री थी।

"एक बार अकाल के दौरान राजकुमार ने निर्धनों को राजकोष से धन और वस्त्र निर्धनों को बाँटने की अनुमति प्राप्त कर ली। लोगों की आवश्यकता इतनी थी कि राजकोष भी रिक्त- प्राय हो गया। इससे राजा के मंत्री घबराए। वे ऐसी तरकीब निकालने की सोचने लगे कि राजकुमार, और कोष न लुटा सकें। उन्होंने कहा कि राजकुमार की बे-सोचे-समझे दानशीलता से तो राज्य ही नष्ट हो जाएगा। राजकमार ने तो एक राजकीय हाथी तक दान में दे डाला है। यह सुनकर राजा भी चिन्तित हो गया और उसने जयतुरा पर्वत पर राजकुमार के निर्वासन की आज्ञा दे दी जिससे वह सादा जीवन और उसकी कठिनाइयों का स्वयं अनुभव कर सके। इस प्रकार राजकुमार विश्वांतर, पत्नी माद्री और दोनों बच्चों को निर्वासित कर दिया गया।

"पर्वत की ओर जाते हुए उन्हें एक भिखारी मिला तो राजकुमार ने अपनी मूल्यवान जैकेट उसे दे डाली। और निर्धन लोगों के मिलने पर उसने अपनी पत्नी और बच्चों की मूल्यवान जैकेटें भी दे दीं। परिवार ने अपने मूल्यवान आभूषण और रत्नादि भी गरीबों को दान में दे दिए। पर्वत तक पहुंचते-पहुंचते उन्होंने अपना सब कुछ दान में दे डाला था। आखिर राजकुमार ने अपना रथ और घोड़े भी गरीबों को दे दिए। राजकुमार ने पुत्र जलिन और माद्री ने कृष्णाजिन को गोदी में उठाया और निस्पृह-भाव से जयतुरा पर्वत पर चलते हुए पहुंचे। वह चलते जाते और गाते जाते मानो उनको संसार की कोई चिन्ता न हो। उनके हृदय शांत और मुक्त थे।"

"पर्वत तक की यात्रा लम्बी थी जिससे उनके पांव सूज गए थे और लहूलुहान

हो गए थे। पर्वत के ढलान पर उन्हें किसी संन्यासी की परित्यक्त कुटिया मिल गई। उसे उन्होंने झाड़-पोंछ कर साफ किया और पत्तों का बिछौना बना लिया। जंगल में कंदमूल फल, और फलियां खाने के लिए प्रचुर मात्रा में थीं ही। बच्चों ने भी खाद्य सामग्री जंगल से एकत्र करना, झरने में कपड़े धोना और बड़े पत्तों को कागज और कांटों की कलम बनाकर विद्याभ्यास करना सीख लिया था।

"यद्यपि उनका जीवन-यापन कठिनाइयों से भरा था किन्तु वे उससे संतुष्ट थे। तीन साल इसी प्रकार बीत गए। एक दिन जब राजकुमार और उसकी पत्नी जंगल में खाने के लिए फल-फूल एकत्र करने गए थे तो एक व्यक्ति आकर दोनों बच्चों को उठा ले गया। वापस आने पर राजकुमार और माद्री ने जंगल तथा आस-पास के गांवों में बच्चों की खोज की किन्तु अपने प्यारे बच्चों का कहीं कोई सुराग नहीं पा सके। आखिर थक-हार कर वह अपनी कुटिया में यह आशा करते आए कि शायद बच्चे अपने-आप लौट आए हों। बच्चों की बजाय उन्हें राजा का संदेशवाहक प्रतीक्षा करता मिला। उन्हें यह जानकर परम संतोष मिला कि बच्चे राजमहल में सुरक्षित हैं।

"जब उन्होंने पूछा कि बच्चे राजमहल में कैसे पहुंचे तो उसने बताया कि 'कई दिन पहले महल की एक महिला ने राजधानी के बाजार में बच्चों को बिकते देखा। उसने बच्चों को पहचान लिया और अपने पति को जो राजा का मंत्री था, इसकी सूचना दी। वह दौड़ा हुआ बाजार में आया और बच्चों को महल ले चलने का आग्रह किया और बेचने वाले से कहा कि वहां उसे इनकी अच्छी कीमत मिल जाएगी। राजा ने बच्चों को पहचानकर अपने सीने से लगा लिया हालांकि उनके कपड़े चिथड़े हो चुके थे और चेहरे धूल-मिट्टी से भरे थे। राजा आप लोगों और बच्चों की बड़ी याद करते थे।'

"राजा ने पूछा, ये बच्चे तुम्हें कहां से मिले और इन्हें कितने में बेच रहे थे।"

व्यापारी कुछ कहता, इससे पहले ही मंत्री ने बताया, महामहिम, लड़की को एक हजार स्वर्ण मुद्राओं और एक हजार पशुओं के बदले और पुत्र को एक सौ स्वर्ण मुद्राओं और एक सौ पशुओं के देने पर बेचा जा रहा था।' व्यापारी सहित सभी लोग यह सुनकर आश्चर्यचकित थे। इस पर राजा ने पूछा-'लड़की का मूल्य लड़के से अधिक क्यों था ?'

"मंत्री ने उत्तर दिया, क्योंकि आप पुत्र की अपेक्षा पुत्रियों को अधिक महत्त्व

देते हैं। आपने किसी राजकुमारी को दंडित नहीं किया और महल की सेविकाओं से भी कठोर शब्द नहीं कहे। आपने अपने इकलौते पुत्र को निष्कासित कर वहां भेज दिया जहां बाघ, चीतों सरीखे भयंकर पशु रहते हैं और खाने के लिए केवल जंगली फल आदि ही थे। स्पष्ट है कि आप पुत्र की अपेक्षा पुत्रियों को अधिक महत्त्व देते हैं।'

"राजा की आंखों में आंसू भर आए। उन्होंने कहा, बस अब अधिक कुछ न कहो। मैं आपका अर्थ समझ गया हूं।"

"राजा को व्यापारी से ज्ञात हुआ कि उसने पहाड़ के एक व्यक्ति से इन बच्चों को खरीदा था। राजा ने व्यापारी को धन दिया और अपहरणकर्त्ता को पकड़ने के लिए आरक्षी भेज दिये। राजकुमार का निर्वासन समाप्त करने के आदेश देकर कहा कि पुत्र राजकुमार और पुत्र-वधू को वापस ले आओ। उसके बाद से राजा अपने पुत्र को स्नेह करते रहे और उसकी निर्धनों को मदद देने के काम में उदारता से सहायता देते रहे।"

बच्चों को बुद्ध की कहानी बहुत अच्छी लगी। बुद्ध ने उनकी ओर देख हंसकर कहा, "राजकुमार विश्वान्तर के पास जो कुछ था, उसे औरों को देने में प्रसन्नता होती थी। आज तुमने अपने नगर में भंडार-गृह में जो कुछ था, उसमें से कछ मूल्यवान माटी मझे दी है। इससे मुझे बड़ी प्रसन्नता हुई है। प्रतिदिन कुछ भी छोटा-मोटा उपहार देकर तुम और लोगों को सुखी बना सकते हो। यदि तुम धान के खेत से एक फूल भी तोड़कर अपने माता-पिता को उपहार में दोगे तो उन्हें प्रसन्नता होगी। धन्यवाद या प्रेम के दो बोल या स्नेहपूर्ण दृष्टि से भी औरों को प्रसन्नता होती है। अपने परिवारजनों और मित्रों को ऐसे उपहार देते रहो। अब मुझे और भिक्खुओं को चलने दीजिए। हमें तुम्हारा आज का उत्तम उपहार सदैव स्मरण रहेगा।"

बच्चों ने वचन दिया कि वे अपने बहुत से मित्रों को लेकर बुद्ध और भिक्खुओं से मिलने जेतवन आएंगे। हम ढेर सारी कहानियां सुनना चाहते हैं।

अगली ग्रीष्म ऋतु में बुद्ध देशना देने राजगृह आए। बाद में वह गृद्धकूट शिखर पर गए। वहां जीवक उनसे मिलने आया और उनसे अनुरोध किया कि वह आम्रवन में आकर कुछ समय तक निवास करें। बुद्ध ने निमंत्रण स्वीकार कर लिया। आनंद भी उनके साथ थे। वैद्यराज का आम्रवन शान्त और श्रमहारी था। पेड़ों पर आम्रमंजरी लगी थी। जीवक ने उनके लिए कुटिया बनवा दी और नित्य शाकाहारी भोजन भेजने लगा। उसने अनुरोध किया कि बुद्ध कुछ दिनों

तक भिक्षाटन करने न जाएं जिससे उनका स्वास्थ्य सुधर सके। जड़ी-बूटियों और फलों से उसने बुद्ध के लिए शक्तिवर्द्धनी औषधि बनाकर दी।

एक दिन जब वह साथ-साथ बैठे थे तो जीवक ने कहा, "प्रभु, कुछ लोग कहते हैं कि आप भिक्खुओं को मांसाहार की अनुमति देते हैं। वे कहते हैं कि गौतम अपने और अपने शिष्यों के खाने के उद्देश्य से पशु-वध की अनुमति दे देते हैं। कुछ लोगों ने तो यहां तक आरोप लगाया है कि गौतम लोगों को प्रेरित करते हैं कि संघ को मांसाहार दिया जाए। मैं जानता हूं कि ये आरोप सत्य नहीं हैं किन्तु इस विषय में आपके विचार जानना चाहूंगा।"

बुद्ध ने उत्तर दिया, "जीवक, जब लोग कहते हैं कि मैं स्वयं अपने लिए या भिक्खुओं के खाने के लिए पशु-वध की अनुमति देता हूं, तो यह बात असत्य है। इस विषय पर मैं अनेक बार अपने विचार व्यक्त कर चुका हूं। यदि भिक्खु देखे कि कोई भिक्खु को सामिष भोजन देने के लिए पशु-वध करता है तो वह उस भिक्षा को अस्वीकार कर सकता है। यदि भिक्खु स्वयं पशु-वध होते न देखे और उसे कोई बता भी दे कि भिक्षा में सामिष भोजन देने के लिए पशु-वध कराया जाता है, तो भी वह उस भिक्षा को अस्वीकार कर दे। जीवक भिक्षाटन की प्रक्रिया में भिक्खु को वह भोजन स्वीकार करना होता है, जो दाता देता है। जो लोग समझते हैं कि भिक्खु ने करुणा का व्रत लिया हुआ है, वे केवल शाकाहारी भोजन ही भिक्खुओं को देते हैं। लेकिन कभी ऐसा भी होता है कि दाता के यहां मांसयुक्त भोजन ही सुलभ है। जिन लोगों का बुद्ध धर्म या संघ से पहले संपर्क नहीं हुआ, वे यह जानते ही नहीं कि भिक्खु शाकाहारी भोजन लेना ही पसंद करते हैं। इन स्थितियों में दाता को ठेस न पहुंचाने की दृष्टि से दाता जो भी भिक्षा देता है, उसे भिक्खु स्वीकार कर लेता है। इस प्रकार वह उस दाता से संपर्क बनाता है, जिससे दाता भी मुक्ति के मार्ग के विषय में जान-समझ सके।

"जीवक, एक दिन सभी लोग समझ जाएंगे कि भिक्खु अपने भोजन के लिए पशु-वध किया जाना पसंद नहीं करते। उस समय कोई भी व्यक्ति भिक्खुओं को सामिष भोजन भिक्षा में नहीं देगा और तब भिक्खु भी शाकाहारी भोजन ही ग्रहण किया करेंगे।"

जीवक ने कहा, "मेरा विश्वास है कि शाकाहारी भोजन करने से स्वास्थ्य अच्छा रहता है। शाकाहारी भोजन भारी नहीं होता और शाकाहार करने वाला बीमार भी कम पड़ता है। मैं अब दस वर्षों से शाकाहारी हूं। शाकाहारी भोजन

स्वास्थ्य के लिए ही नहीं, हृदय में करुणा भावना के उदय के लिए भी लाभकारी है। आपका स्पष्ट मत जानकर मुझे प्रसन्नता हुई।"

जीवक ने संघ की इस परंपरा की भी प्रशंसा की कि एक दिन पहले का रखा हुआ भोजन न खाया जाए। रखा हुआ खाना खराब हो जाता है और बीमारियों का कारण बनता है। बुद्ध ने जीवक को धन्यवाद दिया और विहार में आने को आमंत्रित किया जिससे वह भिक्खुओं को सफाई की आधारभूत बातें एवं पद्धतियां भली प्रकार समझा सकें।

अध्याय उनसठ

दर्शन-सिद्धान्तों का तर्कजाल

जीवक का आम्रवन सर्वथा शान्त और विस्तृत था जिसमें भिक्खुनियों के लिए छोटी-छोटी कुटियां बनी थीं। एक दिन शुभा नाम की एक युवा भिक्खुनी बुद्ध से एक समस्या पर बातचीत करने आई। भिक्षाटन पूर्ण करके वह विहार में वापस आ रही थी तो एक सुनसान मार्ग पर उसे एक युवक मिला। वह व्यक्ति एक ओर से अचानक निकलकर उसके सामने आ गया। उसने उसके असम्मानपूर्ण इरादे भांप लिए और प्राणायाम करके शान्त और सुस्थिर चित्त हो गई। उसने उस युवक की आंखों से आंखें मिलाकर कहा, "श्रीमन्, मैं बुद्ध के सद्धर्म मार्ग की पथिक हूं। कृपया मेरे रास्ते से हट जाइए ताकि मैं अपने विहार वापस जा सकूं।"

उस व्यक्ति ने कहा, "तुम अभी युवती हो, सुंदर हो, भला सिर मुंडाकर ये चीवर पहने क्यों अपना जीवन व्यर्थ कर रही हो। सुनो कुमारी, तुम्हारी सुंदर काया काशी के रेशमी वस्त्र पहनने के लिए बनी है। मैंने अभी तक तुम जैसी सुंदर स्त्री नहीं देखी। आओ तुम्हें शारीरिक सुखों की झलक दिखा दूं। आओ मेरे साथ आओ।"

शुभा शान्त रहकर बोली, "मूर्खता की बातें मत करो। मैं आत्म-मुक्ति और चेतना-जागृति के जीवन का ही आनंद लेना चाहती हूं। पांचों प्रकार की कामनाएं दुख का कारण बनती हैं। मुझे जाने दीजिए। इसके लिए मैं कृतज्ञ होऊंगी।"

वह व्यक्ति ने माना। "तुम्हारी आंखें बहुत ही आकर्षक हैं। मैंने इतनी सुंदर आंखें अब तक नहीं देखीं। मुझे इतना मूर्ख न समझो कि तुम्हें यों चले जाने दूंगा। तुम्हें मेरे साथ चलना होगा।"

वह उसे पकड़ने झपटा तो वह हटकर उसकी पकड़ में नहीं आई। वह बोली,

"श्रीमन् मुझे छूना मत। मेरे भिक्खुनी व्रत को मत तोड़ना। मैंने कामनाओं और घृणा के जीवन के भार से दुखी होकर ही साधना-मार्ग अपनाया है। आप कहते हैं कि मेरी आंखें सुंदर हैं, मैं अपनी आंखें निकालकर आपको दे देती हूं। मैं तुम्हारे द्वारा भ्रष्ट किए जाने की अपेक्षा अंधी होना पसंद करूंगी।"

शुभा के स्वर में दृढ़ता थी। वह युवक डगमगा गया। वह समझ गया कि यह भिक्खुनी जो कहती है, कर दिखाएगी। वह पीछे हट गया। शुभा ने कहा कि 'तुम अपनी इच्छा को अपराध का कारण न बनने दो। तुम जानते नहीं कि राजा बिम्बिसार ने राजाज्ञा जारी कर रखी है कि जो भी बुद्ध के संघ के किसी सदस्य को हानि पहुंचाएगा, उसे कड़ा दंड दिया जाएगा। यदि तुमने अभद्र व्यवहार किया या मेरे स्त्रीत्व को भंग करने की चेष्टा की या मेरे जीवन को हानि पहुंचाने का प्रयास किया तो बंदी बना लिए जाओगे और तुम्हें कठोर दंड मिलेगा।'

इससे उस युवा को होश आ गया। वह समझ गया कि अंधी वासना किस प्रकार दुःख का कारण बन सकती है। वह रास्ते से हट गया और भिक्खुनी को गुजर जाने दिया। उसने पीछे से कहा, "बहन, मुझे क्षमा करना। मुझे आशा है कि आप आध्यात्मिक मार्ग पर अवश्य सफल होगी।"

यह सब बताकर बुद्ध के उत्तर की प्रतीक्षा किए बिना वह चली गई।

बुद्ध ने उस युवा भिक्खुनी के साहस और विचारों की स्पष्टता के लिए प्रशंसा की। उन्होंने कहा, "सूने मार्ग पर किसी भिक्खुनी का अकेला आना-जाना खतरनाक है। इसी कारण से मैं महिलाओं को दीक्षा देने से हिचक रहा था। अब से कोई भिक्खुनी अकेली आए-जाएगी नहीं। चाहे नदी पार करनी हो, चाहे भिक्षाटन करना हो या वन में या खेत में चलना हो, किसी भी भिक्खुनी को अकेले नहीं जाना है। कोई भी भिक्खुनी अकेली सोएगी भी नहीं, फिर चाहे वह विहार में सोए, किसी कुटिया में सोए या वृक्ष के नीचे सोए। हर भिक्खुनी चलते समय या सोते समय एक अन्य भिक्खुनी को साथ रखे जिससे वह एक-दूसरे का ध्यान रखें और एक-दूसरे की रक्षा कर सकें।"

बुद्ध ने आनंद को निर्देश दिया कि 'आनंद इस नियम को सावधानी से समझ लो और वरिष्ठ भिक्खुनियों से कहो कि वे इस नियम को अपने शीलों में सम्मिलित कर लें।'

जीवक के आम्रवन से चलकर बुद्ध नालंदा आए। उनके साथ बहुत से भिक्खु थे। भिक्खुओं के साथ दो संन्यासी सुप्रिय और उनका शिष्य ब्रह्मदत्त भी

चल रहे थे। दोनों ऊंची-ऊंची आवाज़ों से बौद्धमत की चर्चा कर रहे थे। सुप्रिय बुद्ध की शिक्षाओं की आलोचना कर रहा था और उनका शिष्य उनकी शिक्षाओं का समर्थन। संन्यासी बहुत स्पष्टता से और निष्ठा के साथ अपने गुरु को उत्तर दे रहा था। भिक्खुगण उनके वार्तालाप को सुन रहे थे किन्तु कोई उत्तर नहीं दे रहे थे।

उस रात भिक्खुगण अम्बलतिका उपवन में ठहरे जो राजपरिवार का हरा-भरा उद्यान था। राजा बिम्बिसार ने घोषणा कर रखी थी कि जब भी किसी धर्म के संप्रदाय को आवश्यकता हो, तो वे इस उपवन में ठहर सकते हैं। सुप्रिय और ब्रह्मदत्त भी वहीं ठहरे।

अगले दिन भिक्खु आपस में उन संन्यासियों के वार्तालाप की चर्चा कर रहे थे। बुद्ध ने यह सुनकर कहा, "भिक्खुओ, जब भी आप लोग मेरी या सधर्म मार्ग की आलोचना सुनें, तो उस पर न तो क्रोध करने की, न परेशान होने या अमर्ष अनुभव करने की आवश्यकता है। ऐसी भावनाओं से आपकी अपनी ही हानि होगी। जब भी कोई मेरी या सद्धर्म मार्ग की प्रशंसा करे, तब भी प्रसन्न, हर्षित अथवा संतोष की भावनाएं मन में मत आने दीजिए। इनसे भी तुम्हें स्वयं को ही हानि होगी। इस सम्बन्ध में सही दृष्टिकोण यह है कि आलोचना में क्या बात सत्य है और क्या असत्य। ऐसा विश्लेषण करने से ही तुम अपने अध्ययन में प्रगति कर सकोगे और साधना-अभ्यास मार्ग पर आगे बढ़ सकोगे।

"भिक्खुओ, जो बुद्ध, धर्म या संघ की प्रशंसा करते हैं, उनका ज्ञान भी सतही होता है। उन्हें यह अच्छा लगता है कि भिक्खु किस प्रकार शुद्ध, सादगी भरा और सौम्य जीवन बिताते हैं, किन्तु वे उससे आगे नहीं देखते। जिन्होंने धर्म की सूक्ष्मता और निगूढ़ तत्त्वों को समझ लिया है, वे प्रशंसा के चंद शब्द ही कहेंगे। वे चेतना-जागृति के सच्चे ज्ञान को समझते हैं। ऐसा ज्ञान प्रगाढ़, सूक्ष्म और अनिर्वचनीय होता है। यह सामान्य विचारों और शब्दों से परे की बात होती है।

"भिक्खुओं, इस संसार में अगणित दर्शन, सिद्धान्त और मत हैं। लोग इन सब पर अनन्त समय तक आलोचना-प्रत्यालोचना कर सकते हैं। किन्तु मैंने इनका जो सार समझा है, उसके अनुसार मुख्य बासठ सिद्धान्त हैं जिनमें हजारों दर्शनों और धार्मिक मत-मतान्तरों को समाहित किया जा सकता है। चेतना-जागृति और आत्म-मुक्ति के मार्ग के अनुसार इन सभी सिद्धान्तों में त्रुटियां हैं और उनसे बाधाएं उत्पन्न होती हैं।"

इसके बाद बुद्ध ने उन बासठ सिद्धान्तों और उनकी त्रुटियों का विश्लेषण किया। उन्होंने अतीत काल विषयक अठारह सिद्धांतों की चर्चा की। चार सिद्धांत अनंतता से संबंधित, चार आंशिक अनंतता से, चार सिद्धान्त संसार की नित्यता और अनित्यता से संबंधित और चार सिद्धांत अनंत अनिश्चितता से संबंधित हैं और दो दर्शन सिद्धांत कार्य-करण शृंखला को अस्वीकार करते हैं। उन्होंने कहा कि पैंतालीस सिद्धान्त भविष्यकाल से संबंधित हैं। सोलह सिद्धांतों के अनुसार मृत्यु के उपरान्त आत्मा शेष रहती है, आठ सिद्धांतों के अनुसार मृत्यु के बाद आत्मा का कोई अस्तित्व नहीं रहता और आठ सिद्धांत ऐसे हैं जो मानते हैं कि मृत्यु के बाद आत्मा नहीं रहती और न यह मानते कि नहीं रहती। सात सिद्धांतों के अनुसार आत्मा विनष्ट हो जाती है और पांच सिद्धांतों के मतानुसार वर्तमान का जीवन ही निर्वाण है। इन सभी सिद्धान्तों की त्रुटियों की ओर संकेत करते हुए बुद्ध ने कहा, "चतुर मछुआरा अपना जाल पानी में डालता है जो भी मछलियां या झींगा पकड़ सकता है, पकड़ता है। वह जब उन्हें देखता है तो कुछ मछलियां जाल से उछल जाती हैं तो वह उनसे कहता है, चाहे जितना उछलो, आखिर गिरोगी जाल ही में।" इस समय जो हजारों मत-मतान्तर फैले हुए हैं, वे सभी इन बासठ जालों में फंसे हुए हैं। भिक्खुओ, उन तर्क-जालों को देखकर आश्चर्यचकित मत होओ। इससे अपना ही समय नष्ट करोगे और चेतना-जागृति के साधना-मार्ग का अवसर खोओगे। मात्र संभावनाओं के तर्क-जाल में मत फंसो।

"भिक्खुओ, इन मतों और सिद्धांतों का जन्म इसलिए हुआ है कि लोग अपने दृष्टि-बोध और भाव-बोध से भटक गए हैं। सचेतनता की साधना के बिना इन दृष्टि-बोधों और भाव- बोधों की मूल प्रकृति समझना असंभव है। जब तुम इनकी मूल प्रकृति और अपने दृष्टि-बोध एवं भाव-बोध को समझ लोगे तो तुम सभी धर्मों की अनित्यता और परस्परावलम्बन समझ सकोगे। तब तुम कामनाओं, चिन्ताओं और भयों में फंसे नहीं रहोगे और न इन बासठ असत्य सिद्धान्तों में उलझोगे।"

इस धर्म-देशना के पश्चात् मान्य आनंद में टहलते हुए बुद्ध के प्रत्येक शब्द का स्मरण किया और सोचा, 'यह तो महत्त्वपूर्ण सूत्र है। मैं इसे 'ब्रह्मजाल सूत्र' नाम दूंगा। इस जाल में इस संसार के सभी असत्य सिद्धांतों और मतान्तरों को समाहित किया जा सकता है।'

अध्याय साठ

महिषी विशाखा का क्लेश

अम्बलतिका से बुद्ध देशना देने नालंदा गए और वहां से अंग राज्य की राजधानी चम्पा गए। अंगदेश सघन जनसंख्या वाला उर्वर राज्य था जो बिम्बिसार का उपनिवेश था। वहां घग्गर झील के किनारे शीतल शांत वन में बुद्ध ने निवास किया।

चम्पा में बुद्ध की देशना सुनने बड़ी संख्या में लोग आते थे। स्वर्णदण्ड नामक एक धनी ब्राह्मण भी बुद्ध से मिलने आया। वहां के लोग स्वर्णदण्ड की कुशाग्र बुद्धि के प्रशंसक थे। उसके अनेक मित्रों ने उससे कहा कि वह बुद्ध से मिलने न जाए क्योंकि उसके जाने से बुद्ध की प्रतिष्ठा और बढ़ जाएगी। स्वर्णदण्ड ने कहा कि असाधारण अन्तर्दृष्टि सम्पन्न बुद्ध से भेंट करने का यह अवसर मैं हाथ से नहीं जाने दूंगा। ऐसा अवसर तो हजार वर्षों में एक बार सुलभ होता है। "मुझे अपने ज्ञान को और गहन बनाने हेतु उनसे मिलना ही है। मैं देखना चाहता हूं कि किन क्षेत्रों में भिक्खु गौतम का ज्ञान मुझसे अधिक है और किन क्षेत्रों में मेरा ज्ञान उनसे अधिक है।"

सैकड़ों ब्राह्मणों ने भी स्वर्णदण्ड के साथ जाने का निश्चय किया। उन्हें दृढ़ विश्वास था कि ब्राह्मण वर्ग की धर्म-शिक्षा बुद्ध की शिक्षाओं से श्रेष्ठतर हैं और स्वर्णदंड ब्राह्मणों का सिर नीचा नहीं होने देगा।

भीड़ से घिरे बुद्ध के सामने जब स्वर्णदण्ड बोलने के लिए खड़ा हुआ तो एक क्षण तो उसकी समझ में न आया कि वह बात कहां से आरंभ करे। बुद्ध ने स्वयं ही पूछा, "स्वर्णदण्ड, क्या आप हमें बता सकते हैं कि सच्चे ब्राह्मण में क्या-क्या गुण होने अनिवार्य हैं। यदि आवश्यक हो तो आप वेदों के उद्धरण भी देते जाना।"

यह सुनकर स्वर्णदण्ड को प्रसन्नता हुई क्योंकि वेदाभ्यास तो उसकी एक विशिष्टता थी। उसने कहा, "भिक्खु गौतम, सच्चे ब्राह्मण में पांच गुण होते हैं– आकर्षक व्यक्तित्व, मंत्रोच्चार, और कर्मकांड कराने की निपुणता, सात पीढ़ियों से रक्त की शुद्धता, उदात्त कर्म और ज्ञान।"

बुद्ध ने पूछा कि "इन पांच गुणों में से भी सर्वाधिक आवश्यक गुण कौन-कौन से होने चाहिए। इनमें से किसी गुण के अभाव में भी क्या वह सच्चा ब्राह्मण हो सकता है ?"

स्वर्णदंड ने एक क्षण विचार करके कहा कि अन्तिम दो गुणों का होना तो सर्वथा अपरिहार्य है। शारीरिक सौंदर्य, मंत्रोच्चार और अनुष्ठान कराने की निपुणता और रक्त की शुद्धता अपरिहार्य नहीं है। स्वर्णदण्ड को यह कहते सुन, साथ आए पांच सौ ब्राह्मण बड़े अप्रसन्न हुए। सब उठ खड़े हुए और हाथ हिलाहिलाकर स्वर्णदण्ड के कथन को चुनौती देने लगे। उन्हें लगा कि स्वर्णदण्ड बुद्ध के प्रश्नों से भ्रमित हो गया और उसके कथन से ब्राह्मण जाति की निंदा होती है।

बुद्ध ने उनसे कहा, "मान्य अतिथियो, यदि आपको स्वर्णदण्ड पर विश्वास है तो कृपया शांत हो जाइए और उन्हें अपनी बात पूरी करने दीजिए। यदि आपको उन पर विश्वास नहीं है तो कृपया उनसे बैठ जाने के लिए कहिए और तब उनके बदले मैं आपमें से किसी से भी बात करने को प्रस्तुत हूं।"

स्वर्णदंड ने अपने साथियों की ओर देखकर कहा, "मेरा चचेरा भाई अंगक कहां है। अंगक सुन्दर मनोहारी युवक है। उसका व्यवहार मृदुल और अभिजात संस्कार है। देह-यष्टि की दृष्टि से भिक्खु गौतम ही उसकी तुलना में ठहर सकते हैं। अंगक श्रेष्ठ वेदाभ्यासी भी है। उसे मंत्रोच्चार एवं अनुष्ठान संपन्न कराने में भी निपुणता प्राप्त है। वह अपने पितृकुल और मातृकुल में सात पीढ़ियों तक रक्तशुद्धता का दावा कर सकता था। कोई भी नहीं कह सकता कि उसमें ये तीन गुण नहीं हैं। किन्तु यदि हम मान लें कि वह खूब मद्यपान करता है, हत्यारा, लुटेरा, बलात्कारी या असत्य भाषी भी है। यदि ऐसा होता है, तो आकर्षक व्यक्तित्व, मंत्रोच्चार और अनुष्ठान कराने की निपुणता और रक्त की शुद्धता किस काम की। प्रिय मित्रो, हमें स्वीकार करना चाहिए कि सदाचारी कर्म और ज्ञान ऐसे दो गुण हैं जो सच्चे ब्राह्मण में होने अत्यन्त आवश्यक हैं। यह सर्वांगीण सत्य है, न कि भिक्खु गौतम का व्यक्तिगत सत्य।"

कथन की स्वीकृति में सभी ने तालियां बजाईं। तालियों की हर्ष-ध्वनि

थमने पर बुद्ध ने स्वर्णदण्ड से पूछा कि "इन दोनों गुणों में से भी आप किस गुण को सर्वोत्तम समझते हैं ?"

स्वर्णदण्ड ने उत्तर दिया, "भिक्खु गौतम, सदाचारयुक्त कर्म से ज्ञान बढ़ता है और ज्ञान से सदाचार पूर्ण कार्य बढ़ते हैं। इन दोनों को अलग-अलग नहीं समझा जा सकता। यह इसी प्रकार है जैसे एक हाथ दूसरे हाथ को या एक पैर दूसरे पैर को साफ करता है। सदाचार पूर्ण कार्य और प्रज्ञा दोनों ही एक दूसरे के सहायक एवं पोषक हैं। श्रेष्ठ कर्मों से प्रज्ञा प्रखर होती है और प्रज्ञा से कर्म श्रेष्ठतर होते जाते हैं। ये दोनों गुण जीवन के लिए सर्वाधिक महत्त्वपूर्ण हैं।"

बुद्ध ने कहा, "साधुवाद स्वर्णदण्ड ! आप सत्य कह रहे हैं। सद्कर्म और ज्ञान जीवन की सबसे मूल्यवान चीजें हैं। क्या आप बताएंगे कि सद्कर्मों और ज्ञान को उच्चतर स्तरों तक कैसे ले जाया जा सकता है ?"

स्वर्णदण्ड ने मुस्कराकर हाथ जोड़े। उसने बुद्ध को नमन किया और कहा, "गुरुदेव, इस दिशा में आप मार्ग-निर्देश करें। हम तो मात्र सिद्धान्त जानते हैं किन्तु आप वास्तविक मार्ग के पथिक हैं। कृपया बताइए कि हम सद्कर्मों और प्रज्ञा को उच्चतर स्तर तक कैसे ले जा सकते हैं।"

बुद्ध ने उन्हें मुक्ति-मार्ग के पथ के विषय में बताया और आत्म-मुक्ति के तीन चरणों—शीलाचार, ध्यान और प्रज्ञा के विषय में देशना की। "शीलों का आचरण करने से ध्यान-साधना बढ़ती है। ध्यान-साधना से प्रज्ञा का उदय होता है जिससे शीलों का गहन आचरण करना संभव होता है। इसी क्रम से ज्यों-ज्यों शीलाचार गहनतर होता है, ध्यान-साधना सघन होती है और प्रज्ञा का उत्तरोत्तर उदय होता है। बुद्ध ने परस्परावलम्बी सह-वर्द्धन की धारणा पर ध्यान करने को कहा जिससे हम नित्यता और पृथक् आत्मा की भ्रांत धारणाओं से आगे जा सकें। इससे हम लोभ, क्रोध और अज्ञान से मुक्त होकर आत्म-मुक्ति, शांति और आनंद की प्राप्ति कर सकते हैं।"

स्वर्णदण्ड ने बुद्ध की देशना पूर्ण मनोयोग से सुनी। जब बुद्ध अपना कथन समाप्त कर चुके तो स्वर्णदण्ड ने खड़े होकर हाथ जोड़े और कहा, "गुरु गौतम, कृपया मेरा कृतज्ञतापूर्ण आभार स्वीकार कीजिए। आपने आज मेरी आंखें खोल दीं, और मुझे अंधकार से बाहर निकाल लिया। अब मुझे बुद्ध, धर्म और संघ की शरण में आने की अनुमति दीजिए। मैं आपको और आपके भिक्खु शिष्यों को अपने यहां भोजन पर आमंत्रित करता हूं।"

उस दिन बुद्ध और स्वर्णदण्ड के बीच विचारों का जो सार्वजनिक आदान-

प्रदान हुआ, उसकी उस क्षेत्र के सभी वर्गों में प्रतिक्रिया हुई। बहुत से ब्राह्मण बुद्धिजीवी बुद्ध के शिष्य बन गए जिनमें विख्यात ब्राह्मण अंवष्ट और उनके गुरु पुष्करसादि भी सम्मिलित थे। जैसे-जैसे अधिक ब्राह्मण बुद्ध के शिष्य बनते जाते थे, कुछ ब्राह्मण नेताओं और अन्य धार्मिक संप्रदायों के नेताओं को द्वेष दबाना कठिन होता जा रहा था।

जब भिक्खुगण अम्बलतिका में ठहरे हुए थे तो स्वास्ति ने मान्य मौद्गल्यायन को उस काल के विभिन्न धार्मिक आंदोलनों के विषय में जिज्ञासा की। मौद्गल्यायन ने उसे प्रत्येक संप्रदाय के आधारभूत सिद्धांतों का सार रूप में परिचय कराया।

पहला संप्रदाय तो पुराण काश्यप का था जो सदाचार और नैतिकता की बातें अवास्तविक मानते थे। उनकी मान्यता थी कि अच्छाई और बुराई की अवधारणाएं आदतों और परम्पराओं की उपज होती हैं।

मास्करि गोशालिपुत्र भाग्यवादी थे। वे मानते थे कि व्यक्ति के जीवन के क्षण-पल पूर्व निर्धारित होते हैं जिसे कोई व्यक्ति बदल नहीं सकता। यदि किसी को पांच सौ या हजार वर्षों तक जन्म लेने के बाद मुक्ति होती है, तो वह भी पूर्व-निर्धारित होता है। इसमें किसी के विशेष प्रयासों का कोई योगदान नहीं होता।

आचार्य अजित केशकाम्बल के मत की मान्यता थी कि शरीर पृथ्वी, जल, अग्नि और वायु इन चार तत्त्वों से निर्मित है। जब व्यक्ति मृत्यु को प्राप्त हो जाता है तो कुछ भी शेष नहीं रहता। इस मत के अनुसार व्यक्ति को इसी जीवन में जिस भी कामना की पूर्ति की इच्छा हो, पूर्ण कर लेनी चाहिए (अगले जन्म का क्या पता)।

काकुद कात्यायन का संप्रदाय इसका विरोधी था। उसके मतानुसार आत्मा और सूक्ष्म शरीर कभी कष्ट नहीं होते। मानव सात तत्त्वों–पृथ्वी, जल, अग्नि, वायु, दुःख, सुख और चेतना से बना है। जन्म और मृत्यु तो केवल बाह्य आवरण हैं जो सात तत्त्वों के मिश्रण से बनते और बिगड़ते हैं जबकि आत्मा न मरती है और न नष्ट होती है।

मान्य सारिपुत्त और मौद्गल्यायन स्वयं भी आचार्य संजय वैरातिपुत्र के अनुयायी थे। आचार्य संजय सापेक्षता सिद्धान्त के प्रतिपादक थे और मानते थे कि सत्य परिस्थितियों और देश-काल के अनुसार परिवर्तनीय है। जो बात एक स्थिति के लिए सत्य हो, वह दूसरी स्थिति में भी सत्य हो, यह आवश्यक नहीं। इन सब बातों का मानदण्ड स्वयं व्यक्ति की चेतना-प्रज्ञा है।

निर्ग्रंथ नाथपुत्र ऐसे संन्यासियों को संप्रदाय था जो शरीर-पीड़न तप में

विश्वास करता था। वे निर्वस्त्र रहते थे और अन्य प्राणियों को न मारने के शील का कठोरता से आचरण करते थे। निर्ग्रंथ द्वैत भाग्यवादी थे और जीव और अजीव को सृष्टि का आधार मानते थे। उस समय इस सम्प्रदाय का बड़ा सम्मान और प्रभाव था। भिक्खुगण प्रायः निर्ग्रंथ सम्प्रदाय के संन्यासियों के संपर्क में आते थे। दोनों ही जीवन को बहुत आदर प्रदान करते थे। किन्तु दोनों में अनेक बातों पर मतभेद भी थे और निर्ग्रंथ संप्रदाय के संन्यासी भिक्खुओं का कटु विरोध भी करते थे। मान्य मौद्गल्यायन संन्यासियों के मत को अतिवादी मानते थे और अपना मत व्यक्त करने में भी संकोच नहीं करते थे। इसी कारण से बहुत से संन्यासी मान्य मौद्गल्यायन के कटु आलोचक थे।

बुद्ध श्रावस्ती लौट आए थे और पूर्वोद्यान में ठहरे थे। उनसे मिलने वालों का तांता लगा रहता था। एक दिन सबेरे महिषी विशाखा उनसे मिलने आई उनके बाल और वस्त्र वर्षा के कारण भीगे हुए थे। बुद्ध ने पूछा, “विशाखा आप कहां रहीं ? आपके वस्त्र और केश क्यों भीगे हुए हैं ?”

महिषी विशाखा रोने लगी। “गुरुवर, मेरे छोटे प्रपौत्र की अभी मृत्यु हो गई। मैं आपसे मिलने आना चाहती थी किन्तु दुख के कारण मैं वर्षा से बचने के लिए कुछ भी लिए बिना निकल पड़ी।”

“आपका प्रपौत्र कितना बड़ा था। वह कैसे मरा ?”

“श्रीमन्, वह तीन वर्ष का था और मोतीझारा से उसकी मृत्यु हुई।”

“बेचारा बच्चा। विशाखा तुम्हारे कितने बच्चे और प्रपौत्र आदि हैं ?”

“श्रीमन्, मेरे सोलह बच्चे हैं जिनमें से नौ के विवाह हो चुके हैं। मेरे बच्चों के आठ बच्चे थे, अब सात ही रह गए हैं।”

“विशाखा, तुम चाहती हो कि तुम्हारे बच्चों के बहुत से बच्चे हों ?”

“जी हां, गुरुदेव ! जितने अधिक बच्चे, उतने ही अच्छे। यदि मेरे पुत्र, प्रपौत्र आदि की संख्या इतनी हो, जितनी श्रावस्ती के लोगों की है तो मुझे इससे अधिक प्रसन्नता की क्या बात है ?”

“विशाखा क्या यह जानती हो कि श्रावस्ती में प्रतिदिन कितने लोगों की मृत्यु हुआ करती है ?”

“गुरुदेव, कभी नौ तो कभी दस लेकिन इतना निश्चित है कि प्रतिदिन एक व्यक्ति की मृत्यु तो अवश्य होती है।”

“विशाखा, यदि तुम्हारे पुत्र-प्रपौत्रों की संख्या इतनी हो, जितने कि श्रावस्ती

के लोग हैं तो तुम्हारे वस्त्र और बाल आज की ही भांति प्रतिदिन गीले होते रहेंगे।"

विशाखा ने हाथ जोड़े। "मैं समझ गई। मैं वास्तव में इतने पुत्र-प्रपौत्र नहीं चाहती जितनी श्रावती की जन-संख्या है। व्यक्ति को जितनी मोह-ममता होगी, उतना ही अधिक दुख होगा। आपने सदैव मुझे इस बात की शिक्षा दी है किन्तु मैं ही इसे सदैव भूल जाती थी।"

बुद्ध सौम्य भाव से मुस्कराए।

विशाखा ने उनसे कहा, "गुरुदेव, आप सामान्यतः अपनी यात्रा से तभी लौटते हैं, जब वर्षा ऋतु प्रारंभ होने वाली होती है। आपकी अनुपस्थिति में आपके शिष्यों को आपका अभाव बहुत खलता है। हम भी विहार में आते हैं लेकिन यह खाली लगता है। मैं आपकी कुटिया के कुछ चक्कर लगाकर घर लौट जाती हूं। समझ में ही नहीं आता कि मैं करूं तो क्या करूं।"

बद्ध ने कहा, "यहां आने की अपेक्षा परिश्रमपूर्वक साधना-अभ्यास करना अधिक महत्त्वपूर्ण है। जब भी विहार आती हो, आपको अन्य मान्य भिक्खुओं की देशना सुनने को मिलती होगी। अपनी साधना में सहायक होने वाले प्रश्न तुम उनसे कर सकती हो। शिक्षक और उसकी शिक्षाएं एक ही होती हैं। मैं यहां नहीं होता, इसके कारण आप अपने साधना-अभ्यास में कमी मत आने दीजिए।"

वहां खड़े आनंद ने इस पर एक सुझाव दिया, "यदि इस विहार में एक बोधि वृक्ष लगा दिया जाए तो बढ़िया रहेगा। ऐसे में, आपके यहां उपस्थित न होने पर विहार में आने वाले शिष्यगण आपके स्थान पर बोधि वृक्ष के दर्शन कर जाया करेंगे। वे बोधि वृक्ष का उसी प्रकार नमन कर सकेंगे जैसे आपको नमन करते हैं। हम बोधि वृक्ष के चारों ओर चबूतरा बना देंगे, जिससे भिक्खुगण उस पर पुष्प अर्पित कर सकें। वे शिष्यगण बुद्ध का ध्यान करते हुए मंद पगों से बोधि वृक्ष की परिक्रमा भी कर सकेंगे।

महिषी विशाखा ने कहा, "यह तो अति उत्तम बात होगी। किन्तु आपको बोधि वृक्ष मिलेगा कहां से ?"

आनंद ने उत्तर में कहा, "मैं उरुबेला स्थित बोधिवृक्ष से, जहां बुद्ध को संबोधि प्राप्ति हुई थी, बीज मंगवा लूंगा। उसे यहां बोकर, उससे उपजे वृक्ष की देख-भाल करके बड़ा बना लूंगा। आप बोधि-वृक्ष की स्थापना की चिन्ता न करें।"

महिषी विशाखा का हृदय हल्का हो गया और उसे सुकून मिला। उसने बुद्ध और मान्य आनंद को नमन किया और अपने घर लौट गई।

अध्याय इकसठ

सिंह–गर्जना

उसी वर्षा-प्रवास में आनंद ने परस्परावलम्बी सहवर्द्धन के विषय में बुद्ध से एक प्रश्न पूछा जिसके उत्तर में बुद्ध ने भिक्खुओं को भव-चक्र की बारह कड़ियों[1] के विषय में देशना की।

उन्होंने बताया, परस्परावलम्बी सहवर्द्धन की देशना बहुत महत्त्वपूर्ण है और परम गूढ़ है। यह मत समझो कि इसे शब्दों या देशना के माध्यम से हृदयंगम किया जा सकता है। भिक्खुओ, परस्परावलम्बी सहवर्द्धन विषयक देशना सुनकर मान्य उरुबेला काश्यप सद्धर्म-पथ में प्रविष्ट हो गए हैं। इसी प्रकार परस्परावलम्बी सहवर्द्धन विषयक गाथा सुनकर हमारे एक मान्य बंधु सारिपुत्त को सद्धर्म मार्ग की गति प्राप्त हो गई। प्रत्येक क्षण परस्परावलम्बी सह-वर्द्धन की मूल प्रकृति का ध्यान करो। जब भी किसी पत्ते या वर्षा

---

1 भव-चक्र की बारह कड़ियां एक दुसरे पर अवलम्बित होकर जीवन-मरण की परंपरा को गतिमान रखती हैं। ये कड़ियां हैं–(1) अविद्या—तमस्कंध, जिसके प्रभाव से धर्मों के यथार्थ रूप का बोध नहीं होता और जो सारे क्लेशों का मूल है। (2) संस्कार-कर्म का सूक्ष्म मानसिक रूप; (3) विज्ञान–छः ज्ञानेन्द्रियों में मन का एक रूप चेतना तत्त्व जो पुनर्जन्म का कारण है; (4) नाम रूप–यह पंच स्कंधों से संबंधित है, (5) षड़ायतन-गर्भ में विकसित नाम रूपात्मक पिंड में ज्ञानेन्द्रियां विषयों के संपर्क के अभाव में निष्क्रिय रहती हैं। (6) स्पर्श-गर्भ से जन्म लेने के पश्चात् जीव की छ: इंद्रियों का अपने-अपने विषयों से संपर्क होने पर क्रियाशीलता। (7) वेदना-इंद्रियों का विषय से संपर्क होने पर सुखात्मक या दुखात्मक अनुभूति। (8) तृष्णा-इन्द्रियों के लिए अपने विषयों की प्राप्ति ही तृष्णा है। (7) उपादान-प्राप्त वस्तु पर घोर आसक्ति; (10) पुनर्जन्म की इच्छा भव है यथा कायभव, रूपभव तथा अरूपभव। (11) जाति-जन्म या संसार में पुन:आगमन और (12) जरा-मरण-जरा का अर्थ जीर्ण होना और मरण का अर्थ मृत्यु को प्राप्त होना।

की बूंद को देखो तो समीपस्थ एवं दूरस्थ उन सभी स्थितियों का ध्यान करो जिनके कारण पत्ते या वर्षा की बूंद की सत्ता संभव हुई है। यह जानो कि धागों के सुग्रथन से ही जगत-वसन, बुना गया है। एक है तो दूसरे की भी सत्ता है। एक नहीं है तो दूसरा भी अस्तित्वहीन है।

"एक धर्म का जन्म या उसकी मृत्यु अन्य सभी धर्मों के जन्म या मरण से संबंधित है। एक में सब हैं और सबे में एक है। एक के बिना बहुतों की सत्ता संभव नहीं और बहुत की सत्ता के बिना एक का अस्तित्व संभव नहीं। परस्परावलम्बी सहबर्द्धन की शिक्षा का यह अद्भुत सत्य है। यदि आप गहनता से सभी धर्मों की प्रकृति समझ लेंगे तो आप जरा-मरण की सभी चिन्ताओं से पार हो जाएंगे। आप जन्म और मरण के चक्र से छूट जाएंगे।

"भिक्खुओ, परस्पर संबंधित कड़ियों की कई परतें और स्तर हैं किन्तु इनमें चार चरणों को पहचाना जा सकता है-मूल कारण, संवेदी कारण, पूर्ववर्ती क्षण का तात्कालिक कारण और कारण का विषय।"

"प्रपंच के उद्भव की पहली आवश्यक शर्त है मूल कारण का विद्यमान होना। उदाहरण के लिए चावल के पौधे को उगाने के लिए धान का बीज मूल कारण है। पौधे के उगने में सहायक होने वाली स्थितियां संवेदी कारण हैं। चावल के पौधे के संदर्भ में धूप, वर्षा और मिट्टी के संपर्क से ही धान चावल का पौधा बन पाता है। पूर्ववर्ती क्षण का तात्कालिक कारण एक निर्बाध प्रक्रिया है जो तलवर्ती कारण बनता है। इस सतत् प्रक्रिया के बिना चावल का बढ़कर पकना बाधित हो सकता है। कारण विषय का अर्थ है विषय की सचेतनता। धान की विद्यमानता, समस्त निकटस्थ एवं दूरस्थ स्थितियों का होना जो चावल के पौधे की विद्यमानता संभव बनाती हैं, वे सब विषय की सचेतनता हैं। इन्हें चेतना से पृथक् नहीं किया जा सकता। समस्त धर्मों की सत्ता के लिए चित्त आधारभूत स्थिति है।

"भिक्खुओ, जन्म और मरण की प्रक्रिया के कारण दु:ख हैं। जन्म और मरण क्यों होता है ? अज्ञान के कारण। प्रथमतः जन्म-मरण सब मानसिक अवधारणाएं हैं। जो अविद्याजन्य होती हैं। अज्ञान समाप्त कर लेने के लिए समस्त पदार्थों के कारणों का गहनता से ज्ञान होना आवश्यक है। अज्ञान-विजय के बाद जन्म-मृत्यु के समस्त विचारों से आगे निकला जा सकता है। जन्म-मृत्यु के कारणों के पार चले जाने पर समस्त चिन्ताएं और दुःख समाप्त हो जाते हैं।

"भिक्खुओ, हम मृत्यु को तभी मानते हैं, जब पहले जन्म को मानते हैं।

ये भ्रांत धारणाएं अस्तित्व की भ्रामक धारणा पर आधारित हैं। अस्तित्व की भ्रामक मान्यता इसीलिए है क्योंकि हम वैसा स्वीकारते हैं। वह स्वीकृति इच्छा के कारण है। इच्छा भी इसीलिए होती है क्योंकि हम भावनाओं की मूल प्रकृति को नहीं समझते। भावनाओं की मूल प्रकृति को पहचानना संभव इसलिए नहीं होता क्योंकि हम इंद्रियों और उनके विचारों के संपर्क से आबद्ध हैं। इंद्रियों और उनके विषयों के संपर्क से हम इसलिए बंधे होते हैं क्योंकि हमारे चित्त का चिन्तन स्पष्ट नहीं होता, चित्त शांत नहीं होता। चित्त की अस्पष्टता और अशांति इसलिए होती है क्योंकि अनेक उत्तेजनाएं एवं संवेग हैं जो सब अज्ञानजन्य होते हैं। भव की ये बारह कड़ियां एक दूसरे से जुड़ी हुई हैं। एक कड़ी में आप अन्य ग्यारह कड़ियों को देख सकते हैं।

"भिक्खुओ, इन बारह कड़ियों को जोड़ने वाला तत्त्व अज्ञान है। परस्परावलम्बी सहवर्द्धन की प्रकृति पर ध्यान करने से हम अज्ञान-तिमिर का भेदन कर सकते हैं और चिन्ताओं एवं दुःखों से मुक्ति पा सकते हैं। आत्मचेतन व्यक्ति जन्म-मरण की लहरों पर चल सकता है, उनमें डूब नहीं सकता। जागृत व्यक्ति भव (अस्मिता) की बारह कड़ियों को रथ के पहिए के रूप में प्रयोग कर सकता है। जागृत चेतना वाला व्यक्ति इस संसार के बीच ही रहता है, इसमें डूबता नहीं। भिक्खुओ, जन्म-मरण की अवस्थाओं से भागो नहीं, इनसे ऊपर उठो। जन्म-मरण से पार जाने का अर्थ है अर्हत बनकर निर्वाण शांत की प्राप्ति।"

इसके अनेक दिनों बाद मान्य मौद्गल्यायन ने संघ को स्मरण कराया कि बुद्ध ने पहले भी परस्परावलम्बी सहवर्द्धन पर अनेक बार देशना की है और इस शिक्षा को सद्धर्म-मार्ग को केन्द्रीय मर्म माना जा सकता है। एक बार बुद्ध ने सिरकियों का बंडल दिखाकर परस्परावलम्बी सहवर्द्धन की शिक्षा का उदाहरण प्रस्तुत किया था। गुरुदेव ने कहा था कि वस्तुओं के लिए किसी सर्जक की विद्यमानता आवश्यक नहीं। वे एक-दूसरे से ही रूपाकार ग्रहण करती हैं। अज्ञान के कारण उत्तेजनाएं एवं संवेग उत्पन्न होते हैं और उत्तेजनाओं एवं संवेगों से अज्ञान; ठीक उसी प्रकार जैसे खड़े रहने के लिए सिरकियां एक-दूसरे पर झुकी रहती हैं। यदि एक गिर जाती है तो सभी सिरकियां गिर जाती हैं। यही बात सृष्टि की समस्त वस्तुओं के विषय में सत्य है। एक से अनेक होते हैं और अनेक से एक। यदि हम गहनता से देखें, तभी हम एक में अनेकता और अनेकता में एक के दर्शन कर सकते हैं।

उसी वर्षा-प्रवास में अनेक ब्राह्मणों ने बुद्ध पर झूठा आरोप लगाया कि उन्होंने एक स्त्री से गमन किया और उसे गर्भवती बना दिया। उन्होंने चिंचा नामक एक सुंदर ब्राह्मण युवती को तैयार किया कि वह ब्राह्मण धर्म की रक्षा के लिए कुछ करे। वह प्रतिदिन सुन्दर साड़ी पहनकर पुष्पगुच्छ लेकर जेतवन जाती। वह धर्म-देशना के समय पर नहीं आती वरन् धर्म-कक्ष के बाहर उस समय खड़ी होती जब श्रोता जा रहे होते। आरंभ में जब लोगों ने पूछा कि वह कहां जाती है और क्या करती है तो वह मात्र मुस्करा दी। कुछ दिनों तक अस्पष्ट उत्तर देने के बाद उसने एक दिन कहा-'मैं भिक्खु बुद्ध के पास जाती हूं। आखिर में उसने यह भी कहा–जेतवन में सोना बहुत ही आनंददायक है।'

इससे लोगों को अजीब लगा और उपासकों के मन में तरह-तरह की आशंकाएं उठने लगीं किन्तु किसी ने कहा कुछ नहीं। एक दिन चिंचा बुद्ध की धर्म-देशना में उपस्थित हुई। उसका पेट फूला दिख रहा था। बुद्ध की देशना में खड़े होकर उसने कहा–"आप धर्म की लम्बी-चौड़ी बातें तो करते हैं, आपका सम्मान भी बहुत है किन्तु आप इस अबला का कोई ख्याल नहीं करते, जिसे आपने गर्भवती बनाया है। मेरे गर्भ में आपको बालंक पल रहा है, क्या आप इसका उत्तरदायित्व लेंगे ?"

संघ में चिंता की लहर दौड़ गई। हर कोई बुद्ध की ओर देखने लगा। बुद्ध केवल शांत भाव से मुस्कराकर बोले, "कुमारी जी, आप और मैं ही जान सकते हैं कि आप जो कह रही हैं, वह कितना सत्य है।" बुद्ध की शांत मुस्कान से चिंचा डगमगा गई। लेकिन बोली, "बिलकुल ठीक। मैं और आप ही जान सकते हैं कि मेरा कथन सत्य है या मिथ्या।"

संघ के भिक्खु अब अपना आश्चर्य छिपा नहीं पाए। अनेक लोग क्रुद्ध होकर खड़े हो गए। चिंचा को लगा कि कहीं लोग उसे मारें-पीटें नहीं। वह बचकर भाग निकलने की जुगाड़ में भयभीत होकर भागी तो एक खंभे से टकरा गई। जब वह खड़ी हुई तो एक बड़ा गोल काष्ट-खंड जो उसके पेट पर बंधा था उसके पैर पर गिर गया। वह चीखी और अपना घायल अंगूठा पकड़कर बैठ गई। अब उसका पेट एकदम सपाट था।

उपस्थित जन समुदाय ने राहत की सांस ली। बहुत से लोग हंसने लगे तो कुछ चिंचा की निन्दा करने लगे। भिक्खुनी भीमा ने उठकर सहारा देकर चिंचा को धर्म-कक्ष से बाहर निकाला। जब दोनों महिलाएं चली गईं तो बुद्ध ने अपनी देशना आगे देनी आरंभ की, मानो कुछ भी घटित हुआ ही न हो।

बुद्ध ने कहा, "संघ के बंधुओ, चेतना-जागृति का मार्ग अज्ञान की दीवार को उसी प्रकार ढहा देता है जैसे प्रकाश अंधकार को। चार आर्य सत्य, अनित्यता, अनात्म, परस्परावलम्बी सहवर्द्धन, सचेतनता के चार चरण, आत्म-चेतना के सात तत्त्व, त्रिरत्न के तीन राजद्वार और अष्टांगिक मार्ग, सभी पक्ष संसार में इस प्रकार घोषित कर दिए गए हैं, जैसे सिंह की गर्जना, जिससे अनन्त भ्रांत सिद्धान्तों तथा संकीर्ण विचारों का निराकरण किया जा सके। सिंह समस्त पशु-जगत का राजा होता है। जब वह अपनी मांद से निकलता है तो पहले अंगड़ाता है और चारों ओर भली प्रकार देखता है। अपना शिकार करने से पहले वह गर्जना करता है जिससे अन्य वन- प्राणी थर्रा जाते हैं और भाग जाते हैं। चिड़ियां आकाश में ऊंचे उड़ने लगती हैं, मगरमच्छ पानी में नीचे चले जाते हैं और लोमड़ियां अपनी गुफाओं में छिप जाती हैं। यहां तक कि गांव के सजे-धजे हाथी भी सिंह की गर्जना सुनकर भाग जाते हैं।

"बंधुओ, सद्धर्म मार्ग की घोषणा सिंह-गर्जना के समान है। भ्रांत सिद्धान्त भयभीत होकर कांपने लगते हैं। जब अनित्यता, अनात्मता और परस्परावलम्बी सहवर्द्धन की घोषणा हो गई तो अज्ञानजन्य भ्रांत सुरक्षा वाले व्यक्तियों और अविस्मरण में डूबे सभी महामनाओं एवं जन सामान्य को जाग जाना चाहिए। जब व्यक्ति जगमगाते सत्य का साक्षात्कार करता है तो कह उठता है कि हम अब तक खतरनाक विचारों से ही बंधे रहे और अनित्य को नित्य समझते रहे तथा आत्मा की पृथक् सत्ता में विश्वास करते रहे। हम दुःखों को हर्षोल्लास और अस्थायी को शाश्वत मानते रहे। हम असत्य को सत्य समझते रहे। अब समय आ गया है, जब हमें भ्रांति और भ्रामक विचारों की दीवारें ढहा देनी चाहिए।

"बंधुओ, सद्धर्म का मार्ग समस्त मानवता को भ्रांत विचारों के मोटे पर्दे हटाने की ओर अग्रसर करता है। जब संबुद्ध व्यक्ति प्रकट होता है तो ज्वार के उठने जैसी उत्तम अनुगूंज होती है। जब यह ज्वार आता है तो सभी भ्रामक विचार उसके वेग के सामने बह जाते हैं।

"बंधुओ, लोग चार प्रकार के जालों में आसानी से फंस जाते हैं। पहला जाल है—आसक्ति प्रधान इच्छाओं को मोह; दूसरा जाल है—संकीर्ण विचारों का मोह-बंधन; तीसरा जाल—शंकाएं और संदेह है; और चौथा जाल है—आत्मा की सत्ता के विषय में भ्रामक विचार। चेतना-जागृति का मार्ग लोगों को इन मोह-बंधनों पर विजय प्राप्त करने में सहायक होता है।

"संघ के भिक्खुओ, परस्परावलम्बी सहवर्द्धन की देशना से आप लोग

प्रत्येक प्रकार की बाधा लांघ सकते हैं और हर प्रकार के मोह-जाल से बच सकते हैं। अपने जीवन में प्रतिदिन परस्पर-अवलम्बन की मूल प्रकृति पर, अपने शरीर, भावनाओं चित्त और चित्त के विषयों की धारणा पर गहन ध्यान करो।"

अगले दिन प्रमुख कक्ष में आनंद ने बुद्ध की देशना को शब्दशः दोहराया। उन्होंने इस देशना का 'सिंह गर्जना सूत्र' नाम रखा।

उस वर्षा-प्रवास में बहुत से भिक्खु मलेरिया ज्वर से पीड़ित हो गए। बहुत से इतने दुर्बल और क्षीणकाय हो गए कि अपने लिए भिक्षा मांगने जाने में भी असमर्थ हो गए। अन्य भिक्खुओं ने सहर्ष अपनी भिक्षा में से उन्हें भोजन देना स्वीकार कर लिया किन्तु अधिकांश भिक्षा चावल और कढ़ी के रूप में मिली थी जो दुर्बल व्यक्तियों के लिए गरिष्ट थी। बुद्ध ने उपासकों को अनुमति दे दी कि वे रुग्ण भिक्खुओं के लिए विशेष भोजन बना लें। उन्होंने ऐसा भोजन बनाया जिसे रोगी भिक्खु सहजता से पचा सकें। इस प्रकार के भोजन के कारण भिक्खु धीरे-धीरे स्वास्थ्य-लाभ कर सके।

एक दिन जब बुद्ध बैठे हुए ध्यान कर रहे थे तो उन्होंने देखा कि चारों ओर बहुत से कौए उड़ रहे हैं। पूछताछ करने पर पता चला कि बहुत से भिक्खु रुग्ण भिक्खुओं के लिए विशेष रूप से बनाया गया भोजन कौओं को डाल रहे हैं। उन्होंने बताया कि आज सबेरे अनेक भिक्खु रोगी रोग के कारण भोजन कर ही नहीं सके। दोपहर हो चुकी थी और दोपहर बाद भिक्खुओं को भोजन करना वर्जित है। जब बुद्ध ने कहा कि इस भोजन को कल के लिए बचाकर क्यों नहीं रखा गया तो उन्हें बताया गया कि भोजन रात भर रखा नहीं जा सकता। बुद्ध ने कहा कि रोगी भिक्खुओं को इस नियम से छूट दे दी जाए कि वे दोपहर बाद भोजन नहीं कर सकते। यदि कुछ भोजन बचता है तो रात में रखा जा सकता है।

इसके कुछ ही दिन बाद राजधानी के एक वैद्य मान्य सारिपुत्त से मिलने आए। उन्होंने सुझाव दिया कि रोगी भिक्खुओं को विशेष जड़ी-बूटियों से युक्त भोजन दिया जाना चाहिए। उनके इस सुझाव के फलस्वरूप रोगी भिक्खु शीघ्र स्वास्थ्य-लाभ कर सके।

अध्याय बासठ

सारिपुत्त की उद्घोषणा

वर्षा-प्रवास समाप्त होने के बाद मान्य सारिपुत्त ने धर्म-प्रसार यात्रा पर निकलने से पूर्व बुद्ध से विदा ली। बुद्ध ने शांत सुरक्षित यात्रा तथा शरीर और चित्त को सभी चिन्ताओं से मुक्त रहने की कामना की और कहा कि सारिपुत्त की इस यात्रा में अधिक विघ्न नहीं आएंगे। सारिपुत्त बोधिसत्व को धन्यवाद करके विदा हुए।

दोपहर को एक भिक्खु बुद्ध के पास आया और सारिपुत्त के दुर्व्यवहार की शिकायत करते हुए कहा, "मैंने मान्य सारिपुत्त से पूछा कि आप कहां जा रहे हैं। उन्होंने कोई उत्तर नहीं दिया अपितु मुझे रास्ते से इतनी जोर का धक्का देकर हटाया कि मैं जमीन पर गिर पड़ा। इस दुर्व्यवहार के लिए उन्होंने क्षमा भी नहीं मांगी और चले गये।"

बुद्ध ने आनंद से कहा, "मैं समझता हूं कि सारिपुत्त अभी बहुत दूर नहीं गये होंगे। किसी श्रामणेर को भेजकर उन्हें बुलाओ। शाम को जेत धर्म-कक्ष में संघ की बैठक होगी।" जैसा बुद्ध ने कहा, वैसा ही आनंद ने किया और तीसरे पहर गये सारिपुत्त विहार में लौट आये। बुद्ध ने कहा, "आज सायं समस्त संघ की बैठक धर्म-कक्ष में होगी। एक भिक्खु ने आप पर आरोप लगाया है कि आपने धक्का मारकर उसे पृथ्वी पर गिरा दिया और इस दुर्व्यवहार की क्षमा तक नहीं मांगी।"

मान्य मौद्गल्यायन और आनंद ने विहार में सर्वत्र घोषणा करा दी, "सायंकाल को संघ की बैठक होगी। आप सभी उसमें उपस्थित हों। आज रात को सारिपुत्त को उद्घोषणा करने का अवसर मिलेगा।"

उस शाम सभी भिक्खु धर्म-कक्ष में एकत्र होकर यह देखना चाह रहे थे कि जो लोग संघ में उनकी प्रमुख स्थिति के कारण द्वेष अनुभव करते हैं, उनका

सामना सारिपुत्त कैसे करेंगे। मान्य सारिपुत्त बुद्ध के सर्वाधिक विश्वासपात्र शिष्य थे जिसके कारण बहुत सी गलतफहमियां और द्वेष भाव लोगों के मन में था। बुद्ध के विश्वास के कारण सारिपुत्त बहुत अधिक प्रभाव दिखाते हैं। जब बुद्ध ने कुछ भिक्खुओं की त्रुटियों की ओर संकेत किया तो उन्होंने सारिपुत्त को ही त्रुटियों की ओर संकेत करने का दोषी माना। कुछ भिक्खु तो सारिपुत्त से घृणा तक करते थे। वे इस बात को भूले नहीं थे कि कुछ वर्ष पूर्व बुद्ध ने सारिपुत्त को अपने आसन पर ही बैठने को कहा था।

मान्य आनंद को स्मरण हो आया कि आठ वर्ष पहले जेतवन में गोखलिक नामक भिक्खु सारिपुत्त और मौद्गल्यायन से इतनी घृणा करता था कि स्वयं बुद्ध के समझाने पर भी उसने अपना विचार न बदला। गोखलिक उन्हें अहंकारी मानता और उनके कार्यों को महत्त्वाकांक्षाओं से प्रेरित मानता था। बुद्ध ने अकेले में मिलकर भी उसे समझाया कि दोनों वरिष्ठ भिक्खु निष्ठावान हैं और उनके कार्य प्रेम-भाव से पूर्ण होते हैं। किन्तु गोखलिक के मन में घृणा और द्वेष इस सीमा तक भरा था कि वह राजगृह में देवदत्त के पास चला गया और वहां उनका प्रमुख सहायक बन गया।

इसी प्रकार की समस्याओं के कारण आनंद बुद्ध के सहायक बनने में आना-कानी कर रहे थे। यह कार्य करने से पूर्व उन्होंने शर्त रखी थी कि मैं न तो बुद्ध की कुटिया में सोऊंगा और न उनके साथ भोजन करूंगा। आनंद को ज्ञात था कि ऐसे भिक्खु बंधु इसका विरोध करेंगे। कुछ भाइयों को लगता था कि बुद्ध उनकी ओर पर्याप्त ध्यान नहीं देते हैं। आनंद जानता था कि ऐसी भावनाओं से घृणा और द्वेष बढ़ेगा और संभव है कि कुछ भिक्खु बुद्ध देव को ही छोड़कर चले जाएं।

आनन्द को यह भी स्मरण आया कि कौशाम्बी के कालमसद्माया गांव की मगंदिका नामक महिला बुद्ध से इसीलिए घृणा करने लगी थी क्योंकि उसे बुद्ध की ओर से विशिष्ट व्यवहार नहीं मिला। वह सुन्दरी ब्राह्मण कन्या थी। जब वह उससे मिले थे तो बुद्ध की आयु चवालीस वर्ष की थी। वह उसी क्षण उन पर मर मिटी थी और प्रेम बढ़ने पर वह यह जानना चाहती थी कि क्या बुद्ध भी उसका विशेष ख्याल करते हैं या नहीं। बुद्ध का ध्यान आकृष्ट करने के लिए उसने हर संभव प्रयास किया किन्तु बुद्ध उसके साथ वही व्यवहार करते रहे जैसा औरों से करते थे। अन्त में उसका प्रेम पलट कर घृणा में परिवर्तित हो गया। बाद में

जब वह राजा उदेन की पत्नी गयी तो उसने बुद्ध को अपमानित करने हेतु अपनी स्थिति का दुरुपयोग किया और उनके विरुद्ध तरह-तरह की झूठी अफवाहें फैलानी आरंभ कीं। राजा उदेन (उदयन) की प्रिय रखैल जब बुद्ध की शिष्या बन गयी तो मगंदिका ने उसे भांति-भांति के कष्ट पहुंचाये। इन सब घटनाओं से दुखी होकर आनंद ने बुद्ध से कहा कि हम क्यों न कौशांबी छोड़कर कहीं अन्यत्र चलें जहां धर्म-प्रचार सुगमता से हो सके। बुद्ध ने कहा, "यदि वहां भी ऐसी ही आपमानपूर्ण और कष्टकर स्थितियां आयीं तो हम क्या करेंगे ?"

आनंद ने कहा, "तो हम कहीं और चलेंगे।" किन्तु, बुद्ध इस पर सहमत नहीं हुए और कहा, "कठिनाइयां आने पर हमें हतोत्साहित नहीं होना चाहिए, वरन् कठिनाइयों के बीच से ही रास्ता निकालना चाहिए। यदि हम समभाव का अभ्यास करें तो ये अपमान या दुरारोप हमें डिगा नहीं पाएंगे। ये आचरण स्वयं उन्हीं लोगों को दुःखी बनाएंगे। यदि हम आकाश पर थूकेंगे तो थूक हमारे ही मुंह पर पड़ेगा।"

आनंद इस बात से चिन्तित नहीं था कि सारिपुत्त वर्तमान स्थिति को कैसे सामना करेंगे। बुद्ध का उन पर विश्वास करना सर्वथा ठीक था। वह वस्तुतः सदाशयी है और संघ के मान्य वरिष्ठ भिक्खु हैं। बुद्ध उनकी गहन अन्तर्दृष्टि के कारण ही संघ के मार्ग-निर्देशन में उनकी सहायता लेते हैं। उन्होंने 'हस्तिपादी सूत्र' सहित अनेक सूत्रों की रचना की है जिसमें उन्होंने चार तत्त्वों के साथ पांच स्कंधों का मौलिकतापूर्ण सामंजस्य प्रस्तुत किया है।

जब बुद्ध ने धर्म-कक्ष में प्रवेश किया तो सभी भिक्खु उठकर खड़े हो गये। उन्होंने भिक्खुओं को बैठने का संकेत किया और स्वयं भी बैठ गये। उन्होंने सारिपुत्त को अपने सामने की छोटी कुर्सी पर बैठने को कहा। बुद्ध ने सारिपुत्त से कहा, "एक भिक्खु ने आप पर आरोप लगाया है कि आपने उसे धक्का देकर गिरा दिया और क्षमा-याचना तक नहीं की। क्या आपको इस विषय में कुछ कहना है ?"

मान्य सारिपुत्त ने खड़े होकर हाथ जोड़े। पहले उन्होंने बुद्ध को नमन किया और फिर संघ को। उन्होंने कहा, "गुरुवर, जो भिक्खु साधना नहीं करता, जो काया पर ध्यान नहीं करता, जो काया के क्रिया-कलापों के प्रति सजग नहीं है, तो ऐसा भिक्खु तो साथी भिक्खु को धक्का दे सकता है और बिना क्षमा-याचना के उसे छोड़कर जा सकता है।"

"गुरुदेव, आपने चौदह वर्ष पूर्व जो शिक्षा भिक्खु राहुल को दी थी, वह

मुझे आज भी याद है। आपने उस समय अठारह वर्षीय राहुल को पृथ्वी, जल, अग्नि और वायु तत्त्वों की मूल प्रकृति पर ध्यान करने के लिए कहा था जिससे प्रेममय, दया, करुणा, आनंद और समत्व का विकास और पोषण हो सके। यद्यपि आपने शिक्षा तो राहुल को दी थी, मैंने उस शिक्षा के अनुसार पिछले चौदह वर्षों से साधना की है और मैं आंतरिक रूप से उसके लिए आभारी हूं।

"मैंने पृथ्वी की भांति हो जाने का अभ्यास किया है। पृथ्वी विशाल है और उन्मुक्त है और उसमें कुछ भी ग्रहण करने और उसे परिवर्तित करने की क्षमता है। चाहे लोग पृथ्वी पर फूल, सुगंध या ताजा दूध डालें या दुर्गंध युक्त मल, मूत्र, मवाद या रक्त डालें, पृथ्वी उस सबको ग्रहण करती है और उसे उस ग्रहण में न तो कुछ भी प्रसन्नता होती है न अवसाद। मैंने अपने चित्त और शरीर को पृथ्वी के समान बनाने के लिए साधना की है।

"गुरुवर, मैंने जल के समान बनने की साधना की है। जल में भला या बुरा जो भी पदार्थ डालें, उस सबको जल अनासक्त भाव से ग्रहण कर लेता है। जल प्रवाहमय है और उसमें परिवर्तन करके पदार्थ को शुद्ध करने की क्षमता होती है। मैंने अपने चित्त और शरीर को जल के समान बनाने की साधना की है।

"गुरुवर, अग्नि सुंदर अथवा अशुद्ध सभी वस्तुओं को समभाव से जलाकर भस्म कर देती है। मैंने अपने चित्त और शरीर को अग्नि के समान बनाने की साधना की है। गुरुदेव मैंने वायु के समान बनने का साधना-अभ्यास किया है। वायु सुगंध और दुर्गंध दोनों को समभाव से प्रसारित करती है। उसमें गंध को शुद्ध करके प्रसारित करने की भी क्षमता है। मैंने अपने शरीर और चित्त को वायु के समान बनाने की साधना की है। जो भिक्खु शरीर में काया को नहीं देखता, जो शरीर के क्रिया-कलापों के विषय में सचेतन नहीं रह सकता, ऐसा भिक्खु ही भिक्खु बंधु को धक्का देकर गिरा सकता है और बिना क्षमा-याचना किये चला जा सकता है। ऐसा करना मेरा मार्ग नहीं है।

"आदरणीय बुद्ध! तार-तार कपड़े पहने, गली-गली उच्छिष्ट अन्न मांगने के लिए भिक्षा-पात्र फैलाये छोटे अस्पृश्य बालक के समान मुझमें झूठा गर्व अथवा अहंकार नहीं है। मैंने अपने हृदय को उस अस्पृश्य बालक के हृदय के समान बनाने का प्रयास किया है। मैंने विनम्रता का अभ्यास किया है और कभी स्वयं को औरों से ऊंचा रखने का साहस नहीं किया है। जो भिक्खु शरीर

में काया को द्रष्टा बनकर नहीं देखता, जो भिक्खु शरीर के क्रिया-कलापों के प्रति सचेत नहीं रहता, ऐसा भिक्खु ही किसी भिक्खु भाई को धक्का देकर गिरा सकता है और बिना क्षमा-याचना के चला जा सकता है। ऐसा करना मेरा धर्म नहीं है।"

मान्य सारिपुत्त तो आगे भी बोलना चाहते थे किन्तु आरोपी इससे आगे सुन न सका। वह खड़ा हो गया और अपने उत्तरीय से खुला कंधा ढंक लिया। वह बुद्ध के समक्ष हाथ जोड़कर प्रणत हुआ और अपना अपराध स्वीकार कर लिया। "बोधिसत्व मैंने शीलाचार का उल्लंघन किया है। मैंने मान्य सारिपुत्त के विरुद्ध असत्य साक्ष्य दिया है। मैं समस्त संघ समुदाय के समक्ष अपना अपराध स्वीकार करता हूं और भविष्य में शीलों के पालन का वचन देता हूं।"

बुद्ध ने कहा, "आपने शील-उल्लंघन का अपराध संघ-समुदाय के समक्ष स्वीकार कर लिया, यह अच्छी बात है। हम आपकी अपराध स्वीकृति को मानते हैं। मान्य सारिपुत्त ने हाथ जोड़कर कहा–"मुझे अपने भिक्खु बंधु के प्रति किसी प्रकार का अमर्ष नहीं है। मेरा उनसे निवेदन है कि अतीत में यदि मैंने ऐसा कुछ कार्य किया हो, जिससे उन्हें दुख पहुंचा हो तो मैं उसके लिए क्षमाप्रार्थी हूं।"

उस भिक्खु ने हाथ जोड़कर सारिपुत्त को नमन और सारिपुत्त ने प्रति-नमन किया। धर्म– कक्ष में सर्वत्र प्रसन्नता छा गयी। आनंद ने खड़े होकर कहा, "बंधु सारिपुत्त, कृपया हमारे साथ कुछ दिन और निवास करिए। आपके बंधु भिक्खु आपके साथ कुछ अधिक समय व्यतीत करनी चाहेंगे।" मान्य सारिपुत्त स्वीकृतिसूचक हंसी हंस दिये।

वर्षा-प्रवास समाप्त होने पर बुद्ध ने देहात के अनेक ग्रामों का भ्रमण किया। एक दिन वह कालम समुदाय के एक गांव केशपुत्त में देशना कर रहे थे जिसे बहुत से युवक सुन रहे थे। उन्होंने बुद्ध के विषय में सुन तो बहुत कुछ रखा था किन्तु उनसे आमने-सामने मिलने का यह पहला अवसर था।

एक युवक ने हाथ जोड़कर कहा, "गुरुवर, बहुत समय से केशपुत्त में अनेक ब्राह्मण पुजारी आते हैं जो अपने-अपने भिन्न-भिन्न सिद्धान्तों का वर्णन करते रहे हैं। हर वक्ता अपने सिद्धान्त को दूसरों के सिद्धान्तों से अच्छा बताता है। इससे हम असमंजस में पड़े हैं। हम नहीं जानते कि इनमें से कौन-सा मार्ग अपनाएं। सत्य तो यह है कि हमें इन सिद्धान्तों पर से विश्वास ही उठ गया है। हमने सुना है

कि आप संबोधि-प्राप्त आचार्य हैं। क्या आप हमें बताएंगे कि हम किस सिद्धांत पर विश्वास करें और किस पर नहीं ? कौन सत्य बोल रहा है और कौन मिथ्या सिद्धान्त कथन कर रहा है ?"

बुद्ध ने उत्तर दिया, "मैं समझ सकता हूं कि आपके मन में संदेह क्यों उठ रहा है। मित्र किसी भी बात पर जल्दी में विश्वास मत करो, चाहे कोई उसे बार-बार क्यों न कहे, चाहे वह पावन ग्रंथों में लिखी हो या किसी सम्माननीय आचार्य ने बोला हो। केवल उन्हीं बातों को मानो जो आपकी तर्क-बुद्धि की कसौटी पर खरी उतरती हो, जिसको बुद्धिमान और सौहार्द्रपूर्ण लोग बतायें और जिनपर चलकर लोग लाभान्वित हों तथा प्रसन्नता प्राप्त करें। जो बातें आपकी तर्क-बुद्धि को स्वीकार न हों, जिनका विद्वान या सदाशयी व्यक्ति समर्थन न करते हों और जिनपर चलने से लोगों को भला न हो और प्रसन्नता प्राप्त न हो, ऐसी बातों को स्वीकार न करें।"

कालम समुदाय के लोगों ने बुद्ध से कुछ और शिक्षा देने का अनुरोध किया तो वह बोले, "मित्रो, मान लीजिए कोई व्यक्ति क्रोध, लोभ और अज्ञान का शिकार हो तो उसका लोभ, क्रोध या अज्ञान उसको प्रसन्नता प्रदान करेगा अथवा दुःख ?"

लोगों ने उत्तर दिया, "गुरुवर, लोभ, क्रोध और अज्ञान तो उससे ऐसे कार्य कराएंगे जिनसे उसे स्वयं भी दुःख भुगतना होगा और दूसरों को भी दुःख ही पहुंचेगा।"

बुद्ध ने पूछा, "अब ऐसे व्यक्ति का उदाहरण लीजिए जो प्रेमपूर्ण कृपा-भाव, करुणा, सहानुभूति– जन्य आनंद और समत्व भाव से पूर्ण हो और जो दूसरों के दुःख दूर करके उनको प्रसन्नता प्रदान करता हो, जो दूसरों की खुशहाली देख कर प्रसन्नता प्राप्त करता हो और सभी लोगों के साथ भेद-भाव के बिना समान व्यवहार करता हो, ऐसे गुणों से उस व्यक्ति को प्रसन्नता प्राप्त होगी अथवा दुःख मिलेगा ?"

"गुरुवर, ऐसे गुणों से तो उस व्यक्ति को भी और उसके आस-पास के सभी लोगों को प्रसन्नता ही प्राप्त होगी।"

"प्रेमपूर्ण कृपाभाव, करुणा, आनंद और समत्व-भाव का ज्ञानी और गुणी जन समर्थन करेंगे या नहीं ?"

"हां गुरुदेव।"

"मित्रो, आप लोग उन बातों की छानबीन कर भले-बुरे की पहचान कर

सकते हैं। केवल उन्हीं बातों को स्वीकार करिए जो आपकी तर्क बुद्धि पर खरी ठहरें, जिनका ज्ञानी और गुणीजन समर्थन करते हों और जिनपर आचरण करके अपना तथा अन्य लोगों का भला हो और उन्हें प्रसन्नता प्रदान की जा सके। जो बातें इन सिद्धान्तों के प्रतिकूल हों, उन्हें त्याग दीजिए।

कालम युवक बुद्ध की शिक्षाओं से प्रभावित एवं उत्साहित हुए। उन्होंने कहा कि इनकी शिक्षाओं को मानने की कोई शर्त भी नहीं है। बुद्ध का मार्ग वास्तव में विचार-स्वातंत्र्य का सच्चा सम्मान करता है। बहुत से कालम युवकों ने उसी दिन बुद्ध का शिष्यत्व स्वीकार कर लिया।

अध्याय तिरसठ

सागर तक सीधी यात्रा

अपनी यात्राओं के दौरान बुद्ध अलवी गांव में रुके। वहां एक सार्वजनिक भवन में बुद्ध और भिक्खुओं तथा अन्य स्थानीय लोगों को भोजन कराया गया। भोजन की समाप्ति के बाद बुद्ध अपनी धर्म देशना आरंभ करने ही वाले थे कि एक अधेड़ किसान भवन में आया जिसकी सांस उखड़ी हुई थी। उसे अपने एक भैंसे को खोजने में बिलम्ब हो गया था, इसीलिए वह दौड़ता-हांफता आया था। बुद्ध को लगा कि इसे आज भोजन मिला ही नहीं है। उन्होंने कहा कि पहले इस किसान को भोजन कराओ, तभी देशना आरंभ होगी। लोग अधीर हो रहे थे और उनकी समझ में नहीं आ रहा था कि एक व्यक्ति की खातिर धर्म देशना क्यों रुकी रहे।

जब किसान भोजन कर चुका तो बुद्ध ने कहा, "मान्य बंधुओ, यदि हमारा एक भाई भूखा हो और मैं देशना आरंभ कर दूं तो उसका ध्यान मेरी देशना में कैसे लगेगा। भूख से बड़ा कोई दुःख नहीं होता। भूख हमारी शारीरिक शक्तियों का क्षय कर देती है और हमारे कल्याण, शांति और आनंद को नष्ट कर देती है। जो लोग भूखे हैं, हमें उन्हें कभी नहीं भूलना चाहिए। एक समय भोजन न मिलने पर जब असुविधा होती है, तो उन लोगों के दुःख की कल्पना कीजिए जिन्हें दिनों और सप्ताहों तक समुचित भोजन नहीं मिलता। हमें ऐसे मार्ग तलाशने चाहिए जिससे इस संसार में एक भी व्यक्ति को भूखा रहने को बाध्य न होना पड़े।"

अलवी के बाद बुद्ध गंगा के किनारे उत्तर-पश्चिम में कौशाम्बी की ओर चले। वह रास्ते में थोड़ी देर तक रुककर धारा में बहते काष्ठ-खंडों को देखने लगे। उन्होंने अन्य भिक्खुओं को भी बुला लिया और उन काष्ठ-खंडों को दिखाते हुए कहा, "भिक्खुओं यदि ये काष्ठ-खंड कहीं किनारे पर रुक न जाएं, यदि ये डूब न

जाएं, कहीं रेत में धंस न जाएं या ये भीतर से बाहर तक सड़ न जाएं, यदि इन्हें बीच में उठा न लिया जाए या ये किसी भंवर में न फंसें तो ये बहते हुए सीधे समुद्र तक चले जाएंगे। यही बात आपके लिए धर्म-पथ के विषय में सत्य है। यदि तुम कहीं किनारे पर न जा लगो यदि तुम डूबो नहीं, यदि तुम कहीं रेत में फंसो, यदि तुम उठा न लिये जाओ, यदि तुम भंवर में न फंसो या तुम्ही भीतर से सड़ने न लगो तो तुम भी सीधे आत्म-जागृति और मुक्ति के सागर तक पहुंच सकते हो।"

भिक्खुओं ने कहा, "गुरुदेव, कृपया अपने कथन को पूर्णतया स्पष्ट करने का अनुग्रह कीजिए। किनारे रुक जाने, डूब जाने या रेत में धंस जाने से आपका तात्पर्य क्या है ?"

बुद्ध ने उत्तर देते हुए कहा, "नदी के किनारे रुक जाने का अर्थ है—छ: इंद्रियों और उनके विषयों में फंस जाना। परिश्रमपूर्वक साधना करने से आपमें वे विचार नहीं आने पाएंगे जिनके कारण इंद्रियों और उनके विषयों के बीच संपर्क होता है। डूब जाने का अर्थ इच्छा-आकांक्षाओं का दास हो जाना है जिससे आपकी साधना करने की क्षमता का क्षरण हो जाता है। रेत में फंस जाने का अर्थ है स्वार्थी हो जाना, सदैव अपनी ही इच्छाओं, अपने ही लाभ की तथा अपनी ही प्रतिष्ठा की बात सोचना और आत्म-जागृति के लक्ष्य को भूल जाना। जल से निकाल लिए जाने का अर्थ है—साधना-अभ्यास के स्थान पर स्वयं को निरुद्देश्य बना लेना और घटिया लोगों की संगति में घूमते फिरना। भंवर में फंसने का अर्थ है—पांच प्रकार की इच्छाओं-सुस्वादु भोजन, विषय-वासना, वित्तेषणा, यशेषणा और निद्रा में फंसे रहना। भीतर से सड़ने का अर्थ है—दिखावे के सद्गुणों वाला जीवन जीना, संघ को धोखा देना और धर्म को अपनी इच्छा-आकांक्षाओं की पूर्ति के लिए प्रयोग करना।

"भिक्खुओ यदि आप लोग परिश्रमपूर्वक साधना करो और इन छ: भ्रमजालों में न फंसो तो तुम निश्चित ही संबोधि (निर्वाण शांतम्) का फल प्राप्त कर सकते हो; ठीक उसी प्रकार जिस प्रकार बहता काष्ठ-खंड सभी बाधाओं से बचता हुआ समुद्र तक पहुंच जाता है।"

जब बुद्ध भिक्खुओं को यह सब समझा रहे थे तो पास खड़ा एक चरवाहा युवक यह सुनने के लिए रुक गया था। उसका नाम नन्द था। वह बुद्ध की देशना से इतना प्रभावित हुआ कि उसने भिक्खुओं के पास जाकर प्रार्थना की कि उसे भी शिष्य बना लिया जाए। उसने कहा, "गुरुदेव, मैं इन बंधुओं के समान

भिक्खु बनना चाहता हूं और धर्म-मार्ग अपनाना चाहता हूं। मैं वचन देता हूं कि मैं सद्धर्म मार्ग का अध्ययन करूंगा। मैं न किनारे पर फंसूगा, न डूबूंगा, न रेत में फंसूंगा, न जल से निकाला जा सकूंगा, न भंवर में पड़ूंगा और न भीतर से स्वयं को सड़ने दूंगा। कृपया मुझे भी अपना शिष्य बना लीजिए।"

बुद्ध युवक को देखकर प्रसन्न हुए। वह समझ गये कि यह युवक क्षमतावान और परिश्रमी है किन्तु संभवतः अशिक्षित या अल्पशिक्षित है। बुद्ध ने स्वीकृति देते हुए पूछा, "तुम्हारी आयु क्या है ?"

नंद ने कहा कि सोलह वर्ष, तो बुद्ध ने पूछा कि क्या तुम्हारे माता-पिता जीवित हैं। इसके उत्तर में नंद ने बताया कि वे दोनों मर चुके हैं। मेरा कोई परिवार नहीं है। मैं एक धनी व्यक्ति के यहां आश्रय पाकर उसके भैंसों की देखभाल करता हूं।

बुद्ध ने पूछा, "क्या तुम दिन में एक बार भोजन करके रह सकते हो।"

"ऐसा तो मैं बहुत सालों से कर रहा हूं।"

बुद्ध ने कहा, "सिद्धान्ततः तुम्हें संघ में तभी सम्मिलित किया जा सकता है जब बीस वर्ष की आयु हो जाए। कोई भी युवा बीस साल से पहले इतना समझदार नहीं हो पाता कि वह गृह-त्याग कर भिक्खु-जीवन व्यतीत कर सके। लेकिन तुम साधारण युवकों से अलग हो। मैं कहूंगा कि संघ समुदाय तुम्हारे लिए इस शर्त में ढील दे दे। तुम चार वर्षों तक श्रामणेर की भांति साधना-अभ्यास करोगे। इसके बाद तुम्हें पूर्ण प्रवृज्या दे दी जाएगी। भैंसों को मालिक के घर छोड़ आओ और उससे नौकरी छोड़ देने की अनुमति ले लो। तब तक हम यहीं प्रतीक्षा करेंगे।"

युवक ने कहा, "गुरुदेव, इसकी आवश्यकता नहीं है। ये भैंसे बड़े आज्ञाकारी हैं। ये मेरे हांके बिना ही अपने स्थान तक चले जाएंगे।"

बुद्ध ने कहा, "नहीं, इन्हें तुम स्वयं लेकर जाओ और अपने मालिक से संघ में सम्मिलित होने की अनुमति लेकर आओ।"

"लेकिन जब तक मैं लौटूं, तब तक आप चले गये तो क्या होगा ?"

बुद्ध ने मुस्कराकर कहा, "इसकी चिन्ता मत करो। मैं वचन देता हूं कि हम तुम्हारे आने तक यहीं प्रतीक्षा करेंगे।"

नन्द जब भैंसों को वापस ले गया तो बुद्ध ने स्वास्ति से कहा, "स्वास्ति, मैं इस युवक को तुम्हारे संरक्षण में रखूंगा। मैं समझता हूं कि तुम भली-भांति जानते हो कि इसे किस प्रकार मार्ग-निर्देश देना है और सहायता करनी है।"

भैंसे की पीठ पर बैठने के लिए भिक्खु राहुल स्वास्ति को
अपना चीवर पकड़ाते हुए

स्वास्ति ने हाथ जोड़े और मुस्कराया। मान्य स्वास्ति की आयु उन्तालीस वर्ष की हो गई थी। वह समझ रहा था कि बुद्ध क्यों उसे युवक नंद का प्रशिक्षक बना रहे हैं। बहुत पहले बुद्ध ने 'भैसों के संरक्षण का सूत्र' स्वास्ति के साथ अपनी मैत्री के आधार पर सुनाया था, जब वह स्वयं नंद की भांति एक चरवाहा था। वह समझता था कि वह सद्धर्म-पथ पर नंद का मार्ग-दर्शन कर सकेगा जिसमें उसे राहुल का भी सहयोग मिलेगा।

स्वास्ति के छोटे भाई-बहिन अब बड़े हो गये थे और उनका अपना-अपना परिवार हो गया। एक साल वह राहुल के साथ उरुबेला गया था तो देखा कि उसकी पुरानी झोंपड़ी का नामोनिशान नहीं रह गया है। भिक्खु स्वास्ति और राहुल नैरंजना नदी के तट पर गये। स्वास्ति राहुल से किया अपना वायदा नहीं भूला था कि वह राहुल को भैंसे की सवारी की मौज करवाएगा। उसने आस-पास के चरवाहे बच्चों को बुलाकर राहुल को भैंसे की सवारी कराई। भैंसा इतना सीधा होता है, यह देखकर राहुल प्रभावित हुआ। वह और स्वास्ति दोनों ने भैंसों की सवारी की। राहुल सोचने लगा कि यदि बुद्ध ने उन्हें इस तरह भैसों पर बैठे देखा तो क्या सोचेंगे। स्वास्ति मुस्करा दिया। वह जानता था कि यदि राहुल शाक्य वंश के राजमहल में रहा होता तो राजा बन गया होता लेकिन तब भैंसे की सवारी का आनंद उसे कहां मिलता।

जब युवक नंद आ गया तो स्वास्ति अतीत की स्मृतियों से निकलकर वर्तमान में आ गया। उस रात उसने नंद के सिर के बाल मुंडे, चीवर धारण करना, भिक्षा-पात्र पकड़ना, चलना, खड़े होना तथा बैठना और सभी कुछ सजग भिक्खु की भांति करना सिखाया। नंद समझदार और परिश्रमी था और स्वास्ति को उसकी सहायता करने में आनंद आ रहा था।

उसे स्मरण आया कि किस प्रकार कुछ वर्ष पहले वेणुवन में सत्रह युवकों ने संघ की शरण ली थी। उनमें सबसे बड़ा उपालि सत्रह वर्ष का और सबसे छोटा युवक बारह वर्ष का था। सभी धनी परिवारों के युवक थे। सबने अपने माता-पिता से संघ का सदस्य बनने की अनुमति ले ली थी। संघ में उन्हें भिक्खु जीवन बिताना था जिसमें दिन में एक बार ही भोजन की व्यवस्था थी। पहली रात उनमें से कई बच्चे रात को भूख के मारे रोते रहे। सबेरे जब बुद्ध ने पता किया तो ज्ञात हुआ कि रात में बच्चे भूख से रो रहे थे। तब से बुद्ध ने यह नियम बना दिया था कि, "आगे से किसी भी युवक को बीस बरस से कम आयु का होने पर संघ का सदस्य नहीं बनाया जाएगा।"

उन बच्चों को संघ में तो रहने दिया गया था किन्तु उन्हें शाम को दुबारा भोजन कर लेने की अनुमति दे दी गयी थी। सभी बच्चे भिक्खु बने रहे। उनमें से जो सबसे कम उम्र का बच्चा था, उसकी आयु अब बीस वर्ष की हो गयी थी।

अध्याय चौंसठ

जन्म-मरण का चक्र

एक दिन बुद्ध भेषकाल उद्यान में बैठे थे तो बुद्ध ने कहा कि–"मैं आपको महापुरुषों की आठ अनुभूतियों के विषय में बताना चाहता हूं। मान्य अनिरुद्ध ने इनके विषय में पहले आपको बताया हुआ है। इन अनुभूतियों से विस्मृति पर विजय पाने और संबोधि प्राप्ति में बहुत सहायता मिलती है।

"पहली अनुभूति से यह ज्ञान होता है कि सभी धर्म अनित्य और अनात्म हैं। सभी धर्मों की अनित्यता और अनात्मता की धारणा पर ध्यान करने से आप दुःखों से छुटकारा पाते हैं और आत्म-जागृति, शांति और आनंद प्राप्त कर सकते हैं।

"दूसरी अनुभूति यह ज्ञान है कि जितनी अधिक इच्छा-आकांक्षाएं होती हैं, उतना ही अधिक दुःख होता है। जीवन में सभी कठिनाइयां लोभ और इच्छाओं के कारण सामने आती हैं।

"तीसरी अनुभूति यह ज्ञान है कि सादगी भरे जीवन और सीमित इच्छाओं से शान्ति, हर्ष और सौहार्द्र का उदय होता है। सादा जीवन जीने से साधना-अभ्यास करने और दूसरों की सहायता करने के लिए अधिक समय व्यक्ति को सुलभ होता है।

"चौथी अनुभूति यह ज्ञान है कि परिश्रमपूर्वक साधना करने से संबोधि की प्राप्ति संभव है। आलस्य-प्रमाद और वासनापूर्ण इच्छाओं में व्यस्त होना साधना के मार्ग की बाधाएं हैं।

"पांचवीं अनुभूति यह ज्ञान है कि अज्ञान के कारण ही जन्म-मरण के अनंत चक्र में फंसना पड़ता है। आपको सदैव सुनकर बात स्मरण रखनी

चाहिए और उसे समझना चाहिए जिससे आपमें प्रज्ञा और अभिव्यक्ति-क्षमता विकसित हो।

"छठी अनुभूति यह जानना है कि गरीबी से घृणा और क्रोध जागृत होता है जिनके कारण नकारात्मक विचार आते हैं और वैसे ही कर्म होते हैं। सद्धर्म के अनुयायी को उदारता की साधना करते हुए प्रत्येक व्यक्ति को (मित्र एवं शत्रु को) समदृष्टि से देखना चाहिए। किसी के अतीत के गलत कार्य के लिए निन्दा नहीं करनी चाहिए और न वर्तमान समय में हानि पहुंचाने वाले से घृणा करनी चाहिए।

"सातवीं 'अनुभूति' यह समझना है कि यद्यपि हम दूसरों को शिक्षा देने और सहायता करने के लिए जागतिक कर्मों में पड़ते हैं लेकिन हमें सांसारिक प्रपंचों में नहीं फंसना चाहिए। सद्धर्म मार्ग अपनाने के लिए व्यक्ति गृह-त्याग करता है तो उसके पास तीन चीवर और एक भिक्षा-पात्र होता है। वह सदैव सादगी से रहे और समस्त प्राणियों को करुणा की दृष्टि से देखे।

"आठवीं अनुभूति यह ज्ञान होता है कि हम केवल अपनी आत्म-मुक्ति के लिए ही साधना नहीं करते वरन् हमें अपना सर्वस्व अन्य सभी लोगों को मुक्ति के द्वार तक पहुंचाने में लगा देना चाहिए।

"भिक्खुओ, ये महापुरुषों की आठ महान अनुभूतियां हैं जिन पर आचरण करके उन लोगों ने संबोधि या निर्वाण प्राप्त किया। जब भी वे जगत के संपर्क में आते हैं तो इन अनुभूतियों को दूसरों का चित्त विमल करने और शिक्षा देने के लिए प्रयोग करते हैं जिससे वे भी वह मार्ग खोज सकें जिससे संबोधि प्राप्त हो सके और वे मुक्त हो सकें।"

जब बुद्ध राजगृह के वेणुवन आये तो उन्हें सूचित किया गया कि भिक्खु वक्कालि बहुत ही बीमार हैं और मरने से पूर्व बुद्ध के दर्शन करना चाहते हैं। समाचार देने वाले ने कहा, "प्रभुवर, मेरे गुरु बहुत रुग्ण हैं और सामान्य उपासक एक कुम्हार के घर हैं। उन्होंने मुझे आपके समक्ष तीन बार नमन करने भेजा है।"

बुद्ध आनंद के साथ उन्हें देखने गये। बुद्ध को कमरे में घुसता देख भिक्खु वक्कालि ने उठने का प्रयास किया तो बुद्ध ने उन्हें उठने से रोक दिया और स्वयं ही उनके बिस्तर के पास कुर्सियों पर बैठ गये। बुद्ध ने कहा, "वक्कालि. मैं आशा करता हूं कि आपकी शरीर-शक्ति बढ़ रही होगी और शरीर का दर्द कम हो रहा होगा।"

"प्रभु, मेरी शक्ति घट रही है। मुझे बहुत कष्ट है और दर्द भी बढ़ रहा है।"

"मुझे आशा है कि तुम्हें कोई चिन्ता अथवा खेद नहीं होगा।"

"नहीं प्रभु, मुझे चिन्ताएं भी हैं और खेद भी।"

"तुम्हें किस बात की चिन्ता है और किस बात का खेद है ?"

"मुझे इसी बात का खेद है कि दीर्घकाल से मैं आपके दर्शन नहीं कर पा रहा।"

बुद्ध ने स्नेहपूर्वक झिड़कते हुए कहा, "वक्कालि, ऐसी बातों की चिन्ता नहीं करते। तुम्हारा जीवन निष्कलंक रहा है। गुरु और शिष्य के बीच यही सम्बन्ध-सूत्र होता है। तुम समझते हो कि बुद्ध को देखने के लिए मेरी शक्ल देखनी आवश्यक है ? यह शरीर महत्त्वपूर्ण नहीं है। जब तुम मेरी शिक्षाओं को देख सकते हो तो मुझे देखते हो। यदि तुम यह शरीर देखते हो और शिक्षाएं नहीं तो उसका कोई मूल्य नहीं।"

कुछ क्षण रुककर बुद्ध ने पूछा, "वक्कालि, क्या तुम जानते हो कि तुम्हारा और मेरा शरीर कितना अनित्य है?"

"प्रभु, मैं इसे भली-भांति समझता हूं। शरीर सतत् जन्म लेता, मरता और बदलता रहता है। मैं समझ पा रहा हूं कि भावनाएं कितनी अस्थायी हैं; सतत् उत्पन्न होती, मरती और बदलती रहती हैं। सभी अवधारणाएं, भाव-बोध तथा चेतना जन्म-मरण के एक ही नियम से बंधे हैं। सभी अनित्य हैं। आज आपके आने से पूर्व मैंने पंच स्कन्धों की अनित्यता पर ध्यान किया था और पाया कि इनमें से किसी की भी स्वतंत्र सत्ता नहीं है।"

"अद्भुत वक्कालि, मुझे तुम पर पूर्ण भरोसा है। पांच स्कंधों में से किसी की स्वतंत्र सत्ता नहीं है। आंखें खोलो और देखो कि वक्कालि कहां नहीं है ? जीवन की अद्भुतताएं सर्वत्र हैं। वक्कालि जन्म और मृत्यु तुमको छू भी नहीं सकती। चार तत्त्वों से बने अपने शरीर पर मुस्कराओ। तुम्हारे शरीर में कष्ट बढ़-घट रहा हो, तब भी मुस्कराओ।"

वक्कालि की आंखों में आंसू भर आये और वह मुस्करा दिये। बुद्ध उठ खड़े हुए और विदा ली। आनंद और बुद्ध के चले जाने पर वक्कालि ने अपने मित्रों से कहा कि मुझे इसिगिल पहाड़ पर ले चलो। "मुझ जैसा कोई भी व्यक्ति बंद कमरे में कैसे मर सकता है ? मैं पहाड़ पर आकाश के नीचे मरना चाहता हूं।"

उसके मित्र उसे पर्वत पर ले गये। उस रात बुद्ध ने समाधि लगायी और प्रातः ब्रह्म वेला में अपनी कुटिया के पास के भिक्खु से कहा, "जाओ, भिक्खु वक्कालि से मिलो और कहो कि भय की कोई बात नहीं। उनकी मृत्यु शांतिपूर्ण

और निष्कलंक होगी। उनसे कहो कि वे चित्त को शांत रखें। मुझे उन पर बहुत निष्ठा है।"

जब भिक्खु बुद्ध का संदेश लेकर वक्कालि के पास पहुंचे तो उन्होंने कहा– "मित्रो, कृपा करके मुझे बिस्तर पर से उतार कर पृथ्वी पर लिटा दो। बोधिसत्व के गुरुवचन मैं ऊंचे आसन पर लेटकर कैसे सुन सकता हूं।"

उन्होंने वक्कालि के कथनानुसार किया और फिर बुद्ध का संदेश सुनाया। वक्कालि ने हाथ जोड़कर कहा कि "जाकर बुद्ध के समक्ष मेरी ओर से तीन बार नमन करना और कहना कि वह भीषण रूप से रुग्ण हैं। वह स्पष्ट रूप से पांचों स्कंधों की अनित्यता और सत्ताहीनता देख पा रहा है। वक्कालि पांचों स्कंधों से और सभी भयों एवं चिन्ताओं से मुक्त है।"

जैसे ही भिक्खु वक्कालि की दृष्टि से ओझल हुए उन्होंने शरीर त्याग दिया। नील आकाश निरभ्र था। पहाड़ की तलहटी की एक झोंपड़ी से निकले धुएं की रेखा उठी और तिरोहित हो गयी। विराट वृत्ताकार आकाश को देख बुद्ध ने कहा, "वक्कालि मुक्त हो गये। अब कोई भूत-प्रेत उन्हें नहीं सता सकते।"

बुद्ध ने पुनः यात्रा आरंभ की। अबकी बार वह नालंदा और वैशाली गये। एक दिन महावन के कूटागार विहार में बुद्ध ने भिक्खुओं के समक्ष देशना की, "सभी जीवित प्राणियों को न्यूनाधिक कष्ट होते हैं लेकिन जो धर्म का अध्ययन और साधनाभ्यास करते हैं, उन्हें अन्य लोगों की अपेक्षा कम कष्ट होते हैं क्योंकि साधना के फलस्वरूप उनमें प्रज्ञा का उदय हो जाता है।

"उस दिन बहुत गर्मी थी किन्तु बुद्ध अपने भिक्खुओं के साथ अनेक साल वृक्षों की छाया में बैठे थे। उन्होंने अपने अंगूठे और तर्जनी के बीच मिट्टी का छोटा-सा ढेला उठाकर पूछा, "भिक्खुओ, मिट्टी के इस ढेले और गयाशीर्ष पर्वत में से कौन बड़ा है ?"

"प्रभुवर, निश्चय ही गयाशीर्ष बड़ा है।"

"ठीक इसी प्रकार धर्म के अध्ययन और साधना से जो लोग प्रज्ञावान हो चुके हैं, उनको अज्ञान में डूबे लोगों की अपेक्षा 'न' के समान कष्ट होता है। अज्ञान के कारण कष्ट लाखों गुना बढ़ जाता है। जब कोई शारीरिक या मानसिक कष्ट होता है तो ज्ञानी पुरुष चिन्ता नहीं करता, किसी प्रकार की उसे शिकायत नहीं होती, वह रोता या छाती नहीं पीटता, न सिर के बाल नोंचता है और न अपने शरीर या चित्त के साथ अन्याय करके बेहोश होता है। वह अपनी

भावनाओं का द्दष्टा होता है और जो घटित होता है, वह भावना मात्र है, इसका उसे ज्ञान होता है। इस प्रकार वह भावनाओं के बंधन में नहीं बंधता, जब शरीर में दर्द होता है तो उससे नहीं बंधता और अपनी शांत मानसिक अवस्था नहीं खोता, वह चिन्ता नहीं करता, भयभीत नहीं होता। इस प्रकार शारीरिक कष्ट उसकी समस्त सत्ता को झिंझोड़ता नहीं है।

"भिक्खुओ, अपनी साधना परिश्रमपूर्वक करो जिससे प्रज्ञा का फल मिल सके और आप कष्ट से बंधनग्रस्त न हों। इसी प्रकार जन्म, मृत्यु, जरा, रुग्णता आपको विचलित नहीं कर सकते। जब कोई भिक्खु मृत्यु-शैया पर हो तो उसे अपनी शरीर, भावनाओं, मन तथा मन के विषयों का धारणा-ध्यान करना चाहिए। वह शरीर की प्रत्येक अवस्था तथा प्रत्येक क्रिया-कलाप तथा भावनाओं को द्दष्टा बन जाए। भिक्खु जब शरीर की अनित्यता और परस्पर-अवलम्बन की अवस्था का द्दष्टा होगा तो वह शरीर से तथा सुखद एवं दुखद-भावनाओं से नहीं बंधेगा। यह शरीर और भावनाएं एक दीपक के समान हैं जिसका तेल और बाती चुक रही है। ये दोनों अवस्थाएं प्रकाश होने या प्रकाश न होने से सम्बद्ध हैं किन्तु मैं इन अवस्थाओं से बंधा नहीं हूं। यदि भिक्खु इस प्रकार ध्यान करेगा तो उसे शांति तथा मुक्ति मिलेगी।

पहली जलवृष्टि के साथ ही, बुद्ध वर्षा-प्रवास के लिए जेतवन आ गये। वहां उन्होंने भिक्खुओं को परस्परावलम्बी-सहवर्द्धन के सिद्धान्त के विषय में और देशना की। एक भिक्खु ने जिज्ञासा की कि "गुरुदेव, क्या सभी धर्मों की विद्यमानता ज्ञान एवं चेतना पर आधारित है ?"

बुद्ध ने कहा, "रूप चेतना का एक विषय है। कर्त्ता और विषय दोनों ही एक सिक्के के दो पहलू हैं। विषय के बिना कोई भी चेतना नहीं हो सकती। चेतना और विषय दोनों एक-दूसरे के बिना स्वतंत्र रूप से विद्यमान नहीं हो सकते। इन दोनों को पृथक् नहीं किया जा सकता, अतः ये दोनों चित्त से निसृत होते हैं।

"प्रभु, यदि रूप की सत्ता चेतना से है तब तो समस्त सृष्टि के सृजन के पीछे चेतना ही काम करती है। क्या यह जानना संभव है कि चेतना और मन का सृजन कैसे हुआ ? मन कब सक्रिय हुआ ? क्या मन के सृजन के साथ ही व्यक्ति बोल सका था ?"

"भिक्खुओ, आदि और अन्त केवल मन की अवधारणाएं हैं। वस्तुतः सृष्टि का सृजन और अन्त कुछ नहीं हैं। अज्ञान में फंसे होने से ही हम आदि और

अन्त के विषय में सोचते हैं। अज्ञान के कारण ही हम जन्म-मृत्यु के अनंत चक्र में फंसे रहते हैं।"

"यदि जन्म-मरण का चक्र अनंत है तो कोई व्यक्ति उससे कैसे बच सकता है?"

"जन्म और मृत्यु केवल अज्ञानजन्य धारणाएं हैं। जन्म-मृत्यु तथा सृजन और विनाश दोनों का अंतहीन चक्र है। मैं आज इतना ही कहूंगा कि सभी बातों के सचेत होकर द्दष्टा बनो। अब इस विषय पर हम किसी और दिन आगे चर्चा करेंगे।"

अध्याय पैंसठ

न भरा, न खाली

धर्म-देशना के बाद मान्य स्वास्ति ने देखा कि बहुत से भिक्खु बड़े उदास हैं। उसे स्वयं भी लगा कि मुझे भी पूरी तरह यह समझ में नहीं आया कि बुद्ध ने क्या शिक्षा दी थी। उसने संकल्प किया कि वह धर्म-देशना को पूरे ध्यान से सुना करेगा।

अगली धर्म-देशना के बाद भिक्खुओं ने आनंद से अनुरोध किया कि वह समस्त संघ के समक्ष बुद्ध से उनके कथन की व्याख्या पूछें। उनका पहला प्रश्न था, "बोधिसत्व, 'जगत' और 'धर्मों' से क्या तात्पर्य है ?"

बुद्ध ने कहा कि यह 'लोक' उन सभी पदार्थों-वस्तुओं का समुच्चयन, है जो परिवर्तनशील है और विशृंखल हो जाते हैं। सभी धर्म अठारह अंशों में विभक्त हैं : छः इंद्रियां, छः इन्द्रियों के विषय और छः इंद्रियजन्य चेतनाएं (तन्मात्राएं)। छः इंद्रियां हैं–दृष्टि, श्रवण-शक्ति, घ्राण शक्ति, स्वाद, काया, चेतना और मनसचेतना। इन इंद्रियों के विषय हैं—रूप, ध्वनि, गंध, स्वाद, स्पर्श और चित्त के विषय। छः तन्मात्राएं हैं—देखना, सुनना, स्वाद लेना, स्पर्श करना और समझना। इन अठारह अंशों से भिन्न कोई धर्म नहीं। ये अठारहों जन्म, मृत्यु, परिवर्तन और विभंजन से बंधे हुए हैं। इसीलिए मैं कहता हूं कि लोक सभी पदार्थों (वस्तुओं) का समुच्चयन है जिनकी प्रकृति ही परिवर्तन और विभंजन है।"

इस पर आनंद ने प्रश्न किया, "गुरुदेव, आप प्रायः कहते हैं कि सभी धर्म शून्यता युक्त हैं। इससे आपका तत्पर्य क्या है ?"

बुद्ध ने कहा, "मैंने सभी धर्मों को शून्यतायुक्त इसलिए बताया है कि इनकी पृथक् सत्ता नहीं होती। छः इन्द्रियों, इन्द्रियों के छः विषयों और इनकी छः तन्मात्राओं (चेतना) में से किसी की अपनी सत्ता नहीं होती।"

आनंद ने कहा, "गुरुवर, आपने कहा कि मुक्ति के तीन द्वार शून्यता, अस्तित्वहीनता और उद्देश्यहीनता है। आपने यह भी कहा कि सभी धर्म शून्यतापूर्ण हैं। क्या इसका कारण यह है कि सभी धर्म परिवर्तनशील और विभंजनकारी हैं, इसीलिए ये शून्यतापूर्ण हैं।"

"आनंद, मैंने प्रायः शून्यता के विषय में देशना की है और शून्यता का ध्यान करने को कहता हूं। शून्यता पर ध्यान करना अद्भुत ध्यान है जिससे साधक दुःखों, जन्म और मरण के पार चले जाते हैं। आज मैं इस धारणा पर अपने कुछ अधिक विचार प्रस्तुत करूंगा।"

"आनन्द, हम सभी धर्म-कक्ष में बैठे हैं। इसमें न बाजार है, न भैसे हैं, न गांव है। यहां तो केवल भिक्खु हैं जो बैठे हुए देशना सुन रहे हैं। हम कह सकते हैं, जो चीजें धर्म-कक्ष में नहीं हैं, उनसे धर्म-कक्ष खाली है। और जो हैं, उनसे भरा है। क्या आप इस कथन को ठीक मानते हैं?"

"हां गुरुदेव।"

"धर्म-देशना समाप्त होने के बाद जब हम चले जाएंगे तो धर्म-कक्ष बाजार, भैंसों, गांव और भिक्खुओं से खाली होगा।"

"आनंद भरे होने का अर्थ किसी कुछ से भरा होना है और खाली होने का अर्थ किसी चीज से खाली होना है। इस प्रकार शब्द 'भरे' और 'खाली' का अपने आप में कोई अर्थ नहीं। खाली का अर्थ सदैव किसी पदार्थ से खाली होना है। हम यह नहीं कह सकते कि 'रिक्तता' स्वतंत्र रूप से कोई अर्थ नहीं रखती। इसी तरह 'भरे होने' का भी अर्थ किसी चीज से भरा होना है। यदि हम कहें कि सभी धर्म भरे हुए हैं, तो किस चीज से भरे हैं ? यदि हम कहते हैं कि सभी धर्म खाली हैं, तो किस चीज से खाली हैं?"

"भिक्खुओ, धर्म के खाली होने का अर्थ है कि वे स्थायित्व और परिवर्तनशीलता से खाली हैं। यही सभी धर्मो की शून्यता का अर्थ है। आप जानते हैं कि सभी धर्म परिवर्तनशील हैं और विभंजनीय हैं, इसीलिए उनका पृथक् अस्तित्व नहीं है। भिक्खुओ, खाली होने का अर्थ अस्तित्व (सत्ता) से खाली होना है।

"पंच स्कंधों में से एक भी स्कंध स्थायी या अपरिवर्तनशील नहीं है। शरीर के सभी स्कंध, भावनाएं अवधारणाएं, भाव-बोध और चेतना किसी की पृथक् सत्ता नहीं है। सत्ता होने के लिए स्थायी और अपरिवर्तनशील प्रकृति

का होना आवश्यक है। इस स्वतंत्र और पृथक् सत्ता के अभाव की धारणा ही शून्यता है।"

आनंद ने कहा, "सभी धर्म सत्ता–रहित हैं, यह तो हम समझ गये। किन्तु गुरुवर, क्या धर्म-वास्तव में होते भी हैं या नहीं ?" बुद्ध ने शांत भाव से उस मेज को देखा जिस पर पानी भरी प्याली रखी थी। उसकी ओर संकेत करते हुए बुद्ध ने कहा, "वह प्याली भरी है या खाली ?"

"गुरुवर, प्याली में पानी भरा है।"

"आनंद, इस प्याली को बाहर ले जाओ और इसे खाली कर लाओ।" आनंद ने वैसा ही किया। बुद्ध ने मेज पर रखी खाली प्याली उठाकर उलट दिया और पूछा, "आनंद, अब यह प्याली भरी है या खाली ?"

"गुरुवर, अब यह भरी नहीं, खाली है।"

"आनंद, यह प्याली अब पानी से नहीं भरी है किन्तु वायु से भरी है, यह तो तुम बिलकुल भूल गये। खाली होने का अर्थ किसी चीज से खाली होना और भरे होने का अर्थ किसी चीज से भरा होना होता है। इस समय यह प्याली पानी से खाली है किन्तु वायु से भरी है।"

"आनंद, प्याली का भरा या खाली होना इस बात पर निर्भर है कि प्याली तो विद्यमान है। प्याली के बिना उसका खाली या भरा होना हो ही नहीं सकता।"

"ओह!" भिक्खुओं ने एक स्वर से कहा।

आनंद ने हाथ जोड़कर कहा, "प्रभुवर, तब तो धर्मों का अस्तित्व है। धर्म तो एक वास्तविकता हैं।"

बुद्ध ने मुस्कराकर कहा, "आनंद, शब्द-जाल में मत फंसो। धर्म अस्तित्वहीन शून्य हैं किन्तु उनका अस्तित्व इतना सूक्ष्म है कि उसे सामान्य अवधारणा से समझा नहीं जा सकता। उनका अस्तित्व वैसा ही है जैसा शून्यता का अस्तित्व है।

"आनंद, अभी हमने भरी और खाली प्याली की चर्चा की। मैंने अभी संक्षेप में रिक्तता (शून्यता) के विषय में भी कहा। अब हम पूर्णता की चर्चा करेंगे। यद्यपि हमने समझ लिया कि मेज पर रखी प्याली जल से रिक्त है। यदि हम गहराई से देखें तो यह भी पूर्णतः सत्य नहीं है। आनंद जिन तत्त्वों से प्याली का निर्माण हुआ है, क्या उनमें आप जल तत्त्व की विद्यमानता नहीं देखते ?"

"प्रभु, प्याली बनाने के लिए कुम्हार ने जो मिट्टी-सानी थी, उसमें जल तो था।"

"ठीक, आनंद यदि हम गहराई से देखें तो प्याली में जल तत्त्व विद्यमान हैं हालांकि हमने पहले कहा था कि प्याली जल से खाली है। प्याली की विद्यमानता जल की विद्यमानता पर ही निर्भर है। आनंद, क्या तुम इस प्याली में अग्नितत्त्व देख पा रहे हो ?"

"जी हां, प्रभु। प्याली को पकाने के लिए अग्नि तत्त्व जरूरी है। बिना गरमी या अग्नि तत्त्व के यह प्याली पक ही नहीं सकती।"

"इसके अतिरिक्त और क्या-क्या देख रहे हो ?"

"मैं वायु तत्त्व भी देख रहा हूं। वायु न होती तो न तो अग्नि जलती और न कुम्हार जीवित रह सकता था। मैं इसमें कुम्हार के कुशल हाथों की कारीगरी, उसकी चेतना, उसकी भट्ठी, वे पेड़ जिनसे भट्ठी जलाने की लकड़ी आती है; वर्षा, धूप और पृथ्वी जिससे वे पेड़ उगते हैं, उन सबको देख पा रहा हूं। प्रभु , परस्पर अवलंबित उन हजारों तत्त्वों को मैं देख रहा हूं जो इस प्याली को अस्तित्ववान बनाने में योग देते हैं।"

"बहुत सुंदर, आनंद। प्याली पर ध्यान करने से उन सभी तत्त्वों को देखा जा सकता है जो उसके भीतर और बाहर विद्यमान होते हैं। तुम्हारी अपनी स्वयं की चेतना भी उनमें से एक तत्त्व है। यदि तुम गर्मी सूर्य को लौटा दो, मिट्टी पृथ्वी को लौटा दो, जल सरिता को लौटा दो, कुम्हार को उसके माता-पिता को लौटा दो और लकड़ी वन के वृक्षों को लौटा दो तो क्या प्याली का अस्तित्व संभव है ?

"आनंद, परस्परावलम्बी सहवर्द्धन के सिद्धान्त पर ध्यान करें तो हम पाएंगे कि प्याली स्वतंत्र रूप से सत्ता में आ ही नहीं सकती। यह अन्य धर्मों के परस्पर अवलम्बी सम्बन्धों के आधार पर ही अस्तित्व ग्रहण कर सकती है। सभी धर्म एक-दूसरे के जन्म, अस्तित्ववान होने और मरण पर आधारित होते हैं। एक धर्म की सत्ता में अन्य धर्मों की सत्ता निहित होती है। आनंद यही सिद्धान्त अन्त:भूतत्व और अंत:प्राणत्व पर भी लागू होता है।

"अन्त:भूतत्व का अर्थ यह है कि इसमें वह समाहित है और उसमें यह। उदाहरण के लिए, जब हम प्याली देखते हैं तो कुम्हार को देखते हैं और जब कुम्हार को देखते हैं तो प्याली देखते हैं। अन्त:प्राणत्व का अर्थ यह है लहरें पानी हैं और पानी ही लहरें। आनंद, इस समय धर्म-कक्ष में न बाजार है, न भैंसे और

न गांव। लेकिन यह एक दृष्टिकोण है। वास्तव में बाजार, भैंसों और गांवों के बिना इस धर्म-कक्ष का अस्तित्व ही नहीं। इसी प्रकार जब खाली धर्म-कक्ष देखते हो तो तुम्हें बाजार, भैंसे और गांव भी दिखने चाहिए। रिक्तता का अर्थ है शून्यता।"

भिक्खु शांतिपूर्वक देशना सुनते रहे। बुद्ध के शब्दों ने उन पर गहरा प्रभाव डाला। थोड़ा रुककर बुद्ध ने खाली प्याली को फिर उठा लिया और कहा, "भिक्खुओ, यह प्याली भी स्वतंत्र रूप से विद्यमान नहीं रह सकती। यह तो अन्य तत्त्वों, जैसे—मिट्टी, जल, वायु, अग्नि और कुम्हार आदि सभी की सत्ता का परिणाम है। यही स्थिति सभी धर्मों की है। सभी धर्म अन्य धर्मों पर परस्पर अवलंबित हैं।

"भिक्खुओ, इस प्याली को गहन ध्यान से देखो तो आप समस्त सृष्टि को देख सकते हो। प्याली की रिक्तता और पृथक्ता इसी बात में है कि इसका अपना अस्तित्व है। यह पृथक्ता और अस्तित्व क्या है ? यह है सर्वथा आत्म-आधारित अस्तित्व जो अन्य सभी तत्त्वों से स्वतंत्र हो। कोई धर्म अन्य धर्मों के आश्रय के बिना आधारित नहीं है। किसी धर्म की पृथक् अनिवार्य सत्ता नहीं है। यही शून्यता का अर्थ है। शून्यता का अर्थ है—स्वतंत्र सत्ता की शून्यता।

"भिक्खुओ, पांच स्कंध व्यक्ति के आधारभूत तत्त्व हैं। रूपाकार का अस्तित्व नहीं है क्योंकि रूपाकार स्वतंत्र रूप से (आत्मरूप से) विद्यमान नहीं रह सकता। रूपाकार में भावनाएं भी हैं, अवधारणाएं भी हैं, भाव-बोध भी है। और चेतना भी है। यही बात इन पांचों स्कंधों के विषय में सत्य हैं। भावनाएं रूपाकार, अवधारणाओं, भाव-बोध या चेतना के बिना अस्तित्ववान नहीं है। किसी स्कंध की स्वतंत्र सत्ता नहीं है। ये सभी स्कंध रिक्त हैं।

"भिक्खुओ, छः इन्द्रियां, इन्द्रियों के छः विषय और छहों इन्द्रिय चेतनाएं सभी शून्यतामय हैं। प्रत्येक इंद्रिय, इंद्रिय का विषय और इंद्रिय चेतना अन्य सभी इंद्रियों, इन्द्रिय विषयों और इन्द्रिय चेतनाओं पर निर्भर हैं। इनमें से किसी की भी अपनी स्वतंत्र सत्ता नहीं है।

"अतः भिक्खुओ याद रखो कि यह है तो वह विद्यमान है। सभी धर्म अपने अस्तित्व के लिए एक-दुसरे पर निर्भर रहते हैं। अतः सभी धर्म रिक्ततामय हैं। यहां रिक्तता का अर्थ है पृथक् स्वतंत्र सत्ता का अभाव।

मान्य आनंद ने कहा कि कुछ ब्राह्मण विद्वान और अन्य धार्मिक संप्रदायों के नेता कहते हैं, "भिक्खु गौतम तो अनस्तित्ववाद या शून्यवाद की शिक्षा देते हैं। वे कहते हैं कि लोगों को जीवन का सब कुछ नकारने की शिक्षा बुद्ध देते हैं।

क्या वे आपकी शिक्षाओं को गलत ढंग से समझ रहे हैं क्योंकि आप कहते हो कि सभी धर्म रिक्तिमय हैं ?"

बुद्ध ने कहा, "आनंद ब्राह्मण-विद्वान या अन्य संप्रदाय के लोग इस संबंध में सही तरह से नहीं बोलते। मैंने कभी अनस्तित्ववाद (शून्यवाद) की शिक्षा नहीं दी है। मैंने किसी को भी जीवन जीवन्तपूर्वक जीने से नहीं रोका है। आनंद भ्रामक विचारणा में से दो विचारों में लोग सर्वाधिक उलझे हैं : 'अस्तित्ववादी विचार और अनस्तित्ववादी विचार'। अस्तित्ववादी विचार के अनुसार सभी पदार्थों (वस्तुओं) की पृथक् और स्थायी सत्ता होती है। अनस्तित्ववादी विचारधारा के अनुसार सब 'माया' है। यदि आप इनमें से किसी विचार के जाल में फंस जाओगे तो शाश्वत सत्य तक नहीं पहुंच सकोगे।

"आनंद, एक बार भिक्खु कात्यायन ने मुझे पूछा था, 'प्रभु भ्रामक विचार क्या है और सत्य विचार क्या है ?' मैंने उत्तर दिया था कि अस्तित्ववादी या अनस्तित्वादी धारणा में से किसी में भी फंसना भ्रामक है। जब हम शाश्वत सत्य को विशुद्ध रूप में देखें तो हम इनमें से किसी एक धारणा के पक्षघर नहीं हो सकते। सत्य धारणा वाला व्यक्ति सभी धर्मों में जन्म और मृत्यु की प्रक्रिया को जानता है। इसीलिए वह 'अस्तित्ववादी' और 'अनस्तित्ववादी' विचारों से भ्रमित नहीं होता। जब पीड़ा होती है तो सत्य दृष्टि वाला जानता है कि पीड़ा उभर रही है और जब पीड़ा घट रही है तो जानता है कि पीड़ा घट रही है। सभी धर्मों के घटने या बढ़ने से सत्य दृष्टि वाला व्यक्ति भ्रम में नहीं पड़ता। स्थायी अस्तित्व होने और माया होने के दोनों विचार दो छोर हैं–दो अतियां हैं। इन दोनों के बीच की अवस्था है—परस्परावलम्बी सहवर्द्धन।

"आनंद, 'अस्तित्व' और 'अनस्तित्व' दोनों ही शाश्वत सत्य नहीं हैं। शाश्वत सत्य इन दोनों की सीमा से परे है। आत्मजागृत (निर्वाण शांतम की स्थिति वाला) व्यक्ति इन दोनों अवधारणाओं से भी परे देखता है। न केवल अस्तित्व और अनस्तित्व वरन् जन्म और मृत्यु भी शून्य हैं। ये भी केवल अवधारणाएं हैं।"

मान्य आनंद ने प्रश्न किया, "प्रभु, यदि जन्म और मृत्यु भी शून्य हैं, तब आप यह क्यों कहते हैं कि सभी धर्म अनित्य हैं, सतत् जन्म लेते और मरते हैं ?"

"आनंद, हम अवधारणा की सापेक्षता के स्तर पर कहते हैं कि सभी धर्म

जन्म लेते और क्षय को प्राप्त होते हैं। किन्तु सर्वांग (सम्यक्) दृष्टि से देखें तो प्रकृतितः धर्म अज और अमर हैं। उदाहरण के लिए, जो बोधि वृक्ष तुमने धर्म-कक्ष के सामने लगाया है, वह कब पैदा हुआ था ?"

"प्रभु, वह वृक्ष चार वर्ष पहले, जब बीज फूटा उसी क्षण उसका जन्म हुआ।"

"आन्नद! उसके पहले क्या बोधि वृक्ष का अस्तित्व था ?"

"नहीं प्रभु, उससे पूर्व बोधि वृक्ष नहीं था।"

"क्या तुम्हारे कहने का अर्थ है कि बोधि वृक्ष शून्य से उगा ? क्या कोई धर्म शून्यता में से अस्तित्व ग्रहण कर सकता है ?"

मान्य आनंद चुप रह गये।

बुद्ध ने आगे कहना जारी रखा और कहा, "समस्त सृष्टि में कोई भी धर्म शून्य से उदित नहीं हो सकता। बिना बीज के बोधि वृक्ष भी नहीं होता। बोधि वृक्ष का अस्तित्व बीज से संभव है। वृक्ष तो बीज का सातत्य बनाये रखने वाला है। बीज ने पृथ्वी में जब जड़ें पकड़ीं तो वृक्ष बीज़ में समाहित था। जब एक धर्म पहले ही विद्यमान हो तो वह जन्म कैसे ले सकता है। प्रकृतितः बोधि वृक्ष अज है। जब बीज ने पृथ्वी में जड़ें पकड़ी तो क्या बीज की मृत्यु हो गयी ?"

"हां प्रभु, वृक्ष को जन्म देने के हेतु बीज मर गया।"

"आनंद, बीज कभी नहीं मरता। मृत्यु का अर्थ है—अस्तित्व से अनस्तित्व में चले जाना। क्या सृष्टि में कोई धर्म है जो अस्तित्व से अनस्तित्व में विलीन हो जाए ? एक पत्ता, एक धूलिकण, अगरु धूम की लकीर इनमें से कोई भी अस्तित्व से अनस्तित्व में विलीन नहीं होता। ये सभी धर्म बस भिन्न धर्मों में रूपान्तरित हो जाते हैं। यही बात बोधि वृक्ष के विषय में सत्य है। बीज कभी नहीं मरता वरन् वृक्ष में रूपांतरित होता है। बीज और वृक्ष दोनों ही अज और अमर हैं। इसी प्रकार हम, तुम, भिक्खुगण, धर्म-कक्ष, पत्ता, धूलिकण और अगरु धूम की लकीर सभी अज और अमर हैं।

"आनंद, सभी धर्म अज और अमर हैं। जन्म और मृत्यु तो मानसिक अवधारणाएं हैं। सभी धर्म न पूर्ण हैं और न शून्य हैं; न ये सृजित होते और न विनष्ट; न तो मलिन होते हैं, न निर्मल; न बढ़ते हैं, न घटते हैं; न आते और न जाते हैं और न एक हैं, न अनेक। ये सब बातें मानसिक भाव-बोध हैं। सभी धर्मों की शून्यता पर ध्यान करने से इन सभी विभेदक भाव-बोधों के परे जाकर सभी पदार्थों की मूल प्रकृति की अनुभूति की जा सकती है।

"आनंद, सभी की मूल प्रकृति यह है कि वे न भरी हैं, न खाली हैं; न उनका जन्म होता है, न मृत्यु, न उनकी सत्ता है और न वे सत्ताहीन हैं। इस मूल प्रकृति के आधार पर ही जन्म-मृत्यु, पूर्णता और रिक्तता, अस्तित्व और अनस्तित्व का संसार में उदय होता है। यदि ऐसा नहीं है तो जन्म-मृत्यु, पूर्णता और रिक्तता, अस्तित्व और अनस्तित्व के जाल से निकला कैसे जाता ?

"आनंद, क्या तुमने कभी समुद्र तट पर खड़े होकर लहरों का उठना और सागर के जल पर ही विलीन होना देखा है ? अज और अमर होना जल के समान है। जन्म और मृत्यु लहरों की भांति हैं। आनंद, लहरें लम्बी भी होती हैं, छोटी भी; लहरें ऊंची भी होती हैं और नीची भी। लहरें उठती हैं और गिरती भी हैं, किन्तु उनका जल, जल ही रहता है। जल के बिना लहरों का बनना ही संभव नहीं। लहरें लौटकर फिर जल बन जाती हैं। लहरें जल ही हैं और जल ही लहरे हैं। हालांकि लहरें उठतीं और गिरती हैं किन्तु यदि वे यह समझ जाएं कि वे स्वयं ही जल हैं तो जन्म और मृत्यु की धारणाओं से परे पहुंच जाएं। उन्हें जन्म-मरण की न चिन्ता रहेगी, न भय और न दुःख।

"भिक्खुओ, सभी धर्मों की शून्यता पर ध्यान करना अद्भुत है। इससे समस्त भयों, चिन्ताओं और दुःखों से मुक्ति प्राप्त होती है। इससे आप जन्म-मृत्यु के लोक से आगे चले जाते हैं। इसलिए अपनी समस्त प्राण-सत्ता के साथ ध्यान करो।"

बुद्ध की देशना समाप्त हो गयी थी।

मान्य स्वास्ति ने इससे पूर्व बुद्ध को इतनी पूर्णता और अद्भुतता से देशना करते कभी नहीं सुना था। बुद्ध के वरिष्ठ भिक्खुओं की मुस्कराहट और आंखों की चमक से उनके आंतरिक आनंद की झलक मिलती थी। स्वास्ति को अनुभव हुआ कि उसने बुद्ध के शब्दों को तो समझ लिया किन्तु उनके गूढ़ार्थ उसकी समझ में नहीं आये। उसे ज्ञात था कि मान्य आनंद आने वाले दिनों में बुद्ध की देशना को दोहरा देंगे। उस समय वह वरिष्ठ शिष्यों के विचार-विमर्श को सुनकर बुद्ध के कथन के गूढ़ अर्थों को समझ पाने का अवसर पा सकेगा।

अध्याय छियासठ

चार पर्वत

एक दिन सबेरे मान्य मौद्गल्यायन बुद्ध के पास आये तो उनकी आंखें आंसुओं से भरी थीं। बुद्ध द्वारा कारण पूछने पर मौद्गल्यायन ने बताया कि “प्रभु, कल रात साधना के समय मेरा चित्त अपनी माता की ओर चला गया। उनके प्रति अपनी भावनाओं पर ध्यान केन्द्रित किया। मुझे ज्ञात हुआ कि युवावस्था में मैंने उन्हें बहुत कष्ट दिये किन्तु यह बात मेरे दुःख का कारण नहीं थी। मुझे दुख इस बात से हुआ कि जब वह जीवित थीं और जब उनकी मृत्यु हुई, उस समय भी मैं उनके किसी काम नहीं आ सका। प्रभु, मेरी माता के कर्म भी अच्छे नहीं थे। उसने अपने जीवन में अनेक अपराध भी किये। उनके बुरे कर्म अब भी उनको दुख दे रहे हैं। ध्यान में मैंने देखा कि एक कटोरी में चावल रखे हुए हैं, जिन्हें जब मैंने उनको खिलाया तो चावल जलते अंगारे बन गये जिनसे उनका मुंह जल गया। प्रभु यह चित्र मेरे चित्त से नहीं हटता। पता नहीं कि मैं उनके बुरे कर्मों की भारी गठरी को कैसे हल्का करूं और बुरे कर्मों से उन्हें कैसे मुक्ति दिला पाऊं।”

बुद्ध ने पूछा, “जीवन काल में उन्होंने क्या बुरे कर्म किये ?”

मौद्गल्यायन ने उत्तर दिया, “उन्होंने न तो सद्धर्म-पथ पर पग रखा। उनका काम ऐसा था जिससे उन्होंने अनेक प्राणियों को मारा। वह बहुत कर्कशा थीं और उनके शब्दों से अन्य लोगों को कष्ट होता था। वह ऐसी थीं जो लहलहाते वृक्षों तथा पौधों को भूत बना देती थीं। मैं उनके कदाचारों को गिना नहीं सकता। बस इतना समझ लीजिए कि उन्होंने जीवन भर सभी शीलों का उल्लंघन किया। प्रभु, मां के बुरे कर्मों के लिए मैं कोई भी दंड भुगतने को तैयार हूं। बताइए मैं क्या करूं।”

बुद्ध ने मौद्गल्यायन से कहा, "तुम्हारे मातृ-प्रेम से मैं अति प्रभावित हुआ। अपने माता-पिता के प्रति हमारा ऋण आकाश के समान विस्तृत और सागर के समान गहरा है। किसी को भी यह ऋण नहीं भूलना चाहिए। जिस युग में बुद्ध अथवा पुण्यात्मा लोग नहीं थे, उस समय माता-पिता ही सब कुछ थे। मौद्गल्यायन जब तक तुम्हारी माताजी जीवित थीं, तुमने सर्वोत्तम सेवा की। अब जब वह नहीं रही हैं, तब भी तुम्हें उनकी चिन्ता है। इससे तुम्हारा मातृ-प्रेम प्रकट होता है। यह देखकर मैं परम प्रसन्न हूं।

"मौद्गल्यायन, अपने माता-पिता के ऋण से उऋण होने का सर्वोत्तम मार्ग यही है कि आनंदपूर्ण और श्रेष्ठ गुणवान का जीवन बिताओ। तुम्हारा जीवन इसी प्रकार का है। शांति, हर्ष, प्रसन्नता और गुणवान के रूप में तुम्हारा जीवन आदर्श जीवन है। तुमने बहुत से लोगों को सद्धर्म के पथ पर चलाया है। तुम अपना जीवन और समस्त साधना अपने मां के बुरे कर्मों का जाल काटने हेतु अर्पित कर दो।

"मेरा इस संबंध में सुझाव यह है कि वर्षा-प्रवास के समापन समारोह में सारा भिक्खु समुदाय तुम्हारी मां के पाप कर्मों को नष्ट करने के लिए तुम्हारी साधना-अर्पण समारोह में भाग ले और तुम्हारी माता की आत्मा को शांति प्रदान करे। हमारे संघ में अनेक भिक्खु ऊंचे साधक हैं। उनकी साधना और तुम्हारी साधना मिलकर प्रचंड शक्ति बन जाएगी जिससे तुम्हारी माता के पाप कर्म नष्ट हो जाएंगे और उनकी आत्मा सच्चे धर्म मार्ग पर प्रविष्ट हो सकेगी।

"हमारे संघ में अन्य लोग भी होंगे जिनकी ऐसी ही स्थिति हो। हम प्रत्येक के माता-पिता की आत्मा की शांति के लिए ऐसे समारोह किया करेंगे। इससे हम युवकों को भी पितृऋण और पूर्वज ऋण से उऋण होने की शिक्षा दे सकेंगे।

"मौद्गल्यायन, अधिकांश लोग अपने माता-पिता को उनकी मृत्यु के उपरान्त ही पहचान पाते हैं। माता-पिता का जीवित होना बहुत सुखकर है। ये अपने बच्चों के लिए बड़े हर्ष का स्रोत होते हैं। बच्चों को अपने माता-पिता की, उनके जीवन काल में ही, सेवा करनी चाहिए और उन्हें सुखी बनाने का प्रयास करना चाहिए। चाहे माता-पिता जीवित हों या मृत्यु को प्राप्त हो गये हों, संतान के प्रेम पूर्ण कार्यों से उन्हें प्रसन्नता होती है। उनके अच्छे गुणों को जीवन में अपनाना चाहिए। गरीबों और विकलांगों की सहायता करना, असहाय लोगों से मिलना, बंदियों को मुक्त करना, बधिकों के हाथों मरने वाले पशुओं को

मुक्त कराना, वृक्ष लगाना ये सब करुणापूर्ण कार्य हैं। जो वर्तमान स्थिति में परिवर्तन ला सकते हैं, और अपने माता-पिता की आत्मा को सुख पहुंचा सकते हैं। वर्षा-प्रवास के समापन समारोह पर हम प्रत्येक को ऐसे ही कार्य करने की प्रेरणा देंगे।"

इससे मौद्गल्यायन के चित्त को चैन मिला और उन्होंने बुद्ध को नमन किया।

उसी दिन अपराह्न में, चलित ध्यान के पश्चात् बुद्ध को राजा प्रसेनजित विहार के द्वार पर ही मिल गये। निर्ग्रंथ सम्प्रदाय के सात संन्यासी पास से गुजरे। इस संप्रदाय के लोग निर्वस्त्र रहते थे और हठयोग की साधना करते थे। वे न दाढ़ी मुंडवाते थे और न सिर के बाल कटवाते थे। बुद्ध की अनुमति से राजा संन्यासियों के पास गये और कहा, "आदरणीय संन्यासी बंधुओं, मैं कौशल का राजा प्रसेनजित हूं।" राजा ने उन्हें तीन बार प्रणाम किया। किन्तु वे बोले कुछ नहीं। राजा उनके चले जाने पर बुद्ध के पास आये और पूछा, "प्रभु आपके विचार से इन संन्यासियों में से कोई भी सिद्ध था अथवा सिद्धि प्राप्त करने के समीप की अवस्था में था?"

बुद्ध ने उत्तर दिया, "महामहिम, आपने शासक का जीवन व्यतीत किया है इसलिए आप राज अधिकारियों तथा राजनीति के ही अभ्यासी हैं। आपके लिए यह निश्चित करने में कठिनाई आना सर्वथा स्वाभाविक है कि किस संन्यासी ने साधना के क्षेत्र में क्या कितना अर्जित कर लिया है। वास्तव में किसी भी व्यक्ति के लिए एक या दो बार की भेंट के द्वारा यह जान पाना कठिन है कि कोई साधना के पथ पर कितनी प्रगति कर चुका है। इसके लिए उनके निकट रहना और विषम स्थितियों का वे कैसे सामना करते हैं, इसे ध्यान से देखना तथा दूसरों से कैसे वार्तालाप करते हैं, और उनके ज्ञान, गुणों और सफलताओं का सावधानी से आकलन करना आवश्यक है।"

राजा समझ गये। उन्होंने कहा, "प्रभु, यह वैसा ही जैसे मैं गुप्तचरों को अन्य स्थानों पर भेजता हूं तो वे ऐसे भेष बदलकर रहते हैं कि उनके लौटने पर उन्हें ही पहचान पाना कठिन होता है। मैं समझ गया कि आप सत्य ही कहते हैं। जब तक आप किसी को गहराई से न जाने, तब तक आप उसके गुणों, ज्ञान और साधनात्मक उपलब्धियों के विषय में जान नहीं सकते।"

बुद्ध ने राजा से अपनी कुटिया में आने का अनुरोध किया। कुटी पर आकर,

आनंद से दो आसंदियां बाहर डालने को कहा। राजा ने बुद्ध से मन की बात कही, "प्रभु, मेरी आयु सत्तर वर्ष की हो गई। मैं अब आध्यात्मिक साधना में अधिक समय बिताना चाहता हूं। मैं पहले की अपेक्षा अधिक चलित ध्यान और बैठकर साधना करूं। लेकिन राजकाज अधिक समय और श्रम चाहता है। कभी-कभी मैं आपकी धर्म-देशना सुनने आता हूं तो इतना थका होता हूं कि मैं अपनी आंखें खुली नहीं रख पाता। एक दिन खूब भोजन करके विहार आया तो इतनी अधिक नींद आयी कि मैं नींद भगाने के लिए चलित ध्यान करने निकल गया। मैंने यह भी नहीं देखा कि उसी मार्ग पर आप भी खड़े हैं और आपसे टकरा गया।"

बुद्ध हंसे। "हां, मुझे याद है। इसके लिए आप भोजन कम मात्रा में करें। इससे आपका चित्त और शरीर हल्का रहेगा। आप रानी मल्लिका या राजकुमारी से कह दीजिए कि वे आपके भोजन का ध्यान रखें। भोजन मात्रा में कम और पोषक होना चाहिए।"

राजा ने बुद्ध का सुझाव मानते हुए हाथ जोड़े।

बुद्ध ने अपना कथन जारी रखा, "अपने स्वास्थ्य और आध्यात्मिक साधना की ओर अधिक ध्यान दें, यह अच्छा है। आपके जीवन का अधिक समय नहीं रहा है। महामहिम, मान लीजिए कि आपका विश्वस्त दूत आकर बताये कि एक बड़ा पहाड़ आकाश में उड़ता हुआ पूर्व की ओर से आ रहा है। जिसके मार्ग में पड़ने वाला सब कुछ कुचल कर नष्ट हो जाएगा। ऐसे ही विशाल पर्वत की आने की सूचना आपके विश्वस्त अनुचर पश्चिम, उत्तर और दक्षिण दिशाओं से भी दें। अर्थात् चार विशाल पर्वत राजधानी की ओर बढ़ रहे हैं, जिनके गिरने से कुछ भी बचने की संभावना नहीं है। आप जानते हैं कि आप बच भी नहीं सकते और उनका आना रोक भी नहीं सकते। ऐसी स्थिति में आप क्या करेंगे ?"

राजा ने एक क्षण विचार करने के बाद कहा "प्रभु, उस अवस्था में मैं यही कर सकता हूं कि जो भी समय शेष है, उन क्षणों को सच्ची सद्शिक्षाओं के अनुसार यथा-संभव उत्तम और श्रेयपूर्ण कार्य करके बिताऊं।"

बुद्ध ने राजा की प्रशंसा की। "ठीक ही कहा महामहिम ! ये चार पर्वत जन्म, जरा, रोग और मृत्यु हैं। वयोवृद्धता और मृत्यु हम सबके समीप आ रही है जिनसे हममें से कोई भी नहीं बच सकता।

राजा ने हाथ जोड़े। "प्रभु बुढ़ापा और मृत्यु निकट आ रही है। इसे याद रखते हुए, मैं समझता हूं कि मेरे लिए अपने शेष दिन और महीने आपकी

शिक्षाओं के अनुसार श्रेयस पूवर्क जीवन, ध्यान-साधना के साथ बिताऊं और अन्य लोगों, भावी पीढ़ियों के हितार्थ कार्य करूं यही श्रेयस्कर होगा।"

राजा उठ खड़े हुए और विदा हेतु तीन बार नमन किया।

उस वर्षा-प्रवास में श्रावस्ती के विभिन्न धार्मिक संप्रदायों के सदस्य और ब्राह्मण भी एकत्र हुए। उन्होंने नगर के लोगों को आमंत्रित करके प्रवचनों, अभिभाषणों और शास्त्रार्थों का विराट आयोजन किया। शास्त्रार्थों में भी सम्प्रदायों को अपने सम्प्रदाय के आधारभूत सिद्धान्त प्रस्तुत करने का अवसर दिया गया। बुद्ध के अनेक उपासकों ने इन शास्त्रार्थों को सुना। इन लोगों ने वहां जो कुछ देखा और सुना था, वह बुद्ध को बताया। उन्होंने कहा कि इन शास्त्रार्थों में प्रत्येक संभव आध्यात्मिक समस्या उपस्थित की गई और उस पर चर्चा के दौरान प्रत्येक वक्ता ने यह सिद्ध करना चाहा है कि उसके सम्प्रदाय के सिद्धान्त ही आध्यात्मिक समस्याओं के सर्वोत्तम समाधान हैं। शास्त्रार्थों का आरंभ तो सौहार्द्रपूर्ण वातावरण में हुआ किन्तु उनके समापन के समय सब कुछ क्रोधपूर्ण चीख-चिल्लाहट का ही अखाड़ा बन गया।

बुद्ध ने अपने शिष्यों को एक कहानी सुनाई।

एक बार एक चतुर राजा ने अपने राजमहल में अनेक जन्मांध व्यक्तियों को आमंत्रित किया। राजा ने हाथी मंगवाकर उनके बीच खड़ा कर दिया और उनसे कहा कि वे यह बताएं कि हाथी कैसा होता है। जिस अंधे व्यक्ति ने हाथी की टांगें टटोलीं, वह बोला कि हाथी मकान के खंभों के सदृश्य है। जिस अंधे व्यक्ति ने हाथी की पूंछ छुई, उसने कहा कि हाथी पंखों से बने झाड़न के जैसा है। जिस व्यक्ति ने उसके कान छुए, उन्होंने कहा कि हाथी सूप के समान होता है। जिस व्यक्ति ने उसका पेट छुआ, उसने कहा कि हाथी गोल ढोल जैसा होता है। जिसने उसका सिर छुआ उसने कहा कि हाथी मिट्टी के घड़े जैसा होता है और जिसने उसकी सूंड़ छुई, उसने कहा कि हाथी लाठी जैसा है। जब वे बैठकर इस पर विचार करने लगे कि हाथी कैसा होता है तो कोई भी किसी से सहमत नहीं हुआ। उनके बीच खूब जमकर बहस हुई।

"भिक्खुओ, आपने जो देखा और सुना, वह संपूर्ण वास्तविकता का एक लघु अंश मात्र है। अगर आप उसे ही संपूर्ण सत्य समझ लेंगे तो उसका परिणाम तोड़-मरोड़ा, आधा-अधूरा सत्य होगा। सद्धर्म पर चलने वाले व्यक्ति को विनम्र एवं उदार हृदय होकर स्वीकार करना चाहिए कि उसका ज्ञान अपूर्ण है। हमें

सद्धर्म-पथ पर अग्रसर होने के लिए सतत् प्रयास करके गहन अध्ययन करना चाहिए। सद्धर्म के साधक को मुक्त मन होना चाहिए और यह समझना चाहिए कि वर्तमान विचारों को ही चरम सत्य मान बैठना, पूर्ण सत्य की अनुभूति में बाधक ही सिद्ध होगा। सद्धर्म-मार्ग पर प्रगति करने के लिए दो शर्तें आवश्यक हैं–एक, विनम्रता और दूसरी, मुक्त-चित्तता।"

अध्याय सड़सठ

सागर कवि

वर्षा-प्रवास के बाद बहुत से भिक्खुओं ने बुद्ध से विदा ली और सद्धर्म का प्रचार करने निकल पड़े। बुद्ध के एक सुयोग्य शिष्य पुन्ना (पूर्ण मैत्रेयिनी पुत्र) ने बुद्ध को बताया कि उनकी योजना अपने जन्म-प्रदेश में धर्म-प्रचार करने की है। वह पूर्वी समुद्र तट पर स्थित स्वर्णप्रान्त के निवासी थे।

बुद्ध ने उनसे कहा, "मैंने सुना है कि तुम्हारा जन्म-प्रान्त अब भी अधिकांशतः असभ्य है और वहां के बहुत से लोगों की प्रकृति बड़ी उग्र, हिंसक और झगड़ालू है। मैं नहीं कह सकता कि तुम्हारा वहां धर्म-प्रचार के हेतु जाना उपयुक्त रहेगा या नहीं।"

मान्य पूर्णा ने कहा, "वहां के लोग अब भी उग्र और असभ्य हैं, इसीलिए तो मैं वहां धर्म-प्रचार के लिए जाना चाहता हूं। मैं उन्हें करुणा और अहिंसा का पथ दिखा सकूंगा और मुझे विश्वास है कि मैं इसमें सफल होऊंगा।"

"पूर्णा यदि वे तुम पर चीखे-चिल्लाए और तुम्हें भला-बुरा कहा तो ?"

"आदरणीय बुद्ध, यह तो कुछ नहीं। कम-से-कम वे मुझे पत्थर तो न मारेंगे या मुझ पर गंदगी तो नहीं फेंकेंगे। यदि उन्होंने यह भी किया तो कम-से-कम मुझे लाठियों या डंडों से तो नहीं मारेंगे। यदि उन्होंने मुझे मारा-पीटा भी तो कम-से-कम मेरी हत्या तो नहीं करेंगे।"

"पूर्णा, यदि उन्होंने तुम्हें मार ही डाला तो क्या होगा ?"

"मुझे संदेह है कि वे ऐसा करेंगे। किन्तु प्रभु यदि उन्होंने ऐसा किया भी तो सद्धर्म के करुणा और अहिंसा मार्ग पर चलते हुए मेरी सार्थक मृत्यु होगी जिससे सद्धर्म की शिक्षा का प्रत्यक्ष रूप देखने को मिलेगा। मरना तो सभी को होता है। सद्धर्म के खातिर मरने में मुझे किसी प्रकार का खेद नहीं होगा।"

बुद्ध ने उनकी प्रशंसा की, "पूर्णा आप धन्य हैं। आपमें सद्धर्म के प्रचार का साहस है। मैंने तो ये प्रश्न यहां खड़े अन्य भिक्खुओं को शिक्षा देने के लिए किए थे। मुझे तुम्हारी योग्यता और अहिंसा-व्रत के पालन की क्षमता का ज्ञान है।"

मान्य पूर्णा पहले एक व्यापारी थे। वह स्थानीय वस्तुओं की उपज लाकर श्रावस्ती बेचने आते थे। वह अपने बहनोई के साथ नदी मार्ग से या बैलगाड़ियों से सामान लाते-ले जाते थे। एक दिन वह श्रावस्ती में अपने माल के आने की प्रतीक्षा कर रहे थे कि उन्होंने श्रावस्ती मे भिक्खु दल को भिक्षाटन करते देखा। वह उनकी सौम्यता से अति प्रभावित हो बुद्ध की देशना सुनने जेतवन चले गए। देशना सुनकर उनके मन में व्यापारी बने रहने की इच्छा शेष नहीं रही और अपना माल तथा धन अपने बहनोई को सौंपकर भिक्खु बनने की प्रवृज्या ले ली। उन्होंने अपनी साधना में असाधारण प्रगति की और शीघ्र ही एक सुयोग शिक्षक बन गए। धर्म-प्रचार करते हुए उन्होंने समूचे मगध और कौशल की यात्रा कर ली थी। सभी भिक्खुओं को विश्वास था कि वह अपने जन्म-प्रदेश में भी धर्म-प्रसार में सफल होंगे।

आगामी वसन्त ऋतु में बुद्ध पूर्वी क्षेत्रों में लौट आए। वह वैशाली और चम्पा में रुके। वह नदी के किनारे-किनारे चलते हुए समुद्र तट पर आ गए। एक दिन समुद्र तट पर खड़े हुए थे तो आनंद ने कहा–"प्रभु, समुद्र तट पर ज्वार की तेज ध्वनि सुनकर और लहरों को देखकर मैंने प्राणायाम करके वर्तमान क्षण जिया तो मेरे चित्त और शरीर को बड़ा अच्छा लगा। मुझे लगा, जैसे समुद्र ने मुझमें ताजगी भर दी है।"

एक दिन भिक्खु लोग मछुआरों से बातचीत करने लगे। आनंद ने समुद्र के विषय में अनेक विचार जानने चाहे। एक लम्बे, सुंदर मछुआरे ने आनंद से कहा, "मुझे समुद्र की कई बातें अच्छी लगती हैं। पहला, इसका बालू का किनारा पानी तक ढलान युक्त होता है जिससे नावें खींच लाने और जाल फेंकने में सुविधा होती है। दूसरे, समुद्र सदैव अपने स्थान पर रहता है जिससे हम जानते हैं कि वह कहां मिलेगा। तीसरे, समुद्र किसी शव को अपने में डुबाता नहीं, उसे तट पर फेंक देता है। चौथे, सभी नदियां–गंगा, यमुना, अचिरावती, सरयू और माही–समुद्र में आ मिलती हैं जिसके बाद उनका नाम तक नहीं रहता। समुद्र उन सबको अपने गर्भ में समा लेता है। पांचवें, यद्यपि नदियां दिन-रात जल ला-लाकर समुद्र में पहुंचाती हैं, किन्तु उसका जल-स्तर अपनी

मर्यादा में रहता है। छठे, समुद्र का जल सदैव खारा होता है। सातवें, समुद्र में सुन्दर घोंघा, सीप, शंख, मोती और मूल्यवान पत्थर होते हैं। आठवें समुद्र, हजारों प्रकार के प्राणियों को अपने गर्भ में समाए रहता है जिनमें सैकड़ों फुट लम्बे प्राणियों से लेकर सूक्ष्मतम प्राणी (रेत के कण समान) तक होते हैं। अब आप समझ गए होंगे कि हम समुद्र को कितना प्रेम करते हैं।"

आनंद ने सराहनापूर्ण दृष्टि से मछुआरे को देखा जो मछुआरा होकर भी कवि की भाषा बोल रहा था। आनंद ने बुद्ध से कहा, "इस व्यक्ति ने कितने सुन्दर ढंग से समुद्र की प्रशंसा की है। यह समुद्र को उसी प्रकार प्रेम करता है जैसे मैं संबोधि के मार्ग को। क्या आप इस संबंध में कुछ शिक्षा देंगे?"

बुद्ध मुस्कराए और चट्टानों पर बैठकर सद्धर्म-मार्ग की कुछ विशेषताएं बताने लगे। वह मछुआरा भी उनके साथ गया। बुद्ध ने कहा, "हमारे मछुआरे बंधु ने समुद्र की आठ विशेषताएं बताई हैं, और मैं अब सच्चे धर्म-मार्ग की आठ विशेषताएं बताऊंगा। पहली, धर्म समुद्र के समान नीचे की ओर ढलवां नहीं होता, जिससे मछुआरे अपनी नावें और जाल तट तक सुविधापूर्वक ला सकें। सद्धर्म मार्ग पर व्यक्ति तभी प्रगति कर सकता है, जब वह सुगम से कठिन मार्ग की ओर बढ़े, नीचे से ऊपर की ओर उठे और दिखावे से उठकर परिश्रमपूर्ण साधना करे। धर्म इतना व्यापक है कि वह सभी प्रकार की मानसिकताओं को समाहित कर सके। युवा या वृद्ध, शिक्षित या अशिक्षित सभी कोई धर्म मार्ग पर चल सकता है। हर व्यक्ति अपनी आवश्यकताओं के अनुरूप साधना-पद्धतियां अपना सकता है।

"दूसरे, समुद्र की भांति धर्म भी अपने स्थान पर रहता है। धर्म-शिक्षाओं के सिद्धांत कभी नहीं बदलते। शीलों को स्पष्ट रूप से समझा और समझाया जा सकता है। कोई भी व्यक्ति कहीं भी धर्म के सिद्धान्तों का अध्ययन और शीलों का पालन करके कहीं भी साधना कर सकता है। धर्म न कहीं जाता है और न गुम हो सकता है।

"तीसरे, समुद्र जैसे शव को अपने गर्भ में नहीं रखता, उसी प्रकार धर्म अज्ञान, आलस्य या शीलाचार को भंग करना सहन नहीं करता। साधना न करने वाला व्यक्ति अन्ततः स्वयं को समुदाय से बाहर निकला पाता है।

"चौथे, समुद्र सभी नदियों को समान रूप से आत्मसात् कर लेता है; इसी प्रकार सद्धर्म सभी जातियों को समान रूप से अपनाता है। समुद्र में मिलने के बाद नदी का नाम समाप्त हो जाता है, इसी प्रकार सद्धर्म पर चलने वाला व्यक्ति

अपनी जाति, वंश और पूर्व पद सभी त्यागकर मात्र भिक्खु बन जाता है।

पांचवें, जैसे समुद्र का जल स्तर सदैव समान रहता है, समुद्र अपनी मर्यादा में रहता है, सद्धर्म भी एक ही स्तर पर रहता है, चाहे उसके अनुयायियों की संख्या कम हो अथवा अधिक। धर्म को शिष्यों की संख्या से नहीं मापा जा सकता।

"छठे, समुद का जल सदैव खारा होता है। अगणित मार्गों और अगणित साधना-पद्धतियों के बावजूद धर्म का भी एक ही स्वाद होता है और वह स्वाद है–मुक्ति का आनंद। यदि धर्म-शिक्षाओं से मुक्ति न मिले तो वह सच्ची शिक्षा नहीं है।

"सातवें, समुद्र में शंख-सीपी, मोती और मूल्यवान रत्न होते हैं तो धर्म में भी ऊर्द्धगामी और मूल्यवान शिक्षाएं यथा चार आर्य सत्य, चार विशुद्ध साधनाएं, पांच गुण, पांच शक्तियां, आत्म-जागृति के सात चरण और श्रेष्ठ अष्टांगिक मार्ग होते हैं।

"आठवें, समुद्र हजारों जीवित प्राणियों को शरण देता है तो धर्म भी सभी को अपनी शरण में ले लेता है, फिर चाहे वे अशिक्षित बच्चे हों या बोधिसत्व हों। धर्म के असंख्य अनुयायी हैं जिन्होंने जन्म-मृत्यु की धारा में प्रवेश, प्रथम प्रत्यागत, प्रत्यागतहीन अवस्था और अर्हत पदों के पुण्य फल प्राप्त किए हैं।

"इस प्रकार समुद्र के समान सद्धर्म भी प्रेरणा का और अपरिमित संपदा प्राप्त करने का स्रोत है।"

मान्य आनंद ने हाथ जोड़कर बुद्ध की ओर देखा और कहा, "प्रभुवर, आप महान आध्यात्मिक गुरु तो हैं ही, आप एक कवि भी हैं।"

अध्याय अड़सठ

आत्म-मुक्ति के तीन द्वार

समुद्र तट से चलकर बुद्ध पाटलिपुत्र और वैशाली गए और फिर स्वदेश की ओर चल दिए। शाक्य राज्य के सामगाम में पहुंचने पर उनको ज्ञात हुआ कि निर्ग्रंथ संप्रदाय के गुरु नाथपुत्त का निधन हो गया और उनके शिष्य दो भागों में बंट गए हैं और दोनों गुटों में परस्पर बहुत कटुता है। दोनों ही एक-दूसरे पर संप्रदाय के सिद्धांतों की भ्रष्ट व्याख्या करने का आरोप लगाते हैं। लोग समझ नहीं पा रहे हैं कि वे किसका पक्ष लें।

सारिपुत्त के परिचर श्रामणेर चंड ने आनंद को निर्ग्रंथ सम्प्रदाय की कलह की कहानी बताई। आनंद को भी इन बातों की जानकारी थी। आनंद ने सब बातें बुद्ध को बताईं और एक आशंका भी व्यक्त की, "प्रभु, मुझे आशा है कि आपके न रहने पर हमारे संघ का विभाजन नहीं होगा।"

बुद्ध ने आनंद का कंधा थपथपाकर कहा, "आनंद, क्या कोई भिक्खु धर्म-देशना के विषय में किसी प्रकार के तर्क-वितर्क करता है ? क्या किसी ने प्राणायाम के चार चरणों, चार प्रकार की साधनाओं, पांच गुणों, पांच शक्तियों, आत्म-जागृति के सात सोपानों अथवा श्रेष्ठ अष्टांगिक मार्ग की आलोचना-प्रत्यालोचना की है ?"

"नहीं, मैंने कभी किसी भिक्खु को आपकी देशना के विषय में तर्क करते हुए नहीं देखा। किन्तु आप हम लोगों के बीच में हैं। हम आपकी सदाशयता की छाया में शरण लिए हुए हैं। हम आपकी देशना सुनते हैं और शांतिपूर्वक अपना अध्ययन करते हैं। किन्तु जब आप नहीं रहेंगे तो शीलों के पालन, संघ की सर्वोत्तम संघटना अथवा देशना के प्रचार-प्रसार के सम्बन्ध में असहमतियां हो सकती हैं। यदि संघर्ष हुआ तो बहुत से लोगों का दिल टूट जाएगा, यहां तक कि सद्धर्म पर से श्रद्धा ही उठ जाएगी।"

बुद्ध ने सांत्वना देते हुए कहा, "आनंद, चिन्ता मत करो। यदि संघ में शिक्षाओं के विविध अंगों के विषय में विवाद होते हैं या संघर्ष होते हैं। तो यह चिन्ता का कारण होगा। किन्तु यदि शीलों के पालन, संघ की व्यवस्था अथवा धर्म-शिक्षा के प्रसार संबंधी विषयों पर असहमति हो तो इन पर चिन्ता करने की आवश्यकता नहीं।"

बुद्ध के आश्वासनों के बाद भी आनंद का चित्त शंकाहीन नहीं हुआ। हाल ही में उसे पता चला था कि कभी बुद्ध ने निजी परिचर मान्य सुनक्तावत ने वैयक्तिक असंतोष के कारण संघ त्याग दिया है। वह भाषण कर-करके बुद्ध और संघ की निन्दा कर रहा है। वह कहता है कि भिक्खु गौतम भी सामान्य व्यक्ति के समान हैं और उन्हें कोई विशिष्ट अन्तर्दृष्टि प्राप्त नहीं है। गौतम की शिक्षाओं से व्यक्ति आत्म-मुक्त तो हो सकता है किन्तु उन्हें समस्त समाज की चिन्ता नहीं है। मान्य सारिपुत्त को भी यह सब ज्ञात था और वह भी आनंद की भांति चिन्तित थे।

आनंद को ज्ञात था कि राजगृह में असंतोष के बीज बोये जा रहे हैं। मान्य देवदत्त के नेतृत्व में अनेक भिक्खु बुद्ध से स्वतंत्र एक पृथक् संघ स्थापित करने के प्रयास गुप्त रूप से कर रहे हैं। मान्य कोकलिक, कटमोरक, तिस्स, खंडदेविपुत्र और समुद्दत्त समेत अनेक सुयोग्य भिक्खु देवदत्त को इसमें सहयोग दे रहे हैं। देवदत्त बुद्ध के सबसे अधिक प्रतिभा-सम्पन्न और सुयोग्य वरिष्ठ शिष्य थे। मान्य सारिपुत्त ने सभी के सामने उनकी प्रायः प्रशंसा की थी और उन्हें अपना विशेष मित्र कहते थे। आनंद की समझ में नहीं आ रहा था कि देवदत्त औरों के प्रति, विशेषतः बुद्ध के प्रति, इतना ईर्ष्यालु क्यों हो उठा है। आनंद को ज्ञात था कि अभी तक किसी ने बुद्ध को इसके विषय में सूचना नहीं दी है। कहीं उसे स्वयं ही बुद्ध को ये दुखद सूचनाएं न देनी पड़ें।

अगले वर्ष वर्षा-प्रवास के लिए बुद्ध श्रावस्ती लौट आए और जेतवन में निवास किया। वहां उन्होंने 'धर्म मुद्रा सूत्र' की देशना की। "आज मैं आपके समक्ष अद्भुत देशना करूंगा। इसके लिए आप सभी विचारों से चित्त को मुक्त कर लीजिए जिससे आप इसे शांत भाव से सुन सकें, हृदयंगम कर सकें और अपना सकें।

"भिक्खुओ, कुछ धर्म-मुद्राएं सत्य धर्म की प्रतीक होती हैं। मेरी प्रत्येक देशना की तीन मुद्राएं हैं। ये मुद्राएं हैं : शून्यता, अनिमित्तता और अप्पनिहिता (आत्मनिहितत्व)। ये तीन गुण वे तीन द्वार हैं, जिनसे आत्म-मुक्ति प्राप्त की जा सकती है। इन धर्म मुद्राओं को आत्म-मुक्ति के तीन द्वार कहा जा सकता है।

"भिक्खुओ, 'शून्यता' का अर्थ अनस्तित्व नहीं है। इसका अर्थ है कि किसी की भी स्वतंत्र सत्ता नहीं है अर्थात् स्वतंत्र-सत्ता शून्यता। आप जानते ही हैं कि अस्तित्व और अनस्तित्व की मान्यताएं सही नहीं हैं। सभी धर्म अपनी सत्ता के लिए एक-दूसरे पर अवलंबित हैं। एक है तो दूसरे की विद्यमानता है। एक नहीं है तो दूसरा भी विद्यमान नहीं है। यह जन्मता है तो दूसरा जन्म लेता है और यदि यह मरता है तो वह भी मर जाता है। इसलिए शून्यता की प्रकृति परस्परावलम्बी है।

"भिक्खुओ, सभी धर्मों की परस्परावलम्बिता पर ध्यान करो जिससे यह देख सको कि सभी धर्म एक दूसरे में विद्यमान हैं और एक धर्म में सभी धर्म विद्यमान हैं। एक धर्म की अनुपस्थिति में अन्य धर्म भी अस्तित्ववान नहीं हो सकते। छः इन्द्रियों, इन इंद्रियों के विषयों और इनकी चेतनाओं–इन अठारहों तत्त्वों का ध्यान करो। शरीर के पांचों स्कंधों–काया, भावनाओं, अवधारणाओं, मानसिक भाव-बोधों और प्रज्ञा (चेतना) की धारणा एवं ध्यान करो तो आप देख सकेंगे कि इनमें से कोई भी स्वतंत्र रूप से अस्तित्ववान नहीं हो सकता। सभी एक-दूसरे पर अवलम्बित हैं। जब इसे देख-समझ लोगे तो सभी धर्मों की शून्यता का ज्ञान हो जाएगा। इनकी शून्यता समझ लेने पर आप न तो किसी धर्म के पीछे भागेंगे और न किसी धर्म को त्यागेंगे। तब आप सभी धर्मों के ममत्व, भेद-भाव और रति-विरति के पार चले जाएंगे। शून्यता की प्रकृति का ध्यान करने से मुक्ति का पहला द्वार उन्मुक्त होगा। शून्यता प्रथम मुक्ति-द्वार है।

"भिक्खओ, दसरी मद्रा है 'अनिमित्तता'। इसका अर्थ है अवधारणाओं और भेद-बुद्धि से ऊपर उठ जाना। जब लोग सभी धर्मों की परस्परावलम्बी और शून्य प्रकृति को देख नहीं पाते तो वे धर्मों को पृथक् और स्वतंत्र समझने लगते हैं। यह स्थिति ऐसी है जैसे मानसिक भेद- बुद्धि की तलवार से शाश्वत सत्य के टुकड़े-टुकड़े करना। भिक्खुओ, सभी धर्म एक-दूसरे पर अवलम्बित हैं। इस प्रकार ध्यान करने पर आप पाओगे कि सामान्य अवधारणा त्रुटिपूर्ण है। अवधारणा की दृष्टि प्रज्ञा-चक्षु के समान स्पष्ट और त्रुटिरहित रूप में प्रकृत सत्य का दर्शन नहीं कर पाती। इसी से रस्सी में सांप की प्रतीति होती है। सत्य ज्ञान होने पर रस्सी का बोध होता है और सर्प का बोध नष्ट हो जाता है।

"भिक्खुओ, अस्तित्व-अनस्तित्व, जन्म-मृत्यु, एक-अनेक, दृश्य-अदृश्य, आना-जाना, सद्-असद्, घटना-बढ़ना इन सभी अवधारणाओं और मानसिक

भेद-बुद्धि की सृष्टि होती है। सत्य का मूल स्वरूप इन अवधारणाओं की कारा में बंद नहीं रह सकता। अस्तित्व-अनस्तित्व, जन्म-मरण, एक-अनेक, दृश्य-अदृश्य, आना-जाना, सद्-असद्, ह्रास-वृद्धि आदि से संबंधित सभी विचारों को निर्मूल करने के लिए ध्यान करो तो तुम्हें मुक्ति की प्राप्ति हो सकेगी। 'अनिमित्तता' मुक्ति का दूसरा द्वार है।

"भिक्खुओ, तीसरी मुद्रा है 'अप्पनिहिता' (आत्मनिहितत्व)। इसका अर्थ है किसी की भी प्राप्ति के लिए उसके पीछे मत भागो। सामान्यतः लोग एक धर्म की प्राप्ति के लिए दूसरे धर्म से बचते हैं। निर्धनता से बचने के लिए लोग धन-प्राप्ति में जुटे रहते हैं। अध्यात्मसाधक आत्म-मुक्ति के लिए जन्म-मृत्यु को ही अस्वीकारते हैं। जब सभी धर्म दूसरे धर्म में समाहित हैं तो एक धर्म को पाने के लिए दूसरे से कैसे पीछा छुड़ाया जा सकता है। जन्म और मृत्यु में ही निर्वाण समाहित है और निर्वाण में जन्म-मृत्यु। निर्वाण और जन्म-मृत्यु दो पृथक् वास्तविकताएं नहीं हैं। निर्वाण-प्राप्ति के लिए यदि जन्म-मृत्यु को नकारोगे तो आपने सभी धर्मों की परस्परावलम्बिता की मूल प्रकृति को ही नहीं समझा। इसलिए 'आत्मनिहितत्व' पर ध्यान करने से आप एक के पाने तथा दूसरे के त्यागने के भाव से सदा के लिए मुक्ति प्राप्त कर लोगे।

"अर्हत होना तथा प्रज्ञावान होना अपनी स्व-सत्ता से पृथक् नहीं है। हमें अपनी आंखें खोलकर यह देखना है कि हम ही आत्म-मुक्ति और प्रज्ञावान बनने के कारक हैं। सभी धर्म और सभी अस्तित्व स्वयं ही पूर्ण प्रज्ञा की प्रकृति में अन्तर्भूत हैं। अपने से बाहर कुछ मत देखो। यदि चेतना का प्रकाश अपनी सत्ता पर केन्द्रित करोगे तो तुरन्त 'संबोधि' प्राप्त हो सकती है। इनके लिए कहीं बाहर मत खोजो। स्मरण रखो कि प्रज्ञा का विषय प्रज्ञा से स्वतंत्र होकर विद्यमान ही नहीं रह सकता। ब्रह्म, निर्वाण और मुक्ति आदि किसी एक धर्म की प्राप्ति के लिए प्रयास मत करो। जिसे तुम खोज रहे हो, वह तुम स्वयं हो। इस प्रकार आत्मनिहितत्व ऐसा द्वार है जो मुक्ति के लक्ष्य तक पहुंचाता है। इसे मुक्ति का तीसरा द्वार कहते हैं।

"भिक्खुओ, यही धर्म-मुद्राओं की शिक्षा है, आत्म-मुक्ति के तीन द्वारों की शिक्षा है। आत्म-मुक्ति के ये तीन द्वार अद्भुत और सूक्ष्म अर्हता युक्त हैं। इनका अध्ययन और साधना-अभ्यास करने में जुटो। यदि उस देशना के अनुसार साधना करोगे तो तुम निश्चय ही आत्म-मुक्ति प्राप्त कर सकोगे।"

जब बुद्ध सूत्र की देशना समाप्त कर चुके तो मान्य सारिपुत्त बुद्ध के

समक्ष प्रणत हुए। सभी भिक्खु भी आभार प्रदर्शन हेतु प्रणत हुए। सारिपुत्त ने घोषणा की कि इस सूत्र का गहन अध्ययन करने के लिए कल से संघ का विशेष अधिवेशन होगा। उन्होंने कहा कि यह सूत्र असीम गूढ़ता युक्त है और भिक्खुओं को इसका अध्ययन, साधना-अभ्यास और निदिध्यासन के पूर्ण प्रयास करने चाहिए। मान्य स्वास्ति ने देखा कि यह सूत्र बुद्ध की गत वर्ष की 'शून्यता सूत्र' देशना से ही संबंधित है। उसने देखा कि बुद्ध अपने शिष्यों को किस प्रकार सामान्य शिक्षा देकर उन्हें और सारगर्भित और गूढ़तत्त्वों की ओर ले जाते हैं। स्वास्ति ने महाकाश्यप, सारिपुत्त, पूर्णा और मौद्गल्यायन सरीखे शिष्यों के हर्षोत्फुल्ल और जगमगाते चेहरे देखे। सभी आभार प्रदर्शित करते हुए नमन करते हैं, इससे गुरु-शिष्य सम्बन्धों की गहराई प्रकट होती है।

अगले दिन अपराह्न में मान्य यमेलु और तेकुल बुद्ध से मिलने उनकी कुटिया पर आए। ये दोनों भिक्खु ब्राह्मण थे और भाषा शास्त्र तथा प्राचीन साहित्य के विशेषज्ञ थे। उन्होंने बुद्ध से कहा, "प्रभु, हम आपकी देशना की भाषा के संबंध में बात करना चाहते हैं। आप सामान्यतः मागधी में देशना करते हैं और बहुत से भिक्खु मागधी नहीं समझते। इसलिए आपकी देशना का अन्य बोलियों में अनुवाद कर दिया जाए तो उपयुक्त रहेगा। पहले हमें अनेक बोलियों का अध्ययन करने का अवसर मिला था। हमारा अनुभव है कि स्थानीय बोलियों में अनुवाद करते समय आपकी शिक्षाओं की सूक्ष्मता बाधित होती है। हम चाहते हैं कि आपकी देशना का वैदिक भाषा में अनुवाद कर दिया जाए जिससे सभी भिक्खु एक ही भाषा में आपकी देशना का अध्ययन कर सकें और किसी प्रकार की त्रुटि न हो सके।"

बुद्ध एक क्षण मौन रहकर बोले, "आपका प्रस्ताव मानना लाभप्रद नहीं होगा। धर्म एक जीवन्त सत्य है। इसकी अभिव्यक्ति के लिए उन्हीं शब्दों का प्रयोग किया जाए जो जनता नित्य-प्रति प्रयोग करती हो। मैं अपनी देशना ऐसी भाषा के माध्यम से प्रसारित नहीं करना चाहता, जिसे कुछ ही लोग समझ सकें। मैं अपने सभी भिक्खुओं और सामान्य उपासकों से उनकी मातृ भाषा में ही धर्म शिक्षा का अध्ययन करने और उनके अनुसार साधना-अभ्यास करने की अपेक्षा करता हूं। इस प्रकार सद्धर्म सशक्त और सर्वसुलभ रहेगा। सद्धर्म वर्तमान जीवन और स्थानीय संस्कृति से जुड़ा होना चाहिए।"

बुद्ध की इच्छा समझकर दोनों मान्य शिष्यों ने नमन किया और उनसे विदा लेकर चले गए।

अध्याय उनहत्तर

गौतम से तथागत

एक दिन आंधी तूफान के समय उत्तीय नामक एक संन्यासी बुद्ध से मिलने आये। आनंद उन्हें बुद्ध के पास ले गए और उनका परिचय कराया। बुद्ध ने उत्तीय को बैठने का आग्रह किया। आनंद ने उन्हें वर्षा से भीगा शरीर पोंछने के लिए वस्त्र दिया।

उत्तीय ने बुद्ध से पूछा, "भिक्खु गौतम, यह संसार शाश्वत है या एक दिन प्रलय में नष्ट हो जाएगा ?"

बुद्ध हंसे और बोले, "संन्यासी उत्तीय, आपकी अनुमति हो तो मैं इस प्रश्न का उत्तर देना नहीं चाहूंगा।"

उत्तीय ने इस पर प्रश्न किया कि "संसार अनंत है या सांत है ?"

"मैं इस प्रश्न का भी उत्तर नहीं दूंगा।"

"अच्छा, बताओ कि शरीर और आत्मा एक हैं या पृथक्-पृथक् ?"

"मैं इस प्रश्न का भी उत्तर नहीं दूंगा।"

"जब आपकी मृत्यु हो जाएगी तो आप विद्यमान रहेंगे या नहीं ?"

"मैं इस प्रश्न का भी उत्तर नहीं दूंगा।"

"संभवतः, आपकी मान्यता है कि आप न तो विद्यमान रहेंगे और न अस्तित्वहीन होंगे।"

"संन्यासी उत्तीय, मैं इस प्रश्न का भी उत्तर नहीं दूंगा।"

उत्तीय उलझन में पड़कर बोले, "भिक्खु गौतम, आपने मेरे सभी प्रश्नों के उत्तर देने से इनकार कर दिया है। आप किस प्रश्न का उत्तर देना चाहेंगे ?"

बुद्ध ने कहा, 'मैं उन्हीं प्रश्नों के उत्तर देता हूं जो व्यक्ति के चित्त और शरीर

पर नियंत्रण करने की साधना से संबंधित हों जिससे साधक सभी दुःखों और चिन्ताओं से मुक्त हो सके।"

"आपके विचार से आप अपनी शिक्षाओं के माध्यम से कितने लोगों को बचा सकेंगे ?"

बुद्ध चुपचाप बैठे रहे। संन्यासी उत्तीय ने भी कुछ नहीं कहा।

संन्यासी उत्तीय यह न समझें कि बुद्ध ने उनके प्रश्नों के उत्तर नहीं दिए या उत्तर देने में असमर्थ हैं, यह भांपकर आनंद ने कहा, "संन्यासी उत्तीय, संभव है इस उदाहरण से आप हमारे गुरुदेव की मंशा समझ गए होंगे। मान लीजिए, एक राजा सब तरह से सुरक्षित राजमहल में रहता हो जिसका एक ही द्वार हो और वहां भी पहरेदार रहते हों। पहरेदार महल में परिचित व्यक्ति को ही घुसने देंगे। महल की दीवारों में भी कहीं छेद या दरार न पड़े, इसकी भी पक्की देख-भाल रहती हो। ऐसी अवस्था में राजा सिंहासन पर निश्चिंत होकर बैठता है और उसे पता भी नहीं होता कि कितने लोग महल में आते-जाते हैं। वह जानता है कि पहरेदार जानने-पहचानने वालों को ही घुसने देंगे। यही स्थिति भिक्खु गौतम की है। उन्हें इस बात की चिन्ता नहीं कि कितने लोग उनके शिष्य हैं। उनकी चिन्ता तो सद्धर्म की शिक्षा देने भर की है, जिससे लोग लोभ, हिंसा या माया-जाल से मुक्त हो सकें और इस प्रकार शांति, आनंद और आत्म-मुक्ति की अनुभूति कर सकें। मेरे गुरु से पूछिए कि चित्त और शरीर के स्वामी कैसे बन सकते हो, और वह निश्चित रूप से इन प्रश्नों के उत्तर देंगे।"

संन्यासी उत्तीय आनंद के उदाहरण को समझ गए किन्तु वह तो आध्यात्मिक सिद्धांतों के विवेचन विषयक प्रश्नों में ही उलझे थे, अतः उन्होंने और प्रश्न नहीं किए। संन्यासी बुद्ध से हुई इस भेंट से असंतुष्ट हो, वहां से विदा हो गए।

कुछ दिन बाद वत्सगोत्र नामक एक अन्य संन्यासी आए और उन्होंने भी इसी प्रकार के प्रश्न किए। बुद्ध बिना एक शब्द बोले, चुपचाप बैठे रहे। वत्सगोत्र भी उठकर चले गए। उनके जाने पर मान्य आनंद ने बुद्ध से पूछा, "गुरुवर, अपनी धर्म-देशना में आप प्रायः अनात्म की शिक्षा देते हैं। आपने व्यक्ति-सत्ता विषयक वत्सगोत्र के प्रश्न का उत्तर क्यों नहीं दिया ?"

बुद्ध ने कहा, "आत्म-शून्यता की शिक्षा मैं अपनी ध्यान-साधना हेतु देता हूं। इसे एक सिद्धांत नहीं समझना चाहिए। यदि लोग इसे सिद्धांत मान बैठेंगे

तो उसी में उलझकर रह जाएंगे। मैंने प्रायः कहा है कि इस देशना को नदी पार करने के लिए मात्र नाव के रूप में प्रयोग करें। संन्यासी वत्सगोत्र चाहते थे कि मैं सिद्धांत-कथन करूं किन्तु मैं उन्हें आत्म या अनात्म के किसी सिद्धांत में उलझाना नहीं चाहता था। यदि मैं कहता कि आत्म है, तो मैं अपनी देशना-विरोधी बात कहता। यदि मैं कहता कि आत्म नहीं होता और वह उस सिद्धांत से बंधकर रह जाते तो इससे उनका कोई कल्याण नहीं होता। अतः ऐसे प्रश्नों के उत्तर देने की अपेक्षा मौन रहना ही उचित होता है। वे यह मानें कि मुझे इन प्रश्नों के उत्तर नहीं आते, लोगों को ऐसा मानना, संकीर्ण विचारों में उलझे रहने की अपेक्षा उत्तम है।"

एक दिन मान्य अनिरुद्ध को कुछ संन्यासियों ने रोक लिया और उनके प्रश्नों के उत्तर दिए बिना जाने नहीं दिया। उन्होंने पूछा, "हमने सुना है कि भिक्खु गौतम संबोधि-प्राप्त गुरु हैं और उनकी शिक्षाएं गहन एवं सूक्ष्म हैं। तुम उनके शिष्य हो, अतः यह बताओ कि जब भिक्खु गौतम मृत्यु को प्राप्त हो जाएंगे तो वे विद्यमान रहेंगे अथवा नहीं ?"

संन्यासियों ने कहा कि उस अवस्था में ये चार स्थितियां होंगी और उत्तर में किसी एक स्थिति को चुनकर बताओ : (1) जब वह मृत्यु को प्राप्त हो जाएंगे, तो वह विद्यमान रहेंगे। (2) जब भिक्खु गौतम मर जाएंगे तो वह विद्यमान नहीं रहेंगे। (3) मृत्यु के बाद गौतम विद्यमान रहेंगे भी और नहीं भी रहेंगे और (4) मृत्यूपरांत भिक्खु गौतम न तो विद्यमान रहेंगे और न अविद्यमान होंगे।

भिक्खु अनिरुद्ध जानते थे कि देशना की तात्त्विक दृष्टि के अनुसार इनमें से कोई भी अवस्था नहीं होने वाली। वह मौन रहे। संन्यासी उनका मौन भी सहने को तैयार नहीं थे और वे इन चार में से किसी एक स्थिति को स्वीकार करने के लिए उन पर दबाव डालते रहे। अंततः मान्य अनिरुद्ध ने कहा कि "भिक्खु गौतम के संबंध में इन चार में से कोई भी स्थिति पूर्णतः सही नहीं है।"

संन्यासी ठहाका मारकर हंस पड़े और बोले, "यह भिक्खु कोई नव-प्रवृज्जित भिक्खु है। इसे इस प्रश्न का उत्तर आता ही नहीं और यह उत्तर देने से बचने की चेष्टा कर रहा है। इसे जाने दो।"

कुछ दिन बाद मान्य अनिरुद्ध ने यह बात बुद्ध के समक्ष रखी और कहा, "गुरुवर, हमारा मार्ग-दर्शन कीजिए जिससे हम ऐसे प्रश्नों का उत्तर दे सकें।"

बुद्ध ने कहा, "अनिरुद्ध, अवधारणात्मक ज्ञान के द्वारा भिक्खु गौतम को खोज पाना असंभव है। भिक्खु गौतम कहां हैं ? रूपाकार में ? भावनाओं में ? अवधारणा, भावबोध या प्रज्ञा में ? यदि नहीं, तब क्या भिक्खु गौतम को रूपाकार, भावनाओं, अवधारणाओं, भाव-बोध या प्रज्ञा के बाहर कहीं पाया जा सकता है ?"

"नहीं, प्रभुवर।"

बुद्ध ने अनिरुद्ध से कहा, "तब तुम गौतम को कहां पाओगे ? अनिरुद्ध ठीक इस क्षण जब तुम गौतम के सामने खड़े हो, तब क्या तुम गौतम को पकड़ सकते हो ? और जब वह मर जाएगा तो उसे पकड़ना और भी कठिन होगा। धर्म के सार के समान बुद्ध के सार को अवधारणात्मक ज्ञान अथवा मानसिक भेद-बुद्धि जन्य वर्गीकरणों से समझा नहीं जा सकता। इसलिए बुद्ध की सही पहचान के लिए उसे सभी धर्मों में, जिन्हें अ-गौतमीय माना जाता है, देखना चाहिए।

"अनिरुद्ध, कमल को समग्रतः समझने के लिए सूर्य, सरोवर, बादल, कीचड़ और ऊष्मा सभी तत्त्वों के साथ जोड़कर देखो। इस दृष्टि के अपनाने पर ही संकीर्ण विचारों के जाल को नष्ट कर सकोगे और मानसिक भेद-बुद्धि के जाल से मुक्ति पा सकोगे जिससे जन्म-मृत्यु, यहां-वहां, मूर्तता-अमूर्तता, पाप-पुण्य, वृद्धि-ह्रास की काराएं निर्मित होती हैं। संन्यासियों ने जिन चार अवस्थाओं की बात कही है, उनमें सत्य की विराटता को कभी समाहित कर पाना संभव नहीं है।

"अनिरुद्ध, स्वयं वास्तविकता को विचारों या शब्दों के माध्यम से व्यक्त नहीं किया जा सकता। साधना द्वारा विकसित प्रज्ञा से ही परम सत्य का साक्षात्कार संभव है। आम का स्वाद चखकर जाना जा सकता है, उसका वर्णन असंभव है। इसीलिए, मैं भिक्खुओं को वाद-विवाद में समय नष्ट करने की अपेक्षा उस समय को साधना में लगाने का परामर्श देता हूं।

"अनिरुद्ध, सभी धर्मों की स्थिति अवस्था निरपेक्ष है जिसे 'तथता' कह सकते हैं। उसी से कमल का उदय है और गौतम का भी। इस 'तथता' से उदित किसी व्यक्ति को 'तथागत' कह सकते हैं। इस 'तथता' से उदित सभी धर्म वापस कहां जाते हैं। इस स्थिति को भी 'तथागत' शब्द से व्यंजित कर सकते हैं। 'तथता' का सत्यतर अर्थ है 'वह जो कहीं से आता नहीं' और 'कहीं जाता नहीं।' अनिरुद्ध आज से मैं स्वयं को 'तथागत' कहूंगा। मैं इस संज्ञा को इसलिए पसंद

करता हूं कि इसमें 'मैं' और 'मेरा' शब्दो का प्रयोग नहीं किया जा सकता।"

अनिरुद्ध ने मुस्कराकर कहा, "हम जानते हैं कि हम सभी 'तथता' से उदित होते हैं किन्तु 'तथागत' संज्ञा से आप ही को अभिहित करेंगे। इससे हमें यह स्मरण होता रहेगा कि हम सब 'तथता' से उदित हैं जिसका 'आदि-अंत' नहीं है।"

बुद्ध ने कहा, "तथागत तुम्हारे सुझाव से प्रसन्न है, अनिरुद्ध।"

आनंद ने बुद्ध और अनिरुद्ध की इस वार्ता को सभी भिक्खु समुदाय के समक्ष रखने का सुझाव दिया जिसे अनिरुद्ध ने स्वीकार कर लिया। अनिरुद्ध ने कहा कि पहले मैं इस वार्तालाप को श्रावस्ती के संन्यासियों को सुनाऊंगा।

अध्याय सत्तर

जैसा शिष्य वैसी शिक्षा

यद्यपि बुद्ध ने उसे कभी डांटा नहीं था और न उसकी त्रुटियों की ओर ध्यान आकृष्ट किया था, तथापि भिक्खु स्वास्ति अपनी कमियों को समझता था। संभवतः इसका कारण यह था स्वास्ति अपनी छहों इंद्रियों को अपने अधीन रखने का हृदय से प्रयास करता था, भले ही इसमें उसे अपेक्षित सफलता न मिलती हो। जब भी स्वास्ति किसी भिक्खु के त्रुटि-मार्जन को देखता-सुनता तो उसे लगता जैसे उसी की त्रुटि की ओर संकेत किया जा रहा है। इससे उसे साधना-अभ्यास को गहन करने का अवसर मिलता। बुद्ध जब भी राहुल की त्रुटि की ओर संकेत करते और शिक्षा देते तो स्वास्ति उसे अच्छी तरह याद रखता। इस प्रकार राहुल तो साधना-पथ पर प्रगति करता ही, स्वास्ति को भी बहुत लाभ होता।

एक बार राहुल के साथ जंगल में बैठे-बैठे स्वास्ति ने राहुल से कहा कि हम कितने भाग्यशाली हैं कि हमें बुद्ध का शिष्यत्व प्राप्त हुआ है। अब सच्ची शांति, आनंद और मुक्तता का आस्वादन कर लेने के बाद, सांसारिक जीवन की इच्छा ही नहीं रह गई। राहुल ने उसे सचेत किया कि "तुम जो कहते हो, वह सच हो सकता है किन्तु अपने को इतनी जल्दी, इतना श्रेय मत दो। इंद्रियों को वश में रखना ही साधना की आधार-शिला है और इसके लिए सतत-साधना करते रहना आवश्यक है। वरिष्ठ शिष्य भी साधना में ढील नहीं बरत पाते।"

राहुल ने भिक्खु वंगिशा की कथा सुनाई जो बहुत ही योग्य था और भाषा पर उसका अधिकार था। उसने बुद्ध, धर्म और संघ की प्रशंसा में अनेक कविताएं लिखी थीं, जिनकी बुद्ध ने भी प्रशंसा की थी। किन्तु वह विषय-वासना पर विजय प्राप्त नहीं कर सका। जब भी वह विहार में आई किसी सुंदर युवती

को देखता तो उसकी वासना उभड़ पड़ती थी। उस समय आनंद ने उसे शरीर-सौंदर्य से हटकर सद्धर्म के सौंदर्य की ओर अपनी भावनाएं मोड़ने की शिक्षा दी। इससे वह सभी धर्मों की शून्यता और अनित्यता को समझ सका। अपनी गहन प्रज्ञा के फलस्वरूप वह अनेक दु:खों तथा बाधाओं को पार करके आत्म-सुधार के मार्ग पर अग्रसर हो सका और संसार में पुनर्जन्म की अवस्था से आगे निकल गया।

युवा भिक्खुओं को शिक्षण करते हुए मान्य सारिपुत्त ने भिक्खु बंगशा की साधना-पथ पर प्रगति का उदाहरण भी रखा और कहा, "भिक्खुओं को सभी प्रकार की हीनता या उच्चता के अहंभावों से मुक्त रहना चाहिए। सतत चेतना-जागृति की साधना करने से आप द्दष्टा-भाव से देख सकेंगे कि आपके चित्त में क्या-क्या भाव उठ रहे हैं। इसलिए इंद्रियों को वश में रखना सद्धर्म पथ पर प्रगति करने का अति अद्भुत साधन है। स्वास्ति ने संकल्प किया कि वह मान्य बंगिशा से मिलकर उनकी आध्यात्मिक अनुभूतियों का लाभ उठाएगा।"

स्वास्ति को स्मरण आया कि एक बार बुद्ध ने इंद्रियों को वश में रखने के लिए सागर के प्रतीक का प्रयोग किया था और कहा था, "आपकी आंखें गहरे समुद्र के समान हैं जिसमें घातक जीव जन्तु, भंवर और डुबाने वाली अन्तर्धाराएं भी बहती हैं। अगर आप सचेतनता से आगे नहीं बढ़ोगे तो आपकी नाव को घातक जीव-जन्तु डुबा देंगे, या भंवर फँसा लेगा अथवा कोई भयंकर अन्तर्धारा उसे अपनी चपेट में ले लेगी। आपके कान, नासिका, जिह्वा, शरीर और चित्त सभी इसी प्रकार समुद्र के समान हैं।" इन शब्दों का स्मरण करके स्वास्ति का ज्ञान अनेक गुना बढ़ गया। उसकी छहों इंद्रियां वास्तव में गहरे समुद्र के समान हैं जिसमें उक्त सभी खतरे विद्यमान रहते हैं। राहुल की चेतावनी ठीक ही थी कि बुद्ध की शिक्षाओं के अनुसार सतत साधना परम आवश्यक है।

बुद्ध ने युवा भिक्खुओं को शिक्षा देते हुए कहा था, "भिक्खुओ, आपको प्रत्येक क्षण सतत् सचेतनावस्था में रहना चाहिए और छहों इंद्रियों को वश में रखना चाहिए। यदि आपकी सचेतनावस्था में तनिक भी ढील हुई तो आपके लिए मार (काम) के वशीभूत हो जाने का भयंकर खतरा रहेगा।"

स्वास्ति संघ के श्रद्धावान और प्रतिभा सम्पन्न अनेक नवभिक्खुओं से बहुत प्रेरणा प्राप्त करता था। एक बार चित्त नामक एक उपासक ने उसे अन्य अनेक भिक्खुओं के साथ अपने निवास पर भोजन करने के लिए आमंत्रित किया। इस

दिन ही स्वास्ति जान पाया कि ये नव-प्रवृज्जित भिक्खु कितने प्रतिभा-संपन्न हैं। उपासक चित्त भी बुद्ध की शिक्षाओं के प्रति गहन श्रद्धा रखता था। उस दिन उसने दस वरिष्ठ भिक्खुओं तथा स्वास्ति और ईशदत्त को आमंत्रित किया था। भोजन-ग्रहण कर लेने के बाद उपासक चित्त ने आभार में नमन किया।

उसके बाद उसने प्रश्न किया, "आदरणीय बंधुओ, मैंने 'ब्रह्मजाल सूत्र' सुना है जिसमें बुद्ध ने समकालीन बासठ संप्रदायों के भ्रामक विचारों का वर्णन किया था। मैंने अन्य सम्प्रदायों के सदस्यों द्वारा जीवन, मृत्यु और आत्मा संबंधी प्रश्नों को भी सुना है। मान्यवर, इस प्रकार के विचार और प्रश्न किस कारण उपस्थित होते हैं?"

चित्त ने अपना प्रश्न तीन बार दोहराया। इस पर भी किसी भिक्खु ने कोई उत्तर नहीं दिया। स्वास्ति को यह स्थिति अपमानजनक लगी। अकस्मात् ईशदत्त ने उठकर वरिष्ठ शिष्यों से इस प्रश्न का उत्तर देने की आज्ञा मांगी।

"यदि तुम चाहो तो इस प्रश्न का उत्तर दे सकते हो।"

चित्त की ओर मुड़कर ईशदत्त ने कहा, "मान्यवर ये प्रश्न इसलिए उपस्थित होते हैं कि प्रश्नकर्ता आत्म-सत्ता की भ्रामक मान्यता से चिपके रहते हैं। यदि आत्मा की पृथक्-सत्ता का विचार त्याग दें, और अनात्म की स्थिति स्वीकार लें तो इन विचारों तथा प्रश्नों की आवश्यकता ही नहीं उठे।"

"सद्धर्म मार्ग के ज्ञान और अध्ययन के अभाव में लोग सामान्यतः समझते हैं कि शरीर ही आत्मा है अथवा आत्मा ही शरीर है। इसी प्रकार आत्मा ही भावनाओं में निवास करती है और भावनाओं में ही आत्मा होती है। यही स्थिति अवधारणा, भाव-बोध और चेतना के विषय में है। आत्म-सत्ता विषयक भ्रांत विचारों से वे ग्रसित हैं। इसीलिए 'ब्रह्मजाल सूत्र' में बासठ भ्रांत धारणाओं का वर्णन किया गया है। उपासक चित्त, लगन से सत्य-पथ के अध्ययन और साधना के माध्यम से जब व्यक्ति आत्म-सत्ता विषयक गलत धारणा को निर्मल कर लेता है तो ये प्रश्न और विचार निर्मूल हो जाते हैं।"

युवा भिक्खु के उत्तर से प्रभावित हो चित्त ने पूछा, "मान्यवर, आप कहां के हैं?"

"मैं अवन्ति से आया हूं।"

"मान्यवर, मैंने सुना है कि अवन्ति का ईशदत्त नामक युवक भिक्खु हो गया था जो बहुत योग्य और प्रतिभावान था। मैंने उसका नाम ही सुना है, उसे देखा नहीं। क्या आप कभी उससे मिले हैं?"

"हां, चित्त, मैं उससे मिला हूं।"

"तब क्या आप बता सकते हैं कि वह युवा भिक्खु इस समय कहां है ?"

ईशदत्त ने कोई उत्तर नहीं दिया।

चित्त ने अनुमान से ही कहा, "क्या आप ही भिक्खु ईशदत्त हैं ?"

"जी, हां।" ईशदत्त ने स्वीकार किया। चित्त प्रसन्नता से उछल पड़ा और कहा, "मेरा एक आम्र उद्यान है जो आनंददायक स्थान है और मैं वहां भोजन, वस्त्र, चिकित्सा तथा निवास आदि की पुरी व्यवस्था कर दूंगा"

ईशदत्त ने कोई उत्तर नहीं दिया। भिक्खु चित्त का आभार व्यक्त करके चले आए किन्तु फिर ईशदत्त चित्त के यहां कभी नहीं गया। ईशदत्त को अपनी प्रशंसा या उपहार कुछ भी लेना पसंद नहीं था। यद्यपि स्वास्ति बहुत दिनों तक ईशदत्त से मिला नहीं, किन्तु उस तेजस्वी और विनम्र भिक्खु का चित्र उसके चित्त पर अंकित रहा। उसने प्रतिज्ञा की कि वह भी उसके उदाहरण को जीवन में अपनाएगा।

स्वास्ति को पता था कि जो युवा भिक्खु अन्य लोगों की खुशी और कल्याण के लिए तत्पर रहते हैं, और इसके लिए कृतसंकल्प होकर समझदारी से कार्य करते हैं, उनसे बुद्ध कितना स्नेह करते हैं। बुद्ध ने स्वयं कहा भी था कि वह भावी पीढ़ियों को सद्धर्म की शिक्षा देने में सक्षम होने की दृष्टि से इन युवा भिक्खुओं पर कितना निर्भर करते हैं। स्वास्ति ने यह भी अनुभव किया कि व्यक्तिगत योग्यता-अयोग्यता की चिन्ता किए बिना बुद्ध सभी भिक्खुओं को कितनी लगन से शिक्षा देते हैं। कुछ भिक्खु औरों की अपेक्षा अधिक परेशानियां पैदा करते थे। एक भिक्खु छः बार संघ छोड़कर चला गया तो उसे एक और प्रयास करने का अवसर देने की दृष्टि से पुनः भिक्खु बना लिया था। प्राणायाम की सोलह प्रक्रियाओं जैसे साधारण साधना-अभ्यास को भी स्मरण न रख पाने वाले भिक्खुओं को प्रेरणा देने में भी बद्ध ने कभी कमी नहीं की।

जेतवन में मछालि नामक भिक्खु की कमजोरियों को बुद्ध जानते थे किन्तु भिक्खु को सुधरने का एक और अवसर देने की दृष्टि से वे उन त्रुटियों को नजरंदाज कर देते थे। मछालि विहार के अनेक अनुशासनों को तोड़ता था। उसके अभद्र व्यवहार से परेशान होकर अनेक भिक्खु अधीर हो गए। इस सबको जानकर बुद्ध ने एक दिन समस्त संघ को संबोधित किया। "संघ के किसी एक व्यक्ति में अनेक कमियां हो सकती हैं किन्तु उसमें कम-से-कम श्रद्धा और प्रेम के कुछ बीज तो

बचे ही रहते हैं। हमें ऐसे व्यक्ति के साथ इस प्रकार का व्यवहार करना चाहिए कि विश्वास और प्रेम के वे बीज सुरक्षित रहें और उनका पोषण हो सके। उदाहरण के लिए यदि किसी व्यक्ति की एक आंख को क्षति पहुंच जाए तो उसका परिवार तथा मित्रगण प्रयास करते हैं कि उसकी दूसरी आंख बचा सकें ताकि उसका भविष्य अंधकारमय न हो जाए। इसलिए भिक्खुओं अपने भाई के साथ ऐसा व्यवहार करो, जिससे उसके विश्वास और प्रेम के बीजों की सुरक्षा हो सके।"

बुद्ध की इस देशना के समय स्वास्ति उपस्थित था। वह बुद्ध के प्रेमपूर्ण व्यवहार से बहुत प्रभावित हुआ। यही स्थिति आनंद की थी। बुद्ध कृपा-भाव एवं सज्जनतापूर्ण व्यवहार करने वाले होने पर भी, अवसर आने पर, कठोर भी हो सकते थे। जिसकी सहायता बुद्ध नहीं कर सकते, उसका भविष्य निश्चय ही अंधकारमय होता है। एक दिन स्वास्ति ने बुद्ध और घोड़ों को प्रशिक्षित करने वाले केशी नामक व्यक्ति का संक्षिप्त वार्तालाप सुना। बुद्ध ने केशी से पूछा, "क्या आप बताएंगे कि आप घोड़ों को कैसे प्रशिक्षण देते हैं ?"

केशी ने कहा, "प्रभु, घोड़े की मानसिकता अलग-अलग होती है। कुछ तो प्यार से बोलने से ही प्रशिक्षण ले लेते हैं। कुछ को प्यार और मार से प्रशिक्षण दिया जाता है और कुछ ऐसे होते हैं, जिनको कठोर अनुशासन में (यानी हंटरों से) ही प्रशिक्षित किया जा पाता है।" इस पर बुद्ध ने पूछा कि–"कुछ घोड़े इस पर भी रास्ते में न आएं, तो क्या करते हैं ?"

"प्रभु, ऐसी स्थिति में उस घोड़े को मार देना पड़ता है क्योंकि यदि वह अन्य घोड़ों के साथ रहा तो सभी घोड़ों को बिगाड़ देगा। प्रभु, मैं जानना चाहूंगा कि आप अपने शिष्यों को कैसे शिक्षित करते हैं ?"

बुद्ध ने मुस्कराकर कहा, "वही करता हूं जो आप करते हैं ?"

"जो भिक्खु, किसी भी विधि से शिक्षा प्राप्त न करे, तो उनका आप क्या करते हैं ?"

बुद्ध ने कहा, "वही करता हूं जो आप करते हैं। मैं उसे मार देता हूं।"

अश्व-प्रशिक्षक की आंखें फटी की फटी रह गईं, "क्या, आप उसे मार देते हैं ? मैंने तो समझा था कि आप हिंसा के विरुद्ध हैं।"

बुद्ध ने स्पष्ट किया, "जो व्यक्ति प्यार से, प्यार और दंड से अथवा कठोर अनुशासन से भी न सुधरे, उसे हम संघ का भिक्खु नहीं बनाते। संघ में रहकर सद्धर्म-साधना करने का अवसर न देना, जो हजार जन्मों में एक बार प्राप्त होता

है, तो क्या यह उसकी आध्यात्मिक मृत्यु नहीं है ? मुझे उस व्यक्ति पर भी दया आती है और अपने पर भी क्योंकि मैं उसे स्नेह करता हूं। मैं कभी यह आशा नहीं छोड़ता कि एक न एक दिन वह साधना के लिए अपने हृदय-कपाट खोलेगा और हमारे पास आएगा।"

स्वास्ति अब गहराई से समझा कि बुद्ध की झिड़की में भी स्नेह भरा होता है। स्वास्ति जानता था कि बुद्ध उसे कितना स्नेह करते हैं किन्तु वैसा उन्होंने खुलकर कहा कभी नहीं। इसे जानने के लिए उसे बुद्ध की दृष्टि देखनी पड़ती थी।

एक रात बुद्ध के पास एक अभ्यागत आए और आनंद ने स्वास्ति से उनके लिए चाय बनाने को कहा। अभ्यागत गर्वोन्नत योद्धा था। वह चमचमाती तलवार बांधे आया था और जेतवन के बाहर ही घोड़े से उतरकर उसने अपनी तलवार घोड़े की काठी में टांग दी थी। सारिपुत्त उसे बुद्ध की कुटिया तक ले गए। उस लम्बे तगड़े अभ्यागत की दृष्टि मर्मभेदिनी थी। आनंद ने बताया कि स्वास्ति, इनका नाम रोहिताश्व है।

जब स्वास्ति चाय लेकर बुद्ध की कुटिया में घुसा तो देखा कि रोहिताश्व और सारिपुत्त नीचे आसनों पर बुद्ध के सामने बैठे हैं और आनंद बुद्ध के पीछे खड़े हैं। स्वास्ति भी आनंद के ही पास जा खड़ा हुआ। चाय पीकर, बहुत देर तक चुप रहने के बाद रोहिताश्व ने कहा, "प्रभु, क्या कोई लोक ऐसा है, जहां जन्म, जरा, रोग या मृत्यु न हो, जहां लोग मरते न हों? और यह लोक छोड़कर उस लोक तक किस प्रकार जाया जा सकता है जहां मृत्यु होती ही न हो ?"

बुद्ध ने उत्तर दिया, "ऐसा कोई साधन नहीं जिससे इस मृत्युलोक को छोड़ा जा सके, भले ही तुम प्रकाश की गति से ही क्यों न यात्रा करो।"

रोहिताश्व ने हाथ जोड़कर कहा, "आपने सत्य कहा। मैं जानता हूं कि किसी साधन से इस मृत्युलोक को छोड़ा नहीं जा सकता, भले ही कोई कितनी ही तीव्रतम गति से यात्रा कर सके। अपने एक पिछले जन्म में मुझे अपार आध्यात्मिक सिद्धि प्राप्त थी कि मैं वायु में बाण से भी अधिक तीव्र गति से उड़ सकता था। मैं एक छलांग लगाकर पूर्वी समुद्र तट से पश्चिमी समुद्र तट तक जा सकता था। मैं जन्म, जरा, रोग और मृत्यु के लोक से भागकर ऐसे लोक में जाने के लिए कृत-संकल्प था, जहां लोगों का जन्म और मृत्यु न होती हो। बिना खाने-पीने और मल-मूत्र विसर्जन की चिन्ता किए बिना, मैं दिनोंदिन भागता रहा। सौ वर्षों तक तीव्र गति से दौड़ता रहा किन्तु कहीं नहीं पहुंचा और आखिर

एक दिन मरकर सड़क पर जा पड़ा। प्रभु, आपके वचन सर्वथा सत्य हैं। व्यक्ति किसी भी साधन से जन्म-मृत्यु के इस लोक से भागकर नहीं जा सकता।"

बुद्ध ने कहा, "लेकिन मैं यह नहीं कहता कि व्यक्ति जन्म और मृत्यु के लोक से पार नहीं जा सकता। सुनो रोहिताश्व, तुम ऐसा कर सकते हो। मैं तुम्हें वह मार्ग दिखाऊंगा, जिससे ऐसा करना संभव है। तुम्हारी इस लम्बी-चौड़ी काया में ही जन्म और मृत्यु की विद्यमानता है और इसी काया में जन्म और मृत्यु के लोक से पार जाने के साधन भी विद्यमाने हैं। तब तक साधना करो जब तक तुम अनित्यता, शून्यता और सब धर्मों की जन्म-मरण धर्मिता के दृष्टा न बन जाओ। तुम्हारे सामने ही जन्म और मृत्यु का लोक विसर्जित हो जाएगा और जन्महीन तथा मृत्युहीन लोक का उदय हो जाएगा। तुम समस्त दुःखों और भयों से मुक्त हो जाओगे। तुम्हें कहीं जाने की आवश्यकता नहीं, तुम्हें तो केवल अपने शरीर की मूल प्रकृति को गहनता से देखने-समझने की आवश्यकता है।"

बुद्ध की बातें सुनकर सारिपुत्त की आंखें तारे की भांति जगमगा उठीं। योद्धा रोहिताश्व का मुख मंडल भी प्रसन्नता से दमकने लगा। स्वास्ति गहनता से प्रभावित हुआ। बुद्ध की देशना सारयुक्त और अद्भुत है, इसे कौन माप सकता है। यह तो शाश्वत संगीत के समान है। स्वास्ति ने पूर्व की अपेक्षा उस दिन कहीं अधिक स्पष्टता से समझ लिया कि आत्म-मुक्ति की कुंजी उसके अपने हाथ ही में है।

अध्याय इकहत्तर

वीणा के तार कसने की कला

वर्षा-प्रवास के बाद चलकर बुद्ध सारनाथ के मृगदाय में ठहरे जहां 36 वर्ष पूर्व उन्होंने चार आर्य सत्यों का प्रतिपादन करते हुए पहली देशना करके धर्म-चक्र का प्रवर्तन किया था। यद्यपि यह कल जैसी बात ही लग रही थी किन्तु सारनाथ में बड़ा परिवर्तन आ गया था। गंगा के मैदानी क्षेत्रों में धर्म का प्रसार हो गया था और धर्म-चक्र प्रवर्तन के स्मारक के रूप में वहां भव्य स्तूप बन गया था और एक विहार भी बन चुका था जहां रहकर भिक्खु साधना किया करते थे। वहां धर्म-देशना करके और संघ समुदाय को प्रेरित कर बुद्ध वहां से गया गए।

वह उरुबेला में रुके और संबोधि-वृक्ष के दर्शन किए जो और अधिक हरित होकर और भी आनंददायी बन गया था। सारे वन में बहुत ही कुटियां बन गई थीं। राजा बिम्बिसार उस स्थान पर स्तूप बनवाने की योजना बना रहे थे जहां बैठकर बुद्ध ने संबोधि प्राप्त की थी। गांव के बच्चों को देखने के लिए भी बुद्ध गए। इतने वर्षों के बाद भी उनकी दशा में कोई अंतर नहीं आया था। चरवाहा स्वास्ति अब सैंतालीस साल का हो गया था और संघ का वरिष्ठ भिक्खु बन गया था। गांव के बच्चे बुद्ध के लिए पके पपीते लाए थे और हर बच्चा त्रिरत्नों–'बुद्धं शरणं गच्छामि', 'धम्मं शरणं गच्छामि' और 'संघं शरणं गच्छामि' का उच्चारण करता था।

गया से बुद्ध राजगृह पहुंचे और वहां से गृद्धकूट शिखर पर चले गए। जहां उन्हें मान्य पूर्णा ने आदिवासी क्षेत्र में धर्म-प्रचार का विवरण दिया। स्वर्णप्रान्त में सद्धर्म की शरण में आने वालों की संख्या बढ़कर पांच सौ हो गई थी।

बाद में बुद्ध उस क्षेत्र के विभिन्न धर्म-केन्द्रों में गए। एक रात जब वह ध्यान कर रहे थे तो उन्हें लगा कि कोई भिक्खु सूत्रों का उच्चारण कर रहा है किन्तु उसका स्वर थका-थका-सा निराशापूर्ण लगा। अगले दिन प्रातः आनंद ने पता लगाकर बताया कि रात में सोन नामक भिक्खु- सूत्र पाठ कर रहा था। इस भिक्खु को वर्षों पूर्व श्रावस्ती में बुद्ध ने देखा था।

भिक्खु सोन कुलिकर्ण को अनेक वर्षों पूर्व मान्य महाकात्यायन ने प्रवृज्या दी थी और तभी से वह साधनारत था। सोन धनी परिवार को संस्कारवान एवं प्रतिभासंपन्न युवक था किन्तु था दुबला-पतला। उसे भिक्खु का कष्टसाध्य जीवनयापन करने में परेशानियां हो रही थीं क्योंकि उसे दिन में एक बार भोजन प्राप्त होता और रात को वृक्षों के नीचे सोना पड़ता किन्तु सभी कष्ट सहकर भी वह साधनारत रहता। एक वर्ष पश्चात् उसके प्रशिक्षक श्रावस्ती में उसे बुद्ध के पास ले गए थे।

बुद्ध ने उससे पूछा था, "सोन, आपका स्वास्थ्य ठीक है ? धर्म-साधना और भिक्षाटन में कोई कठिनाई तो नहीं होती ?" उत्तर में सोन ने कहा, "प्रभु, मैं प्रसन्न हूं और मुझे कोई कठिनाई नहीं हो रही।"

बुद्ध के निर्देशानुसार आनंद ने सोन को उस रात बुद्ध की कुटिया में लेटने की व्यवस्था कर दी। उस रात बुद्ध कुटिया के सामने ही सबेरे तीन बजे तक साधना करते रहे। सोन उस समय तक सोया नहीं। बुद्ध ने पूछा, "यदि नींद नहीं आती तो तुम किसी कविता (गाथा) को सस्वर क्यों नहीं पढ़ते ?" सोन ने प्राणायाम विषयक सूत्र की गाथाएं बोलनी आरंभ कीं। उसकी वाणी कड़क थी और सूत्र का एक शब्द नहीं भूला। बुद्ध ने उसकी बड़ी प्रशंसा की।

सोन के सूत्र-पाठ से बुद्ध समझ गए कि उसने अत्यधिक परिश्रम किया है। बुद्ध ने उससे पूछा, "भिक्खु बनने से पूर्व तुम संगीतज्ञ थे और सोलह तारों वाली वीणा बजाने में सिद्ध-हस्त थे। थे न ?"

सोन के 'हां' कहने पर बुद्ध ने पूछा, "वीणा का तार यदि ढीला हो अथवा अधिक कसा हो तो क्या वीणा से मधुर सुर निकल सकता है ?"

सोन ने कहा, "प्रभु, तार ढीला होगा तो वीणा बेसुरी होगी और अधिक कसा होगा तो तार टूट जाएगा। जब तार ठीक (संतुलित) कसे होंगे तभी वह मधुर सुर दे सकती है।"

"ठीक कहा, सोन ! यदि कोई आलसी होगा तो वह साधना में प्रगति नहीं कर सकेगा। लेकिन यदि कोई साधनाभ्यास शरीर-पीड़न की सीमा तक करेगा

तो वह थककर निराश होगा। तुम अपनी शरीर-शक्ति को समझते हो। अपने शरीर और चित्त को सीमाओं से अधिक प्रयोग मत करो; तभी तुम्हें साधना का पूर्ण लाभ मिल सकता है।" सोन ने बुद्ध की अन्तर्दृष्टि के प्रति आभार प्रकट करते हुए नमन किया।

एक दिन अपराह्न में जीवक बुद्ध से मिलने आए। बुद्ध वेणुवन से वापस आ रहे थे तो जीवक ने पूछा कि क्या मैं गृद्धकूट शिखर पर आपकी कुटिया तक चलूं। जीवक बुद्ध को सीढ़ियां चढ़ते हुए देखता रहा। बहत्तर वर्षीय बुद्ध अब भी पहले की भांति स्वस्थ एवं ऊर्जावान थे। वह एक हाथ में भिक्षा-पात्र लिए और दूसरे हाथ से अपना चीवर उठाए आराम से सीढ़ियां चढ़ रहे थे। मान्य आनंद भी उसी प्रकार चल रहे थे। जीवक ने बुद्ध से उनका भिक्षा-पात्र ले लिया। उसे देते हुए बोले, "जानते हो, तथागत इस शिखर तक हजारों बार चढ़ चुके हैं।"

शिखर पर बुद्ध जीवक के साथ एक चट्टान पर बैठ गए। जीवक ने बुद्ध के स्वास्थ्य का समाचार पूछकर बताया, "प्रभु मुझे यह बताना ही चाहिए कि आपके संघ में जो कुछ घटित हो रहा है, वह राज्य की वर्तमान राजनीतिक स्थिति से सीधे संबंधित है।" वैद्यराज ने बुद्ध को बताया कि देवदत्त आपके स्थान पर संघ का नेता बनना चाहता है। उसने अपने समर्थन में अनेक भिक्खुओं को अपनी ओर मिला लिया है। मान्य कोकलिक उनके मुख्य सलाहकार हैं। मान्य देवदत्त बहुत प्रतिभावान और अच्छे वक्ता हैं। भिक्खु और उपासक दोनों ही उनका सम्मान करते हैं। उन्होंने साफ-साफ कभी बुद्ध का विरोध नहीं किया किन्तु वे बुद्ध की वयोवृद्धता का उल्लेख अनेक बार कर चुके थे और शंका व्यक्त की थी कि वह संघ का नेतृत्व कर भी पाएंगे या नहीं। वे कह चुके थे कि बुद्ध की शिक्षाएं आज के युवकों के अनुरूप नहीं रह गई हैं। बहुत से धनी शिष्य देवदत्त के समर्थक हैं और राजकुमार अजातशत्रु भी देवदत्त का श्रद्धालु समर्थक है। उसने गयाशीर्ष पर्वत पर बहुत से धर्म-केन्द्र बनवा दिए हैं। राजकुमार देवदत्त के केन्द्रों में भोजन की व्यवस्था प्रायः कर दिया करते हैं। जो श्रेष्ठ और राजनीतिज्ञ राजकुमार को प्रसन्न करना चाहते हैं, वे भी देवदत्त के धर्म-केन्द्रों को भोजन पहुंचा दिया करते हैं और देवदत्त की धर्म-शिक्षाएं सुनते हैं। तीन-चार सौ भिक्खु उनके साथ हो चुके हैं।"

जीवक ने बुद्ध से कहा, "मुझे इन सब बातों की चिन्ता नहीं है। चिन्ता का विषय तो यह है कि अजातशत्रु सिंहासन पर बैठने के लिए अधीर हैं। वास्तव

में मुझे आशंका यह है कि देवदत्त ने राजकुमार अजातशत्रु के मस्तिष्क में कुछ खतरनाक विचार भर दिए हैं। यदि राजा बिम्बिसार के साथ कुछ अनपेक्षित घटित हो जाता है तो उसमें संघ को भी उलझा लिया जाएगा। कृपया इधर ध्यान दीजिए।"

बुद्ध ने जीवक को इन सूचनाओं के लिए धन्यवाद दिया और उन्हें आश्वस्त किया कि वह संघ को दुर्भाग्यपूर्ण स्थितियों से बचाने के लिए कुछ न कुछ करेंगे।

दस दिन बाद बुद्ध ने वेणुवन में तीन हजार, शिष्यों के समक्ष देशना की। राजा बिम्बिसार भी वहां उपस्थित थे। बुद्ध ने 'अर्हत' स्थिति की प्राप्ति के सुपरिणामों के पोषण के लिए पांच शक्तियों–विश्वास, ऊर्जा, सचेतनता, ध्यान और सत्य प्रज्ञा के विषय में देशना की।

बुद्ध ने जैसे ही प्रवचन समाप्त किया, तुरंत देवदत्त ने उठकर बुद्ध को नमन करने के बाद कहा, "प्रभुवर, आप वयोवृद्ध हो गए और आपका स्वास्थ्य भी पहले जैसा नहीं है। आपको पूर्ण विश्राम और जीवन के अंतिम वर्षों में उलझन भरी स्थितियों से अलग रहना चाहिए। संघ का मार्ग-दर्शन करना गुरुतर कार्य है। आप विश्राम लीजिए। मैं भिक्खुओं का मार्ग-दर्शन करने को तैयार हूं।"

बुद्ध ने देवदत्त की ओर देखकर कहा, "देवदत्त, आपकी चिन्ता के लिए धन्यवाद। तथागत में संघ का नेतृत्व करने की शक्ति अभी है और स्वास्थ्य पर्याप्त ठीक है।"

देवदत्त ने भिक्खुओं की ओर देखा तो तीन सौ भिक्खु हाथ जोड़कर खड़े हो गए। देवदत्त ने बुद्ध से कहा, "बहुत से भिक्खु मेरे विचार से सहमत हैं। आप चिन्ता न करें; मुझमें संघ का नेतृत्व करने की क्षमता है। कृपया आपको भार मुक्त करने का अवसर मुझे प्रदान करें।"

बुद्ध ने कहा, "देवदत्त, अब अधिक कुछ न कहो। आपसे अधिक योग्य अन्य अनेक वरिष्ठ भिक्खु हैं। मैंने उनसे भी संघ का नेतृत्व संभालने के लिए नहीं कहा है। आपमें अभी संघ का मार्ग-निर्देश करने की योग्यता नहीं है।" देवदत्त ने इससे स्वयं को घोर अपमानित अनुभव किया और वह क्रोध में भरा बैठ गया।

अगले दिन बुद्ध ने आनंद से कहा, "प्रभु, बंधु देवदत्त के व्यवहार से मुझे बड़ा दुख हुआ। मुझे भय है कि वह भिक्खु संघ के समक्ष आपकी आलोचना करके प्रतिशोध लेंगे। इससे संघ में फूट पड़ सकती है। आप देवदत्त से अलग से मिल लें।"

बुद्ध ने कहा, “मैंने राजा और संघ के समक्ष देवदत्त की कठोर आलोचना इसलिए की जिससे स्पष्ट कर दूं कि मैंने देवदत्त को अपना उत्तराधिकारी नियुक्त नहीं किया है। अब वह जो भी कार्य करेंगे, उसके उत्तरदायी वह स्वयं होंगे। आनंद, यदि तुम समझते हो कि देवदत्त से बात करके कुछ हो सकता है, तो उनसे बात कर देखो।”

कुछ दिनों बाद जीवक बुद्ध से मिले। उन्होंने बुद्ध को बताया कि मैंने सुना है कि देवदत्त संघ में भीषण फूट डालने का षड्यंत्र कर रहा है किन्तु वह कैसे क्या करेगा, इसका मुझे कुछ पता नहीं।

अध्याय बहत्तर

मौन अवज्ञा

वेणुवन में एक दिन बुद्ध की साप्ताहिक देशना हो रही थी जिसमें बड़ी संख्या में श्रोता उपस्थित थे। श्रोताओं में राजा बिम्बिसार और राजकुमार अजातशत्रु भी थे। मान्य आनंद ने देखा कि श्रोताओं में विगत दो देशनाओं की अपेक्षा इस बार अन्य केन्द्रों के भिक्खु अधिक हैं। मान्य सारिपुत्त और मान्य महाकाश्यप के बीच में मान्य देवदत्त भी बैठे हैं।

बुद्ध की देशना समाप्त होते ही मान्य देवदत्त उठ खड़े हुए और बुद्ध को नमन करते हुए बोले, "आप भिक्खुओं को इच्छा रहित सादगीपूर्ण जीवन बिताने और नितांत आवश्यक वस्तुओं के ही प्रयोग की शिक्षा देते हैं। मैं पांच नए नियमों का सुझाव देता हूं जिससे सादगीपूर्ण जीवन की हमारी प्रतिबद्धता और बढ़ सके।

"एक, भिक्खु सदैव वन में रहें और गांव या नगर में उन्हें सोने की अनुमति न हो।

"दो, भिक्खु भिक्षाटन करें और उपासकों के वहां भोजन करने का निमंत्रण कभी स्वीकार न करें।

"तीन, भिक्खु फटे-पुराने कपड़ों से अपने चीवर सिलें और उपासकों से चीवर वस्त्र उपहार स्वरूप स्वीकार न किया करें।

"चार, भिक्खु वृक्षों के नीचे सोयें, कुटिया या भवनों में न सोयें।

"पांच, भिक्खुओं को केवल शाकाहारी भोजन ही करना चाहिए।

"प्रभु, यदि भिक्खु इन पांच नियमों का पालन करेंगे तो न्यूनतम इच्छाओं के साथ सादगी भरा जीवन व्यतीत करने में सफल होंगे।"

बुद्ध ने उत्तर दिया, "देवदत्त, तथागत आपके इन नियमों के पालन की अनिवार्यता स्वीकार नहीं कर सकते। जो भिक्खु केवल वन में ही रहना चाहें,

उन्हें इसकी अनुमति है। किन्तु अन्य भिक्खु कुटियाओं, विहार में, गांव या नगर में भी रह सकते हैं। जो भिक्खु केवल भिक्षाटन द्वारा ही भोजन करना चाहें, वे उपासकों का निमंत्रण अस्वीकार कर सकते हैं किन्तु अन्य लोगों को स्वतंत्रता है कि वे उपासकों के निमंत्रण स्वीकार कर लें क्योंकि इससे धर्म-शिक्षाओं पर परस्पर विचार-विमर्श का अवसर मिलता है। जो भिक्खु पुराने कपड़ों से चीवर सिलना चाहे, उसे ऐसा करने की स्वतंत्रता है लेकिन अन्य लोग उपासकों से उपहार में चीवर ले सकते हैं, बशर्ते कि उनके पास तीन जोड़े वस्त्रों से अधिक न हों। जो भिक्खु वृक्षों के नीचे सोना चाहें, उनको ऐसा करने के लिए स्वागत है किन्तु यदि अन्य भिक्खु कुटिया या कक्षों में सोना चाहें, तो उन्हें ऐसा करने का अधिकार है। जो भिक्खु केवल शाकाहारी भोजन करना चाहें, उनके ऐसा करने पर कोई आपत्ति नहीं। किन्तु अन्य भिक्खु सामिष भोजन भिक्षा में स्वीकार कर सकते हैं, बशर्ते खास उन्हीं की खातिर जीव-हत्या न की गई हो। देवदत्त, वर्तमान व्यवस्था के अनुसार भिक्खुओं को जन-साधारण से संपर्क करने का अवसर प्राप्त होता है जिससे उन लोगों को सद्धर्म-मार्ग की शिक्षाएं प्रसारित करने का अवसर मिल पाता है।"

मान्य देवदत्त ने पूछा, "तब आप ये नियम स्वीकार नहीं करते?"

बुद्ध ने कहा, "देवदत्त, तथागत इन नियमों को स्वीकार नहीं करते।"

देवदत्त नमन करके बैठ गए। उनके चेहरे पर संतोषपूर्ण मुस्कान थी।

उस रात वेणुवन में अपनी कुटिया में विश्राम करते बुद्ध ने आनंद से कहा, "तथागत देवदत्त के इरादों को समझते हैं। मैं समझता हूं कि शीघ्र ही संघ में बड़ा विभाजन हो जाएगा।"

उसके बाद शीघ्र ही मान्य आनंद देवदत्त से राजगृह में मिले। देवदत्त ने बताया कि मैं अपना पृथक् संघ बना रहा हूं। बुद्ध के संघ से अलग अनेक समारोहों का आयोजन किया जाएगा। गहरे खेदपूर्ण मन से आनंद ने बुद्ध को देवदत्त के निर्णयों की सूचना दी। वेणुवन में जो 'अपराध स्वीकार' समारोह हुआ, उसमें बहुत से भिक्खुओं को आनंद ने अनुपस्थित पाया। उन्हें पता था कि ये भिक्खु देवदत्त के समारोह में भाग ले रहे हैं।

यह समारोह समाप्त होने पर अनेक भिक्खु बुद्ध की कुटिया में गए और कहा कि देवदत्त के पक्षधर अनेक भिक्खु हमसे मिलकर देवदत्त के पक्ष में हमें ले जाने का प्रयास करते हैं। उनका कहना है कि देवदत्त के नियम अधिक कठोर हैं और इसका प्रमाण यही है कि आपने मान्य देवदत्त के पांच नियमों को

अस्वीकार कर दिया है। उनका कहना है कि वेणुवन विहार का जीवन सामान्य उपासकों जैसा ही है। उनका कहना है कि आप सादगी की बातें तो करते हैं किन्तु भिक्खुओं के लिए कठोर नियम लागू करना नहीं चाहते। हम उनके तर्कों से प्रभावित नहीं हुए हैं। हमें आपकी बुद्धिमत्ता पर ही श्रद्धा है। किन्तु बहुत से युवा भिक्खु विशेषतः जिन्हें देवदत्त ने प्रवृज्जित किया है, पांच कठोर नियमों के प्रति आकृष्ट हैं। वे लोग संघ छोड़कर देवदत्त के साथ जा रहे हैं। हम आपको इस स्थिति में परिचित कराने आये थे।

बुद्ध ने उत्तर दिया, "इस विषय में अधिक मत सोचो। सबसे महत्त्वपूर्ण बात सद्धर्म की साधना करना और भिक्खु का पवित्रतापूर्ण जीवनयापन करना है।"

कई दिनों बाद जीवक गृद्धकूट शिखर पर बुद्ध से मिलकर यह सूचना देने आए कि देवदत्त के अनुयायी भिक्खुओं की संख्या पांच सौ हो गई है जो गयाशीर्ष में निवास करते हैं। जीवक ने बुद्ध को राजधानी में होने वाली गतिविधियों से भी परिचित कराया जिनमें देवदत्त की प्रमुख भूमिका है। जीवक ने सुझाव दिया कि बुद्ध स्पष्ट घोषणा कर दें कि देवदत्त अब बुद्ध के संघ का सदस्य नहीं रहा।

मान्य देवदत्त द्वारा स्वतंत्र संघ की स्थापना का समाचार बहुत शीघ्र फैल गया। भिक्खु जहां भी जाते थे, उनसे यही प्रश्न किया जाता था। मान्य सारिपुत्त ने उन्हें कह दिया कि वे यही उत्तर दिया करें, "जो बुरे बीज बोएगा, वह बुरे ही फल पाएगा। संघ का विभाजन सद्धर्म-शिक्षा का गंभीरतम उल्लंघन है।"

अनेक भिक्खुओं से बातचीत करते हुए बुद्ध ने कहा कि जीवक ने सुझाव दिया है कि वह इस बात की औपचारिक घोषणा कर दे कि देवदत्त बुद्ध के संघ के सदस्य नहीं रहे। सारिपुत्त ने जीवक के सुझाव पर विचार करके कहा, "प्रभु, हमने पहले प्रायः देवदत्त की योग्यता एवं गुणों की सबके सामने प्रशंसा की है। अब यदि हम उनकी निन्दा करें तो कैसा लगेगा ?"

बुद्ध ने कहा, "सारिपुत्त, यदि हम पहले प्रशंसा करते थे तो वह सत्य बात थी ? और यदि अब निन्दा करेंगे तो क्या वह बात भी सत्य न होगी?"

सारिपुत्त के 'हां' कहने पर बुद्ध ने कहा, "तब कोई चिन्ता नहीं। महत्त्वपूर्ण बात सत्य बोलना है।"

कुछ दिनों बाद, भिक्खुओं ने लोगों के समक्ष घोषणा कर दी कि देवदत्त को

बुद्ध संघ से निष्कासित कर दिया गया है और अब से मान्य देवदत्त के कार्यों के लिए संघ किसी प्रकार से उत्तरदायी नहीं होगा।

इस समस्त घटना-क्रम के बीच मान्य सारिपुत्त और मान्य मौद्गल्यायन अनपेक्षित रूप से चुप रहे। मान्य आनंद ने उनके रुख को भांपते हुए पूछा, "बंधुओ, आपने मान्य देवदत्त के प्रसंग पर अपने विचार व्यक्त नहीं किए। संभवतः आपकी कुछ अपनी योजनाएं हैं ?" इस पर वे मुस्काए और मान्य मौद्गल्यायन ने कहा, "बुद्ध आनंद, आप ठीक कहते हैं। हम बुद्ध और संघ की सेवा अपने ढंग से करेंगे।"

बहुत से लोग इसे ईर्ष्या या ओछी भावनाओं का प्रदर्शन मानने लगे। अन्य लोग मानते थे कि देवदत्त की निन्दा करने में बुद्ध का कुछ गूढ़ कारण रहा होगा। उनकी बुद्ध और संघ के प्रति श्रद्धा में कोई कमी नहीं आई।

एक दिन राजधानी के लोग यह सुनकर भौंचक्के रह गए कि राजा बिम्बिसार सिंहासन त्याग रहे हैं और दस दिन बाद, पूर्णिमा के दिन राजकुमार अजातशत्रु का राज्याभिषेक होगा। बुद्ध को इस बात की चिन्ता हुई कि युवराज के राज्याभिषेक की सूचना राजा बिम्बिसार ने स्वयं उन्हें क्यों नहीं दी क्योंकि राजा सभी प्रमुख निर्णय करने से पूर्व बुद्ध से परामर्श किया करते थे। बुद्ध की चिन्ता की पुष्टि उस दिन हो गई जब कुछ दिनों बाद जीवक उनसे मिलने आये।

दोनों टहलते-टहलते एक चट्टान पर जा बैठे तो जीवक ने बुद्ध को बताया कि राजकुमार अजातशत्रु ने राजा बिम्बिसार को घर में बंदी बना दिया है। रानी विदेही के अतिरिक्त कोई भी राजा के कक्ष में नहीं जा सकता। राजा के दो विश्वस्त मंत्रियों को भी बंदी बना रखा गया है जिससे वे राज्याभिषेक रोकने का प्रयास न कर सकें। मंत्रियों के घर वालों को झूठे ही कह दिया गया है कि महत्त्वपूर्ण राजनीतिक समस्याओं को सुलझाने के लिए मंत्री राजमहल में ही रहेंगे।

जीवक ने बताया कि उसे ये सूचनाएं तब मिल सकीं जब रानी की चिकित्सा करने के लिए उन्हें बुलाया गया। रानी ने बताया कि एक मास पूर्व महल में राजकुमार अजातशत्रु को देर रात गए राजा के कक्ष में घुसने की चेष्टा करते समय रक्षकों ने पकड़ लिया था। संदेहास्पद स्थिति के कारण राजकुमार की तलाशी ली गई तो उनके पास से छिपाकर लाया गया खड्ग निकला। रक्षक जब राजकुमार को राजा के कक्ष में ले गए तो राजा ने पूछा, 'अजातशत्रु , तुम राज-कक्ष में खड्ग क्यों लाए थे।"

"पिताजी, मैं आपकी हत्या के इरादे से आया था।"

"किन्तु, तुम मुझे मारना क्यों चाहते थे।"

"मैं राजा बनना चाहता हूं।"

"सिंहासन के लिए अपने पिता को क्यों मारना चाहते थे। यदि तुमने कहा भर होता तो मैं तुम्हारे पक्ष में सिंहासन तुरन्त छोड़ देता।"

"मैं नहीं समझता था कि आप ऐसा करेंगे। स्पष्टतः मैंने भयंकर भूल की है। इसके लिए मैं क्षमा-प्रार्थी हूं।"

राजा ने प्रश्न किया कि "यह भावना तुम्हारे मन में कैसे आई।" पहले तो अजातशत्रु चुप रहे किन्तु बार-बार पूछने के बाद स्वीकार किया कि यह विचार मान्य देवदत्त के दिमाग की उपज थी। आधी रात का समय होने पर भी राजा ने अपने दो मंत्रियों को परामर्श के लिए बुला लिया। एक मंत्री ने कहा कि राजा की हत्या का प्रयास करना तो गंभीर अपराध है। जिसके लिए मृत्युदंड दिया जाना चाहिए, इसलिए अजातशत्रु और मान्य देवदत्त के सिर काट दिए जाने चाहिए। उन्होंने तो सभी भिक्खुओं को भी मृत्युदंड देने की मांग की।

राजा ने इस पर असहमति व्यक्त करते हुए कहा, "अजातशत्रु तो मेरा पुत्र है। मैं उसे मृत्युदंड नहीं दे सकता। भिक्खुओं ने पहले ही स्पष्ट कर दिया है कि वे देवदत्त के कार्यों के प्रति उत्तरदायी नहीं हैं। बुद्ध की दूरंदेशी प्रशंसनीय है। मान्य देवदत्त को भी मैं मृत्युदण्ड देना नहीं चाहता क्योंकि वह बुद्ध के चचेरे भाई हैं और अनेक वर्षों से आदरणीय भिक्खु रहे हैं।"

दूसरे मंत्री ने कहा, "आपका करुणाभाव अप्रतिम है। आप गुरुदेव बुद्ध के सच्चे शिष्य हैं। किन्तु आप इस प्रश्न का हल कैसे करेंगे।"

राजा ने कहा, "कल मैं घोषण कर दूंगा कि मैं अपने पुत्र के पक्ष में सिंहासन त्याग रहा हूं। उसका राज्याभिषेक दस दिन बाद होगा। मैं अजातशत्रु और मान्य देवदत्त को क्षमा करता हूं। संभव है, इस क्षमादान से उन्हें समझ आ जाए।"

दोनों मंत्रियों ने और अजातशत्रु को प्रणाम किया। राजा ने रक्षकों से यह घटना गोपनीय ही रखने का आदेश दिया। अगले दिन राज-घोषणा सुनकर मान्य देवदत्त शीघ्रता से राजधानी पहुंचे। वह राजकुमार से मिले। राजकुमार ने रानी से कहा कि मान्य देवदत्त राज्याभिषेक के आयोजन में सहायता करने आए हैं। लेकिन मान्य देवदत्त से भेंट के दो दिन बाद ही राजा और दोनों

मंत्रियों को बंदी बना लिया गया। जीवक ने कहा, "प्रभु यही प्रार्थना करता हूं कि राज्याभिषेक के बाद, राजा और दोनों मंत्रियों को मुक्त कर दिया जाएगा।"

अगले दिन राजकीय संदेशवाहक राज्याभिषेक में भाग लेने हेतु बुद्ध और भिक्खुओं को आमंत्रित करने आया। सैनिक नगर की सज्जा कर रहे थे और मान्य देवदत्त अपने छः सौ भिक्खुओं सहित राज्याभिषेक में भाग लेने की योजना बना रहे थे। बुद्ध ने सारिपुत्त को बुलाकर कहा, "मैं राज्याभिषेक में भाग नहीं लूंगा और मैं चाहूंगा कि हमारा कोई भिक्खु भी वहां न जाए। हम इस क्रूर और अन्यायपूर्ण कृत्य को अपने सहयोग से गरिमा प्रदान करना नहीं चाहते।"

राज्याभिषेक में बुद्ध और उनके भिक्खुओं की अनुपस्थिति से लोगों के मन में प्रश्न उठे। शीघ्र ही सबको पता चल गया कि राजा बिम्बिसार और उनके मंत्रियों को बंदी बना लिया गया था। लोगों में नए राजा के प्रति मौन किन्तु दृढ़ अवज्ञा की भावना भर गई। यद्यपि मान्य देवदत्त स्वयं को भिक्खुओं का नेता कहते थे किन्तु लोग देवदत्त समर्थक और बुद्ध समर्थक भिक्खुओं के व्यवहार का अन्तर समझने लगे थे। देवदत्त समर्थक भिक्खुओं को लोगों ने भिक्षा देना बंद कर दिया था। देवदत्त का इस प्रकार विरोध करने का अर्थ एक प्रकार से नए शासक की निन्दा करना भी था।

राजा अजातशत्रु को जब लोगों की इस मौन अवज्ञा का पता चला तो वह क्रोध से बौखला उठा किन्तु उसने बुद्ध या उनके संघ के विरुद्ध कोई कार्रवाई नहीं की। वह इतना तो समझदार था ही कि यदि उसने ऐसा कुछ किया तो जनता में भयंकर विरोध की लहर उठेगी और जिन पड़ोसी देशों में बुद्ध को सम्मान प्राप्त है, वहां की जनता भी साथ हो जाएगी। उसे पता था कि कौशल के राजा प्रसेनजित को यह पता चला कि बद्ध को बंदी बना लिया गया है या उन्हें क्षति पहुंचाई गई है तो वह आक्रमण कर सकते हैं। राजा अजातशत्रु ने आगे की स्थिति पर परामर्श करने के लिए देवदत्त को बुलवाया।

अध्याय तिहत्तर

भूखा मारने का षड्यंत्र

एक रात देर तक गृद्धकूट शिखर पर साधना करने के बाद बुद्ध ने आंखें खोलीं तो पास के पेड़ के पीछे एक व्यक्ति अध-झांकता दिखा। बुद्ध ने उसे पास बुलाया। चांदनी में चलते हुए वह व्यक्ति सामने आया और बुद्ध के चरणों पर तलवार रखकर नमन किया।

बुद्ध ने पूछा कि "तुम कौन हो और यहां क्यों आये ?"

उस व्यक्ति ने कहा, "गुरुवर गौतम! मुझे आपकी हत्या करने का आदेश दिया गया था किन्तु मैं वैसा कर नहीं पाया। मैंने कम-से-कम दस बार दोनों हाथों से तलवार उठाई किन्तु मैं एक कदम तक आगे न बढ़ पाया। मैं आपकी हत्या न कर सका किन्तु मुझे डर है कि अब मेरे मालिक मुझे जीवित नहीं छोड़ेंगे। जब आपने मुझे बुलाया, उस समय मैं यही निर्णय कर रहा था। कृपया मुझे नमन करने की अनुमति दीजिए।"

बद्ध ने पछा, "किसने तथागत की हत्या करने का आदेश दिया था ?"

"मैं मालिक का नाम बताने की हिम्मत नहीं कर सकता।"

"अच्छा, वह नाम बताने की आवश्यकता नहीं। उन्होंने तुमसे क्या करने को कहा था।"

"प्रभु, उन्होंने पहाड़ पर चढ़ने का रास्ता दिखाया और कहा कि काम पूरा करने के बाद दूसरे रास्ते से आना।"

"तुम्हारी पत्नी और बच्चे हैं ?"

"नहीं गुरुदेव, मैं अविवाहित हूं। मेरी सिर्फ बूढ़ी मां घर पर है।"

"तब, तुम तुरन्त घर जाओ और आज रात ही अपनी मां को लेकर कौशल चले जाओ और वहां नई जिंदगी बिताओ। जो रास्ता तुम्हारे मालिक ने वापस

गौतम बुद्ध की हत्या हेतु भेजे गए हत्यारे का आत्मसमर्पण

आने के लिए तुम्हें बताया है, उस रास्ते से हरगिज़ मत जाना। उधर से गए तो मारे जाओगे। अब यहां से निकल जाओ।"

उस व्यक्ति ने नमन किया और तलवार वहीं छोड़कर जल्दी से निकल गया।

अगले दिन मान्य सारिपुत्त और मौद्गल्यायन कुछ बात करने आए और बोले, "हम समझते हैं कि अब समय आ गया है कि हम दूसरे पक्ष की ओर होकर आयें। हमें अपने उन भाइयों की मदद करनी चाहिए जो अज्ञानवश दूसरे रास्ते मुड़ गए हैं। हम आपसे कुछ समय के लिए आज्ञा चाहते हैं।"

बुद्ध ने दोनों शिष्यों को देखकर कहा, "यदि जाना आवश्यक समझते हो तो जाओ किन्तु वहां रहकर अपने जीवन की रक्षा का ध्यान रखना।"

यह सुनकर सारिपुत्त का ध्यान उस तलवार की ओर गया जो वहां पड़ी हुई थी। संकेत से पूछने पर सारिपुत्त को बुद्ध ने बताया, "कल रात एक सैनिक तथागत की हत्या करने के लिए आया था किन्तु तथागत ने उसे दूसरा मार्ग-निर्देश दिया। यह तलवार यहीं रहने दो। जब जीवक आएगा तो इसको कहीं भेजने की व्यवस्था करूंगा।"

मौद्गल्यायन ने सारिपुत्त की ओर देखकर कहा, "संभवतः यह ठीक होगा कि हम इन स्थितियों से बुद्ध को छोड़कर न जाएं। आप क्या सोचते हैं, बंधुवर।"

सारिपुत्त कुछ कहें, इससे पहले ही बुद्ध ने कहा, "तथागत किसी भी खतरे का सामना करने को तैयार हैं। आप लोग चिन्ता न करें।"

उस दिन अपराह्न में कई भिक्खु बुद्ध से मिलने वेणुवन आए। घबराहट के मारे वे बोल भी न पा रहे थे। उनकी आंखों से अश्रुधारा बह रही थी। बुद्ध ने पूछा, "क्या बात है ? आप लोग रो क्यों रहे हैं ?"

एक भिक्खु ने कहा, "रास्ते में हमने मान्य सारिपुत्त और मौद्गल्यायन को जाते देखा। हमने पूछा तो उन्होंने कहा कि हम गयाशीर्ष के दूसरे संघ में जा रहे हैं। हम इससे इतने दुखी हुए कि हमें रुलाई आ गई। पांच सौ से अधिक भिक्खु संघ छोड़कर जा चुके हैं लेकिन इतने वरिष्ठ भिक्खु भी चले जाएंगे, इसकी आशा नहीं थी।"

बुद्ध मुस्कराए और भिक्खुओं से कहा, "भिक्खुओ, दुखी मत होओ, तथागत को सारिपुत्त और मौद्गल्यायन पर भरोसा है। वे संघ से विश्वासघात नहीं करेंगे।" राहत पाकर भिक्खु बुद्ध के चरणों में बैठ गए।

अगले दिन जीवक ने बुद्ध को आम्रवन में भोजन के लिए आमंत्रित किया।

आनंद भी साथ थे। भोजन के उपरान्त जीवक ने उन्हें बताया कि रानी विदेही आपसे मिलना चाहती हैं, आप अनुमति देंगे। बुद्ध समझ गए। कि जीवक ने इस गुप्त भेंट की व्यवस्था की है।

बुद्ध की अनमति पाकर रानी ने आकर बद्ध को नमन किया और सुबक उठीं। बुद्ध ने उन्हें सांत्वना देकर कहा, "अब मुझे पूरी बात बताओ।"

रानी ने कहा, "प्रभु, राजा विम्बिसार के प्राण संकट में हैं। अजातशत्रु उनको भूखों मार डालने की योजना बना चुका है। वह मुझे भी राजा के लिए भोजन नहीं ले जाने देता। पहले जब राजा को अपने कक्ष में बंदी बनाया गया था तो मुझे प्रतिदिन उन्हें भोजन दे आने की अनुमति थी। एक दिन रक्षकों ने मुझे भीतर जाने से पूर्व भोजन की थाली मुझसे ले ली। यद्यपि मैं इस पर रोई भी किन्तु राजा ने कहा कि मुझे अपने पुत्र के कार्यों के प्रति किसी प्रकार की घृणा नहीं है। मैं मर जाना पसंद करूंगा; किन्तु, देश में गृह-युद्ध नहीं देखना चाहता। अगले दिन रानी कुछ पके चावलों का गोला अपने केशों में छिपाकर ले गई और खाली थाली हाथ में थी। रक्षकों ने हाथ की खाली थाली छीन ली और रानी को जाने दिया। केशों में छिपे चावल खिलाकर मैंने कुछ दिन काम चलाया। लेकिन जब अजातशत्रु ने देखा उसके पिता अब भी नहीं मरे हैं तो रानी की तलाशी कड़ाई से ली गई और केशों में छिपे चावल पकड़े गए। उस दिन से मैं उनके लिए वह खाना भी न ले जा सकी।

"तीन दिन बाद रानी ने और तरीका अपनाया। वह दूध, शहद और आटे को मिलाकर लेप बना लेती और नहाने के बाद अपने शरीर पर लपेट लेती और वस्त्र पहनकर चली जाती। भीतर जाकर उस लेप को शरीर से खुरचती और राजा को भोजन कराती। इस प्रकार मैं दो दिनों से तो भोजन करा चुकी हूं। किन्तु मुझे भय है कि उसकी यह तरकीब भी किसी दिन पकड़ी जाएगी और उसे राजा से मिलने से भी रोक दिया जाएगा।"

भूतपूर्व रानी पुनः सुबकने लगी। बुद्ध ने काफी देर तक विचार मग्न रहने के बाद राजा के स्वास्थ्य समाचार-शारीरिक और मानसिक-पूछे। रानी ने बताया कि "वह शरीर से कुछ दुर्बल तो हो गए हैं, किन्तु उनका आत्म-बल बढ़ा है। वह घृणा या खेद के किसी भाव को मन में नहीं लाते। बंदी के रूप में वह चलित ध्यान करते रहते हैं। उनके कक्ष में जो खिड़की है, वह गृद्धकूट शिखर की ओर खुलती है, उसी के सामने बैठकर वह ध्यान-साधना करते हैं। वह बड़ी देर तक उस शिखर की ओर देखते रहते हैं।"

बुद्ध ने पूछा कि क्या रानी अपने भाई कौशल नरेश प्रसेनजित तक संदेश भिजवाने की अवस्था में हैं। रानी के नकारात्मक उत्तर पर बुद्ध ने कहा कि मैं एक भिक्खु को श्रावस्ती भेजूंगा और राजा प्रसेनजित से कहूंगा कि वह जो भी सहायता कर सकते हैं, करें।

रानी ने बुद्ध को धन्यवाद दिया किन्तु यह भी बताया कि जब अजातशत्रु गर्भ में था तो राज-ज्योतिषी ने बताया कि बालक अपने पिता को हानि पहुंचाएगा। गर्भावस्था में ही रानी के मन में प्रबल इच्छा हुई कि वह राजा की उंगली को काट खाए और उनके रक्त का स्वाद चखे। वह अपनी इस इच्छा से भयभीत हो गई। बचपन से ही वह रक्त देखकर भयाक्रान्त हो जाती और मछली अथवा मुर्गा तक कटते नहीं देख सकती थी। उस दिन वह राजा के रक्त का स्वाद लेने की प्रबल इच्छा से आशंकित हो गई। अपनी इच्छा दबाते-दबाते वह रो पड़ी। उसने शर्म के मारे अपने हाथों से मुंह ढक लिया किन्तु राजा को बताया कुछ नहीं। उसके कुछ दिनों बाद एक दिन राजा बिम्बिसार जब सेब काट रहे थे तो अचानक उनकी उंगली कट गई। वह अपने को रोक नहीं सकी और राजा की उंगली पकड़कर कुछ बूंदें खून पी लिया। राजा रानी के इस व्यवहार से स्तंभित तो रह गए, किन्तु उन्हें रोका नहीं। रक्त पीकर रानी फर्श पर गिरकर बेहोश हो गई। राजा ने उन्हें उठाकर पूछा कि आखिर मामला क्या है। तब रानी ने अपनी भयंकर इच्छा बताई। उसने यह भी बताया कि मैंने अपनी इस इच्छा से कितना संघर्ष किया किन्तु अंततः मैं हार गई। वह समझती है कि उसकी इस इच्छा के पीछे गर्भस्थ शिशु की मानसिकता जोर मार रही थी।

राज ज्योतिषियों ने सलाह दी कि या तो गर्भ गिरा दिया जाए या जन्मते ही बालक को मार दिया जाए। राजा बिम्बिसार और रानी कोई भी इस पर सहमत नहीं हुए। जब राजकुमार का जन्म हुआ तो इसका नाम 'अजातशत्रु' रखा गया अर्थात् जिसका कोई शत्रु न हो।

बुद्ध ने रानी को परामर्श दिया कि रानी राजा को दो या तीन दिन बाद मिला करे जिससे अजातशत्रु को संदेह न हो। जिस दिन जाए, उस दिन राजा के साथ अधिक समय बिताए। रानी जो पौष्टिक लेप शरीर पर लगाकर ले जाए, उसे राजा थोड़ा-थोड़ा खाएं जिससे उसमें से कुछ अगले दिनों के लिए बचाकर रख सकें जब रानी-राजा के पास न जाए। रानी को ये सुझाव देकर बुद्ध ने जीवक से विदा ली और गृद्धकूट शिखर पर लौट आए।

अध्याय चौहत्तर

हस्तिनी की चिंघाड़

मान्य सारिपुत्त और मौद्गल्यायन एक महीने से अधिक समय के बाद गयाशीर्ष से वेणुवन लौट आए थे। भिक्खुओं ने उत्साहपूर्वक उनका स्वागत किया। कुछ दिनों के बाद तीन सौ से अधिक भिक्खु देवदत्त के संघ से वेणुवन वापस आ गए थे। वेणुवन के भिक्खुओं ने परमहर्ष के साथ गयाशीर्ष से आए भिक्खुओं का स्वागत किया। चार दिन बाद जब सारिपुत्त ने गिनती की तो उनकी संख्या तीन सौ अस्सी थी जिन्हें वह मौद्गल्यायन के साथ गृद्धकूट शिखर पर बुद्ध से मिलाने ले गए।

अपनी कुटिया के सामने खड़े बुद्ध अपने दो वरिष्ठ शिष्यों के साथ भिक्खुओं को आते देख रहे थे। गृद्धकूट शिखर निवासी अन्य भिक्खु भी अपनी कुटियाओं से निकलकर, वापस आए भिक्खुओं का स्वागत करने खड़े थे। सारिपुत्त और मौद्गल्यायन अन्य भिक्खुओं को पीछे छोड़, बुद्ध से एकान्त में बात करने आ गए। उन्होंने बुद्ध को प्रणाम किया। बुद्ध ने उन्हें बैठने को कहा तो सारिपुत्त ने बताया, “प्रभु, हम लगभग चार सौ भिक्खुओं को लौटा लाए हैं।”

बुद्ध ने कहा, “यह तुम लोगों ने अच्छा किया। किन्तु यह तो बताओ कि आप लोग उनकी आंखें कैसे खोल पाने में समर्थ हुए ?”

मान्य मौद्गल्यायन ने बताया, “प्रभु, जब हम वहां पहुंचे तो बंधु देवदत्त भोजन करके निवृत्त हुए थे और धर्म-शिक्षा देने की तैयारी कर रहे थे। वह बहुत कुछ बुद्ध की नकल कर रहे थे। जब उन्होंने हमें आते देखा तो वह बहुत प्रसन्न हुए और उन्होंने सारिपुत्त को व्यास पीठ पर अपने पास ही बैठने के लिए आमंत्रित किया किन्तु सारिपुत्त भिक्खुओं के पास ही बैठ गये। मैं दूसरी तरफ बैठ गया। देवदत्त ने कहा, ‘आज मान्य सारिपुत्त और मान्य मौद्गल्यायन

हमारे साथ आ गए हैं। ये दोनों ही हमारे घनिष्ठ मित्र थे। मैं मान्य सारिपुत्त को आमंत्रित करता हूं कि आज की धर्मदेशना वही करें।'

"देवदत्त ने सारिपुत्त की ओर मुड़कर हाथ जोड़े। मेरे बंधु ने यह आमंत्रण स्वीकार कर लिया। सारिपुत्त ने चार आर्य सत्यों का विश्लेषण करते हुए बहुत सुंदर भाषण किया। समस्त भिक्खु मंत्र-मुग्ध हुए उनका भाषण सुनते रहे। किन्तु मैंने देखा कि देवदत्त की आंखें नींद से भरी हुई थीं। अपनी हाल की गतिविधियों से वे बहुत थक गए थे और धर्म-शिक्षा के चलते-चलते वह गहरी नींद सो गए।

"हम लोग गयाशीर्ष पर एक मास से अधिक समय तक रहे और वहां की प्रत्येक गतिविधि में भाग लिया। हर तीसरे दिन मान्य सारिपत्त धर्म-देशना करते। उन्होंने पूरे मनोयोग के साथ भिक्खुओं को धर्म-शिक्षा दी। एक दिन मैंने देखा कि देवदत्त का मुख्य परामर्शदाता भिक्खु कोकलित देवदत्त के कान में कुछ फुसफुसा रहा है किन्तु देवदत्त ने उसकी बातों की परवाह नहीं की। मैं समझता हूं कि कोकलित उसे चेतावनी दे रहा था कि हम लोगों पर भरोसा न किया जाए। किन्तु देवदत्त इस बात से प्रसन्न था कि सारिपुत्त सरीखा सुयोग्य व्यक्ति धर्म-देशना के लिए सुलभ हो गया था।

"एक दिन सचेतनता के चार चरणों पर देशना करते हुए बंधु सारिपुत्त ने कहा, 'आज अपराह्न में मेरी बंधु और मैं वापस बुद्ध के पास उनके संघ में चले जाएंगे। प्रिय बंधुओ, पूर्णतः सम्बुद्ध एक ही गुरु हैं और वह हैं। बुद्ध। उन्हीं ने संघ की स्थापना की थी और वही हमारी प्रेरणा के स्रोत हैं। यदि आप उनके पास जाना चाहेंगे तो वहां आपका उत्साहपूर्वक स्वागत होगा। बंधुओ, संघ के विभाजन से अधिक कष्टप्रद बात कोई नहीं है। मैंने अपने जीवन में एक ही सच्चा गुरु पाया है और वह गुरु बुद्ध देव हैं। हम तो आज चले जाएंगे किन्तु आपमें से जो बंधु बुद्ध के पास आने का निर्णय करें तो कृपया वेणुवन चले आइए। हम आपको वहीं मिलेंगे और बुद्ध के दर्शन कराने ले चलेंगे।'

"उस दिन देवदत्त किसी कार्य से राजधानी गया हुआ था किन्तु आरंभ से ही हम पर शंका करने वाला कोकलित उठकर विरोध करने लगा। उसने अनर्गल बातें भी कहीं, किन्तु हमने उन्हें अन-सुना करके अपना भिक्षा-पात्र और अतिरिक्त चीवर उठाया और गयाशीर्ष से वेणुवन चले आए। कुछ दिन बाद गयाशीर्ष से तीन सौ अस्सी भिक्खु भी वेणुवन आ गए।"

मान्य सारिपुत्त ने पूछा कि "क्या इन भिक्खुओं को पुनः प्रवृज्या दिलाई जाए। यदि आवश्यक समझें तो इन्हें पुनः प्रवृज्जित करके ही आपके समक्ष लाया जाए ?"

बुद्ध ने कहा, "सारिपुत्त इसकी आवश्यकता नहीं है। यदि संघ के समक्ष ये अपना दोष स्वीकार कर लेते हैं, तो वही पर्याप्त है।"

दोनों वरिष्ठ शिष्यों ने बुद्ध को नमन किया और प्रतीक्षारत भिक्खुओं के पास चले गए।

अगले कुछ दिनों में पैंतीस भिक्खु गयाशीर्ष से और आ गए। मान्य सारिपुत्त ने 'दोष-स्वीकार समारोह का आयोजन करके बुद्ध से उन्हें मिलाने ले गए। गयाशीर्ष से आए पैंतीस भिक्खुओं से मान्य आनंद ने बातचीत की और वहां के हाल-चाल पूछे। उन भिक्खुओं ने बताया कि मान्य देवदत्त जब राजगृह से लौटे और उन्हें पता चला कि चार सौ शिष्य उन्हें छोड़कर बुद्ध के पास लौट गए हैं तो क्रोध के मारे उनका चेहरा तमतमा गया और कई दिनों तक किसी से बात नहीं की।

आनंद ने पूछा, "बंधु सारिपुत्त और मौद्गल्यायन ने तुमसे क्या कहा जिससे तुम लोग वापस बुद्ध के पास चले आये ?"

एक भिक्खु ने बताया, "उन्होंने मान्य देवदत्त या गयाशीर्ष संघ की आलोचना में एक शब्द भी नहीं कहा। इन्होंने तो पूर्ण मनोयोग से धर्म-शिक्षा ही दी। हम लोगों में से अधिकांश लोगों ने दो-तीन वर्ष पूर्व ही प्रवृज्या ली थी और साधना-मार्ग की स्थिरता और गहनता भी हममें नहीं थी। जब हमने मान्य सारिपुत्त की देशना सुनी और मान्य मौद्गल्यायन को साधना की व्यावहारिक शिक्षा देते देखा तो हमने समझा कि बुद्ध देव की शिक्षाएं कितनी उत्तम और सूक्ष्म हैं। मान्य सारिपुत्त और मौद्गल्यायन सरीखे तेजस्वी और ज्ञान सम्पन्न बंधुओं की उपस्थिति से हमें ऐसा लगा जैसे बुद्ध स्वयं हमारे साथ हों। हमने अनुभव किया कि मान्य देवदत्त बड़ी कुशलता से देशना करते हैं किन्तु वह इन देनों मान्य बंधुओं की तुलना में कहीं नहीं ठहरते। जब मान्य सारिपुत्त और मौद्गल्यायन चले आए तो हम लोगों ने परस्पर विचार किया और बुद्ध की शरण में लौट आने का निश्चय किया।"

आनंद ने पूछा, "जब आप लोग चले आए तो भिक्खु कोकलित ने क्या किया ?"

"वह बेहद क्रुद्ध हुए और हमें अपशब्द कहे जिससे हमारा वहां से चले आने का निर्णय और भी पक्का हो गया।"

एक दिन अपराह्न में बुद्ध पहाड़ की ढलान पर खड़े सायंकालीन आकाश को सौन्दर्य निरख रहे थे तो नीचे से आवाज आई, "देखना, प्रभु, एक बड़ा पत्थर लुढ़ककर आपके ऊपर गिरने वाला है।"

मुड़कर बुद्ध ने देखा कि एक खासा बड़ा पत्थर उनकी ओर लुढ़कता आ रहा है। वहां से हट पाना भी कठिन था क्योंकि रास्ते में नुकीली चट्टानों का मार्ग था। सौभाग्य से वह ढोंका बुद्ध तक पहुंचे, इससे पहले ही पहाड़ की दो चट्टानों के बीच अटक गया लेकिन उसका एक भाग टूटकर बुद्ध के पैर पर गिरा जिससे पैर खून-खच्चर हो गया और उनका चीवर रक्त से सन गया। ऊपर देखा तो बुद्ध ने पाया कि पहाड़ी की चोटी पर कोई व्यक्ति तेजी से भाग रहा है। नीचे से भिक्खु भी दौड़े आए और सारा दृश्य देखकर एक भिक्खु ने कहा, "निश्चय ही यह देवदत्त का षड्यंत्र होगा।" भिक्खुओं ने टोलियां बनाकर बुद्ध की रक्षा के लिए पहरेदारी की योजना बनाईं। किन्तु बुद्ध ने कहा, "तथागत को पहरेदारी या सुरक्षा की आवश्यकता नहीं है। आप अपनी कुटियाओं में जाइए। आनंद, उपासक चुंड को भेजकर जीवक को बुलवा लो।"

समाचार मिलते ही जीवक तुरन्त आ गए और बुद्ध को पालकी में बैठाकर आम्रवन ले आए। राजधानी के लोगों को पता चला कि चंद दिनों के भीतर ही बुद्ध के प्राण लेने की दो चेष्टाएं की गईं। इससे लोगों को आघात लगा और मन में अमर्ष जागा। इतना ही नहीं, उन्होंने इसी बीच राजा बिम्बिसार की मृत्यु की भी घोषणा सुनी। अज्ञात सूत्रों से जनता को ज्ञात हो गया था कि राजा किस प्रकार बंदी अवस्था में स्वर्गवासी हुए। जनता के हृदय में आक्रोश भर उठा। अब वह नैतिक प्रतिरोध के प्रतीक रूप में गृद्धकूट शिखर पर विराजे बुद्ध की ओर ही देख रही थी। जनता राजा के निधन से जितनी दुखी थी, उतनी ही बुद्ध के प्रति उनकी श्रद्धा बढ़ती जा रही थी। यद्यपि बुद्ध इस समस्त घटनाक्रम पर मौन ही रहे किन्तु उनके मौन को जनता भली-भांति समझ रही थी।

मृत्यु के समय राजा बिम्बिसार की आयु सड़सठ वर्ष की थी। वह बुद्ध से आयु में पांच वर्ष छोटे थे। उन्होंने इकत्तीस वर्ष की आयु में 'बुद्ध शरणं गच्छामि', 'धम्मं शरणं गच्छामि' और 'सघं शरणं गच्छामि' के त्रिरत्नों का उच्चारण किया था। पन्द्रह वर्ष की आयु में वे सिंहासना- रूढ़ हुए थे और बावन वर्षों तक शासन किया था। अग्नि-कांड से नष्ट हुई राजधानी राजगृह का उन्हीं ने पुनर्निर्माण कराया था। इनके शासन काल में अंग से हुए युद्ध के अतिरिक्त, शांति ही बनी

रही। राजा बिम्बिसार पड़ोसी राज्यों के साथ मधुर संबंध बनाए रखने का महत्त्व समझते थे इसीलिए कौशल की राजकुमारी कौशला देवी को रानी बना लिया था और मद्र और लिच्छिवि वंशों की राजकुमारियों से विवाह कर लिया था और अपनी बहन का विवाह कौशल के राजा से कर दिया था। उन्होंने अपने राजकीय उद्यान में स्तूप बनवाया था जिसमें बुद्ध के बाल और हाथ की उंगलियों के नाखून रखे थे। इसकी पूजा-अर्चना के लिए उन्होंने श्रीमती नामक एक महिला को नियुक्त कर दिया था जो वहां पेड़-पौधे लगाकर सफाई रखती थी।

बुद्ध पर पत्थर का बड़ा ढोंका गिराने के प्रयास के दस दिन बाद ही जेब बुद्ध और भिक्खु राजधानी में भिक्षाटन कर रहे थे तो मान्य आनंद ने देखा कि एक हाथी क्रोधित होकर उनकी ओर बढ़ रहा है। नलगिरि नामक यह हाथी बहुत बिगड़ैल था। आनंद की समझ में नहीं आया कि हस्तिसाल के प्रबंधक ने इसे वहां से निकलने कैसे दिया। भयभीत लोग इधर-उधर भागने लगे। हाथी सूंड़ उठाए सीधा बुद्ध की ओर आ रहा था। आनंद ने बुद्ध को बांह पकड़ कर सुरक्षित स्थान की ओर ले जाना चाहा किन्तु बुद्ध वहां से हटे नहीं और शांत भाव से निश्चिन्त खड़े रहे। जनता के लोग बुद्ध से चिल्लाकर बचने के लिए कहने लगे। आनंद सांस रोके झपटकर बुद्ध और हाथी के बीच आ गया। उसी समय बुद्ध ने हस्तिनी की चिंघाड़ मुंह से निकाली। यह रानी हथिनी की आवाज थी जिसके साथ बुद्ध ने रक्षितवन में मित्रता कर ली थी।

नलगिरि उस समय बुद्ध से कुछ गज ही दूर था जब उसने रानी हथिनी की चिंघाड़ सुनी। उसे सुनते ही वह रुक गया। बुद्ध के सामने चारों पैरों से बैठकर उसने सिर नीचे लगा लिया मानो वह उन्हें नमन कर रहा हो। बुद्ध ने एक हाथ से उसकी सूंड़ पकड़ी और दूसरे से सिर थपथपाया और आज्ञाकारी हाथी की भांति उसे राजकीय हस्तिशाली ले गए।

लोगों ने प्रसन्नता से तालियां बजाईं। आनंद मुस्कराने लगा। उसे उन युवा वर्षों का स्मरण हो आया जब सिद्धार्थ धनुर्विद्या, भारोत्तोलन, खड्ग-संचालन और घुड़दौड़, सभी में कुशल एवं अग्रणी थे। आज बुद्ध ने बिगड़ैल हाथी को ऐसे संभाल लिया, मानो वे पुराने मित्र हों। हस्तिशाला जाकर बुद्ध ने प्रबंधक की ओर कठोर दृष्टि से देखा किन्तु करुणापूर्ण स्वर में कहा, "तथागत को यह जानने की आवश्यकता नहीं कि इस हाथी को किसके कहने पर छोड़ा गया किन्तु तुम्हें अपने इस गलत काम के भयंकर परिणाम से अवगत

बिगडैल हाथी नलगिरी के मस्तक पर हाथ फेरते हुए बुद्ध

होना चाहिए। इससे दर्जनों या सैकड़ों लोग मारे जा सकते थे। भविष्य में कभी ऐसा मत होने देना।" प्रबंधक ने उन्हें साष्टांग प्रणाम किया। बुद्ध ने उसे उठाया और बाद में भिक्खुओं के पास आ गए।

बुद्ध और उनके सभी भिक्खु–कोई चार हजार–राजा के शव-संस्कार में सम्मिलित हुए। अपार जन-समूह अपने दिवंगत राजा को श्रद्धांजलि अर्पित करने उमड़ पड़ा था। उन्हें अपने राजा के देहांत से बहुत दुख था। शव-संस्कार के बाद बुद्ध ने आम्रवन में जीवक के साथ रात्रि-विश्राम किया। वैद्यराज ने बताया कि भूतपूर्व रानी विदेही को अंतिम महीने राजा से एक बार भी नहीं मिलने दिया गया। राजा मृत्यु के समय सर्वथा अकेले थे। वह उसी खिड़की के सामने पड़े थे और अंतिम सांस लेते समय तक गृद्धकूट शिखर की ओर ही राजा की दृष्टि लगी हुई थी।

राजा बिम्बिसार के शव-संस्कार के बाद जीवक बिम्बिसार के पुत्र राजकुमार अभयराज और उसकी पत्नी पद्मावती को बुद्ध के दर्शनार्थ लाए। राजकुमार ने प्रार्थना की कि उनको भिक्खु बनने के लिए त्रिरत्नों के उच्चारण की अनुमति दी जाए। उसने बुद्ध से कहा कि अपने पिता की मृत्यु के बाद धन या यश के जीवन के प्रति उसके मन में तनिक भी उत्साह नहीं रह गया है। उसने बुद्ध की अनेक बार देशना सुनी थी और अब चित्त सद्धर्म-मार्ग की ओर आकृष्ट हो गया है। उसे अब भिक्खु की शांतिपूर्ण और द्वन्द्व रहित जीवन-यापन से अधिक की इच्छा नहीं है। बुद्ध ने राजकुमार अभयराज को संघ का भिक्खु बना लिया।

अध्याय पचहत्तर

प्रसन्नता के अश्रु

दस दिनों बाद बुद्ध ने चीवर धारण किया और भिक्षा-पात्र लेकर राजगृह से चल पड़े। वह गंगा के पार जाकर उत्तर की ओर चल दिए। मार्ग में कूटागार विहार देखते हुए वह श्रावस्ती की ओर बढ़े। वर्षा ऋतु आने वाली थी इसलिए वर्षा-प्रवास हेतु उन्हें जेतवन पहुंचना था। मान्य आनंद, सारिपुत्त, मौद्गल्यायन और तीन सौ भिक्खु उनके साथ थे।

श्रावस्ती पहुंचकर बुद्ध सीधे जेतवन पहुंचे। बहुत से भिक्खु और भिक्खुनियां उनके आगमन की प्रतीक्षा में थे। उन्होंने मगध की घटनाओं के समाचार सुने थे और बुद्ध को स्वस्थ सुरक्षित देखकर चैन की सांस ली। भिक्खुनियों की नेता भिक्खुनी क्षेमा भी उपस्थित थी।

बुद्ध के आगमन की सूचना पाते ही राजा प्रसेनजित बद्ध से मिलने आए। उन्होंने बद्ध से राजगह के समाचार पूछे। बुद्ध ने सभी बातें उन्हें बताईं। राजा प्रसेनजित की बहन रानी विदेही से हुई भेंट की बात भी बताते हुए बुद्ध ने कहा कि वह प्रत्यक्षतः तो शांत दिखती है किन्तु उसका हृदय दु:खों से भरा है। राजा प्रसेनजित ने बुद्ध से कहा कि मैंने एक प्रतिनिधिदल राजगृह भेजकर अजातशत्रु से राजा बिम्बिसार को बन्दी बनाये जाने की स्थिति स्पष्ट करने को कहा है। एक महीने के बाद भी उनकी ओर से कोई उत्तर नहीं आया है। राजा प्रसेनजित ने एक और संदेश भेजकर कहा है कि यदि नए राजा उचित समझें तो श्रावस्ती पधारें और स्थितियों की सही जानकारी प्रदान करें। मगध के प्रति अपनी अप्रसन्नता प्रकट करने के लिए मैंने वह क्षेत्र वापस अपने राज्य में मिला लिया है जो बहन के विवाह के उपहारस्वरूप राजा बिम्बिसार को भेंट किया था यह भूमि काशी राज्य में वाराणसी के समीप थी।

वर्षा-प्रवास का पहला दिन आरंभ हो गया था। सभी विहारों तथा धर्म-केन्द्रों में भिक्खु एवं भिक्खुनियां एकत्र थीं। जेतवन में हर दस दिन बाद बुद्ध धर्म-देशना करते थे। बुद्ध की पहली देशना हर्षोत्फुल्लता विषय पर थी। उन्होंने संघ के समक्ष कहा कि प्रसन्नता वास्तविक होती है और दैनंदिनी जीवन बिताते हुए भी इसे प्राप्त किया जा सकता है। पहली बात तो यह है कि यह प्रसन्नता ऐन्द्रिक इच्छाओं की पूर्ति से प्राप्त नहीं हो सकती क्योंकि ऐन्द्रिक सुख आभास मात्र है। सत्य तो यह है कि ये सुख भविष्य के दुःखों का कारण बनते हैं। यह सुख वैसा ही है जैसे कोई कोढ़ी अपने कुष्ट-गलित अंग को तीव्र अग्निशिखाओं से तपाये। ऐन्द्रिक सुख अग्नि-कुंड के समान है जिससे रोगियों को तो क्षणिक राहत मिलती है किन्तु स्वस्थ व्यक्ति उसके पास तक नहीं जाता।

बुद्ध ने बताया कि सहज एवं मुक्त भाव से जीवन व्यतीत करने और जीवन की अद्भुतताओं की पूर्ण अनुभूति ही सच्ची प्रफुल्लता का स्रोत है। राग-द्वेष से मुक्त होकर, वर्तमान क्षण में जो घटित हो रहा है, उसके प्रति सचेत रहना ही प्रफुल्लता है। प्रफुल्ल व्यक्ति ही वर्तमान क्षण की अद्भुतताओं—शीतल मंद पवन, प्रभाती आकाश, सुनहरे फूल, वेणु वृक्षों के लहराने या बच्चे की मुस्कान—का आनंद उठा सकता है। प्रफुल्ल व्यक्ति इनके रागों में पड़े बिना, इनका आनंद उठा पाता है। सभी धर्मों की अनित्यता और पृथक् अस्तित्वहीनता का ज्ञान रखने वाला व्यक्ति ऐसे सुखों में उलझता नहीं है। प्रफुल्ल व्यक्ति सभी चिन्ताओं और भयों से मुक्त होकर सहज जीवन जी सकता है। वह जानता है कि जो फूल आज खिला है, वह तो एक-न-एक दिन मुरझाने वाला ही है, इसलिए फूल के मुरझाने पर दुखी नहीं होता। प्रफुल्ल व्यक्ति सभी धर्मों के जन्मने और मरने की प्रकृति को जानता है। उसकी प्रफुल्लता वास्तविक होती है और वह अपनी मृत्यु के विषय में भी चिन्ता या भय नहीं करता।

बुद्ध ने संघ से कहा कि कुछ लोगों की धारणा है कि अगले जन्म में सुखी रहने के लिए वर्तमान जीवन में कष्ट भोगना आवश्यक है। वे बहुत से त्याग करते हैं और शरीर एवं चित्त के अनेक दुख यह सोचकर उठाते हैं कि भविष्य में अर्थात् अगले जन्म में सुख प्राप्त कर सकेंगे। किन्तु, जीवन तो वर्तमान क्षणों में जिया जाता है। उस प्रकार के त्याग आदि वर्तमान जीवन को व्यर्थ बनाते हैं। कुछ लोगों का विश्वास है कि यदि आप अगले जन्म में शांति, आनंद और मुक्ति चाहते हैं तो वर्तमान जीवन में अत्म-त्याग करना चाहिए। इसके लिए

वे शरीर-पीड़न तप करते हैं, व्रत उपवास करते हैं, और अपने शरीर एवं चित्त को दंडित करते हैं। इस प्रकार तो वह अपने वर्तमान और भविष्य दोनों को दुःख पहुंचाते हैं। इसके विपरीत कुछ लोगों की मान्यता होती है कि जीवन का वर्तमान ही सब कुछ है और वे भविष्य की कोई चिन्ता नहीं करते। वे अपनी समस्त ऐन्द्रिक इच्छाओं की पूर्ति वर्तमान के क्षणों में ही कर लेना चाहते हैं। इस प्रकार विषय-भोग एवं रागों में फंसने से वर्तमान और भावी—दोनों जीवनों में दुःख ही प्राप्त कर पाते हैं।

"इसलिए, इन दोनों अतियों—चरम सीमाओं—से बचना चाहिए। सबसे समझदारी का मार्ग तो वह है, जिससे वर्तमान और भविष्य दोनों में प्रफुल्लता प्राप्त हो सके। भावी प्रफुल्लता की आशा में वर्तमान में शरीर को पीड़ित नहीं करना चाहिए। भिक्खु अपना दैनिक भोजन कैसे करता है, साधना-अभ्यास, सचेतनता के चारों चरणों और निर्विकल्प समाधि की सभी अवस्थाओं की साधना एवं प्राणायाम के द्वारा न केवल स्वयं को प्रफुल्लित रखता है, अपितु अपने आस-पास के लोगों के वर्तमान क्षणों को भी सुखमय बनाता है। दिन में एक बार भोजन करके वह अपने शरीर को स्वस्थ एवं हलका रखता है और इससे उसे साधना-अभ्यास के लिए भी अधिक समय प्राप्त होता है। भिक्खु अविवाहित और संतानहीन, त्याग-साधना की दृष्टि से नहीं; अपितु अन्य लोगों की सहायता हेतु अधिक मुक्त रहने की दृष्टि से रहता है। दैनिक जीवन के प्रत्येक क्षण में वह प्रसन्न रह पाता है। यदि वह समझता है कि वह अपने शुद्ध चरित्र से स्वयं को प्रफुल्लता से वंचित करता है, तो वह धर्म-देशना की मूल भावना के अनुसार जीवन-यापन नहीं करता। सच्ची भावना से देशना पर चलने से उसमें पूर्ण सहजता, शान्ति और आनंद प्रतिफलित होता है। ऐसा जीवन न केवल वर्तमान को वरन् भविष्य को भी प्रफुल्लतापूर्ण बनाता है।"

इस धर्म-देशना की समाप्ति पर उपासिका पूर्णलक्षणा ने बुद्ध से कुछ विनती करने की अनुमति मांगी। उसने बुद्ध को बताया कि उसका पति सुदत्त 'अनाथपिंडिक' गंभीर रूप से रोग-ग्रस्त है। वह इतने कष्ट में है कि आपकी धर्म-देशना सुनने नहीं आ सके। उनकी हालत लगातार बिगड़ती जा रही है। उन्हें भय है कि बुद्ध के अंतिम दर्शन किए बिना ही कहीं उनकी मृत्यु न हो जाए।

अगले ही दिन बुद्ध मान्य सारिपुत्त और आनंद के साथ सुदत्त को देखने गए। बुद्ध को देखकर सुदत्त आत्म-विभोर हो गया। उसका चेहरा रोग के कारण

पीला और दुर्बल हो गया था और वह शय्या से भी मुश्किल से उठ पाता था। बुद्ध ने उससे कहा, "तुम्हारा जीवन तो सार्थकता और प्रसन्नता से युक्त है। तुमने अगणित लोगों के दुख दूर किए हैं, इसी से लोग तुम्हें 'अनाथपिंडिक' कहते हैं। जेतवन विहार तुम्हारे सुकृत्यों की एक कहानी है। तुमने सदैव सद्धर्म के प्रचार के लिए सतत् प्रयास किए हैं। तुमने सद्धर्म की शिक्षाओं के अनुरूप जीवन बिताया है और इस प्रकार स्वयं अपने लिए, अपने परिवार के लिए और बहुत से अन्य लोगों को प्रसन्नता प्रदान की है–सच्चा सुख दिया है। अब आराम करो। मैं मान्य सारिपुत्त से कहूंगा कि प्रायः आपको आकर देख जाया करें और विशेष मार्ग-निर्देश दें। विहार आने का प्रयास मत करना। तुम्हें अपनी शरीर-शक्ति संचित रखनी है।" सुदत्त ने आभार व्यक्त करते हुए हाथ जोड़े।

पन्द्रह दिन बाद बुद्ध ने उपासकों के लिए सामान्य जीवन-यापन पर देशना की। उन्होंने बताया कि उपासक किस प्रकार अपने दैनिक जीवन में सच्चा सुख प्राप्त कर सकता है। उन्होंने 'वर्तमान में शांति, भविष्य में शांति' विषयक देशना पर और प्रकाश डाला। उन्होंने कहा, "भिक्खु अविवाहित रहकर वर्तमान के क्षणों में शांति और आनंद का जीवन व्यतीत करते हैं जिससे भविष्य में भी सच्चा सुख मिलता है। उपासक भी गृहस्थ जीवन बिताते हुए सद्धर्म का पालन करके सच्चा सुख पा सकते हैं। सबसे पहले, धन कमाने की इच्छा के वशीभूत होकर इतने काम में मत फंसो कि अपनी और अपने परिवार की वर्तमान की खुशियों से विमुख हो जाओ। प्रसन्नता सबसे महत्त्वपूर्ण है। समझदारी की एक दृष्टि डाल देना, किसी मुस्कराहट को स्वीकारना, प्रेमपूर्ण बात कर लेना, किसी के साथ सप्रेम भोजन कर लेना और सचेतनावस्था में रहना, ये सब बातें ऐसी हैं, जिनसे वर्तमान के क्षणों को सुखद बनाया जा सकता है। वर्तमान के प्रति सचेतनता से आप स्वयं अपने को और अपने आस-पास के लोगों को दुख से बचा सकते हैं। दूसरों की ओर देखने, मुस्कराने और प्रेमपूर्ण व्यवहार करने के छोटे-छोटे कार्यों से आप प्रफुल्लता पैदा कर सकते हैं। सच्ची प्रफुल्लता पाने के लिए धन अथवा यश की आवश्यकता नहीं।"

बुद्ध ने राजगह में कई वर्षों पूर्व एक श्रेष्ठि-पुत्र सिगाल से हुई वार्ता का उल्लेख करते हुए कहा कि एक दिन मैं भिक्षा-पात्र लेकर वेणुवन से भिक्षाटन के लिए सबेरे ही निकल पड़ा तो नगर के बाहर वह श्रेष्ठि-पुत्र छहों दिशाओं–पूर्व, पश्चिम, उत्तर, दक्षिण, ऊपर और नीचे झुककर नमन कर रहा था। बुद्ध ने इस

नमन का कारण पूछा तो उसने कहा कि मेरे पिता ने बचपन में छहों दिशाओं में नमन करना सिखाया था। मैं पिता की इच्छा का पालन करते हुए दिशाओं को नमन करता हूं। इसका उद्देश्य क्या है, यह मुझे ज्ञात नहीं।

बुद्ध ने कहा कि नमन करने से वर्तमान और भविष्य में प्रसन्नता प्राप्त होती है। पूर्व की ओर नमन करते समय अपने माता-पिता को ध्यान में लाओ। जब दक्षिण की ओर नमन करो तो अपने गुरुओं के आभार का स्मरण करो। पश्चिम की ओर नमन करते समय अपनी पत्नी और बच्चों का ध्यान करो। उत्तर दिशा में नमन करते समय मित्रों के प्रेम का स्मरण करो। पृथ्वी की ओर नमन करते समय अपने सहकर्मियों को ध्यान में लाओ और आकाश की ओर नमन करते समय ज्ञानियों और गुणियों पर ध्यान लगाओ।

बुद्ध ने सिगाल को पंचशीलों की शिक्षा दी और कहा कि लोभ, क्रोध, वासना और भय के वशीभूत होकर कोई काम करने से पूर्व सभी बातों पर किस प्रकार गहनता से विचार करना चाहिए। बुद्ध ने बताया कि छः कार्यों से बचो–अत्यधिक मद्यपान मत करो, नगर की सड़कों पर देर रात तक घूमते मत फिरो, द्यूत-गृहों में मत जाओ, अति नीचता वाले स्थानों पर मत जाओ, घटिया चरित्र के लोगों की संगत मत करो और आलसी मत बनो। ये सब बातें विनाश की ओर ले जाने वाली हैं। उन्होंने यह भी बताया कि कौन व्यक्ति मित्र बनाने योग्य है। "अच्छा मित्र वही है जिसकी मित्रता में स्थिरता हो–आपकी अमीरी-गरीबी, हर्ष-विषाद, सफलता-विफलता–सभी स्थितियों में वह एक-सा व्यवहार करे, उसकी भावनाएं आपके प्रति डगमगाती न रहें। वह आपकी बात सुने, कष्ट के दिनों में साथ दें; अपने हर्ष-विषादों में आपको वस्तु-स्थिति बताए और आपके सुख-दुख को अपना सुख-दुख समझे।"

बुद्ध ने अपनी देशना में यह भी कहा, "सच्चा सुख इसी जीवन में प्राप्त किया जा सकता है; विशेषतः उस अवस्था में, जब निम्नलिखित बातों का पालन करो–

1. गुणी लोगों से संबंध बढ़ाओ और घटिया मार्ग त्याग दो।
2. आत्म-साधना और सच्चरित्रता बढ़ाने वाले वातावरण में रहो।
3. सद्धर्म एवं शील अपनाने और अपना कार्य गहनता से कर सकने के अवसरों को बढ़ाते रहो।
4. अपने माता-पिता, पति या पत्नी और बच्चों की अच्छी तरह देख-भाल करने के लिए समय निकालो।

5. अन्य लोगों को अपने समय, साधनों और प्रसन्नता में भागीदारी बनाओ।
6. सद्गुण अपनाने के लिए अवसर जुटाओ और मद्यपान एवं जुए से बचो।
7. विनम्रता, कृतज्ञता और सादा जीवन-यापन की कला सीखो।
8. भिक्खुओं के निकट आने के अवसर में रहो जिससे सद्धर्म का अध्ययन कर सको।
9. चार आर्य सत्यों के आधार पर जीवन-यापन करो।
10. ध्यान-साधना सीखो जिससे दुःखों और चिन्ताओं का नाश हो सके।

बुद्ध ने उन उपासकों की प्रशंसा की जो समाज और परिवार में अपना जीवन बिताते हुए सद्धर्म की शिक्षाओं का पालन करते हैं। इस संदर्भ में उन्होंने सुदत्त 'अनाथपिंडिक' का विशेष उल्लेख किया। जीवन को सार्थक, सेवापरायण और प्रसन्नतादायक बनाने की दिशा में अपने समस्त प्रयास करने की दृष्टि से सुदत्त एक ज्वलंत उदाहरण है। सुदत्त का हृदय बहुत उदार था। उन्होंने अपना समस्त जीवन धर्म-शिक्षाओं के अनुरूप चलकर बिताया। बुद्ध ने कहा कि उनसे अधिक धन-संपदा वाले बहुतेरे लोग औरों को प्रसन्नता प्रदान करने की तुला पर हलके ही उतरेंगे। बुद्ध द्वारा सुदत्त की इस प्रशंसा से सुदत्त की पत्नी पद्मलक्षणा गद्गद होकर रोने लगी।

उसने खड़े होकर बुद्ध से सादर कहा, "प्रभु, धनी व्यक्ति का जीवन प्रायः बहुत व्यस्त होता है। विशेषतः तब, जब उसके कई काम हों। मेरे विचार से छोटा सामान्य-सा धंधा करना आध्यात्मिक साधना की दृष्टि से अधिक उपयोगी रहेगा। जब हम भिक्खु को घर-परिवार की चिन्ताओं से मुक्त और एक भिक्षा-पात्र एवं कुछ वस्त्रों का ही स्वामी देखते हैं तो हमारी आकांक्षा होती है कि हम अधिक सादा और चिन्ता-मुक्त जीवन स्वयं बितायें। हम आरामदायक जीवन भी बिताना चाहेंगे किन्तु हम बहुत से दायित्वों से बंधे हुए हैं। बताइए हम करें तो क्या करें ?"

बुद्ध ने उत्तर दिया, "पद्मलक्षणा, भिक्खुओं के भी उत्तरदायित्व होते हैं। आजीवन अविवाहित रहने के कारण भिक्खु को दिन-रात सजगता से शीलों का पालन करना होता है। भिक्खु अन्य लोगों के कल्याणार्थ अपना जीवन अर्पित कर देता है। उपासको ! तथागत एक उपाय सुझाना चाहते हैं, जिससे आप भी मास में दो बार भिक्खु-जीवन का आनंद प्राप्त कर सको। महीने में दो बार आप

लोग मंदिर में आ सकते हैं और अष्टांगिक साधनाओं को एक दिन तथा एक रात करके देख सकते हैं। उस दिन आप भिक्खु के समान दिन में एक बार ही भोजन करेंगे। आप चलते-फिरते अथवा बैठकर ध्यान कर सकते हैं। चौबीस घंटों तक सदाचार पूर्वक, सचेतन, ध्यानस्थ किन्तु तनाव रहित, शांत और आनंदपूर्ण जीवन बिता सकते हैं जैसे भिक्खुनियां नित्य अपना जीवन बिताती हैं। पूर्ण दिन-रात बीत जाने पर आप अपने घर जाकर अपना सामाजिक जीवन बिता सकते हैं जिसमें आप पंचशीलों और त्रिरत्नों का पालन करते रहें।

"इन विशेष दिनों के विषय में तथागत भिक्खुओं को सूचित कर दिया करेंगे। इन विशेष दिनों को मंदिरों में और अपने घरों में ही आप साधना की व्यवस्था कर सकते हैं। इस अवसर पर आप भिक्खुओं को आमंत्रित कर सकते हैं, जो आपको अष्टांगिक साधना-अभ्यास कराएं और आपको सद्धर्म की शिक्षा भी दें।"

बुद्ध का सुझाव सुनकर पद्मलक्षणा प्रसन्न हुई और पूछा, "प्रभु यह अष्टांगिक मार्ग क्या है ?"

बुद्ध ने बताया, "जीव-हिंसा न करो, चोरी न करो, संभोग से विरत रहो, असत्य-भाषण न करो, मद्यपान न करो, आभूषण-रत्नादि धारण न करो, बढ़िया आरामदायक बिस्तर पर न लेटो या सोओ और पराये धन का प्रयोग न करो। इस अष्टांगिक मार्ग के अपनाने से आप अविस्मरण और भ्रांतियों से बच सकेंगे। दिन में एक बार भोजन करने से आपको साधना करने के लिए अधिक समय मिल सकेगा।"

उपासकों के लिए विशेष दिनों का आयोजन किए जाने के बुद्ध के सुझाव से लोग बड़े प्रसन्न हुए।

दस दिन बाद सुदत्त का एक सेवक सारिपुत्त के पास यह सूचना देने आया कि सुदत्त की हालत बिगड़ गई है। सारिपुत्त आनंद को लेकर सुदत्त के घर गए। उन्होंने देखा कि सुदत्त बिस्तर पर लेटा है। उसने दो कुर्सियां बिस्तर के पास डालकर दोनों मान्य भिक्खुओं को बैठाया।

सुदत्त के शरीर को बहुत कष्ट हो रहा है, यह देखकर सारिपुत्त ने कहा कि चित्त को बुद्ध, धर्म और संघ में लगाओ जिससे शरीर कष्ट कम होगा। "उपासक सुदत्त हम सब मिलकर संबोधि प्राप्त बुद्ध, जागृति और प्रेम के मार्ग-धर्म और सौहार्द्र एवं सचेतन अवस्था में रहने वाले लोगों के संघ का ध्यान करें।"

सारिपुत्त ने देखा कि सुदत्त अब अधिक समय तक जीवित न रहेंगे। अतः

उन्होंने कहा, “हम इस प्रकार ध्यान करें कि मेरी आंखें मेरी नहीं हैं, मेरे कान मेरे नहीं हैं, मेरी नासिका, जिह्वा, मेरा शरीर और मेरा चित्त भी मेरा नहीं है।”

सुदत्त ने सारिपुत्त के निर्देशानुसार ध्यान किया। तब सारिपुत्त ने कहा, अब हम ध्यान करें कि जो मैं देख रहा हूं, जो सुन रहा हूं, वह मैं नहीं हूं, जो गंध, स्वाद, स्पर्श और विचार हैं, वह मैं नहीं हूं।”

सारिपुत्त ने सुदत्त को व्यावहारिक रूप से ऐन्द्रिक चेतना की धारणा करके बताया कि “देखना मैं नहीं हूं, श्रवण करना मैं नहीं हूं, गंध लेना, स्वाद लेना, स्पर्श और विचार करना भी मैं नहीं हूं।”

सारिपुत्त ने कथन जारी रखा, “पृथ्वी तत्त्व मैं नहीं हूं। जल, अग्नि, वायु, आकाश और चेतन तत्त्व भी मैं नहीं हूं। जन्म और मृत्यु मुझे छू भी नहीं सकते। मैं मुस्कराता हूं क्योंकि न तो मैं जन्मा हूं और न मैं मरूंगा। जन्म के कारण मेरा अस्तित्व नहीं है और मृत्यु से मैं अस्तित्वहीन नहीं होऊंगा।”

अकस्मात् सुदत्त रोने लगा। उसके आसुओं से विचलित हुए आनंद ने पूछा, “सुदत्त, क्या आप घबरा रहे हैं, क्योंकि आप ध्यान नहीं लगा पा रहे ?”

सुदत्त ने कहा, “मान्य आनंद मैं तनिक भी घबरा नहीं रहा हूं। मैं बिना किसी कठिनाई के ध्यान लगा रहा हूं। मेरे अश्रु तो इसलिए छलक आये कि मेरा हृदय आज गद्गद हो रहा है। तीस वर्षों से अधिक समय तक बुद्ध और भिक्खुओं की सेवा का मुझे सौभाग्य प्राप्त रहा किन्तु मैंने इतनी गूढ़ और सूक्ष्म शिक्षा आज तक नहीं सुनी जो मुझे आज प्राप्त हुई है।

आनंद ने कहा, “सुदत्त, गुरुवर बुद्ध इस प्रकार की शिक्षा भिक्खुओं और भिक्खुनियों को प्रायः दिया करते हैं।”

सुदत्त ने कहा, “मान्य आनंद, उपासक भी ऐसी शिक्षा को समझ सकते हैं और इसकी साधना कर सकते हैं। कृपया बोधिसत्व से अनुरोध कीजिए कि वे ऐसी शिक्षा उपासकों को भी दिया करें।”

बाद में उसी दिन सुदत्त ने शरीर त्याग दिया। मान्य सारिपुत्त और आनंद उसके पास ही रहे और उसके शव के पास बैठकर सूत्रों का पाठ करते रहे। उसके परिवार के सभी सदस्यों ने बुद्ध का शिष्यत्व स्वीकार कर लिया और अपने जीवन को धर्म-शिक्षाएं धारण करने हेतु अध्ययन एवं अभ्यास में समर्पित कर दिया।

मृत्यु के कुछ दिन पूर्व सुदत्त को ज्ञात हुआ कि उसकी सबसे छोटी बेटी अंग

के संन्यासियों की शिक्षाओं पर चल रही है। उसने अंग राज्य के एक राज्यपाल से विवाह कर लिया था जो नागा संन्यासियों का अनुयायी था। जब उसके पति ने उससे संन्यासियों के पास उसके साथ चलने का आग्रह किया तो वह चतुराई से बात टाल गई। समय बीतने पर, बुद्ध के सद्धर्म-मार्ग का ठोस ज्ञान होने के फलस्वरूप उसके पति का भी इस ओर झुकाव हुआ और इससे उस क्षेत्र के अनेक लोगों का भी संघ के प्रति आकर्षण हो गया।

अध्याय छिहत्तर

साधना के सुफल

वर्षा-प्रवास समाप्त होने ही वाला था कि संघ में सूचना मिली कि कौशल और मगध के बीच युद्ध छिड़ गया है। राजा अजातशत्रु विदेही पुत्र के नेतृत्व में मगध की सेना ने गंगा पार करके काशी के उस प्रदेश पर अधिकार कर लिया है जो कभी कौशल के अधीन था। राजा और उसके सेनानायकों ने हाथियों, घोड़ों, रथों, तोपखानों और सैनिकों से आक्रमण किया था। आक्रमण इतना आकस्मिक था कि राजा प्रसेनजित बुद्ध को भी अपनी काशी-यात्रा के विषय में सूचना न दे पाये। हां, वह कुमार जेत से सब कुछ बातें बुद्ध को बताने के लिए अवश्य कह गये थे।

बुद्ध को विदित था कि अजातशत्रु ने अपने पिता को मारकर सिंहासन हथियाया है, इससे अप्रसन्न होकर राजा प्रसेनजित ने वाराणसी के पास का जिला वापस ले लिया था। इस जिले से मगध को एक लाख स्वर्ण मुद्रा का राजस्व प्राप्त होता था और राजा अजातशत्रु इसे छोड़ नहीं सकता था। इसीलिए उसने वहां अपनी सेनाएं भेज दी थीं।

मान्य सारिपुत्त ने सभी भिक्खुओं को श्रावस्ती में ही रहने का निर्देश दिया और बुद्ध से भी आग्रह किया कि जब तक शांति न हो जाए, वह श्रावस्ती में ही रहें।

दो महीनों बाद श्रावस्ती की जनता को सूचना मिली की उनकी सेना काशी में युद्ध हार गई है और राजा प्रसेनजित तथा सेनापति पीछे हटकर श्रावस्ती आ गए हैं। स्थिति बड़ी तनावपूर्ण थी किन्तु दृढ़ सुरक्षा व्यवस्था के कारण श्रावस्ती हाथ से नहीं निकली, हालांकि अजातशत्रु की सेना दिन-रात आक्रमण कर रही थी। एक सेनापति की कुशल योजना के अनुसार राजा प्रसेनजित ने जो प्रत्याक्रमण किया तो कौशल राज्य को निर्णायक विजय प्राप्त हुई। राजा

अजातशत्रु और उसके सेनापति बंदी बना लिए गए। एक हजार सैनिकों को भी बंदी बना लिया गया। लगभग एक हजार अन्य सैनिक या तो मारे गए या भाग गए। इसके अलावा, बड़ी संख्या में हाथी, घोड़े, रथ और तोपखाना भी अधिकार में ले लिया गया।

युद्ध छः महीने तक चला। श्रावस्ती के निवासियों ने विजयोत्सव मनाया। सैनिक-व्यवस्था के बाद, राजा प्रसेनजित बुद्ध से मिलने जेतवन गए। राजा ने बुद्ध को बताया कि युद्ध पर खर्च बहुत अधिक आया लेकिन हमें तो अजातशत्रु द्वारा आक्रमण किए जाने पर आत्म-रक्षा में युद्ध करना पड़ा। मेरे विचार से अजातशत्रु के मंत्रियों ने उन्हें गलत परामर्श दिया। "प्रभु बुद्ध देव, मगध का राजा मेरा अपना ही भानजा है। मैं उसे न तो मृत्यु-दंड देना चाहता हूं और न बंदी बनाकर रखना चाहता हूं। कृपया, बताइए कि इस अवस्था में मैं क्या करूं?"

बुद्ध ने कहा, "महामहिम, आपके पास निष्ठावान मित्र और सहायक हैं। राजा अजातशत्रु बुरे तत्त्वों से घिरे हैं इसीलिए वह भटक गए। तथागत का सुझाव है कि आज उनका मगध की प्रतिष्ठा के अनुरूप आदर करो और समय निकालकर उन्हें अपने भानजे के समान समझाओ कि वह अपने आस-पास अच्छे और निष्ठावान मित्र और सहायक रखें। इसके बाद उन्हें समारोह पूर्वक वापस मगध भेज दिया जाए। स्थायी शांति की संभावना इस बात पर निर्भर है कि आप इन प्रश्नों को किस प्रकार कुशलता से सुलझाते हैं।"

बुद्ध ने एक युवा भिक्खु को बुलाकर प्रसेनजित से मिलाया। वह राजा बिम्बिसार का पुत्र था और अजातशत्रु का सौतेला भाई था। वह ज्ञानवान तथा समझदार व्यक्ति तो था ही, सोलह वर्ष की आयु से मान्य मौद्गल्यायन के निर्देशन में धर्म-शिक्षा प्राप्त कर रहा था। मगध के घटनाक्रम के बाद उसने प्रवृज्या ग्रहण कर ली थी। मौद्गल्यायन ने उसे आगे शिक्षा प्राप्त करने श्रावस्ती भेज दिया था क्योंकि वह अजातशत्रु की ईर्ष्यालु प्रकृति से परिचित थे, हालांकि उसके सौतेले भाई की किसी प्रकार की आकांक्षा भी नहीं थी।

राजा प्रसेनजित के पूछने पर भिक्खु ने मगध छोड़ने से पहले का सारा घटनाक्रम बताया। उसने यह भी सूचना दी कि उसे मारने के लिए किसी को मगध से भेजा गया था किन्तु हत्यारे का हृदय-परिवर्तन हो जाने से वह स्वयं ही भिक्खु बन गया। राजा प्रसेनजित बुद्ध को नमन करके राजमहल चले गए।

शीघ्र ही अजातशत्रु को मुक्त कर दिया गया और मगध लौटने की अनुमति

दे दी गई। घृणा के घाव भर सकें, इसलिए राजा प्रसेनजित ने अपनी पुत्री वज्री का विवाह अजातशत्रु से कर दिया और काशी का वह क्षेत्र भी वापस उपहार स्वरूप दे दिया। इस प्रकार राजा प्रसेनजित ने बुद्ध का परामर्श भावनापूर्वक पूरा किया।

युद्ध समाप्त हो जाने के बाद भिक्खु और भिक्खुनियां एक बार फिर सद्धर्म के प्रचार में जुट गए। राजा प्रसेनजित ने राजधानी के बाहर राजकर्म नामक नए विहार का निर्माण करा दिया।

बुद्ध दो सालों तक कौशल में ही रहे। वर्षा-प्रवास काल में वे जेतवन में रहते और शेष समय में सद्धर्म का प्रचार करते। समय-समय पर उन्हें मगध के समाचार उन भिक्खुओं से मिल जाते जो वहां से आते थे। उन्होंने बताया कि बुद्ध के मगध से चले आने के बाद मान्य देवदत्त राजा अजातशत्रु की कृपा से वंचित हो गए। उस समय मान्य देवदत्त के साथ सौ भिक्खु थे जिनमें से अस्सी पुनः वेणुवन स्थित बुद्ध के संघ में लौट आए। देवदत्त अकेले पड़ते चले गए। हाल ही में वह बीमार पड़ गए और गयाशीर्ष से आने-जाने योग्य नहीं रहे। युद्ध के बाद से राजा अजातशत्रु एक बार भी उनसे मिलने नहीं गए। वह वेणुवन विहार भी नहीं गए। वह अन्य धार्मिक संप्रदायों के नेताओं से ही संपर्क रखते। किन्तु संघ का सद्धर्म-प्रचार कार्य-निर्बाध चलता रहा। मगध के उपासकों और भिक्खुओं को आशा थी कि बुद्ध अवश्य आएंगे। उनके बिना गृद्धकूट शिखर और वेणुवन विहार सूना-सूना सा पड़ा था। जीवक भी उनकी वापसी की प्रतीक्षा में थे।

सर्दियों में कौशल की रानी मल्लिका की मृत्यु हो जाने पर परम दुखी अवस्था में राजा प्रसेनजित बुद्ध से सांत्वना प्राप्त करने आए। रानी राजा की सर्वोत्तम परामर्शदात्री थीं और राजा भी उन्हें बेहद प्रेम करते थे। रानी बुद्ध की निष्ठावान शिष्या थीं और सद्धर्म की गहन समझ उन्हें थी। मरने से पहले उन्होंने सद्धर्म विषयक ज्ञान की चर्चा बुद्ध से की थी। राजा ने बताया कि एक बार उन्होंने स्वप्न देखा जिससे उन्हें भय हुआ कि कोई संकट आने वाला है। ब्राह्मणों से परामर्श करने पर उन्होंने देवताओं से रक्षार्थ यज्ञ करके पशुबलि करने को कहा। रानी ने उन्हें पशुबलि न देने को कहा। राजा राज्य की समस्याओं के समाधान में रानी से राजनीतिक प्रश्नों पर भी मंत्रणा लेते थे। रानी सद्धर्म की उपासिका और अध्ययनकर्ता थीं, इसलिए अपने राजकीय उद्यान में धर्म-कक्ष बनवा लिया था जहां वह बुद्ध तथा उनके वरिष्ठ शिष्यों को बुलाकर देशना सुनतीं। वह धर्म-कक्ष अन्य धर्मों को मानने वालों के लिए भी समान रूप से सुलभ था।

चालीस वर्षों से अधिक समय के जीवन साथी को खोने के दुख से पीड़ित राजा आकर चुपचाप बैठ गए तो उनके उद्विग्न हृदय को कुछ शान्ति मिली। बुद्ध के परामर्श पर राजा ने ध्यान-साधना में अधिक समय बिताना आरंभ किया। बुद्ध ने स्मरण कराया कि मैंने आपसे कहा था कि अपने आस-पास के लोगों को प्रसन्नता देने वाले कार्य करो। बुद्ध ने राजा को राज्य की न्याय-प्रणाली और अर्थ-व्यवस्था को सुधारने के लिए भी कहा। शारीरिक दंड, कैद में रखने या मृत्युदंड देने से अपराधों की प्रभावी रोक-थाम संभव नहीं। अपराध और हिंसा तो भूख और निर्धनता की स्वाभाविक परिणति होती है। अतः जनता की सहायता करने तथा उनकी सुरक्षा का सर्वोत्तम उपाय करने के लिए स्वस्थ अर्थ-व्यवस्था के निर्माण करने पर ध्यान केन्द्रित करना उचित होगा। गरीब किसानों को भोजन, बीज और उर्वरकों पर तब तक आर्थिक सहायता दी जाए जब तक वे आत्मनिर्भर न हो जाएं। छोटे व्यापारियों को ऋण दिए जाएं। जो लोग कार्य-क्षम नहीं रह गए हैं, उन्हें अवकाश दिया जाए और गरीब लोगों को करों से मुक्त रखा जाए। जबर्दस्ती बेगार कराना बंद किया जाए। लोगों को अपना व्यवसाय स्वयं चुनने का अवसर दिया जाए। लोग जो काम करना चाहें, उनकी तकनीकी शिक्षा का प्रबंध किया जाए। लोगों की स्वेच्छापूर्ण भागीदारी पर ही सही अर्थ-नीति आधारित हो।

राजा और बुद्ध के इस वार्तालाप को सुन रहे आनंद ने बुद्ध के इन परामर्शों को 'कूट दन्त सूत्र' की संज्ञा दी जिसमें बुद्ध के राजनीतिक और आर्थिक विचारों का सार संग्रहीत हो।

एक दिन अपराह्न में आनंद ने बुद्ध को विशाखा धर्म-कक्ष के बाहर सूर्य की ओर पीठ किए बैठे देखा। सामान्यतः बुद्ध सूर्यास्त का दृश्य देखा करते थे। उसने बुद्ध से पूछा तो उन्होंने बताया कि मैं सूर्य की गर्मी से पीठ सेंक रहा हूं। आनंद बुद्ध की पीठ मलने लगा और झुककर उनकी टांगें भी दबानी आरंभ कर दीं। आनंद ने कहा, "प्रभु, मैं आपका पन्द्रह वर्षों से अनुचर हूं। पहले आपकी त्वचा कितनी दृढ़ और चमकती थी। अब आपकी त्वचा पर झुर्रियां पड़ गई हैं और टांगों की मांसपेशियां भी ढीली हो गई हैं। अब मैं आपकी हड्डियां गिन सकता हूं।"

बुद्ध ने हंसकर कहा, "दीर्घायु होने पर आप वृद्ध भी होते हैं। किन्तु आनंद अब भी मेरी आंखें और कान पहले के समान कर्मशील हैं। आनंद क्या तुम्हें

गृद्धकूट पर्वत और वेणुवन की याद नहीं आती ? क्या तुम उस शिखर पर फिर चढ़कर सूर्यास्त देखना नहीं चाहोगे ?"

"प्रभु, यदि आप गृद्धकूट शिखर जाएं तो मुझे भी साथ ले चलना।"

उसी वर्ष ग्रीष्म ऋतु में बुद्ध मगध लौट आए। रास्ते में वह सभी धर्म-केन्द्रों पर रुकते आए और उपासकों तथा भिक्खुओं को देशना करते रहे। वह शाक्य, मल्ल, विदेह और वज्जि राज्यों से गुजरे और गंगा पार करके मगध पहुंचे। वहां भी राजगृह जाने से पूर्व नालंदा गए।

गृद्धकूट पर्वत और वेणुवन पहले की भांति सुन्दर थे। बुद्ध का आगमन सुनकर राजधानी और निकटस्थ गांवों से ढेर के ढेर लोग उनके दर्शन करने आए। इसी में एक महीना गुजर जाने पर बुद्ध जीवक के निमंत्रण पर आम्रवन गए जहां जीवक ने एक हजार लोगों के बैठने योग्य धर्म-कक्ष का निर्माण करा लिया था।

आम्रवन में कुटिया के बाहर बैठकर जीवक ने बुद्ध की अनुपस्थिति में मगध में घटे घटनाक्रम का वर्णन किया। रानी विदेही को आंतरिक शांति की उपलब्धि हो गई थी। वह शाकाहार अपनाकर ध्यान-साधना में प्रवृत्त हो गई थीं। किन्तु अजातशत्रु भीषण मानसिक यातना के दौर से गुजर रहे थे। पिता की मृत्यु उनके चित्त पर छाई रहती। वह सो नहीं पाते, सोते तो स्वप्न देखकर भयभीत हो जाते और स्नायुओं का तनाव चरम सीमाओं तक जा पहुंचा था। उन्होंने अनेक चिकित्सकों और धर्माचार्यों की शरण ली किन्तु कोई भी उनका उपचार न कर सका।

एक दिन राजा अपनी पत्नी, अपने पुत्र उदयीभद्र तथा माता विदेही के साथ भोजन करने बैठे। तीन वर्षीय राजकुमार को राजा अत्यधिक प्रेम करते थे इसलिए वह बिगड़ गया था और जिद्दी हो गया था। उसी दिन भोजन के समय उसने कहा कि मेरे कुत्ते को भोजन की मेज पर बैठाओ। राजा ने राजकुमार की यह अनुचित मांग मान ली।

इस पर रानी विदेही ने कहा, "तुम अपने पुत्र को अत्यधिक प्रेम करते हो इसलिए कुत्ते को मेज पर बैठा लिया। तुम्हें याद है कि पुत्र-प्रेम के कारण एक बार राजा तुम्हारा पीप भी पी गए थे। तुम्हारी एक उंगली के नाखून के नीचे फुंसी निकली और वह सूजकर लाल हो गई जिसके दर्द से तुम दिन-रात रोते। राजा तुम्हारी चिन्ता में रात-भर सो नहीं सके। वह तुम्हें उठाकर अपने बिस्तर पर लाए और तुम्हारी उंगली मुंह में डालकर चूसने लगे जिससे तुम्हारा दर्द कम

हो। वह चार दिन और चार रात तक उंगली चूसते रहे जब तक कि फुंसी पक नहीं गई। फुंसी फूटने पर उन्होंने उसका पीप भी चूस लिया। पीप थूकने के लिए भी उन्होंने तुम्हारी उंगली इसलिए मुंह से नहीं निकाली कि तुम्हें दर्द न हो और वह उस पीप को निगल गए। इससे तुम समझ सकते हो कि तुम्हारे पिता तुम्हें कितना प्रेम करते थे। इसी पुत्र-प्रेम की खातिर तुमने अपने पुत्र को मेज पर कुत्ता बैठाने दिया।"

राजा अजातशत्रु ने दोनों हाथों से अपना सिर पकड़ लिया और बिना खाए उठ गए। उस रात राजा की मानसिक स्थिति और खराब हो गई। आखिर वैद्य जीवक को बुलाया गया। राजा ने जीवक को अपनी अवस्था बताई और सभी चिकित्सकों तथा पंडित पुजारियों के प्रयास विफल रहने की बात भी बताई। सब सुनकर जीवक चुप रहा तो राजा ने पूछा, "जीवक, तुम कुछ कहते क्यों नहीं ?"

जीवक ने कहा, "गुरु गौतम ही आपके हृदय का भार हल्का कर सकते हैं। आप उनके पास ही मार्गदर्शन के लिए जाइए।"

बहुत देर तक चुप रहकर राजा ने कहा, "किन्तु गुरु गौतम तो मुझसे घृणा करते होंगे ?"

जीवक ने कहा, "ऐसी बातें मत करो। गुरु गौतम किसी से घृणा नहीं करते। वह आपके पिता के गुरु और मित्र दोनों थे। उनके पास जाना अपने पिता के पास जाने के समान होगा। उनसे मिलोगे तो आपको आंतरिक शांति मिलेगी। मेरी चिकित्सा क्षमता गुरु-गौतम की क्षमता की तुलना में कुछ भी नहीं है। वह चिकित्सक नहीं, अपितु चिकित्सकों के भी गुरु हैं।" राजा इस पर विचार करने को सहमत हो गए।

गृद्धकूट शिखर पर कई मास रहने के बाद बुद्ध एक मास के लिए आम्रवन आए। यहीं पर जीवक ने बुद्ध की राजा अजातशत्रु से भेंट की व्यवस्था की। चांदनी रात में राजा अपनी रानी, रखैलों, रक्षकों आदि के साथ हाथी पर बैठ कर आए। आम्रवन आने पर राजा ने सब ओर सन्नाटा देखा तो आशंकित हो गया। जीवक ने तो बताया था कि बुद्ध यहां एक हजार भिक्खु के साथ रहते हैं। यदि यह सच है तो सब तरफ शांति क्यों है ? कहीं धोखा तो नहीं ? कहीं जीवक मुझ पर घात लगाकर हमला करवाने लाया है ? क्या जीवक ने बदला लेने के लिए षड्यंत्र रचा है ? जीवक स्थिति समझकर हंसा और धर्म-कक्ष की ओर संकेत कर कहा, "बुद्ध और सभी भिक्खु वहां हैं। देख रहे हैं कि धर्म-कक्ष से प्रकाश बाहर आ रहा है।"

राजा हाथी से उतरे और अपने परिवार तथा अनुचरों के साथ धर्म-कक्ष में घुसे। जीवक ने बताया कि ऊंचे मंच पर जो व्यक्ति बैठा है, वही गुरु बुद्ध देव हैं।

धर्म-कक्ष के शान्त वातावरण का राजा पर बड़ा प्रभाव हुआ। एक हजार भिक्खु इतने शांत बैठे हैं कि कोई अपने वस्त्र तक नहीं संभाल रहा। राजा अजातशत्रु ने जीवन में कुछ अवसरों पर देखा ही था किन्तु वह उनकी धर्म-देशना सुनने कभी नहीं आए थे।

बुद्ध ने राजा अजातशत्रु और राज परिवार को आसन ग्रहण करने को कहा। राजा ने नमन करके कहा, "प्रभु, मैंने एक बार आपको राजमहल में बचपन में ही भाषण करते देखा था। आज मैं आपसे एक प्रश्न करना चाहता हूं। जो सैकड़ों-हजारों लोग गृह-त्याग कर आध्यात्मिक जीवन व्यतीत करते हैं, उसका क्या फल उन्हें मिलता है ?"

बुद्ध ने कहा, "आज तथागत आपको बताएंगे कि सद्धर्म शिक्षा के क्या सुफल इसी क्षण प्राप्त हो सकते हैं और क्या फल भविष्य में प्राप्त हो सकते हैं। इसके लिए लम्बे उत्तरों की आवश्यकता नहीं। आप इन्हें हाथ के आम के समान स्वयं ही देख सकते हैं।

"महामहिम, इस उदाहरण पर विचार करें। एक सेवक अपने स्वामी की सभी झक भरे आदेशों का पालन करता ऊपर-नीचे, इधर-उधर, सबेरे से शाम तक भागता था। आखिर उसने एक दिन सोचा, 'मैं और मेरा स्वामी दोनों ही मानव हैं, तब मैं अपने मालिक के इशारों पर क्यों नाचता फिरूं ?' सेवक नौकरी छोड़कर भिक्खु बन जाता है और सेवक से गृहहीन भिक्खु का जीवन जीने लगता है। वह पवित्रता, परिश्रमपूर्ण और सचेतन जीवन जीता है। वह दिन में एक बार भोजन करता है और चलित ध्यान तथा बैठकर साधना करता है और उसकी समस्त गतिविधियां शान्त एवं गौरवपूर्ण होती हैं। वह सेवक से सम्मानित गुणी भिक्खु बन जाता है। यदि आप उसी भिक्खु को आज देखेंगे तो उसे बुलाकर आज्ञा देने के स्थान पर उसका आदर करेंगे। महामहिम, भिक्खु को साधना का पहला सुफल तो यही है कि व्यक्ति जातीय, सामाजिक या नस्ल संबंधी भेदभावों से मुक्त हो जाता है। उसे मानवीय गरिमा प्राप्त हो जाती है।"

राजा ने कहा, "अद्भुत ! प्रभु मुझे कुछ और बताइए।"

बुद्ध ने कहा, "मानवीय गरिमा की प्राप्ति तो पहला फल है। एक भिक्खु को ढाई सौ शीलों का पालन करना होता है जिससे वह मानसिक शांति प्राप्त

करता है। शीलों का पालन न करने वाला जल्दी भ्रमित हो जाता है। बहुत से लोग असत्य भाषण, मद्यपान, ऐन्द्रिक विषय- वासना, चोरी और हत्या सरीखे अपराध करते हैं। इस प्रकार के आचरण से वे अपने चित्त और शरीर को क्रूरतापूर्वक दंडित करते हैं। वे पकड़े जा सकते हैं और उन्हें दंड मिल सकता है। भिक्खु, अहिंसा, अचौर्य, ऐन्द्रिक वासना-त्याग, असत्य त्याग और मद्यपान त्याग के शीलों का पालन करता है। इनके अतिरिक्त वह दो सौ अन्य शीलों का पालन भी करता है, इससे वह ऐसा निर्भय जीवन व्यतीत करता है जिसकी कल्पना भी शीलों का पालन न करने वाले नहीं कर सकते। शीलों का पालन करने वाला त्रुटिहीन जीवन जीता है। इस प्रकार वह निर्भय होता है। यह सद्धर्म साधना का एक अन्य फल है जिसे इसी जीवन में प्राप्त किया जा सकता है।

"महामहिम, भिक्खु के पास तीन जोड़े वस्त्र और एक भिक्षा-पात्र होता है, अतः उसे चोरी या लुटने का भय ही नहीं होता। वह निश्चिन्त होकर पेड़ के नीचे सो सकता है। भय से मुक्ति बड़ा सुख है। यह अध्यात्म-साधना का ऐसा फल है, जिसे इसी क्षण प्राप्त किया जा सकता है।

बुद्ध ने आगे कहा, "भिक्खु सादगी-भरा जीवन जीता है। वह दिन में एक बार भोजन करता है जिसमें हजारों घरों से प्रदत्त भिक्षा होती है। इस प्रकार उसे धन या यश की कोई ऐषणा नहीं होती। जितनी आवश्यकता होती है, उतना ही वह प्रयोग करता है और इच्छा-आकांक्षाओं के बंधनों से मुक्त होता है। ऐसे मुक्त जीवन से महान हर्षोत्फुल्लता आती है जिसका आस्वाद इसी क्षण किया जा सकता है। यह आध्यात्मिक साधना का ही फल होता है।

"महामहिम, यदि आप प्राणायाम जन्य आत्म-चेतना और ध्यान की साधना करना जानते हैं तो उस आनंद का अनुभव कर सकते हैं, जो सद्धर्म को साधक करता है। यह आनंद ध्यान-साधना से प्राप्त होता है। भिक्खु छहों इंद्रियों की गतिविधियों का द्रष्टा होता है और चित्त की पांच बाधाओं—लोभ, घृणा, अज्ञान, प्रमाद और शंका—पर विजय प्राप्त कर लेता है। प्राणायाम की प्रक्रियाओं के द्वारा वह जो आनंद एवं प्रसन्नता प्राप्त करता है, जिससे उसे सद्धर्म-मार्ग पर प्रगति करने में सहायता मिलती है और शरीर एवं चित्त सबल बनता है। ऐन्द्रिक वासनाओं की पूर्ति से जो प्रसन्नता मिलती है, उसकी तुलना में ध्यान-साधना से प्राप्त आनंद एवं हर्षोत्फुल्लता अनंत गुनी होती है। ध्यान-साधना जन्य आनंद एवं हर्षोत्फुल्लता शरीर एवं चित्त में प्रसारित हो जाती है

जिससे व्यक्ति सभी चिन्ताओं, दुःखों एवं निराशाओं से मुक्त हो जाता है और साधक जीवन की अद्भुतताओं की अनुभूति कर सकता है। अध्यात्म-साधना का यह एक महत्वपूर्ण सुफल होता है जिसे कोई भी वर्तमान जीवन में अनुभव कर सकता है।

"महामहिम, परिश्रमपूर्वक सचेतनावस्था में रहने और शीलों का पालन करने से भिक्खु का ध्यान सुगमता से लगता है जिससे सभी धर्म प्रकाशित हो उठते हैं। इस प्रकाश में वह सभी धर्मों के अनस्तित्व और अनित्यता की मूल प्रकृति पहचान पाता है। इस ज्ञान के पश्चात् वह किसी धर्म द्वारा आबद्ध नहीं होता। इस प्रकार लोभ, घृणा, आकांक्षाओं, प्रमाद, शंकाओं, आत्मा की भ्रांत धारणा, अतिवादी धारणा, असत्य धारणा या भ्रष्ट धारणाओं के बंधनों के रज्जुओं को काटकर फेंक सकता है। इन रज्जुओं के कटने से भिक्खु को आत्म-मुक्ति और सच्ची स्वतंत्रता प्राप्त हो जाती है। आत्म-मुक्ति महान आनंद है और अध्यात्म-साधना का महानतम सुफल है। यहां ऐसे भिक्खु बैठे हुए हैं, जिन्होंने इस फल का आस्वादन कर लिया है। यह फल इसी जीवन में प्राप्तव्य है।"

राजा ने सहर्ष कहा, "अद्भुत बात बताई गुरुदेव। कुछ और बताइए।"

बुद्ध ने आगे कहा, "महामहिम, इस प्रकाश के अनुभव और सभी धर्मों की मूल प्रकृति जान लेने के बाद भिक्खु को ज्ञान हो जाता है कि न सभी धर्मों को उत्पन्न किया जा सकता है और न नष्ट किया जा सकता है, न इन्हें पावन-अपावन करना संभव है, न इनमें वद्धि या ह्रास हो सकता है, न वे एक हैं और न अनेक हैं तथा न आना और न जाना है। यह ज्ञान होने से भिक्खु किसी प्रकार का भेद-भाव नहीं करता। वह सभी धर्मों को भय एवं चिन्ता से मुक्त होकर समदृष्टि से देखता है। सभी प्राणियों के रक्षार्थ, वह जन्म और मृत्यु की लहरियों पर तैरता है। वह प्राणिमात्र को सद्धर्म का मार्ग दिखाता है, जिससे वे मुक्ति, आनंद और हर्षोत्फुल्लता का आस्वादन कर सकें। कामनाओं, घृणा और अज्ञान से मुक्त होने में औरों का सहायक बनना परम आनंद है। अध्यात्म-साधना का यह सूक्ष्म फल है जिसका इस जीवन में आस्वादन करके भावी जीवन में भी अनुभव किया जा सकता है। महामहिम, अपने सभी संपर्कों के समय भिक्खु सद्गुणों और मुक्ति के मार्ग पर सभी को अग्रसर करने का दायित्व समझता है। भिक्खु पक्षधरता की राजनीति में नहीं फंसता, वरन् समाज में शांति, आनंद और सद्गुणों के अर्जन में योगदान करता है। अध्यात्म-साधना के

ये सुफल भिक्खु स्वयं अकेले ही नहीं भोगता। ये तो सभी लोग और देश की धरोहर हैं।"

राजा उठ खड़े हुए और सादर करबद्ध होकर कहा, "प्रभु, आप सबसे उच्च स्तरों तक पहुंचे हुए गुरु हैं। साधारण शब्दों से ही आपने मेरा अंतस् प्रकाशित कर दिया। आपने सद्धर्म का सच्चा मूल्य मुझे समझा दिया, आपने ध्वंस का पुनर्निर्माण, अज्ञात को ज्ञात कर दिया है, भटके हुए को मार्ग दिखा दिया है और अंधकार को प्रकाश से भर दिया है। प्रभु, कृपा करके मुझे अपना शिष्य बना लीजिए जैसे कि आपने मेरे माता-पिता को बनाया था।"

राजा बुद्ध के समक्ष प्रणत हुए। बुद्ध ने स्वीकृति में सिर हिला दिया। उन्होंने मान्य सारिपुत्त को कहा कि राजा एवं रानी को त्रिरत्नों का उच्चारण कराइए। 'बुद्धं शरणं गच्छामि', 'धम्मं शरणं गच्छामि' और 'संघं शरणं गच्छामि' का उच्चारण करने के बाद राजा ने कहा, "प्रभु, बहुत देर हो गई है। मुझे जाने की आज्ञा दीजिए। प्रातः एक मुलाकात का आयोजन है।" बुद्ध ने अनुमति दे दी।

राजा की मानसिक स्थिति में शीघ्रता से सुधार हो गया। उसी रात, उसने स्वप्न में अपने पिता को देखा जो उसको देखकर मुस्करा रहे थे। राजा को प्रतीत हुआ कि उसका विदीर्ण हृदय जुड़ गया है। उसका हृदय-परिवर्तन हो चुका था और वह लोक-कल्याण में लग गया था।

उसके बाद राजा स्वेच्छा से बुद्ध के दर्शन करने अनेक बार गया। वह अब हाथी पर नहीं, वरन् सीढ़ियां चढ़कर शिखर पर पहुंचता था जैसे कि उसके पिता बिम्बिसार आते थे। बुद्ध से हुई एकान्त वार्ता में अजातशत्रु ने अपना हृदय खोला और अपने विगत अपराधों को स्वीकारा। बुद्ध ने उसके साथ अपने पुत्र के समान व्यवहार किया। उन्होंने राजा को परामर्श दिया कि सद्गुण-सम्पन्न लोगों की संगति करो।

वर्षा-प्रवास के बाद, जीवक ने भिक्खु बनने की बुद्ध से अनुमति मांगी। बुद्ध ने उसका अनुरोध स्वीकार करके उसका धर्मनाम 'विमल कौंडन्न' रखा और उसको आम्रवन में ही निवास करने की अनुमति दे दी। वहां पहले ही दो सौ के करीब भिक्खु रहते थे। यहीं पर उसने बुद्ध की चिकित्सा उस समय की थी जब वह गृद्धकूट शिखर पर दुर्घटनाग्रस्त हो गए। बहुत से बड़े-बड़े आम्र वृक्षों के कारण आम्रवन बहुत ही आनंददायक स्थान था। भिक्खु विमल कौंडन्न ने जड़ी-बूटियों से औषधियां बनाने का कार्य जारी रखा।

अध्याय सतहत्तर

जन्म-मृत्यु भी माया

वर्षा-प्रवास समाप्त होने के पश्चात् बुद्ध और आनंद ने मगध राज्य भर में यात्राएं कीं। वे सभी धर्म-केन्द्रों में ठहरते जिससे बुद्ध भिक्खुओं और उपासकों को धर्म-शिक्षा दे सकें। बुद्ध प्रायः आनंद को सुंदर प्राकृतिक दृश्य देखने को प्रेरित करते थे क्योंकि बुद्ध की सेवा करते हुए आनंद प्रायः इन दृश्यों को देखने का अवसर ही नहीं पाते थे। बुद्ध की सेवा में आनंद बीस वर्ष से थे। अतीत पर दृक्पात करते हुए आनंद को स्मरण हुआ कि बुद्ध किस प्रकार गृद्धकूट शिखर, सप्तपाणि के मैदानों के सुन्दर दृश्य दिखाया करते। आनंद जानते थे कि सुन्दर या कुरूप के भेद-भाव से परे रहकर भी बुद्ध वास्तव में सुंदर वस्तुओं का आनंद लेते थे।

आगामी वर्षा ऋतु में बुद्ध जेतवन लौट आए थे। राजा प्रसेनजित प्रवास पर थे, अतः बुद्ध के दर्शनार्थ तब आ सके जब आधा वर्षा-प्रवास बीत चुका था। बुद्ध से मिलने पर राजा ने कहा कि मैं राजमहल तक ही स्वयं को सीमित नहीं रखना चाहता। अब मैं वयोवृद्ध हो चुका हूं, अत: बहुत से राजकार्य निपटाने के अधिकार विश्वस्त मंत्रियों को सौंप दिए हैं जिससे स्वयं यात्रा करके अपने देश और पड़ोसी राज्यों के दर्शनीय स्थान देख सकें। जब भी वह किसी अन्य देश में जाते तो कभी औपचारिक स्वागत-समारोह किए जाने की अपेक्षा नहीं करते। वह सामान्य तीर्थ-यात्री की भांति जाते और यात्राओं में चलित ध्यान का अभ्यास करते। उन्होंने बुद्ध को बताया कि इन यात्राओं से वह कितनी ताजगी अनुभव करते हैं।

"प्रभु बुद्ध, मेरी आयु आपके समान अठहत्तर वर्ष की हो गई है। मैं जानता हूं कि आप भी सौन्दर्य युक्त स्थानों पर जाते हैं। वहां जाकर आप लोगों को शिक्षा देते और उनका मार्ग-दर्शन करते हैं। इस प्रकार आपकी

यात्राएं प्रकाश फैलाने वाली होती हैं किन्तु मेरी यात्रा से किसी और को लाभ नहीं पहुंचता।"

राजा ने बुद्ध को अपने अंतर के कष्ट का भी परिचय दिया और बताया कि सात वर्ष पूर्व राजधानी में सत्ता-उलटने का जो प्रयास हुआ था, उसमें मैंने गलती से प्रधान सेनापति को दोषी मानकर उनको मृत्यु-दंड दे दिया था। कुछ वर्षों बाद उन्हें पता चला कि सत्ता पलटने के प्रयास में उनका हाथ नहीं था। यह जानकर मुझे दुख हुआ और प्रधान सेनापति के नेक नाम को बहाल करने के सभी प्रयास किए, उनकी पत्नी की हर संभव सहायता की और उस सेनापति के भतीजे जनरल कारायण को नया प्रधान सेनापति बना दिया।

वर्षा-प्रवास की शेष अवधि में राजा हर दूसरे दिन जेतवन आते। कभी वह धर्म-शिक्षा सुनते और कभी बुद्ध के पास चुपचाप बैठते। वर्षा-प्रवास समाप्त होने पर उन्होंने अपनी धर्म-यात्राएं आरंभ कर दी और राजा घूमने निकल गए। एक दिन बुद्ध जब शाक्य राज्य के छोटे जिले मेदालुम्पा में ठहरे थे तो राजा प्रसेनजित उनसे मिलने अकस्मात् आ पहुंचे। हुआ यह कि राजा राजकुमार विद्युताभ और प्रधान सेनापति कारायण के साथ उसी क्षेत्र में थे। राजा को पता चला कि बुद्ध पास ही में आए हुए हैं जहां आधे दिन में पहुंचा जा सकता है। उन्होंने अपने रथ उसी ओर ले चलने को कहा। उन्होंने बुद्ध के निवास वाले उद्यान के बाहर ही रथ रुकवाए और बुद्ध की कुटिया पर जा पहुंचे।

कुटिया का द्वार बंद था। वह बाहर टहलने लगे और अपना राजकीय खड्ग और मुकुट सेनापति को देकर कहा कि इन्हें रथ पर रख जाओ। बुद्ध की कुटिया का द्वार खुला और बुद्ध राजा प्रसेनजित को देखकर बहुत प्रसन्न हुए। वहां मान्य सारिपत्त और आनंद भी थे और उन्होंने राजा का स्वागत किया। राजा ने बुद्ध के चरण पकड़ लिए और कई बार कहा, "मैं कौशल नरेश राजा प्रसेनजित आपको सादर आदरांजलि अर्पित करता हूं।" बुद्ध ने उन्हें उठाकर कहा, "महामहिम, हम लोग बहुत दिनों से घनिष्ठ मित्र हैं, तब आज आप क्यों इस प्रकार औपचारिक रूप से आदर प्रकट कर रहे हैं?"

राजा ने कहा, "प्रभु, मैं वयोवृद्ध हो गया हूं। मुझे आपसे बहुत-सी बातें कहनी हैं, ताकि मैं अपने हृदय के उद्गार समय रहते व्यक्त कर सकूं। प्रभु मुझे संबोधि प्राप्त बुद्ध, सद्धर्म और संघ के प्रति पूर्ण निष्ठा है। मैंने अनेक लोगों को

दस, बीस, तीस-चालीस वर्षों तक तपस्या करते देखा है। जो अंत में तपस्या छोड़कर भोगों में लिप्त हो गए। किन्तु आपके किसी भिक्खु को साधना-अभ्यास छोड़ते नहीं देखा।

"प्रभु, मैंने राजा को राजा से, सेनापतियों, ब्राह्मणों, पति-पत्नी, भाइयों तथा मित्रों को आपस में लड़ते-झगड़ते देखा है किन्तु समस्त भिक्खु दूध-पानी की तरह मिलकर रहते हैं। ऐसा सौहार्द्र मैंने कहीं नहीं देखा। मैं जहां भी गया हूं, मैंने अध्यात्म साधकों के चेहरे पर परेशानी, चिन्ताओं और विषमताओं की रेखाएं देखी हैं किन्तु आपके भिक्खु सदैव प्रसन्न, मुक्त भाव से विचरण करते हैं। इस सब बातों से मुझे आप और आपकी शिक्षाओं पर निष्ठा और गहरी होती जाती है।

"प्रभु, मैं राजा हूं, क्षत्रिय हूं और मुझे अधिकार है कि किसी को भी मृत्यु-दंड दूं अथवा कारावास का दंड दे दूं। इतने पर भी, मंत्रि परिषद् में प्रायः मझे बोलते समय बीच में टोक दिया जाता है किन्तु आपके संघ में हजारों भिक्खु दत्त-चित्त होकर आपका भाषण सुनते हैं, कोई चीवर तक नहीं हिलाता। यह अद्भुत बात है। आप न तलवार चलाते हैं, न किसी को इसलिए दंडित करते हैं कि लोग आपका सम्मान करें। इससे आपमें और आपकी शिक्षाओं के प्रति मेरी निष्ठा बढ़ती है।

"प्रभु, मैंने देखा है कि विख्यात विद्वान मिलकर आपसे शास्त्रार्थ करने की योजना बनाकर आपको उलझन में डालने आए। किन्तु जब आपकी सद्धर्म चर्चा सुनी तो वे अपने व्यर्थ के प्रश्न पूछने ही भूल गए। वे आपका सम्मान करने को बाध्य हुए। इससे मुझमें आप और आपकी शिक्षाओं के प्रति निष्ठा बढ़ी ही है।

"प्रभु, मेरे दो कुशल अश्व पालक महल में सेवक हैं किन्तु उनके मन में मेरी अपेक्षा आपको सम्मान अनेक गुणा है। एक बार वे दोनों मेरे साथ यात्रा में गए। तूफान में फंसने पर हमें ताड़ पत्तों वाली झोंपड़ी में शरण लेनी पड़ी। रात में अधिकांश समय वे आपकी शिक्षाओं की ही चर्चा करते रहे। जब वे सोये भी तो गृद्धकूट शिखर की ओर सिर और मेरी ओर पैर करके सोये। उनके मन में मेरी अपेक्षा आपका सम्मान अधिक है। इसीलिए आप और आपकी शिक्षाओं के प्रति मेरा विश्वास बढ़ा है।"

"प्रभु, आप और मैं दोनों ही क्षत्रिय हैं। दोनों की आयु अठहत्तर वर्ष की है। आपकी मित्रता के प्रति मैं अपना आभार व्यक्त करना चाहता हूं। अब आज्ञा हो तो मैं विदा लूं।"

बुद्ध ने कहा, "ठीक है, आप अपने स्वास्थ्य का ध्यान रखिए।"

वह राजा को द्वार तक छोड़ने आए। उन्होंने मुड़कर देखा तो सारिपुत्त और आनंद हाथ जोड़े खड़े थे। उन्होंने कहा कि राजा प्रसेनजित अभी त्रिरत्नों के प्रति हार्दिक आभार व्यक्त करके गए हैं। कृपया भिक्खुओं को इस विषय में बताइए, जिससे उनकी निष्ठा और दृढ़ हो।

दो महीने बाद बुद्ध गृद्धकूट शिखर पर लौट आए। यहां आने पर उन्होंने सुना कि राजा प्रसेनजित विषम स्थितियों में मरे और मान्य मौद्गल्यायन की विरोधी संन्यासियों ने वेणुवन के बाहर हत्या कर दी।

राजा प्रसेनजित श्रावस्ती के राजमहल में शांतिपूर्वक नहीं मरे बल्कि राजगृह में एक धर्मशाला में मरे। उस दिन बुद्ध से मिलकर जब वह कुटिया से बाहर, वहां आए जहां रथ छोड़े थे तो उन्हें वहां चार के स्थान पर एक ही रथ मिला। उनके सारथी ने बताया कि सेनापति कारायण सभी को बलात् श्रावस्ती ले गए। सेनापति के पास राजकीय खड्ग और मुकुट था ही। उसने राजकुमार से कहा कि राजा प्रसेनजित बूढ़े हो गए हैं, तुम सिंहासन पर बैठो। राजकुमार के मना करने पर उसने कहा कि यदि आप नहीं बैठे तो मैं सिंहासन पर बैठता हूं। राजकुमार के सामने राजा बन जाने के अलावा कोई रास्ता नहीं था।

राजा प्रसेनजित सीधे राजगृह गए जिससे अपने दामाद राजा अजातशत्रु से सहायता ले सकें। राजा इतनी उलझन में थे कि रास्ते भर भोजन नहीं किया। केवल पानी पीते रहे। राजगृह काफी रात गए पहुंचे तो उन्होंने महल के द्वार खुलवाना उचित नहीं समझा और एक धर्मशाला में रुके। उस रात राजा की तबियत अचानक खराब हो गई और अपने सारथी की गोद में उन्होंने प्राण त्यागे। सबेरे राजा अजातशत्रु को इसका समाचार मिला तो उन्होंने राजा प्रसेनजित का राजकीय सम्मान के साथ शव-संस्कार किया। इसके बाद वह राजा विद्युताभ को सिंहासन-च्युत करने के लिए सेना भेजना चाहता था किन्तु भिक्खु विमल कौंडन्न (जीवक) ने कहा कि राजा प्रसेनजित तो रहे नहीं और उनका पुत्र राज्य सिंहासन का स्वाभाविक उत्तराधिकारी है। अतः उससे युद्ध छेड़ने की कोई सार्थकता नहीं है। राजा ने यह परामर्श मानकर नए राजा को मान्यता प्रदान कर दी।

मान्य मौद्गल्यायन बुद्ध के सारिपुत्त और कौंडन्न के समान ही वरिष्ठ शिष्य थे। बहुत से अन्य वरिष्ठ शिष्यों की भी मृत्यु हो गई थी जिनमें बुद्ध के प्रथम पांच शिष्यों में से एक कौंडन्न भी थे। काश्यप बंधु और भिक्खुनी महाप्रज़ापति भी

स्वर्गवासी हो गए थे। भिक्खु राहुल इक्यावन वर्ष की आयु में और उसके बाद भिक्खुनी यशोधरा भी मर चुकी थी।

मान्य मौद्गल्यायन निर्भयता और स्पष्टवादिता के लिए विख्यात थे जिससे अन्य सम्प्रदाय के लोग उनसे घृणा करते थे। एक दिन वह सबेरे ही दो अन्य भिक्खु साथ ले भिक्षाटन को निकले। हत्यारे विहार के बाहर ही छिपे हुए थे और निकलते ही मौद्गल्यायन पर आक्रमण कर दिया। दोनों भिक्खुओं को पीट-पाट कर एक तरफ डाल दिया और मौद्गल्यायन को इतना पीटा कि जब तक उनकी चीख सुनकर भिक्खु आते, वह मर चुके थे। बुद्ध के लौटने तक तो मान्य मौद्गल्यायन का शव-संस्कार भी किया जा चुका था। तभी से सारिपुत्त अपने भाई के समान प्रिय मौद्गल्यायन की मृत्यु के शोक में कुटिया के द्वार बंद किए पड़े थे।

बुद्ध तुरन्त सारिपुत्त की कुटिया पर गए। आनंद ने मन में सोचा कि ऐसे समय में बुद्ध को कैसा लग रहा होगा। आनंद के मनोभाव समझकर बुद्ध बोले- "आनंद, तुम्हारे परिश्रम और प्रखर स्मरण-शक्ति के सभी प्रशंसक हैं किन्तु इतना ही पर्याप्त नहीं। तुम तथागत और संघ की सेवा करते हो, यह भी पर्याप्त नहीं। तुम अपना समय साधना में लगाओ जिससे जन्म-मृत्यु के बंधन तोड़ सको। जन्म और मृत्यु को माया समझो।" मान्य आनंद ने नमन किया और चलित ध्यान करने लगे।

अगले दिन बुद्ध ने मान्य मौद्गल्यायन के अवशेषों पर एक स्तूप बनाए जाने का प्रस्ताव रखा।

अध्याय अठहत्तर

दो हजार गैरिक चीवर

एक दिन अपराह्न में बुद्ध चलित ध्यान कर रहे थे तो देखा दो भिक्खु खटिया पर डालकर देवदत्त को ला रहे हैं। मान्य देवदत्त का स्वास्थ्य कई वर्षों से ठीक नहीं चल रहा था। मृत्यु के कगार पर स्वयं को देख देवदत्त ने बुद्ध के अंतिम दर्शन करने की इच्छा प्रकट की थी। देवदत्त के साथ केवल छः भिक्खु रह गए थे। उनके निकटतम सहयोगी मान्य कोकलिक वर्षों पूर्व असाधारण रोग से मर गए थे। अंतिम वर्षों में देवदत्त अकेले गयाशीर्ष पर अपने गत जीवन के कार्यों की समीक्षा करते रह गए थे। मान्य देवदत्त के आगमन की सूचना पाते ही बुद्ध तुरन्त अपनी कुटिया पर उनका स्वागत करने आए। देवदत्त में उठकर बैठने की भी शक्ति नहीं रह गई थी। बस वह बोल ही पाते थे। कष्टपूर्वक उन्होंने हाथ जोड़े और कहा, "बुद्धं शरणं गच्छामि।" बुद्ध ने स्नेहपूर्वक अपना हाथ उनके मस्तक पर रखा। उसी रात मान्य देवदत्त का निधन हो गया।

ग्रीष्म ऋतु थी और आकाश स्वच्छ एवं नीला था। बुद्ध यात्रा पर निकलने ही वाले थे कि राजा अजातशत्रु के विदेश मंत्री आए और कहा कि राजा अजातशत्रु गंगा के उत्तर में अवस्थित वज्जि राज्य पर आक्रमण करने की सोच रहे हैं। आक्रमण करने से पूर्व वह बुद्ध का परामर्श लेना चाहते थे। उस समय आनंद भी बुद्ध के पीछे खड़े पंखा झल रहे थे। बुद्ध ने आनंद की ओर देखकर पूछा, "आनन्द, तुमने सुना है कि वज्जि संघ के लोग बड़ी संख्या में मिल बैठकर राजनीति पर चर्चा करते हैं या नहीं ?"

आनंद ने कहा, "प्रभु, मैंने सुना है कि वज्जि संघ के लोग बड़ी संख्या में एकत्र होकर राजनीतिक विषयों पर चर्चा किया करते हैं।"

"इसका अर्थ है कि वज्जि संघ फल-फूल रहा है। मुझे यह बताओ कि क्या उनकी बैठकों में सहयोग और एकता की भावना रहती है ? क्या वज्जि के लोग संघ द्वारा पारित कानूनों का पालन करते हैं ? क्या वज्जि संघ के लोग सुयोग्य नेताओं का आदर करते हैं और उनकी शिक्षाएं मानते हैं ? क्या वज्जि में बलात्कार या अन्य हिंसक अपराध होते हैं ?"

आनंद ने बताया कि "वज्जियों में सहयोग व एकता है, वे कानूनों का पालन करते हैं और सुयोग्य नेताओं का आदर करते हैं तथा वहां अपराध न के बराबर हैं।"

"तब वज्जि समृद्ध होते रहेंगे। क्या वज्जि लोग अपने पूर्वजों की समाधियों की सुरक्षा तथा रख-रखाव करते हैं ? क्या वज्जि संघ के लोग संबोधि प्राप्त आध्यात्मिक गुरुओं का सम्मान करते हैं, उनकी शिक्षाओं का पालन एवं अध्ययन करते हैं ?" आनंद ने इन प्रश्नों का भी उत्तर 'हां' में दिया।

"आनंद, तब तो वज्जि संघ अब भी समृद्धि के पथ पर चल रहा है। कुछ समय पूर्व तथागत को वज्जि नेताओं से वार्ता का अवसर प्राप्त हुआ था। उस समय तथागत ने देश को समृद्ध बनाने के सात मार्ग बताए थे। इनके अनुसार आपस में मिलकर विचार-विमर्श करना, सहयोग एवं एकता बनाए रखना, राज्य द्वारा निर्धारित विधियों (कानूनों) का पालन करना, सुयोग्य नेताओं का सम्मान करना तथा उनकी शिक्षाओं पर चलना, बलात्कार और हिंसक अपराधों से बचे रहना, पूर्वजों की समाधियों की रक्षा तथा संबोधि प्राप्त गुरुओं का सम्मान करना और उनकी शिक्षाओं के अनुरूप चलना सम्मिलित था। वज्जि संघ की जनता इन सातों नियमों का पालन करती है इसलिए तथागत का विश्वास है कि मगध के लिए वज्जि संघ को पराजित करना असंभव होगा।"

मंत्री ने कहा, "प्रभु, यदि वज्जि के लोग इन सात में से एक नियम का भी पालन करते हैं, तो भी राज्य समृद्ध होगा। मैं नहीं समझता कि राजा अजातशत्रु केवल सैन्य और शस्त्र बल से ही जीत सकेंगे। वह तभी सफल हो सकते हैं जब वह वज्जि के नेताओं में मतभेद के बीज बो सकें। प्रभु, आपके परामर्श के लिए धन्यवाद। अब मैं विदा की आज्ञा चाहता हूं।"

मंत्री के जाने के बाद बुद्ध ने कहा, "यह मंत्री षड्यंत्र करना जानता है। तथागत को आशंका है कि भविष्य में अजातशत्रु अवश्य ही वज्जि संघ से युद्ध करने के लिए अपनी सेनाएं भेजेंगे।"

उसी अपराह्न को बुद्ध ने आनंद से कहा कि राजगृह में रह रहे सभी भिक्खु-

भिक्खुनियों को गृद्धकूट शिखर पर बुलाओ। सात दिन में जब सब एकत्र हो गए तो उनकी संख्या दो हजार थी। गृद्धकूट शिखर पर दो हज़ार गैरिक चीवरों की छटा देखते ही बनती थी।

बुद्ध धीरे-धीरे चलकर शिष्यों के समक्ष धर्म-पीठ पर जा बैठे। उन्होंने संघ को देखा, मुस्कराए और बोले, "भिक्खुओ एवं भिक्खुनियो, तथागत तुम्हें सात विधियां बताते हैं जिनसे संघ को पतन और विघटन बचाया जा सके।

"सर्वप्रथम, प्रायः दल बनाकर आपस में मिलते रहो और सद्धर्म-चर्चा करते रहो। दूसरे, मिलने और विदा होने के समय सहयोग और एकता की भावना रखो। तीसरे, निर्धारित शीलों का पालन करो। चौथे, संघ के गुणी और अनुभवी वरिष्ठ भिक्खुओं का आदर करो और उनके मार्ग-निर्देशों का पालन करो। पांचवें, आकांक्षाओं एवं लोभ से मुक्त, शुद्ध एवं सादगी भरा जीवन बिताओ। छठे, उद्वेग रहित शांतिपूर्ण जीवन का आनंद उठाओ। सातवें, शांति, आनंद और मुक्ति की प्राप्ति हेतु आत्म-चेतना को जागृत रखो जिससे मित्रों को सद्धर्म मार्ग पर शरण दे सको और उनकी सहायता कर सको।

"यदि इन सात नियमों का पालन करोगे तो धर्म की समृद्धि होगी और संघ कभी पतनोन्मुख नहीं होगा। बाहर की कोई शक्ति संघ को तोड़ नहीं सकती। आंतरिक विभेद और मतभेद से ही संघ खंडित हो सकता है। शेर के मर जाने पर जैसे कोई अन्य पशु उसको नहीं खा सकता, उसके अपने शरीर के कीड़े ही उसका मांस खा जाते हैं, उसी प्रकार अपने भीतर के कीड़े ही अपने शरीर को नष्ट करते हैं। इन सात नियमों का पालन कर सद्धर्म की रक्षा करो। कभी अपने भीतर विनाशक कीड़े मत पनपने दो।"

बुद्ध ने सभी को परामर्श दिया कि व्यर्थ की गप्पें मारने, अत्यधिक सोने, प्रसिद्धि या मान्यता प्राप्ति की चेष्टा मत करो, कामनाओं के पीछे मत भागो और ऐसे लोगों के साथ समय नष्ट मत करो जो घटिया चरित्र वाले हों या जो ऊपरी ज्ञान से ही संतुष्ट रहते हों। सचेतनावस्था में यात्रा करो, धर्म का विवेचन करो; ऊर्जा, आनंद, सहजता और ध्यान पर चित्त लगाओ। उन्होंने अनित्यता, शून्यता, अनाशक्ति, मुक्ति-प्राप्ति और कामनाओं तथा तृष्णा को जीतने की अपनी शिक्षाओं का भी स्मरण कराया।

दो हजार भिक्खु और भिक्खुनियां दस दिनों तक गृद्धकूट शिखर पर रहे। प्रतिदिन बुद्ध ने उन्हें देशना की। दसवें दिन बुद्ध ने कहा कि अब आप लोग

अपने केन्द्रों पर जा सकते हैं। इन शिष्यों के चले जाने पर बुद्ध ने कहा कि कल हम वेणुवन चलेंगे।

वेणुवन जाकर बुद्ध और आनंद राजगृह से आम्रलतिका गए जिसे राजा बिम्बिसार ने अपने उद्यान में बनवाया था। नालंदा जाने वाले भिक्खु प्रायः यहां ठहरते थे। एक बार यहां मान्य सारिपुत्त और राहुल भी ठहरे थे। बुद्ध ने आम्रलतिका में रहने वाले भिक्खुओं को शीलों, ध्यान और प्रज्ञा के विषय में देशना की।

सौ भिक्खुओं, मान्य आनंद, सारिपुत्त और अनिरुद्ध सहित बुद्ध नालंदा गए और नालंदा में प्रवरिका आम्रवन में ठहरे। एक दिन सारिपुत्त बुद्ध के पास बहुत देर तक मौन बैठे रहने के पश्चात् बोले, "प्रभु मुझे विश्वास है कि अतीत, वर्तमान या भविष्य में ऐसा आध्यात्मिक गुरु नहीं हुआ होगा जो ज्ञान और साधना-सिद्धि में आपके समान हो।"

बुद्ध ने कहा, "क्या आप अतीत, वर्तमान और भविष्य के सभी अध्यात्म गुरुओं से मिले हो, जो इस प्रकार की बात कहने का साहस कर रहे हो।"

"प्रभु, मैं तीनों कालों के सभी गुरुओं से तो नहीं मिला हूं किन्तु इतना भलीभांति जानता हूं कि चालीस वर्ष आपके साथ रहने, आपकी देशना सुनने और आपकी जीवन-चर्या को देखने के बाद कह सकता हूं कि आपने छहों इंद्रियों पर विजय प्राप्त कर ली है, आप सतत् जागृत अवस्था में रहते हैं, तृष्णा और कामनाओं, क्रोध एवं घृणा, विस्मृति, उद्वेग, शंका आदि बाधाओं के कोई चिह्न आप में नहीं हैं। ऐसे गुरु अतीत, वर्तमान या भविष्य में हुए या होंगे जिन्हें आपके समान ज्ञान और संबोधि-सिद्धि प्राप्त हुई हो किन्तु कोई भी आप सरीखा प्रज्ञा सम्पन्न नहीं होगा।"

नालंदा में बुद्ध ने शीलों के पालन, ध्यान साधना और प्रज्ञा के विषय में और प्रगति करने संबंधी देशना की। वहां से वह पाटलिग्राम आए और भोजनोपरान्त धर्म-देशना की। अगले दिन मान्य सारिपुत्त को संदेश मिला कि उनकी माताजी जो सौ वर्ष से अधिक आयु की थीं, गंभीर रूप से रुग्ण हैं। मान्य सारिपुत्त बुद्ध से आज्ञा लेकर और तीन बार बुद्ध को नमन करके चुंड नामक अनुचर के साथ रवाना हो गए।

जब बुद्ध और भिक्खु पाटलिग्राम के नगर द्वार से निकल रहे थे तो राजा अजातशत्रु के दो मंत्रियों ने बताया कि राजा अजातशत्रु ने उन्हें पाटलिग्राम को महानगर बनाने का कार्य सौंपा है। आप अभी जिस द्वार से गुजरे हैं, उसका नाम हम 'गौतम द्वार' रखना चाहते हैं और जहां से आप नौका लेंगे, उसका नाम 'गौतम घाट' रखेंगे।

वर्षा के कारण गंगा में जल-स्तर बहुत ऊंचा हो गया था। पांच नौकाओं में बैठकर बुद्ध और उनके भिक्खुओं ने गंगा नदी को पार किया। आनंद बुद्ध के साथ ही खड़े थे। उन्हें पच्चीस वर्ष पूर्व की वह घटना याद आई जब बुद्ध वैशाली आए थे तो वहां प्लेग फैली हुई थी जिसमें अनगिनत लोग मरे थे और उस महामारी को रोकने की चिकित्सकों की चेष्टाएं और देवी-देवताओं की प्रार्थनाएं सभी व्यर्थ ही रहीं। उस समय बुद्ध को आमंत्रित किया गया था। बुद्ध वहां नाव से आए तो क्रमशः महामारी का प्रकोप कम हुआ और अंत में सब ठीक हो गया। उस समय बुद्ध ने वैशाली में छः महीने तक निवास किया।

जब वे घाट पर पहुंचे तो आनंद वर्तमान क्षणों में लौट आए। बुद्ध वहां से चलकर कोटिग्राम पहुंचे जहां बहुसंख्यक भिक्खुओं के समक्ष देशना की। उन्होंने प्राणायाम के चार चरणों, शीलों, ध्यान तथा प्रज्ञा विषयों पर प्रकाश डाला। कई दिनों तक वहां रहकर बुद्ध नदिका गए जहां ईंटों से बने 'गिंजिकावस्था' भवन में सोये। यहां रहने के दौरान बुद्ध ने उन अनेक शिष्यों का स्मरण किया जो उसी क्षेत्र में रहते थे और अब जिनका निधन हो चुका था। यहां के लगभग पचास भिक्खु आवागमन से मुक्ति की धारा की किसी न किसी स्थिति तक पहुंचने के सुफल प्राप्त कर सके। भिक्खु सल्ह और नदिका 'अर्हत' पद प्राप्त कर चुके थे।

बुद्ध ने अपने शिष्यों को शिक्षा दी कि जिसे बुद्ध, धर्म और संघ में पूर्ण निष्ठा हो, उसे स्वयं अपने अन्तश्चेतन द्वारा अपने आप यह जान लेना चाहिए कि वह मुक्ति की धारा के किस चरण तक पहुंचे हैं। इस विषय में किसी से पूछने की आवश्यकता नहीं। नदिका में बुद्ध ने शीलों, ध्यान और प्रज्ञा के विषय में शिक्षा दी। वहां से चलकर बुद्ध वैशाली आए और आम्रपाली के आम्रवन में ठहरे। वहां उन्होंने शरीर, भावनाओं, चित्त और चित्त के विषयों के संबंध में देशना की।

बुद्ध के आगमन की सूचना पाकर आम्रपाली तुरन्त उनसे मिलने आई। उसने बुद्ध और सभी भिक्खुओं को अपने यहां भोजन पर निमंत्रित किया। भोजनोपरान्त आम्रपाली ने भिक्खुनी बनने की प्रार्थना की और उसे प्रवृज्या दे दी गई।

वैशाली में रहते समय बुद्ध ने शीलों, ध्यान और प्रज्ञा के विषय में और देशना की। वहां से वह विल्वगामका गांव गए। बुद्ध ने वर्षा-प्रवास वहीं व्यतीत करने का निश्चय किया। संबोधि प्राप्त करने के बाद बुद्ध का यह

नाव द्वारा वैशाली पहुंचने पर बुद्ध का भव्य स्वागत

पैंतालीसवां वर्षा-प्रवास था। उन्होंने इस क्षेत्र के भिक्खु-भिक्खुनियों से कहा कि वे वैशाली के धर्म-केन्द्रों या अपने मित्रों या संबंधियों के घर ठहरकर वर्षा-प्रवास करें।

वर्षा-प्रवास के दौरान बुद्ध बहुत ही गंभीर रूप से रुग्ण हुए। यद्यपि उन्हें बहुत कष्ट था, किन्तु उन्होंने मुंह से एक शब्द भी नहीं कहा। लेटे हुए वह अपनी श्वसन-क्रिया पर ध्यान करते रहे। पहले तो उनके शिष्यों ने समझा कि बुद्ध बचेंगे नहीं किन्तु धीरे-धीरे वह स्वस्थ होते गए। कई दिनों के पश्चात् वह इतने ठीक हो गए कि अपनी कुटिया के बाहर कुर्सी पर बैठ सकें।

अध्याय उन्यासी

चंदन के काष्ठफूल

मान्य आनंद बुद्ध के समीप बैठकर नम्रतापूर्वक बोले, "इतने दिनों से मैं आपके साथ रहा हूं, मैंने कभी आपको इतना रुग्ण नहीं देखा। इससे मैं इतना चेतना-शून्य हो गया कि न तो स्पष्ट रूप से सोच पा रहा हूं और न अपना कर्तव्य पालन कर पा रहा हूं। अन्य लोग नहीं समझते थे कि आप बचेंगे किन्तु मैंने मन में कहा कि बोधिसत्व ने अभी मुझे अपनी अंतिम देशना नहीं दी है और निश्चय ही वह 'निर्वाण शांतम्' की अवस्था में प्रवेश नहीं कर सकते। इस विचार ने मुझे निराशा के कगार से लौटा लिया।"

बुद्ध ने कहा, "आनंद, तुम या संघ मुझसे और क्या अपेक्षा करते हो ? मैंने सद्धर्म मार्ग की पूर्ण एवं गहन शिक्षा प्रदान कर दी है। तुम समझते हो कि मैंने भिक्खुओं से कुछ छिपाकर शेष रख लिया है ? आनंद सद्धर्म शिक्षा ही सच्ची शरण है। प्रत्येक व्यक्ति को इन देशनाओं को ही अपना मार्ग-दर्शक समझना चाहिए। इन शिक्षाओं को जीवन में अपनाओ। 'अप्प दीपोभव' प्रत्येक अपना दीपक स्वयं बने। आनंद बुद्ध धर्म और संघ सबके हृदयों में बसा है। संबोधि- प्राप्ति की सक्षमता ही बुद्ध है, सद्धर्म-शिक्षाएं ही धर्म हैं और लोक समुदाय का समर्थन ही संघ है। इस प्रकार कोई भी आपके हृदय में समाए बुद्ध, धर्म और संघ को तुमसे विलग नहीं कर सकता। धरती-आकाश भले ही लोट-पोट हो जाएं, त्रिरत्न प्रत्येक के अंतस में यथावत् रहेंगे। ये ही सच्ची शरण हैं, मार्ग-दर्शक हैं। जब भिक्खु जागृतावस्था में रहता है और अपने शरीर, भावनाओं, चित्त तथा चित्त के विषयों की धारणा करके ध्यान करता है तो वह स्वयं में एक द्वीप बन जाता है। वह सबसे सच्ची शरण में होता है। कोई भी व्यक्ति (महान गुरु तक) तुम्हारे उस चेतना-द्वीप से,

तुम्हारे हृदय में बसे त्रिरत्नों से अधिक स्थायी शरण दाता नहीं हो सकता।"

वर्षा-प्रवास की समाप्ति के बाद बुद्ध के स्वास्थ्य में पर्याप्त सुधार हो गया था।

एक दिन श्रामणेर चंड, जो मान्य सारिपुत्त की सेवा में था, आनंद को खोजते आया। उसने बताया कि सारिपुत्त का निधन हो गया। उसने सारिपुत्त का चीवर, भिक्षा-पात्र और अस्थि-कलश आनंद को दे दिया और मुंह ढांप कर रोने लगा। मान्य आनंद भी रोये। चंड ने बताया कि सारिपुत्त ने अंतिम क्षणों तक अपनी माता की सेवा की। उनके शव-संस्कार के बाद सारिपुत्त ने अपने संबंधियों और गांव वालों को बुलाकर धर्म-शिक्षा दी। उन्होंने त्रिरत्नों का उच्चारण कराया और साधना करने की पद्धति बताई। इसके बाद वह पद्मासन पर बैठ गए और निर्वाण को प्राप्त हो गए। शरीर त्यागने से पूर्व उन्होंने चंड से कहा कि मैं चाहता हूं कि मेरा चीवर, भिक्षा-पात्र और अस्थि-कलश बुद्ध को सौंप देना। वह यह भी चाहते थे कि बुद्ध चंड को अपनी सेवा में रखें। मान्य सारिपुत्त बुद्ध से पूर्व ही शरीर त्यागना चाहते थे।

आनंद ने अपने आंसू पौंछे और चंड के साथ बुद्ध के पास पहुंचे। बुद्ध शांत भाव से अपने श्रेष्ठतम शिष्य का चीवर, भिक्षा-पात्र और अस्थि-कलश देखते रहे। बिना एक शब्द भी बोले उन्होंने चंड के सिर पर सस्नेह हाथ फेरा।

मान्य आनंद ने कहा, "प्रभु, बंधु सारिपुत्त के निधन का समाचार सुनकर मैं स्तब्ध रह गया हूं। मुझे कुछ सूझ नहीं रहा है। मैं अत्यन्त दुखी हूं।"

आनंद की ओर देखकर बुद्ध ने कहा "क्या तुम्हारे बंधु तुम्हारे शील, ध्यान-साधना, प्रज्ञा और मुक्ति भी निधन के समय साथ ले गए हैं ?"

आनंद ने कहा, "मेरे विषाद का कारण यह नहीं है। जब बंधु सारिपुत्त जीवित थे तो देशना को हृदयंगम करके तदनुरूप जीवन व्यतीत करते थे; वे हम सबको शिक्षा देते, मार्ग-दर्शन करते और प्रेरणा देते थे। अब बंधु सारिपुत्त और मौद्गल्यायन नहीं रहे। इनके बिना संघ खाली-खाली लगता है। क्या यह दुःख का विषय नहीं है ?"

बुद्ध ने कहा, "कितनी बार मैंने स्मरण कराया है कि जो जन्म लेता है, वह मरता है। जो मिलता है, वह बिछुड़ता है। सभी धर्म अनित्य हैं। हमें उनके साथ बंधना नहीं चाहिए। आपको जन्म-मरण, वर्द्धन और विसर्जन के पार जाना है। सारिपुत्त एक बड़ी शाखा थे जो पूरे वृक्ष को पोषण दे रहे थे। वह शाखा अब

भी संबोधि प्राप्त करने के लिए भिक्खुओं का मार्ग-दर्शन कर रही है। यदि तुम आंखें खोलकर देखोगे तो सारिपुत्त को अपने में, तथागत और भिक्खु समुदाय तथा उन लोगों में विद्यमान पाओगे, जिन्हें उन्होंने सद्धर्म की शिक्षा दी थी। सारिपुत्त के दर्शन श्रामणेर चंड और उनके साथ यात्रा करने वाले हर व्यक्ति में कर सकते हो। आंखें खोलोगे तो सारिपुत्त सर्वत्र दिखेंगे। यह मत समझो कि सारिपुत्त हम लोगों के साथ नहीं हैं। वह यहां हैं और सदैव रहेंगे।

"आनंद, सारिपुत्त बोधिसत्व थे जिन्होंने अपने ज्ञान और प्रेम से अन्य लोगों को संबोधि का तट दिखाया। आने वाली पीढ़ियां उनको महान प्रज्ञा-संपन्न बोधिसत्व के रूप में स्मरण करेंगी। आनंद भिक्खुओं में सारिपुत्त के समान अनेक भिक्खु महान बोधिसत्व की अवस्था प्राप्त कर चुके हैं। भिक्खु पूर्णा, भिक्खुनी यशोधरा और उपासक महान करुणा-सम्पन्न अनाथपिंडिक बोधिसत्व थे। तथागत मौद्गल्यायन साहस और ऊर्जा के बोधिसत्व थे। मान्य महाकाश्यप सादा जीवन के बोधिसत्व थे। मान्य अनिरुद्ध प्रयास और परिश्रम करने वाले बोधिसत्व थे। यदि भावी पीढ़ियां आत्म-मुक्ति मार्ग पर साधनारत रहती हैं तो इस संसार में बोधिसत्व अवतरित होते रहेंगे।"

"आनंद बुद्ध, धर्म और संघ में निष्ठा रखना लोक में निष्ठा रखना होगा। भविष्य में सारिपुत्त, मौद्गल्यायन, पूर्णा, अनिरुद्ध, यशोधरा और अनाथपिंडिक के समान अन्य महान बोधिसत्वों का उदय हो सकता है। अतः बंधु सारिपुत्त के निधन पर शोक मत करो।"

उसी दिन दोपहर को उन्होंने गंगा के तट पर सार्वजनिक रूप से सारिपुत्त के निधन की घोषणा की और भिक्खुओं को भरपूर प्रयास करके सारिपुत्त के समान बनने की प्रेरणा दी जिन्होंने अन्य प्राणियों का कल्याण करने का महान व्रत लिया था। बुद्ध ने कहा, "भिक्खुओ, तुम स्वयं अपनी शरण में जाओ और स्वयं ही प्रज्ञा-द्वीप बनो। किसी और पर निर्भर मत रहो। इससे तुम शोक और निराशा के भंवर में नहीं डूबोगे। आप सद्धर्म की शरण ग्रहण करो और धर्म को एक द्वीप मानो।"

एक दिन बुद्ध और आनंद ने वैशाली में भिक्षाटन किया और समीपस्थ जंगल में भोजन करके विश्राम के लिए चपला मंदिर लौट चलने को कहा। रास्ते में बुद्ध ने अनेक स्थानों पर रुककर प्राकृतिक दृश्य निहारते हुए कहा–"आनंद, वैशाली बहुत सुंदर है। यहां के सभी मंदिर बहुत सुंदर हैं। जिस चपला मंदिर में हम चल रहे हैं, वह भी बहुत सुंदर है।"

बुद्ध के विश्राम की व्यवस्था करके आनंद चलित ध्यान करने बाहर चले गए। उसी समय भूचाल का जोरदार झटका आया जिससे उनका चित्त और शरीर कांप गए। वह झपटकर मंदिर में आए तो बुद्ध को शांत रूप से बैठा देखा। आनंद ने बुद्ध को बताया कि अभी भूचाल आया। बुद्ध ने कहा, "आनंद, तथागत ने निश्चय कर लिया है। तीन महीनों में मैं शरीर-त्याग कर दूंगा।"

मान्य आनंद को लगा जैसे उनके हाथ-पांव लुंज हो गए हों। उन्होंने बुद्ध के समक्ष प्रणत होकर प्रार्थना की कि "प्रभु, इतनी जल्दी मत जाइए। कृपया अपने शिष्यों पर दया कीजिए।" बुद्ध ने कोई उत्तर नहीं दिया। आनंद ने अपनी प्रार्थना तीन बार दोहराई।

इसके बाद बुद्ध ने कहा, "आनंद, यदि तुम्हें तथागत में निष्ठा है तो तुम समझ सकोगे कि मेरे निर्णय उपयुक्त समय पर होते हैं। मैंने कहा कि मैं तीन महीनों में शरीर त्याग दूंगा। आनंद, इस क्षेत्र के सभी भिक्खुओं को महावन के कूटागार धर्म-कक्ष में एकत्र करो।"

सात दिन बाद, डेढ़ हजार भिक्खु और भिक्खुनियां कूटागार धर्म-कक्ष में जमा हुए। मंच पर बैठकर बुद्ध ने संघ को देखा और देशना आरंभ की। "भिक्खुओ और भिक्खुनियो, अभी तक तथागत ने आपको जो देशना की है, उसके अनुसार आप लोग समझ-बूझकर अध्ययन करिए, उसे निरखिए-परखिए, साधना-अभ्यास कीजिए और अपने आप उनका परीक्षण कीजिए जिससे आप उन देशनाओं को भावी पीढ़ियों को सौंप सको। सद्धर्म-मार्ग के अनुरूप जीवन-यापन और साधना-अभ्यास से समस्त प्राणियों को शांति, आनंद और हर्षोत्फुल्लता प्रदान कीजिए।

"तथागत की शिक्षाओं का सार सचेतनता के चार चरणों, चार सद्प्रयासों, आत्म-शक्ति के चार आधारों, पंच स्कंधों, पांच शक्तियों, संबोधि के सात सोपानों, अष्टांगिक मार्ग, साधना और अनुभूति के बाद इन्हें औरों तक पहुंचाना है।"

"भिक्खुओ, भिक्खुनियो, सभी धर्म अनित्य हैं। वे जन्मते और मरते हैं, उनका विकास एवं विलय होता है। आत्म-मुक्ति प्राप्त करने के लिए घोर साधना करो। तथागत तीन महीनों में शरीर त्याग देंगे।"

सभी डेढ़ हजार शिष्य-शिष्याओं ने बुद्ध की देशना शांतिपूर्वक सुनी। वे

समझ गए कि बुद्ध के दर्शन और उनके श्रीमुख से देशना सुनने का यह अंतिम अवसर है। बुद्ध शरीर त्याग देंगे, यह सुनकर सभी के मन भारी हो गए।

अगले दिन बुद्ध वैशाली में भिक्षाटन के लिए गए और वन में आकर भोजन किया। तदनंतर वह और अनेक भिक्खु वैशाली से चल दिए। बुद्ध ने पलटकर वैशाली को देखकर आनंद से कहा, "आनंद, वैशाली बहुत सुंदर है। तथागत इस नगर को अंतिम बार देख रहे हैं।"

उस दिन अपराह्न में बुद्ध ने भंडग्राम में शीलों, ध्यान-साधना, प्रज्ञा और मुक्ति के विषय में देशना की। कई दिनों तक वहां विश्राम करके बुद्ध मट्टीग्राम, अम्बग्राम और जम्बूग्राम गए। वहां भी उन्होंने सभी भिक्खुओं को देशना दी। वहां से वह भोगनगर आए और आनंद मंदिर में रुके। उस क्षेत्र के अनेक भिक्खु उनका स्वागत करने आए। बुद्ध ने भिक्खुओं से कहा कि वह सभी देशनाओं की स्वयं अनुभूति करके देखें।

"कोई भी धर्म शिक्षा दे और यह कहे कि वह शिक्षा प्रत्यक्ष अधिकारी विद्वान से प्राप्त की है, तब भी उसे तथागत की देशना के समान प्रामाणिक मानने में जल्दबाजी मत करो। वह जो भी कहे, उसकी सूत्रों और शीलों से तुलना करो। यदि उसका कथन सूत्रों और शीलों से मेल न खाए तो उसे त्याग दो। यदि उसका कथन सूत्रों ओर शीलों के अनुरूप हो तो उसे स्वीकार करो और उस दिशा में साधना करो।"

वहां से बुद्ध पावा गए और एक लोहार के पुत्र उपासक चंड के आम्रवन में ठहरे। चंड ने बुद्ध और उनके साथ चल रहे तीन सौ शिष्यों को अपने निवास पर भोजन करने के लिए आमंत्रित किया। चंड की पत्नी तथा मित्रों ने भिक्खुओं को भोजन कराया और चंड ने स्वयं बुद्ध के लिए विशेषरूप से तैयार भोजन परोसा जिसमें चंदन वृक्ष के काष्ठ फूलों से बना 'सुकर माद्दव' भी था।

भोजन करने के उपरान्त बुद्ध ने कहा कि "चंड उस काष्ठ फूल से तैयार किए हुए भोजन को पृथ्वी में गाढ़ दो और किसी और को मत खिलाना।"

जब सबने भोजन कर लिया तो बुद्ध ने देशना की और भिक्खुओं के साथ आम्रवन में विश्राम किया। बुद्ध के पेट में इतनी मरोड़ें होती रहीं कि वह रात भर सो नहीं सके। सबेरे वह भिक्खुओं के साथ कुशीनारा के लिए चल पड़े। रास्ते भर पेट में मरोड़ें होती रहीं और कष्ट बहुत बढ़ जाने पर

नदी का गंदा जल शुद्ध होने पर आनंद को आश्चर्य

वह एक वृक्ष के नीचे विश्राम करने लेट गए। बुद्ध ने आनंद से कहा कि पीने के लिए थोड़ा जल लाओ।

आनंद ने कहा, "प्रभु पास की जल धारा का पानी गंदा है क्योंकि कई बैलगाड़ियां उसे पार करके गई हैं। कृपया ककुथ पहुंचने तक प्रतीक्षा कीजिए। वहां पानी साफ और मीठा होगा। वहां मैं आपके लिए हाथ-पांव धोने ओर पीने के लिए पानी ले आऊंगा।"

बुद्ध ने कहा, "आनंद मुझे बहुत प्यास लगी है। यहीं से पानी लाओ।"

आदेशानुसार आनंद गए तो उन्हें यह देखकर आश्चर्य हुआ कि गंदले पानी में पात्र डालते ही जल स्वच्छ हो गया। पानी पीकर बुद्ध फिर लेट गए। मान्य अनिरुद्ध और आनंद पास बैठ गए। सभी भिक्खु उनका घेरा बना कर बैठ गए।

उसी समय कुशीनारा का एक व्यक्ति वहां से गुजरा तो बुद्ध और भिक्खुओं को देखकर रुका, उनको नमन किया और बताया कि उसका नाम पुक्कुस है और मल्लवंश का है। वह कभी आलार कालाम का शिष्य था जिनके शिष्यत्व में गौतम ने भी 'तपश्चर्या की थी। उसने बुद्ध की बड़ी ख्याति सुनी है। उसने पुनः नमन करके बुद्ध को दो नये चीवर भेंट किए। बुद्ध ने एक चीवर स्वीकार करके दूसरा चीवर आनंद को भेंट करने के लिए कहा। पुक्कुस ने आग्रह किया कि उसे भी शिष्य बना लिया जाए। बुद्ध ने उसे देशना की और त्रिरत्नों का उच्चारण कराया। पुक्कुस ने बुद्ध को धन्यवाद करके विदा ली।

यात्रा में बुद्ध के वस्त्र गंदे हो गए थे और फट भी गए थे। आनंद ने सहायता देकर नया चीवर धारण करवाया। इसके बाद बुद्ध उठ खड़े हुए और कुशीनारा की ओर चलने का भिक्खुओं को संकेत किया। जब वे क़कुथ नदी के तट पर पहुंचे तो उन्होंने नदी में स्नान किया और अधिक जल पिया। वहां से वे आम के बाग में पहुंचे। वहां उन्होंने भिक्खु चंडक को कहा कि वह उनके अतिरिक्त चीवर को जमीन पर बिछा दें जिससे वह आराम कर सकें।

बुद्ध ने आनंद को बुलाया और कहा, "आनंद, तथागत ने उपासक चंड के यहां जो भोजन किया था, वह अंतिम भोजन था। लोग चंड पर यह आरोप न लगाएं कि उसने खराब भोजन कराया, इसलिए मैं बताना चाहता हूं कि जीवन

में मुझे दो ही बार का भोजन सर्वोत्तम लगा–एक संबोधि प्राप्त के पूर्व का भोजन और दूसरा निर्वाण-प्राप्ति से पूर्व का यह भोजन। उसे इस बात के लिए प्रसन्न होना चाहिए कि बुद्ध के दो अविस्मरणीय भोजनों में से एक भोजन उसने कराया था।"

थोड़ी देर तक विश्राम करने के बाद बुद्ध उठ खड़े हुए और कहा, "आनंद हमें हिरण्यवती नदी पार कर लेनी चाहिए। उसके दूसरे तट पर साल वृक्षों का जो वन है, वह बहुत सुंदर है और मल्ल राज्य में है। वह सुंदर साल वन ही कुशीनारा का प्रवेश द्वार है।"

अध्याय अस्सी

महा-परिनिर्वाण

जब बुद्ध और भिक्खु साल वृक्षों के वन में पहुंचे, तब तक गोधूलि वेला हो गई थी। बुद्ध ने आनंद से कहा कि दो साल वृक्षों के बीच में लेटने के लिए स्थान बना दो। बुद्ध उत्तर दिशा में सिर करके लेट गए। सभी भिक्खु उनके चारों ओर बैठ गए। वे जानते थे कि बुद्ध इसी रात निर्वाण प्राप्त कर लेंगे।

बुद्ध ने वृक्षों की ओर देखकर कहा, "आनंद देखो, अभी वसन्त ऋतु नहीं आई है किन्तु साल वृक्षों में लाल-लाल कोंपलें निकल रही हैं। क्या तुम देख रहे हो कि फूलों की पत्तियां तथागत तथा भिक्खुओं के चीवरों पर गिर रही हैं? यह वन वास्तव में बहुत सुंदर है। पश्चिम के आकाश में ढलते सूर्य की लालिमा कितनी सुंदर है? साल वृक्षों की शाखाओं को लहराती हुई शीतल मंद पवन कितनी सुखद है। तथागत को यह सब बहुत प्रिय और आत्म-विभोर करने वाला लग रहा है। भिक्खुओ, यदि आप लोग तथागत के प्रति अपना आदर और कृतज्ञता प्रकट करना चाहते हो तो इसका यही एक मात्र मार्ग है कि उनकी शिक्षाओं के अनुसार अपने जीवन को ढालो।"

सायंकालीन गर्मी हो रही थी और मान्य उपवन बुद्ध के ऊपर पंखा झलने लगे किन्तु बुद्ध ने इससे उन्हें रोक दिया। संभवतः बुद्ध नहीं चाहते कि सूर्यास्त का सुंदर दृश्य देखने में बाधा पड़े। बुद्ध ने मान्य अनिरुद्ध से पूछा–"आनंद दिखाई नहीं दे रहा, वह कहां है?"

एक अन्य भिक्खु ने कहा, "मैंने आनंद को कुछ वृक्षों के पीछे खड़े होकर रोते देखा था। वह बुदबुदा रहे थे, मैंने अभी अपना आध्यात्मिक लक्ष्य प्राप्त नहीं कर पाया है और गुरुदेव विदा ले रहे हैं। गुरुदेव से अधिक मेरा ख्याल किसने रखा है।"

बुद्ध ने आनंद को बुलवाया और उन्हें आश्वस्त कराते हुए कहा, "आनंद, दुखी मत होओ। तथागत ने बार-बार कहा है, कि सभी धर्म अनित्य हैं। जन्म के साथ मरण, विकास के साथ ह्रास और मिलन के साथ विछोह जुड़ा हुआ है। मृत्यु न हो तो जन्म कैसे संभव है ? ह्रास के बिना विकास कहां होता है ? विछोह के बिना मिलन कैसा ? आनंद, तुमने तन-मन लगाकर हृदय से मेरी अनेक वर्षों से सेवा की है। मुझे सहायता प्रदान करने में तुमने अपनी समस्त शक्तियां लगा दीं, इसके लिए मैं तुम्हारा अत्यन्त आभारी हूं। आनंद तुममें अनेक गुण हैं किन्तु तुम इससे भी आगे जा सकते हो। थोड़ा-सा और प्रयास करो तो तुम जन्म-मृत्यु के बंधन काट सकोगे। तुम आत्म-मुक्ति प्राप्त कर सकते हो और प्रत्येक दु:ख से उबर सकते हो। मैं समझता हूं कि तुम यह करने में सक्षम हो। इससे मुझे सर्वाधिक प्रसन्नता होगी।"

अन्य भिक्खुओं की ओर देखकर वह बोले, "आनंद से अच्छा सेवक मुझे नहीं मिल सकता। पूर्व सेवक मेरा चीवर या भिक्षा-पात्र गिरा देते थे। किन्तु आनंद ने इन्हें कभी पृथ्वी पर गिरने नहीं दिया। आनंद ने मेरी छोटी से छोटी आवश्यकता और बड़े से बड़े कार्यों का निर्वाह पूरे ध्यान से किया है। आनंद को ज्ञात होता था कि कब कहां किस भिक्खु, भिक्खुनी, उपासक, राजा, अधिकारी अथवा अन्य संप्रदाय के मानने वाले को मुझसे मिलाना है। इन सभी मुलाकातों की उन्होंने चतुराई के साथ प्रभावपूर्ण व्यवस्था की। तथागत को विश्वास है कि अतीत या भविष्य के संबोधि प्राप्त गुरु को आनंद से अधिक प्रतिभासम्पन्न और निष्ठावान सहायक प्राप्त नहीं हो सकेगा।"

आनंद ने आंसू पोंछकर कहा, "प्रभु, कृपा करके यहां शरीर मत त्यागिये। कुशीनारा मिट्टी की झोंपड़ियों का छोटा सा कस्बा है। आपके लिए शरीर त्यागने के लिए राजगृह, श्रावस्ती, सक्कत, कौशाम्बी अथवा वाराणसी ही उपयुक्त स्थान रहेंगे। कृपया कोई अन्य स्थान शरीर त्यागने के लिए चुन लीजिए जिससे अधिक से अधिक लोग आपके अंतिम दर्शन कर सकें।"

बुद्ध ने उत्तर दिया, "आनंद, कुशीनारा भी महत्त्वपूर्ण स्थान है, भले ही यह मिट्टी के मक़ानों का छोटा सा कस्बा ही क्यों न हो। तथागत को शरीर-त्याग के लिए यह स्थान उपयुक्त लग रहा है। आनंद, क्या तुम देख रहे हो कि साल के फूल मेरे ऊपर गिर रहे हैं ?"

बुद्ध ने आनंद से कहा कि कुशीनारा जाकर मल्ल लोगों को सूचित कर दो कि बुद्ध आज रात अंतिम प्रहर में साल वृक्षों के बाग में निर्वाण प्राप्त करेंगे।

मल्ल लोगों ने जब यह सुना तो सब शीघ्र बुद्ध के पास पहुंचे। उनमें एक संन्यासी सुभद्र भी थे। सभी लोग तो बारी-बारी से बुद्ध को नमन कर रहे थे तो संन्यासी सुभद्र ने आनंद से पूछा कि क्या मैं बुद्ध से मिल सकता हूं? आनंद ने यह कहकर मना कर दिया कि बुद्ध थके हुए हैं। बुद्ध ने उनकी बातचीत सुन ली और कहा, "आनंद, संन्यासी सुभद्र को आने दो। तथागत उनसे मिलने को तैयार हैं।"

संन्यासी सुभद्र ने बुद्ध को नमन किया। वह बहुत समय से बुद्ध की देशना से आकृष्ट तो हो रहे थे किन्तु कभी उनसे मिलने का सौभाग्य प्राप्त नहीं हुआ था। सुभद्र ने कहा, "प्रभु, मैंने पुराण काश्यप, मास्करि गोशालि पुत्र, अजित केशकाम्बल, काकुद कात्यायन, संजय वैरातिपुत्र और निर्ग्रंथ नाथपुत्र सरीखे आध्यात्मिक गुरुओं के विषय में सुना है। आपके विचार से इनमें से किसी ने संबोधि प्राप्त कर ली है?"

बुद्ध ने कहा, "सुभद्र, उन्होंने संबोधि प्राप्त की या नहीं, यह जानना अब आवश्यक नहीं है। तथागत आपको सद्धर्म का वह मार्ग बता सकते हैं, जिससे आप संबोधि प्राप्त कर सकें।"

बुद्ध ने सुभद्र को अष्टांगिक मार्ग की देशना की और अंत में कहा, "सुभद्र, जहां भी इस अष्टांगिक मार्ग की सत्यनिष्ठा से साधना की जाएगी, लोगों को संबोधि प्राप्त हो सकेगी। सभद्र, यदि तम इस मार्ग के अनुसार साधना करोगे तो तुम्हें भी संबोधि प्राप्त हो सकेगी।"

संन्यासी सुभद्र को प्रतीत हुआ जैसे उसके हृदय-कपाट खुल गए हों। उन्होंने बुद्ध से अनुरोध किया कि मुझे भी भिक्खु की प्रवृज्या दे दीजिए। बुद्ध ने आनंद से कहा कि इन्हें अभी यहीं प्रवृज्या दे दी जाए। सुभद्र को बुद्ध ने अपना अंतिम शिष्य स्वीकार किया।

सुभद्र के केश-मुंडन के उपरान्त उन्हें शीलों की शिक्षा दी गई और चीवर एवं भिक्षा- पात्र दे दिया गया। इसके बाद बुद्ध ने अपने आस-पास बैठे हुए भिक्खुओं की ओर देखा। आस-पास के भिक्खु भी आ गए थे और उनकी संख्या पांच सौ हो गई थी। बुद्ध ने उनको देशना की।

"भिक्खुओ, सद्धर्म-शिक्षाओं के विषय में आपके मन में कोई संदेह हो तो अब भी तथागत से पूछने का समय है। इस अवसर को हाथ से मत जाने दो अन्यथा बाद में कहोगे, 'उस दिन मैं बुद्ध के सम्मुख था, किन्तु मैंने पूछा नहीं।'" बुद्ध ने ये शब्द तीन बार दोहराए किन्तु कोई भिक्खु नहीं बोला।

मान्य आनंद ने कहा, "प्रभु, कितनी अद्भुत स्थिति है। मुझे भिक्खुओं के संघ पर पूर्ण निष्ठा है। प्रत्येक ने आपकी देशना को भलीभांति हृदयंगम कर लिया है। किसी को आपकी देशना के विषय में अथवा सद्धर्म-मार्ग के विषय में कोई शंका नहीं है।"

बुद्ध ने कहा, "आनंद, तुम विश्वास के आधार पर कह रहे हो किन्तु तथागत को प्रत्यक्ष ज्ञान है। तथागत जानते हैं कि सभी भिक्खुओं को त्रिरत्नों पर गहन निष्ठा है। इनमें से सबसे कम साधना-सम्पन्न भिक्खु भी जन्म-मृत्यु की धारा में प्रवेश करने की अवस्था में हैं।"

बुद्ध ने शांत भाव से भिक्खु समुदाय को देखा और कहा, "भिक्खुओ, तथागत अब क्या कहते हैं, उसे सुनो। यदि जन्म है तो मृत्यु सुनिश्चित है। मुक्ति प्राप्त करने के पथ पर परिश्रमी बनकर आगे बढ़ो।"

बुद्ध ने आंखें बंद कर लीं। वह अंतिम वचन बोल चुके थे। पृथ्वी हिली और शाल के फूल वर्षा की भांति झड़ पड़े। प्रत्येक को प्रतीत हुआ कि उनके चित्त और शरीर दोनों ही कंपायमान हो गए कि बुद्ध ने महा-परिनिर्वाण प्राप्त कर लिया है।

पाठको ! यह पुस्तक रख दीजिए और कुछ मिनटों तक मंद-मंद श्वासे लीजिए। इसके बाद ही पुस्तक आगे पढ़िए।

बुद्ध ने शरीर त्याग दिया था। कुछ भिक्खु बाहें फैलाए पृथ्वी पर गिर पड़े और करुण स्वर में कह उठे, "बुद्ध नहीं रहे ! प्रभु का निधन हो गया ! विश्व के नेत्र मुंद गए ! अब कौन अपनी शरण में लेगा ?"

कुछ भिक्खु इस प्रकार रो-पीट रहे थे तो कुछ भिक्खु शांत बैठे थे और अपनी श्वसन-क्रिया पर ध्यान केन्द्रित कर उन शिक्षाओं का ध्यान कर रहे थे जो बुद्ध ने उन्हें दी थी। मान्य अनिरुद्ध ने उनसे कहा, "बंधुओ, इस प्रकार करुणार्द्र होकर मत रोओ। बुद्ध देव ने शिक्षा दी थी कि जन्म के साथ मृत्यु, विकास के साथ ह्रास ओर संयोग से वियोग जुड़ा हुआ है। यदि आप बुद्ध की इन शिक्षाओं को समझेंगे और उनका पालन करेंगे तो इस प्रकार अधीर नहीं होंगे। कृपया बैठ जाइए। प्राणायाम कीजिए। हम मौन धारण करेंगे।"

सभी अनिरुद्ध के मतानुसार बैठकर उन सूत्रों का पाठ करने लगे जो उन्हें कंठस्थ थे। देर तक हुए सूत्र-पाठ के बाद मान्य अनिरुद्ध ने धर्म-शिक्षा दी और बुद्ध के महान कार्यों—उनके ज्ञान, करुणा, सद्गुणों, ध्यान-साधना, आनंद और समत्व भाव—की प्रशंसा की। इसके बाद मान्य आनंद ने बुद्ध के जीवन के

सारगर्भित प्रसंगों की चर्चा की। रात भर दोनों मान्य शिष्य बारी-बारी से शिक्षाएं देते रहे जिन्हें उपासक शांत भाव से सुनते रहे। मशालें बुझ जाने पर नई मशालें जला दी गईं। इस प्रकार उस रात का प्रभात हुआ।

अध्याय इक्यासी

पुरातन पथ, धवल मेघ

जब पौ फटी तो मान्य अनिरुद्ध ने मान्य आनंद से कहा, “बंधुवर, कुशीनारा जाकर अधिकारियों को सूचित कर दीजिए कि हमारे गुरुदेव ने शरीर त्याग दिया है जिससे वे आगे की व्यवस्था आरंभ कर सकें।”

मान्य आनंद चीवर धारण करके नगर गए। उस समय मल्ल राज्य के अधिकारी स्थानीय समस्याओं पर विचार-विमर्श कर रहे थे। बुद्ध के निधन का समाचार सुनकर उन्होंने गहरा दुःख व्यक्त किया। उन्होंने बुद्ध के अंतिम संस्कार की व्यवस्था करने की खातिर अन्य सभी प्रश्नों पर विचार स्थगित कर दिया। दोपहर होते-होते कुशीनारा में हर किसी को ज्ञात हो गया था कि बुद्ध साल वन में निर्वाण को प्राप्त हो गए हैं। बहुत से रोने और छाती पीटने लगे। उन्हें इसी बात का खेद था कि जब बुद्ध जीवित थे तो उनके दर्शन का सौभाग्य प्राप्त कर पाते। लोग पुष्पांजलि, सुगंधित द्रव, संगीत वाद्य और कपड़े के थान लेकर साल वन आए। उन्होंने बद्ध को नमन कर पष्प-गुच्छ उनकी पार्थिव काया पर अर्पित किए और उनके शरीर पर सुगंधित द्रव लगाए। उन्होंने विशेष नृत्य-गान का आयोजन किया और कपड़े के रंग-बिरंगे थानों को वृक्षों के चारों ओर लपेटा। लोग पांच सौ भिक्खुओं के लिए भोजन भी लेकर आए। शीघ्र ही वह साल वन एक महोत्सव में परिणत हो गया। मान्य अनिरुद्ध को बार-बार विशाल घंटा बजवाना पड़ता जिससे एकत्र जन समुदाय शांत हो जाए और सूत्रों का पाठ किया जा सके।

छः दिनों और छः रातों तक कुशीनारा और समीपस्थ पावा के लोग पुष्पांजलियां, सुगंध-द्रव अर्पित करते रहे और नृत्य-गान होता रहा। दो साल वृक्षों के बीच पुष्पों के ढेर लग गए। सातवें दिन मल्ल अधिकारियों ने सुगंध द्रव्ययुक्त जल से स्नान किया और समारोह वाले वस्त्र धारण किए और

बुद्ध के पार्थिव शरीर के समीप छः दिनों तक कुशीनारा की जनता द्वारा पुष्प-गुच्छ, सुगंध-द्रव का अर्पण और संगीत नृत्य का आयोजन

बुद्ध के पार्थिव शरीर को नगर में ले गए। वे उनके पार्थिव शरीर को नगर के केन्द्र में से घुमाते हुए अपने मुख्य मंदिर 'माकुत बंधन' मंदिर ले गए।

नगर के अधिकारियों ने राजोचित संस्कार की व्यवस्था की थी। बुद्ध के पार्थिव शरीर को कपड़े की कई तहों में लपेट गया और एक लौह बक्से में रखा। उस बक्से को एक और बड़े बक्से में रखा गया। तब उसे चिता पर रखा गया। चंदन की बड़ी चिता पर रखकर जब मुखाग्नि दी ही जा रही थी कि एक अश्वारोही तेजी से आया और थोड़ी देर में मुखाग्नि देने का अनुरोध किया। उसने बताया कि मान्य महाकाश्यप पांच सौ भिक्खुओं के साथ अंतिम संस्कार में शामिल होने पावा से आ रहे हैं। मान्य महाकाश्यप चम्पा में धर्मोपदेश कर रहे थे, जब वैशाली में बुद्ध के शरीर त्यागने के निर्णय और उत्तर की ओर चले जाने का समाचार मिला! वह तुरंत ही बुद्ध की खोज में निकल पड़े। जहां भी वह गए, वहीं के भिक्खु भी उनके साथ चल पड़े। जब वह पावा पहुंचे तो विपरीत दिशा से एक यात्री को साल का फूल लगाए आते देखा। उसने बताया कि छः दिन पूर्व ही बुद्ध ने कुशीनारा के समीप सालवन में शरीर त्याग दिया है। यह समाचार पाकर मान्य महाकाश्यप की खोज समाप्त हो गई थी और साथ के पांच सौ भिक्खुओं को लेकर कुशीनारा की ओर चल पड़े। मार्ग में एक अश्वारोही इस बात पर सहमत हो गया कि वह शीघ्र गति से जाकर उनके आगमन की सूचना वहां दे दे कि मान्य महाकाश्यप बुद्ध के शव-संस्कार में सम्मिलित होने आ रहे हैं।

दोपहर को मान्य महाकाश्यप और पांच सौ भिक्खु 'माकुत बंधन' मंदिर पहुंच गए। उन्होंने चीवर से अपने दाहिने कंधे को ढका। हाथ जोड़े और चिता की तीन बार परिक्रमा की। उन्होंने पांच सौ भिक्खुओं सहित बुद्ध के पार्थिव शरीर को साष्टांग प्रणाम किया। तीसरे नमन के बाद चिता को अग्नि दी गई। सभी भिक्खुओं और उपासकों ने उन्हें करबद्ध नमन किया। मान्य अनिरुद्ध ने घंटा बजाकर सभी को सूत्र-पाठ करवाया। इन सूत्रों में अनित्यता, अनात्मता, अनासक्तता और मुक्ति का कथन किया गया था।

जब चिता की अग्नि ठंडी हुई तो सुंगंधित जल से उसका छिड़काव किया गया। बक्से खोलकर उनकी काया की अस्थियां और भस्म स्वर्ण-क्लशों में रखी गईं और उन्हें मंदिर की प्रमुख वेदिका पर रख दिया गया। बुद्ध का शरीर शांत होने का समाचार अनेक नगरों को पहले ही भेज दिया था और पड़ोसी राज्यों के प्रतिनिधिमंडल बुद्ध को श्रद्धांजलि अर्पित करने आने लगे। उन्हें बुद्ध के अवशेषों

को कुछ भाग दिया गया जिन पर वे अपने यहां स्तूप निर्माण करा सकें। मगध, वैशाली, शाक्य, कोलिय, बुलय, पावा और पैठ राज्यों के प्रतिनिधि आए हुए थे। बुद्ध के अवशेषों को आठ भागों में विभक्त किया गया। मगध वाले राजगृह में, लिच्छिवि वैशाली में, शाक्य राज्य कपिलवस्तु में, बुलि लोग वेठदीप और मल्ल राज्य के लोग कुशीनारा और पावा में स्तूप बनवाएंगे।

राजकीय प्रतिनिधियों के अपने राज्यों को लौट जाने के पश्चात् भिक्खु अपने-अपने स्थानों को साधना-अभ्यास करने और सद्धर्म शिक्षा देने के लिए चले गए। मान्य महाकाश्यप, अनिरुद्ध और आनंद बुद्ध का भिक्षा-पात्र वापस वेणुवन ले आए।

एक मास पश्चात् मान्य महाकाश्यप ने राजगृह में भिक्खुओं की संगीति (परिषद्) बुलाई जिसका उद्देश्य बुद्ध द्वारा निर्दिष्ट सूत्रों और शीलों का प्रामाणिक संकलन तैयार करवाना था। साधना के स्तर और संघ के अनुभवों के आधार पर इसमें बुलाए जाने के लिए पांच सौ भिक्खुओं का चयन किया गया। यह परिषद् वर्षा-प्रवास काल में आरंभ होकर छः मास तक चलनी थी।

मान्य कौंडन्न, सारिपुत्त और मौद्गल्यायन के बाद मान्य महाकाश्यप बुद्ध के चौथे सर्वाधिक वरिष्ठ मान्य शिष्य माने जाते थे। सादगी से रहने और विनम्रता के कारण उनको विशेष सम्मान दिया जाता था। बुद्ध इन पर गहरा विश्वास और स्नेह करते थे। हर कोई जानता था कि जेतवन में जब बुद्ध ने कमल कलिका पर त्राटक ध्यान लगाया था, उस समय सबसे पहले मुस्कराने वाले मान्य महाकाश्यप थे क्योंकि बुद्ध ने उन पर शक्तिपात किया था और वे संबोधि प्राप्त संबुद्ध हो गए थे।

इस परिषद् का आयोजन राजा अजातशत्रु ने किया था। मान्य उपालि की शीलों के गहन ज्ञाता के रूप में प्रतिष्ठा थी, इसलिए उन्हें परिषद् में आमंत्रित किया गया था और उनसे शीलों का पाठ करने और उन स्थितियों का वर्णन करने का आग्रह किया गया था जिनके फलस्वरूप उन शीलों का निर्धारण किया गया गया था। मान्य आनंद को बुद्ध की समस्त देशनाओं को दोहराने के लिए तथा यह बताने के लिए बुलाया गया था कि वह देशना कब, कहां तथा किन स्थितियों में दी गई थी।

स्वभावतः यह अपेक्षा नहीं की जा सकती थी कि मान्य उपालि और आनंद को प्रत्येक विवरण पूरा-पूरा स्मरण ही होगा, इसलिए पांच सौ सम्माननीय भिक्खुओं की उपस्थिति बहुत सहायक थी। इस परिषद् में

समस्त शीलों का संकलन किया गया और उनका नाम 'विनय पिटक' रखा गया। बुद्ध की समस्त देशनाओं के संकलन को 'सूत्र पिटक' की संज्ञा से अभिहित किया गया। इन सूत्रों को, दीर्घता तथा विषय-वस्तु के आधार पर, चार भागों में विभक्त किया गया। मान्य आनंद ने परिषद् को बताया कि बुद्ध ने मुझसे कहा था कि मेरे शरीर-त्याग के बाद छोटे-मोटे शीलों की गणना न की जाए। अन्य भिक्खुओं ने आनंद से पूछा कि क्या आपने उनसे पूछा था कि छोटे-मोटे सूत्रों से उनका क्या आशय था तो आनंद ने स्वीकार किया कि यह प्रश्न करने की बात तो मेरे ध्यान में ही नहीं आई। लम्बे विचार-विमर्श के बाद यह निश्चय किया गया कि भिक्खुओं तथा भिक्खुनियों द्वारा अपनाए जाने हेतु सभी सूत्रों का संकलन किया जाए तथा किसी भी सूत्र को न छोड़ा जाए।

बुद्ध के निर्देश का स्मरण रखते हुए यह निश्चय किया गया कि सूत्रों का संकलन वैदिक भाषा (संस्कृत) के मंत्रों के रूप में न किया जाए। सूत्रों और शीलों को प्रमुखतः अर्द्धमागधी में ही संकलित किया जाए। परिषद् में यह निश्चय किया गया कि सूत्रों का अनुवाद अन्य भाषाओं में भी किया जाए, जिससे लोग अपनी मातृ-भाषा में उनका अध्ययन कर सकें। परिषद् में यह भी निश्चय किया गया कि वर्तमान तथा भावी पीढ़ियों में प्रसारार्थ सूत्रों का पाठ करने वाले भिक्खुओं (भाणकों) की संख्या में भी वृद्धि की जाए।

परिषद् के समापन के पश्चात् सभी भिक्खु अपने-अपने साधना तथा शिक्षण केन्द्रों को लौट गए।

नैरंजना नदी के तट पर खड़े मान्य स्वास्ति बहती हुई नदी को देख रहे थे। दूसरे तट पर चरवाहे युवक अपने भैंसों को उथले स्थान में नदी पार कराने की तैयारी कर रहे थे। हर युवक के पास हंसिया और टोकरा था, ठीक वैसा ही जैसा पैंतालीस वर्ष पहले उसके पास हुआ करता था। स्वास्ति जान रहे थे कि ये युवक इन टोकरियों में भैसों के चरने के लिए ताजी कुश घास काट कर भरेंगे।

बुद्ध ने इसी नदी में स्नान किया था। वहां 'बोधि वृक्ष' है जो पहले से भी अधिक बड़ा और छतनार हो गया है। मान्य स्वास्ति रात को उसी प्रिय वृक्ष के नीचे सोये। वहां का वन पहले की भांति निर्जन नहीं रह गया था। बोधि वृक्ष

अब तीर्थ-स्थल बन गया है और वहां की झाड़ियां एवं कांटेदार वृक्ष काटकर साफ कर दिए गए हैं।

मान्य स्वास्ति ने इस बात के लिए आभार व्यक्त किया कि बौद्ध परिषद् में आमंत्रित पांच सौ भिक्खुओं में वह भी था। इस समय उसकी आयु छप्पन वर्ष की थी। सद्धर्म-पथ के उसके सर्वाधिक घनिष्ठ मित्र राहुल को पांच वर्ष पूर्व निधन हो गया था। राहुल पूर्ण निष्ठा और परिश्रम से साधना करने की प्रतिमूर्ति था। यद्यपि वह राजघराने में जन्मा था किन्तु अत्यधिक सादगी के साथ जीवन-यापन करता था। यद्यपि सद्धर्म-प्रचार में उसका योगदान बहुत अधिक था, किन्तु अपने मुंह से उसने कभी उसका बखान नहीं किया।

राजगृह से कुशीनारा तक की बुद्ध की आखिरी पद-यात्रा में स्वास्ति उनके साथ था। बुद्ध ने जब शरीर त्यागा तो उन क्षणों में भी वह उनके पास था। पावा से कुशीनारा तक जाते समय मार्ग में किस प्रकार मान्य आनंद बुद्ध से पूछते थे कि हम कहां जा रहे हैं। बुद्ध केवल यही कहते, “हम उत्तर की ओर जा रहे हैं।’ स्वास्ति उनके कथन का अर्थ समझ रहा था। जीवन भर यात्राएं करते समय उन्होंने लक्ष्य का कभी ध्यान नहीं रखा। वह पूर्णतः सचेतन अवस्था में एक-एक पग उठाते और वर्तमान के प्रत्येक क्षण का आनंद लेते। जैसे गजराज अपने अंतिम दिनों में अपने स्वदेश लौटता है, उसी प्रकार बुद्ध अपने जीवन के अंतिम चरण में उत्तर की ओर चल दिए। उन्हें शरीर त्यागने के लिए लुम्बिनी अथवा कुशीनारा पहुंचने की कोई आवश्यकता नहीं थी। उनका उत्तर की ओर जाना ही पर्याप्त था। कुशीनारा भी तो लुम्बिनी वन का अंग था।

इसी प्रकार अपने घर की ओर आकर्षित हो मान्य स्वास्ति एक रात पहले ही नैरंजना नदी के तट पर पहुंचे थे। यही तो उनका घर था। वह स्वयं को ग्यारह वर्ष का वह किशोर ही समझता था जो और किसी के भैंसों की देख-भाल करके अपने भाई-बहिनों के लिए दो जून का भोजन जुटाता था। उरुबेला ग्राम अब भी पहले जैसा ही था। हर घर के आगे पपीते के पेड़ लगे थे। धान के खेत वैसे ही थे और नैरंजना नदी पहले की ही भांति बह रही थी। चरवाहे अब भी भैंसें चराते थे और भैंसों को नहलाते थे। यद्यपि सुजाता उस गांव में नहीं थी किन्तु उसके बच्चों के भी बच्चे हो गए थे और वहां से चले गए थे। किन्तु उरुबेला सदैव स्वास्ति का घर रहेगा। स्वास्ति को उस समय का ध्यान आया जब उन्होंने भिक्खु सिद्धार्थ को पहली बार वन में चलित ध्यान करते देखा था।

उसे उन भोजनों का भी स्मरण हो आया जो उसने और गांव के बच्चों ने बुद्ध के साथ बैठकर किए थे। अतीत के ये चलचित्र एक बार फिर साकार हो उठे। जब चरवाहे बालक नदी पार करके इस पार आएंगे तो वह अपना परिचय देगा। इनमें से हर बालक स्वास्ति है। जैसे बहत पहले उसे शांति, आनंद एवं मुक्ति के मार्ग पर प्रवेश का अवसर प्रदान किया गया था, वह भी इन बालकों को सद्धर्म मार्ग दिखलाएगा।

मान्य स्वास्ति मुस्कराए। एक महीने पहले कुशीनारा में युवा भिक्खु सुभद्र की मान्य महाकाश्यप से हुई तीखी बातचीत का उसे स्मरण हो आया। यह भिक्खु पावा से उनके साथ यात्रा कर रहा था। उसे जब पता चला कि बुद्ध ने शरीर त्याग दिया है तो सुभद्र ने कहा था, "चलो, बुड्ढा तो गया। इसके बाद हम सब स्वच्छन्द होंगे। अब कोई हमें डांटने वाला, झिड़कने वाला नहीं होगा।" मान्य महाकाश्यप उस युवा भिक्खु की बात सुनकर स्तंभित रह गए किन्तु बोले कुछ नहीं थे।

भले ही मान्य महाकाश्यप ने उस युवा भिक्खु को डांटा नहीं, किन्तु आनंद से खरी-खरी बातें कह दिया करते हालांकि आनंद बुद्ध के बहुत सम्मानित वरिष्ठ शिष्य थे। सभी सूत्रों के शुद्ध संकलन के लिए आनंद की उपस्थिति आवश्यक समझी जाती थी किन्तु परिषद् के समवेत किए जाने के तीन दिन पहले महाकाश्यप ने आनंद से कहा कि मैं गंभीरता से विचार कर रहा हूं कि तुम्हें परिषद् से बाहर ही रखूं क्योंकि सद्धर्म शिक्षा का ठोस ज्ञान होने पर भी अभी तुम्हें सच्ची अनुभूति नहीं हुई है। अन्य भिक्खुओं को भय हुआ कि महाकाश्यप के इस कथन से अपमानित अनुभव कर कहीं आनंद चले ही न जाएं। किन्तु आनंद चुपचाप अपनी कुटिया में घुस गए और भीतर से द्वार बंद कर लिए। वह तीन दिन और तीन रात तक गहन ध्यान-समाधि में रहे। जिस दिन परिषद् की प्रथम बैठक होनी थी, उसी दिन सबेरे आनंद को संबोधि प्राप्त हो गई थी। तीन दिन तक सतत् ध्यान में बैठे रहने और थक जाने के कारण आनंद ने जैसे ही चटाई पर पीठ लगाई कि उन्हें संबोधि प्राप्त हो गई। प्रात:काल जब महाकाश्यप आनंद से मिले और उनसे दृष्टि मिलाई तो समझ गए कि क्या घटित हो गया। उन्होंने कहा कि अब आपसे परिषद् में भेंट होगी।

स्वास्ति ने ऊपर की ओर दृष्टि की तो देखा कि नील गगन में धवल मेघखंड तैर रहे हैं। सूर्य ऊपर चढ़ आया था और नदी तट की घास प्रभाती प्रकाश से जगमगा रही थी। वाराणसी, श्रावस्ती, राजगृह तथा अन्य अनेक स्थानों की

यात्रा करते समय बुद्ध अनेक बार इस पथ पर चलते हुए निकले थे। सर्वत्र बुद्ध के पदचिह्न हैं और प्रत्येक सजग पग रखते हुए स्वास्ति को प्रतीत हो रहा था कि वह बुद्ध के पद-चिह्नों पर चल रहा है। बुद्ध के पथ पर उसके पग चल रहे हैं। जिन मेघखंडों को बुद्ध ने देखा था, वे ही आकाश में विचर रहे हैं। उसका प्रत्येक निर्मल पग पुरातन पथ पर बुद्ध के धवल मेघों को जीवन्त कर रहा था। वह बुद्ध के मार्ग पर चल रहा था।

बुद्ध ने शरीर त्याग दिया है, किन्तु मान्य स्वास्ति को सर्वत्र बुद्ध की विद्यमानता की अनुभूति हो रही थी। समस्त गंगा-क्षेत्र में बोधि वृक्ष रोप दिए गए हैं। वे विरवे सतत् बढ़ते-बढ़ते अब वृक्ष हो गए हैं। पैंतालीस वर्ष पहले किसी ने बुद्ध और संबोधि-पथ का नाम भी नहीं सुना था। अब गैरिक वस्त्र धारण किए भिक्खु और भिक्खुनियां सामान्य रूप से दिख जाते हैं। बहुत से धर्म-केन्द्र स्थापित हो चुके हैं। बहुत से राजाओं तथा उनके परिवारों और बड़े-बड़े विद्वान और अधिकारी बुद्ध, धर्म और संघ की शरण में आ चुके हैं। समाज के निर्धनतम और सर्वाधिक दलित वर्गों के सदस्यों को सद्धर्म की शरण प्राप्त हो सकी है। सद्धर्म के पथ पर चलकर उन्होंने अपने जीवन और आत्मा को मुक्त कर लिया है। पैंतालीस वर्ष पूर्व स्वास्ति एक निर्धन चरवाहा था और आज वह भिक्खु है और जाति-पांति के भेद-भाव एवं बाधाएं समाप्त हो गई हैं। आज मान्य स्वास्ति का राजा तक आदरपूर्वक अभिनंदन करते हैं।

बुद्ध कौन थे जो इतना जबर्दस्त परिवर्तन लाने में समर्थ हुए। नदी तट पर चरवाहों को कुश घास काटने में जुटा देखकर मान्य स्वास्ति के मन में यह प्रश्न उठा। यद्यपि बुद्ध के अनेक वरिष्ठ शिष्यों का निधन हो गया है किन्तु अभी महान साधना और सिद्धि प्राप्त बहुत से भिक्खु विद्यमान हैं। इनमें से बहुत भिक्खु युवा ही हैं। बुद्ध विशाल बोधि वृक्ष के बीज के समान हैं। बीज अंकुआ कर जड़ें पकड़ चुका है और जड़ें मिट्टी में फैल गई हैं। संभवतः लोग जब वृक्ष को देखते हैं तो उन्हें बीज दिखाई नहीं देता किन्तु बीज उसमें विद्यमान होता है। इस प्रकार वह बीज कभी नष्ट नहीं होता, वह स्वयं ही पेड़ हो जाता है। बुद्ध ने शिक्षा दी है कि कुछ भी विद्यमानता से अविद्यमान नहीं होता। बुद्ध की शरीर काय बदल गई है किन्तु वह अब भी विद्यमान हैं। जो ध्यान से देखेगा, वह बुद्ध को संघ के रूप में साकार देखेगा। वह परिश्रमी साधक, दयालु और बुद्धिमान युवा

नैरंजना नदी पार करते भैंसों के चरवाहों को निहारते हुए मान्य स्वास्ति

भिक्खुओं में विद्यमान देख सकेंगे। मान्य स्वास्ति ने समझ लिया कि बुद्ध के धर्म-काय को सबल बनाना उसका उत्तरदायित्व है। उनकी देशना और संघ ही बुद्ध की धर्म-काय है। जब तक धर्म और संघ सुदृढ़ रहते हैं, तब तक बुद्ध विद्यमान हैं।

स्वास्ति ने जब चरवाहे बालकों को नदी के इस पार आते देखा तो वह मुस्करा उठा। यदि मैं इन बच्चों में, बुद्ध के सद्धर्म मार्ग को सतत् जारी रखकर समत्व-भाव, शांति और आनंद नहीं जगाता तो इस कार्य को कौन करेगा ? बुद्ध ने इस कार्य का श्रीगणेश किया था। उनके शिष्यों को वह कार्य सतत् चालू रखना है। बुद्ध ने बोधि वृक्ष के जो बीज बोये हैं, वे विश्वभर में जड़ें पकड़ेंगे और वृक्ष बनेंगे। मान्य स्वास्ति को लगा कि बुद्ध ने अपने हृदय के दस हजार मूल्यवान बीज बोये हैं। स्वास्ति इन बीजों को अंकुरित होने, जड़ें पकड़ने और मजबूत बोधि वृक्ष बनाने में सहायक होगा। लोग कहते हैं कि बुद्ध का निधन हो गया है किन्तु स्वास्ति देख रहा था कि बुद्ध पहले की अपेक्षा कहीं अधिक विद्यमान हैं। वह स्वास्ति के चित्त और शरीर में हैं। वह जिधर भी देखता, उधर सर्वत्र ही बुद्ध उपस्थित हैं–वे बोधिवृक्ष में हैं, नैरंजना नदी में हैं, हरी घास में हैं, धवल मेघों में हैं और पत्तों में विद्यमान हैं। युवा चरवाहे स्वयं बुद्ध हैं। एक क्षण में वह उनसे बातचीत करेगा ही। वे भी बुद्ध का आरंभ किया हुआ कार्य आगे बढाएंगे। स्वास्ति ने जान लिया कि बुद्ध का कार्य सतत् चालू रखने के लिए सभी वस्तुओं पर सजगता से देखना, शांतिपूर्वक पग उठाना और करुणामय भाव से मुस्कराना आवश्यक है, जैसे कि स्वयं बुद्ध किया करते थे।

बुद्ध उदगम स्थान थे। स्वास्ति और चरवाहे युवक उस स्थल से निकलने वाली सरिताएं हैं। जहां भी ये सरिताएं प्रवाहित होंगी, वहां-वहां बुद्ध विद्यमान होंगे।

• • •

परिशिष्ट

अध्याय सूची व स्रोत

सूत्रों के लिए प्रयोग किए गए संक्षिप्त शब्द चीनी भावानुवाद ताइशो संशोधित त्रिपिटक से है।

T	ताइशो संशोधित त्रिपिटक
Tch'anyg	तचांग एक हान राजा (T.1) दीर्घगामा
Tchang	तचौंग एक हान राजा (T.25) मध्यगामा
Tsa	तशा एक हान राजा (T.99) संयुक्तगामा
Tseng	तसेंग यी एक हान राजा (T.125) इकोत्रगामा
Sv.	सुत्त-विभंग
Para	पाराजिका-पाली
Mv.	महावग्गा
Cv.	कुलावग्गा
D	दीघ-निकाय
M.	मज्झिमा-निकाय
S.	समयुत्त-निकाय
A.	अंगउत्तरा-निकाय

kh.	खुद्दक-निकाय
khp.	खुद्दक-पथ
ud.	उदाना
Iti.	इतिवुत्तक
Sn.	सुत्त-निपाता
Dh	धम्मपद
Thag.	थेरागाथा
Thig.	थेरीगाथा
Jat.	जातकपाली
Vin.	विनय

भाग-एक

एक–विचरते-विचरते यात्रा

सार–बुद्ध नैरंजना नदी के किनारे बसे उरुवेला गांव में ठहरते हैं, ताकि स्वास्ति को राजगृह के वेणुवन में ले जाकर प्रवृज्या दे सकें। वहां स्वास्ति राहुल का मित्र बन जाता है।

स्रोत–फो चोओ फोऊ याओ किंग (T.186), फो सो हींग त्सान (T.192), फो पैन हींग त्सी किंग (T.190), फो चोओ फांग निओ किंग (T.123), ललित विस्तार बुद्धचरित।

अतिरिक्त जानकारी–ललित विस्तार में घास काटने वाले नन्हें लड़के स्वास्तिका का उल्लेख मिलता है, T.186 व T.187। ललित विस्तार का पी. फोउकाज़ कृत फ्रेंच अनुवाद Annales du Mus'ee Guimet, Volume VI (1884) व Volume XIX (1892) में देख सकते हैं।

दो–भैंसों की देखभाल

सार–बुद्ध भैंसों की देखभाल से जड़े प्रवचन देते हैं। स्वास्ति राहुल के सामने स्वीकार करता है कि उसे घर की याद सता रही है। राहुल उसे बताता है कि आदरणीय आनंद उससे मिलना चाहते हैं।

स्रोत–कुलागोपालका सुत्त (M.34), महागोपालका सुत्त (M.33); A.11, 18; फो चोऊ फांग निओ किंग (T.123) (त्सेंग 43,6); फांग निओ किंग (त्सेंग 49,1)

अतिरिक्त जानकारी–इस अध्याय में भैंसों की देखभाल से जुड़े सूत्रों का विषय T.123 में से है। त्सेंग 43, 6; त्सेंग 49, 1; M.34 व M.33 में भी इसका विवरण मिलता है।

तीन–घास का उपहार

सार–जब स्वास्ति पहली बार सिद्धार्थ से मिलता है, तो वह उन्हें कुशा घास भेंट में देता है, ताकि वे अपने ध्यान के लिए आसन बना सकें।

स्रोत–फो चोऊ फोऊ याओ किंग (T.186); फांग कोऊअंग ता तचाऊंग येन किंग (T.186); ललित विस्तार; बुद्धचरित : फो चोओ फांग निओ किंग (T.123)

चार–घायल हंस

सार–स्वास्ति व सुजाता पहली बार मिलते हैं। सिद्धार्थ उन्हें उस हंस की कहानी सुनाते हैं, जिसे देवदत्त ने अपने तीर से घायल कर दिया था।

स्रोत–फो चोऊ फोऊ याओ किंग (T.186); फो पैन हींग सी किंग (T.190); ललित विस्तार; बुद्धचरित।

पांच–एक कटोरी दूध

सार–सुजाता की सिद्धार्थ से पहली भेंट तब हुई, जब वे नदी के किनारे पड़े आखिरी सांसें ले रहे थे।

फो सो हींग त्सान (T.192) फो चोऊ फोऊ याओ किंग (T.186); फांग कोऊअंग ता तचाऊंग येन किंग (T.187); ललित विस्तार, बुद्धचरित।

अतिरिक्त जानकारी–बुद्धचरित में नंदबाला नामक कन्या का उल्लेख है, जो बुद्ध को एक कटोरा दूध देती है, संभवतः सुजाता व नंदबाला एक ही हैं।

छह–जम्बू वृक्ष के नीचे

सार–राजकुमार सिद्धार्थ का जन्म होता है। असित कालदेवल महल में आते हैं। सिद्धार्थ भूमि कर्षण उत्सव में भाग लेते हैं। वे पहली बार ध्यान लगाते हैं।

स्रोत–आचार्या–अबूत्त सुत्त (M.123); महापाद्दना सुत्त (D.14);

नलकः सुत्त (Sn.III, II); फो सो हींग त्सान (T.192); फो चोऊ फोऊ याओ किंग (T.186); फांग कोऊअंग ता तचाऊंग येन किंग (T.187); फो पैन हींग त्सी किंग (T.190) : बुद्धचरित।

बुद्धकरीता काव्य सुत्त का अनुवाद फो सो हींग सान (T.192) ही संक्षिप्त में बुद्धकरीता (बुद्धचरित) कहा जाता है। इसके लेखक थे 'अश्वघोष'। ई.वी. कोवैल ने 1893 में इसका अनुवाद किया व 'सैकर्ड बुक ऑफ ईस्ट' के XLVI ग्रंथ में से इसे प्रकाशित किया गया। अंग्रेजी में भी इसका अनुवाद हुआ। एस. बील ने इसे 'रोमांटिक लीजेंड ऑफ शाक्य बुद्ध' का नाम दिया वं लंदन में, 1875 में प्रकाशित किया।

सात–सफेद हाथी का पुरस्कार

सार–सिद्धार्थ उच्च शिक्षा प्राप्त करते हैं। वे ब्राह्मणों के दर्शन व जीवनशैली के विरुद्ध प्रतिक्रिया प्रकट करते हैं। वे दंडपाणि द्वारा आयोजित युद्ध विद्या प्रतियोगिता में भाग लेते हैं।

फो चोऊ याओ किंग (T.186); फांग कोआंग ता तचाऊंग येन किंग (T.187), फो पैन हींग त्सी किंग (T.190); ललित विस्तर बुद्धचरित।

आठ–रत्नजटित घर

सार–एक निर्धन की झोपड़ी में यशोधरा व सिद्धार्थ की भेंट होती है। महारानी गौतमी, राजधानी की युवतियों को पुरस्कार देती हैं।

स्रोत–फो चोऊ फोऊ याओ किंग (T.186); फो पैन हींग त्सी किंग (T.190); ललित विस्तार, बुद्धचरित।

नौ–सदयता का पथ

सार–सिद्धार्थ व यशोधरा अपने विवाह का उत्सव मनाते हैं। वे पूरी राजधानी का दौरा करते हैं। महारानी गौतमी व यशोधरा मिलकर जरूरतमंदों की सहायता करती हैं।

स्रोत–A. III, 38; फो चोऊ फोऊ याओ किंग (T.186); फो पैन हींग

त्सी किंग (T.190); फांग कोआंग ता तचाऊंग येन किंग (T.187); ललित विस्तार, बुद्धचरित।

दस–अजन्मा बालक

सार–सिद्धार्थ राजगद्दी को प्राप्त करने योग्य शिक्षा ग्रहण करते हैं। यशोधरा सबको बताती हैं कि वे गर्भवती हैं।

स्रोत–फो चोऊ फोऊ याओ किंग (T.186); फो पैन हींग प्सी किंग (T.190); फांग कोआंग ता तचाऊंग चेन किंग (T.187); ललित विस्तार, बुद्धचरित।

ग्यारह–धवल चंद्रिका में बांसुरी वादन

सार–सिद्धार्थ बांसुरी बजाते हैं, तो अनिरुद्ध बड़ी तन्मयता से सुनते हैं। यशोधरा राहुल को जन्म देती है।

स्रोत–फो चोऊ फोऊ याओ किंग (T.186); फो पैन हींग त्सी किंग (T.190); फांग कोआंग ता तचाऊंग येन किंग (T.187), ललित विस्तार; बुद्धचरित।

बारह–महाभिनिष्क्रिमण

सार–बसंत ऋतु में यात्रा के दौरान सिद्धार्थ एक रोगी को देखते हैं, जिसकी मृत्यु हो जाती है। यशोधरा तीन स्वप्न देखती हैं जिससे सिद्धार्थ के विदा का संकेत मिलता है। सिद्धार्थ अपने पिता से संन्यास-ग्रहण करने की आज्ञा मांगते हैं। महाराज मना कर देते हैं। सिद्धार्थ एक उद्यान भोज के पश्चात् आधी रात को घर से निकल जाते हैं।

स्रोत–फो चोऊ फोऊ भाओ किंग (T.186); फो पैन हींग त्सी किंग (T.190); ललित विस्तार; बुद्धचरित।

तेरह–तपश्चर्या का श्रीगणेश

सार–सिद्धार्थ अनोमा नदी पार करते हैं व चन्ना से कहते हैं कि वह उनके बालों की लटें, कंहार व तलवार लेकर अश्व कंतक के साथ लौट जाए। सिद्धार्थ एक शिकारी के साथ अपने राजसी वस्त्र बदल कर, एक

साधु के वस्त्र प्राप्त करते हैं। फिर उनकी भेंट एक तपस्वी से होती है। साधु उन्हें आचार्य आलार मलमा के आध्यात्मिक विद्या केंद्र में ले जाता है। सिद्धार्थ वहां बैठ कर ध्यान लगाना व भिक्षा मांगना सीखते हैं। वहीं से चारों ध्यान व तीन निराकार एकाग्रताओं का अभ्यास भी करते हैं।

स्रोत–फो चोऊ फोऊ याओ किंग (T.186); फो पैन हींग त्सी किंग (T.190); ललित विस्तार; बुद्धचरित; पासारसी सुत्त (M.126); महाशाक्का सुत्त (M.36)।

(M.26) व तचाऊंग (204) में सिद्धार्थ द्वारा गुरु कालमा द्वारा प्राप्त शिक्षा व विदा का विवरण मिलता है। M.36, M.85, M.100, Tsa 110 व वोऊ फेन लिऊ (T.1421) में भी इसका उल्लेख मिलता है।

चौदह–गंगा के उस पार

सार–सिद्धार्थ गुरु कालाम से विदा ले, गंगा नदी पार करते हैं व किसी अन्य गुरु की तलाश में मगध जा पहुंचते हैं। वे विभिन्न धारणाओं व मतों को मानने वाले गुरुओं व अनुयायियों से मिलते हैं उनकी भेंट राजा बिम्बिसार से भी हुई। फिर वे अद्रक रामपुत्त के आध्यात्मिक केंद्र में जा पहुंचते हैं।

फो चोऊ फोऊ याओ किंग (T.186); फो पैन हींग त्सी किंग (T.190); ललित विस्तार, बुद्धचरित; पब्जा सुत्त (SN.III.I); पासारसी सुत्त (M.26); मद्यशाक्का सुत्त (M.36); बोद्धिराजकुमार सुत्त (M.85), त्सा 107.

SN. III, I में सिद्धार्थ व राजा बिम्बिसार की भेंट का विवरण मिलता है।

पंद्रह–शरीर पीड़न तप

सार–सिद्धार्थ ने आचार्य रामपुत्त के मार्गदर्शन में भाव-बोध व भाव-बोध हीनता की शिक्षा ली। सिद्धार्थ ने उनसे भी विदा ली व दंगली पर्वत पर जा कर स्वयं ही शरीर पीड़न तप से मुक्ति का सद्मार्ग खोजने

का निश्चय किया। एक दिन उन्होंने शरीर पीड़न तप को त्याग दिया और फिर सामान्य रूप से खाने-पीने लगे। उनके पांचों मित्रों ने उन्हें त्याग दिया। गौतम पीपल के वृक्ष तले ध्यान रमाने लगे।

स्रोत–फो चोऊ फोऊ याओ किंग Z (T.186) फो पैन हींग त्सी किंग (T.190); पब्जा सुत्त (Sn.III.I); पासारसी सुत्त, (M.26); महाशाक्का सुत्त (M.36); बोद्धिराजकुमार सुत्त (14.85); भयाभवरेवा सुत्त (M.4), वोऊ फेन लिऊ (T.1421)

M.26 में सिद्धार्थ के भाव बोध व भाव बोधहीनता का विवरण मिलता है। M.4 व त्सेंग 23, 31 में भय पर काबू पाने के प्रयासों का विवरण है। स्वयं साधना के अभ्यास का उल्लेख (M.36) के अतिरिक्त (M.85, M.100) व वोऊ फेन लिऊ (T.1421) में भी है।

सोलह–क्या यशोधरा सो रही थी?

सार–सवास्ति भिक्षुणी प्रजापति से गौतम बुद्ध के संन्यासी बनने से पहले व बाद की जीवन घटनाओं के बारे में पूछता है।

स्रोत–फो चोऊ फोऊ याओ किंग (T.186); फो पैन हींग त्सी किंग (T.190); ललित विस्तार, बुद्धचरित; फांग कोआंग ता तचाऊंग येन किंग (T.187).

सत्रह–पीपल के पत्ते में ब्रह्माण्ड दर्शन

सार–पीपल वृक्ष के तले, गौतम ध्यान साधना में लीन हो जाते हैं। वे कुछ ऐसे स्वप्न देखते हैं, जिससे उन्हें आंतरिक पूर्वाभास हो जाता है। कि वे महान बोधितत्त्व के निकट हैं।

स्रोत–फो चोऊ फोऊ याओ किंग (T.186); फो पैन हींग त्सी किंग (T.190); ललित विस्तर, बुद्धचरित; फांग कोआंग ता तचाऊंग येन किंग (T.187), त्सा 287, त्सेंग 38.4।

सिद्धार्थ की अंतः निर्भरता की प्रकृति के अन्वेषण का उल्लेख

S.XII, 65, त्सा 287 व अन्य कई सूत्रों में भी मिलता है।

अठारह–संबोधि की प्राप्ति

सार–गौतम साधना की गहराईयों में उतरते हैं, तो उन्हें आर्य मार्ग व पवित्र अष्टांगिक मार्ग का ज्ञान होता है। उन्हें संबोधि की प्राप्ति हो जाती है। उसी सुबह उनकी भेंट स्वास्ति से पुनः होती है।

स्रोत–फो चोऊ फोऊ याओ किंग (T.186); ललित विस्तार, बुद्धचरित; फांग कोआंग ता तचाऊंग येन किंग (T.187); महाशाक्ता सुत्त (M.36); S.XII, 65;XXII, 26; Vd. I, 1-3

"ओ द्वारपाल" अनुच्छेद का उल्लेखन D4. 153-154 में है।

उन्नीस–सचेतावस्था की आवश्यकता

सार–गांव के बच्चे गौतम के लिए मिट्ठे ताजा नारियल व गुड़ उपहार में लाते हैं। गौतम उन्हें सचेतावस्था की शिक्षा देते हैं। बच्चे उन्हें 'बुद्ध', उनके पथ को जागृति का पथ व पीपल के वृक्ष को 'बोधिवृक्ष' की संज्ञा देते हैं।

स्रोत–ललित विस्तार; निआन तचोऊ किंग (न चौंग 98); सतिपत्थन सुत्त (M.10) सचेतावस्था से जुड़ा विचार M.10 व तचौंग 98 से लिया गया है।

बीस–हिरण की योनि

सार–बुद्ध बच्चों को अपने एक पूर्व जन्म की कथा सुनाते हैं, जिनमें वे हिरण की योनि में थे तथा हिरण, कछुए व मैना के बीच गहरी मित्रता थी।

स्रोत–चेंग किंग (T.154); जातक (kn.10); सिऊन त्सी वो युआन किंग (T.200); पूर्णामुखावदनाष्टका; लिओ तोऊ त्सी किंग (T.152)

इक्कीस–कमल-सरोवर

सार–बुद्ध एक कमल-सरोवर की यात्रा करते हुए विचार करते हैं कि दूसरों को शिक्षा देने के लिए कौन-सा मार्ग अपनाया जाए। वे साधु उपक से मिलते हैं तथा आचार्य आलार व रामपुत्त के विषय में पूछते हैं। वे गांव के बच्चों से विदा ले, अपने पांच मित्रों की तलाश में वाराणसी की ओर चल देते हैं।

स्रोत–फो चोऊ फोऊ याओ किंग (T.186), फो पैन हींग त्सी किंग (T.190), ललित विस्तार ! फांग कोआंग ता तचाऊग येन किंग (T.187); Vin. Mv. Kh.1.;S. VI 1.

कमल के अंगों से व्यक्ति की विशेषताओं की तुलना का विवरण Vin. Mv. Kh.1 में मिलता है।

बाईस–धर्म-चक्र-प्रवर्तन

सार–बुद्ध मृगदान में पांचों मित्रों को राह दिखाते हैं।

स्रोत–ललित विस्तार; बुद्धचरित; Vin Mv. 1; S. LVI, II; पासारसी सुत्त (M.26); फो चोऊ तचाऊन फा लोऊन किंग (T.109); फो चोओ पा तचेंग ताओ किंग (T.112)

बुद्ध व उनके पांचों मित्रों से हुई भेंट का विवरण Vin. Mv. Kh.1 व S.LVI, 11 में मिलता है।

तेईस–धर्म का अमृत

सार–बुद्ध यश को देशना देते हैं व उसके माता-पिता को शिष्यों के लिए बने पंचशीलों का उपदेश देते हैं।

स्रोत–Vin. Mv. Kh. I, फो चोऊ फोऊ याओ किंग (T.186); फांग कोआंग ता तचाऊंग येन किंग (T.187)

यश की देशना का विवरण Vin. Mv. Kh.1 में मिलता है।

चौबीस–प्रवृज्या की प्रक्रिया

सार–पथ के चौवन मित्र की दीक्षा चाहते हैं। बुद्ध अपने शिष्यों को धर्म की शिक्षा देने के लिए भेजते हैं। वे प्रवृज्या की प्रक्रिया निश्चित करते हैं।

स्रोत–Vin. Mv. Kh.1, सेऊ फेन लिऊ (T.1428); फांग कोआंग ता तचाऊंग येन किंग (T.187); ललित विस्तार।

इस अध्याय का अधिकतर विवरण Vin. Mv. Kh-1 में मिलता है।

पच्चीस–संगीत के उच्च शिखर

सार–बुद्ध अपने बांसुरी वादन से तीस युवकों का हृदय परिवर्तन कर देते हैं।

स्रोत–Vin. Mv. Kh. 1, सेऊ फिन लिऊ (T.1428); फांग कोआंग ता तचाऊंग येन किंग (T.187); ललित विस्तार; फो चोओ फोऊ याओ किंग (T.186) बुद्ध व तीस युवकों के मध्य हुए संवाद का विवरण Vin. Mv. Kh-1 में मिलता है।

छब्बीस–जल भी उर्ध्वगामी

सार–बुद्ध काश्यप से ब्रह्माण्ड की प्रकृति व परस्पर निर्भरता के सिद्धांत पर चर्चा करते हैं। बुद्ध अग्नि वेदिका कक्ष में अकेले रात बिताते हैं। आधी रात को वहां आग लग जाती है। बुद्ध काश्यप को दिखाते हैं। कि किसी की भी पृथक और शाश्वत सत्ता नहीं होती। सभी वस्तुएं परस्पर अवलंबन के कारण ही विद्यमान रहती हैं।

स्रोत–Vin. Mv. Kh-1; सेअ फिन लिऊ (T.1428); फांग कोआंग ना तचाऊंग चेन किंग (T.187); ललित विस्तार; फो पैन हींग त्सी किंग (T.190)

बुद्ध द्वारा तीन काश्यप बंधुओं की दीक्षा का विवरण Vin. Mv. Kh-1 में मिलता है।

सत्ताईस–सभी धर्म दग्ध हैं

सार–बुद्ध काश्यप को चार आर्य सत्यों के विषय में उपदेश देते हैं। व बताते हैं किस प्रकार अपनी श्वसन क्रिया, शरीर और चित्त पर केंद्रित ध्यान साधना करती है। तीन काश्यप बंधु व उनके नौ सौ शिष्य भी बुद्ध की देशना लेते हैं व दीक्षित होते हैं। वह अग्निसूत्र का प्रवचन देते हैं।

स्रोत–Vin. Mv. Kh-1; फो पैन हींग त्सी किंग (T.190); फो चोऊ फोऊ चाओ किंग (T.186); S XXXV, 28

अग्नि सूत्र Vin. Mv. Kh-1; में हैं। इन्हें SXXXV, 28 में भी देखें।

अट्ठाईस–ताड़ वन में

सार–बुद्ध एक हजार भिक्षुओं सहित राजगृह लौटते हैं। राजा बिम्बिसार, उनके परिवार के सदस्य व सहायक बुद्ध के पास जाकर उनकी देशना सुनते हैं।

स्रोत–Vin. Mv. Kh-1; ललित विस्तार फो पैन हींग त्सी किंग (T.190); फांग कोआंग ता तचाऊंग येन किंग (T.187)

उनतीस–परस्परावलम्बी सवर्द्धन

सार–अनेक व्यक्ति ताड़वन में आने लगे, उन्होंने बुद्ध से प्रवृज्या देने का अनुरोध किया। आदरणीय कौंडन्न ने त्रिरत्नों का उच्चारण करवाया। सारिपुत्र व मौद्गल्यामन ने भी बुद्ध से प्रवृज्या ग्रहण की।

स्रोत–Vin. Mv. Kh.1, 23, 1 ff; ललित विस्तार; फो चोऊ फोऊ याओ किंग (T.186)

अस्सजि व सारिपुत्र की गाथा का विवरण Vin. Mv. Kh-1, 23, 5 में भी मिलता है।

भाग-II

तीस–वेणुवन का दान

सार–बुद्ध व उनके भिक्षु महल में भोजन ग्रहण करते हैं। बुद्ध उन पंचशील के सिद्धांतों की चर्चा करते हैं, जिनसे राजधानी की दीर्घकालीन शांति व संपन्नता बनी रह सकती है। वे बच्चों को प्लूमेटिया वृक्ष के पूर्व जन्म की कथा सुनाते हैं। राजा बिम्बिसार, बुद्ध व उनके संघ को वेणुवन दान में दे देते हैं।

स्रोत–Vin. Mv. Kh-1, जातक (Kh.10); सिऊन त्सी पो युआन किंग (T.200); पूर्णमुखावदनाष्टका; लिओ तोऊ त्सी किंग (T.152); चेन किंग (T.154)

Vin. Mv. Kh-1, में, महल में निमंत्रण व राजा के वेणुवन दान की घटना का विवरण है।

इकतीस–वसंतु ऋतु में लौटूंगा

सार–भिक्षु समुदाय वेणुवन में ही वर्षा प्रवास का समय बिताता है। राजा शुद्धोधन ने कालुदयी को भेजा कि वे जाकर बुद्ध को वापिस लाएं। कालुदयी भी वहां आकर प्रवृज्या लेने की इच्छा व्यक्त करते हैं।

स्रोत–Vin. Mv. Kh-1, फो चोऊ फोऊ याओ किंग (T.186); फांग कोआंग ना तचाऊंग येन किंग (T.157); ललित विस्तार; थाग।

राजा शुद्धोधन द्वारा कालुदयी को भेजने व बुद्ध को लौटा लाने का निमंत्रण देने के घटना का विवरण भाग (527-33) में है।

बत्तीस–तर्जनी चंद्रमा नहीं होती

सार–गौतम दीर्घनप्व को शिक्षा देते हैं कि सभी वस्तुएं अनित्य हैं, प्रनित्य सभुत्पाद हैं व उनकी कोई पृथक सत्ता नहीं होती। सारिपुत्र ने बुद्ध की देशना को सूक्ष्मता से समझा व दीर्घनप्व ने भी प्रवृज्या लेने की इच्छा व्यक्त की। राजधनी में बुद्ध व भिक्खु समुदाय से जुड़ी अफवाहें फैलने लगती हैं।

दीघनख सुत्त (M.74); तचांग तचाओ फान त्वे त्सींग वेन किंग (T.584)

तैंतीस–शाश्वत सौंदर्य

सार–आम्रपाली व उसका पुत्र जीवक बुद्ध से भेंट करते हैं। बुद्ध अपने शिष्यों को सुंदरता व कुरुपता के विषय में उपदेश देते हैं।

स्रोत–S.47, 1; Tsa 622; महापरिनिष्वान सुत्त (D.16); Vin. Mv. Kh-6; जीवन सुत्त (M.55)

चौंतीस–पुनर्मिलन

सार–बुद्ध कपिलवस्तु लौटते हैं। राजा शुद्धोधन पुत्र से मिलने के लिए नगर में प्रवेश करते हैं। बुद्ध राजा को भिक्षाटन का अर्थ व उद्देश्य समझाते हैं। राहुल बुद्ध से अपना उत्तराधिकार मांगता है। बुद्ध व उनके शिष्यों को राजमहल में भोजन का निमंत्रण मिलता है। बुद्ध अपनी आध्यात्मिक खोज के विषय में बताते हैं।

स्रोत–Vin. MV. 1; फांग कोआंग ता तचाऊंग येन किंग (T.187); ललित विस्तार

पैंतीस–अरुणोदय

सार–बुद्ध व उनके शिष्यों को शुद्धोधन व उनके राजकीय अतिथियों के साथ भोजन का निमंत्रण मिलता है। बुद्ध वहां चार आर्य सत्यों का उपदेश दिया व उनसे कहा कि गहराई से यथार्थ बोध करने से जीवन से

दुःख व विषमताएं समाप्त हो जाती हैं। गौतमी व यशोधरा बुद्ध से भेंट करने न्यग्रोधा उद्यान में जाती हैं।

स्रोत–Vin. Mv. Kh-1

छत्तीस–कमल लेकर प्रतिज्ञा

सार–यशोधरा बुद्ध व कालुदयी को महल में भोजन का निमंत्रण देती हैं। बुद्ध गांव के निर्धन बच्चों से मिलते हैं व उन्हें मेघ व उसकी युवा पत्नी के पूर्वजन्म की कथा सुनाते हैं; उस युवा स्त्री ने ही मेघ को कमल पुष्प दिए थे, ताकि वह उन्हें आचार्य दीपांकर को भेंट कर सके।

स्रोत–सिऊन त्सी पो युआन किंग (T.200); फो पैन हींग त्सी किंग (T.190); पूर्णमुखावदनाष्टका; जातक (Kh-10); चेंग किंग (T.154)

सैंतीस–धर्म-शासन उचित

सार–नंद व राहुल भी संघ में शामिल होते हैं। राजा शुद्धोधन बुद्ध की निंदा करते हैं कि उन्होंने राहुल को भिक्षु बनने की आज्ञा क्यों दी? युद्ध, राजनीति व सद्धर्म के मार्ग पर देशना दी।

स्रोत–Vin. Mv. Kh-1; सेऊ फेन लिऊ (T.1428)

राजा ने बुद्ध से जो शब्द कहे, "तुम्हारे जाने पर तो चाकू से मेरी त्वचा में घाव हुआ था, उसके बाद उस चाकू ने मेरा मांस काट दिया और..." वे Vin. Mv. Kh-1 से ही लिए गए हैं।

अड़तीस–आनंद ही आनंद

सार–शाक्य वंश के छः कुमार अपना घर त्याग देते हैं, एक नाई भी उनका साथी बन जाता है। वे सब जाकर प्रवृज्या लेने की इच्छा व्यक्त करते हैं। बुद्ध ने अपना वर्षा प्रवास वेणुवन में व्यतीत किया। भद्दिय को ध्यान साधना में आनंद का बोध हुआ व महाकाश्यप ने भी प्रवृज्या ली।

स्रोत–Vin. Cv. Kh-7, Vd. 11, 10; सेम फेन लिऊ (T.1428)

भविष्य के इस अद्भुत आनंद का विवरण Vin. Cv. Kh-7; में मिलता है।

उनतालीस–उषःकाल की प्रतीक्षा

सार–व्यापारी सुदत्त आधी रात को ही बुद्ध से भेंट करने के लिए चल देता है। सुदत्त सारिपुत्र को अपने साथ चलने का निमंत्रण देता है, ताकि बुद्ध कौशल देश जाकर धर्म की देशना दे सकें।

स्रोत–Vin. Cv. Kh-6, S. X8; Tse 592 7 593

सुदत्त व बुद्ध की पहली भेंट का विवरण Vin. Cv. Kh-6 में है।

चालीस–स्वर्ण-मुद्राएं बिछा कर खरीदा जेतवन

सार–सुदत्त भिक्षुओं के लिए विहार बनाने के लिए राजकुमार से उद्यान खरीदते हैं। सारिपुत्र बुद्ध को लाने के लिए राजगृह रवाना हो गए। बुद्ध लिच्छिवि कुमारों को धर्म की देशना देते हैं।

स्रोत–Vin. Cv. Kh-6; SX8; सेऊ फेन लिऊ (T.1428)

इकतालीस–प्रेम दुखदायी है

सार–बुद्ध चेतवन में वर्षा प्रवास का समय व्यतीत करते हैं। बुद्ध के प्रेम के विषय में प्रकट किए गए विचारों से कई धर्म संप्रदाय असहमत हो जाते हैं।

स्रोत–पियजातिका सुत्त (M.87)] तचाऊंग 216 (T.26)

बयालीस–उदात्तता ही प्रेम

सार–राजा प्रसेनजित्त बुद्ध से भेंट करते हैं व उनसे प्रेम व करुणा जैसे विषयों के सच्चे अर्थ जानते हैं।

स्रोत–पियजातिका सुत्त (M.87) Vd Vi, 4, मेट्टा सुत्त (Sn. I, 8) तचाऊंग 216 (T. 26)

जिस अनुच्छेद में बुद्ध महाराज को एक युवा कुमार, सांप, आग की

चिंगारी व साधु के विषय में बताते हैं, उसका उल्लेख S.III में है।

तैंतालीस–सभी के आंसू खारे

सार–बुद्ध मल-मूत्र उठाने वाले युवक सुनीत को संघ में शामिल होने का निमंत्रण देते हैं। राजा प्रसेनजित् बुद्ध से पूछते हैं कि उन्होंने एक अछूत को संघ में स्थान क्यों दिया?

स्रोत–फो पैन हींग त्सी किंग (T.190); फांग कोआंग ता नचाऊंग चेन किंग (T.187); ललित विस्तार

चवालीस–तत्त्व-तत्त्वों में जा मिलेंगे

सार–नंद को अपनी प्रेमिका की याद सताती है। बुद्ध वर्षा प्रवास के लिए वैशाली लौट आते हैं। राजा शुद्धोधन अपने अंतिम क्षणों में बुद्ध को अपने पास बुलवाते हैं। बुद्ध पिता को जन्म व मृत्यु के विषय में उपदेश देते हैं व उनका उत्तराधिकारी चुनने में सहायता करते हैं। अंतिम संस्कार के पश्चात् महारानी प्रजापति प्रवृज्या की आज्ञा मांगती है। बुद्ध उनकी विनती अस्वीकार कर देते हैं।

स्रोत–Vd. III, 2; Vin. Cv. Kh-10; A. VII, 51; फांग कोआंग ता तचाऊंग येन किंग (T.187); सेऊ फेन लिऊ (T.1428)

बुद्ध द्वारा गौतमी की विनती ठुकराने का प्रसंग Vin. Cv. Kh.10 व T.1428 में मिलता है। अतिरिक्त जानकारी A. VII, 51 and A. VIII, 53 से ले सकते हैं।

पैंतालीस–संघ के द्वार खोलो

सार??महाप्रजापति व अन्य पचास महिलाएं मुंडित मस्तक व गैरिक वस्त्र धारण किए, बुद्ध की कुटिया तक पहुंचती हैं व सिद्ध कर देती हैं कि उनमें भी भिक्षुणियों की तरह जीने की योग्यता है। बुद्ध उन्हें प्रवृज्या देने से पूर्व आठ अनिवार्य नियम बनाते हैं।

स्रोत–Vd. III, 2; Vin. CV. Kh-10; A. VII, 51-53; तचाऊंग 110 (T.26); तचौंग 130 (T.26); सेऊ फेन लिऊ (T.1428); वोऊ फेन लिऊ

(T.1421)

Vin. Cv. Kh-10; T.1428 7 T.1421 में महाप्रजापति व महिलाओं के भिक्षुणी बनने का प्रसंग विस्तार से वर्णित है।

छियालीस–सौहार्द्र के सिद्धांत

सार–बुद्ध भिक्षुक मानुक्य पुत्र के भ्रामक प्रश्नों का उत्तर देने से इंकार करते हैं। कौशांबी में, संघ में हुए विवाद व विभाजन के पश्चात्, बुद्ध वन में एकांतवास के लिए चले जाते हैं। वे सामुदायिक सौहार्द्र के लिए छह सिद्धांत बनाते हैं।

स्रोत–Vin. Mv. Kh-10; उपक्कीलेशा सुत्त (M.128); कुलामालुम्या सुत्त (M.69); तचौंग 205 (T.26); तचौंग 221 (T.26); S. 56, 31 : त्सा 404; फो चोऊ त्सीन यू किंग (T.94); कुलागोसिंगा सुत्त (M.31); कौयांबिच सुत्त (M.48); तचौंग 72 (T.26)

M 63 व तचौंग 221 में भी मालुक्यपुत्र व बुद्ध के संवाद का विवरण मिलता है। Vin. Mv. Kh-10 व M.128 में संघ में हुए विभाजन का उल्लेख है। अनिरुद्ध, किम्बला व नंदिय के सौहार्दपूर्ण सामुदायिक जीवन का विवरण M.128, तचौंग 72 (T.26) व Vin. Mv. Kh-10 में मिलता है।

सैंतालीस–धर्म का अनुपालन करें

सार–बुद्ध वर्षा प्रवास रक्षित वन में बिताते हैं, वहां एक हथिनी से उनकी मित्रता हो जाती है। बुद्ध श्रावस्ती लौट आते हैं। उनके शिष्य पूछते हैं कि कौशाम्बी के भिक्षुओं से किस प्रकार व्यवहार करना होगा?

स्रोत–Vin. Mv. Kh-10; Vd. IV 5; उपक्कीलेशा सुत्त (M.128)

बुद्ध व हथिनी की मित्रता का विवरण Vin. Mv. Kh-10 में है। इसके लिए Vd. IV, 5 भी देखें। कौशाम्बी के भिक्षुओं का पश्चाताप व

समाधान Vin. Mv. Kh-10 में वर्णित है।

अड़तालीस–संघ में विवाद निबटाने के सिद्धांत

सार–बुद्ध के वरिष्ठ शिष्य विवाद निबटाने के सात सिद्धांत बनाते हैं।

स्रोत–Vin. Mv. Kh-10; सेऊ फेन लिऊ (T.1428)

दक्षिणी व उत्तरी परंपराओं में इन सातों सिद्धांतों का पालन होता है।

उनचास–महातत्त्वों से शिक्षा

सार–राहुल स्वास्ति को सभी शीलों की जानकारी देता है। बुद्ध एक ऐसे किसान से मिलते हैं, जो भिक्षुओं पर बिना कुछ करे-धरे, खाने का दोष लगाता है। बुद्ध राहुल को अनित्यता पर ध्यान केंद्रित करने, प्राणायाम व श्वसन क्रियाओं में सचेतनता आदि उपदेश देते हैं।

स्रोत–अम्बलाथिकरराहुलोवदा सुत्त (M.61); महाराहुलोवदा सुत्त (M.62); Vin. Sv. Para. I; A VIII, 11; कासीभरदल सुत्त (Sn. I, 4) कुलाराहुलोवदा सुत्त (M.147); तचौंग 14 (T.26); त्सा 897 (T.99); तचौंग 200 (T.26)

किसान द्वारा बुद्ध पर दोषारोपण का प्रसंग Sn. 1, 4 व S. VIII, II में वर्णित है। बुद्ध द्वारा राहुल को दिए गए निर्देश M.62, M.147, त्सेंग 17, 1 (T.125) व तचौंग 200 (T.26) में वर्णित है।

पचास–एक मुट्ठी चोकर

सार–बैजनारा में अकाल पड़ता है। कुछ सारिपुत्र से शील व नियमों की संपूर्णता के विषय में चर्चा करते हैं। स्वास्ति को घर की याद सताती है। बुद्ध मेघीय को चार धारणाओं की देशना देते हैं।

स्रोत–Vin. Sv. Para. 1; Vd. IV, 1; A. IX, 3; त्सा 897 (T.99); सेऊ फेन लिऊ (T.1428)

बुद्ध द्वारा मेघीय को दिए गए दिशा-निर्देश Vd IV, I व A. IX, 3

में वर्णित है। दक्षिणी परंपरा के अनुसार भिक्षुओं के लिए 227 तथा भिक्षुणियों के लिए 311 नियम व शील हैं। उत्तरी परंपरा, जो कि धर्मगुप्त परंपरा के सेऊ फेन लिऊ (T.1428) के अनुसार चलती है; के अनुसार भिक्षुओं के लिए 250 तथा भिक्षुणियों के लिए 358 नियम व सिद्धांत हैं।

इक्यावन–अन्तर्दृष्टि का कोष

सार–राहुल को पूर्ण प्रवृज्या प्रदान की जाती है। बुद्ध राहुल को अठारह धातुओं की शिक्षा देते हैं। बुद्ध वास्तविक आत्मनिर्भर व एकांतवासी पर देशना देते हैं। वे बच्चों के एक समूह को करुणा का पाठ पढ़ाते हैं। वे संघ के सामने अपने हाथों में एक कमल पुष्प उठा कर जीवन के चमत्कारों का प्रत्यक्ष अनुभव देते हैं।

स्रोत–S. XXI; मेट्टा सुत्त (Sn. 1, 8); Vd. V, 4; भद्दिकारत्ता सुत्त (M.131); आनंद भद्दकारत्ता सुत्त (M.132); तचौंग 165, 166, 167 (T.26); व फो चोक तसौन चांग किंग (T.77)

बुद्ध व बच्चों की भेंट व केकड़े की कथा मेट्टा सुत्त में आती है। एकांतनाम को सही तरह से जीने के सुत्त M.131 में वर्णित है। इन्हें आप M-132, M-133, तचौंग 165, 166, 167 (T.26) व (T.77) में भी देख सकते हैं।

बावन–विशेष योग्यता के क्षेत्र

सार–बुद्ध शाक्य व कोलिय वंश के बीच मधस्थ बन कर समाधान करते हैं तथा वर्षा प्रवास कपिलवस्तु में बिताते हैं, वे गृद्धकूट पर्वत पर लौट जाते हैं तथा आनंद को भिक्षुओं के जीवट नए तरीके से तैयार करवाने को कहते हैं। महिषी विशाखा बुद्ध से भेंट करती हैं। वरिष्ठ शिष्य सुझाव देते हैं कि आनंद को बुद्ध का स्थायी सहायक बना दिया जाए। वे बुद्ध से कहते हैं कि बुद्ध अपना वर्षा प्रवास, प्रतिवर्ष श्रावस्ती में ही बिताया करें।

स्रोत–Vin. Mv. Kh-8; Vd. VIII, 8; सेऊ फेन लिऊ (T.1428)

Vin. Mv. Kh-8 में नए चीवरों का विवरण मिलता है। उपासिका विशाखा का विवरण Vin. Mv. Kh-8, Vd. VIII, 8 व T.1428 में दिया गया है।

तिरपन–वर्तमान में जीना

सार–बुद्ध सतिपत्थन सुत्त की देशना देते हैं व आंगुलिमाल का हृदय परिवर्तन करते हैं।

स्रोत–सतिपत्थन सुत्त (M.10); महासतिपत्थन सुत्त (D.22); आंगुलिमाल सुत्त (M.86); निआन तान किंग (तचौंग 81); निआन चू किंग (तचौंग 98) (T.26); त्सेंग 12, 1 (T.125); मांग किऊ मो लो किंग (T.120)

सतिपत्थन सुत्त तीन भागों में बंटा है।

M.10 तचौंग 98 व त्सेंग 12, 1 (7.125) यह ध्यान का तात्त्विक सूत्र है।

M.10 घेरावद परंपरा, तचौंग 98 श्रावस्तीवद परंपरा तथा त्सेंग 12, 1 महासंघिका परंपरा से हैं। M.10 में आंगुलिमाल की कथा आती है। चीनी ग्रंथों में आंगुलिमाल से जुड़े अन्य सूत्र भी मिलते हैं।

चौवन–सचेतनावस्था में रहो

सार–बुद्धिजीवी उपालि अपने निग्रंथ संप्रदाय को त्याग कर बुद्ध की शिक्षाएं ग्रहण करता है। चेतवन विहार नाना प्रकार की अफवाहों से घिर जाता है।

उपालि सुत्त (M.56); ललित विस्तार; तचौंग 133 (T.26); फो चोऊ फोम याओ किंग (T.186)

पचपन–उदय प्रभावी नाटक का

सार–बुद्ध विशूचिका रोग से ग्रस्त भिक्षु की सेवा करते हैं। भिक्षुणी धर्माधीना पंच स्कंधों व अष्टांगिक मार्ग पर प्रवचन देती है, बुद्ध उनकी

प्रशंसा करते हैं। भिक्षुणी पात्राचार व उत्पलवर्णा की कथा सुनाई जाती है।

स्रोत–Vin. Mv. Kh-8; Av. 123-124 : कुलावेदाला सुत्त (M.44); तचौंग 210 (T.26) सेऊ फिन लेऊ (T.1428)

पात्राचारा की कविता थेरीगाथा में मिलती है। भिक्षुणी धर्माधीना का उपदेश सुनने वाली विशाखा नहीं, अपितु एक शिष्य विशाखा था,

उत्पलवर्णा की कथा T.1428 में है। T.1428 भी देखें।

भाग-III

छप्पन–पूर्णतम सचेत प्राणायाम

सार–बुद्ध प्राणायाम से जुड़े सूत्र देते हैं। आंगुलिमाल को गुस्से में बौखलाई भीड़, बुरी तरह से पीटती है।

अनापाणासति सुत्त (M.118); आंगुलिमाल सुत्त (M.86); त्सा 1077 (T.125); त्सेंग 17, 1 व 38 6 (T.125); फो चोऊ ता न्यान पान चेओ ची किंग (T.602), त्सा 1077 (T.125)

इस अध्याय में प्राणायाम के सूत्र (M.118) में से लिए गए हैं। (T.602) का संस्करण इतना स्पष्ट नहीं है। आंगुलिमाल पर आक्रमण का विवरण M.86 में मिलता है।

सत्तावन–नौका ही तट नहीं

सार–बुद्ध सर्प के उदाहरण से अपने सूत्र प्रस्तुत करते हैं। मान्य बुद्ध भिक्षुणियों के विहार में भी धर्म की देशना देते हैं। वे अछूत कन्या प्रकृति को प्रवृज्या देते हैं।

स्रोत–S LIV, 9, अलगादुपम्मा सुत्त (M.22); सेऊ फिन लिऊ (T.1428) : तचौंग 200 (T.26)

सांप पकड़ने का उदाहरण नौका से नदी पार करना आदि ऐसी शिक्षाएं, जिन्हें यदि सूक्ष्मता से समझा जाए तो मनुष्य अज्ञान के अंधकार से मुक्ति पा सकता है। नाव पार करके, अपने सिर पर नौका उठाने वाले व्यक्ति के प्रसंग का विवरण M.22 में मिलता है। मांड की कथा T.1428 में से ली गई है।

अट्ठावन–मुट्ठी भर मूल्यवान माटी

सार–बच्चे बुद्ध को एक मुट्ठी मिट्टी उपहार में देते हैं। बुद्ध उन्हें विश्वान्तर के पूर्व जन्म की कथा सुनाते हैं। वैद्य जीवक बुद्ध से शाकाहार के विषय में प्रश्न करता है।

स्रोत–जीवन सुत्त (M.55); अवदनाष्टका; पूर्णमुखवदनाष्टका

जीवन के शाकाहार के विषय में किए गए प्रश्न M.55 से लिए गए हैं।

उनसठ–दर्शन सिद्धांतों का नर्कजाल

सार–एक अनजान व्यक्ति भिक्षुणी शुभा का मार्ग रोकता है। बुद्ध 'ब्रह्मजाल सूत्र' की देशना देते हैं। मान्य मौद्गल्यमान स्वास्ति को समकालीन संप्रदायों की संक्षिप्त जानकारी देते हैं।

स्रोत–समान कला सुत्त (D.2); ब्रह्मजाल सुत्त (D.1); तचांग 21 (T.1); थिग

भिक्षुणी शुभा की कथा चिंग में मिलेगी। D.2 में समकालीन धर्माचार्यों के नाम व विवरण हैं। उनके दर्शन D.1 में दिए गए हैं।

साठ–महिषी विशाखा का क्लेश

सार–बुद्ध स्वर्णदंड से सच्चे ब्राह्मण के गुणों पर चर्चा करते हैं। महिषी विशाखा अनेक पुत्रों व प्रपौत्रों की कामना करती है। मान्य आनंद जेतवन में एक बोधि वृक्ष लगाने का वचन देते हैं।

स्रोत–वासेत्था सुत्त (M.98); Vd. Viii, 8; तचांग 22 (T.1); स्वर्ण दंड सुत्त (D.4)

D.4 व M.91 में स्वर्णदंड से हुई भेंट का विवरण मिलता है। महिषी विशाखा की कथा Vd. VIII, 8 से ली गई है।

इक्सठ–सिंह गर्जना

सार–बुद्ध परस्परावलम्बी सहवर्द्धन की देशना देते हैं। युवती चिंचा बुद्ध पर दोषारोपण करती है। बुद्ध सिंह की गर्जना पर सूत्र देते हैं।

स्रोत–Vd. IV, 8; S. XII, 2; कुलसिंह नंद सुत्त (M.11); AIV, 33; महानिंदना सुत्त (D.15); भुआन ची किंग (T.124); ललित विस्तर तचौंग 97 (T.126); त्सा 684 (T.125); जोऊ लाह चे त्सू हेऊ किंग (T.835); फो चोऊ फोऊ याओ किंग (T.186)

इस सिद्धांत को कई सूत्रों में दिया गया है। सिंह गर्जना सूत्र की सामग्री M.11 से ली गई है।

बासठ–आदिपुत्र की उद्घोषणा

सार–मस्य सारिपुत्र पर ईर्ष्या का अभियोग लगाया जाता है। बुद्ध कालमा सूत्र की देशना देते हैं।

कालामा सुत्त (AIII, 65.); सारिपुत्त सिंहनाद सुत्त (A IX, II.)

सारिपुत्त का ईर्ष्या वाला प्रसंग A. IX, 11 से है। कालामा सुत्त को केसमुट्टा सुत्त भी कहते हैं। कोकिला की कथा S. V, 1, 10 में मिलती है।

तिरसठ–सागर तक सीधी यात्रा

सार–बुद्ध किसान के भोजन करने की प्रतीक्षा करते हैं व उसके बाद देशना देते हैं। वे समुद्र में तैरते काष्ठ-खंड के बारे में बात करते हैं। स्वास्ति को संघ में शामिल होने वाले नए चरवाहे की देखभाल करने को कहा जाता है।

स्रोत–S. XXXV, 200

बुद्ध द्वारा काष्ठ खंड की चर्चा का विवरण S. XXXV, 200 से लिया गया है।

चौंसठ–जन्म-मरण का चक्र

सार–बुद्ध सबको आठ अनुभूतियों की देशना देते हैं। मान्य वक्कालि का निधन हो जाता है। बुद्ध नित्यता व सत्ताहीनता के विषय में देशना देते हैं।

स्रोत–A.VIII, 30; SX 11, 15; S. XXII, 87; S. VX, 1 तचौंग 74 (T.26); त्सा 1265 (7.125); त्सेंग 26, 10 (T.125); त्सेंग 42, 6

(T.125); फो चोऊ ए ना लिऊ पा लिम्न किंग (T.116); फो चोऊ पा ना जेन किआओ किंग (T.779)

आठों अनुभूतियों का विवरण T.779 से लिया गया है। अन्य कई सूत्रों में भी इनका उल्लेख मिलता है। वक्कालि की मृत्यु की कथा S.XX, 87, 87, त्सा 47 (T.125) व त्सेंग 19 (T.99) में दी गई है। बुद्ध के विचार S X V, 1 से लिए गए हैं। भावनाओं के विषय में बुद्ध के विचार S. XXXVI, 1, 6 से लिए गए हैं। मृत्यु के समय भावनाओं पर दिए गए विचार S. XXXVI, 1, 7 से लिए गए हैं।

पैंसठ–न भरा, न खाली

सार–बुद्ध शून्यता व पूर्णता की देशना देते हैं।

स्रोत–S. XXXV, 85; कुला सुनत्त सुत्त (M.121); मद्यसुक्त सुत्त (M.122); त्सा 232 (T.99); फो चोऊ बोऊ चुन किआई कौंग किंग (T.102); ताओ हिंग पान जो किंग (T.251); ता फांग कोआंग फो होऊ चेन किंग (T.278)

आनंद व बुद्ध के वार्त्तालाप का विवरण S.XXXV 84 से है। आनंद द्वारा धर्मों की शून्यता का प्रश्न, S. XXXV 85 से है। धर्म कक्ष, संघ, बाजार 7 भैंसे के उदाहरण M.121 से हैं, इनका मूल विचार त्सा 232 (T.99) से मिलता है। बुद्ध द्वारा प्रस्तुत किए गए सभी मौलिक शिक्षाएं प्रज्ञापारामिता सूत्र व अवात्मसका सूत्र से ली गई है।

छियासठ–चार पर्वत

सार??बुद्ध उचामवना सूत्र की देशना देते हैं। वे राजा प्रसेनजित् को प्रेरणा देते हैं कि उन्हें वृद्धावस्था में अधिक-से-अधिक समय आध्यात्मिक अभ्यास में लगाना चाहिए। बुद्ध एक हाथी व जन्मांध व्यक्ति की कथा सुनाते हैं।

स्रोत–Vd. VI, 4; S. III, 25; फो चोऊ यू लान पैन किंग (T.685); फो चोऊ हिआओ त्सू किंग (T.687); फो चोऊ फोऊ भोऊ नगेन नान पाओ किंग (T.684)

(T.684) पाली संस्करणों में यू लान सूत्र नहीं मिलते। पर्वतों की कथा देखने के लिए S. III, 3, 5 देखें। वियतनामी सम्राट तरान थाई टौंग ने इस सूत्र की प्रेरणा से 'चार पर्वत, परिचय व गाथा' लिखी। जन्मांध व्यक्ति व हाथी की कथा Vd. VI, 4 में है।

सड़सठ-सागर कवि

सार–मान्य पुन्ना बुद्ध से ऐसे क्षेत्र में धर्म-प्रचार की आज्ञा लेते हैं, जो असभ्य व हिंसक लोगों के लिए माना जाता है। बुद्ध संसार की आठ विशेषताओं के विषय में बताते हैं।

स्रोत–पूर्णोवद सुत्त (M.145); S. XXXV, 63-64; त्सा 311 (T.99); A VIII, फा हाई किंग (T.34); फो चोऊ हाई पा तो किंग (T.35) 19

सागर की आठ विशेषताएं A. VIII, 19 से ली गई हैं। इसके लिए T.35 भी देखें।

अड़सठ-आत्म मुक्ति के तीन द्वार

सार–बुद्ध संघ में विभाजन की समस्या पर विचार करते हैं। वे धर्म मुद्राओं पर सूत्र देते हैं। मान्य चमेलु व नेकुल देशना का वैदिक भाषा में अनुवाद करने की आज्ञा चाहते हैं, पर बुद्ध मना कर देते हैं।

स्रोत–Vin. Cv. Kh-5; सागागम सुत्त (M.104); पसादिका सुत्त (D.28); त्सा 80 (T.99); फो चोऊ त्येंग फा चिन किंग (T.103); फो चोऊ झा भिन किंग (T.104)

विभाजन के विषय में बुद्ध के विचार M.104 से हैं। धर्म मुद्रा सूत्र की सामग्री T.104 से ली गई है। यमेलु व तेकुल का विवरण Vin. Cv. Kh-5 में आता है।

उनहत्तर–गौतम से तथागत

सार–कुछ विद्वान बुद्ध से दार्शनिक प्रश्न पूछते हैं किंतु उन्हें कोई उत्तर नहीं मिलता। मान्य अनिरुद्ध को धन्यवाद, वे गौतम बुद्ध को नया नाम देते हैं–'तथागत'।

स्रोत??S. XLIV, 2; अग्गिवाचा सुत्त (M.72); अलग्गदुपन्ना सुत्त (M.22); A.X, 95; S. XIV, 10; त्सा 106 (T.99); Iti IV, 13

बुद्ध द्वारा प्रश्नों के उत्तर न दिए जाने का विवरण A. X. 98 में मिलता है। अनिरुद्ध व तथागत शीर्षक का प्रसंग S. XLIV, 2 से है। इसके लिए M.22, M.72; iti IV, 13 व A. IV, 23 भी देखें।

सत्तर–जैसा शिष्य वैसी शिक्षा

सार–राहुल स्वास्ति को भिक्षु वंगिशा कवि की कथा सुनाता है। बुद्ध छः इंद्रियों की तुलना उस सागर से करते हैं, जो समुद्री जीवों के भंवर से भरा है। वे संघ के कमजोर सदस्यों से नरम बर्ताव रखने को कहते हैं, ताकि उनमें दिये विश्वास व प्रेम के बीज पनप सकें। स्वास्ति भिक्षु ईशदत्त व चित्त की कथा सुनाता है। बुद्ध व अश्व पालक केशी के बीच वार्त्तालाप होता है। योद्धा रोहिताश्व जन्म व मृत्यु के विषय में प्रश्न पूछता है।

स्रोत–त्सा 1208-1221 (T.99); S VIII 1,1-12; S. XLVII, 1, 6 त्सा 24, 15 (T.99); S. SLI, 2-3; त्सा 570 (T.99); तचौंग 194 (T.26); M.65 वंगिश की कथा त्सा 1208-1221 (T.99) व तचौंग 192 (T.26) में आती है। ईशदत्त की कथा SXLL, 2-3 व त्सा 570 (T.99) में मिलती है। बुद्ध व केशी की कथा का विवरण A.IV, 12, 110 से है। रोहिताश्व की कथा त्सेंग 43, 1 (7.125), A. VI, 45 त्सा 1307 व S. II, 3, 6 से ली गई है।

इकहत्तर–बीणा के तार कसने की कला

सार–बुद्ध मान्य सोन को अपने स्वास्थ्य की देखरेख करने की प्रेरणा देते हैं। जीवन उन्हें मान्य देवदत्त व राजकुमार अजातशत्रु की महत्वाकांक्षाओं

के विषय में बताता है। देवदत्त बुद्ध से कहता है कि वे संघ का नेतृत्व उसे सौंप दें।

स्रोत–Vd. V, 6; Vin. Kh-5; A. VI 56; Vin Cv. Kh-7, तचौंग 123 (T.26), त्सा 254 (T.99); सेऊ फिन लिऊ (T.1428)

बुद्ध व सोन का वार्त्तालाप Vin. Mv. Kh-5 व A VI, 55 से लिया गया है। देवदत्त व बुद्ध का वार्त्तालाप 7.1428 व Vin. Cv. Kh-7 से है।

बहत्तर–मौन अवज्ञा

सार–देवदत्त पांच नए नियम बनाते हैं व एक नए संघ का गठन करते हैं। राजा बिम्बिसार अपने पुत्र के लिए राजगद्दी त्याग देते हैं। बुद्ध व संघ के सदस्य नए राजा के राज्याभिषेक समारोह में भाग नहीं लेते।

स्रोत–Vin. Cv. Kh-7; Vin. Sv. संघ IV; सेऊ फिन लिऊ T.1428

देवदत्त के पांच नियमों संघ निर्माण का प्रसंग Vin. Cv. Kh-7 व Vin. S.V. संघ 10 में वर्णित है। राजकुमार अजातशत्रु द्वारा पिता की हत्या के षड्यंत्र का विवरण Vin. Cv. Kh-7 व T.1428 में है।

तिहत्तर–भूखा मारने का षड्यंत्र

सार–बुद्ध की हत्या का पहला प्रयास विफल हो जाता है। सारिपुत्र व मौद्गल्यामन गयाशीर्ष रवाना हो जाते हैं। बुद्ध रानी विदेही से भेंट करते हैं।

स्रोत–Vin. Cv. Kh-7; सेऊ फिन लिऊ (T.1428)

बुद्ध पर हमले का प्रयास व सारिपुत्र तथा मौद्गल्यायन के प्रस्थान का विवरण Vin. Cv. Kh-7 व T.1428 में है।

चौहत्तर–हस्तिनी की चिंघाड़

सार–सारिपुत्र व मौद्गल्यामन संघ के 400 भिक्षुओं को लौटा लाते हैं। दूसरी बार हत्या के प्रयास में बुद्ध चोटिल हो जाते हैं। वे नलगिरी हथिनी को शांत करते हैं व अपने ऊपर हुए तीसरे आक्रमण को विफल कर देते हैं।

स्रोत–Vin. Cv. Kh-7; सेऊ फिन लिऊ (T.1428)

भिक्षुओं के संघ में लौटने का प्रसंग Vin. Cv. Kh-7 में वर्णित है। नलगिरि को शांत करने का प्रयास व बुद्ध की हत्या के विफल प्रयास का विवरण Vin. Cv. Kh-7 व T.1428 से है।

पचहत्तर–पालता के अश्रु

सार–बुद्ध मगध से विदा ले, वर्षा प्रवास के लिए श्रावस्ती चले जाते हैं। वे सिंहल सुत्त की देशना देते हैं। अनाथ पिंडक सुदत्त बुरी तरह बीमार पड़ता है। बुद्ध मास में दो दिन, उपासकों को भी 'अष्टांगिक साधना ' का अवसर प्रदान करते हैं। मान्य सारिपुत्त व आनंद सुदत्त को धर्म देशना देते हैं।

स्रोत–मग्नदिया सुत्त (M.75); कुलाधन्मासमाधन सुत्त (M.45); सिंहन सुत्त (D.31); अनाथपिंडिकोवद सुत्त (M.143); तचौंग 135 (T.26); त्सा 1031 व 1032, ए.99; त्सेंग 51, 8 (T.125); फो चोऊ चे किआ यू विएत लिओ फांग ली किंग (T.16); फो चोऊ पा कोआन तचाई किंग (T.89)

चार प्रकार की प्रसन्नताओं का उल्लेख M.75 में है। सुदत्त व मान्य सारिपुत्त व आनंद की वार्त्तालाप का विवरण M.143 में है। इसके लिए तचौंग 28 (T.26) भी देखें।

छिहत्तर–साधना के सुफल

सार–कौशल व मगध के बीच युद्ध छिड़ जाता है। कौशल की रानी मल्लिका की मृत्यु हो जाती है। बुद्ध महाराज से राजनीति व गुणों के विषय में चर्चा करते हैं। बुद्ध गृहकूट पर्वत पर लौट आते हैं। जीवक बुद्ध से अजातशत्रु की भेंट करवाता है। बुद्ध सद्धर्म शिक्षा के सुफल के विषय में देशना देते हैं।

स्रोत–S. XLVIII, 41; कूटदंत सुत्त (D.5); समानफल सुत्त (D.2); तचौंग 27 (T.1)

अजातशत्तु द्वारा कौशल पर आक्रमण का विवरण S. III, 14, 15 में है। बुद्ध व ब्राह्मण कूटदंत के वार्त्तालाप का विवरण D.5 में हैं वे यहां किसी राजा से बात नहीं कर रहे थे। अजातशत्तु व बुद्ध की भेंट का उल्लेख D-2 व तचौंग 27 (T.1) में है।

सतहत्तर–जन्म-मृत्यु की भावना

सार–बुद्ध वर्षा प्रवास के लिए श्रावस्ती लौट आते हैं। राजा प्रसेनजित् बुद्ध व संघ की प्रशंसा करते हैं। गृहकूट शिखर लौटने पर बुद्ध को राजा प्रसेनजित् व मान्य मौद्गल्यायन की मृत्यु का समाचार मिलता है।

स्रोत–धम्माकातीय सुत्त (M.89); तचौंग 213 (T.26)

राजा प्रसेनजित् व बुद्ध की भेंट का विवरण M.89 व तचौंग 213 (T.26) में है।

अठहत्तर–दो हजार गैरिक चीवर

सार–मान्य देवदत्त को पश्चाताप होता है। अजातशत्तु वज्जि पर आक्रमण करने की योजना बनाते हैं। बुद्ध संघ की शक्ति व नियमों के पालन के विषय में प्रश्न पूछते हैं। मान्य सारिपुत्त बुद्ध की प्रशंसा करते हैं। बुद्ध ने वर्षा का प्रवास काल बिल्वगामका गांव में व्यतीत किया और बुरी तरह बीमार पड़ गए।

स्रोत–महापरिनिब्बान सुत्त (D.16); तचौंग 2 (7.1); फो पान नी युआन किंग (T.5); महावस्तु

अजातशत्तु द्वारा बुद्ध से परामर्श के लिए मंत्री को भेजने का प्रसंग D.16 व तयांग 2 (T.1) में वर्णित है। जनता द्वारा प्लेग के दौरान सहायता मांगने का विवरण महावस्तु में है।

उन्यासी–चंदन के काष्ठ फूल

सार–बुद्ध त्रिरत्नों की प्रकृति के विषय में बात करते हैं। उन्हें सारिपुत्त के निधन का समाचार मिलता है। बुद्ध वैशाली छोड़ देते हैं व

गंगा पार कर उत्तर की ओर बढ़ते हैं। चंड के यहां वे अपना अंतिम भोजन करते हैं। वे कुशीनगर के साल वन में प्रवेश करते हैं।

स्रोत–S. XLVII, 1, 9; Tsa 638 (T.99); महापरिनिब्बान सुत्त (D.16); तचौंग 2 (7.1); फो पान नी युआन किंग (T.5)

इस अध्याय की विषय सामग्री D.16 व T.5 से ली गई है।

अस्सी–महापरिनिर्वाण

सार–बुद्ध मान्य आनंद की प्रशंसा करते हैं। बुद्ध उपासक सुभद्र को देशना देते हैं फिर वे शांत भाव से महापरिनिर्वाण प्राप्त कर लेते हैं।

स्रोत–महापरिनिब्बान सुत्त (D.16); तचौंग 2 (T.1); फो पान नी युआन किंग (T.5)

इक्यासी–पुरातन पथ धवल मेघ

सार–कुशीनगर के लोग बुद्ध को नमन कर उनकी पार्थिव काया पर पुष्प गुच्छ अर्पित करते हैं, सुगंधित द्रव्य लगाते हैं। मान्य महाकाश्यप पांच सौ झिक्षुओं सहित अंतिम संस्कार में शामिल होने पहुंचते हैं। पड़ोसी राज्यों के प्रतिनिधिमंडलों को बुद्ध के अवशेषों का कुछ भाग दिया जाता है, ताकि वे अपने यहां स्तूप निर्माण करा सकें। महाकाश्यप राजगृह में भिक्षुओं की एक परिषद बुलवाते हैं, ताकि बुद्ध के सूत्रों व शीलों का प्रामाणिक संकलन तैयार हो सके। मान्य स्वास्ति उरुवेला लौट जाते हैं, वे नैरंजना नदी के तट पर बैठकर धवल मेघों को निहारने लगते हैं।

महापरिनिब्बान सुत्त (D.16); तचांग 2 (7.1); फो पान नी युआन किंग (T.5)

बुद्ध के अंतिम संस्कार व अवशेषों द्वारा स्तूप निर्माण का विवरण D.16 व 7.5 से लिया गया है।

पाली नामों व स्थानों के संस्कृत समानार्थी

पाली	संस्कृत
अजित केसमकंबाली	अजित केसकांबलः
अनंतपिंडिका	अनाथपिंडक
अंजातसत्तु	अजातशत्रु
असज्जि	अश्वजित्
भद्द् कपालिनी	भद्र कपिला
भड्डिय	भद्रिकाः
भड्ड कपीलनि	भद्र कपिला
चन्ना	चंडकः
दीघानखा	दीर्घनखाः
ग्यासीसा	गयाशीर्षः
गिज्झाकूटा	गध्रकूटः
इसीपट्ना	मृगादवाः
कालुदयी	कालोदायिन
कपिलावत्थु	कपिलवस्तु
कस्सपा	कश्यपः
कोसाम्बी	कौशाम्बी
(अनता) कोडन्ना	(अज्ञात) कौडिन्या
कुसीनारा	कुशीनगरः

महानाम	महानमन
महा पजापति	महाप्रजापतिः
मक्खाली गोशला	मस्कारी गोशालीपुत्रः
मोग्लान्ना	मौद्गलयामनः
नीरांजरा	नैरांजराः
निग्रोध	न्याग्रोधाः
निंगथ नटपुत्त	निग्रंथः - ज्ञातिपुत्रः
कारबुद्द कात्यकायन	कामुदः - कात्यायनः
पाटलिपुत्त	पाटलिपुत्रः
पूरन कस्सपः	पुरानाः कश्यपः
राजगह	राजगृहः
संजया बालातिपुत्त	संजयः वैरातिपुत्रः
सारिपुत्त	सारिपुत्रः
सावत्थी	श्रावस्ती
उप्पलवन्ना	उत्पलवर्णः
उरुवेला	उरुविल्वः
उड्डक रामपुत्त	उद्रकः रामः पुत्रः
वप्पा	दासवालाः कश्यपः
वैआनरा	वैरंती
वैसाली	वैशाली
सिद्धाथा	सिद्धार्थः
रामगामा	रामग्रामः

● ●